NORA ROBERTS

NÄCHTLICHES SCHWEIGEN

Roman

Aus dem Amerikanischen
von Nina Heyer

WILHELM HEYNE VERLAG
MÜNCHEN

HEYNE ALLGEMEINE REIHE
Nr. 01/12139

Titel der Originalausgabe
PUBLIC SECRETS

Umwelthinweis:
Dieses Buch wurde auf
chlor- und säurefreiem Papier gedruckt.

Taschenbuchausgabe 06/2000
Copyright © 1990 by Nora Roberts
Published by Arrangement with Bantam Books, a division
of Bantam Doubleday Dell Publishing Group, Inc.
Copyright © 1995 der deutschsprachigen Ausgabe by
Wilhelm Heyne Verlag GmbH & Co. KG, München
Printed in Germany 2000
Umschlagillustration: photonica/Takeo Aizawa, Hamburg
Umschlaggestaltung: Martina Eisele München
Druck und Bindung: Elsnerdruck, Berlin

ISBN: 3-453-16954-9

http://www.heyne.de

*Für meinen Vater,
mein erstes Idol*

Prolog

Los Angeles, 1990

Sie trat voll auf die Bremse, und der Wagen schleuderte hart gegen den Bordstein. Das Radio dröhnte weiter. Beide Hände fest vor den Mund gepreßt, versuchte sie, ein hysterisches Lachen zurückzuhalten. Einen Gruß aus der Vergangenheit hatte der Discjockey es genannt. Einen Gruß aus der Vergangenheit. Devastation spielte immer noch.

Irgendwie funktionierte ihr Verstand gut genug, um auf Kleinigkeiten zu achten: die Zündung auszuschalten, den Schlüssel abzuziehen, die Tür zu öffnen. Trotz der milden Abendluft zitterte sie. Feiner Nieselregen und steigende Temperaturen verursachten Nebelschwaden, die über den Bürgersteig wehten. Sie rannte hindurch, wobei sie wie unter Zwang ständig nach rechts, links und über die Schulter blickte.

Die Dunkelheit. Sie hatte beinahe vergessen, was sich in der Dunkelheit verbarg.

Der Geräuschpegel schwoll an, als sie die Tür aufstieß. Die glitzernden Lichter blendeten sie. Sie rannte weiter; wußte nur, daß sie vor Angst außer sich war und daß jemand, egal wer, ihr zuhören mußte.

Mit wild klopfendem Herzen lief sie durch die Halle. Mehr als ein Dutzend Telefone klingelten, Stimmen riefen durcheinander und verschwammen in einem Gemisch aus Schreien, Fragen und Beschwerden. Jemand fluchte unaufhörlich leise vor sich hin. Sie fand die Tür mit dem Schild ›Mordkommission‹ und unterdrückte ein Schluchzen.

Er saß zurückgelehnt am Schreibtisch, einen Fuß lässig auf einen abgewetzten Aktenordner gelegt, einen Telefonhörer zwischen Schulter und Ohr geklemmt, und war im

Begriff einen Styroporbecher mit Kaffee zum Mund zu führen.

Sie fiel auf den Stuhl vor seinem Schreibtisch. »Bitte hilf mir«, stieß sie hervor. »Jemand versucht, mich umzubringen.«

1

London, 1967

Emma war fast drei Jahre alt, als sie ihren Vater zum erstenmal traf. Sie wußte, wie er aussah, da ihre Mutter jede verfügbare Fläche der vollgestopften Dreizimmerwohnung mit sorgfältig aus Zeitschriften und Fanmagazinen ausgeschnittenen Fotos bedeckt hatte. Jane Palmer pflegte ihre Tochter von Foto zu Foto an der stockfleckigen Wand zu tragen und sich dann mit ihr auf dem staubigen, zerschlissenen Sofa niederzulassen, um ihr von der wundervollen Liebesbeziehung zwischen ihr und Brian McAvoy, dem Leadsänger der bekannten Rockgruppe Devastation, zu erzählen. Je mehr Jane trank, desto stärker verherrlichte sie diese Liebe.

Emma verstand nur Bruchstücke von dem, was man ihr erzählte. Sie wußte, daß der Mann auf den Fotos bedeutend war; daß er und seine Band sogar vor der Königin aufgetreten waren. Sie hatte gelernt, seine Stimme zu erkennen, wenn seine Songs im Radio gespielt wurden oder ihre Mutter eine der Platten aus ihrer Sammlung auflegte.

Emma mochte seine Stimme und das, was sie später als leichten irischen Akzent erkannte.

Einige Nachbarn redeten voll Mitleid über das arme kleine Ding von oben, deren Mutter eine Vorliebe für Gin und ein gefährliches Temperament hatte, weil man von Zeit zu Zeit Janes schrille Verwünschungen und Emmas verzweifeltes Schluchzen hören konnte. Dann kräuselten sich die Lippen der Frauen, und sie warfen einander wissende Blicke zu, während sie ihre Teppiche ausklopften oder die wöchentliche Wäsche aufhingen.

Zu Beginn des Sommers des Jahres 1967, dieses Sommers der Liebe, schüttelten sie nur die Köpfe, wenn sie die Schreie des kleinen Mädchens durch das offene Fenster der Palmerschen Wohnung hörten. Fast alle waren sich darin einig, daß die junge Jane Palmer ein so goldiges Kind gar nicht verdient

9

hatte, aber das behielten sie für sich. In diesem Teil Londons kam niemand auf die Idee, eine solche Angelegenheit den Behörden zu melden.

Natürlich hatte Emma keine Ahnung von Begriffen wie Alkoholismus oder psychische Störungen, aber obwohl sie erst drei Jahre alt war, verstand sie es schon, die Launen ihrer Mutter einzuschätzen. Sie wußte genau, an welchen Tagen die Mutter lachen und sie knuddeln und wann sie schimpfen und sie schlagen würde. War die Stimmung in der Wohnung besonders gespannt, packte Emma ihren schwarzen Plüschhund Charlie und verkroch sich in dem Schrank unter der Küchenspüle, um in der feuchten Dunkelheit zu warten, bis die Mutter sich wieder beruhigt hatte.

An manchen Tagen war sie allerdings nicht schnell genug.

»Halt gefälligst still, Emma.« Jane zog die Bürste durch Emmas hellblondes Haar. Mit zusammengebissenen Zähnen widerstand sie dem Drang, ihrer Tochter damit quer über den Rücken zu schlagen. Heute würde sie nicht die Fassung verlieren, heute nicht. »Ich mache dich richtig hübsch. Du möchtest doch heute besonders hübsch aussehen, oder nicht?«

Emma lag nicht allzuviel daran, hübsch auszusehen, nicht, wenn die Bürstenstriche auf ihrer Kopfhaut brannten und ihr neues rosa Kleid so steif gestärkt war, daß es kratzte. Sie zappelte weiter auf dem Stuhl herum, als ihre Mutter versuchte, die widerspenstigen Locken mit einem Band zusammenzuhalten.

»Ich habe gesagt, du sollst stillhalten!« Emma quiekte vor Schmerz, als Jane sie hart am Hals packte. »Niemand will ein schmutziges, ungezogenes Kind.« Nach zwei tiefen Atemzügen lockerte Jane den Griff. Sie wollte keinesfalls, daß das Kind blaue Flecken bekam. Sie liebte es doch. Und blaue Flecken würden auf Brian einen sehr schlechten Eindruck machen, sollte er sie bemerken.

Nachdem sie Emma vom Stuhl hochgezogen hatte, legte ihr Jane fest die Hand auf die Schulter. »Mach nicht so ein mürrisches Gesicht, Mädchen.« Doch im großen und ganzen war sie mit dem Ergebnis zufrieden. Mit ihren blonden

Wuschellocken und den großen blauen Augen sah Emma wie eine verhätschelte kleine Prinzessin aus. »Na, sieh doch mal.« Janes Hände waren wieder sanft, als sie Emma zum Spiegel drehte. »Siehst du nicht niedlich aus?«

Emma zog eine störrische Flunsch, als sie sich in dem flekkigen Glas betrachtete. Ihre Stimme ahmte Janes Cockneyakzent nach, vermischt mit einem kindlichen Lispeln. »Das kratzt.«

»Eine Dame muß Unbequemlichkeiten in Kauf nehmen, wenn sie auf Männer wirken will.« Janes eigenes enges Mieder schnitt ihr ins Fleisch.

»Warum?«

»Das gehört zum Job einer Frau.« Sie drehte sich vor dem Spiegel und prüfte ihr Äußeres von allen Seiten. Das dunkelblaue Kleid schmeichelte ihrer üppigen Figur und brachte ihre vollen Brüste zur Geltung. Brian hatte ihre Brüste immer gemocht, erinnerte sie sich und fühlte einen kurzen Schub sexueller Erregung. Himmel, niemand je vor oder nach ihm konnte ihm im Bett das Wasser reichen. In ihm brannte ein wilder Hunger, den er hinter seiner kühlen, selbstbewußten Fassade so gut verbarg. Sie kannte ihn seit seiner Kindheit und war über zehn Jahre lang mit Unterbrechungen seine Geliebte gewesen. Niemand wußte besser als sie, wozu Brian in höchster Erregung fähig war.

Einen Moment lang stellte sie sich vor, wie es wäre, wenn er ihr das Kleid abstreifen, sie mit den Augen verschlingen und mit seinen schlanken Musikerfingern das enge Mieder aufhaken würde.

Sie waren gut miteinander ausgekommen, dachte sie und spürte ihre eigene Erregung. Sie würden wieder gut miteinander auskommen.

Reiß dich zusammen, befal sie sich und griff nach der Bürste, um sich das Haar zu kämmen. Die Hälfte des Haushaltsgeldes hatte sie beim Friseur gelassen, um ihre schulterlangen, glatten Haare im gleichen Farbton wie die Emmas zu färben. Sie schüttelte den Kopf, daß die Haare flogen. Nach dem heutigen Tage würde sie sich nie wieder Sorgen um Geld machen müssen.

Ihre Lippen waren sorgfältig blaßrosa geschminkt – in derselben Farbe, die das Supermodel Jane Asher auf der Titelseite der neuen *Vogue* verwendet hatte. Nervös griff sie zu ihrem schwarzen Kajalstift und betonte die Augenwinkel stärker.

Fasziniert beobachtete Emma ihre Mutter. Heute duftete sie nach Parfüm statt nach Gin. Versuchsweise langte sie nach dem Lippenstift und bekam sofort einen Klaps auf die Hand. »Laß die Finger davon.« Ein weiterer Klaps. »Wie oft habe ich dir schon gesagt, du sollst meine Sachen nicht anfassen?«

Emma nickte, ihre Augen schwammen bereits in Tränen.

»Und fang bloß nicht an zu heulen. Ich will nicht, daß er dich das erste Mal mit roten Augen und verquollenem Gesicht sieht. Er sollte eigentlich schon hier sein.« In Janes Stimme schwang ein Unterton mit, der Emma veranlaßte, sich vorsichtig außer Reichweite zu begeben. »Wenn er nicht bald kommt...« Sie brach ab und listete im Geiste ihre Vorzüge auf, während sie sich im Spiegel bewunderte.

Schon immer war sie üppig, jedoch nie dick gewesen. Vielleicht saß das Kleid etwas eng, aber es betonte die richtigen Stellen. Dünne Frauen mochten ja in Mode sein, aber sie wußte, daß Männer die kurvenreichen bevorzugten, sobald das Licht ausging. Lange genug hatte sie von ihrem Körper gelebt, um sich dessen sicher zu sein.

Ihr Selbstvertrauen wuchs noch, als sie sich betrachtete und sich einredete, daß sie den blassen, ewig gelangweilten scheinenden Modellen glich, die zur Zeit in London tonangebend waren. Sie war nicht einsichtig genug zu erkennen, daß das neue Make-up ihr nicht stand und die neue Frisur ihr Gesicht bitter und hart erscheinen ließ. Sie wollte im Trend liegen, wie immer.

»Vielleicht glaubt er mir ja nicht – oder will mir nicht glauben. Kein Mann will Kinder.« Sie zuckte die Achseln. Ihr eigener Vater hatte sie nie gewollt, bis sich ihre Brüste zu entwickeln begannen. »Denk immer daran, Emmakind.« Ihr abschätzender Blick glitt über Emma. »Männer wollen keine Kinder. Sie wollen eine Frau nur für das eine, und was das ist, wirst du früh genug herausfinden. Wenn sie mit dir fertig sind, sind sie fertig, und du sitzt da mit einem dicken Bauch und gebrochenem Herzen.«

Sie griff nach einer Zigarette, rauchte mit kurzen, abgehackten Zügen, während sie auf und ab ging. Hätte sie doch nur etwas Gras, süßes, beruhigendes Gras, dachte sie, doch sie hatte das gesamte restliche Geld für Emmas neues Kleid ausgegeben. Die Opfer einer Mutter.

»Na ja, vielleicht will er dich ja nicht, aber nach dem ersten Blick kann er nicht abstreiten, daß du von ihm bist.« Mit schmalen Augen betrachtete sie ihre Tochter durch den Rauch und fühlte so etwas wie mütterlichen Stolz. Das kleine Biest war tatsächlich bildhübsch, wenn es sauber und ordentlich aussah. »Du bist sein gottverdammtes Ebenbild, Emmaschatz. In der Zeitung steht, daß er diese Wilson-Schlampe heiraten will – jede Menge Geld und was Besseres –, aber wir werden sehen, wir werden ja sehen. Er wird zu mir zurückkommen. Ich hab' immer gewußt, er kommt zurück.« Die Zigarette landete in einem überquellenden Aschenbecher und qualmte dort weiter. Jane brauchte dringend einen Drink – nur einen Schluck Gin, nur, um ihre Nerven zu beruhigen. »Du setzt dich aufs Bett. Bleib da sitzen und sei still. Und wehe, du gehst an meine Sachen, dann setzt es was.«

Als es an der Tür klopfte, hatte sie zwei Drinks heruntergekippt. Ihr Herz begann wild zu klopfen. Wie die meisten Alkoholiker fühlte sie sich nach ein paar Gläschen wesentlich attraktiver und selbstbewußter. Sie glättete ihr Haar, setzte ein, wie sie meinte, verführerisches Lächeln auf und öffnete.

Er sah blendend aus. Einen Augenblick sah sie nur ihn in der hellen Sommersonne, groß und schlank, mit seinen wehenden blonden Haaren und dem vollen, ernsten Mund, der ihm das Aussehen eines Dichters oder Apostels verlieh. Soweit sie überhaupt dazu fähig war, war sie verliebt.

»Brian. Nett von dir, kurz reinzuschauen.« Ihr Lächeln verblaßte, sowie sie die beiden Männer hinter ihm bemerkte. »Reist du neuerdings in Begleitung, Bri?«

Er war in schlechter Stimmung, verspürte einen unterschwelligen Zorn, daß er gezwungen war, Jane wiederzusehen, und gab daran hauptsächlich seinem Manager und seiner Verlobten die Schuld. Nun, da er einmal hier war, wollte er nur noch so schnell wie möglich wieder fort.

»Du erinnerst dich an Johnno?« Brian betrat die Wohnung. Der Geruch nach Gin, Schweiß und dem gestrigen Mittagessen erinnerten ihn unangenehm an seine eigene Kindheit.

»Klar.« Jane nickte dem großen Bassisten kurz zu. Er trug einen Diamantring am kleinen Finger und ließ sich einen buschigen schwarzen Bart stehen. »Du hast es zu was gebracht, wie, Johnno?«

Dieser blickte in die schäbige Wohnung. »Manche schaffen's eben.«

»Das ist Pete Page, unser Manager.«

»Miß Palmer.« Der ruhige Dreißiger zeigte beim Lächeln ein strahlendweißes Gebiß und streckte eine manikürte Hand aus.

»Ich hab' schon viel von Ihnen gehört.« Sie legte ihre Hand mit dem Rücken nach oben in die seine, eine Aufforderung, sie an die Lippen zu führen. Er übersah die Geste. »Sie haben unsere Jungs zu Stars gemacht.«

»Ich habe nur den Weg geebnet.«

»Vor der Königin spielen, Fernsehauftritte, ein neues Album in den Charts und demnächst eine große Amerikatournee.« Sie sah wieder zu Brian. Sein Haar fiel ihm fast bis auf die Schultern, sein Gesicht war schmal, blaß und empfindsam. Dieses Gesicht zierte die Zimmer von Jugendlichen auf beiden Seiten des Atlantiks, seit sein zweites Album, *Complete Devastation*, die Hitparaden erobert hatte. »Jetzt hast du ja alles, was du willst.«

Der Teufel sollte ihn holen, wenn er sich von ihr Schuldgefühle machen lassen würde, nur weil er etwas aus sich gemacht hatte. »Stimmt genau.«

»Manch einer kriegt mehr, als er verdient.« Sie warf das Haar zurück. Die Vergoldung ihrer großen Ohrringe blätterte bereits ab. Mit ihren vierundzwanzig Jahren war sie ein Jahr älter als Brian und hielt sich für sehr viel erfahrener. »Ich würde euch ja Tee anbieten, aber auf eine Party war ich nicht gefaßt.«

»Wir sind nicht zum Tee gekommen.« Brian schob die Hände in die Taschen seiner Jeans. Der mißmutige Gesichtsausdruck, den er während der gesamten Fahrt zur Schau getragen hatte, verstärkte sich. Er mochte jung sein, aber er hatte seine Lektionen gelernt. Diese abgewrackte, trinkfreudige Vettel würde ihm keinen Ärger mehr machen. »Diesmal habe ich die Polizei noch aus dem Spiel gelassen, Jane, nur wegen der alten Zeiten. Aber wenn du mich weiter dauernd anrufst, mit Drohbriefen bombardierst und Erpressungsversuche startest, glaub mir, dann wird das anders.«

Ihre zu stark geschminkten Augen verengten sich. »Du willst mir also die Bullen auf den Hals hetzen. Tu das nur, Freundchen. Wir wollen doch mal sehen, was passiert, wenn all deine kleinen Fans und ihr Spießbürgerpack von Eltern lesen können, wie du mich geschwängert und dann mit einem armen kleinen Mädchen sitzengelassen hast, während du in Geld schwimmst und dir ein schönes Leben machst. Wie würde das wohl ankommen, Mr. Page? Können Sie Bri und den Jungs dann noch einen Auftritt im Königshaus verschaffen?«

»Miß Palmer.« Petes Stimme blieb ruhig und gelassen. Er hatte Stunden damit verbracht, das Für und Wider der Lage abzuwägen. Ein Blick überzeugt ihn, daß das reine Zeitverschwendung gewesen war. Hier ging es nur um Geld. »Ich bin sicher, daß Sie Ihre persönlichen Angelegenheiten nicht in der Presse wiederfinden möchten. Ich denke auch, daß Sie nicht böswilliges Verlassen unterstellen sollten, wenn dies nicht vorgelegen hat.«

»Hört, hört. Ist er dein Manager, Brian, oder dein verdammter Rechtsanwalt?«

»Als ich dich verlassen habe, warst du nicht schwanger.«

»Da hatte ich noch keine Ahnung«, schrie sie und klammerte sich an Brians schwarze Lederweste. »Ich hab's erst zwei Monate später bestätigt bekommen, da warst du schon weg, und ich wußte nicht, wo ich dich suchen sollte. Ich hätte es wegmachen lassen können.« Als Brian versuchte, ihre Hände wegzuschieben, krallte sie sich nur noch stärker fest. »Ich kannte da ein paar Leute, die das für mich geregelt hätten, aber ich hatte davor noch mehr Angst als vor der Geburt.«

»Sie hat also ein Kind gekriegt.« Johnno setzte sich auf eine Stuhllehne und nahm sich eine Gauloise, die er mit einem schweren goldenen Feuerzeug anzündete. In den letzten zwei Jahren hatte er sich teure Angewohnheiten zugelegt. »Das heißt noch nicht, daß es von dir ist, Bri.«

»Es ist seins, du Scheißkerl.«

»Meine Güte.« Johnno zog ungerührt an seiner Zigarette und blies ihr den Rauch direkt ins Gesicht. »Ganz Dame, wie?«

»Laß gut sein, Johnno.« Petes Stimme blieb immer noch beherrscht. »Miß Palmer, wir sind hier, um die Sache ohne großes Aufsehen zu klären.«

Und genau das war ihre Trumpfkarte. »Jede Wette, daß Sie kein großes Aufsehen wollen. Du weißt genau, daß ich in dieser Zeit mit keinem anderen was hatte, Brian.« Sie lehnte sich gegen ihn und preßte ihren Busen an seine Brust. »Du erinnerst dich doch an Weihnachten, das letzte Mal, wo wir zusammen waren. Wir waren high, ein bißchen aufgedreht und haben keine Verhütungsmittel benützt. Und Emma wird im September drei.«

Und ob er sich erinnerte – besser, als ihm lieb war. Er war neunzehn gewesen, erfüllt von Musik, wie im Rausch. Irgendwer hatte Kokain mitgebracht, und nachdem er zum erstenmal geschnupft hatte, fühlte er sich wie ein Bulle, wild darauf, sie zu vögeln.

»Du hast also ein Baby bekommen und glaubst, es ist von mir. Warum hast du bis jetzt gebraucht, mir das zu sagen?«

»Wie gesagt, zuerst konnte ich dich nicht finden.« Jane leckte sich die Lippen und sehnte sich nach einem Drink. Es wäre sehr unklug, ihm zu erzählen, daß sie es eine Weile genossen hatte, die Märtyrerin zu spielen, die arme, ledige Mutter, ganz auf sich gestellt. Außerdem hatte es da den einen oder anderen Mann gegeben, der ihr ein wenig unter die Arme gegriffen hatte.

»Ich bin zu diesem Verein gegangen, du weißt schon, für Mädchen in Schwierigkeiten. Ich dachte, ich könnte sie vielleicht zur Adoption freigeben, aber als sie erst mal da war, brachte ich es nicht übers Herz. Sie hat genauso ausgesehen wie du. Ich dachte, wenn ich sie weggebe und du das erfährst, würdest du wütend auf mich sein. Ich hatte Angst, du würdest mir keine Chance mehr geben.«

Sie begann zu weinen, große, dicke Tränen, die ihr schweres Make-up verschmierten und um so abstoßender und erschreckender wirkten, als sie echt waren. »Ich wußte immer, daß du zurückkommst, Brian. Ich hab' deine Songs im Radio gehört, deine Poster in Plattenläden gesehen. Du hast es geschafft. Ich wußte ja immer, daß du es schaffen würdest, aber ich hätte nie gedacht, daß du so berühmt wirst. Dann habe ich nachgedacht...«

»Darauf möchte ich wetten«, murmelte Johnno.

»Ich habe nachgedacht«, knirschte sie. »Daß du vielleicht von dem Kind erfahren solltest. Ich bin zu deiner alten Wohnung gegangen, aber du warst weggezogen, und niemand wollte mir sagen. wohin. Aber ich hab' jeden Tag an dich gedacht. Hier.«

Sie nahm seinen Arm und wies auf die mit Fotos übersäte Wand. »Ich hab' alles, was ich über dich finden konnte, ausgeschnitten und aufgehoben.«

Er starrte auf Dutzende seiner Abbilder, und ihm drehte sich der Magen um. »O Gott.«

»Ich habe bei deiner Plattenfirma angerufen, bin sogar hingegangen, aber die haben mich wie Dreck behandelt. Ich sagte ihnen, daß ich die Mutter von Brian McAvoys kleiner Tochter bin, und da haben sie mich rausgeschmissen.« Wohlweislich verschwieg sie, daß sie in betrunkenem Zustand auf die Empfangsdame losgegangen war. »Dann habe ich das von dir und Beverly Wilson gelesen und war verzweifelt. Ich wußte zwar, daß sie dir nichts bedeuten konnte, nicht nach dem, was zwischen uns war, aber ich mußte irgendwie mit dir reden.«

»Zu Bevs Wohnung gehen und da wie eine Verrückte zu toben, war nicht unbedingt der beste Weg.«

»Ich mußte mit dir reden, dich dazu bringen, daß du mir zuhörst. Du weißt ja nicht, wie das ist, Brian, sich immer zu fragen, wie man die Miete bezahlen soll und ob genug Geld für Essen da ist. Ich kann mir keine schicken Sachen mehr kaufen oder abends ausgehen!«

»Also willst du Geld?«

Sie zögerte eine Sekunde zu lange. »Ich will dich, Bri, schon immer.«

Johnno drückte seine Zigarette im Topf einer Plastikpflanze aus. »Weißt du, Bri, hier wird dauernd von diesem Kind geredet, aber es ist keine Spur von ihm zu sehen.« Er stand auf und warf gewohnheitsmäßig seinen glänzenden dunklen Haarschopf zurück. »Können wir hier verschwinden?«

Jane warf ihm einen hinterhältigen Blick zu. »Emma ist im Schlafzimmer, und ich lasse nicht zu, daß ihr alle da reintrampelt. Das geht nur Brian und mich an.«

Johnno grinste sie an. »Du hast schon immer deine beste Arbeit im Bett geleistet, was, Schätzchen?« Ihre Augen trafen sich, und die Abneigung, die schon immer zwischen ihnen bestanden hatte, flackerte wieder auf. »Bri, sie mag ja mal eine Edelnutte gewesen sein, aber heute ist sie nur noch zweitklassig. Können wir weitermachen?«

»Du miese Schwuchtel!« Bevor Brian sie um die Taille fassen konnte, ging Jane auf Johnno los. »Du wüßtest ja gar nicht, was du mit einer richtigen Frau anfangen solltest, selbst wenn sie dich am Schwanz packen würde!«

Sein Grinsen blieb unverändert, aber seine Augen wurden hart. »Möchtest du's mal ausprobieren, Süße?«

»Zähl nur auf Johnno, wenn es darum geht, etwas in Ruhe zu besprechen«, brummte Brian vor sich hin und drehte Jane herum. »Du hast gesagt, das hier geht nur dich und mich an, also bleib dabei. Ich werde mir das Mädchen ansehen.«

»Die beiden aber nicht.« Sie zeigte Johnno die Zähne, der nur die Achseln zuckte und sich eine weitere Zigarette anzündete. »Nur du. Das bleibt Privatsache.«

»Gut, wartet hier.« Er hielt Jane am Arm fest, als sie ins Schlafzimmer ging. Es war leer. »Ich bin das Spielchen leid, Jane.«

»Sie versteckt sich, das ist alles. Die ganzen Leute machen

ihr Angst. Emma! Komm sofort zu Mamma!« Jane kniete sich neben das Bett und rappelte sich dann hoch, um den engen Schrank zu durchsuchen. »Vielleicht ist sie auf dem Klo.« Sie stürmte hinaus und riß die Tür zum Flur auf.

»Brian.« Von der Küchentür machte Johnno ihm ein Zeichen. »Hier ist etwas, was du dir ansehen solltest.« Er hob ein Glas und prostete Jane zu. »Du hast doch nichts dagegen, daß ich mir einen Drink genehmige, Schätzchen? Die Flasche war schon offen.« Mit dem Daumen seiner freien Hand deutete er auf den Schrank unter der Spüle.

Hier war der abgestandene Geruch noch stärker, schaler Gin, gärende Abfälle, vor sich hin schimmelnde Lumpen. Brians Schuhe blieben am Linoleum kleben, als er zum Schrank ging und sich bückte. Er öffnete die Tür und spähte hinein.

Klar erkennen konnte er das Mädchen nicht, er sah nur, daß es sich in die Ecke geduckt hatte und etwas Schwarzes im Arm hielt. Sein Magen hob sich, aber er versuchte zu lächeln.

»Hallo.«

Emma vergrub ihr Gesicht in dem schwarzen Fellbündel in ihrem Arm.

»Verdammte Gör, ich werde dir helfen, dich vor mir zu verstecken.« Jane wollte nach ihr greifen, aber ein Blick von Brian hielt sie zurück. Er streckte seine Hand aus und lächelte erneut.

»Ich fürchte, ich passe nicht mehr mit rein. Wie wär's, wenn du kurz rauskommst?« Er sah sie über ihre verschränkten Arme hinweg blinzeln. »Niemand tut dir weh.«

Er hat so eine schöne Stimme, dachte Emma, weich und melodisch, wie Musik. Das Licht aus dem Küchenfenster fiel auf sein sattblondes Haar und ließ es wie Engelshaar glänzen. Kichernd krabbelte sie hervor.

Ihr neues Kleid war schmierig und voller Flecken, ihr wuscheliges Babyhaar von einem Leck unter der Spüle feucht. Beim Lächeln zeigte sie weiße Zähnchen, ein Schneidezahn stand schief. Brian fuhr mit der Zunge über ein Gegenstück in seinem Mund. Als sie die Lippen krümmte,

19

tanzte genau wie bei ihm ein Grübchen im linken Mundwinkel, und seine eigenen tiefblauen Augen sahen ihn an.

»Und dabei hatte ich sie so hübsch zurechtgemacht.« Janes Stimme klang weinerlich, der Geruch nach Gin ließ ihr das Wasser im Mund zusammenlaufen, aber sie hatte Angst, sich ein Glas einzuschenken. »Ich habe ihr extra gesagt, sie soll sich nicht schmutzig machen. Habe ich dir das nicht gesagt, Emma? Ich werde sie waschen gehen.« Sie faßte Emma so hart am Arm, daß das Mädchen in die Höhe sprang.

»Laß sie los.«

»Ich wollte sie doch nur...«

»Laß sie los«, wiederholte Brian mit flacher, bedrohlicher Stimme. Wenn er sie nicht unverwandt angestarrt hätte, wäre Emma wohl wieder unter die Spüle gekrochen. Sein Kind. Für einen Moment konnte er sie nur weiter anstarren, sein Kopf wurde leicht und sein Magen verkrampfte sich. »Hallo, Emma.« Nun schwang in seiner Stimme diese Süße mit, in die sich Frauen verliebten. »Was hast du denn da?«

»Charlie. Mein Hündchen.« Sie hielt Brian das Stofftier zur Inspektion hin.

»So ein schönes Hündchen.« Es drängte ihn, sie zu berühren, ihr über das Gesicht zu streichen, aber er beherrschte sich. »Weißt du, wer ich bin?«

»Auf den Fotos.« Zu jung, einem Impuls zu widerstehen, griff sie in sein Gesicht. »Schön!«

Johnno lachte und nahm einen Schluck Gin. »Typisch Frau.«

Ohne auf ihn zu achten, zupfte Brian an Emmas feuchten Locken. »Du aber auch.«

Er redete Unsinn, wobei er sie genau beobachtete. Seine Knie waren wie Gummi, und in seinem Magen tanzten ein paar Schmetterlinge. Beim Lachen verstärkte sich ihr Grübchen, es war, als würde er sich selbst zusehen. Es wäre einfacher und mit Sicherheit bequemer, dies abzustreiten, aber es war unmöglich. Gewollt oder ungewollt, er hatte sie gezeugt. Doch sie zu beschützen, hieß nicht, sie zu akzeptieren.

Er erhob sich und wandte sich an Pete. »Wir sollten besser zur Probe gehen.«

»Du willst weg?« Jane sprang auf und verstellte ihm den Weg. »Einfach so? Schau sie dir doch an!«

»Ich weiß, was ich sehe.« Ein plötzliches Schuldgefühl durchzuckte ihn, als Emma zum Schrank zurückschlich. »Ich brauche Zeit zum Nachdenken.«

»O nein, du haust mir nicht einfach ab. Du denkst nur an dich, wie immer. Was ist am besten für Brian, was ist am besten für seine Karriere. Ich lasse mich nicht noch mal beiseite stoßen.« Er war schon fast an der Tür, als sie Emma hochriß und ihm nachlief. »Wenn du gehst, bringe ich mich um.«

Er hielt lange genug inne, um sich umzudrehen. Diesen Text kannte er, er hätte ein Lied daraus machen können. »Das zieht schon lange nicht mehr.«

»Und sie.« Voller Verzweiflung stieß sie diese Drohung hervor und ließ sie in der Luft schweben. Ihr Griff um Emmas Taille wurde so fest, daß das Mädchen zu schreien begann.

Panik wallte in Brian hoch, als die Schreie des Kindes, seines Kindes, von den Wänden widerhallten. »Laß sie los, Jane, du tust ihr weh.«

»Was geht dich das an«, schluchzte Jane; ihre Stimme wurde schriller und schriller bei dem Versuch, ihre Tochter zu übertönen. »Du gehst einfach weg.«

»Nein, das tue ich nicht. Ich brauche nur Zeit, um über alles nachzudenken.«

»Klar, Zeit, damit dein sauberer Manager eine hübsche Geschichte erfinden kann, meinst du.« Ihr Atem ging heftig, sie hielt die sich wehrende Emma mit beiden Händen fest. »Ich will mein Recht, Brian.«

Er ballte die Fäuste. »Laß sie runter.«

»Ich bringe sie um.« Sie wurde ruhiger, konzentrierte sich auf diesen Gedanken. »Ich schwöre dir, ich schneide erst ihr die Kehle durch und dann mir selber. Kannst du damit leben, Brian?«

»Sie blufft doch nur«, murmelte Johnno, doch seine Handflächen wurden feucht.

»Ich habe nichts mehr zu verlieren. Glaubst du, ich will so weiterleben? Ganz allein das Gör großziehen, während die

Nachbarn über mich herziehen? Nie mehr ausgehen und mich amüsieren können? Denk darüber nach, Bri, und denk daran, was die Presse mit dir macht, wenn ich die ganze Geschichte erzähle. Und das mache ich – ich sage alles, bevor ich uns beide umbringe.«

»Miß Palmer.« Pete hob beruhigend die Hand. »Ich gebe Ihnen mein Wort, daß wir eine allseits befriedigende Lösung finden werden.«

»Laß Johnno Emma in die Küche bringen, Jane, und wir besprechen alles.« Brian näherte sich ihr vorsichtig. »Wir werden einen Weg finden, der für alle Seiten akzeptabel ist.«

»Ich will doch nur, daß du zu mir zurückkommst.«

»Ich bleibe noch hier.« Erleichtert bemerkte er, daß sie ihren Griff lockerte. »Wir reden darüber.« Er nickte Johnno leicht zu. »Wir reden jetzt über alles, komm, setzen wir uns erst mal.«

Zögernd nahm Johnno das Mädchen auf den Arm. Pingelig wie er war, rümpfte er die Nase, als er den unter der Spüle angehäuften Unrat sah, aber er trug sie in die Küche. Da sie nicht aufhörte zu weinen, nahm er sie auf den Schoß und streichelte ihr Haar.

»Komm schon, Häschen, nicht weinen. Johnno läßt nicht zu, daß dir etwas passiert.« Er schaukelte sie hin und her und überlegte, was seine Mutter wohl getan hätte. »Möchtest du einen Keks?«

Sie schluckte, nickte dann, die Augen immer noch feucht.

Er schaukelte sie weiter und stellte fest, daß sie unter all den Tränen und dem Schmutz ein einnehmendes kleines Ding war. Und eine McAvoy, gab er seufzend zu. Eine McAvoy durch und durch. »Können wir irgendwo welche stibitzen?«

Endlich lächelte sie und wies auf einen hohen Schrank.

Eine halbe Stunde später hatten sie die Platte mit Keksen fast geleert und süßen Tee getrunken, den er aufgebrüht hatte. Brian sah von der Küchentür aus zu, wie Johnno Grimassen schnitt und Emma zum Kichern brachte. Wenn alles, aber auch alles schiefging, dachte er, konnte man sich doch immer auf Johnno verlassen.

Er ging in die Küche und fuhr seiner Tochter mit der Hand durchs Haar. »Emma, möchtest du eine Fahrt mit meinem Auto machen?«

Sie leckte ein paar Krümel von den Lippen. »Mit Johnno?«

»Ja, mit Johnno.«

»Ich bin der absolute Renner.« Johnno stopfte sich den letzten Keks in den Mund.

»Ich möchte, daß du bei mir bleibst, Emma, in meinem Haus.«

»Bri...«

Brian hob die Hand und schnitt Johnno das Wort ab. »Es ist ein schönes Haus, und du könntest ein eigenes Zimmer bekommen.«

»Muß ich?«

»Ich bin dein Papa, Emma, und ich möchte gern, daß du bei mir lebst. Du kannst es ja mal versuchen, und wenn es dir nicht gefällt, überlegen wir uns etwas anderes.«

Emma musterte ihn aufmerksam und verzog den Mund zu einer Schnute. Sein Gesicht war ihr vertraut, aber es war irgendwie anders als auf den Fotos. Warum, das wußte sie nicht, und es interessierte sie auch nicht; allein seine Stimme gab ihr ein Gefühl der Sicherheit.

»Kommt Mama auch mit?«

»Nein.«

Ihre Augen füllten sich mit Tränen, aber sie hob ihren schäbigen schwarzen Hund und drückte ihn an sich. »Und Charlie?«

»Aber sicher.« Brian nahm sie auf den Arm.

»Ich hoffe nur, du weißt, was du tust.«

Über Emmas Kopf hinweg warf Brian Johnno einen Blick zu. »Das hoffe ich auch.«

23

2

Vom Vordersitz des silbernen Jaguar aus sah Emma das große Haus zum erstenmal. Sie war ein bißchen traurig, daß Johnno mit seinem komischen Bart nicht mehr da war, aber der Mann von den Fotos hatte sie mit den Knöpfen am Armaturenbrett spielen lassen. Zwar lächelte er nicht mehr, aber er schimpfte auch nicht, und er roch so gut. Das Auto roch auch gut. Sie drückte Charlies Schnauze in den Sitz und plapperte leise vor sich hin.

Das Haus aus wetterfestem grauen Stein, mit rautenförmigen Fenstern und geschwungenen Türmchen, erschien ihr riesig. Es war von dichtem grünem Rasen umgeben, und ein Duft nach Blumen lag in der Luft. Vor freudiger Erwartung grinste sie.

»Ein Schloß!«

Nun lächelte auch er. »Ja, das habe ich auch immer gedacht. Als ich klein war, wollte ich in so einem Haus leben. Mein Papa – dein Opa – hat hier im Garten gearbeitet.« Wenn er nicht gerade sturzbetrunken war, fügte Brian im Geist hinzu.

»Ist er auch hier?«

»Nein, er lebt in Irland.« In einem kleinen Cottage, erworben mit dem Vorschuß, den Pete ihm vor einem Jahr bewilligt hatte. »Irgendwann wirst du ihn und deine Onkel, Tanten und Cousins kennenlernen.« Er nahm sie auf, verblüfft über die Selbstverständlichkeit, mit der sie sich an ihn schmiegte. »Du hast jetzt eine Familie, Emma.«

Als er ins Haus ging, Emma noch immer auf dem Arm, hörte er Bevs helle, lebhafte Stimme.

»Ich denke an Blau, reines Blau. Ich kann mit diesem Blumengarten an der Wand einfach nicht leben. Und diese schrecklichen Wandbehänge kommen weg, es sieht hier ja aus wie in einer Höhle. Ich möchte Weiß, Weiß und Blau.«

Er wandte sich zur Wohnzimmertür und sah sie, umgeben von Dutzenden von Musterbüchern, am Boden sitzen. Ein Teil der Tapete war bereits abgerissen und die Wand teilweise neu verputzt. Bev nahm eine einzige Aufgabe gern von allen Seiten in Angriff.

Wie sie da inmitten von Schutt saß, wirkte sie klein und zerbrechlich. Ihr dunkles, kurzgeschnittenes Haar lag wie eine Kappe am Kopf, und an ihren Ohren glitzerten große Goldreifen. Ihre seegrünen, goldgefleckten Augen unter schweren Lidern verliehen ihr ein beinahe exotisches Aussehen, zumal sie von dem Wochenende, das sie auf den Bahamas verbracht hatten, noch sonnengebräunt war. Er wußte genau, wie sich ihre Haut anfühlen, wie sie schmecken würde.

Niemand, der dieses schmale Persönchen mit dem herzförmigen Gesicht so dasitzen sähe, in engen Hosen und einem weißen Hemd, die Beine untergeschlagen, käme auf die Idee, daß sie im zweiten Monat schwanger war.

»Bev.«

»Brian, ich hab' dich gar nicht gehört.« Sie drehte sich um, im Begriff aufzustehen, und hielt dann inne. »Oh.« Die Farbe wich aus ihrem Gesicht, als sie das Kind auf seinem Arm erblickte, aber sie fing sich rasch wieder und machte den beiden Dekorateuren, die sich wegen einiger Muster nicht einig wurden, ein Zeichen. »Brian und ich müssen die endgültige Auswahl noch besprechen. Ich rufe Sie gegen Ende der Woche an.«

Nachdem sie sie unter Versprechungen und Schmeicheleien hinausgedrängt und die Tür hinter ihnen geschlossen hatte, holte sie tief Luft und legte eine Hand schützend über ihren Bauch.

»Das ist Emma.«

Bev rang sich ein Lächeln ab. »Hallo, Emma.«

»'lo.« In einem Anflug von Schüchternheit vergrub Emma ihr Gesicht an Brians Hals.

»Emma, möchtest du ein bißchen fernsehen?« Brian gab ihr einen aufmunternden Klaps auf den Po. Als sie nicht reagierte, fuhr er verzweifelt fort: »Hier in dem Zimmer steht ein schöner großer Fernseher. Du und Charlie, ihr könnt auf dem Sofa sitzen.«

»Ich muß Pipi«, flüsterte sie.

»Ja, dann...«

Bev blies ihre Ponyfransen aus der Stirn. Beinahe hätte sie

gelacht, wäre ihr nicht so elend zumute gewesen. »Ich bring' sie auf die Toilette.«

Aber Emma klammerte sich noch fester an Brians Hals. »Ich glaube, ich bin der Auserwählte.« Er führte sie ins Bad, warf Bev noch einen hilflosen Blick zu und schloß die Tür.

»Kannst du schon, äh...« Er brach ab, als Emma ihr Höschen abstreifte und sich setzte.

»Ich mach' nicht mehr in die Hose«, meinte sie sachlich. »Mama sagt, nur dumme, ungezogene Mädchen tun das.«

»Du bist ja auch schon groß.« Er unterdrückte einen neuerlichen Wutanfall. »Und schon so klug.«

Sie war fertig und kämpfte sich in ihr Höschen. »Kommst du mit, fernsehen?«

»In einer Weile. Ich muß erst mit Bev reden. Sie ist wirklich lieb, weißt du«, fügte er hinzu und hob sie zum Waschbecken. »Sie lebt auch mit mir zusammen.«

Emma spielte einen Moment mit dem fließenden Wasser. »Wird sie mich schlagen?«

»Nein.« Er nahm sie fest in die Arme. »Niemand wird dich je wieder schlagen, das verspreche ich dir.«

Gerührt trug er sie an Bev vorbei in ein Zimmer mit einem gemütlichen Sofa und einem großen Schrankfernseher, den er einschaltete und eine lustige Schau aussuchte. »Ich bin bald zurück.«

Emma sah ihm nach, als er das Zimmer verließ, und bemerkte erleichtert, daß er die Tür offenließ.

»Wir gehen besser hier hinein.« Bev zeigte zum Wohnzimmer. Dort setzte sie sich wieder auf den Boden und machte sich an den Mustern zu schaffen. »Es scheint, daß Jane die Wahrheit gesagt hat.«

»Ja, Emma ist meine Tochter.«

»Das sehe ich, Bri. Sie sieht dir so beängstigend ähnlich.« Sie fühlte aufsteigende Tränen und haßte sich dafür.

»O Gott, Bev.«

»Nein, laß mich«, sagte sie, als er den Arm um sie legen wollte. »Ich brauche eine Minute Zeit, es ist ein Schock.«

»Für mich war es auch einer.« Er zündete sich eine Zigarette an und nahm einen tiefen Zug. »Du weißt, warum ich mit Jane Schluß gemacht habe.«

»Du hast behauptet, sie hätte dich am liebsten mit Haut und Haaren vereinnahmt.«

»Sie war unbeständig, Bev. Sie war schon so, als wir noch Kinder waren.«

Noch konnte sie ihm nicht ins Gesicht sehen. Sie selbst hatte ihn beschworen, Jane wiederzusehen und die Wahrheit über das Kind herauszufinden. Mit gefalteten Händen starrte Bev auf den staubigen Marmorkamin. »Du hast sie lange gekannt.«

»Sie war das erste Mädchen, mit dem ich geschlafen habe. Ich war gerade dreizehn.« Er rieb sich die Augen, wünschte, es wäre nicht so einfach, sich zu erinnern. »Mein Vater war regelmäßig betrunken und steigerte sich dann in einen seiner berüchtigten Wutanfälle, bis er das Bewußtsein verlor. Dann habe ich mich immer im Keller versteckt. Eines Tages war Jane da, als ob sie auf mich gewartet hätte, und bevor ich mich versah, hatte sie mich in den Klauen.«

»Bri, du mußt nicht alles wieder aufrühren.«

»Ich möchte, daß du Bescheid weißt.« Er ließ sich Zeit, sog den Rauch ein und stieß ihn langsam wieder aus. »Jane und ich hatten anscheinend viel gemeinsam. Bei ihr zu Hause gab's auch immer Krach, und nie war genug Geld da. Dann habe ich angefangen, mich für die Musik zu begeistern, und damit mehr Zeit verbracht als mit ihr. Sie flippte vollkommen aus, bedrohte mich und sich selbst. Da habe ich mich von ihr zurückgezogen.

Nicht viel später, als die Jungs und ich uns schon zusammengefunden hatten und um den großen Durchbruch kämpften, tauchte sie wieder auf. Wir sind damals in Spelunken aufgetreten und haben nur das Nötigste verdient. Vielleicht habe ich mich wieder mit ihr eingelassen, weil sie jemand war, der mich kannte und den ich kannte. Hauptsächlich aber, weil ich damals ein richtiges Arschloch war.«

Bev schnüffelte und lächelte verkrampft. »Du bist immer noch ein richtiges Arschloch.«

»Hmm. Wir waren jedenfalls fast ein Jahr lang wieder

zusammen, bis sie sich gegen Ende immer schlimmer aufführte. Sie versuchte, Unfrieden zwischen mir und den Jungs zu stiften, störte die Proben, machte Szenen. Einmal kam sie sogar in den Klub und bedrohte eins der Mädchen im Publikum. Hinterher hat sie immer geweint und mich angebettelt, ihr zu vergeben. Es kam dann soweit, daß ich nicht mehr sagen konnte, okay, schon gut, vergiß es. Sie sagte, wenn ich mit ihr Schluß machte, würde sie sich umbringen. Wir hatten uns gerade mit Pete zusammengetan und ein paar Auftritte in Frankreich und Deutschland gehabt, und er arbeitete unseren ersten Plattenvertrag aus. Wir haben London verlassen, und ich habe sie aus meinem Gedächtnis gestrichen. Ich wußte nicht, daß sie schwanger war, Bev, ich hatte die letzten drei Jahre keinen Gedanken mehr an sie verschwendet. Wenn ich die Zeit zurückdrehen könnte...« Er verstummte und dachte an das Kind im Nebenzimmer, mit dem schiefen Zähnchen und dem kleinen Grübchen. »Ich weiß nicht, was ich tun würde.«

Bev zog die Knie an und lehnte sich darauf. Als praktisch veranlagte junge Frau aus stabilen Familienverhältnissen fiel es ihr schwer, Kummer und Armut zu verstehen, obwohl genau diese Dinge in Brians Vergangenheit sie zu ihm hingezogen hatten.

»Die Frage ist wohl eher, was du jetzt tun sollst.«

»Ich habe schon etwas getan.« Er drückte seine Zigarette in einer Porzellanschale aus dem neunzehnten Jahrhundert aus, doch Bev machte sich nicht die Mühe, ihn darauf hinzuweisen.

»Was hast du getan, Bri?«

»Ich habe Emma zu mir genommen. Sie ist meine Tochter, und sie wird bei mir leben.«

»Ich verstehe.« Bev griff nach einer Zigarette. Seit sie schwanger war, hatte sie ihren gelegentlichen Alkohol- und Drogenkonsum aufgegeben, aber das Rauchen war eine hartnäckigere Angewohnheit. »Meinst du nicht, wir sollten darüber reden? Soweit mir bekannt ist, heiraten wir in ein paar Tagen.«

»Und ob!« Er faßte sie bei den Schultern und schüttelte sie

leicht, voller Angst, daß sie sich, wie so viele andere, von ihm abwenden würde. »Verdammt noch mal, Bev, ich wollte ja mit dir reden, aber ich konnte einfach nicht.« Als er sie losließ, sprang sie auf und versetzte den Musterbüchern einen Tritt. »Ich bin nur in diese schmierige, stinkende Bude gegangen, um Jane zu zwingen, uns in Ruhe zu lassen. Sie war genau wie früher, eine Minute hat sie gekreischt, dann wieder gebettelt. Sie sagte, Emma sei im Schlafzimmer, aber da war sie nicht.« Er bedeckte die Augen mit den Händen. »Bev, das Kind hat sich wie ein verängstigtes Tier unter der Spüle verkrochen.«

»O Gott.« Bevs Kopf sank auf die Knie.

»Jane wollte sie schlagen – sie wollte dieses kleine, zierliche Püppchen schlagen, nur weil es Angst hatte. Als ich sie sah... Bev, bitte sieh mich an. Als ich sie sah, dachte ich, ich sehe mich selber. Verstehst du das?«

»Ich versuch's ja.« Sie schüttelte den Kopf, kämpfte immer noch mit den Tränen. »Nein, lieber nicht. Ich will, daß alles wieder so ist wie heute morgen, als du weggegangen bist.«

»Meinst du, ich hätte sie einfach dalassen sollen?«

»Nein. Doch.« Sie drückte die Fäuste an die Schläfen. »Ich weiß es nicht. Wir hätten darüber sprechen sollen, wir hätten schon eine Lösung gefunden.«

Er kniete sich neben sie und nahm ihre Hände in die seinen. »Ich wollte eigentlich gehen, etwas durch die Gegend fahren und dann nach Hause kommen und mit dir reden. Jane sagte, sie bringt sich um.«

»Ach, Bri.«

»Damit wäre ich noch fertig geworden. Ich war wütend genug, um sie noch dazu anzustacheln. Aber dann hat sie gesagt, daß sie Emma auch umbringen würde.«

Bev legte eine Hand auf ihren Bauch, über das Kind, das in ihr wuchs und für sie bereits wundervolle Wirklichkeit war.

»Nein. Nein, das kann sie nicht so gemeint haben.«

»Sie hat.« Sein Griff verstärkte sich. »Ich weiß nicht, ob sie es wirklich getan hätte, aber in dem Moment war es ihr ernst. Ich konnte Emma nicht dort lassen, Bev. Ich hätte auch ein fremdes Kind nicht dort lassen können.«

»Nein.« Sie löste ihre Hände, um sein Gesicht zu streicheln. Ihr Brian, dachte sie, ihr lieber, süßer Brian. »Nein, das hättest du nicht. Wie hast du Jane dazu bekommen, Emma gehen zu lassen?«

»Sie war einverstanden«, entgegnete Brian kurz. »Pete hat die entsprechenden Dokumente aufgesetzt, damit ist alles legal.«

»Bri.« Ihre Hand lag an seiner Wange. Sie mochte verliebt sein, aber sie war nicht blind. »Wie?«

»Ich habe ihr einen Scheck über hunderttausend Pfund ausgestellt. Weiterhin bekommt sie jedes Jahr fünfundzwanzigtausend Pfund, bis Emma einundzwanzig ist.«

Bev ließ die Hand fallen. »Himmel, Brian, du hast das Mädchen gekauft?«

»Du kannst nicht kaufen, was dir bereits gehört.« Er spie die Worte beinahe aus; sie gaben ihm das Gefühl, am ganzen Körper schmutzig zu sein. »Ich habe Jane genug Geld gegeben, um sicherzugehen, daß sie sich von Emma und uns fernhält.« Seine Hand legte sich auf ihren Bauch. »Und von unserem Kind. Hör zu, die Presse wird sich auf die Geschichte stürzen, und das wird nicht immer leicht. Ich bitte dich, bleib bei mir und steh das mit mir durch. Gib Emma eine Chance.«

»Wo sollte ich wohl hingehen?«

»Bev...«

Sie schüttelte den Kopf. Zwar würde sie bei ihm bleiben, aber sie brauchte etwas Zeit. »In der letzten Zeit habe ich einiges über das Thema gelesen, und ich bin mir ziemlich sicher, daß man ein Kleinkind nicht so lange allein lassen sollte.«

»Stimmt. Ich gehe mal nachsehen.«

»Wir gehen beide nachsehen.«

Sie saß immer noch auf dem Sofa, die Arme fest um Charlie geschlungen. Der Lärm aus dem Fernseher störte sie offenbar nicht im Schlaf. Als Bev die Tränenspuren auf ihren Wangen bemerkte, wurde ihr Herz weich.

»Ich glaube, die Dekorateure sollten sich schleunigst um ein Schlafzimmer oben kümmern.«

Emma lag zwischen frischen, weichen Laken im Bett und kniff krampfhaft die Augen zusammen. Sie wußte, wenn sie sie öffnen würde, wäre es dunkel. Und in der Dunkelheit hielten sich Dinge verborgen.

Sie hielt Charlie eisern am Hals fest und lauschte. Manchmal machten die Dinge zischende Geräusche.

Jetzt konnte sie sie nicht mehr hören, aber sie waren da, das wußte sie. Warteten, daß sie die Augen aufmachte. Ein Schluchzen entfuhr ihr, und sie biß sich auf die Lippen. Mama wurde immer böse, wenn sie nachts weinte. Mama würde kommen, sie rütteln und sie ein dummes Baby nennen. Die Dinge würden unter das Bett und in die Ecken huschen, solange Mama da war.

Emma vergrub das Gesicht in Charlies vertrautem, übelriechendem Fell.

Ihr fiel ein, daß sie in einem anderen Haus war. Dem Haus, in dem der Mann von den Fotos wohnte. Etwas von der Angst verwandelte sich in Neugier. Er hatte gesagt, sie könne ihn Papa nennen. Komischer Name. Mit geschlossenen Augen probierte sie es aus, murmelte den Namen wie eine Beschwörung in die Dunkelheit.

Zusammen mit der dunkelhaarigen Frau hatten sie in der Küche Fisch und Chips gegessen. Musik hatte gespielt. In dem Haus spielte anscheinend ständig Musik. Immer, wenn der Papa-Mann etwas sagte, klang es wie Musik.

Die Frau hatte traurig ausgesehen, sogar wenn sie lächelte. Ob sie wohl nur wartete, bis sie mit ihr allein war, um sie dann zu schlagen?

Der neue Papa hatte sie gebadet. Emma erinnerte sich an seinen hilflosen Gesichtsausdruck, aber er hatte sie weder gezwickt noch ihr Seife in die Augen gerieben. Er hatte sie nach den blauen Flecken gefragt, und sie hatte gesagt, was ihre Mama ihr für diesen Fall befohlen hatte. Sie war ungeschickt. Sie war hingefallen.

Da hatte sie Ärger in seinen Augen aufsteigen sehen, aber er hatte ihr keinen Klaps versetzt.

Dann hatte er ihr ein T-Shirt gebracht, und sie mußte kichern, weil es ihr bis auf die Füße reichte.

Die Frau war mitgekommen, als er sie ins Bett brachte. Sie hatte auf der Bettkante gesessen und gelacht, während er eine Geschichte von Schlössern und Prinzessinnen erzählte.

Aber als sie erwachte, waren beide fort. Sie waren fort, und es war dunkel. Sie hatte Angst. Angst, die Dinge würden sie erwischen. Sie hatten riesige Zähne. Sie würden sie beißen, sie fressen. Ihre Mama würde kommen und sie verprügeln, weil sie nicht zu Hause in ihrem eigenen Bett war.

Was war das? Sie war sicher, ein flüsterndes Geräusch gehört zu haben. Vorsichtig durch die Zähne atmend, öffnete sie ein Auge. Die Schatten im Zimmer tanzten, wuchsen, griffen nach ihr. Emma versuchte, ihr Schluchzen zu unterdrücken und sich ganz klein zu machen, so klein, daß sie von den ekligen bösen Dingen im Dunkeln nicht gesehen und gefressen werden konnte. Ihre Mama hatte sie geschickt, weil sie mit dem Mann von den Fotos mitgegangen war.

Die Angst wurde so übermächtig, daß sie zu zittern und zu schwitzen begann, und entlud sich in einem entsetzten Aufschrei, als sie aus dem Bett kletterte und in die Diele stolperte. Irgend etwas zerbrach krachend.

Sie lag lang ausgestreckt am Boden, klammerte sich an den Hund und erwartete das Schlimmste.

Lichter gingen an und brachten sie zum Blinzeln. Die alte Angst machte einer neuen Platz, als sie Stimmen hörte. Emma wich zur Wand zurück und schaute wie erstarrt auf die Scherben der chinesischen Vase, die sie zerbrochen hatte.

Man würde sie schlagen. Fortschicken. In einen dunklen Raum sperren, damit sie gefressen würde.

»Emma?« Schlaftrunken und ein bißchen benommen von dem Joint, den er geraucht hatte, ehe Bev und er sich geliebt hatten, kam Brian auf sie zu. Sie rollte sich zusammen, wappnete sich für den Schlag. »Bist du in Ordnung?«

»Sie haben es zerbrochen«, flüsterte sie in der Hoffnung, sich zu retten.

»Sie?«

»Die Ungeheuer im Dunkeln. Mama hat sie geschickt, um mich zu holen.«

»Ach Emma.« Er rieb seine Wange an ihrem Haar.

»Brian, was...« Bev stürzte aus dem Zimmer und zog dabei den Gürtel ihres Morgenmantels fest. Dann sah sie, was von ihrer Dresdener Vase übriggeblieben war, seufzte leise und vermied es, auf die Scherben zu treten, als sie sich ihnen näherte. »Ist sie verletzt?«

»Ich glaube nicht. Sie hat nur furchtbare Angst.«

»Laß mal sehen.« Bev nahm Emmas Hand. Diese war zur Faust geballt, der Arm gespannt wie ein Drahtseil. »Emma.« Ihre Stimme wurde strenger, doch es lag keine Bosheit darin. Vorsichtig hob Emma den Kopf. »Hast du dich verletzt?«

Noch immer ängstlich deutete Emma auf ihr Knie. Auf dem weißen T-Shirt schimmerten ein paar Blutstropfen. Bev hob den Saum an. Der Kratzer war zwar lang, jedoch nicht tief. Trotzdem hätten die meisten Kinder deswegen wohl ein großes Geschrei angestimmt. Vielleicht tat Emma das nicht, weil der Kratzer, verglichen mit den blauen Flecken, die Brian auf ihrem Körper gefunden hatte, als er sie badete, nur eine Kleinigkeit war. In einer eher instinktiven als mütterlichen Geste beugte sich Bev hinunter, um einen Kuß auf die Wunde zu drücken. Als Emmas Mund sich daraufhin vor Überraschung öffnete, floß ihr Herz über.

»Gut, Süße, wir kümmern uns darum.« Sie nahm Emma auf und kitzelte sie am Hals.

»Da sind Ungeheuer im Dunkeln«, wisperte Emma.

»Dein Papi jagt sie weg, nicht, Bri?«

Sein irisches Erbe oder aber auch die Drogen machten ihn sentimental, als er sah, daß die Frau, die er liebte, sein Kind im Arm hielt. »Na klar, ich hack' sie in Stücke und schmeiß' sie dann raus.«

»Wenn du damit fertig bist, fegst du besser das hier auf.«

Emma verbrachte diese Nacht, die erste ihres neuen Lebens, in einem großen Messingbett, eng an ihren Papa und ihre neue Mama geschmiegt.

3

Wie jeden Tag, seit sie in dem neuen Haus lebte, saß Emma am Wohnzimmerfenster und schaute über den Garten, in dem Fingerhut und Akelei in voller Blüte standen, auf die lange kiesbestreute Auffahrt. Und wartete.

Sie hatte kaum zur Kenntnis genommen, daß ihre blauen Flecken langsam verblaßten. Niemand in dem großen neuen Haus hatte sie bislang geschlagen. Noch nicht. Jeden Tag hatte sie Tee bekommen, und die Freunde, die im Hause ihres Vaters ständig ein und aus gingen, hatten ihr Süßigkeiten und Spielsachen mitgebracht.

Emma fand das alles sehr verwirrend. Sie wurde jeden Tag gebadet, sogar wenn sie sich gar nicht schmutzig gemacht hatte, und bekam immer saubere Kleidung. Niemand hier nannte sie ein dummes Baby, weil sie sich in der Dunkelheit fürchtete. Die Lampe mit dem rosa Schirm brannte die ganze Nacht, so daß die Ungeheuer so gut wie nie in ihr neues Zimmer kamen.

Und dennoch wehrte sie sich dagegen, sich hier wohl zu fühlen. Sicher würde Mama bald kommen und sie wieder mitnehmen.

In dem schönen Auto war Bev mit ihr zum Einkaufen gefahren, in einen großen Laden voller herrlicher Kleider und angenehmer Düfte, und hatte taschenweise Sachen für Emma gekauft. Am besten gefiel ihr ein pinkfarbenes Organdykleid mit einem Rüschenrock. Sie hatte es an dem Tag tragen dürfen, an dem ihr Papa Bev geheiratet hatte, und war sich darin wie eine Märchenprinzessin vorgekommen. Dazu hatte sie schwarze Lackschuhe und weiße Strumpfhosen angehabt, und niemand hatte geschimpft, als sie sich die Knie schmutzig gemacht hatte.

Die Hochzeit, die trotz tiefhängender Regenwolken zuerst im Garten stattgefunden hatte, war Emma sehr ernst und feierlich erschienen. Einer der Männer, den alle Stevie riefen, hatte ein langes, weißes Hemd und weiße, sackartige Hosen getragen, auf einer schneeweißen Gitarre gespielt und dazu mit rauher Stimme gesungen. Emma hatte ihn für einen

34

Engel gehalten und Johnno nach ihm gefragt, aber der hatte nur gelacht.

Bev hatte einen Blumenkranz im Haar getragen und ein buntes, weitschwingendes Kleid, das um ihre Knöchel spielte. Emma hielt sie für die schönste Frau der Welt, und zum erstenmal in ihrem jungen Leben war sie von Neid erfüllt gewesen. So schön zu sein, erwachsen, und neben Papa zu stehen! Sie würde nie wieder Angst oder Hunger leiden. Und wie die Märchengestalten, die Brian so liebte, würde sie bis an das Ende ihrer Tage glücklich leben.

Der Regen hatte dann alle ins Haus getrieben, wo Sekt und Kuchen bereitstanden. Es wurde gesungen, gelacht und Musik gespielt. Überall im Haus hatte sie wunderschöne Frauen in kurzen, engen Röcken oder fließenden Baumwollgewändern gesehen. Einige von ihnen hatten ein großes Gewese um sie gemacht und ihr über das Haar gestreichelt, aber die meiste Zeit blieb sie sich selbst überlassen.

Niemand hatte bemerkt, daß sie sich drei Stück Kuchen genommen und den Kragen ihres neuen Kleides mit Eis verschmiert hatte. Außer ihr waren keine anderen Kinder auf der Party gewesen, und Emma war noch zu jung, um von den Größen der Musikwelt, die durch das Haus strichen, beeindruckt zu sein. Da sie sich langweilte und ihr von all dem Kuchen ein wenig übel war, war sie zu Bett gegangen und, durch die Geräusche von der Party eingelullt, sofort eingeschlafen.

Später war sie dann wieder aufgewacht. Voller Unruhe hatte sie Charlie aus dem Bett gezogen und wollte nach unten gehen, doch der schwere Rauch, der in der Luft hing, hatte sie zurückgehalten. Damit war sie nur allzu vertraut. Genau wie der Gingestank war der süßliche Marihuanageruch in ihrem Geist fest mit der Person ihrer Mutter verbunden. Jane hatte sie immer dann gepiesackt und geschlagen, wenn die Wirkung der Droge nachließ.

Wie ein Häufchen Elend hatte sie sich auf der Treppe zusammengerollt und bei Charlie Trost gesucht. Wenn ihre Mama hier war, würde sie sie mitnehmen, und Emma wußte, sie würde nie wieder das hübsche pinkfarbene Kleid tragen,

Papas Stimme hören oder mit Bev in die großen Läden gehen.

Als sie Schritte auf der Treppe hörte, hatte sie sich noch stärker zusammengerollt und war auf das Schlimmste gefaßt gewesen.

»Ja, hallo, Emmaschatz.« Zufrieden mit sich und der Welt, hatte Brian sich neben ihr niedergelassen. »Was machst du denn hier?«

»Nichts.« Sie hatte sich eng an ihren Stoffhund gekuschelt und sich so klein wie nur möglich gemacht. Wen man nicht sehen konnte, dem konnte man auch nichts tun.

»Das ist vielleicht 'ne Party!« Auf die Ellbogen gestützt hatte Brian die Decke angegrinst. In seinen kühnsten Träumen hatte er sich nicht ausmalen können, eines Tages Popgiganten wie McCartney, Jagger und Daltrey in seinem Haus zu begrüßen. Und dann die Hochzeit! Gütiger Himmel, er war verheiratet. Der Goldreif an seinem Finger bewies es.

Mit dem nackten Fuß dem Rhythmus der Musik von unten folgend, hatte er den Ring lange betrachtet. Der Gedanke, daß es kein Zurück mehr gab, gefiel ihm. Seine katholische Erziehung und sein Idealismus bestärkten ihn in dem Glauben, daß eine einmal getroffene Wahl für immer galt.

Es war einer der schönsten Tage seines Lebens gewesen, hatte er gedacht, während er in der Hemdtasche nach der Zigarettenpackung kramte. Wirklich einer der schönsten Tage überhaupt. Was machte es da schon, daß sein Vater zu bequem oder zu betrunken gewesen war, um die Flugtickets abzuholen, die er ihm nach Irland geschickt hatte? Alles, was Brian an Familie brauchte, hatte er hier.

Dann hatte er die Gedanken an die Vergangenheit energisch abgeschüttelt. Von heute an würde nur noch die Zukunft zählen, ein ganzes Leben lang.

»Wie wär's, Emma? Möchtest du runtergehen und auf Papas Hochzeit tanzen?«

Sie hatte die Schultern hochgezogen und kaum merklich den Kopf geschüttelt. Der Rauch, der wie geheimnisvoller Nebel durch die Luft waberte, ließ ihre Schläfen pochen.

»Möchtes du etwas Kuchen?« Er hatte sich gereckt, um sie

spaßhaft am Haar zu zupfen, doch sie war zurückgewichen. »Was ist denn?« Verständnislos hatte er ihr auf die Schulter geklopft.

Emmas ohnehin schon übervoller Magen hatte die Kombination von Furcht und zuviel Süßigkeiten nicht verkraftet. Ein heftiges Aufstoßen, und der gesamte Mageninhalt war über Brians Schoß geflossen. Sie gab ein jämmerliches Stöhnen von sich, ehe sie, fest an Charlie geklammert, liegenblieb; zu elend, um sich vor den zu erwartenden Schlägen zu schützen. Zu ihrer Überraschung hatte er angefangen zu lachen.

»Ich schätze, jetzt geht es dir sehr viel besser.« Zu high, um sich abgestoßen zu fühlen, hatte Brian sich hochgerafft und ihr die Hand hingehalten. »Und jetzt wird sich erst mal gewaschen.«

Emma verstand die Welt nicht mehr. Es hatte weder Schläge noch Ohrfeigen gegeben, statt dessen hatte er sie im Bad beide bis auf die Haut ausgezogen und Emma dann unter die Dusche geschoben. Beim Duschen hatte er sogar noch gesungen, irgendwas von betrunkenen Seeleuten, und so hatte sie ihre Übelkeit vergessen.

Reichlich unsicher auf den Beinen, hatte Brian die in Handtücher gehüllte Emma zurück in ihr Zimmer und ins Bett gebracht. Mit klatschnassen Haaren war er auf das Fußende des Bettes gefallen und hatte sofort zu schnarchen begonnen.

Emma war vorsichtig unter der Bettdecke hervorgekrabbelt, um sich neben ihn zu setzen, und hatte all ihren Mut zusammengenommen, sich über ihn gebeugt und einen feuchten Kuß auf seine Wange gedrückt. Zum erstenmal in ihrem Leben verspürte sie Liebe zu einem anderen Menschen; deshalb hatte sie Charlie unter seinen Arm geschoben und sich auf ihre Schlafseite gedreht.

Doch dann war er fortgegangen. Nur ein paar Tage nach der Hochzeit war ein großes Auto vorgefahren, und zwei Männer hatten Koffer aus dem Haus geschleppt. Papa hatte ihr einen Kuß gegeben und ihr ein schönes Geschenk versprochen. Emma konnte nur wortlos zusehen, wie er fortfuhr und aus ihrem Leben verschwand. Es fiel ihr schwer zu glauben, daß er zurückkommen würde, selbst dann nicht, als sie seine Stimme am Telefon hörte. Bev sagte, er sei in Amerika, wo die Mädchen bei seinem bloßen Anblick hysterisch zu kreischen begannen und die Fans seine Platten fast so schnell kauften, wie diese produziert wurden.

Aber seit er fort war, war das Haus still und leer, und manchmal weinte Bev.

Emma erinnerte sich an Janes Weinen, an die Schläge und Quälereien, die diese Tränen zu begleiten pflegten, und wartete, doch Bev schlug sie nie, nicht einmal in der Nacht, in der die Arbeiter gingen und sie ganz alleine in dem großen Haus waren.

Tag für Tag kuschelte sich Emma, Charlie im Arm, in den Sessel am Fenster und sah hinaus, träumte, daß das lange schwarze Auto die Auffahrt heraufkäme, die Tür sich öffnete und ihr Papa ausstiege.

Doch mit jedem Tag verstärkte sich ihre Gewißheit, daß er nie wieder zurückkommen würde. Er war gegangen, weil er sie nicht mochte, sie nicht wollte. Weil sie ein Störenfried war, und strohdumm dazu. Sie wartete nur noch darauf, daß auch Bev fortgehen und sie in dem großen Haus allein lassen würde. Dann würde Mama kommen.

Was ging nur in dem Kopf des Mädchens vor? wunderte sich Bev. Wie üblich saß Emma in dem Sessel am Fenster. Stundenlang konnte das Kind so sitzen, geduldig wie eine alte Frau. Selten beschäftigte sie sich mit etwas anderem als dem schäbigen alten Stoffhund, den sie mitgebracht hatte. Noch seltener bat sie um etwas.

Fast einen Monat lang war sie nun schon ein Teil ihres Lebens, aber Bevs Gefühle ihr gegenüber hatten sich noch nicht sehr geändert. Ihre Liebe zu Brian war jedoch so groß, daß es sie manchmal selbst erschreckte. Und Emma war sein Kind. Was immer sie auch angestrebt haben mochte, wie immer auch ihre Zukunftspläne ausgesehen hatten, es bedeutete wohl, daß sie jetzt auch ihr, Bevs, Kind war.

Es fiel schwer, Emma anzusehen und nicht angerührt zu sein. Mit Sicherheit lag das an ihrem Aussehen, da sie den

gleichen engelhaften Eindruck machte wie Brian, aber mehr
noch an der Aura von Unschuld, die das Kind umgab, eine
Unschuld, die um so verwunderlicher war, wenn man die
Umstände ihrer ersten drei Lebensjahre berücksichtigte.
Unschuld und Demut, dachte Bev. Sie wußte, wenn sie in
genau diesem Moment ins Zimmer gehen und Emma anbrül-
len oder schlagen würde, das Kind würde die Mißhandlungen schweigend hinnehmen. Und darin lag eine noch größere Tragik als in der jämmerlichen Armut, aus der sie befreit
worden war.

Brians Kind. Instinktiv legte Bev eine Hand über das wach-
sende Leben. Sie hatte sich so verzweifelt gewünscht, Brian
sein erstes Kind schenken zu dürfen. Das war nun nicht
mehr möglich. Trotzdem – jedesmal, wenn der Groll in ihr
aufstieg, brauchte sie Emma nur anzusehen, und er ließ
nach. Wie konnte sie jemandem grollen, der so furchtbar verletzlich war? Und doch konnte sie Emma nicht eine so selbst-
verständliche Liebe entgegenbringen, wie Brian das tat.

Sie wollte es auch gar nicht, gab Bev zu. Dies war das Kind
einer anderen Frau, ein Bindeglied, das sie auf ewig an Brians
Verhältnis mit einer anderen erinnern würde. Es spielte
keine Rolle, daß all das schon fünf oder zehn Jahre zurücklag.
Solange es Emma gab, würde Jane ein Teil ihres Lebens sein.

Für Emma begann ihre erste Beziehung zu einer anderen
Frau, die nicht auf Furcht und Einschüchterung gegründet
war. Sie und Bev kauften bei Harrods ein, bummelten durch
den Green Park und aßen anschließend im Savoy. Bev nahm
die Fotografen, die ihnen folgten und ständig Schnapp-
schüsse machten, einfach nicht zur Kenntnis. Als sie Emmas
Vorliebe für schöne Stoffe und leuchtende Farben entdeckte,
stürzte sie sich in einen regelrechten Kaufrausch. Innerhalb
von zwei Wochen quoll der Schrank des kleinen Mädchens,
das mit nichts als einem Hemd am Leib zu ihr gekommen
war, vor Kleidern über.

Aber nachts, wenn sie beide in ihrem Bett lagen und sich
nach demselben Mann sehnten, nachts kam die Einsamkeit
zurück.

Emmas Bedürfnisse waren schlicht. Sie wollte, daß Brian wiederkam, weil sie sich in seiner Gegenwart wohl fühlte. Sie hatte noch nicht gelernt, Liebe klar zu definieren oder darunter zu leiden.

Bev jedoch litt. Sie quälte sich mit der Vorstellung, Brian hätte genug von ihr, würde jemanden kennenlernen, der besser in seine Welt paßte. Sie vermißte den puren, befriedigenden Sex mit ihm. Es war so leicht zu glauben, daß er sie immer lieben, immer bei ihr bleiben würde, wenn man, von der Liebe erschöpft, schon fast im Einschlafen begriffen war. Aber nun, allein in dem breiten Messingbett, zermarterte sie sich ihr Hirn mit dem bösen kleinen Gedanken, Brian würde seine Einsamkeit mit anderen Frauen statt nur mit Musik vertreiben.

Als das Telefon klingelte, begann es bereits zu dämmern. Nach dem dritten Läuten griff Bev zum Hörer und räusperte sich. »Ja, hallo?«

»Bev?« Brians Stimme klang drängend.

Sofort hellwach, richtete sie sich im Bett auf. »Bri, was ist los? Ist etwas passiert?«

»Nichts. Alles. Bev, wir haben einen Bombenerfolg.« Sein Lachen klang benommen und aufgekratzt zugleich. »Jede Nacht kommen mehr Menschen. Wir mußten schon die Wachmannschaften verdoppeln, damit die Mädels nicht die Bühne stürmen. Es ist eine wilde Sache, Bev. Total verrückt. Heute nacht hat so eine Irre Stevies Ärmel erwischt, als wir gerade zum Auto wollten. Hat ihm glatt den Mantel runtergerissen. In der Zeitung nennen sie uns die Vorreiter einer zweiten britischen Invasion. Stell dir das vor!«

Bev sank in die Kissen zurück und bemühte sich um etwas mehr Begeisterung. »Das ist ja großartig, Brian. Hier im Fernsehen haben sie nur ein paar Ausschnitte gezeigt, nichts weiter.«

»Man kommt sich vor wie ein Gladiator, wenn man da auf der Bühne steht und den Jubel hört.« Es war ihm unmöglich, die Erregung und gleichzeitige Panik zu beschreiben, die er empfunden hatte. »Sogar Pete war beeindruckt.«

Bev dachte an den pragmatischen, nur ans Geschäft denkenden Manager und lächelte. »Dann müßt ihr wirklich eingeschlagen haben.«

»Und ob.« Er zog an dem Joint, der sein Glücksgefühl noch verstärken sollte. »Ich wünschte, du wärst hier.«

Im Hintergrund hörte sie Geräusche; laute Musik, untermalt von dem Gelächter von Männern und Frauen. »Das wünschte ich auch.«

»Dann komm her.« Er schob eine halbnackte, bedröhnte Blondine beiseite, die auf seinen Schoß klettern wollte. »Pack ein paar Sachen und buch einen Flug.«

»Wie bitte?«

»Das ist mein Ernst. Ohne dich macht alles nur halb soviel Spaß.« Auf der anderen Seite des Zimmers begann eine hochgewachsene Brünette sich langsam auszuziehen. Stevie, der Leadgitarrist, schluckte Valium wie Bonbons. »Hör mal, ich weiß, daß wir es für das Beste gehalten haben, wenn du zu Hause bleibst, aber das war ein Irrtum. Ich brauche dich hier, bei mir.«

Bev war nach Lachen und Weinen zugleich. »Du willst, daß ich nach Amerika komme?«

»So schnell wie möglich. Du triffst uns in New York, in – Scheiße, Johnno, wann sind wir eigentlich in New York?«

Johnno, auf einer Couch ausgestreckt, schenkte sich den letzten Rest Jim Beam ein. »Wo zum Teufel sind wir jetzt?«

»Egal.« Brian rieb sich die brennenden Augen und versuchte sich zu konzentrieren. Zuviel Schnaps, zuviel Rauch. »Pete kümmert sich um alles. Du brauchst bloß zu packen.«

Sie war bereits aus dem Bett gesprungen. »Und was mache ich mit Emma?«

»Bring sie einfach mit.« Erfüllt von Familiensinn, grinste Brian die Blondine an. »Pete besorgt ihr einen Paß. Heute nachmittag ruft dich jemand an und sagt dir, was zu tun ist. Himmel, ich vermisse dich so, Bev.«

»Ich vermisse dich auch. Wir kommen so schnell wie möglich. Ich liebe dich, Bri, über alles.«

»Ich liebe dich auch. Und bald hab’ ich dich wieder.«

Im selben Moment, in dem er den Hörer auflegte, griff Brian nach der Brandyflasche, um seine innere Unrast zu

41

betäuben. Er brauchte Bev jetzt, sofort. Allein ihre Stimme hatte ihn erregt.

Sie hatte genauso geklungen wie in jener Nacht, in der er sie kennengelernt hatte, schüchtern und etwas zögernd. Sie hatte so gar nicht in die verräucherte Kneipe gepaßt, in der er aufgetreten war. Und doch hatte sich hinter ihrer Schüchternheit etwas Starkes, Verläßliches verborgen. Sie war ihm seitdem nicht mehr aus dem Kopf gegangen.

Er hob die Flasche und nahm einen tiefen Zug. Anscheinend wollten sich Stevie und die Brünette nicht die Mühe machen, sich zum Liebesspiel in eines der Schlafzimmer zurückzuziehen. Die Blondine hatte von Johnno abgelassen und rieb ihren schlanken Körper nun an P. M., dem Drummer.

Halb belustigt, halb neidisch nahm Brian einen weiteren Schluck. P. M. war gerade einundzwanzig, mit einem runden, jugendlichen Gesicht und Aknepickeln am Kinn. Als die Blondine ihr Gesicht in seinem Schoß vergrub, schien er erfreut und entsetzt zugleich.

Brian schloß die Augen und nickte ein, den Kopf noch immer voll von Musik.

Er träumte von Bev und ihrer ersten gemeinsamen Nacht. Sie hatten in seiner Wohnung am Boden gesessen, ernsthaft über Musik und Poesie geredet und dabei einen Joint hin- und hergehen lassen. Er hatte nicht gemerkt, daß dies ihre erste Erfahrung mit Drogen gewesen war, genau wie er erst, als er in sie eingedrungen war, mitten auf dem Boden bei Kerzenlicht, festgestellt hatte, daß es zugleich auch ihre erste sexuelle Erfahrung war.

Sie hatte ein wenig geweint, aber statt sich deswegen schuldig zu fühlen, hatte er nur den Wunsch verspürt, sie zu beschützen. Er hatte sich vollkommen und auf eine fast poetisch zu nennende Weise verliebt. All das lag nun mehr als ein Jahr zurück, und seitdem hatte er keine andere Frau mehr angerührt. Immer wenn er in Versuchung geriet, sah er Bevs Gesicht vor sich.

Die Heirat war ein Geschenk an sie und das Kind, sein Kind, das sie trug, gewesen. Er hielt nichts von der Ehe – der

Dummheit, Liebe vertraglich zu besiegeln –, aber er empfand sie auch nicht als Falle. Doch in Bev hatte er zum erstenmal seit seiner elenden Kindheit etwas außer der Musik gefunden, was ihn beruhigte und zugleich erregte.

Ich liebe dich über alles.

Nein, er konnte das nicht so ernst und aufrichtig zu ihr sagen wie sie zu ihm. Vielleicht würde er das nie können. Doch er liebte, und die Liebe machte ihn loyal.

»Komm schon, mein Junge.« Ohne ihn völlig aufzuwekken, zog Johnno Brian auf die Füße. »Du gehörst ins Bett.«

»Bev kommt, Johnno.«

Mit hochgezogenen Brauen musterte Johnno das Gewirr von Körpern im Raum. »Soso.«

»Sie trifft uns in New York. Wir gehen nach New York, Johnno. Gottverdammtes New York! Weil wir die Größten sind!«

»Na prima.« Mit einem leisen Grunzen verfrachtete Johnno Brian ins Bett. »Schlaf dich aus, Bri. Morgen geht die Ochsentour von vorne los.«

»Muß Pete wecken«, murmelte Brian, als Johnno ihm die Schuhe auszog. »Paß für Emma. Muß mich um sie kümmern.«

»Ja, ja.« Leicht schwankend – sein Tribut an den Jim Beam – blickte Johnno auf seine neu erworbene Schweizer Uhr. Pete würde nicht begeistert sein, zu dieser Stunde aufgeweckt zu werden, aber es ließ sich nicht vermeiden.

4

Emma war von New York begeistert. Nach einem verspäteten Frühstück, bestehend aus Törtchen mit Erdbeermarmelade, ließ Brian sie in Bevs Obhut zurück. Doch diesmal machte ihr das nichts aus. Papa würde heute nacht im Fernsehen auftreten, und er hatte ihr versprochen, daß sie bei den Aufnahmen zuschauen dürfe.

In der Zwischenzeit fuhr sie mit Bev in dem großen weißen

Auto in der Stadt herum, und Emma amüsierte sich über Bevs blonde Perücke und die riesige Sonnenbrille mit den runden Gläsern. Ihre Begeisterung wirkte so ansteckend, daß Bev lächeln mußte. Emma liebte es, die Menschenmenge zu beobachten, die sich drängelnd über die Gehwege schob und, begleitet von wütenden Hupkonzerten, die Kreuzungen passierte. Da gab es Frauen in kurzen Röcken und hochhackigen Pumps, deren hochaufgetürmte Frisuren steinernen Skulpturen glichen. Andere wiederum waren mit Jeans und Sandalen bekleidet, und ihre langen, glatten Mähnen flossen ihnen wie geschmolzene Seide über den Rücken. An jeder Ecke boten Straßenverkäufer Hot Dogs, Limonade und Eis an, auf das sich die Fußgänger gierig stürzten. In der Abgeschiedenheit der kühlen Limousine bemerkte man die schweißtreibenden Außentemperaturen kaum. Die Luft vibrierte vor einer nervösen Erregung, die Emma zwar nicht verstand, jedoch genoß.

Unberührt von alldem hielt der Fahrer, der in seiner lohfarbenen Uniform und dem Hut mit der steifen Krempe ein schmuckes Bild bot, den Wagen an. Er persönlich hielt nicht viel von Musik, außer des handelte sich um Frank Sinatra oder Rosemary Clooney, aber er war sicher, daß seine beiden halbwüchsigen Töchter vor Freude außer sich sein würden, wenn er ihnen am Ende dieses Zwei-Tage-Jobs einige Autogramme mit nach Hause brächte.

»Wir sind da, Madam.«

»Oh.« Geistesabwesend starrte Bev aus dem Fenster.

»Das Empire State Building«, erläuterte der Fahrer mit großer Geste. »Soll ich Sie in einer Stunde wieder abholen?«

»Ja, in einer Stunde.« Bev nahm Emma fest an die Hand, als der Fahrer die Tür aufriß. »Komm, Emma. Nicht nur Devastation kommt ganz nach oben.«

Vor den Fahrstühlen hatte sich eine lange Schlange gebildet. Sie stellten sich hinten an, wobei sich ihnen zwei Leibwächter unauffällig an die Fersen hefteten, und wurden bald von der Menge verschluckt. Direkt hinter ihnen kam eine Gruppe französischer Studenten, alle mit Einkaufstaschen von Macy's beladen, die in ihrer raschen, melodischen Spra-

44

che durcheinander schnatterten. Babys greinten, Kinder quengelten. Aus der Duftwolke von Schweiß, Parfüm und nassen Windeln stieg Emma ein süßlicher Marihuanageruch in die Nase, aber niemand sonst schien ihn wahrzunehmen oder sich dafür zu interessieren. Sie wurden in einen Fahrstuhl geschoben.

Endlose Minuten später wurden sie wieder freigegeben, um erneut zu warten. Emma störte sich nicht daran. Solange Bev sie sicher an der Hand hielt, konnte sie sich den Hals nach all den Leuten verrenken. Glatzen, Schlapphüte, wunderliche Bärte. Als ihr der Hals steif wurde, beschäftigte sie sich mit den Schuhen. Da gab es Schnürsandalen, glänzende Lackschuhe, schneeweiße Turnschuhe oder schwarze Pumps. Einige Leute scharrten mit den Füßen, andere tippten mit der Fußspitze auf den Boden, ein paar traten von einem Bein auf das andere, aber kaum jemand stand still.

Als sie des Spielchens müde wurde, lauschte sie nur noch den Stimmen. Eine Gruppe junger Mädchen ganz in der Nähe diskutierte heiß. Emma beneidete die Teenager sofort.

»Stevie Nimmons ist der süßeste Typ überhaupt«, beharrte eines der Mädchen. »Er hat so schöne braune Augen, und dann dieser Schnurrbart!«

»Nein, Brian McAvoy«, korrigierte eine andere. »Er ist absolut Spitze.« Um ihren Standpunkt zu unterstreichen, entnahm sie ihrem Portemonnaie ein aus einer Fachzeitschrift ausgeschnittenes Bild. Ein hingebungsvolles Stöhnen ertönte, als sich die Mädchen darum scharten. »Ich könnte sterben, wenn ich ihn nur ansehe.«

Sie quietschten auf, und als sich die Leute nach ihnen umdrehten, dämpften sie ihr Gekicher mit den Händen.

Erfreut und verblüfft zugleich, sah Emma zu Bev hoch. »Die Mädchen sprechen von Papa.«

»Schtt!« Bev amüsierte sich zwar so über den Vorfall, daß sie Brian unbedingt davon erzählen wollte, aber sie trug Perücke und Sonnenbrille nicht ohne Grund. »Das weiß ich, aber niemand darf wissen, wer wir sind.«

45

»Warum nicht?«

»Das erkläre ich dir später.« Erleichtert registrierte Bev, daß sie endlich an der Reihe waren.

Emma spürte mit Entsetzen den Druck auf ihren Ohren, begleitet von aufsteigender Übelkeit. Sie biß sich auf die Lippen, schloß die Augen und wünschte verzweifelt ihren Vater herbei.

Wäre sie doch bloß nie hergekommen, oder hätte sie wenigstens Charlie als Trost mitgebracht! Mit aller Inbrunst, zu der eine Dreijährige fähig war, betete sie, daß sie ihr wunderbares Frühstück nicht über ihre neuen Schuhe erbrechen müsse.

Der Fahrstuhl stand still, die Türen gingen auf, und die Menge drängte lachend und durcheinander redend hinaus. Emma hielt sich eng an Bev und kämpfte immer noch mit der Übelkeit.

Sie blickte auf einen mit Souvenirs überladenen Stand und auf riesige Panoramafenster, durch die der Himmel und die Gebäudekulisse von Manhattan zu sehen waren. Überwältigt blieb sie stehen, während sich die Menge verteilte, und die Übelkeit verwandelte sich in Staunen.

»Das ist schon sehenswert, was, Emma?«

»Ist das die ganze Welt?«

Obwohl sie genauso beeindruckt war wie Emma, lachte Bev. »Nein, nur ein kleiner Teil davon. Komm mit, gehen wir nach draußen.«

Der Wind pfiff über sie hinweg und zerrte so stark an Emmas Rock, daß sie zurücktaumelte. Eher aufgeregt als verängstigt, spürte sie, daß Bev sie am Ärmel packte.

»Wir sind ganz hoch über der Welt, Emma.«

Beim Blick über das hohe Geländer tanzte Emmas Magen auf und ab. Die Welt lag unter ihr wie ein Spielzeugland, in dem Spielzeugautos und Busse ihren Weg verfolgten und die Häuser und Straßen eine Miniaturlandschaft bildeten.

Bev ließ sie durch eines der großen Fernrohre schauen, aber Emma bevorzugte die Aussicht, die sich ihren eigenen Augen bot.

»Können wir nicht hier wohnen?«

Bev hantierte an dem Fernrohr, bis sie die Freiheitsstatue im Bild hatte. »Hier, in New York?«

»Nein, hier oben.«

»Hier wohnt niemand, Emma.«

»Warum nicht?«

»Weil das eine Touristenattraktion ist«, gab Bev abwesend zurück. »Und eines der Wunder unserer Welt. In einem Wunder kann man nicht wohnen.«

Doch Emma schaute über das hohe Geländer und dachte, daß sie das wohl könnte.

Das Fernsehstudio imponierte Emma nicht besonders. Es erschein ihr längst nicht so groß und prächtig wie auf dem Bildschirm, und sie fand die Leute durchschnittlich. Doch die Kameras hatten es ihr angetan. Sie waren mannshoch und ausladend, und die Leute dahinter schienen bedeutend. Emma fragte sich, ob der Blick durch diese Kameras dem Blick durch das Fernrohr auf dem Empire State Building glich.

Noch ehe sie Bev diese Frage stellen konnte, begann ein klapperdürrer Mann mit lauter Stimme und dem ausgeprägtesten amerikanischen Akzent, den sie bislang vernommen hatte, zu sprechen. Von dem, was er sagte, konnte sie nur die Hälfte verstehen, aber sie schnappte das Wort ›Devastation‹ auf. Dann brach eine Hölle an Geschrei los.

Nach dem ersten Schrecken löste sich Emma von Bev und lehnte sich vor. Obwohl ihr der Grund für das Gekreische nicht einleuchtete, war ihr doch klar, daß es keinen Anlaß zur Furcht gab. Sie hörte den begeisterten Lärm der Jugend, der zur Decke emporstieg und von den Wänden widerhallte. Er brachte sie zum Grinsen, obwohl Bevs Hand in der ihren leicht zitterte.

Ihr gefiel die Art, wie sich ihr Vater gleich einem radschlagenden Pfau über die Bühne bewegte und seine klare, volle Stimme sich abwechselnd mit der Johnno oder Stevies vermischte. Unter dem hellen Scheinwerferlicht glänzte sein Haar wie pures Gold. Emma war ein Kind, und als ein solches vermochte sie die Magie des Augenblicks zu erkennen.

Solange sie lebte, würde sie das Bild der vier jungen Männer in ihrem Gedächtnis und ihrem Herzen bewahren, wie sie da auf der Bühne standen und in Licht, in Glück und Musik getaucht schienen.

Dreitausend Meilen entfernt saß Jane in ihrer neuen Wohnung. Auf einem Tischchen in Reichweite befanden sich ein Glas Gin sowie eine Unze kolumbianisches Gras. Dutzende von Kerzen brannten und versetzten sie, zusammen mit den Drogen, in eine verklärte Stimmung. Brians reiner Tenor klang aus der Stereoanlage.

Von dem Geld, das Brian ihr gegeben hatte, war sie nach Chelsea gezogen. Dieses Viertel wimmelte von jungen Künstlern – Musikern, Dichtern, Schauspielern und ihrem Gefolge. Sie hatte gehofft, hier in Chelsea einen zweiten Brian zu finden, einen Idealisten mit schönem Gesicht und zärtlichen Händen.

Wann immer ihr danach war, konnte sie in die Pubs gehen, der Musik lauschen und sich gelegentlich einen Begleiter für die Nacht aufgabeln.

Ihre Sechszimmerwohnung war mit nagelneuen Möbeln eingerichtet, ihr Kleiderschrank war mit Modellen aus den teuersten Boutiquen vollgestopft, und an ihrem Finger glitzerte ein protziger Diamantring, den sie vor einer Woche aus einer Laune heraus gekauft hatte. Er langweilte sie bereits.

Sie hatte angenommen, mit hunderttausend Pfund könnte sie die ganze Welt kaufen. Nun mußte sie feststellen, daß große Summen genauso schnell dahinschwanden wie kleine. Das Geld würde zwar noch eine Weile reichen, aber ihr war rasch der Gedanke gekommen, daß sie Emma unter Preis verkauft hatte.

Er hätte auch das Doppelte bezahlt, dachte sie, als sie ihren Gin schlürfte. Sogar noch mehr, egal wie sehr sich dieser Hundesohn Pete dagegen gesträubt hätte. Brian hatte Emma haben wollen, Kinder waren nun einmal seine schwache Seite. Sie hatte das wohl gewußt, war aber zu dumm gewesen, das auszunutzen.

Lumpige fünfundzwanzigtausend im Jahr. Wie um alles in der Welt sollte sie davon leben?

Vom Gin schon leicht angeschlagen, drehte sie sich einen Joint.

Von Zeit zu Zeit nahm sie immer noch einen Freier mit zu sich, wobei ihr genauso viel an Gesellschaft wie an Extraeinnahmen lag. Sie hatte sich nicht vorstellen können, daß sie Emma so sehr vermissen würde. Im Verlauf der Wochen gewann der Begriff von Mutterschaft eine neue, emotionale Bedeutung.

Sie hatte das Kind geboren. Sie hatte stinkende Windeln gewechselt. Sie hatte ihr sauer verdientes Geld für Essen und Kleidung ausgegeben. Und jetzt erinnerte sich der kleine Fratz vermutlich nicht einmal mehr an ihre bloße Existenz.

Sie würde sich einen Anwalt nehmen. Mit Brians Geld könnte sie sich den besten leisten. Das wäre sozusagen ausgleichende Gerechtigkeit. Jedes Gericht der Welt würde ein Kind seiner Mutter zusprechen. Sie würde Emma zurückbekommen. Oder besser noch, sie würde mehr Geld bekommen.

Wenn sie sie erst mal ein wenig bluten ließ, würden Brian und seine hochnäsige zweite Frau sie nie mehr vergessen. Niemand würde sie mehr vergessen, nicht die verfluchte Person, nicht die dämliche Öffentlichkeit und erst recht nicht ihre eigene kleine Göre.

Mit diesem Gedanken holte sie ihre Schachtel mit Methedrin hervor, bereit abzuheben.

5

Emma hielt es fast nicht mehr aus. Draußen fiel ein unangenehmer Graupelschauer, doch sie preßte ihr Gesicht weiter an die Scheibe in dem Versuch, etwas zu erkennen.

Bald würden sie kommen, hatte Johnno gesagt. Wohlweislich hatte sie es vermieden, ihn noch einmal zu fragen, wie bald denn nun, sonst hätte er sie angeraunzt. Doch sie konnte es kaum noch erwarten. Ihre Nase wurde kalt, und sie hüpfte von einem Bein auf das andere. Ihr Papa kam nach Hause, mit Bev und mit ihrem neuen Brüderchen. Darren. Der Name ihres Bruders war Darren. Sie flüsterte den Namen vor sich hin. Allein sein Klang ließ sie lächeln.

In ihrem Leben war noch nichts von solcher Bedeutung gewesen wie ein Bruder. Er würde ihr gehören, er würde sie brauchen, und sie würde ihn umsorgen, nach ihm sehen. Wochenlang hatte sie mit den Puppen, die nun ihr Zimmer füllten, geübt.

So wußte sie, daß man den Kopf sehr vorsichtig halten mußte, damit er nicht nach hinten fiel. Und manchmal wachten Babys mitten in der Nacht auf und schrien nach Milch. Nachdenklich rieb Emma über ihre eigene flache Brust und fragte sich, ob Darren dort wohl Milch finden würde.

Man hatte ihr nicht erlaubt, ihn im Krankenhaus zu besuchen. Darüber hatte sie sich so aufgeregt, daß sie sich zum erstenmal, seit sie in ihrem neuen Heim lebte, in einem Schrank versteckt hatte. Sie war immer noch wütend, aber sie wußte, daß es die Erwachsenen wenig interessierte, ob ein Kind wütend war oder nicht.

Erschöpft vom langen Stehen, setzte sie sich in den Sessel am Fenster, streichelte Charlie und wartete.

Der stetig fallende Regen machte sie schläfrig, und sie dachte an Weihnachten. Zum erstenmal hatte sie einen Strickstrumpf mit ihrem Namen darauf am Kamin vorgefunden. Unter dem geschmückten Weihnachtsbaum hatten sich Geschenke getürmt; Spielzeug, Puppen in hübschen Kleidern und anderes mehr. Am Nachmittag hatten sie alle Memory gespielt, sogar Stevie. Er hatte vorgegeben zu schummeln, um sie zum Lachen zu bringen, und sie dann huckepack durch das ganze Haus getragen.

Danach hatte ihr Vater die große Weihnachtsgans angeschnitten. Schläfrig von der Schlemmerei, hatte sie sich vor dem Kaminfeuer zusammengekringelt und der Musik zugehört.

Es war der schönste Tag ihres Lebens gewesen, der allerschönste. Bis heute. Das Geräusch eines Autos riß sie aus ihren Träumen. Sie drückte erneut das Gesicht an die Scheibe und spähte hinaus. Mit einem Schrei sprang sie aus dem Sessel.

»Johnno! Johnno! Sie sind da!« Sie flog geradezu durch die Diele, ihre Schuhe klapperten auf dem sorgfältig gebohnerten Parkett.

»Immer mit der Ruhe.« Johnno hörte auf, die Töne aufs Papier zu kritzeln, die ihm im Kopf herumgingen, und fing sie auf. »Wer ist da?«

»Papa und Bev und mein Baby.«

»Dein Baby, soso.« Er zog sie leicht an der Nase und wandte sich dann zu Stevie, der am Klavier herumexperimentierte. »Sollen wir rausgehen und den neuesten McAvoy begrüßen?«

»Ich komme schon.« P. M. stopfte sich das letzte Stück Teekuchen in den Mund, bevor er sich vom Boden erhob. »Ich frage mich nur, ob sie aus dem Krankenhaus gekommen sind, ohne von der Menge erdrückt zu werden?«

»Petes Sicherheitsvorkehrungen hätten James Bond vor Neid erblassen lassen. Zwei Limousinen als Lockvögel, zwanzig Riesenklötze von Leibwächtern, und dann die Flucht im Lieferwagen einer Blumenhandlung.« Lachend ging Johnno hinaus, Emma im Schlepptau. »Der Ruhm macht uns zu Bettlern, Emmaschatz, vergiß das nicht.«

Im Moment kümmerte sie weder Ruhm noch Bettler noch sonst irgend etwas. Sie wollte einzig und allein ihren Bruder sehen. Sowie die Tür aufging, riß sie sich von Johnno los und schoß hinaus.

»Laß mich ihn sehen«, verlangte sie.

Brian beugte sich vor und zog die Decke von dem Bündel in seinem Arm. Für Emma bedeutete dieser erste Blick auf ihren Bruder Liebe, reine, allumfassende Liebe. Es war soviel stärker als alles, was sie erwartet hatte.

Nein, eine Puppe war er nicht. Sogar im Schlaf bewegten sich seine dunklen Wimpern leise, sein kleiner Mund war feucht und seine weiche Haut wunderbar hell. Auf dem Kopf trug er eine kleine blaue Kappe, doch ihr Vater hatte ihr erzählt, daß sein Haar genau so schwarz wie Bevs war. Sein

51

Händchen war geballt; sie berührte es leicht mit den Fingerspitzen und spürte Wärme und eine ganz leise Bewegung.

Liebe stieg in ihr auf und erfüllte sie ganz.

»Na, was denkst du?« fragte Brian.

»Darren.« Sie sprach den Namen wie eine Liebkosung aus. »Er ist das schönste Baby der ganzen Welt.«

»Hat das hübsche McAvoy-Gesicht«, murmelte Johnno und verfluchte seine Sentimentalität. »Gut gemacht, Bev.«

»Danke, danke.« Sie war heilfroh, daß sie alles überstanden hatte. Keines ihrer Bücher hatte sie auf die heftigen, ziehenden Schmerzen einer Geburt vorbereitet. Sie war stolz darauf, ihren Sohn auf natürliche Weise zur Welt gebracht zu haben, obwohl die letzten Stunden qualvoll gewesen waren. Und nun wollte sie nur noch in Ruhe Mutter sein.

»Der Arzt sagt, Bev soll sich die nächsten Tage noch schonen«, äußerte Brian. »Möchtest du hochgehen und dich ausruhen?«

»Das letzte, was ich möchte, ist, mich schon wieder in ein Bett legen.«

»Dann komm und setz dich. Onkel Johnno macht dir was zu trinken.«

»Wunderbar.«

»Ich geh' nach oben und leg' das Baby ins Bett.« Brian grinste über P. M., der unbeholfen zurückwich. »Er beißt nicht, alter Junge, er hat noch gar keine Zähne.«

P. M. schob verlegen die Hände in die Taschen. »Bittet mich aber nicht, ihn anzufassen.«

»Kümmere dich um Bev. Sie hat's wirklich nicht leicht gehabt. Heute nachmittag kommt eine Kinderschwester, und bis dahin möchte ich vermeiden, daß Bev sich zuviel zumutet.«

»Das werde ich wohl noch fertigbringen.« P. M. schlenderte ins Wohnzimmer zurück.

»Wir bringen das Baby ins Bett«, verkündete Emma und griff nach einem Deckenzipfel. »Ich kann dir zeigen, wie man das macht.«

Emma vorneweg stiegen sie die Treppe hinauf.

Am Fenster des Kinderzimmers flatterten nun duftige

weiße Gardinen, und an den hellblau gestrichenen Wänden leuchteten aufgemalte Regenbögen. Die Korbwiege war umsäumt von zarter irischer Spitze, verziert mit rosa und blauen Satinbändern. Ein sechs Fuß großer Teddy bewachte einen altmodischen Kinderwagen, und am Fenster wartete ein antiker Schaukelstuhl.

Emma stand neben der Wiege, als ihr Vater Darren hineinlegte. Als er ihm die kleine Kappe abnahm, streichelte sie vorsichtig Darrens flaumiges schwarzes Haar.

»Wird er bald aufwachen?«

»Das weiß ich nicht. Ich komme immer mehr zu dem Schluß, daß Babys reichlich unberechenbar sind.« Brian bückte sich neben sie. »Wir müssen sehr vorsichtig mit ihm umgehen, Emma. Du siehst ja, wie hilflos er ist.«

»Ich werde nicht zulassen, daß ihm etwas passiert. Niemals.« Sie legte ihrem Vater die Hand auf die Schulter und beobachtete das schlafende Baby.

Emma war sich nicht sicher, ob sie Miß Wallingsford mochte oder nicht. Zwar hatte die junge Krankenschwester schöne rote Haare und nette graue Augen, aber sie gestattete Emma fast nie, den kleinen Darren zu berühren. Bev hatte Dutzende von Bewerberinnen geprüft und war mit Alice Wallingsford sehr zufrieden. Die junge Frau war fünfundzwanzig, kam aus gutem Hause, hatte hervorragende Referenzen und ein angenehmes Wesen.

In den ersten Monaten nach Darrens Geburt fühlte sich Bev dermaßen erschöpft und reizbar, daß Alice unbezahlbar wurde. Wichtiger noch war Bev die Gesellschaft einer anderen Frau, mit der sie sich über solche Dinge wie Zahnen, Stillen und Diäten unterhalten konnte. Sie war entschlossen, ihre schlanke Figur zurückzugewinnen und eine gute Mutter zu sein. Während Brian damit beschäftigt war, mit Johnno zusammen neue Songs zu schreiben oder mit Pete die Aufnahmen zu besprechen, setzte sie ihre Kraft darein, für sie alle das Heim zu schaffen, nach dem sie sich so sehnte.

Sprach Brian von solchen Dingen wie dem Krieg in Asien oder Rassenunruhen in Amerika, so hörte sie ihm zwar geduldig zu, aber ihre Gedanken kreisten einzig und allein um die Frage, ob die Sonne wohl schon warm genug schiene, damit sie mit Darren an die Luft gehen könnte. Sie brachte sich selbst das Brotbacken bei und übte sich im Stricken, während Brian seine Songs schrieb und gegen Krieg und Bigotterie wetterte.

Im selben Maße, wie sich ihre Körperfunktionen normalisierten, kehrte auch ihre innere Ruhe zurück. Für Bev begann die harmonischste Phase ihres Lebens: Ihr Sohn war gesund und munter, und ihr Mann behandelte sie im Bett wie eine Königin.

Darren an der Brust und Emma zu ihren Füßen saß sie in dem Schaukelstuhl am Kinderzimmerfenster. Am Morgen hatte es noch geregnet, aber nun war die Sonne strahlendhell hervorgekommen. Am Nachmittag würde sie mit dem Baby und Emma in den Park gehen können.

»Ich lege ihn jetzt hin, Emma.« Bev zog ihre Bluse über die Brust. »Er schläft tief und fest.«

»Kann ich ihn halten, wenn er aufwacht?«

»Ja, aber nur, wenn ich dabei bin.«

»Miß Wallingsford erlaubt mir nie, ihn auf den Arm zu nehmen.«

»Sie ist eben vorsichtig.« Bev strich Darrens Decke glatt und trat zurück. Jetzt war er bereits fünf Monate alt, dachte sie, und schon konnte sie sich ein Leben ohne ihn nicht mehr vorstellen. »Laß uns hinuntergehen und einen schönen Kuchen backen. Dein Papa liebt Schokoladenkuchen.«

Damit mußte sie sich wohl zufriedengeben. Emma folgte Bev nach draußen. Alice stand mit frischer Bettwäsche für das Kinderzimmer in der Diele.

»Er sollte eine Zeitlang schlafen, Alice«, meinte Bev. »Sein Bäuchlein ist voll.«

»Jawohl, Ma'am.«

»Emma und ich sind in der Küche.«

Eine Stunde später, als der Kuchen bereits abkühlte, knallte die Eingangstür. »Papa muß heute früher nach Hause gekommen sein.« Bev fuhr sich automatisch durchs Haar, ehe sie aus der Küche eilte, um ihren Mann zu begrüßen. »Bri, ich hab' noch gar nicht mit dir gerechnet... Was ist los?«

Er war leichenblaß, die Augen rotgerändert und trübe. Als Bev die Hände nach ihm ausstreckte, schüttelte er den Kopf, als wolle er sich von etwas befreien. »Er ist erschossen worden.«

»Wie?« Ihre Finger schlossen sich fest um die seinen. »Wer? Wer ist erschossen worden?«

»Kennedy. Robert Kennedy. Er ist tot.«

»O Gott. O mein Gott.« Unfähig, sich zu rühren, stand Bev da und starrte ihn an. Nur zu gut erinnerte sie sich an die Ermordung des Präsidenten der Vereinigten Staaten, und an die Trauer der fassungslosen Bevölkerung. Und nun sein Bruder, sein hoffnungsvoller jüngerer Bruder.

»Wir haben für das neue Album geprobt«, begann Brian. »Pete kam herein. Er hatte es im Radio gehört. Keiner von uns wollte es glauben, nicht ehe wir es mit eigenen Ohren gehört hatten. Verdammt noch mal, Bev, vor ein paar Monaten war es King, und jetzt das. Was ist nur mit unserer Welt los?«

»Mr. McAvoy...« Alice kam die Treppe herunter, ihr Gesicht so weiß wie ihre Schürze. »Ist es wahr? Sind Sie sicher?«

»Ja. Es klingt wie ein Alptraum, aber es ist wahr.«

»O nein, die arme Familie.« Alice zerrte an ihrer Schürze. »Die arme Mutter.«

»Er war ein guter Mann«, stieß Brian hervor. »Er wäre der nächste US-Präsident geworden, und er hätte diesem schrecklichen Krieg ein Ende gesetzt, dessen bin ich sicher.«

Emma bemerkte verstört die Tränen in den Augen ihres Vaters, doch die Erwachsenen waren zu sehr mit ihrem eigenen Kummer beschäftigt, um von ihr Notiz zu nehmen. Sie kannte niemanden namens Kennedy, doch sein Tod betrübte sie. Ob er ein Freund von Papa gewesen war? Oder ein Soldat in dem Krieg, von dem ihr Vater dauernd sprach?

»Alice, machen Sie uns bitte Tee«, murmelte Bev, als sie Brian ins Wohnzimmer führte.

»In was für eine Welt haben wir nur unsere Kinder gesetzt?

Wie soll das nur enden, Bev? Wann wird das je ein Ende haben?«

Leise ging Emma nach oben zu Darren und überließ die Erwachsenen ihrem Tee und ihren Tränen.

Eine Stunde später fanden Brian und Bev sie im Kinderzimmer. Sie summte eines der Wiegenlieder, die Bev oft zur Schlafenszeit gesungen hatte, und wiegte Darren auf dem Schoß.

Von Panik erfüllt, wollte Bev ins Zimmer stürzen, doch Brian hielt sie zurück. »Nicht doch. Es ist alles in Ordnung, siehst du das denn nicht?« Zuzusehen, wie Emma, das Baby sicher im Arm, versuchte, den viel zu großen Schaukelstuhl mit dem Fuß in Bewegung zu setzen, linderte seinen Schmerz ein wenig.

Mit einem Lächeln sah Emma hoch. »Er hat geweint, aber jetzt geht es ihm wieder gut. Er hat mich angelächelt.« Sie beugte sich vor und gab dem vor Wonne gurgelnden Baby einen Kuß. »Er liebt mich, nicht wahr, Darren?«

»Ja, er liebt dich.« Brian kniete sich vor den Schaukelstuhl, und schloß beide fest in die Arme. »Dem Himmel sei Dank für euch alle«, meinte er und streckte die Hand nach Bev aus. »Ohne euch würde ich wahrscheinlich den Verstand verlieren.«

6

Emma stellte mit Buchstaben bedruckte Klötzchen nebeneinander. Sie war sehr stolz darauf, lesen und buchstabieren zu lernen, und entschlossen, Darren zu unterrichten. »E-M-M-A.« Sie tippte das jeweilige Klötzchen an. »Emma. Sag Emma.«

»Ma!« Lachend verstreute Darren die Klötzchen. »MaMa.«

»*Em*-ma.« Doch sie lehnte sich vor und gab ihm einen Kuß. »Das hier ist leichter.« Sie stellte vier Klötzchen auf. »P-A-P-A. Papa.«

»Papa, Papa, Papa, Papa!« Zufrieden mit sich krabbelte

Darren auf seine stämmigen Beinchen und wollte zur Tür flitzen, um nach Brian Ausschau zu halten.

»Nein, Papa ist noch nicht hier, aber Mami ist in der Küche. Heute abend haben wir eine große Party, weil das neue Album fertig ist. Bald gehen wir wieder nach Hause, nach England.«

Obwohl sie das Haus in Amerika genauso gerne hatte wie das Schlößchen bei London, freute sie sich auf die Heimreise. Mehr als ein Jahr lang waren sie und ihre Familie mit der gleichen Selbstverständlichkeit zwischen England und Amerika hin- und hergeflogen wie andere Familien durch die Stadt fuhren.

Im Herbst 1970 war sie sechs Jahre alt geworden, und Bev hatte auf einem Hauslehrer bestanden. Sobald sie sich in England wieder eingelebt hatten, wußte sie, würde sie zur Schule gehen und mit Gleichaltrigen zusammen sein. Die Vorstellung war erschreckend und beglückend zugleich.

»Wenn wir wieder zu Hause sind, dann lerne ich noch viel mehr und bringe dir alles bei.« Während sie sprach, stapelte sie die Klötzchen zu einem ordentlichen Turm. »Guck mal, das ist dein Name, der beste Name überhaupt. Darren.«

Mit einem Freudenschrei ließ Darren sich fallen, um die Buchstaben in Augenschein zu nehmen. Er bedachte Emma mit einem schelmischen Lächeln und fuhr mit dem Arm hindurch. Die Klötzchen purzelten durcheinander. »Darren!« kreischte er. »Darren McAvoy!«

»Das kannst du am besten, was, Kleiner?« In drei Jahren waren Tonfall und Rhythmus von Emmas Stimme der Brians immer ähnlicher geworden. Grinsend begann sie, etwas aufzubauen, was Darren nicht so leicht zerstören konnte.

Ihr kleiner Bruder mit seinem dicken schwarzen Haar und den lachenden seegrünen Augen war ihr ein und alles. Der Zweijährige hatte das Gesicht eines Engels, jedoch das Temperament eines Teufelchens.

Sein Gesicht war auf den Titelseiten von *Newsweek*, *Photoplay* und *Rolling Stone* erschienen. Die Weltöffentlichkeit hatte eine innige Beziehung zu Darren McAvoy entwickelt. In seinen Adern floß das Blut irischer Bauern und standhafter, konservativer Briten, doch er wurde als Kronprinz angesehen. Ungeachtet aller Vorsichtsmaßnahmen, schafften es die Paparazzi doch, jede Woche neue Bilder von ihm zu schießen. Und die Fans verlangten nach mehr.

Jede Woche trafen Wagenladungen von Spielzeug ein, das von Bev an Krankenhäuser und Waisenheime verteilt wurde. Große Firmen unterbreiteten Angebote für Babynahrung, Kinderkleidung und Spielsachen, die sämtlich zurückgewiesen wurden. Trotz aller Anbetung und Bewunderung blieb Darren jedoch ein glückliches, gesundes Kleinkind voller Lebensfreude. Wäre er sich all der Aufmerksamkeit bewußt gewesen, die er erregte, hätte er sie zweifellos als ihm gebührend hingenommen.

»Das ist dein Schloß«, informierte Emma ihn und baute die Klötzchen auf. »Und du bist der König.«

»Ich König.« Darren plumpste auf sein windelgepolstertes Hinterteil.

»Ja. König Darren der Erste.«

»De Este«, wiederholte er. Die Bedeutung dieses Wortes kannte er nur zu gut. »Da-en Este.«

»Du bist ein guter König und liebst alle Tiere.« Emma zog den treuen Charlie näher, und Darren beugte sich gehorsam hinunter, um ihm einen nassen Kuß zu geben. »Und hier sind deine tapferen Ritter.« Alle Puppen und Stofftiere wurden in eine Reihe gestellt. »Da sind Papa und Johnno, Stevie und P. M. Und hier ist Pete. Der ist, äh ... der Premierminister. Und da ist die schöne Lady Beverly.« Emma setzte ihre Lieblingspuppe in Positur.

»Mami.« Auch die Puppe bekam einen Kuß. »Mami is schön.«

»Sie ist die schönste Frau der Welt. Aber da ist eine böse Hexe hinter ihr her, die sperrt sie in einen Turm.« Für einen Augenblick sah Emma ihre eigene Mutter vor sich. »Alle Ritter müssen versuchen, sie zu retten.« Sie ahmte galoppierende Pferde nach. »Aber nur Ritter Papa kann sie befreien.«

»Ritter Papa!« Die Wortkombination erschien Darren so komisch, daß er sich auf dem Boden wälzte und das Schloß in seine Bestandteile zerlegte.

»Wenn du natürlich dein eigenes Schloß kaputt machst, dann gebe ich auf.«

»Ma.« Darren schlang die Arme um seine Schwester und drückte sie. »Meine Ma Ma. Farm spielen!«

»Gut, aber erst müssen wir die Klötze wieder einsammeln, oder Miß Wallingsford kommt mit ihrem ewigen ›Los, aufräumen, marsch!‹«

»Arsch! Arsch! Arsch!«

»Darren!« Emma schlug die Hände vor den Mund und kicherte. »Das sagt man nicht.«

Da er sie zum Lachen gebracht hatte, wiederholte er das Wort, so laut er konnte.

»Was kommen denn da für Töne aus dem Kinderzimmer?« Unsicher, ob sie sich amüsieren oder schelten sollte, stand Bev in der Tür.

»Er meint ›marsch‹«, erklärte Emma.

»Verstehe.« Bev breitete die Arme aus, und Darren kam zu ihr gerannt. »Das ist ein sehr wichtiges *M*, Freundchen. Und was heckt ihr zwei wieder aus?«

»Wir spielen Schloß, aber Darren macht lieber alles kaputt.«

»Darren der Demolierer.« Bev kitzelte ihren Sohn am Hals, bis er vor Freude quietschte. Seine Beinchen schlossen sich um ihre Taille, so daß sie ihn in seiner Lieblingsposition, mit dem Kopf nach unten, halten konnte.

Bev hätte es nie für möglich gehalten, eine solche Liebe zu empfinden. Sogar ihre Leidenschaft für Brian verblaßte neben der Liebe zu ihrem Sohn. Er gab ihr alles zurück, ohne es zu wissen; eine Umarmung, einen Kuß, ein Lächeln, und das kam immer zur rechten Zeit. Er brachte Sonne in ihr Leben.

»So, und jetzt geh und hilf deiner Schwester beim Aufräumen.«

»Das kann ich auch alleine.«

Bev setzte Darren ab und lächelte Emma zu. »Er muß lernen, seine Sachen selbst aufzuräumen, Emma, egal wie gerne du und ich ihm das abnehmen würden.«

Sie beobachtete die zwei, das zarte, hellhaarige Mädchen

59

und den dunklen, stämmigen Jungen. Emma war ein liebes, guterzogenes Mädchen geworden, das sich längst nicht mehr in Schränken versteckte. Brian hatte ihr Leben verändert. Und Bev hoffte, daß sie selbst auch dazu beigetragen hatten, Emma zu dem fröhlichen, unbeschwerten Kind zu machen, das sie heute war. Doch sie wußte, den Ausschlag hatte Darren gegeben. In der Liebe zu ihrem Bruder vergaß Emma Angst und Befangenheit. Im Gegenzug liebte Darren sie abgöttisch.

Schon als Baby hatte er am schnellsten zu weinen aufgehört, wenn Emma ihn tröstete. Jeder weitere Tag verstärkte das Band zwischen ihnen nur noch.

Vor einigen Monaten hatte Emma begonnen, Bev ›Mami‹ zu nennen, und nun fiel es Bev zunehmend schwerer, sie anzusehen und als Janes Kind zu betrachten. Sie konnte Emma nicht die heftige, fast verzweifelte Liebe entgegenbringen, die Darren von ihr empfing, aber ihre Gefühle waren warm und beständig.

Da er das klackernde Geräusch mochte, ließ Darren die Klötzchen einzeln in den Kasten plumpsen. »D«, rief er und hielt seinen Lieblingsbuchstaben hoch. »Dachs, Dach, Da-en!« Er ließ das Klötzchen fallen, zufrieden, mit seinem Buchstaben das lauteste Klackern erzielt zu haben. In dem Gefühl, seiner Pflicht nachgekommen zu sein, bestieg er sein rotweißes Schaukelpferd und galoppierte gen Westen.

»Wir spielen Farm.« Emma nahm die große Fisher-Price-Scheune samt Zubehörkasten vom Regal. Mehr bedurfte es nicht, um Darren von seinem Pferd zu locken. Er kippte den Kasten um und schüttelte die Tiere und rundgesichtigen Figuren heraus.

»Los, los!« kommandierte er, während seine ungeschickten Finger mit den Teilen des weißen Plastikzauns kämpften.

Emma hielt seine Hand fest, ehe sie zu Bev aufsah. »Spielst du mit?«

Sie hatte tausenderlei Dinge zu erledigen, dachte Bev, bei all den Leuten, die Brian für den Abend eingeladen hatte. Es schienen immer Leute im Haus zu sein, so als könne Brian noch nicht einmal ein paar Stunden allein verbringen. Wovor

60

er eigentlich flüchtete, konnte sie nicht sagen, und sie bezweifelte, daß er selbst den Grund kannte.

Laß uns erst nach London kommen, hoffte sie. Zu Hause würde alles wieder seinen gewohnten Gang gehen.

Sie sah auf die Kinder, ihre Kinder, hinunter und lachte. »Natürlich spiele ich mit.«

Als Brian ins Zimmer kam, war seine Familie gerade damit beschäftigt, den türkischen Läufer, der das Kornfeld darstellte, mit einer Flotte von Spielzeugtreckern umzupflügen. Noch ehe er etwas sagen konnte, sprang Emma auf.

»Papa ist da!« Sie stürzte sich mit einem Satz auf ihn, sicher, daß er sie auffangen würde.

Brian schwang sie hoch und gab ihr einen schallenden Kuß, ehe er seinen freien Arm um Darren legte. »Gib Papa einen dicken Schmatz«, forderte er und fuhr zurück, als der Junge einen harten, feuchten Kuß auf sein Kinn drückte. Mit beiden Kindern auf dem Arm bahnte sich Brian einen Weg durch das Gewirr von Plastikzäunen und Figuren, die den Boden bedeckten.

»Wieder auf der Farm?«

»Darrens Lieblingsspiel.« Bev wartete, bis Brian sich hingesetzt hatte, und grinste dann. Im Kreis seiner Familie lief Brian stets zu Hochform auf. »Ich fürchte, du hast dich mitten im Misthaufen niedergelassen.«

»Ach ja?« Er zog sie an sich. »Wäre nicht das erste Mal, daß ich in der Scheiße sitzen.«

»Scheiße«, wiederholte Darren mit perfekter Aussprache.

»Nur weiter so«, murmelte Bev.

Brian schmunzelte nur und piekte seinen Sohn zwischen die Rippen. »Was habt ihr denn nun vor?«

Darren wand sich aus Brians Griff, um auf Bevs Schoß zu klettern. Sie lehnte sich zurück. »Wir pflügen den Weizen unter, da wir beschlossen haben, Sojabohnen anzubauen.«

»Ein weiser Entschluß. Du bist schon ein richtiger Farmer, was, alter Junge?« Brian bohrte einen Finger in Darrens Bauch. »Wir müssen unbedingt mal nach Irland fahren. Da kannst du auf einem richtigen Traktor fahren?«

»Los, los.« Darren zappelte auf Bevs Schoß und sang seine Lieblingsworte vor sich hin.

»Darren kann erst auf einem Traktor fahren, wenn er größer ist«, berichtigte Emma und faltete die Hände über den Knien.

»Ganz recht«, stimmte Bev zu, in Richtung Brian nickend. »Genau wie er noch nicht die Kricketschläger oder das Fahrrad benutzen kann, das ihm irgend jemand gekauft hat.«

»Frauen«, meinte Brian zu Darren. »Keine Ahnung von Männersachen!«

»Arsch.« Darren war von seinem neuen Wort äußerst angetan.

»Wie bitte?« Brian probierte ein Lachen.

»Frag besser nicht.« Nach einer raschen Umarmung schob Bev Darren beiseite. »Laß uns lieber hier aufräumen und dann Tee trinken.«

»Prima Idee.« Brian sprang auf und griff nach Bevs Hand. »Emma, du bist dran, Schätzchen. Mami und ich haben vor dem Tee noch was zu erledigen.«

»Brian...«

»Miß Willingsford ist gerade unten.« Er schob Bev aus dem Zimmer. »Und vergiß nicht abzuwaschen.«

»Brian, das Kinderzimmer sieht aus wie nach einem Bombenanschlag.«

»Emma kümmert sich schon darum. Für sie ist Ordnung das halbe Leben.« Brian zog Bev ins Schlafzimmer. »Und außerdem tut sie das gern.«

»Und wenn schon. Ich...« Sie hielt seine Hände fest, die sich an ihrem T-Shirt zu schaffen machten. »Bri, es geht jetzt nicht. Ich hab' noch so viel zu erledigen.«

»Und das hier steht an erster Stelle.« Sein Mund legte sich über ihren, und er konstatierte befriedigt, daß ihre halbherzigen Abwehrversuche schwächer wurden. Ihre Hände glitten über seine Hüften.

»Gestern nacht stand das auch an erster Stelle. Und heute morgen wieder.«

»Immer.« Er zog den Reißverschluß ihrer Jeans auf, immer wieder überrascht, wie schlank und zerbrechlich sie war, und das nach zwei Kindern. Nein, einem Kind, korrigierte er sich. Häufig verdrängte er einfach den Gedanken, daß Bev nicht Emmas leibliche Mutter war. Doch obwohl ihm ihr Körper so vertraut war, kam es ihm jedesmal vor, als berühre er sie zum erstenmal.

Seit jenen Tagen in der alten, schäbigen Zweizimmerwohnung hatten sie es weit gebracht. Jetzt besaßen sie zwei Häuser in verschiedenen Ländern, doch ihre Freude am Sex war noch genau so stark wie damals, als seine Taschen leer und sein Kopf voller Hoffnungen und Träume war.

Ineinander verschlungen, rollten sie über das Bett, und ihre Münder fanden sich hungrig. Auf Bevs Gesicht spiegelte sich eine fast schmerzhafte Wonne, als sie sich über ihm aufrichtete.

Sie hatte sich kaum verändert. Ihr Haar fiel glatt und glänzend auf ihre Schultern, ihre milchweiße Haut war von der Hitze der Leidenschaft zartrosa überhaucht. Er hob den Kopf und begann, ihre Brüste mit langsamen, kreisenden Küssen zu bedecken. Ihr Kopf fiel nach hinten, und sie gab leise, hilflose Geräusche von sich, während er an ihrer Brust saugte.

In Bev hatte er die Schönheit gesucht. In Bev hatte er sie gefunden.

Er faßte ihre Hüften und zog sie auf sich, überließ ihr die Führung, bis die Welt um sie herum versank.

Nackt wie sie war, rekelte sich Bev und kuschelte sich dann an ihren Mann. Blinzelnd sah sie Sonnenlicht durchs Fenster fallen und wünschte, es wäre Morgen, einer jener herrlich faulen Morgen, an denen sie stundenlang im Bett bleiben könnten.

»Ich hätte nie gedacht, daß es mir Spaß machen würde, diese ganzen Monate lang hierzubleiben, während du die neue Platte aufnimmst. Aber es war herrlich.«

»Wir können noch ein bißchen bleiben.« Wie immer, nachdem er sie geliebt hatte, fühlte er sich, als würde er vor Energie bersten. »Wir könnten uns ein paar schöne

Wochen machen, rumgammeln und noch mal Disneyland besuchen.«

»Darren betrachtet Disneyland bereits als seinen ganz persönlichen Vergnügungspark.«

»Vielleicht sollten wir ihm einen bauen.« Brian rollte sich auf die Seite und stützte sich auf die Ellbogen. »Bev, ehe ich nach Hause gekommen bin, hatte ich noch eine kurze Besprechung mit Pete. ›Outcry‹ hat Platin bekommen.«

»O Bri, das ist ja wunderbar.«

»Es ist mehr als das. Ich hatte recht, Bev. Die Menschen hören uns zu, und die Botschaft kommt an. ›Outcry‹ ist zum Inbegriff für die ganze Friedensbewegung geworden. Wir können etwas bewirken, Bev.« In seiner Stimme schwang der verzweifelte Unterton eines Mannes mit, der sich seiner Sache nicht sicher ist und dies zu verbergen sucht. »Wir werden noch eine Single aus dem Album auskoppeln, ›Love Lost‹, denke ich, auch wenn Pete jammert, daß sie wohl kein kommerzieller Erfolg wird.«

»Ach Brian, das tut mir so leid.«

»Genau das ist der springende Punkt.« Die Worte klangen so barsch, daß Brian sich weitere ungeduldige Äußerungen verkniff und ruhiger fortfuhr: »Ich möchte es diesen korrupten, fetten Beamtenfürzen, die im Parlament, im Pentagon oder in der UN an der Macht sind, am liebsten in die Ohren blasen. Wir müssen etwas tun, Bev! Wenn die Leute mir nur zuhören, weil ich Hits schreibe, dann muß ich sicher sein, daß ich wenigstens etwas zu sagen habe.«

In seinem Penthouse im Herzen von L. A. saß Pete Page an seinem Schreibtisch und wägte die verschiedenen Möglichkeiten ab. Wie Brian war auch er über den Erfolg von ›Outcry‹ äußerst erfreut, nur daß ihn mehr der Umsatz als die sozialen Fragen interessierte. Dafür wurde er schließlich bezahlt.

Genau wie er es vor drei Jahren vorausgesagt hatte, waren Brian und die anderen heute ausgesprochen wohlhabend, und es war an ihm, dafür zu sorgen, daß sich dieser Wohlstand noch vermehrte.

Seit er sich das erste Demoband von Devastation angehört

hatte, wußte er, daß ihre Musik Gold wert war. Der rauhe, kompromißlose Sound entsprach genau dem Zeitgeist. Pete hatte bereits zwei anderen Gruppen zu Plattenverträgen verholfen, doch Devastation bedeutete den Schlüssel zum Ruhm.

Er hatte die Gruppe genauso gebraucht wie sie ihn. Er war mit auf Tournee gegangen, hatte in Kellerkneipen herumgesessen, den Plattenproduzenten Dampf gemacht und alle seine Verbindungen spielen lassen. Es hatte sich ausgezahlt; seine anfänglichen Erwartungen waren bei weitem übertroffen worden. Doch er wollte mehr. Für sie und für sich.

Allerdings begann er sich um die Band als Ganzes und die einzelnen Mitglieder zu sorgen. In der letzten Zeit waren sie ein bißchen eigenwillig geworden, Johnno mit seinen gelegentlichen Ausflügen nach New York, Stevie, der wochenlang verschwand. P. M. blieb zwar immer in Reichweite, hatte aber mit einer dieser ehrgeizigen Möchtegernschauspielerinnen angebandelt. Pete hielt die Sache für ernst. Und dann war da natürlich noch Brian, der bei jeder passenden und unpassenden Gelegenheit mit Antikriegsparolen um sich warf.

Verdammt, sie waren eine Band, eine Rockband, und alles, was der einzelne tat, betraf auch die Gruppe. Was die Gruppe tat, betraf den Umsatz. Jetzt wollten sie sogar die Tournee absagen, die nach dem Erscheinen des neuen Albums beginnen sollte.

Nein, er würde nicht zulassen, daß die Band, wie die Beatles, im Zenit ihrer Karriere auseinanderbrechen würde.

Mit einem tiefen Atemzug lehnte er sich zurück und dachte über die vier nach.

Da war zum Beispiel Johnno mit seinem Wagenpark – einem Bentley, einem Rolls und einem Ferrari. Soviel war sicher, dachte Pete mit einem feinen Lächeln, der Mann wußte Geld zu schätzen! Längst hatte er aufgehört, sich wegen Johnnos sexueller Vorlieben Gedanken zu machen, und hatte im Laufe der Jahre einen gesunden Respekt für dessen Intelligenz und Talent entwickelt.

Nein, um Johnno brauchte er sich keinerlei Sorgen zu

machen, entschied Pete, als er einige Papiere auf seinem Schreibtisch durchblätterte. Der war ein Mensch, der seine Privatangelegenheiten für sich behielt. Und beim Publikum war er wegen seines exzentrischen Outfits und seiner lockeren Art sehr beliebt.

Dann Stevie und die Drogen. Bislang waren seine Auftritte vom Drogenkonsum noch nicht beeinträchtigt worden, doch Pete hatte bemerkt, daß Stevies Stimmungsschwankungen häufiger und intensiver wurden. Während der letzten beiden Studioaufnahmen war er dermaßen weggetreten gewesen, daß selbst Brian, der in dieser Hinsicht auch kein Unschuldslamm war, sich geärgert hatte.

Ja, auf Stevie würde er ein Auge haben müssen.

Auf P. M. konnte man sich verlassen. Zwar war Pete abwechselnd belustigt und verdrossen über die Angewohnheit des Drummers, sogar das Kleingedruckte in jedem Vertrag zu studieren, dennoch konnte er ihm seinen Respekt nicht versagen. Der Junge hatte sein Geld gut angelegt. Als weitere erfreuliche – und profitable – Überraschung hatte sich die Anziehungskraft seines Dutzendgesichts auf das weibliche Geschlecht erwiesen. Die Befürchtung, P. M. wäre die Schwachstelle der Band, hatte sich als unbegründet herausgestellt.

Brian. Pete goß sich einen Schluck Chivas Regal ein und überlegte. Brian war zweifellos der Kopf und die Seele der Gruppe, seine Kreativität und sein Engagement spornte alle an.

Zum Glück hatte die Geschichte mit Emma keine negativen Auswirkungen gezeigt, sondern im Gegenteil die Sympathie der Öffentlichkeit erregt und den Plattenumsatz gesteigert. Sicher, ab und an mußte Pete sich noch mit Jane Palmer herumschlagen, aber die Beliebtheit der Band hatte unter alldem nicht gelitten, genausowenig wie unter Brians Heirat. Eigentlich hatte Pete Devestation ja als eine Gruppe junger, alleinstehender Männer präsentieren wollen, aber die Presse hatte Brians Familienleben begeistert aufgegriffen. Ein weiterer Pluspunkt.

Zum Nachteil gereichten die Demonstrationen der Friedensbewegung, die großen Reden und Brians Sympathie für die Demokratische Studentenbewegung, für die er sogar Flugblätter verteilte.

Pete war sich der Macht der Presse nur allzu bewußt. Mit einer einzigen unbedachten Äußerung konnte man die Massen gegen sich aufbringen, und der Plattenverkauf ging zurück. John Lennon zum Beispiel hatte sich vor einigen Jahren mit der spontanen, sarkastischen Bemerkung, die Beatles seien bekannter als Jesus, sein eigenes Grab geschaufelt. Und nun war Brian nah, zu nah daran, den gleichen Fehler zu begehen.

Natürlich hatte Brian das Recht auf seine politische Überzeugung, dachte Pete und nippte an seinem Whisky. Nur gab es einen Punkt, an dem man seine persönliche Meinung hintanstellen mußte. Stevies Hang zu Drogen und Brians Idealismus könnten katastrophale Folgen haben.

Doch es gab Möglichkeiten, diese zu vermeiden, und Pete hatte bereits einige erwogen. Die Öffentlichkeit mußte dazu gebracht werden, Stevie als genialen Musiker statt als Drogenfreak und Brian als hingebungsvollen Familienvater statt als selbsternannte Friedenstaube anzusehen.

Wenn das Image stimmte, würden nicht nur die Jugendlichen Platten und Fanmagazine kaufen, sondern auch deren Eltern.

7

Sie blieben noch zwei weitere Wochen in Kalifornien, genossen die langen, faulen Tage, liebten sich am Nachmittag und gaben Partys, die die ganze Nacht dauerten. Mitten in der Woche besuchten sie in sorgfältiger Maskerade Disneyland. Die Fotografen, die Pete angeheuert hatte, gingen so diskret vor, daß Bev sie nie bemerkte.

Sie beschloß, die Pille abzusetzen, und Brian schrieb Liebeslieder.

Als es fast an der Zeit war, nach England zurückzukehren,

richtete die Gruppe in Brians Haus ein informelles Hauptquartier ein, um die Einzelheiten zu besprechen.

»Wir sollten alle fahren.« Johnno trommelte auf dem Tisch herum. »*Hair* ist das bedeutendste Musical unserer Generation. Ein Rockmusical.« Der Begriff gefiel ihm. Wenn sie nach London zurückkehrten, hoffte er, könnten Brian und er gemeinsam ein Musical auf die Beine stellen, das *Hair* und den augenblicklichen Erfolg der Who, *Tommy*, noch übertreffen würde.

»Wir könnten ein paar Tage Zwischenstopp in New York einlegen«, fuhr er fort, »uns das Stück ansehen, mal so richtig auf die Pauke hauen und dann schnurstracks ab nach London!«

»Ziehen die sich wirklich nackt aus?« wollte Stevie wissen.

»Bis auf die Haut, mein Sohn. Das allein ist schon den Eintritt wert.«

»Ja, das sollten wir machen.« Brian, von Rauch und Stimmengewirr leicht benommen, legte den Kopf auf Bevs Knie. Er hielt sich bereits länger an ein und demselben Ort auf, als ihm das lieb war, und der Gedanke an New York gefiel ihm. »Pete soll das organisieren. Was meinst du dazu, Bev?«

Sie war von New York nicht besonders angetan, aber sie sah, daß Brians Entschluß feststand. Außerdem wollte sie die friedliche, gelöste Stimmung der letzten Wochen nicht verderben. »Das wäre schön. Vielleicht können wir mit Darren und Emma noch in den Zoo und in den Central Park gehen, ehe wir nach Hause fahren.«

Emma war verzückt. Sie erinnerte sich noch gut an ihre erste Reise nach New York, das Hotelzimmer mit dem riesigen Bett, die überwältigende Begeisterung, hoch über der Welt zu stehen, die wunderbaren Karusselfahrten im Central Park. All das wollte sie mit Darren teilen.

Während sie die Reisevorbereitungen trafen, versuchte Emma, ihm all diese Herrlichkeiten schmackhaft zu machen. Als Alice Wallingsford die Spielsachen zusammenpacken wollte, spielten Darren und sie aus reinem Mutwillen noch mit seiner geliebten Farm.

»Muhkuh!« Darren hielt das schwarzweiß gefleckte Plastiktier hoch. »Will Muhkuh sehen!«

»Ich glaube nicht, daß es im Zoo Muhkühe gibt, dafür aber Löwen.« Sie stieß ein Gebrüll aus, daß ihn vor Freude quietschen ließ.

»Du regst ihn zu sehr auf, Emma«, mahnte Alice sofort. »Und es ist bald Schlafenszeit.«

Emma verdrehte bloß die Augen. Darren, mit einem Jeansoverall und roten Kniestrümpfen bekleidet, tanzte wild um sie herum und versuchte, mit einem mißlungenen Salto Emmas Aufmerksamkeit zu erregen.

»Dieses Energiebündel.« Alice schnalzte mißbilligend mit der Zunge, obwohl sie im Grunde genommen von dem Jungen bezaubert war. »Ich habe keine Ahnung, wie wir ihn heute nacht zum Schlafen kriegen wollen.«

»Charlie nicht einpacken!« Ehe Alice das Stofftier in eine Kiste fallen lassen konnte, griff Emma ein. »Er muß mit mir im Flugzeug fliegen.«

Seufzend legte Alice den zerschlissenen Hund beiseite. »Er müßte mal gewaschen werden. Ich möchte nicht, daß du ihn dem Kleinen noch mal ins Bett legst.«

»Ich liebe Charlie«, verkündete Darren und probierte einen weiteren Salto. Er landete schmerzhaft auf seiner Miniaturwerkzeugkiste, aber statt zu weinen, griff er nach dem kleinen Holzhammer und trommelte damit auf den bunten Pflöcken herum. »Ich liebe Charlie«, johlte er zu dem Rhythmus.

»Das mag ja sein, mein Süßer, aber er fängt an zu riechen. Ich möchte keine Bazillen in deinem Bett haben.«

Darren schenkte ihr ein sonniges Lächeln. »Ich liebe Bazillen!«

»Ein richtiger Herzensbrecher, das bist du.« Alice nahm ihn auf und setzte ihn auf ihre Hüfte. »Jetzt läßt Alice dir ein schönes Bad ein, ehe du ins Bett gehst, mit ganz viel Schaum. Emma, laß die Sachen nicht einfach rumliegen«, fügte sie, an das Mädchen gerichtet, hinzu. »Du kannst baden, wenn Darren fertig ist, und dann deinen Eltern gute Nacht sagen.«

»Ja, Ma'am.« Sie wartete, bis Alice außer Sichtweite war,

ehe sie aufstand und Charlie holte. Er roch überhaupt nicht, dachte sie böse, als sie das Gesicht in seinem Fell vergrub. Und sie würde ihn auch weiterhin in Darrens Bett legen, weil Charlie auf ihn aufpaßte, während er schlief.

»Ich wünschte wirklich, du hättest nicht all diese Leute eingeladen.« Bev klopfte die Sofakissen auf, wohl wissend, daß das reine Zeitverschwendung war.

»Wir müssen uns doch verabschieden.« Brian legte eine Platte von Jimi Hendrix auf, die ihm zu Bewußtsein brachte, daß die Kunst ihren Schöpfer überdauerte. »Außerdem wartet in London ein Berg Arbeit auf mich. Ich möchte mich entspannen, solange ich noch kann.«

»Wie kann man sich entspannen, wenn hundert Leute im Haus herumlaufen?«

»Bev, bitte. Schließlich ist es unsere letzte Nacht.«

Bev wollte schon den Mund öffnen, um ihm eine passende Antwort zu geben, als Alice die Kinder hereinbrachte. »Da ist ja mein Junge.« Sie fing Darren auf, ehe sie Emma zuzwinkerte. »Ist Charlie für den Flug gerüstet?« Sie kannte und verstand Emmas Abneigung gegen das Fliegen und strich dem Mädchen beruhigend über das Haar.

»Er ist nur ein bißchen nervös. Wenn ich bei ihm bin, legt sich das.«

»Sicherlich.« Sie küßte Darren zart auf den Hals. »Frisch gebadet?« Eigentlich hatte Bev diese abendliche Aufgabe ja selbst übernehmen wollen, da sie nichts mehr liebte, als mit Darren in der Wanne zu planschen und ihn von Kopf bis Fuß einzuseifen.

»Beide gewaschen und fertig fürs Bett. Sie wollten nur noch gute Nacht sagen, ehe ich sie ins Bett stecke.«

»Ich mache das selber, Alice. Bei all dem Trubel heute hab' ich die Kinder kaum zu Gesicht bekommen.«

»In Ordnung, Ma'am. Ich packe dann fertig.«

»Papa?« Mit ihrem scheuen Lächeln wandte sich Emma an Brian. »Erzählst du uns eine Geschichte? Bitte!«

Alles, was er wollte, war, sich einen guten Joint zu Gemüte zu führen und der Musik zu lauschen, aber es war unmöglich, diesem Lächeln oder dem hellen, gurgelnden Lachen seines Sohnes zu widerstehen.

Er überließ Hendrix seinen Klagen und ging mit seiner Familie nach oben.

Zwei Geschichten waren nötig, ehe Darrens Augen zufielen. Er bekämpfte den Schlaf genauso wie alle sitzenden Tätigkeiten. Darren wollte rennen, toben, lachen oder Saltos schlagen, aber lieber noch wollte er jener strahlende junge Ritter sein, von dem sein Vater immer erzählte. Er wollte das magische Schwert schwingen und Drachen erlegen.

Gähnend begann er einzudösen. Er konnte Emma spüren und schlief ein, zufrieden, daß sie bei ihm war.

Als Bev ihn in sein Kinderbettchen trug, wachte er nicht wieder auf. Darren schlief, wie er alles tat: von ganzem Herzen. Bev zog die blaue Decke zurecht und bemühte sich, nicht daran zu denken, daß er bald aus dem Kinderbett herausgewachsen wäre.

»Er ist so niedlich.« Sie konnte sich nicht bremsen und streichelte vorsichtig die warme Wange.

Brian sah auf seinen Sohn hinab. »Wenn er so daliegt, kann man sich kaum vorstellen, daß er imstande ist, mit links ein Zimmer in seine Einzelteile zu zerlegen.«

Lachend legte Bev einen Arm um Brians Taille. »Er benutzt beide Hände.«

»Und die Füße noch dazu.«

»Ich habe noch nie erlebt, daß jemand das Leben so liebt. Wenn ich ihn anschaue, wird mir klar, daß ich alles habe, was ich mir je gewünscht habe. Ich sehe ihn vor mir, wie er in einem Jahr sein wird, oder in fünf. Das macht das Älterwerden irgendwie leichter.«

»Rockstars altern nicht.« Er runzelte die Stirn, und zum erstenmal nahm Bev einen Hauch von Sarkasmus – oder war es nur Ernüchterung? – in seiner Stimme wahr. »Entweder enden sie an der Nadel oder treten im weißen Anzug in Las Vegas auf.«

»Du nicht, Bri.« Ihr Arm legte sich fester um ihn. »Du wirst noch in zehn Jahren ganz oben sein.«

»Ich hoffe es jedenfalls. Na, wenn ich mir jemals einen weißen Anzug mit Lametta zulegen sollte, dann tritt mich in den Hintern.«

»Mit dem größten Vergnügen.« Ähnlich wie sie es bei den Kindern tat, streichelte sie beschwichtigend seine Wange. »Laß uns Emma ins Bett bringen.«

»Ich möchte doch nur das Richtige tun, Bev.« Er hob Emma hoch, um sie in ihr Zimmer zu tragen. »Für sie und für dich.«

»Du tust das Richtige.«

»Die Welt ist so verdammt daneben. Früher dachte ich immer, wenn wir es schafften, wirklich ganz nach oben schafften, dann würden die Leute auf uns achten, hören, was wir zu sagen haben. Heute bin ich mir dessen nicht mehr sicher.«

»Was ist denn mit dir los, Bri?«

»Ich weiß es nicht.« Vorsichtig ließ Brian Emma auf das Bett gleiten und wünschte, er könnte den genauen Grund für die Unrast, die Unzufriedenheit nennen, die ihn seit einiger Zeit plagte. »Vor Jahren, als wir kurz vor dem Durchbruch standen, da fand ich alles fantastisch. Die ganzen Mädchen, die uns anhimmelten, unser Bild in jeder Zeitschrift, unsere Musik andauernd im Radio.«

»Ist es das, was du wolltest?«

»Das war es, ist es, ich weiß nicht. Wie können wir die Menschen erreichen, ihnen begreiflich machen, was wir ihnen zu sagen haben, wenn sie jedes verdammte Konzert hindurch nur kreischen wie die Wilden? Wir sind eine Farce, bloß ein Bild, das Pete aufgebaut hat, um den Plattenverkauf anzukurbeln. Ich hasse das!« Frustriert ballte er die Fäuste. »Manchmal denke ich wirklich, wir sollten wieder ganz von vorne anfangen, in den Kneipen, wo die Leute zugehört oder getanzt haben, wenn wir spielten. Damals haben wir einen Draht zum Publikum gefunden. Ach, ich weiß auch nicht.« Er fuhr sich mit der Hand durchs Haar. »Ich schätze, ich hab' damals gar nicht kapiert, wieviel Spaß wir hatten. Bloß – es gibt kein Zurück.«

»Ich wußte ja gar nicht, daß du so denkst. Warum hast du nie mit mir darüber gesprochen?«

»Ich habe es selbst nicht gewußt. Es ist nur so, nun, ich

72

komme mir nicht mehr vor wie der eigentliche Brian McAvoy. Ich hatte keine Vorstellung davon, wie nervtötend es sein kann, wenn man noch nicht mal mit Kumpels einen trinken oder am Strand liegen kann, ohne daß man von den Leuten belästigt und um Autogramme gebeten wird.«

»Du kannst das ändern. Du könntest zum Beispiel nur noch Texte schreiben.«

»Kann ich nicht.« Er betrachtete die friedlich schlafende Emma. »Ich muß auftreten, singen. Jedesmal, wenn ich auf der Bühne stehe, oder im Studio, dann weiß ich ganz tief drinnen, daß es das ist, was ich will. Was ich brauche. Aber alles andere... Alles andere nervt, und das konnte ich nicht ahnen. Vielleicht liegt es an der Art, wie Hendrix und Janis Joplin gestorben sind, oder daran, daß die Beatles auseinandergingen. So eine Verschwendung, Bev. Es bedeutet das Ende, und ich bin noch nicht soweit.«

Sie legte ihm die Hand auf die Schulter, knetete die festen Muskeln. »Nicht das Ende. Nur eine Veränderung.«

»Jeder Schritt, der uns nicht nach vorne bringt, wirft uns zurück, verstehst du das denn nicht?« Doch er wußte, sie konnte ihn nicht verstehen, und so versuchte er, seine Gefühle in einfachere Worte zu kleiden. »Da gibt es mehrere Gründe. Pete will uns wieder auf Tournee schicken, Stevie will mit anderen Bands zusammenarbeiten oder diese Filmmusik machen. Es ist nicht mehr so wie früher, als wir vier eine Einheit waren und unsere Musik von Herzen kam. Jetzt zählen nur noch Image und Geld. Der Rubel muß rollen!«

Emma bewegte sich und murmelte im Schlaf.

»Und was wird, wenn Emma zur Schule kommt und Darren eines Tages aus dem Haus geht? Was für ein Leben werden sie führen müssen? Werden die Leute ihnen keine Ruhe lassen, nur weil ich ihr Vater bin? Ich wollte unbedingt vermeiden, daß sie so eine beschissene Kindheit haben wie ich, aber mache ich es denn besser? Was mute ich ihnen nur zu?«

»Bri, du machst dir zu viele Gedanken, aber gerade das liebe ich an dir so. Den Kindern geht es gut. Du brauchst sie doch nur anzusehen. Vielleicht haben sie keine ganz gewöhnliche Kindheit, aber sie sind glücklich, und wir wer-

73

den dafür sorgen, daß das so bleibt. Wer du auch bist und was du auch darstellen magst, du bleibst ihr Vater. Um alles andere werden wir uns schon kümmern.«

»Ich liebe dich, Bev. Ich muß verrückt sein, mir derart den Kopf zu zerbrechen. Wir haben doch alles, was wir brauchen.« Er zog sie enger an sich und preßte seine Lippen in ihr Haar. Und dennoch wünschte er, er könnte verstehen, warum mit einem Mal alles viel zuviel geworden war.

Brians Unbehagen verschwand nach einigen Joints. Er war von Menschen umgeben, die ihn verstanden, die seine Wünsche und Hoffnungen nachempfinden konnten. Laute Musik und reichhaltige Auswahl an Drogen taten ein übriges. Koks, Gras, Grüner Türke, Speedies und Benzedrin waren vorrätig. Die wehmütige, anrührende Musik von Janis Joplin tönte aus der Stereoanlage. Brian hätte ihr stundenlang zuhören mögen, wenn sie mit ihrer heiseren Stimme ihr ›Ball and chain‹ herauskrächzte. Dann wurde er sich sehr der Tatsache bewußt, daß *er* am Leben war und immer noch die Chance hatte, etwas zu bewirken.

Er beobachtete Stevie, der mit einem Rotschopf im lila Mini tanzte. Dem bereitete es kein Kopfzerbrechen, als eine Galionsfigur des Rock angesehen zu werden und als Poster die Wände der Mädchenzimmer zu schmücken, sinnierte Brian, während er ein paar Salzbrezeln mit mildem irischen Whisky hinunterspülte. Stevie wechselte seine Freundinnen mit der gleichen Gedankenlosigkeit wie seine Hemden. Allerdings war er fast ständig stoned. Unwillig lächelnd, drehte sich Brian einen weiteren Joint und entschied, daß es an der Zeit war, sich in denselben Zustand zu versetzen.

Er distanziert sich schon wieder, grübelte Johnno, der aus einiger Entfernung bemerkt hatte, wie Brian sich absonderte. In der letzten Zeit war dies immer häufiger geschehen, doch Johnno war es als einzigem aufgefallen, vielleicht deshalb, weil er Brian von allen am nächsten stand.

Brian schien nur dann im Einklang mit sich selbst zu sein, wenn sie beide zusammensaßen und Songs schrieben, Melodien, Töne und Übergänge schufen.

Johnno wußte, daß der Tod von Hendrix und Joplin Brian – ebenso wie ihn selbst – tief getroffen hatte. Es war eine ähnlich niederschmetternde Erfahrung wie die Ermordung der Kennedy-Brüder gewesen. Den Menschen sollte es bestimmt sein zu altern und gebrechlich zu werden, ehe sie starben. Doch trotz seiner Erschütterung hatte er nicht solch starke Trauer empfunden wie Brian. Brian nahm alles viel zu schwer.

Sein Blick fiel auf Stevie, und das, was er sah, gefiel ihm ganz und gar nicht. Daß Stevie jede verfügbare Frau Amerikas vögelte, interessierte ihn einen Dreck. Anders verhielt es sich mit dem Drogenkonsum, über den Stevie immer mehr die Kontrolle verlor. Er gab keinen Pfifferling auf das Image des drogenfreien Rockstars, das sie aufbauen wollten.

Johnnos Blick wanderte zu P. M. Auch hier gab es ein kleines Problem. Nein, nicht mit Drogen, der arme, alte P. M. war nach einem einzigen Joint schon zu nichts mehr zu gebrauchen. Das Problem war dieses vollbusige blonde Flittchen, das sich vor zwei Monaten an den Drummer herangemacht hatte. Und P. M. schien es nicht eilig zu haben, sie loszuwerden.

Johnno musterte die langgesichtige, dunkeläugige Blondine genauer. Sie bestand nur aus Beinen und Titten, verpackt in ein enges rotes Kleid, und war längst nicht so hohlköpfig, wie sie vorgab. Hart wie Stahl, dachte er, und sie schlug genau die Töne an, die P. M. hören wollte. Wenn er nicht aufpaßte, würde sie ihn noch vor den Traualtar schleppen. Und die würde sich nicht bescheiden im Hintergrund halten wie Bev, die nicht!

Alle drei waren, jeder auf seine Weise, im Begriff, die Gruppe zu vernichten, und nichts bereitete Johnno mehr Sorgen.

Als Emma erwachte, vibrierte der Fußboden von den Bässen der Stereoanlage. Einen Moment blieb sie still liegen und lauschte, versuchte zu erkennen, welches Lied gerade gespielt wurde.

Mittlerweile hatte sie sich an die Partys gewöhnt. Papa hatte gerne Leute um sich, Musik und Gelächter. Sobald sie älter war, würde sie auch auf Partys gehen.

Bev sorgte immer dafür, daß das Haus sauber und aufge-räumt war, ehe die Gäste eintrafen. Emma hielt das für Unsinn. Am nächsten Morgen war das Haus immer in furcht-barer Unordnung, halbleere Gläser und überquellende Aschenbecher standen herum, und nicht selten fanden sich auf den Sofas und Stühlen noch einige übriggebliebene Gäste.

Emma überlegte, wie es wohl wäre, die ganze Nacht aufzu-bleiben, sich zu unterhalten, zu lachen, Musik zu hören. Erwachsenen schrieb niemand vor, wann sie ins Bett zu gehen oder ein Bad zu nehmen hatten.

Seufzend legte sie sich auf den Rücken. Die Musik wurde schneller, sie konnte das Pulsieren der Bässe in den Wänden spüren. Und da war noch etwas. Schritte, die die Diele ent-langkamen. Miß Wallingsford, dachte Emma. Sie wollte gerade die Augen schließen und sich schlafend stellen, als ihr ein anderer Gedanke kam. Vielleicht wollten Papa und Mami nach ihr und Darren sehen. Wenn dem so wäre, könnte sie so tun, als ob sie gerade aufgewacht wäre, und sie dazu brin-gen, ihr von der Party zu erzählen.

Doch die Schritte wurden wieder leiser. Emma setzte sich auf und hielt Charlie ganz fest. Ihr war nach Gesellschaft zumute, nur für einen Augenblick. Sie wollte über die Party oder die Reise nach New York sprechen, wollte wissen, wel-cher Song gerade lief. Da saß sie, im Licht einer Mickey-Mouse-Lampe, ein kleines, verschlafendes Kind in einem rosa Nachthemd.

Weinte Darren? Sie lauschte ins Dunkel. Ganz sicher hatte sie trotz der dröhnenden Musik Darrens schwaches Schluch-zen gehört. Ohne zu zögern, kletterte sie, Charlie unter den Arm geklemmt, aus dem Bett. Sie würde sich an Darrens Bett setzen, bis er sich beruhigt hatte, und Charlie für den Rest der Nacht als Wache zurücklassen.

Zu ihrer Überraschung war die Diele dunkel. Sonst brannte immer ein Licht, falls Emma nachts einmal ins Bad mußte. Einen bösen Moment lang fielen ihr die Ungeheuer wieder ein, die in den dunklen Ecken lauerten, und sie wollte bei dem grinsenden Mickey in ihrem Zimmer bleiben.

Doch dann stieß Darren einen heulenden Schrei aus.

Da ist nichts im Dunkeln, ermutigte Emma sich, als sie sich in die dunkle Diele wagte. Überhaupt nichts. Keine Monster, keine Geister, keine unheimlichen Gestalten.

Nun spielten die Beatles.

Emma leckte sich die Lippen. Es ist nur dunkel, sonst nichts, beruhigte sie sich. Als sie an Darrens Tür angelangt war, hatten sich ihre Augen an die Dunkelheit gewöhnt. Die Tür war zu. Da stimmte etwas nicht. Die Tür stand immer offen, damit man leichter hören konnte, wenn er aufwachte.

Vorsichtig streckte sie eine Hand aus und sprang dann zurück, weil sie meinte, hinter ihrem Rücken ein Geräusch zu hören. Mit wild pochendem Herzen inspizierte sie die dunkle Diele. Die tanzenden Schatten türmten sich wie namenlose Monster vor ihr auf und ließen ihr den Schweiß ausbrechen.

Es ist nichts, gar nichts, redete sie sich ein, nur Darren schreit sich die Seele aus dem Leib.

Sie drückte die Klinke nieder und stieß die Tür auf.

»*Come together*«, sang Lennon. »*Over me.*«

Zwei Männer hielten sich im Raum auf. Einer hielt Darren fest und versuchte verzweifelt, das vor Wut und Angst brüllende Kind zu bändigen, der andere hielt etwas in der Hand, etwas, das im Licht der Giraffenlampe auf dem Nachttisch glänzte.

»Was machen Sie da?«

Beim Klang ihrer Stimme fuhr der Mann herum. Aber er war kein Arzt, stellte Emma fest, obwohl sie eine Injektionsnadel in seiner Hand sah. Sie erkannte ihn wieder und wußte genau, daß er kein Arzt war. Außerdem war Darren nicht krank.

Der andere Mann fluchte fürchterlich und kämpfte darum, den sich mit aller Gewalt zur Wehr setzenden Darren festzuhalten.

»Emma«, sagte der Mann, den sie kannte, mit ruhiger, freundlicher Stimme. Er lächelte ein falsches, hinterhältiges Lächeln. Ihr wurde bewußt, daß er die Spritze noch immer in der Hand hielt, als er auf sie zuging. Sie drehte sich um und rannte los.

Hinter ihr schrie Darren auf. »Ma!«

Schluchzend floh sie die Diele entlang. Ihr von Panik verwirrter Verstand spiegelte ihr Monster vor, Monster, die mit ihren scharfen Zähnen im Dunkeln ausharrten, bereit, sie zu verfolgen.

Beinahe hätte er den Zipfel ihres wehenden Nachthemdes erwischt. Fluchend griff er nach ihr, seine Hand schloß sich um ihren Knöchel und rutschte dann ab. Sie jaulte auf, als ob sie sich verbrannt hätte. An der Treppe angelangt, schrie sie nach ihrem Vater, kreischte immer wieder seinen Namen.

Dann gaben ihre Beine nach, und sie fiel kopfüber die Treppe hinunter.

In der Küche hing jemand in der Durchreiche und bestellte fünfzig Pizzas. Kopfschüttelnd überprüfte Bev, ob noch genug Eis im Kühlschrank vorhanden war. Die Amerikaner waren Weltmeister im Eisverbrauch, dachte sie und gab dann einen Eiswürfel in ihren lauwarmen Wein, ehe sie sich zur Tür wandte.

Auf der Schwelle stand Brian.

Er legte ihr grinsend den Arm um die Taille und küßte sie lange und ausdauernd. »Hi.«

»Hi.« Das Weinglas noch in der Hand, schlang sie die Arme um Brians Hals. »Bri.«

»Hmm?«

»Wer sind all diese Leute?«

Lachend rieb er seine Nase an ihrem Hals. »Ganz egal. Du hast doch mich.« Aneinandergepreßt bewegten sie sich im Rhythmus der Musik. »Was hältst du davon, wenn wir uns nach oben verdrücken und der Horde das Haus überlassen?«

»Das wäre unhöflich.« Dennoch drückte sie ihn an sich.
»Gemein, unhöflich und außerdem die beste Idee seit Stunden.«

»Na dann...« Sein halbherziger Versuch, sie hochzuheben, brachte sie beide ins Schwanken. Kühler Wein tropfte seinen Rücken hinunter, und Bev kicherte. »Vielleicht kannst du mich ja tragen«, schlug er vor. In dem Moment hörte er Emmas Schreie.

Als er herumwirbelte, stieß er einen kleinen Tisch um. Von Drogen und Alkohol benommen, stolperte er, fing sich wieder und stürmte in die Halle, wo sich bereits eine kleine Menschenmenge versammelt hatte. Er drängte sich hindurch und sah ein zusammengekrümmtes Bündel Mensch am Treppenabsatz liegen.

»Um Gottes willen, Emma!« Er hatte Angst, sie zu berühren. In ihrem Mundwinkel schimmerte Blut. Mit bebenden Fingern wischte er es fort und blickte auf, sah eine gesichtslose Menge, verschwommene Farben, konnte nichts klar wahrnehmen. Sein Magen verkrampfte sich, und der saure Inhalt stieg ihm die Kehle hoch.

»Ruf einen Notarzt«, brachte er noch hervor, dann beugte er sich wieder über seine Tochter.

»Nicht bewegen.« Mit kalkweißem Gesicht kniete sich Bev neben ihn. »Du solltest sie besser nicht bewegen. Wir brauchen eine Decke!« Einer der Umstehenden drückte ihr geistesgegenwärtig eine kleine afghanische Brücke in die Hand. »Sie kommt wieder in Ordnung, Bri.« Vorsichtig deckte Bev Emma zu. »Sie wird wieder gesund werden.«

Brian schloß die Augen und schüttelte fassungslos den Kopf, als wolle er das furchtbare Bild vertreiben. Doch als er sie wieder öffnete, lag Emma immer noch leichenblaß und leblos am Boden. Es war viel zu laut hier, die Musik schien von allen Seiten zu hämmern, und die flüsternden, tuschelnden Stimmen brausten um ihn herum. Da fühlte er eine Hand auf seiner Schulter, spürte einen raschen, aufmunternden Klaps.

»Der Notarzt ist unterwegs«, teilte ihm P. M. mit. »Halt durch, Bri.«

»Schmeiß sie raus«, flüsterte Brian und schaute hoch, direkt in Johnnos bleiches, zu Tode erschrockenes Gesicht. »Sorg dafür, daß alle hier verschwinden.«

Johnno nickte und begann, die Leute hinauszudrängen. Die Tür stand weit offen, die Nacht war von hellem Scheinwerferlicht erleuchtet und von Sirenengeheul durchdrungen.

»Ich gehe jetzt nach oben«, meinte Bev ruhig. »Ich erkläre Alice, was passiert ist, und sehe nach Darren. Wir fahren mit Emma ins Krankenhaus. Sie wird wieder gesund, Bri, ganz sicher.«

Er konnte nur hilflos nicken und auf Emmas stilles, blasses Gesicht hinunterschauen. Obwohl er gerne ins Bad gegangen wäre und den Finger in den Hals gesteckt hätte, um seinen Körper von all den Chemikalien zu befreien, mit denen er sich die ganze Nacht vollgepumpt hatte, wagte er es nicht, Emma alleine zu lassen.

Alles war wie ein Traum, dachte er, wie ein dumpfer, böser Traum. Doch er brauchte Emma nur anzusehen, um sich der Realität wieder allzu deutlich bewußt zu werden.

Das *Abbey Road*-Album lag noch immer auf dem Plattenteller, und ausgerechnet jetzt erklang das Stück, das einen hinterhältigen Mord zum Thema hatte. Maxwells Silberhammer fuhr nieder.

»Bri.« Johnno klopfte ihm auf den Arm. »Geh bitte beiseite, damit man Emma versorgen kann.«

»Wie bitte?«

»Geh beiseite.« Johnno zog Brian behutsam hoch. »Die Männer müssen sich um sie kümmern.«

Betäubt beobachtete Brian, wie die Sanitäter hereinkamen und sich über seine Tochter beugten. »Sie muß die Treppe heruntergefallen sein.«

»Das wird schon wieder.« Johnno warf P. M. einen hilflosen Blick zu. »Kleine Mädchen sind viel zäher, als man denkt.«

»Das stimmt.« Stevie, ein bißchen unsicher auf den Beinen, stand hinter Brian, beide Hände auf dessen Schulter gelegt. »Unsere Emma steckt doch so 'nen Sturz locker weg.«

80

»Wir begleiten euch ins Krankenhaus.« Pete gesellte sich zu ihnen. Zusammen sahen sie zu, wie Emma vorsichtig auf eine Bahre gehoben wurde.

Oben begann Bev zu kreischen... und schrie und schrie, bis das ganze Haus von ihren Schreien erfüllt war.

8

Wenn Lou Kesselring schlief, schnaubte er wie ein angeschossener Büffel. Hatte er sich, bevor er zu Bett ging, noch ein, zwei Bier einverleibt, schnaubte er gar wie zwei angeschossene Büffel. Seine Frau, mit der er seit siebzehn Jahren verheiratet war, löste dieses nächtliche Problem mittels Oropax. Lou wußte, daß Marge ihn auf ihre ruhige, gleichbleibende Weise liebte, und er gratulierte sich zu seiner Voraussicht, vor der Hochzeit nicht mit ihr geschlafen zu haben. Sonst durchaus aufrichtig, hatte er doch dies eine kleine Geheimnis für sich behalten. Als Marge schließlich dahinterkam, steckte sein Ring bereits an ihrem Finger.

Heute nacht war er wirklich kaputt wie ein Hund. Seit fast sechsunddreißig Stunden hatte er sein Bett nicht mehr gesehen. Nun, da der Fall Calarmi aufgeklärt war, würde er sich nicht nur eine Nacht mit ungestörtem Schlaf, sondern ein ganzes faules Wochenende gönnen.

Zwölf Stunden zuvor war er gezwungen gewesen, einen Mann zu töten, was zwar nicht zum erstenmal geschehen war, aber – Gott sei Dank – selten vorkam. Immer wenn seine Arbeit derartige Ausmaße annahm, brauchte er dringend einen gewissen Alltagstrott zum Ausgleich. Kartoffelsalat, gegrillte Hamburger und nachts den festen Körper seiner Frau an dem seinen. Das Lachen seines Sohnes.

Er war ein Cop, und ein guter dazu. In seinen sechs Jahren bei der Mordkommission hatte er nur zweimal von der Waffe Gebrauch machen müssen. Wie die Mehrzahl seiner Kollegen wußte er, daß die praktische Ausübung des Gesetzes in monotonen Tagesabläufen bestand: Beinarbeit, Papierkram,

81

Telefongespräche. Und Momente, Bruchstücke von Sekunden, des Terrors.

Ihm war gleichfalls bewußt, daß er als Cop mit Dingen in Berührung kam, von denen der Rest der Welt gar keine Vorstellung hatte – Mord, Bandenkriege, Messerstechereien, Blut, Dreck, Abschaum.

Obgleich Lou mit Leib und Seele bei seiner Arbeit war, bereitete diese ihm keinerlei Alpträume. Er war vierzig und hatte, seit er mit vierundzwanzig seine Dienstmarke erhalten hatte, Beruf und Privatleben strikt voneinander getrennt.

Doch manchmal fiel ihm das schwer.

Sein Schnarchen brach abrupt ab, als das Telefon klingelte; er rollte sich herum und streckte mit geschlossenen Augen instinktiv die Hand aus, um den Hörer von der Gabel zu reißen.

»Ja, Kesselring.«

»Bester hier, Lieutenant.«

»Verdammte Scheiße, was wollen Sie?« Er wußte, daß er ungestraft die von seiner Frau mißbilligten Sch...-Worte benutzen konnte, da Marge ihre Oropax in den Ohren hatte.

»Tut mir leid, Sie zu wecken, aber wir haben einen neuen Fall. Kennen Sie McAvoy, Brian McAvoy, den Sänger?«

»McAvoy?« Verschlafen rieb sich Lou das Gesicht.

»Devastation. Die Rockgruppe.«

»Ach ja. Richtig.« Er war kein großer Rockfan, hörte höchstens Elvis Presley oder die Everly Brothers. »Was ist denn passiert? Haben ein paar Kids die Musik so laut gedreht, daß ihnen das Hirn aus den Ohren geflogen ist?«

»Sein kleiner Sohn ist getötet worden. Sieht nach einer verpatzten Entführung aus.«

»O Scheiße.« Plötzlich hellwach, knipste Lou das Licht an. »Geben Sie mir die Adresse.«

Das Licht weckte Marge auf. Sie blinzelte und sah Lou nackt auf der Bettkante hocken und etwas auf seinen Block kritzeln. Ohne Murren stand sie auf, schlüpfte in ihren Bademantel und ging nach unten, um ihm einen Kaffee zu machen.

Lou fand Brian im Krankenhaus. Er war sich nicht sicher, was er eigentlich erwartet hatte. Er hatte Brian einige Male in der Zeitung oder im Fernsehen gesehen, wenn der Sänger Kritik am Vietnamkrieg geübt hatte. Lou hielt nicht viel von dieser Bande, die ständig stoned herumlief, sich das Haar bis zum Hintern wachsen ließ und an den Straßenecken Blumen verteilte. Andererseits hielt er auch nicht allzuviel vom Krieg. Einer seiner Brüder war in Korea gefallen, und sein Neffe hatte vor drei Monaten den Einberufungsbefehl nach Vietnam erhalten.

Aber im Augenblick war er weder an McAvoys politischer Einstellung noch an dessen Haartracht interessiert.

Er hielt inne und betrachtete den in einem Stuhl zusammengesunkenen Brian. In natura sah er jünger aus, stellte Lou fest. Jung, ein wenig zu mager und für einen Mann ungewöhnlich hübsch. Brian sah ihn mit jenem benommenen, fast entrückten Blick an, den der Schock mit sich bringt. Das Zimmer war voller Menschen, und aus den zahlreichen Aschenbechern kräuselte sich der Rauch.

Mechanisch führte Brian eine Zigarette an die Lippen, sog den Rauch ein, ließ die Zigarette wieder sinken und stieß eine Rauchwolke aus.

»Mr. McAvoy.«

Der Vorgang wiederholte sich, als Brian aufblickte. Er sah einen hochgewachsenen, schlanken Mann mit dunklem, sorgfältig aus dem länglichen Gesicht gekämmten Haar, der einen grauen Anzug und einen konservativen Schlips in demselben Farbton zu einem blütenweißen Hemd trug. Seine schwarzen Schuhe waren auf Hochglanz poliert, die Nägel sauber gepflegt, und auf seinem Kinn glänzte ein kleiner Kratzer, dort, wo er sich beim Rasieren geschnitten hatte.

Man achtet doch auf die seltsamsten Dinge, dachte Brian bei sich und zog erneut an der Zigarette.

»Ja.«

»Ich bin Lieutenant Kesselring.« Lou präsentierte ihm seine Dienstmarke, doch Brian achtete nicht darauf und sah ihm weiterhin voll ins Gesicht. »Ich muß Ihnen einige Fragen stellen.«

83

»Hat das nicht noch Zeit, Lieutenant?« Pete Page studierte die Dienstmarke mit hartem Blick. »Mr. McAvoy ist jetzt nicht in der Verfassung, Ihre Fragen zu beantworten.«

»Es wäre für uns alle besser, wenn wir die Voruntersuchungen rasch hinter uns brächten.« Lou setzte sich und legte die Hände auf die Knie, nachdem er seine Marke wieder verstaut hatte. »Es tut mir leid, Mr. McAvoy. Ich respektiere Ihren Schmerz, aber ich will den Schuldigen zur Verantwortung ziehen.«

Brian zündete sich eine neue Zigarette am Stummel der alten an und blieb stumm.

»Können Sie mir etwas über die Vorfälle des heutigen Abends sagen?«

»Sie haben Darren umgebracht. Meinen kleinen Jungen. Aus dem Bettchen gezerrt und einfach auf dem Boden liegengelassen.«

Todunglücklich griff Johnno nach seinem Kaffeebecher und wandte sich ab. Lou kramte einen Notizblock und einen frisch gespitzten Bleistift aus der Tasche.

»Haben Sie eine Ahnung, wer dem Jungen etwas zuleide tun wollte?«

»Nein. Jeder liebte Darren. Er ist so fröhlich, so lebenslustig.« Brians Hals war wie zugeschnürt, sein leerer Blick schweifte durch den Raum.

»Ich weiß, wie schwer das alles für Sie ist. Erzählen Sie mir von heute abend.«

»Wir hatten eine Party. Morgen fliegen wir alle nach New York, und da hatten wir diese Party gegeben.«

»Ich brauche eine Liste aller Anwesenden.«

»Ich weiß nicht. Vielleicht kann Bev...« Er brach ab, da er sich daran erinnerte, daß sich Bev in einem der unteren Räume befand und unter schweren Beruhigungsmitteln stand.

»Wir sollten gemeinsam schon imstande sein, eine ziemlich genaue Gästeliste aufzustellen«, warf Pete ein. Versuchsweise nahm er einen weiteren Schluck, doch der Kaffee brannte in seiner Kehle. »Aber ich kann Ihnen versichern, daß keiner von Brians Gästen zu so etwas fähig ist.«

Genau das wollte Lou herausfinden. »War Ihnen jeder Partybesucher persönlich bekannt, Mr. McAvoy?«

»Weiß ich nicht. Wahrscheinlich nicht.« Brian stützte einen Moment lang die Ellbogen auf die Knie, um die Hände fest gegen die Augen zu drücken. Der Schmerz tröstete ihn ein wenig. »Freunde und Freunde von Freunden und so weiter. Man öffnet die Tür, und die Leute kommen herein. Einfach so.«

Lou nickte, ohne jedoch zu begreifen. Er dachte daran, wie Marge Partys organisierte. Die sorgfältige zusammengestellte Gästeliste, die detaillierte Planung und Überprüfung des Büfetts. Die Party zum Anlaß ihres fünfzehnten Hochzeitstages war so gründlich vorbereitet worden wie ein Staatsbankett.

»Wir werden uns um die Liste kümmern«, entschied er. »Jetzt zu Ihrer Tochter. Emma, nicht wahr?«

»Ja, Emma.«

»Während der Party hat sie sich im Obergeschoß aufgehalten?«

»Ja, sie hat geschlafen.« Seine Kleinen, sicher und behütet, von allem ferngehalten. »Sie haben beide geschlafen.«

»Im selben Zimmer?«

»Nein, sie haben jeder ein eigenes Zimmer. Alice Wallingsford, unsere Kinderschwester, war oben bei ihnen.«

»Ja.« Man hatte Lou schon mitgeteilt, daß die Kinderschwester gefesselt, geknebelt und vollkommen verängstigt in ihrem eigenen Bett aufgefunden worden war. »Und die Kleine ist die Treppe heruntergefallen?«

Brians Hand schloß sich krampfhaft um den Becher, bis sich seine Finger durch das Styropor bohrten. Kaffee ergoß sich aus den Löchern und floß auf den Boden. »Ich hörte sie nach mir rufen. Ich kam gerade mit Bev aus der Küche.« Glasklar erinnerte er sich an jenen kurzen, erregenden Kuß, den sie kurz vor Emmas Schrei ausgetauscht hatten. »Wir rannten sofort zu ihr, und da lag sie, am Fuß der Treppe.«

»Ich sah sie fallen.« P. M.s rotgeränderte Augen zuckten. »Ich schaute hoch und sah sie stürzen. Es ging alles so schnell.«

85

»Sie sagten, daß sie schrie.« Lou wandte sich wieder an P. M. »War das, ehe sie gefallen ist, oder danach?«

»Ich... vorher. Genau, deswegen habe ich ja überhaupt hochgeschaut. Sie schrie, und dann hat sie wohl das Gleichgewicht verloren.«

Lou machte sich eine Notiz. Er mußte unbedingt mit dem kleinen Mädchen reden. »Ich hoffe, sie ist nicht allzu schwer verletzt?«

»Die Ärzte.« Brians Zigarette war inzwischen verglüht. Er ließ sie in den Aschenbecher fallen, griff nach dem kaputten Becher und trank den letzten Schluck des kalten, bitteren Kaffees. »Sie sind noch nicht wiedergekommen. Sie konnten mir noch nichts Konkretes sagen. Ich kann Emma doch nicht auch noch verlieren!« Seine Hände zitterten so stark, daß er etwas Kaffee verschüttete. Johnno setzte sich neben ihn.

»Emma ist zäh. Kinder fallen andauernd hin.« Er warf Lou einen wütenden Blick zu. »Können Sie ihn nicht endlich in Ruhe lassen?«

»Nur noch ein paar Fragen.« Lou war an derartige Ausbrüche gewöhnt. »Ihre Frau, Mr. McAvoy, sie hat doch Ihren Sohn gefunden?«

»Ja. Sie ist nach oben gegangen, als sie den Notarzt kommen hörte. Sie wollte nach Darren sehen... Wissen Sie, sie wollte sich vergewissern, daß er nicht aufgewacht war. Dann hörte ich sie schreien, nur noch schreien. Ich lief los. Ich fand sie in Darrens Zimmer, sie saß auf dem Boden und hielt ihn im Arm. Und sie schrie. Man mußte ihr ein Beruhigungsmittel geben.«

»Mr. McAvoy, sind Sie oder Ihre Familie jemals bedroht worden?«

»Nein.«

»Niemals?«

»Nein. Nun, ab und zu kamen mal Drohbriefe, aber die betrafen meistens politische Dinge. Pete hat alles aufbewahrt.«

»Wir brauchen alles, was innerhalb der letzten sechs Monate gekommen ist.«

»Das ist ein ganz schöner Berg Post«, gab Pete zu bedenken.

»Das kriegen wir schon hin.«

Brian ignorierte sie beide und sprang auf, als der Arzt das Zimmer betrat. »Emma«, sagte er nur. Mehr brachte er nicht heraus.

»Sie schläft jetzt. Sie hat eine Gehirnerschütterung, eine Fraktur am Arm und ein paar geprellte Rippen, aber keine inneren Verletzungen.«

»Wird sie wieder gesund?«

»Sie braucht in den nächsten Tagen noch intensive Pflege, aber ihre Aussichten sind sehr gut.«

Jetzt erst begann Brian zu weinen, etwas, wozu er weder beim Anblick des leblosen Körpers seines Sohnes noch während der Wartezeit in dem grün gestrichenen Raum, getrennt von seiner Familie, fähig gewesen war. Heiße, befreiende Tränen quollen zwischen seinen Fingern hervor, als er das Gesicht mit den Händen bedeckte.

Wortlos klappte Lou sein Notizbuch zu und hielt den Arzt zurück, der im Begriff war, den Raum zu verlassen. »Lieutenant Kesselring, Mordkommission.« Wieder zückte er seine Dienstmarke. »Wann ist die Kleine vernehmungsfähig?«

»Nicht vor ein, zwei Tagen.«

»Ich muß ihr so schnell wie möglich einige Fragen stellen.« Er reichte dem Arzt seine Karte. »Bitte verständigen Sie mich, sobald ich mit ihr reden kann. Was ist mit der Frau, mit Beverly McAvoy?«

»Sie steht unter Beruhigungsmitteln. Innerhalb der nächsten zehn oder zwölf Stunden wird sie nicht zu sich kommen. Und selbst dann bin ich nicht sicher, ob Sie sie vernehmen können – oder ob ich gewillt bin, das zuzulassen.«

»Rufen Sie mich an.« Lou warf noch einen Blick ins Wartezimmer. »Ich habe selbst einen Sohn, Doktor.«

Furchtbare Träume quälten Emma. Sie wollte nach ihrem Papa und nach ihrer Mami rufen, aber ihr war, als ob sich eine schwere Hand über ihren Mund und ihre Augen gelegt hätte. Ein ungeheures Gewicht schien sie niederzudrücken.

Das Baby schrie. Das Geräusch hallte in ihrem Zimmer, in ihrem Kopf wider, bis es ihr vorkam, als schrie Darren direkt in ihr selbst und suche sich zu befreien. Sie wollte, mußte sofort zu ihm, aber rund um ihr Bett lauerten doppelköpfige Schlangen und knurrende, zischelnde *Dinger* mit schwarzen Fangzähnen, von denen der Seiber herabtropfte. Immer wenn Emma versuchte, aus dem Bett zu klettern, kamen sie näher, zischten, geiferten, grinsten böse.

Wenn sie im Bett bliebe, wäre sie in Sicherheit. Aber Darren rief nach ihr.

Sie mußte jetzt tapfer sein, mutig genug, um zur Tür zu laufen. Als sie losrannte, verschwanden die Schlangen. Der Boden unter ihren Füßen schien zum Leben zu erwachen, sich zu bewegen, zu vibrieren. Sie blickte über die Schulter zurück. Doch da war nur ihr Zimmer, voller Spielsachen, mit ordentlich auf den Regalen aufgereihten Puppen und der freundlich grinsenden Mickey Mouse. Während sie die Lampe betrachtet, verwandelte sich das Grinsen in ein tückisches Schielen.

Sie rannte in die Diele, ins Dunkel.

Musik erklang. Die Schatten schienen im Rhythmus zu tanzen. Sie hörte Geräusche. Atem, schweren, feuchten Atem, eine Art Knurren und die Bewegung von etwas Trockenem, Gleitenden auf dem Holz. Als sie in Richtung von Darrens Geschrei lief, spürte sie den heißen Atem auf ihren Armen und rasche, bösartige Kniffe an ihrem Knöchel.

Die Tür war verschlossen. Sie zog und zerrte daran; unterdessen wurden die Schreie ihres Bruders immer schriller und gingen nur dann und wann in der Musik unter. Unter ihren kleinen Fäusten gab die Tür langsam nach. Sie konnte den Mann sehen, aber er hatte kein Gesicht. Sie sah nur das Glitzern seiner Augen, das Glänzen seiner Zähne.

Er kam auf sie zu, und plötzlich hatte sie vor ihm noch mehr Angst als vor den Schlangen und Monstern, den Zähnen und Klauen. In blinder Panik rannte sie davon, von Darrens lauter werdenden Schreien verfolgt.

Dann fiel sie, fiel in einen dunklen Abgrund. Sie vernahm ein Geräusch, ähnlich dem Knacken eines trockenen Zweiges, und wollte ihre Angst laut hinausschreien, doch sie fiel, still, endlos, hilflos, und die Musik und die Schreie ihres Bruder hallten in ihrem Kopf.

Als sie erwachte, war es hell. Die Puppen saßen nicht mehr auf den Regalen. Da waren gar keine Regale mehr, nur noch kahle Wände. Zuerst fragte sie sich, ob sie wohl in einem Hotel sei. Beim Versuch, sich zu erinnern, begannen die Schmerzen – heiße, dumpfe Schmerzen, die überall gleichzeitig zu hämmern schienen. Stöhnend drehte sie den Kopf zur Seite.

Ihr Vater schlief in einem Sessel. Sein Kopf war nach hinten gesunken und ein wenig zur Seite gelehnt. Unter dem Stoppelbart wirkte sein Gesicht bleich, und seine Hände lagen, zu Fäusten geballt, im Schoß.

»Papa.«

Brian erwachte sofort. Er sah seine Tochter im weißbezogenen Krankenhausbett liegen, die Augen groß und angsterfüllt. Tränen stiegen in ihm auf, würgten ihn im Hals und brannten in den Augen. Mit aller Kraft, die ihm noch geblieben war, kämpfte er sie nieder.

»Emma.« Er ging zu ihr, setzte sich auf die Bettkante und drückte sein erschöpftes Gesicht an ihren Hals.

Sie wollte den Arm um ihn legen, aber der schwere weiße Gipsverband hinderte sie daran. Sofort breitete sich die Angst wieder in ihr aus. In Gedanken hörte sie jenes trockene Knacken und spürte den darauf folgenden brennenden Schmerz. Das war kein Traum gewesen – und wenn all das wirklich passiert war, dann mußte der Rest auch...

»Wo ist Darren?«

Natürlich war das ihr erster Gedanke, dachte Brian und kniff die Augen fest zusammen. Wie sollte er es ihr nur beibringen? Wie konnte er ihr begreiflich machen, was er selbst noch nicht verstehen oder gar glauben konnte? Sie war doch nur ein Kind, sein einziges Kind.

»Emma.« Er küßte ihre Wange, ihre Schläfe, ihre Stirn, als könne er so irgendwie ihrer beider Schmerz lindern. Dann nahm er ihre Hand. »Erinnerst du dich noch an die

Geschichte über die Engel, die ich dir mal erzählt habe, und wie sie im Himmel leben?«

»Sie können fliegen, machen Musik und tun sich nie weh.«

Ja, er war wirklich raffiniert gewesen, dachte Brian bitter. Da hatte er sich sehr geschickt angestellt, so eine schöne Geschichte zu erfinden. »Das stimmt. Manchmal werden ganz besondere Menschen zu Engeln.« Er suchte in den dunklen Ecken seiner Erinnerung nach seinem katholischen Glauben und stellte fest, daß dieser schwer auf seinen Schultern lastete. »Manchmal liebt Gott diese Menschen so sehr, daß Er sie bei sich im Himmel haben möchte. Und dort ist Darren jetzt. Er ist ein Engel im Himmel.«

»Nein!« Zum erstenmal, seit sie vor mehr als drei Jahren unter der schmierigen Spüle hervorgekrochen war, stieß Emma ihren Vater von sich. »Ich will nicht, daß er ein Engel ist!«

»Ich auch nicht.«

»Dann sag Gott, er soll ihn zurückschicken«, befahl sie wütend. »Jetzt sofort!«

»Das kann ich nicht.« Wieder kamen ihm die Tränen, und diesmal konnte er sie nicht zurückhalten. »Er ist fort, Emma.«

»Dann will ich auch in den Himmel gehen und mich da um ihn kümmern.«

»O nein!« Die Furcht schnürte ihm die Kehle zu und ließ die Tränen versiegen. Seine Finger krallten sich in ihre Schulter und hinterließen zum erstenmal Spuren auf der Haut. »Das kannst du nicht tun, Emma. Ich brauche dich. Ich habe Darren verloren, aber du mußt bei mir bleiben.«

»Ich hasse Gott!« stieß sie wild hervor.

Und ich erst, dachte Brian, als er sie an sich drückte. Und ich erst.

In der Mordnacht hatten sich mehr als hundert Leute in und rund um das McAvoy-Haus aufgehalten. Lous Notizblock war mit Namen, Notizen und Eindrücken vollgekritzelt, ohne daß er jedoch der Lösung nähergekommen war. Sowohl die Tür als auch das Fenster vom Zimmer des Jungen waren geöffnet vorgefunden worden, obwohl das Kindermädchen darauf beharrte, das Fenster geschlossen zu haben, nachdem sie den Jungen ins Bett gebracht hatte. Sie war gleichfalls sicher, daß das Fenster verriegelt gewesen war. Und trotzdem waren keine Anzeichen eines gewaltsamen Eindringens zu sehen.

Unter dem Fenster hatten sie Fußabdrücke gefunden. Größe 11, schmunzelte Lou. Im Boden waren jedoch keine Spuren zu finden, die auf eine Leiter schließen ließen, und am Fensterbrett gab es keinerlei Hinweis auf ein Seil.

Das Kindermädchen war keine große Hilfe. Sie war wach geworden, als sich eine Hand über ihren Mund legte, dann hatte man sie gefesselt, geknebelt und ihr die Augen verbunden. Im Verlauf zweier Verhöre war ihre Einschätzung der Tatdauer von dreißig Minuten auf zwei Stunden gestiegen. Zwar stand sie auf seiner Liste der Verdächtigen ganz unten, aber Lou hatte dennoch einen Hintergrundbericht angefordert.

Doch nun mußte er mit Beverly McAvoy sprechen. Diese Vernehmung hatte er so lange wie möglich hinausgezögert.

»Fassen Sie sich so kurz wie möglich.« Der Arzt stand mit Lou vor Bevs Tür. »Wir haben ihr ein leichtes Beruhigungsmittel verabreicht, aber sie ist bei klarem Bewußtsein. Vielleicht zu klar.«

»Ich werde es ihr nicht noch schwerer machen, als es ohnehin schon ist.« Wie wäre das auch möglich, fragte er sich. Das Bild des kleinen Jungen hatte sich in sein Hirn eingebrannt. »Ich muß das Mädchen auch noch befragen. Ist das möglich?«

»Sie ist bei Bewußtsein. Ich weiß aber nicht, ob sie mit Ihnen sprechen wird. Sie hat bislang nur zu ihrem Vater ein paar Worte gesagt.«

Nickend betrat Lou den Raum. Die Frau saß aufrecht im Bett. Obwohl ihre Augen offen standen, richteten sie sich nicht auf ihn. Sie wirkte sehr schmal und kaum alt genug, um ein Kind zu haben. Geschweige denn eines zu verlieren. Sie war in eine hellblaue Bettjacke gehüllt, und ihre Hände lagen unbeweglich auf den weißen Laken.

Auf dem Stuhl neben ihr saß Brian, dessen unrasiertes Gesicht eine ungesunde graue Färbung zeigte. Seine Augen schienen älter, von Tränen und zu wenig Schlaf rot und verquollen, von Kummer umwölkt. Doch als er aufsah, las Lou noch etwas anderes in ihnen. Wut.

»Es tut mir leid, Sie zu stören.«

»Der Doktor hat Sie schon angekündigt.« Weder erhob Brian sich, noch deutete er auf einen Stuhl. Er starrte einfach weiter vor sich hin. »Wissen Sie schon, wer es getan hat?«

»Noch nicht. Ich würde gerne mit Ihrer Frau sprechen.«

»Bev.« Brian legte eine Hand über ihre, ohne daß sie reagierte. »Das ist der Polizeibeamte, der den Fall untersucht... der versucht herauszufinden, was eigentlich passiert ist. Entschuldigung«, er blickte zu Lou. »Ich habe Ihren Namen vergessen.«

»Kesselring. Lieutenant Kesselring.«

»Der Lieutenant muß dir einige Fragen stellen.« Sie rührte sich nicht, kaum daß sie atmete. »Bev, bitte.«

Vielleicht lag es an der Verzweiflung in seiner Stimme, daß er sie tief dort erreichte, wo sie sich in sich selbst zurückgezogen hatte. Ihre Hand bewegte sich unruhig in der seinen. Für einen Augenblick schloß sie die Augen und hielt sie geschlossen, wünschte sich mit aller Kraft, tot zu sein, nichts mehr zu empfinden. Dann öffnete sie die Augen wieder und sah Lou ins Gesicht.

»Was möchten Sie wissen?«

»Alles, was Sie mir über diese Nacht sagen können.«

»Mein Sohn ist tot«, antwortete sie tonlos. »Was könnte jetzt noch wichtig sein.«

»Irgend etwas, was Sie mir erzählen können, könnte mir helfen, den Mörder Ihres Sohnes zu finden, Mrs. McAvoy.«

»Bringt mir das Darren zurück?«

»Nein.«

»Ich fühle gar nichts mehr.« Bev starrte ihn aus riesigen, übermüdeten Augen an. »Ich spüre weder meine Beine noch meine Arme noch meinen Kopf. Wenn ich es versuche, kommen die Schmerzen. Also versuche ich es am besten erst gar nicht, oder?«

»Eine Weile mag das helfen.« Lou zog sich einen Stuhl heran. »Bitte erzählen Sie mir alles, woran Sie sich erinnern.«

Ihr Kopf sank nach hinten, und sie blickte zur Decke. Ihre monotone Beschreibung der Party stimmte mit der ihres Mannes und der einiger anderer Gäste, die Lou verhört hatte, überein. Bekannte Gesichter, fremde Gesichter, Leute, die kamen und gingen. Irgendwer hatte über das Küchentelefon Pizza bestellt.

Das war neu, und Lou machte sich eine Notiz.

Mit Brian reden, Emma schreien hören – und sie dann am Fuß der Treppe finden.

»Da waren so viele Leute um uns herum«, murmelte sie. »Irgend jemand, wer, weiß ich nicht, hat den Notarzt gerufen. Wir haben sie nicht von der Stelle bewegt – wir hatten Angst davor. Dann haben wir die Sirenen gehört. Ich wollte mit ins Krankenhaus fahren, mit ihr und Brian, aber ich mußte erst noch nach Darren sehen und Alice wecken, um ihr zu sagen, was passiert ist.

Dann habe ich Emmas Mantel geholt. Warum, weiß ich nicht, ich dachte nur, sie würde ihn vielleicht brauchen. Ich bin in die Diele gegangen. Ich war ärgerlich, weil das Licht nicht brannte. Wir lassen Emmas wegen immer Licht in der Diele an. Sie hat im Dunkeln Angst. Darren nicht«, meinte sie mit dem Anflug eines Lächelns. »Der hat vor gar nichts Angst. Wir lassen in seinem Zimmer nur die Nachttischlampe an, das macht es uns leichter, wenn er nachts aufwacht. Das kommt häufig vor, er hat gern Gesellschaft.« Ihre Stimme begann zu zittern, und sie legte eine Hand vor ihr Gesicht. »Er ist nicht gern allein.«

»Ich weiß, wie schwer das für Sie ist, Mrs. McAvoy.« Doch sie war die erste am Tatort gewesen, hatte den Leichnam gefunden, hatte ihn berührt. »Ich muß wissen, was Sie vorfanden, als Sie den Raum betraten.«

»Ich fand mein Baby.« Energisch schüttelte sie Brians Hand ab, sie konnte es nicht ertragen, berührt zu werden. »Er lag auf dem Boden, neben seinem Bettchen. Ich dachte, oh, ich dachte, o Gott, er wollte herausklettern und ist hingefallen. Er lag so still da auf dem kleinen blauen Teppich. Ich konnte sein Gesicht nicht sehen. Ich nahm ihn hoch, aber er wachte nicht auf. Ich schüttelte ihn, ich schrie, aber er wachte nicht auf.«

»Haben Sie irgend jemand gesehen, Mrs. McAvoy?«

»Nein, es war niemand oben. Nur das Baby, mein Baby. Sie haben ihn mir weggenommen, und sie wollen ihn mir nicht wiedergeben. Brian, warum, um Gottes willen, gibst du ihn mir nicht wieder zurück?«

»Mrs. McAvoy.« Lou erhob sich. »Ich werde alles tun, was in meiner Macht steht, um den Schuldigen zu finden. Das verspreche ich Ihnen.«

»Was ändert das schon?« Sie fing an zu weinen, große, stille Tränen. »Was kann das schon ändern?«

Es würde etwas ändern, schwor sich Lou und trat in den Korridor. Es mußte einfach etwas ändern.

Emma studierte Lou mit solcher Intensität, daß er sich unbehaglich fühlte. Soweit er sich erinnerte, war dies das erste Mal, daß ein Kind in ihm das Bedürfnis auslöste, sein Hemd auf Flecken hin zu untersuchen.

»Ich habe Polizisten im Fernsehen gesehen«, meinte Emma, nachdem er sich vorgestellt hatte. »Sie erschießen Menschen.«

»Nur manchmal.« Er suchte nach Worten. »Siehst du gerne fern?«

»Ja. Darren und ich, wir mögen *Sesamstraße* am liebsten.«

»Und wer gefällt dir am besten? Ernie? Bert?«

Sie lächelte schwach. »Ich mag Oskar. Der ist so frech.«

Durch das Lächeln ermutigt, entfernte Lou das Gitter am Bett. Emma widersprach nicht, als er sich auf die Bettkante setzte. »Ich habe *Sesamstraße* schon lange nicht mehr gesehen. Wohnt Oskar immer noch in einer Mülltonne?«

»Ja. Und er schreit immer noch alle Leute an.«

»Ich schätze, das Schreien erleichtert manchmal. Weißt du, warum ich hier bin, Emma?« Anstelle einer Antwort drückte sie bloß einen alten schwarzen Stoffhund an sich. »Ich muß mit dir über Darren reden.«

»Papa sagt, er ist jetzt ein Engel im Himmel.«

»Dessen bin ich sicher.«

»Es ist nicht fair, daß er einfach so weggegangen ist. Er hat noch nicht einmal auf Wiedersehen gesagt.«

»Er konnte nicht.«

Das wußte sie selber, denn tief in ihrem Herzen verstand sie, was geschehen mußte, damit ein Mensch zu einem Engel wird.

»Papa sagt, daß Gott ihn bei sich haben wollte, aber ich glaube, das war ein Irrtum. Gott sollte ihn zurückschicken.«

Lou strich ihr übers Haar, von ihrer eigensinnigen Logik genauso angerührt wie vom Schmerz ihrer Mutter. »Es war ein Irrtum, Emma, ein ganz schrecklicher Fehler, aber Gott kann Darren trotzdem nicht zurückschicken.«

Sich eher rechtfertigend als schmollend, schob Emma die Unterlippe vor. »Gott kann alles tun, was Er will.«

Lou wurde klar, daß er sich auf unsicherem Boden bewegte. »Nicht immer. Manchmal tun Menschen Dinge, die Gott nicht in Ordnung bringen kann. Dann müssen wir das übernehmen. Ich glaube, du könntest mir helfen herauszufinden, wie es zu diesem Fehler gekommen ist. Willst du mir nicht von der Nacht erzählen, in der du die Treppe hinuntergefallen bist?«

Ihre Augen wanderten zu Charlie, und sie zupfte an seinem Fell. »Ich hab' mir den Arm gebrochen.«

»Ich weiß. Das tut mir leid. Ich habe selbst einen kleinen Jungen, der ist etwas älter als du, fast elf. Er hat sich den Arm gebrochen, als er auf dem Dach Rollschuhlaufen wollte.«

Beeindruckt sah sie ihn an. »Ehrlich?«

»Ehrlich. Die Nase hat er sich auch gebrochen. Er ist über das Dach hinausgeschossen und in den Azaleenbüschen gelandet.«

»Wie heißt er?«

»Michael.«

Emma hätte ihn gerne kennengelernt und gefragt, wie man sich fühlt, wenn man vom Dach fliegt. Es hörte sich sehr mutig an, wie etwas, das Darren gerne probiert hätte. Dann zerrte sie wieder an Charlies Fell. »Darren wäre im Februar drei geworden.«

»Ich weiß.« Lou nahm ihre Hand. Nach einer Weile schlossen sich ihre Finger um seine.

»Ich habe ihn am allerliebsten gehabt«, sagte sie schlicht. »Ist er tot?«

»Ja, Emma.«

»Und er kommt nie mehr zurück, auch wenn das ein Irrtum war?«

»Nein, tut mir leid.«

Sie mußte ihn etwas fragen, etwas, was sie ihren Vater nicht zu fragen wagte. Ihr Vater würde weinen und ihr vielleicht nicht die Wahrheit sagen. Aber dieser Mann mit den hellen Augen und der ruhigen Stimme würde nicht weinen.

»Ist es meine Schuld?« In den Augen, die sich auf Lou richteten, lag abgrundtiefe Verzweiflung.

»Wie kommst du denn darauf?«

»Ich bin weggerannt. Ich habe mich nicht um ihn gekümmert. Dabei habe ich versprochen, immer auf ihn aufzupassen, und das habe ich nicht getan.«

»Wovor bist du weggelaufen?«

»Vor den Schlangen«, antwortete sie ohne Zögern und erinnerte sich an den Alptraum. »Da waren Ungeheuer mit riesigen Zähnen, und die Schlangen.«

»Wo?«

»Um das Bett herum. Sie verstecken sich im Dunkeln und fressen gerne böse Mädchen.«

»Ich verstehe.« Lou zog seinen Notizblock hervor. »Wer hat dir das erzählt?«

»Meine Mama – meine Mama vor Bev. Bev sagt, da sind gar keine Schlangen, aber sie kann sie bloß nicht sehen.«

»Und in der Nacht, in der du gefallen bist, hast du die Schlangen gesehen?«

»Sie wollten mich nicht zu Darren lassen, als er weinte.«

»Darren hat geweint?«

Emma nickt, zufrieden, daß er an die Schlangen glaubte. »Ich hab' ihn gehört. Manchmal wacht er nachts auf, aber wenn ich ihn tröste und ihm Charlie gebe, schläft er ganz schnell wieder ein.«

»Wer ist Charlie?«

96

»Mein Hund.« Sie hielt Lou das Tier zur Besichtigung hin.

»Ein schöner Hund«, lächelte Lou und tätschelte Charlies staubigen Kopf. »Hast du Charlie in dieser Nacht zu Darren gebracht?«

»Ich wollte.« Ihr Gesicht umwölkte sich bei dem Versuch, sich zu erinnern. »Ich habe ihn mitgenommen, um die Schlangen und die Ungeheuer wegzuscheuchen. Die Diele war dunkel. Sonst ist sie nie dunkel. Sie waren da.«

Seine Finger krampften sich um den Bleistift. »Wer war da?«

»Die Monster. Ich konnte sie zischeln und tuscheln hören. Darren hat so laut geweint. Er brauchte mich.«

»Bist du in sein Zimmer gegangen, Emma?«

Sie schüttelte den Kopf. Ganz klar konnte sie sich selbst sehen, wie sie in der Diele stand und die Schatten um sie herum zischten und schnappten. »Nur an die Tür, da war Licht unter der Tür. Die Monster hatten ihn gepackt.«

»Hast du die Monster gesehen?«

»In Darrens Zimmer waren zwei Monster.«

»Hast du ihre Gesichter gesehen?«

»Die hatten keine Gesichter. Eins hat ihn festgehalten, so fest, daß er laut geweint hat. Er hat nach mir gerufen, aber ich bin weggerannt. Ich bin weggerannt und habe Darren den Monstern überlassen. Und sie haben ihn getötet. Sie haben ihn getötet, weil ich weggerannt bin!«

»Nein, nein.« Lou zog sie an sich und ließ sie sich ausweinen, während er ihr Haar streichelt. »Nein, du bist weggelaufen, um Hilfe zu holen, nicht wahr, Emma?«

»Ich wollte, daß Papa kommt.«

»Das war ganz richtig. Weißt du, Emma, in Darrens Zimmer, da waren keine Monster, sondern Männer, böse Männer. Du hättest sie nicht aufhalten können.«

»Ich habe versprochen, mich um Darren zu kümmern, nie zuzulassen, daß ihm etwas zustößt.«

»Du hast versucht, dein Versprechen zu halten. Niemand gibt dir die Schuld, Schätzchen.«

Aber da irrte er sich, dachte Emma. Sie selbst gab sich die Schuld. Und das würde sie immer tun.

97

Als Lou nach Hause kam, war es beinah Mitternacht. Er hatte Stunden an seinem Schreibtisch verbracht, hatte jede Notiz, jedes Fitzelchen an Information wieder und wieder überprüft. Als Cop mit jahrelanger Erfahrung wußte er genau, daß Objektivität absolut notwendig war. Dennoch berührte ihn der Mord an Darren McAvoy persönlich. Er konnte das Schwarzweißfoto des Jungen, der kaum aus dem Babyalter heraus war, einfach nicht vergessen. Das Bild hatte sich unauslöschlich in sein Hirn eingeprägt.

Und dann das Schlafzimmer des Kindes. Blau und weiß gestrichene Wände, ein Sammelsurium an Spielsachen, sorgfältig zusammengefaltete kleine Overalls auf dem Schaukelstuhl, daneben abgewetzte Turnschuhe.

Und die Injektionsspritze, noch immer mit Phenobarbitol aufgezogen, die in der Nähe des Bettchens gelegen hatte.

Die Täter hatten keine Gelegenheit gehabt, sie zu benutzen, dachte Lou grimmig. Sie waren nicht mehr dazu gekommen, die Nadel in eine Vene zu stechen und den Kleinen zu betäuben. Wollten sie ihn durch das Fenster fortschaffen? Hätte Brian McAvoy einige Stunden später einen Anruf und eine Lösegeldforderung erhalten? Hätte er seinen Sohn wohlbehalten zurückbekommen?

Jetzt würde es keinen Anruf, kein Lösegeld mehr geben.

Lou rieb seine erschöpften Augen und ging die Treppe hoch. Amateure, grübelte er. Einbrecher, Mörder. Wo zum Teufel waren sie jetzt? Wer zum Teufel waren sie?

Was ändert das schon?

O doch, es änderte etwas, dachte er bei sich und ballte die Fäuste. Gerechtigkeit machte immer einen Unterschied.

Die Tür zu Michaels Zimmer stand offen. Er hörte den leisen, regelmäßigen Atem seines Sohnes. Im fahlen Mondlicht erkannte er ein wüstes Durcheinander von Spielzeug und Kleidung auf dem Boden und dem Bett. Normalerweise hätte ihm dieser Anblick ein Seufzen entlockt. Woher kam nur Michaels Hang zur Unordnung? Sowohl er als auch seine Frau waren von Natur aus ordentlich, doch Michael hinterließ gleich einem Tornado überall Chaos und Verwüstung.

Ja, gewöhnlich hätte er nun eine Gardinenpredigt vorbereitet, die am nächsten Morgen fällig gewesen wäre. Aber heute nacht kamen ihm beim Anblick des Durcheinanders vor Dankbarkeit fast die Tränen. Sein Junge war in Sicherheit.

Er bahnte sich einen Weg zum Bett und mußte ein Marmeladenglas voller Matchboxautos beiseite schieben, ehe er sich auf dem Bett niederlassen konnte. Michael schlief auf dem Bauch, das Gesicht in das Kissen gepreßt, die Arme baumelnd und die Laken zerknautscht zu seinen Füßen.

Eine Weile saß Lou nur da und betrachtete das Kind, das er und Marge hervorgebracht hatten. Das dichte dunkle Haar, Erbteil seiner Mutter, hing ihm ins Gesicht. Die Haut war sonnengebräunt, zeigte aber noch die weiche Glätte der frühen Jugend. Die gekrümmte Nase verlieh seinem Gesicht, das ansonsten fast zu hübsch für einen Jungen gewesen wäre, den nötigen Charakter. Sein kräftiger, fester kleiner Körper begann bereits in die Höhe zu schießen. Überall schillerten Kratzer und blaue Flecke.

Zwei Fehlgeburten in sechs Jahren, dachte Lou jetzt. Dann endlich war Michael zur Welt gekommen, und in ihm vereinte sich alles, was an ihnen beiden gut war.

Lou erinnerte sich an den Ausdruck von Brian McAvoys Gesicht, den Schmerz, den Zorn, die Hilflosigkeit. O ja, er konnte das nachempfinden.

Michael bewegte sich leicht, als Lou ihm über die Wange strich. »Paps?«

»Ich wollte nur gute Nacht sagen. Schlaf weiter.«

Gähnend drehte sich Michael auf die Seite, wobei einige Autos klappernd zu Boden fielen. »Ich wollte es nicht kaputtmachen«, murmelte er.

Unfreiwillig lächelnd, drückte Lou die Hände vor die Augen. Er wußte nicht, was *es* war, und es kümmerte ihn auch nicht. »Okay. Ich liebe dich, Michael.«

Doch sein Sohn war bereits wieder tief und fest eingeschlafen.

9

Diesmal brachte es Lou nicht fertig, den Fall objektiv zu behandeln. Nun nahm er seine Arbeit mit nach Hause und widmete sich ihr mit verbissener Hingabe. Listen, Fotos und Notizen bedeckten den Schreibtisch in einer Ecke von Marges ordentlichem Wohnzimmer. Obwohl er sich auf erfahrene und zuverlässige Mitarbeiter stützen konnte, überprüfte Lou persönlich alle Ergebnisse. Er selbst hatte jeden einzelnen auf der Liste aufgeführten Partybesucher verhört, war die gerichtsmedizinischen Berichte durchgegangen und hatte wieder und wieder Darrens Zimmer durchsucht.

Der Mord lag nun schon zwei Wochen zurück, und Lou hatte absolut nichts in der Hand.

Für Amateure hatten sie ihre Spuren verdammt gut verwischt, konstatierte er. Und daß es sich um Amateure handelte, stand für ihn fest. Profis hätten weder riskiert, ein Kind zu töten, das für ein fettes Lösegeld gut war, noch hätten sie auf so stümperhafte Weise einen Einbruch vorgetäuscht.

Sie waren im Haus gewesen, hatten es durch die Eingangstür betreten. Auch davon war Lou überzeugt. Doch hieß das nicht unbedingt, daß sich ihre Namen auf der Liste befanden, die Pete Page zusammengestellt hatte. Halb Kalifornien hätte in jener Nacht ins Haus kommen können – und wäre mit einem Drink, einem Joint oder sonst etwas bewirtet worden.

Im Zimmer des Jungen waren außer denen der McAvoys und ihres Kindermädchens keine Fingerabdrücke gefunden worden, noch nicht einmal auf der Injektionsspritze. Beverly McAvoy war offenbar eine gute Hausfrau. Im Erdgeschoß herrschte zwar das nach einer Party übliche Durcheinander, doch das erste Stockwerk, der Wohnbereich der Familie, war tadellos sauber. Das hätte Marge gefallen, dachte Lou. Keine Fingerabdrücke, kein Staub, keine Anzeichen eines Kampfes.

Aber es hatte ein Kampf stattgefunden, ein Kampf auf Leben und Tod. Und während dieses Kampfes war Darren McAvoy, vielleicht unbeabsichtigt, erstickt worden.

All das mußte zwischen dem Moment, in dem Emma ihren

Bruder weinen hörte – wenn dies den Tatsachen entsprach – und dem Augenblick, in dem Beverly McAvoy nach ihrem Sohn sah, geschehen sein.

Wie lange hatte es gedauert? Fünf Minuten, oder zehn? Bestimmt nicht länger. Nach Meinung des Pathologen war Darren McAvoy zwischen zwei und halb drei nachts gestorben. Der Anruf beim Notarzt war um zwei Uhr siebzehn eingegangen.

Aber das half nichts, grübelte Lou. Es brachte nichts, die Zeiten zu vergleichen, Berge von Notizen zusammenzustellen, sorgfältig beschriftete Aktenordner anzulegen. Er mußte eine Unregelmäßigkeit, einen Namen, der nicht ins Gesamtbild paßte, eine Lüge finden.

Er mußte Darren McAvoys Mörder fassen, sonst würde ihn das Gesicht des Jungen ewig verfolgen. Wieder hörte er die tränenerstickte Frage seiner kleinen Schwester.

War es meine Schuld?

Brian konnte es kaum mehr ertragen. Tag für Tag strich er ruhelose durch das große Haus, Nacht für Nacht lag er neben einer Frau, die schon bei der leisesten Berührung vor Widerwillen erschauerte.

Er würde nie wieder der alte werden, dachte Brian. Nichts würde je wieder so sein wie früher. Auch der Alkohol vermochte seinen Schmerz nicht zu lindern, er betäubte ihn nur.

Noch nicht einmal Bev konnte er trösten, obwohl er sich verzweifelt bemühte. Er wollte ihr beistehen und zugleich von ihr getröstet werden, doch die eigentliche Bev hatte sich so tief in die blasse, stille Frau, die an seiner Seite gestanden hatte, als ihr Sohn der Erde übergeben wurde, zurückgezogen, daß er nicht an sie herankam.

Verdammt, dabei brauchte er sie jetzt. Er brauchte jemanden, mit dem er reden konnte, der ihm bestätigte, daß es immer eine Hoffnung gab, selbst in den dunkelsten Tagen seines Lebens.

Er würde Darren nie wiedersehen, ihn nie mehr halten, ihn nicht mehr aufwachsen sehen. Brian wünschte, er könnte Wut empfinden, aber war viel zu ausgelaugt. Nun, wenn es keinen Trost gab, dann würde er eben lernen, mit der Trauer zu leben.

Nahezu jeden Tag hing er am Telefon, immer in der Hoffnung, Kesselring hätte neue Erkenntnisse. Er benötigte einen Namen, ein Gesicht, irgend etwas, worauf er seinen hilflosen Zorn richten konnte.

Doch alles, was er hatte, waren ein leeres Kinderzimmer und eine Frau, die nur noch ein Schatten der Frau war, die er einst geliebt hatte.

Und Emma. Dem Himmel sei Dank für Emma.

Mit den Händen fest das Gesicht massierend, erhob er sich von dem Tisch, an dem er versucht hatte zu komponieren. Ohne Emma hätte er die vergangenen Wochen nicht überstanden. Ohne sie wäre er durchgedreht.

Auch Emma trauerte; still, unglücklich. Oft saß Brian noch über die Schlafenszeit hinaus bei ihr, erzählte ihr Geschichten, sang oder hörte ihr einfach zu. Sie vermochten sich gegenseitig zum Lächeln zu bringen, und wenn es geschah, ließ der Schmerz nach.

Immer, wenn Emma außer Haus war, wurde Brian von Angst gemartert. Noch nicht einmal die Leibwächter, die er angeheuert hatte, um Emma zur Schule und zurück zu begleiten, konnten die lähmende Furcht vertreiben, die sich einstellte, sobald das Kind zur Tür hinaus war.

Und wie würde ihm erst zumute sein, wenn er sich selbst aus dem Haus begeben mußte? Egal wie sehr er auch seinen Sohn vermissen mochte, der Tag würde kommen, an dem er auf die Bühne, ins Studio, zur Musik zurückkehren mußte. Er konnte wohl kaum ein sechsjähriges Mädchen ständig mit sich herumschleppen.

Sie bei Bev zu lassen, kam nicht in Frage. Jetzt nicht, und, wie Brian klar erkannte, auch nicht in der nahen Zukunft.

»Entschuldigung, Mr. McAvoy.«

»Ja, Alice?« Sie hatten Alice behalten, obwohl es jetzt kein Kind mehr zu betreuen gab. Alice betreute nun Bev, dachte Brian und fischte eine Zigarette aus der Packung, die er auf den Tisch geworfen hatte.

»Mr. Page möchte Sie sprechen.«

Brian musterte den Tisch, den Papierwust, die angefangenen Texte, die halbfertigen Songs. »Führen Sie ihn herein.«

»'lo, Bri.« Mit einem Blick erfaßte Pete, daß hier ein Mann vor ihm stand, der sich ohne nennenswerten Erfolg zur Arbeit zwang. Zusammengeknüllte Papierbögen, eine in einem überquellenden Aschenbecher verglimmende Zigarette, ein schwacher Geruch nach Schnaps, obwohl es kaum Mittag war. »Ich hoffe, ich störe dich nicht. Wir müssen einige geschäftliche Angelegenheiten besprechen, und ich fürchte, du wirst dir nicht die Mühe machen, in mein Büro zu kommen.«

»Nein.« Brian griff nach der Flasche, die sich stets in Reichweite befand. »Willst du was trinken?«

»Jetzt noch nicht, danke.« Pete nahm Platz und rang sich ein Lächeln ab. Zwischen ihnen herrschte eine gespannte Atmosphäre. Niemand schien zu wissen, wie er mit Brian umgehen, welche Fragen er stellen und welche er vermeiden sollte. »Wie geht es Bev?« tastete Pete sich vor.

»Weiß ich nicht.« Brian rettete seine Zigarette aus dem Aschenbecher. »Sie spricht kaum noch, geht kaum noch aus dem Haus.« Seufzend stieß er den Rauch aus und bedachte Pete mit einem Blick, in dem sowohl Bitten als auch Trotz lagen. Genauso hatte er Pete vor Jahren angesehen, als er ihn bat, die Band zu managen. »Pete, sie sitzt stundenlang in Darrens Zimmer. Sogar nachts. Manchmal wache ich auf, und dann finde ich sie da. Sie sitzt bloß in diesem verfluchten Schaukelstuhl.« Er nippte an seinem Glas und nahm dann einen tiefen Schluck. »Ich weiß einfach nicht mehr, was ich machen soll.«

»Hast du mal an eine Therapie gedacht?«

»Du meinst einen Psychiater?« Brian rückte ein Stück ab. Zigarettenasche fiel auf den Teppich. Als einfacher Mann aus einer einfachen Familie vertrat er die Meinung, daß private Probleme Privatsache zu bleiben hätten. »Was würde es ihr schon helfen, über ihr Sexleben zu sprechen oder zu erwähnen, daß sie ihren Vater gehaßt hat oder solchen Quatsch?«

»War nur ein Vorschlag, Bri.« Pete streckte die Hand aus,

um sie dann auf die Stuhllehne fallen zu lassen. »Man kann immerhin darüber nachdenken.«

»Selbst wenn ich das befürworten würde, wie soll ich Bev dazu überreden?«

»Vielleicht braucht sie nur noch etwas Zeit. Es ist ja erst ein paar Monate her.«

»Letzte Woche wäre er drei geworden. O Gott!«

Wortlos erhob sich Pete, um Brian mehr Whisky einzuschenken. Er reichte ihm das Glas und drückte Brian dann auf den Stuhl zurück. »Hast du was Neues von der Polizei gehört?«

»Ich telefoniere oft mit Kesselring. Sie sind noch kein Stück weiter. Irgendwie macht es das schlimmer, nicht zu wissen, wer es getan hat.«

Pete setzte sich wieder. Sie mußten diese Sache hinter sich bringen und an die Zukunft denken. »Was ist mit Emma?«

»Die Alpträume haben aufgehört, und der Gips kommt bald runter. Die Schule lenkt sie zwar ein bißchen ab, aber das Ganze kommt immer wieder durch. Man liest es in ihren Augen.«

»Hat sie sich noch an etwas erinnert?«

Brian schüttelte den Kopf. »Pete, ich weiß gar nicht, ob sie überhaupt etwas gesehen oder nur schlimm geträumt hat. Emma sieht überall Monster. Ich möchte, daß sie vergißt. Irgendwie müssen wir alle weiterleben.«

Pete überlegte kurz. »Das ist einer der Gründe, warum ich hier bin. Ich möchte dich ja nicht drängen, Brian, aber die Plattenfirma würde es gern sehen, wenn ihr auf Tournee geht, sobald das neue Album heraus ist. Ich habe abgelehnt, aber ich fürchte, eine Weigerung schadet euch nur.«

»Eine Tournee heißt, Emma und Bev zu verlassen.«

»Das ist mir klar. Du brauchst mir jetzt keine Antwort zu geben. Denk erst mal drüber nach.« Pete zündete sich eine Zigarette an. »Wir können Europa, Amerika und Japan ins Programm nehmen, wenn du und die Jungs einverstanden seid. Die Arbeit könnte dir helfen, mit all dem fertig zu werden.«

»Und der Plattenumsatz würde steigen.«

104

Pete lächelte schwach. »Genau. Heutzutage läuft ohne Tournee gar nichts. Da wir gerade beim Thema sind: Ich habe diesen Jungen, Robert Blackpool, unter Vertrag genommen. Ich glaube, ich habe ihn schon mal erwähnt.«

»Ja. Du sagtest, du würdest große Hoffnungen in ihn setzen.«

»Das tue ich auch. Sein Stil würde dir gefallen, Bri, und deswegen möchte ich auch, daß er bei ›On the Wing‹ dabei ist.«

Überrascht hielt Brian inne, ehe er einen weiteren Schluck nahm. »Wir machen doch sonst alles alleine.«

»Bis jetzt ja. Aber ein bißchen frischer Wind tut nur gut.« Einen Augenblick lang versuchte Pete, Brians Stimmung einzuschätzen. Da er spürte, daß Brian bereitwilliger reagierte, als er erwartet hatte, hakte er nach. »Dieses neue Stück liegt genau auf Blackpools Linie. Es kann nicht schaden, einem jungen Künstler eine Chance zu geben. Genauer gesagt, würde das eurem Ruf als Songschreiber nur guttun.«

»Ich weiß nicht recht.« Brian rieb sich die Augen. War das so wichtig? »Ich werde alles mit Johnno besprechen.«

»Schon passiert.« Pete lächelte zufrieden. »Er ist einverstanden, wenn du zustimmst.«

Brian fand Bev in Darrens Zimmer. Mit Überwindung trat er ein und bemühte sich, nicht auf das leere Bettchen, die ordentlich auf den Regalen gestapelten Spielsachen, den großen Teddy, den er und Bev vor Darrens Geburt gekauft hatten, zu achten.

»Bev.« Er nahm ihre Hand und wartete ohne große Hoffnung darauf, daß sie ihn anschaute.

Sie war viel zu dünn. Ihre Wangenknochen traten so stark hervor, daß ihr Gesicht hager wirkte, und ihre Augen blickten stumpf. Brian verspürte den starken Drang, sie bei den Schultern zu packen und so lange zu schütteln, bis sie zumindest einen Anflug von Leben zeigte.

»Bev, ich habe gehofft, daß du herunterkommst und mit mir Tee trinkst.«

Der Alkoholgeruch verursachte ihr Übelkeit. Wie konnte

er nur dasitzen, trinken und sich seiner Musik widmen? Sie entriß ihm ihre Hand und legte sie in den Schoß. »Ich möchte keinen Tee.«

»Ich hab' Neuigkeiten. P. M. hat geheiratet.«

Bev warf ihm einen gleichgültigen Blick zu.

»Wir sollen ihn doch mal besuchen. Er möchte mit seinem Strandhaus und seiner neuen Frau angeben.«

»Nie wieder gehe ich da hin.« In ihrer Stimme lag eine derart heftige Ablehnung, daß Brian zurückwich. Doch stärker noch als dieser Gefühlsausbruch überraschte ihn der Ausdruck ihrer Augen. Nackter Abscheu lag darin. ·

»Was willst du eigentlich von mir?« wollte er wissen, beugte sich vor und umklammerte die Lehne des Schaukelstuhls. »Was zum Teufel erwartest du von mir?«

»Laß mich doch einfach in Ruhe.«

»Ich habe dich in Ruhe gelassen. Stunden um Stunden hast du hier gesessen. Ich habe dich in Ruhe gelassen, obwohl ich dich so dringend gebraucht hätte. Nur eine einzige Geste, Bev! Und nachts habe ich dich in Ruhe gelassen und immer nur gewartet, daß du auf mich zukommst. Nur ein einziges Mal, Bev, er war doch auch mein Sohn!«

Stumm begann sie zu weinen. Als er sie an sich ziehen wollte, stieß sie ihn zurück. »Rühr mich nicht an! Ich halte das nicht aus.« Sowie er sie losließ, glitt sie aus dem Stuhl und floh zu dem Kinderbett.

»Du erträgst es nicht, wenn ich dich berühre«, begann er mit wachsendem Zorn. »Du erträgst es nicht, wenn ich dich anschaue, mit dir spreche. Stunde für Stunde, Tag für Tag sitzt du hier, als ob du die einzige wärst, die leidet. Hör auf damit, Bev. Es ist genug.«

»Du machst es dir leicht, nicht wahr?« Bev riß ein Laken aus dem Bett und preßte es an ihre Brust. »Du sitzt da, trinkst, schreibst deine Songs, so, als ob nichts wäre. Du machst es dir so verdammt einfach.«

»Nein, Bev, nein.« Müde wischte er sich die Augen. »Aber das Leben geht weiter. Darren ist tot, und ich kann es nicht ändern.«

»Nein, ändern kannst du nichts.« Seine Worte streuten

106

Salz in ihre Wunden, und der alte hilflose Zorn wallte in ihr auf. »Du mußtest ja unbedingt diese Party geben. Diese ganze Horde in unserem Haus. Deine Familie hat dir ja nie genügt, und nun ist Darren für immer fort. Du wolltest immer mehr, mehr Menschen um dich, mehr Musik. Nie hattest du genug. Und einer dieser Leute, die du in unser Haus gebracht hast, hat mein Baby getötet!«

Er brachte kein Wort heraus. Sie hätte ihm keinen größeren Schmerz zufügen können, selbst wenn sie mit einem Messer auf ihn eingestochen hätte. Der Schock wäre kaum größer gewesen. Sie standen da, das leere Kinderbett zwischen sich.

»Er hat die Monster nicht hereingelassen.« Emma stand in der Tür, die Schultasche baumelte von ihrer Schulter, die Augen brannten dunkel in dem blassen Gesicht. »Papa hat die Monster nicht hereingelassen.« Noch ehe Brian etwas erwidern konnte, stürzte Emma schluchzend davon.

»Gut gemacht«, knirschte er durch die zusammengebissenen Zähne. »Da du ja offensichtlich allein sein willst, nehme ich Emma und gehe.«

Bev wollte ihn zurückrufen, doch ihr fehlte die Kraft. Erschöpft und müde bis auf die Knochen, sank sie in den Schaukelstuhl zurück.

Brian brauchte eine gute Stunde, um Emma zu beruhigen. Nachdem sie sich in den Schlaf geweint hatte, begann er herumzutelefonieren. Sein Entschluß stand fest. Zuletzt sprach er mit Pete.

»Morgen fliegen wir nach New York«, teilte er ihm kurz mit. »Emma und ich. Wir schließen uns Johnno an. Ich brauche ein paar Tage, um eine gute Schule für Emma ausfindig zu machen und Sicherheitsvorkehrungen zu treffen. Wenn sie sich eingelebt hat, dann gehen wir nach Kalifornien und beginnen mit den Proben. Arbeite einen Tourneeplan aus, Pete, und sorg dafür, daß es eine lange Tournee wird.« Er kippte einen Schluck Whisky hinunter. »Wir sind bereit!«

107

10

»Sie will nicht wieder zurück.« Brian beobachtete Emma, die, mit ihrer neuen Kamera bewaffnet, durch das Studio streifte. Die Kamera war sein Abschiedsgeschenk gewesen, als sie an der Saint Catherine's Academy, einer bekannten New Yorker Mädchenschule, aufgenommen wurde. Bei diesem Abschied waren reichlich Tränen geflossen.

»Sie ist doch gerade mal einen Monat da«, erinnerte Johnno ihn. Dennoch gab es ihm einen Stich ins Herz, als er sah, wie das kleine Mädchen ein Bild von Stevies Gitarre, die in einem Ständer in der Ecke hing, machte. »Laß ihr ein bißchen Zeit, um sich anzupassen.«

»Mir scheint, wir alle tun nichts anderes, als uns anzupassen, so oder so.« Acht Wochen waren vergangen, seit er Bev verlassen hatte, und er sehnte sich noch immer nach ihr. Die Frauen, die er seither gehabt hatte, stellten nur eine Art Ersatzdroge dar, genau wie sein Drogenkonsum ihm nur eine vorübergehende Flucht ermöglichte. Beides linderte den Schmerz nur für kurze Zeit.

»Du könntest sie anrufen«, schlug Johnno vor, der aufgrund ihrer jahrelangen Freundschaft in Brian lesen konnte wie in einem Buch.

»Nein.« Mehr als einmal hatte er diese Möglichkeit erwogen. Doch die Zeitungen hatten ihre Trennung groß herausgebracht und auch seine häufig wechselnden Begleiterinnen seither nicht unerwähnt gelassen. Er fürchtete, daß alles, was Bev und er sich zu sagen hätten, die Dinge nur noch verschlimmern würde. »Meine ganze Sorge gilt jetzt Emma. Und der Tournee.«

»Es wird schon alles laufen.« Johnno warf einen vielsagenden Blick auf Angie Parks, P. M.s blonde, vollbusige Frau. »Mit ein paar Ausnahmen.«

Brian zuckte flüchtig mit den Achseln und fing an, auf dem Klavier herumzuhämmern. »Wenn sie diesen Filmvertrag kriegt, sind wir sie los.«

»Ein schlaues kleines Flittchen. Hast du diesen Riesenklotz von Diamanten gesehen, den sie P. M. aus dem Kreuz gelei-

108

ert hat?« Johnno wiegte den Kopf hin und her und näselte affektiert: »Hach Gott, ist der vulgär!«

»Sie hat ihn halt in ihren Klauen. Und solange P. M. an ihr hängt, können wir gar nichts machen. Außerdem haben wir andere Probleme als die süße kleine Angie.« Brians Blick hing an Stevie, der soeben zurückkam.

Er verbringt immer mehr Zeit im Waschraum, stellte Brian fest, und das hat mit seiner Blase überhaupt nichts zu tun. Was auch immer Stevie geschnupft oder geschluckt haben mochte, diesmal hatte er regelrecht abgehoben. Er wirbelte Emma kurz herum und griff dann nach seiner Gitarre. Da der Strom abgeschaltet war, verklangen seine wüsten Akkorde ungehört.

»Am besten wartest du, bis er von seinem Trip wieder runter ist, ehe du mit ihm redest«, schlug Johnno vor. »Wenn du ihn dann erwischst.« Er wollte noch etwas hinzufügen, änderte dann aber seine Meinung. Brian hatte schon genug um die Ohren. Es würde seinen Zustand sicher nicht verbessern, wenn er ihm berichtete, was er gehört hatte, ehe sie New York verließen.

Jane Palmer schrieb ein Buch, das mußte man sich einmal vorstellen. Natürlich würde die eigentliche Arbeit, das Aneinanderreihen von Sätzen, von einem Ghostwriter erledigt werden. Trotzdem war er überzeugt, daß Jane ein ganz hübsches Sümmchen dafür kassierte. Und das, was sie in diesem öffentlichen Tagebuch so von sich gab, würde Brian sicher nicht erfreuen. Am besten überließ er die Geschichte Pete, beschloß Johnno, und behelligte Brian nicht mit einer Lawine, die schon ausgelöst worden war. Nicht vor Beendigung der Tournee.

Emma achtete nicht sonderlich auf die Proben. Sie kannte alle Lieder schon in- und auswendig. Die meisten stammten von Papas Album, und die anderen waren damals in Kalifornien aufgenommen worden.

Es schmerzte zu sehr, an Darren zu denken, also vermied Emma dies tunlichst. Doch dann überschwemmte sie ein jämmerliches Schuldgefühl, weil sie versuchte, Darren aus ihren Gedanken zu verbannen.

109

Außerdem vermißte sie Charlie. Den hatte sie in London zurückgelassen, in Darrens Bettchen. Hoffentlich kümmerte sich Bev um ihn. Und vielleicht würde eines Tages, wenn sie nach Hause zurückkehrte, Bev auch wieder mit ihr sprechen und lachen, so wie früher.

Zwar hatte Emma keine rechte Vorstellung von der Bedeutung von Buße, aber sie fühlte instinktiv, daß es richtig war, Charlie zurückzulassen.

Und dann die Schule. Sie war sicher, daß der Aufenthalt an diesem Ort, so weit entfernt von all ihren Lieben, ihre Strafe dafür war, daß sie nicht, wie versprochen, auf Darren aufgepaßt hatte.

Erinnerungen an frühere Strafen kamen auf, an Schläge, an Schreie. Das war einfacher zu ertragen, erkannte sie nun, den mit den Schlägen war auch die Strafe vorüber. Ihre augenblickliche Verbannung hingegen erschien endlos.

Papa bezeichnete das nicht als Strafe. Er behauptete, sie müsse eine gute Schule besuchen und fleißig lernen. Dort wäre sie auch in Sicherheit. Und dann diese Männer, die sie beschützen sollten! Emma haßte sie. Große, wortkarge Männer mit gelangweilten Augen, die Johnno und den anderen in keiner Weise ähnelten. Wie gerne wäre sie mit ihnen von Stadt zu Stadt gereist, hätte sogar das Fliegen in Kauf genommen. Sie hätte gerne in Hotels gewohnt, sich auf die Betten gelümmelt und per Zimmerservice Tee bestellt. Statt dessen mußte sie zurück zur Schule, zurück zu den Nonnen, die zwar freundliche Augen, jedoch harte Hände hatten, zurück zu Morgengebeten und Grammatiklektionen.

Ihr Vater stimmte ›Soldier Blues‹ an, ein weiterer Song über den Krieg; harte Worte, hervorgehoben durch noch härtere Rhythmen. Warum berührte das Lied sie so? Doch als Johnno mit einfiel, hob sie ihre Kamera.

Sie liebte das Fotografieren. Daß die Kamera viel zu kostspielig und für ein Kind ihres Alters schwierig zu handhaben war, kam ihr nicht in den Sinn. Genausowenig wie ihr der Gedanke gekommen war, daß das Geschenk gewissermaßen als Wiedergutmachung gedacht war; Wiedergutmachung dafür, daß Brian sie in diese düstere Schule gesteckt hatte.

»Emma.«

Sie drehte sich um und erblickte einen großen, dunklen Mann. Er gehörte nicht zu den Leibwächtern, aber sein Gesicht war ihr irgendwie vertraut. Dann kam die Erinnerung. Sie lächelte ein wenig. Er war freundlich besorgt gewesen, als er sie im Krankenhaus besucht hatte, und sie hatte sich nicht geschämt, an seiner Schulter zu weinen.

»Erkennst du mich wieder?« wollte Lou wissen.

»Ja. Sie sind der Polizist.«

»Genau.« Er legte dem Jungen an seiner Seite die Hand auf den Arm und versuchte, dessen Aufmerksamkeit von der Band abzulenken. »Das ist Michael. Ich hab' dir ja von ihm erzählt.«

Emma lächelte stärker, war jedoch zu schüchtern, um ihn nach der Rollschuhfahrt auf dem Dach zu fragen. »Hallo.«

»Hi.« Er gönnte ihr nur einen flüchtigen Blick, ehe seine Augen zu den vier Männern in der Mitte des Raumes zurückkehrten.

»Wir brauchen die Trompeten«, forderte Brian und befahl eine Pause. »Ohne die kriegen wir nicht den vollen Sound.« Sein Herz stand beinahe still, als er registrierte, wer da neben Emma stand. »Lieutenant.«

»Mr. McAvoy.« Mit einem warnenden Blick zu seinem Sohn ging Lou auf Brian zu. »Ich bedaure, Ihre Proben zu unterbrechen, aber ich muß noch einmal mit Ihnen sprechen. Und mit Ihrer Tochter, wenn es geht.«

»Haben Sie...?«

»Nein, nichts, was Sie nicht bereits wissen. Aber könnten Sie ein paar Minuten erübrigen?«

»Natürlich. Leute, ihr könnt essen gehen. Ich komme dann später.«

»Ich könnte hierbleiben«, bot Johnno an.

»Nein.« Brian klopfte ihm flüchtig auf die Schulter. »Danke.«

Emma bemerkte den Ausdruck in Michaels Augen. Der gleiche Glanz hatte in den Augen ihrer Schulkameradinnen gelegen, als sie herausbekommen hatten, wer ihr Vater war. Ihre Lippen kräuselten sich ein wenig. Ihr gefiel sein

Gesicht, die leicht gekrümmte Nase, die klaren grauen Augen.

»Möchtest du sie kennenlernen?«

Michael mußte seine schweißfeuchten Hände an den Jeans abwischen. »O ja, das wäre absolut super.«

»Ich hoffe, Sie haben nichts dagegen«, meinte Lou zu Brian, als er bemerkte, daß Emma ihm die Frage erspart hatte. »Ich habe meinen Sohn mitgebracht. Ist zwar nicht unbedingt gestattet, aber...«

»Schon gut.« Brian blickte den Jungen, der gerade Johnno anstrahlte, lange neidisch an. Wäre Darren mit elf auch so aufgeweckt, so lebhaft gewesen? »Wie wär's, wenn ich ihm unser neues Album schicke? Es soll erst in ein paar Wochen herauskommen. Damit ist er bestimmt der Star an seiner Schule.«

»Das wäre sehr nett von Ihnen.«

»Ach was. Ich werde das Gefühl nicht los, daß Sie dem, was Darren zugestoßen ist, mehr Zeit widmen, als Sie müßten.«

»Keiner von uns beiden hat eben einen Acht-Stunden-Job, Mr. McAvoy.«

»Richtig. Und ich habe Cops immer gehaßt.« Brian lächelte schwach. »Ich schätze, das tut man nur so lange, bis man einen braucht. Ich habe einen Privatdetektiv beauftragen lassen, Lieutenant.«

»Das weiß ich.«

Seltsamerweise fiel Brian das Lachen leicht. »Ich kann's mir denken. Man hat mir berichtet, daß Sie in den letzten Monaten mehr geleistet haben als fünf andere Cops zusammen. Das ist aber auch das einzige, was ich nicht von Ihnen erfahren habe. Man käme fast auf die Idee, daß Sie genauso hinter den Tätern her sind wie ich.«

»Er war ein hübscher Junge, Mr. McAvoy.«

»Ja, bei Gott, das war er.« Er betrachtete die Gitarre, die er noch immer in den Händen hielt, und widerstand dem Drang, sie mit Gewalt auf die Erde zu werfen. Statt dessen stellte er sie mit fast übertriebener Sorgfalt beiseite. »Worüber möchten Sie mit mir sprechen?«

112

»Ich will noch einmal auf einige Details eingehen. Ich weiß, daß es eintönig wird.«

»Macht nichts.«

»Ich möchte auch noch einmal mit Emma sprechen.«

Der unbeschwerte Moment war vorüber. »Sie kann Ihnen nichts weiter sagen.«

»Vielleicht habe ich noch nicht die richtigen Fragen gestellt.«

Brian fuhr sich mit der Hand durchs Haar. Er hatte es erst kürzlich ein ganzes Stück kürzer schneiden lassen und war immer noch verblüfft, wenn seine Finger ins Leere griffen. »Darren ist tot, und ich kann Emmas seelische Verfassung nicht aufs Spiel setzen. Sie ist im Moment sehr verletzlich. Erst sechs Jahre alt, und schon zum zweiten Mal in ihrem Leben völlig aus der Bahn geworfen. Sicher haben Sie gelesen, daß meine Frau und ich uns getrennt haben?«

»Das tut mir leid.«

»Für Emma ist es am schwersten. Ich möchte auf keinen Fall, daß sie sich weiter aufregt.«

»Ich werde sie nicht drängen.« Lou verwarf den Gedanken, eine Hypnosebehandlung vorzuschlagen.

Emma, die ihre Rolle als inoffizielle Gastgeberin sehr genoß, stellte Michael ihrem Vater vor. »Papa, das ist Michael.«

»Hallo, Michael.«

»Hallo.« Seine Zunge schien wie gelähmt, so daß Michael nur ein dümmliches Grinsen zustande brachte.

»Hörst du gern Musik?«

»Und ob. Ich hab' fast alle Ihre Platten.« Er hätte Brian furchtbar gern um ein Autogramm gebeten, wollte aber nicht zu aufdringlich erscheinen. »Es war super, Sie hier spielen zu hören und so. Absolut Spitze.«

»Danke, danke.«

Emma schoß ein Foto. »Papa schickt dir einen Abzug«, versprach sie und bewunderte im stillen Michaels Zahnlücke.

11

Saint Catherine's Academy, 1977

Nur noch zwei Wochen, dachte Emma. Noch zwei endlose, langweilige Wochen, und dann wäre sie für den Rest des Sommers frei. Sie könnte ihren Vater wiedersehen, und Johnno und all die anderen. Sie könnte leben, ohne ständig ermahnt zu werden, daß ihr Leben Gott gewidmet sei. Sie könnte vor sich hin träumen, ohne vor unkeuschen Gedanken gewarnt zu werden.

Ihrer Meinung nach mußten die Nonnen selbst voller unkeuscher Gedanken stecken, um diese auch jedermann sonst zu unterstellen.

Für ein paar kostbare Wochen würde sie in die Welt zurückkehren dürfen. New York. Emma schloß einen Moment die Augen und versuchte, den Lärm, die Gerüche, das Leben der Großstadt heraufzubeschwören. Seufzend stützte sie die Ellbogen auf den Schreibtisch, eine Nachlässigkeit, die Schwester Mary Alice veranlaßt hätte, strafend mit dem Lineal auf den Tisch zu schlagen. Statt sich mit den französischen Verben zu beschäftigen, die es zu konjugieren galt, schaute Emma träumerisch über den grünen Rasen zu den hohen Mauern, die die Schule von der sündigen Welt abschirmten.

Aber nicht von aller Sündhaftigkeit. Sie selbst war voller Sünde und dankbar dafür, daß ihre Mitbewohnerin, Marianne Carter, gleichermaßen schuldbeladen war. Ohne Marianne wären die Tage an der Saint Catherin's Academy zur Qual geworden.

Grinsend dachte Emma an ihre lustige, rothaarige, sommersprossenübersäte Zimmergenossin und beste Freundin. Marianne war eine Sünderin, klar, und leistete gerade jetzt Buße für ihre jüngste Verfehlung. Die Karikatur, die sie von der Ehrwürdigen Mutter angefertigt hatte, bedeutete stundenlanges Badezimmerschrubben.

Gäbe es Marianne nicht, Emma wäre davongelaufen. Nur – wohin?

Es gab nur einen einzigen Ort auf der Welt, wo sie sich gerne hingeflüchtet hätte, und das war zu ihrem Vater. Und der würde sie umgehend zurückschicken.

Nein, es war einfach nicht fair. Jetzt wurde sie bald dreizehn, war fast schon ein Teenager, und man sperrte sie in diese antiquierte Schule, um Verben zu konjugieren, den Katechismus aufzusagen und Frösche zu sezieren. Gräßlich!

Dabei war es nicht so, daß sie die Nonnen haßte. Na ja, gab sie zu, vielleicht haßte sie Schwester Immaculata, die Vorsteherin. Doch wer mochte schon jemanden mit verkniffenem Mund und warzenbedecktem Kinn, der eine Vorliebe dafür hatte, heranwachsende Mädchen für die geringfügigsten Vergehen zu bestrafen?

Papa hatte sich bloß amüsiert, als sie ihm von Schwester Immaculata erzählte.

Sie vermißte ihn so, vermißte sie alle.

Sie wollte nach Hause. Nur war ihr nicht ganz klar, wo sie eigentlich zu Hause war. Oft dachte sie an das Haus in London, das Schlößchen, wo sie für kurze Zeit so glücklich gewesen war. Dann fiel ihr Bev ein. Ihr Vater erwähnte Bev niemals, obwohl sie gar nicht geschieden waren. Die Eltern einiger ihrer Schulkameradinnen waren geschieden, aber darüber sprach man nicht.

Und immer noch mußte sie an Darren denken, ihren geliebten kleinen Bruder. Manchmal konnte sie sich kaum noch vorstellen, wie er ausgesehen, wie er geklungen hatte. Doch in ihren Träumen sah sie sein Gesicht kristallklar vor sich und hörte seine Stimme so deutlich, als ob er noch am Leben wäre.

Emma konnte sich an die Geschehnisse jener Nacht, in der ihr Bruder gestorben war, kaum noch erinnern. Die Nonnen gewöhnten jungen Mädchen solchen Unsinn wie Monster sehr rasch ab. Aber immer dann, wenn sie krank oder sehr aufgeregt war, träumte sie wieder von dieser Nacht und durchlebte erneut die furchtbare Angst in der dunklen Diele, hörte die Geräusche um sich herum, sah die Monster vor sich, die den schreienden, sich wehrenden Darren gepackt hatten. Dann fiel sie die Treppe hinunter.

115

Sobald sie aber aufwachte, war die Erinnerung ausgelöscht.

Marianne stürzte, vor Erregung zitternd, ins Zimmer und hielt Emma ihre Hände unter die Nase. »Ruiniert!« Sie ließ sich rücklings auf das Bett fallen. »Welcher französische Graf würde sie jetzt noch küssen wollen?«

»Harte Zeiten?« fragte Emma mit kaum verhohlenem Grinsen.

»Fünf Badezimmer. E-kel-haft! Igitt! Wenn ich aus diesem Bau rauskomme, halte ich mir eine Haushälterin für meine Haushälterin.« Sie rollte sich auf den Bauch und strampelte mit den Beinen. Emma lächelte bloß und genoß den Klang von Mariannes frischer amerikanischer Stimme. »Ich hab' gehört, wie Mary Jane Witherspoon zu Terese O'Malley gesagt hat, daß sie's diesen Sommer mit ihrem Freund tun will.«

»Wer denn?«

»Weiß ich nicht. Der Typ heißt Chuck oder Huck oder so.«

»Nein, Mary Jane oder Teresa.«

»Mary Jane, du Esel. Sie ist immerhin sechzehn und ganz gut entwickelt.«

Emma sah auf ihre eigene flache Brust hinunter und fragte sich, ob sie mit sechzehn einen nennenswerten Busen haben würde. Oder einen Freund.

»Und wenn sie schwanger wird, so wie Susan letzten Frühling?«

»Ach, Mary Janes Leute würden das schon regeln. Die haben Geld wie Heu. Außerdem nimmt sie da was, so Zäpfchen.«

»Jeder nimmt mal Zäpfchen.«

»So was doch nicht, Dummerchen. Geburtenkontrolle. Verhütung.«

»Ach so.« Wie immer beugte sich Emma Mariannes größerer Erfahrung.

»Weißt du, man führt so ein Ding in die heiligen Hallen ein, dann bildet sich Schaum, und schon sind die Spermien hinüber. Totes Sperma kann dich nicht anbuffen.« Mari-

116

anne gähnte die Decke an. »Ich frag' mich, ob Schwester Immaculata es schon mal getan hat.«

Allein der Gedanke brachte Emma völlig aus der Fassung. »Bestimmt nicht. Vermutlich badet sie sogar in ihrer Tracht.«

»Heiliger Bimbam, fast hätt ich's vergessen.« Marianne kramte in den Taschen der zerknitterten Schuluniform und förderte ein Päckchen Marlboro zutage. Dann suchte sie nach Streichhölzern. »Irgendwer hat die hinter den Spülkasten im Klo gesteckt.«

»Und du hast sie mitgenommen.«

»Klar. Hilf dir selbst, so hilft dir Gott. Und ich hab' mir selbst geholfen. Mach die Tür zu, Emma.«

Sie teilten sich eine Zigarette und bliesen kleine Rauchwölkchen aus dem Fenster. Keiner von beiden schmeckte sie besonders, dennoch qualmten sie beide weiter. Es wirkte so erwachsen und galt zudem als Sünde.

»Noch zwei Wochen«, träumte Emma vor sich hin.

»Du fliegst nach New York. Und mich schicken sie wieder ins Ferienlager.«

»Halb so schlimm. Da gibt es keine Schwester Immaculata.«

»Das ist doch schon was.« Marianne bemühte sich um eine blasierte Pose. »Vielleicht kann ich meine Leute überreden, mich für ein paar Wochen zu meiner Großmutter zu lassen. Die Frau ist schwer in Ordnung.«

»Und ich werde jede Menge Bilder machen.«

Marianne nickte. Sie dachte bereits weiter. »Wenn wir hier rauskommen, nehmen wir uns ein Apartment, vielleicht in Greenwich Village oder L. A. Irgendwo, wo's cool ist. Ich werde Malerin und du Fotoreporterin.«

»Dann geben wir Partys.«

»Und was für welche! Und wir können die ausgeflipptesten Klamotten tragen.« Sie wies verächtlich auf ihre Schuluniform. »Nichts Kariertes!«

»Lieber sterben!«

»Nur noch vier Jahre...«

Emma starrte aus dem Fenster. Es fiel schwer, in Jahren

117

zu denken, wenn sie noch nicht einmal wußte, wie sie die nächsten zwei Wochen überstehen sollte.

Auf der anderen Seite des Kontinents studierte Michael Kesselring sein Spiegelbild. Er konnte es kaum glauben. Es war endgültig vorbei. Die Schule lag hinter ihm, und das Leben wartete. Natürlich gab es da noch das College, aber erst mal kam der Sommer.

Achtzehn war er jetzt; alt genug, zu trinken und zu wählen. Dank Präsident Carter wurden seine Zukunftspläne nicht vom Militärdienst getrübt.

Wie immer die auch aussehen mochte, dachte er.

Er hatte nicht die leiseste Ahnung, was er mit seinem Leben anfangen wollte. Sein Aushilfsjob in Buzzard's Tee Shirt Shop brachte genug Geld für Benzin und gelegentliche Verabredungen, aber er hatte gewiß nicht die Absicht, sein Leben mit dem Bedrucken von T-Shirts zu verbringen. Nur was er eigentlich tun wollte, das war ihm noch immer schleierhaft.

Irgendwie fand er es beängstigend, die Schultracht abzulegen, so, als würde er gleichzeitig auch seine Jugend abstreifen. Michaels Blick schweifte durch das Zimmer. Es war vollgestopft mit Kleidern, Erinnerungsstücken, Schallplatten und, seit seine Mutter es aufgegeben hatte, hier sauberzumachen, auch mit einer Sammlung von *Playboy*-Heften. Da hingen die Urkunden, die er für seine Leistungen in Leichtathletik und Baseball erhalten hatte. Dieselben Urkunden, erinnerte er sich, die Rose Anne Markowitz dazu bewogen hatten, auf den Rücksitz seines alten Pinto zu klettern und es zu der Musik von Joe Cocker mit ihm zu treiben.

Die Natur hatte ihn mit einem athletischen Körper, langen Beinen und guten Reflexen ausgestattet. Genau wie sein Vater, pflegte seine Mutter zu sagen. Michael nahm an, daß er in vieler Hinsicht auf seinen alten Herrn herauskam, obwohl ihre Beziehung von häufigen Auseinandersetzungen geprägt war. Über Haarlänge, Kleidung, Politik und die Frage, wann er abends zu Hause zu sein hatte. Captain Lou Kesselring war ein echter Pedant.

118

So waren Cops nun mal, vermutete Michael. Einmal war er so unvorsichtig gewesen, einen einzigen Joint ins Haus zu schmuggeln. Das hatte ihm einen Monat Hausarrest eingetragen. Ein paar lumpige Aufputschpillen zogen die gleiche Strafe nach sich.

Gesetz blieb Gesetz, wie der alte Lou gerne sagte. Zum Glück hatte Michael selbst nicht die leiseste Absicht, zur Polizei zu gehen.

Er riß die Quaste von seiner Kappe ab, ehe er sie zusammen mit seiner Schultracht auf das ungemachte Bett warf. Vielleicht war es eine sentimentale Handlung, die Quaste aufzubewahren, aber das brauchte ja keiner zu erfahren. Michael wühlte in seinem Kleiderschrank und fand die alte Zigarrenkiste, die seine wertvollsten Besitztümer enthielt. Den Liebesbrief, den Lori Spiker ihm in seinem ersten Jahr an der Schule geschrieben hatte – ehe sie ihn wegen eines Typen mit Harley und Tätowierungen fallen ließ. Die Eintrittskarte für ein Konzert der Rolling Stones. Die Erlaubnis zu diesem Konzertbesuch hatte er seinen Eltern förmlich abringen müssen. Der Kronkorken seiner ersten illegalen Flasche Bier. Grinsend schob er ihn beiseite und stieß auf den Schnappschuß von ihm und Brian McAvoy.

Das kleine Mädchen hatte Wort gehalten, dachte Michael. Nur zwei Wochen nach diesem unglaublichen Tag, an dem er seinen Vater begleiten durfte und Devastation kennengelernt hatte, war das Bild eingetroffen, zusammen mit einer taufrischen Pressung des neuesten Albums. Wochenlang hatten ihn seine Mitschüler beneidet.

Michael dachte an diesen Tag zurück, an die fast unerträgliche Aufregung, die schweißnassen Achselhöhlen. Schon lange hatte er sich nicht mehr daran erinnert. Und nun, vielleicht aufgrund seines neu erworbenen Erwachsenenstatus, erkannte er, daß die damalige Handlungsweise seines Vaters ausgesprochen ungewöhnlich gewesen war. Und untypisch. Nicht, daß sein Vater nicht für Überraschungen gut gewesen wäre, aber er war in dienstlicher Angelegenheit zu den Proben gegangen. Captain Lou Kesselring verband niemals Beruf und Privatleben.

Aber damals hatte er genau das getan.

Seltsamerweise sah er nun, da er sich an all das erinnerte, seinen Vater förmlich vor sich, wie er sich Nacht für Nacht durch Aktenberge hindurch arbeitete. Nie zuvor oder danach hatte sein Vater sich Arbeit mit nach Hause gebracht.

Der kleine Junge, Brian McAvoys kleiner Sohn, war ermordet worden. Die Zeitungen hatten die Sache groß herausgebracht und wärmten sie von Zeit zu Zeit wieder auf, vielleicht weil der Fall nie aufgeklärt worden war.

Der Fall, für den sein Vater zuständig gewesen war.

In genau diesem Jahr war Michael in das Baseballteam seiner Schule aufgenommen worden, und sein Vater hatte die meisten Spiele verpaßt. Und häufig auch das Abendessen.

Das alles war nun schon lange her, und Michael überlegte, ob sein Vater überhaupt noch an Brian McAvoy oder dessen toten Sohn dachte. Oder an das kleine Mädchen, das das Foto aufgenommen hatte. Es wurde behauptet, sie habe mit angesehen, was ihrem Bruder zugestoßen war, und habe darüber den Verstand verloren. Doch Michael war sie damals völlig normal erschienen. Er erinnerte sich verschwommen an ein zartes Ding mit hellem Haar und großen, traurigen Augen. Ihre Stimme war genauso weich wie die ihres Vaters gewesen.

Arme Kleine, dachte er und legte die Quaste über den Schnappschuß. Was wohl aus ihr geworden war?

12

Emma mochte kaum glauben, daß die Zeit schon fast wieder um war. In weniger als einer Woche würde sie an die Saint Catherine's Academy zurückkehren müssen. Marianne hatte ihr gefehlt, und bald würde sie die Freundin wiedersehen, könnte ihr dann von allen Ereignissen dieses Sommers berichten. Des schönsten Sommers ihres Lebens, obwohl sie nur zwei Wochen davon in New York zugebracht hatte.

Alle miteinander waren sie zunächst nach London geflogen, um dort Aufnahmen für einen Dokumentarfilm zu machen, und hatten wie in alten Zeiten im Ritz Tee getrunken. Emma hatte viel Zeit mit Johnno, Stevie und P. M. verbracht, ihnen zugehört und bei Fisch und Chips mit ihnen in der Küche gesessen, während sie über ihre Musik diskutierten.

Berge von Filmrollen warteten darauf, entwickelt zu werden. Sie würde die Fotos in ihr Album kleben, damit sie sie wieder und wieder anschauen und ihre Erinnerungen aufleben lassen könnte.

Sozusagen als verfrühtes Geburtstagsgeschenk hatte ihr Vater sie zum Friseur begleitet, wo man ihr die erste richtige Frisur ihres Lebens mache. Sie trug ihr schulterlanges Haar jetzt in Korkenzieherlocken und fühlte sich sehr erwachsen.

Außerdem begann sich ihre Figur endlich zu entwickeln. Emma linste verstohlen in ihr Bikinioberteil. Nein, einen Traumbusen hatte sie noch nicht, aber zumindest konnte sie niemand mehr für einen Jungen halten. Schön braun war sie auch geworden. Anfangs hatte sie ja bezweifelt, daß sie die letzten Wochen in Kalifornien genießen könnte, aber allein wegen der Bräune hatte sich der Aufenthalt gelohnt.

Und erst das Wellenreiten! Ein regelrechter Feldzug war erforderlich gewesen, bis Brian ihr gestattet hatte, ihr Glück in den Wellen zu versuchen. Emma wußte, daß sie ihr hellrotes Surfbrett eigentlich Johnno verdankte, der Brian so lange gehänselt und geneckt hatte, bis dieser nachgab. Ohne Johnno würde sie jetzt noch als bloße Zuschauerin am Strand herumsitzen und alle anderen beim Wellenreiten beobachten.

Viel mehr als hinauszupaddeln und ins Wasser zu fallen brachte sie noch nicht fertig, aber jeder kleinste Fortschritt gab ihr die Möglichkeit, sich etwas weiter von den unter ihren Sonnenschirmen bratenden Leibwächtern zu entfernen. Lächerlich, dachte sie grimmig, als sie ihr Brett ins Wasser schleppte. Niemand hier hatte eine Ahnung, wer sie war.

Jedes Jahr hoffte sie, ihr Vater würde auf die Leibwächter verzichten, und jedes Jahr erlebte sie eine Enttäuschung. Zumindest konnten sie ihr nicht ins Meer folgen. Emma streckte sich der Länge nach auf dem Brett aus und paddelte durch das kühle Wasser. Obwohl ihr bewußt war, daß sie durch Ferngläser beobachtet wurde, stellte sie sich vor, sie wäre alleine oder, besser noch, Mitglied einer Gruppe von Teenagern, die den Strand bevölkerten.

Sie glitt über eine Welle und genoß das Auf und Ab, das ihren Magen hüpfen ließ. Meeresrauschen dröhnte in ihren Ohren, untermalt von der Musik aus Dutzenden von Transistorradios. Ein hochgewachsener Junge in blauer Badehose ließ sich von einer Welle sanft bis an den Strand tragen. Emma beneidete ihn sowohl um sein Können als auch um seine Freiheit.

Da ihr die Freiheit verwehrt blieb, würde sie sich eben darauf konzentrieren, das Können zu erlangen.

Ungeduldig wartete sie auf die nächste Welle, holte tief Atem, ging in die Hocke, richtete sich dann auf und ließ sich von der Welle mitreißen. Es gelang ihr, sich fast zehn Sekunden zu halten, ehe sie das Gleichgewicht verlor. Als sie wieder auftauchte, sah sie den Jungen in der blauen Badehose zu ihr hinschauen und sich dabei lässig sein dunkles, nasses Haar aus dem Gesicht streichen. Ihr Stolz befahl ihr, wieder auf das Brett zu krabbeln.

Ein Versuch folgte dem nächsten, und jedesmal rissen ihr die Wellen schon nach einigen Sekunden das Brett unter den Füßen weg. Jedesmal kämpfte sie sich mit schmerzenden Muskeln wieder hoch, paddelte weiter und wartete.

Bestimmt schlürften die Leibwächter jetzt ihre lauwarmen Drinks und belächelten ihre Ungeschicklichkeit. Jeder Fehlschlag bedeutete eine öffentliche Demütigung und trieb sie nur noch mehr an. Einmal mußte sie Erfolg haben, nur einmal! Einmal nur mußte es ihr gelingen, auf einer Welle bis zum Strand zu reiten.

Ihre Beinmuskeln zitterten vor Anstrengung, als sie sich aufrichtete. Mit tanzendem weißem Kamm rollte eine Welle auf sie zu. Emma war bereit, wollte sie, brauchte sie. Nur ein gelungener Ritt, ein Erfolg, der ihr ganz allein gehörte.

Sie erwischte die Welle genau richtig. Ihr Herz hämmerte wie wild, als sie über das Wasser schoß. Der Strand kam mit unglaublicher Geschwindigkeit näher. Das Dröhnen des Wassers war Musik in ihren Ohren. Einen kurzen Moment lang verspürte sie das Gefühl von Freiheit.

Der Wasserberg schloß sich hinter ihr, fegte sie vom Brett, schleuderte sie wieder hoch. Bruchteile von Sekunden sah sie die Sonne, dann versank sie wieder in den Wassermassen. Nach Luft ringend kämpfte sie gegen einen unsichtbaren Feind, der sie von allen Seiten bedrohte.

Ihre Lungen brannten. Mit aller Kraft bemühte sie sich, an die Wasseroberfläche zu gelangen, die über ihr schimmerte, doch sie wurde immer mehr in die Tiefe gezogen. Wie einen Spielball wirbelte das Wasser sie herum, bis die Wasseroberfläche außer Reichweite schien.

Als ihre Kräfte nachließen, fragte sie sich benommen, ob sie wohl beten sollte. Schon halb bewußtlos erinnerte sie sich an einen Satz aus der Bibel.

Vater, vergib mir, denn ich habe gesündigt.

Dann verklang das Gebet, und Musik schien in ihrem Kopf zu hallen.

Come together. Right now. Over me.

Panik erfüllte sie. Es war dunkel. Dunkel, und die Monster kamen wieder. Ihre Bemühungen, die Oberfläche zu erreichen, wurden schwächer und verebbten in einem wilden Zappeln. Sie öffnete den Mund, wollte schreien, brachte aber nur ein unartikuliertes Würgen hervor.

Dann spürte sie, daß Hände nach ihr griffen. Außer sich vor Angst, setzte Emma sich heftig zur Wehr, schlug um sich. Das Monster war wieder da; dasselbe, welches sie angelächelt hatte, dasselbe, welches sie töten wollte, so wie es Darren getötet hatte. Als sich ein Arm um ihren Hals schlang, tanzten rote Pünktchen vor ihren Augen und verblaßten, sowie sie die Oberfläche erreichte.

»Ganz ruhig«, redete ihr jemand zu. »Ich bringe dich an Land. Halt dich einfach an mir fest.«

Keuchend versuchte Emma, den Arm von ihrem Hals zu lösen, bis ihr klar wurde, daß nicht er ihr die Luft abschnürte. Sie konnte die Sonne wieder sehen, und als sie eine tiefen, schmerzhaften Atemzug nahm, brannte die Luft in ihrer

Kehle und nicht das Wasser. Sie war noch am Leben. Tränen der Scham und der Dankbarkeit stiegen ihr in die Augen.

»Gleich geht's dir wieder besser.«

Emma legte eine Hand auf den Arm, der sie hielt. »Ich bin rausgetrieben worden«, krächzte sie.

Ein glucksendes, etwas atemloses Lachen antwortete ihr. »Kann man wohl sagen. Aber Mannomann, du hast ja zuvor einen Spitzenritt hingelegt.«

Ja, das hatte sie, tröstete Emma sich und kämpfte mit aufsteigender Übelkeit. Dann spürte sie heißen, körnigen Sand auf der Haut und gestattete ihrem Retter, sie niederzulegen. Leider gehörten die ersten Gesichter, die sie wieder wahrnahm, ihren Leibwächtern. Zu schwach zum Sprechen, konnte sie ihnen nur einen bitterbösen Blick zuwerfen, der sie zwar nicht vertrieb, aber wenigstens am Näherkommen hinderte.

»Bleib noch ein paar Minuten liegen.«

Emma drehte den Kopf zur Seite und hustete einen Schwall Salzwasser aus. Von irgendwoher kam Musik – die Eagles, dachte sie betäubt. ›Hotel California‹. Vorher, im Dunkeln, da hatte sie auch Musik gehört, aber jetzt konnte sie sich nicht mehr auf die Worte oder die Melodie besinnen. Erneut hustend, blinzelte sie in die Sonne und richtete den Blick dann auf ihren Retter.

Es war der Junge mit der blauen Badehose. Wasser tröpfelte aus seinen dunklen Haaren. Auch seine Augen waren dunkel, von einem tiefen Grau und klar wie ein Bergsee.

»Danke.«

»Schon gut.« Er ließ sich neben ihr nieder, obwohl er sich in seiner Ritterrolle nicht allzu wohl fühlte. Die Jungs würden ihn wochenlang damit aufziehen. Aber er brachte es nicht übers Herz, die Kleine allein zu lassen. Schließlich war sie noch ein Kind. Ein verdammt hübsches noch dazu, dachte er, und sein Unbehagen wuchs. In brüderlicher Manie klopfte er ihr auf die Schulter und stellte fest, daß sie die größten, blauesten Augen besaß, die er je gesehen hatte.

»Ich schätze, mein Brett ist weg.«

Er legte schützend die Hand vor die Augen und suchte das Wasser ab. »Nein, Fred holt es rein. Ist ein schönes Brett.«

»Ich hab's erst seit ein paar Wochen.«

»Ja, ich hab' dich hier schon gesehen.« Er sah auf sie nieder, wie sie sich auf die Ellbogen stützte. Ihre nassen Locken kringelten sich um ihr Gesicht. Eine schöne Stimme hatte sie, überlegte er, weich und irgendwie melodisch. »Bist du Engländerin oder so?«

»Irin, jedenfalls zum Teil. Wir sind nur noch ein paar Tage hier.« Mit einem erleichterten Seufzer registrierte sie, daß der Junge namens Fred ihr Brett an Land zog. »Danke.« Da sie nicht wußte, was sie sagen sollte, konzentrierte sie sich darauf, den nassen Sand von ihrem Knie zu rubbeln.

Der Junge in der blauen Badehose winkte Fred und den anderen, die sich um sie geschart hatten, freundlich zu und bedeutete ihnen, sie in Ruhe zu lassen.

»Wenn mein Vater das hört, läßt er mich nie wieder aufs Wasser.«

»Er muß es ja nicht erfahren.«

»Er erfährt alles.« Emma vermied es, zu ihren Leibwächtern hinüberzuschauen.

»So was kann jedem mal passieren.« Wunderschöne Augen, dachte er wieder und blickte dann mit betonter Aufmerksamkeit auf das Meer. »Du hast deine Sache ganz gut gemacht.«

»Wirklich?« Sie errötete leicht. »Aber du warst wunderbar. Ich hab' dir zugesehen.«

»Danke für die Blumen.« Der Junge grinste und zeigte dabei eine kleine Zahnlücke.

Emma starrte ihn an, und eine Erinnerung blitzte in ihrem Hirn auf. »Du bist Michael.«

»Genau.« Sein Grinsen wurde breiter. »Aber woher kennst du meinen Namen?«

»Sicher erinnerst du dich nicht mehr an mich.« Sie setzte sich auf. »Wir haben uns schon mal getroffen, aber das ist lange her. Ich bin Emma. Emma McAvoy. Dein Vater hat dich einen Nachmittag zu den Proben mitgebracht.«

»McAvoy?« Michael fuhr sich mit der Hand durch das

125

tropfende Haar. »Brian McAvoy?« Sowie er den Namen aus-
sprach, bemerkte er, daß Emma sich verstohlen umblickte,
um zu prüfen, ob ihn jemand gehört hatte. »Jetzt fällt's mir
wieder ein. Du hast mir ein Foto geschickt. Ich hab's immer
noch.« Seine Augen verengten sich, als er über die Schulter
spähte. »Also darum sind sie hier«, murmelte er und
musterte die Leibwächter argwöhnisch. »Ich hab' sie für
Spanner oder so was gehalten.«

»Leibwächter«, erwiderte sie tonlos und zuckte dann die
Achseln. »Mein Vater macht sich Sorgen.«

»Darauf könnte ich wetten.« Ganz deutlich erinnerte er
sich an das Polizeifoto eines kleinen Jungen.

»Ich habe deinen Vater nicht vergessen.« Emma zeichnete
kleine Kreise in den Sand. »Er hat mich damals im Krankenhaus besucht, als wir meinen kleinen Bruder verloren
haben.«

»Er ist jetzt Captain«, bemerkte Michael, dem nichts Besseres einfiel.

»Das ist schön.« Dazu erzogen, unter allen Umständen die
Form zu wahren, bat sie: »Grüß ihn bitte von mir.«

»Mach ich.« Es entstand eine Pause, die nur von dem
Geräusch der Wellen ausgefüllt war. »Äh, sag mal, magst du
eine Cola oder so was?«

Die Frage verwirrte Emma. Zum erstenmal in ihrem Leben
hatte sie sich länger als fünf Minuten mit einem Jungen
unterhalten. Mit Männern dagegen schon, ihr ganzes Leben
wurde ja von Männern bestimmt. Aber von einem Jungen,
der nur ein paar Jahre älter war als sie, zu einer Cola eingeladen zu werden, war eine wundervolle und beglückende
Erfahrung. Fast hätte sie zugestimmt, doch da fielen ihr die
Leibwächter ein. Sie hätte es nicht ertragen, von ihnen beobachtet zu werden.

»Danke, aber ich gehe jetzt besser. Papa wollte mich in
einigen Stunden abholen, aber für heute hab' ich genug vom
Wellenreiten. Ich muß ihn nur anrufen.«

»Ich kann dich nach Hause bringen.« Unruhig zuckte er
mit den Schultern. Zu dumm, sich einem Kind gegenüber
gehemmt zu fühlen. Aber seit er in der neunten Klasse Nancy

Brimmer aufgefordert hatte, mit ihm zum Valentinsball zu gehen, war er nicht mehr so nervös gewesen. »Ich fahre dich nach Hause«, fuhr er fort, als Emma ihn wortlos anstarrte. »Wenn du möchtest.«

»Du hast doch bestimmt noch was vor.«

»Nein, eigentlich nicht.«

Er wollte nur ihren Vater wiedersehen, entschied Emma, und das plötzliche Glücksgefühl verschwand. Ein Junge wie er – nun, er mußte mindestens schon achtzehn sein – würde sich sicher nicht für sie interessieren. Aber mit der Tochter von Brian McAvoy war das natürlich etwas anderes. Sie zwang sich zu einem Lächeln. Immerhin hatte er ihr das Leben gerettet. Wenn sie ihn nur mit dem Anblick ihres Vaters belohnen konnte, dann würde sie das tun.

»Ich würde gern mit dir fahren, wenn es nicht zu viele Umstände macht.«

»Ach woher.« Er grub die Füße in den Sand. Vielleicht dachte sie, er wolle sie anbaggern.

»Dauert nur eine Minute.« Sie lief in Richtung ihrer Leibwächter davon und schnappte sich auf dem Weg ihr Strandtuch und ihre Tasche. »Mein Freund fährt mich nach Hause«, sagte sie in einem Ton, der keinen Widerspruch duldete.

»Miß McAvoy.« Der Mann namens Masters räusperte sich. »Es wäre besser, Sie würden Ihren Vater anrufen.«

»Es gibt keinen Grund, ihn zu stören.«

Sweeney, der zweite Mann, wischte sich die schweißnasse Stirn. »Ihr Vater würde es gar nicht gern sehen, wenn Sie zu einem Fremden ins Auto steigen.«

»Michael ist kein Fremder.« Der überhebliche Tonfall ließ sie innerlich zusammenzucken, aber sie wollte und konnte sich nicht vor Michael demütigen lassen. »Ich kenne ihn, und mein Vater kennt ihn auch. Michaels Vater ist Captain bei der hiesigen Polizei.« Emma streifte ein langes, buntes T-Shirt über ihren Bikini. »Außerdem fahren Sie uns ja sowieso hinterher, also was soll's?« Sie drehte sich um und ging hocherhobenen Hauptes auf Michael zu, der mit den Surfbrettern auf sie wartete.

»Komm schon.« Sweeney legte eine Hand auf Masters'

Schulter. »Laß der Kleinen doch den Spaß. Viel hat sie ja eh nicht.«

Michaels Benzinanzeige näherte sich bedrohlich dem roten Bereich, als die hohen Eisentore von Beverly Hills in Sicht kamen. Leise Überraschung zeichnete sich auf dem Gesicht des Wachpostens ab, ehe er einen Hebel umlegte und die Tore sich wieder schlossen. Michael fuhr die von Bäumen gesäumte Auffahrt entlang und bedauerte heftig, daß er nur abgetragene Sandalen und ein altes Sporthemd über seiner Badehose trug.

Das Haus bestand ganz aus rosa Stein und weißem Marmor, lag inmitten eines gepflegten grünen Rasens. Ein Pfau stolzierte majestätisch über das Gras.

»Hübsches Häuschen.«

»Es gehört eigentlich P. M. Oder vielmehr P. M.s Frau.« Plötzlich schämte sich Emma ein wenig der lebensgroßen Marmorlöwen, die den Eingang flankierten. »Irgendein Filmstar – ich kann mich nie an den Namen erinnern – hat es sich bauen lassen. Angie hat dann alles renoviert. Sie filmt gerade in Europa, also wohnen wir für ein paar Wochen hier. Hast du noch Zeit, mit reinzukommen?«

»Ja, ich hab' noch Zeit.« Zweifelnd blickte Michael auf den Sand, der an seinen Füßen klebte. »Wenn du sicher bist, daß das in Ordnung geht.«

»Natürlich.« Emma stieg aus dem Auto, demselben Wagen, mit dem Lou einst zu den Proben gefahren war. Geduldig wartete sie, bis Michael ihr Brett vom Dach losgemacht hatte, und stieg dann die Treppe hinauf. »Ich muß Papa erzählen, was passiert ist, sonst erfährt er's von den Leibwächtern. Ich hoffe, du hast nichts dagegen, wenn ich, nun ja, wenn ich die Geschichte ein bißchen bagatellisiere. Verstehst du?«

»Alles klar.« Die Art, wie er sie angrinste, ließ ihr Herz höher schlagen. »Eltern neigen dazu, aus einer Mücke einen Elefanten zu machen. Vermutlich können sie nichts dafür.«

Sowie Emma die Tür öffnete, hörte er die Musik. Eine Reihe donnernder Klavierakkorde, dann ein seltsames

Durcheinander von Tönen, und wieder die Akkorde. Emma nahm ihm ihr Brett ab und lehnte es an die Wand.

»Sie sind hier hinten.« Nach kurzem Zögern ergriff sie Michaels Hand und führte ihn durch die weite, in Weiß gehaltene Halle.

Ein Haus wie dieses hatte er noch nie zuvor gesehen, obwohl er zu verlegen war, dies zuzugeben. Die riesigen Räume waren durch große Durchgänge miteinander verbunden, und an den weißen Wänden leuchteten abstrakte Gemälde. Sogar der Fußboden schimmerte weiß, so daß Michael sich des Gefühls nicht erwehren konnte, er wandere durch einen Tempel.

Und dann sah er die Göttin, die über diesen Tempel wachte. Ihr Porträt hing über dem Kamin aus weißem Marmor; eine blonde Göttin mit einem Schmollmund, deren weißes, besticktes Kleid sich bedenklich über den üppigen Brüsten spannte.

»Wow!«

»Das ist Angie«, informierte ihn Emma naserümpfend. »Sie ist mit P. M. verheiratet.«

»Ah ja.« Seltsamerweise kam es Michael so vor, als würden ihn die Augen verfolgen und sich hungrig an ihm festsaugen. »Ich, äh, ich hab' ihren letzten Film gesehen.« Er erwähnte allerdings nicht, daß er danach einige erstaunliche und ausgesprochen erotische Träume gehabt hatte. »Tolle Frau!«

»Ja, das ist sie.« Trotz ihrer Jugend erkannte Emma schon, worin Angies Anziehungskraft auf das andere Geschlecht bestand. Ungeduldig zupfte sie Michael am Ärmel und ging weiter.

Sie kamen in den einzigen Raum, in dem Emma sich wohl fühlte – der einzige Raum innerhalb dieses Mausoleums, wo es P. M. gestattet worden war, seinen eigenen Geschmack auszuleben. Hier gab es Farbe: leuchtendes Blau, intensives Rot, warmes Gelb. Das Zimmer wurde von der Musik beherrscht; goldene Schallplatten schmückten die Wände. Am Fenster wucherten üppige Zimmerpflanzen. Ein Zitronenbäumchen war dabei, das P. M., wie Emma wußte, selbst gezogen hatte.

Ihr Vater saß an dem wunderschönen alten Flügel, der aus irgendeinem Film stammte, dessen Titel Emma immer wieder vergaß. Johnno, der eine seiner geliebten französischen Zigaretten paffte, saß neben ihm. Ein Berg von Papieren türmte sich auf dem Boden, und auf dem Teewagen stand ein großer Krug eisgekühlter Limonade. Die Gläser hinterließen bereits Ringe auf dem Holz.

»Papa.«

Brian blickte auf. Sein anfängliches Lächeln verblaßte, als er Michael sah. »Emma, du solltest anrufen, falls du früher nach Hause kommst.«

»Ich weiß, aber ich hab' zufällig Michael getroffen.« Emmas Lippen kräuselten sich bezaubernd, das Grübchen tanzte. »Ich bin rausgetrieben worden, und er hat mir geholfen.« Da sie es dabei belassen wollte, fuhr sie rasch fort: »Und ich dachte, du würdest ihn gern wiedersehen.«

Es verwirrte Brian gewaltig, seine Tochter, sein kleines Mädchen, Hand in Hand mit einem Jungen, nein, fast schon mit einem Mann zu sehen. »Wiedersehen?«

»Weißt du denn nicht mehr? Sein Vater hat ihn damals zu den Proben mitgebracht. Der Polizist.«

»Kesselring.« Brians Magen zog sich zusammen. »Du bist Michael Kesselring?«

»Ja, Sir.« Er war sich nicht sicher, ob es angemessen war, einer Berühmtheit des Musikgeschäfts die Hand zum Gruß hinzustrecken, so rieb er sie nervös an seiner sandigen Badehose ab. »Ich war ungefähr elf, als ich Sie kennengelernt habe. Es war prima.«

Aufgrund seiner langjährigen Bühnenerfahrung war Brian daran gewöhnt, seine Gefühle zu verbergen. Er sah in dem hochgewachsenen, dunkelhaarigen jungen Mann nicht Lou Kesselrings Sohn, sondern den Mann, zu dem sein eigener kleiner Junge vielleicht herangewachsen wäre. Dennoch lächelte er, als er sich vom Flügel erhob.

»Schön, dich wiederzusehen. Erinnerst du dich noch an Michael, Johnno?«

»Klar. Hast du deinen alten Herrn damals zu der E-Gitarre überreden können?«

»Ja.« Michael grinste geschmeichelt. »Ich hab' eine Zeit-lang Unterricht genommen, aber ich war ein hoffnungsloser Fall. Jetzt spiele ich nur noch ein bißchen Mundharmonika.«

»Hol Michael doch mal eine Cola, Emma.« Brian deutete auf die Couch, wobei seine Ehering im Licht glitzerte. »Setz dich.«

»Ich möchte Sie nicht bei der Arbeit stören.«

»Unser Leben besteht aus Störungen.« Der Sarkasmus in Johnnos Stimme wurde durch ein Lächeln gemildert. »Wie gefällt dir unser Song?«

»Er ist großartig. Alles, was Sie machen, ist großartig.«

Belustigt hob Johnno eine Augenbraue. »Ein schlaues Kerl-chen, Bri. Vielleicht sollten wir ihn engagieren?«

Michael wußte nicht recht, wie er die Bemerkung verste-hen sollte. »Nein, ehrlich. Ich mag alles, was Sie machen.«

»Kein Discofan?«

»Disco ist ätzend.«

»Wirklich ein heller Junge«, stellte Johnno fest. Da er Brian noch etwas Zeit geben wollte, um sich an die Situation zu gewöhnen, sprach er weiter. »Du hast also unsere Emma am Strand getroffen?«

»Sie hatte Schwierigkeiten mit einer Welle, und ich hab' ihr geholfen.« Wie alle Teenager war Michael erfahren darin, die Erwachsenen auszutricksen, und ging daher lässig über den Vorfall hinweg. »Sie macht ihre Sache wirklich gut, Mr. McAvoy. Braucht nur noch ein bißchen Übung.«

Brian rang sich erneut ein Lächeln ab und spielte mit sei-nem Glas. »Du surfst viel?«

»Sooft ich kann.«

»Wie geht es deinem Vater?«

»Sehr gut. Er ist jetzt Captain.«

»Ich hab' davon gehört. Du mußt doch inzwischen mit der Schule fertig sein.«

»Ja, Sir. Im Juni hab' ich meinen Abschluß gemacht.«

»Und wie geht's nun weiter?«

»Nun, ich dachte, ich probier's mal mit dem College. Mein Vater zählt darauf.«

Johnno suchte nach seinen Zigaretten und bot Michael

eine an. Er nahm sie, obwohl sich ihm nach dem ersten tiefen Zug beinahe der Magen umdrehte. »So, so«, erkundigte sich Johnno mit milder Herablassung, »und nun hast du vor, in die Fußstapfen deines Vaters zu treten?«

»Tja.« Versuchsweise nahm Michael einen weiteren vorsichtigen Zug von der Gauloise. »Ich glaube nicht, daß ich zum Cop geboren bin. Mein Vater schon, der ist großartig. Er hat viel Geduld, wissen Sie. Zum Beispiel im Fall Ihres Sohnes, da hat er jahrelang dran gearbeitet, sogar nachdem der Fall schon zu den Akten gelegt worden ist.« Er hielt inne, beschämt, daß er das leidige Thema zur Sprache gebracht hatte. »Er ist halt sehr pflichtbewußt«, schloß er lahm.

»Das kann man wohl sagen.« Brian schenkte Michael das charmante, herzliche Lächeln, das seine Fans so an ihm liebten, und wünschte, er hätte seine Limonade mit etwas Rum vermischt. »Bestell ihm schöne Grüße von mir, ja?«

»Mach ich.« Erleichtert sah Michael Emma mit einem Tablett voller kalter Getränke hereinkommen.

Eine Stunde später begleitete sie ihn zum Auto. »Noch mal danke dafür, daß du Papa nicht erzählt hast, wie blöd ich mich angestellt habe.«

»Keine Ursache.«

»Doch. Er... er macht sich Sorgen.« Betrübt blickte sie zu den hohen Mauern, die das Grundstück umgaben. Überall, wo sie sich befand, schien sie von Mauern umschlossen zu sein. »Am liebsten würde er mich in Watte packen.«

Der Drang, ihr Haar zu berühren, war so stark und kam so unerwartet, daß er schon die Hand gehoben hatte, ehe er sich besann und seinen eigenen Haarschopf zerzauste. »Es muß schwer für dich sein, nach allem, was deinem Bruder zugestoßen ist und so.«

»Papa hat immer Angst, daß ich auch entführt werden könnte.«

»Du nicht?«

»Ich nicht. Die Leibwächter sind ja immer dabei. Ich bin nie alleine.«

Er zögerte einen Moment, die Hand schon an der Autotür. Nicht, daß er verknallt wäre oder so, redete er sich ein. Sie

132

war doch nur ein Kind. »Vielleicht sehen wir uns morgen am Strand?«

Emma fühlte sich ganz als Frau. »Vielleicht.«

»Ich könnte dir ein paar Tips zum Wellenreiten geben.«

»Das wär' toll.«

Michael stieg ins Auto und fummelte mit den Schlüsseln herum, ehe er den Motor anließ. »Danke für die Cola und alles. War Klasse, deinen Vater wiederzusehen.«

»Alles klar. Tschüß.«

»Man sieht sich.« Als er die Auffahrt hinunterfuhr, wäre er beinahe auf dem Rasen gelandet, weil er sie im Rückspiegel beobachtete.

Danach kam er jeden Tag zum Strand, aber er sah sie nicht wieder.

13

Eine Stunde blieb ihnen noch. In einer Stunde würde Schwester Immaculata in ihren festen schwarzen Schuhen den Flur entlangschlurfen und ihre warzige Nase mißbilligend in jeden Raum stecken, um sich zu vergewissern, daß die Plattenspieler schwiegen und alle Kleidungsstücke ordentlich in den Spinden hingen.

Eine Stunde noch. Emma fürchtete, daß die nicht ausreichen würde.

»Spürst du noch was?«

»Ein bißchen.«

Mariannes Augen wurden schmal. Auf dem Plattenteller drehte sich die neueste Scheibe von Billy Joel, und sie konnte seinen Worten nur zustimmen. Katholische Mädchen fingen viel zu spät damit an.

»Emma, du drückst dir jetzt seit zwanzig Minuten Eiswürfel an die Ohren. Du müßtest längst Frostbeulen haben.«

Eiskalte Tropfen rannen Emmas Arm herunter, doch sie preßte eisern das Eis an die Ohren. »Bist du sicher, daß du weißt, was du tust?«

»Natürlich.« Mariannes Hüften zeichneten sich unter dem schlichten Baumwollnachthemd ab, als sie zum Spiegel ging, um die kleinen Goldkugeln in ihren frisch durchstochenen Ohrläppchen zu bewundern. »Ich hab' meiner Cousine genau zugeguckt, als sie mir die Ohrlöcher gestochen hat.« Mit übertrieben französischem Akzent fuhr sie fort: »Und iisch 'abe alles Nötige hier. Eis, Nadel.« Frohlockend hielt sie die im Lampenlicht glitzernde Nadel hoch. »Und die Kartoffel, die wir uns in der Küche ausgeborgt haben. Zwei kleine Pieker, und deine öden Ohrläppchen verfügen über das Flair der großen Welt.«

Emma beäugte die Nadel mißtrauisch. Gab es denn keine Möglichkeit, aus dieser Sache mit intakten Ohrläppchen und unverletztem Stolz herauszukommen? »Ich hab' Papa nicht um Erlaubnis gefragt.«

»Herrgott noch mal, Emma, das ist deine persönliche Entscheidung. Du kriegst deine Tage, du hast schon Busen – na ja, ansatzweise zumindest«, fügte sie grinsend hinzu. »Du bist eine Frau!«

Wenn Frausein bedeutete, sich von seiner besten Freundin eine Nadel durch das Ohrläppchen bohren zu lassen, dann war dieser Zustand gleich weniger erstrebenswert. »Ich besitze gar keine Ohrringe.«

»Ich hab' dir doch gesagt, ich leih' dir welche von meinen. Ich hab' hunderte. Komm schon, beiß die Zähne zusammen.«

»Okay.« Tief durchatmend nahm Emma das Eis vom Ohr. »Aber sei vorsichtig.«

»Na klar.« Marianne kniete sich neben den Stuhl, um mit einem lila Filzstift eine kleine Markierung auf Emmas Ohrläppchen zu zeichnen. »Hör mal, wenn ich aus Versehen danebensteche und deine Halsschlagader treffe, vermachst du mir dann deinen Plattensammlung?« Kichernd drückte sie die Kartoffel hinter Emmas Ohr und stach zu.

Der Schmerz war mehr als unangenehm.

»Sehr gut.« Marianne legte den Kopf auf die Seite. »Wenigstens müssen sich meine Eltern keine Sorgen machen, daß ich je drogensüchtig werde. Sich Spritzen zu setzen, muß ekelhaft sein.«

Vor Emmas Augen drehte sich alles. »Du hast gesagt, ich würde gar nichts spüren.« Ihr Magen hob sich, und sie konzentrierte sich darauf, ruhig weiterzuatmen. »Scheiße, du hast auch nicht gesagt, daß ich was hören würde.«

»Ja, ja. Aber Marcia und ich haben uns vorher eine halbe Flasche Bourbon aus Daddys Hausbar reinzogen. Wir haben rein gar nichts mehr gehört oder gemerkt.« Marianne hob den Kopf und blickte die Freundin scharf an. Blut zeigte sich auf Emmas Ohr, ein kleiner Tropfen nur, doch sie fühlte sich in den Zombie-Film versetzt, den sie sich mit ihrer Cousine zusammen angesehen hatte.

»Wir müssen noch das andere Ohr machen.«

Emma schloß die Augen. »Alles, nur das nicht.«

»Du kannst nicht mit nur einem Ohrring rumlaufen. Wir haben's fast geschafft, Emma.« Mit klammen Händen zog sie die Nadel heraus und bereitete sich auf die zweite Runde vor. »Ich muß ja die ganze Arbeit machen. Du brauchst nur dazuliegen.«

Mit zusammengebissenen Zähnen bohrte sie der stöhnenden Emma die Nadel in das andere Ohrläppchen.

»Geschafft! Jetzt mußt du nur noch Jod drauftun, damit du keine Entzündung kriegst. Und kämm dir die Haare über die Ohren, damit die Schwestern erst mal nichts merken.«

Als sich die Tür öffnete, sprangen beide Mädchen erschrocken auf. Aber nicht Schwester Immaculata, sondern Teresa Louise Alcott, diese Nervensäge, stand, in einen pinkfarbenen Bademantel gehüllt, auf der Schwelle.

»Was treibt ihr denn da?«

»Wir feiern eine Orgie.« Marianne ließ sich wieder auf das Bett fallen. »Kannst du eigentlich nicht anklopfen?«

Teresa lächelte nur. Sie gehörte zu jenen übereifrigen, dienstbeflissenem Typ Mädchen, der sich immer freiwillig meldete, stets seine Aufgaben erledigte und als Musterschülerin galt. Marianne verabscheute sie aus tiefster Seele. Doch dickfellig, wie Teresa war, hielt sie alle Beleidigungen für Freundschaftsbeweise.

»Wow! Du läßt dir Ohrlöcher stechen!« Teresa inspizierte

135

die Goldkettchen, die von Emmas Ohren baumelten. »Die Ehrwürdige Mutter kriegt einen Anfall!«

»Warum kriegst du nicht mal einen Anfall, Teresa?« schlug Marianne vor. »Aber bitte in deinem Zimmer.«

Teresa grinste nur und setzte sich auf den Boden. »Hat das sehr weh getan?«

Emma schlug die Augen auf und wünschte Teresa die Pest an den Hals. »Nein. Ist ein herrliches Gefühl. Als nächstes macht Marianne mir die Nase. Willst du zusehen?«

Teresa ignorierte den Sarkasmus und betrachtete die maniküürten Fingernägel. »Ich hätte furchtbar gern auch Ohrlöcher. Wenn Schwester Immaculata wieder weg ist, kannst du mir dann auch welche machen?«

»Ich weiß nicht recht, Teresa.« Marianne wechselte von Billy Joel zu Bruce Springsteen. »Ich hab' meinen Aufsatz noch nicht fertig. Eigentlich wollte ich heute abend daran arbeiten.«

»Ich bin längst fertig.« Teresa lächelte mit falscher Bescheidenheit. »Wenn du mir Ohrlöcher machst, kannst du abschreiben.«

Marianne tat so, als ob sie überlegte. »Gut, abgemacht.«

»Super. Oh, jetzt hätte ich beinahe vergessen, warum ich rübergekommen bin.« Sie wühlte in der Tasche ihrer pinkfarbenen Scheußlichkeit und holte einen Zeitungsausschnitt hervor. »Meine Schwester hat mir den geschickt, weil sie weiß, daß ich mit dir zur Schule gehe, Emma. Sie hat ihn aus *People* ausgeschnitten. Hast du die Zeitschrift schon mal gesehen? Klasse, sag' ich dir! Sie bringen Fotos von allen Stars. Letztens war Robert Redford auf der Titelseite. Sie schreiben über jeden, der in ist.«

»Ich kenne das Blatt«, sagte Emma kühl, um Teresa zum Schweigen zu bringen.

»Natürlich, da sind ja oft Berichte über deinen Vater drin. Ich wußte, daß du auf das hier ganz wild sein würdest, also hab' ich's rübergebracht.«

Da sich ihr Magen wieder beruhigt hatte, raffte Emma sich auf und griff nach dem Artikel. Sofort kam die Übelkeit mit aller Macht zurück.

DAS EWIGE DREIECK

Das Foto zeigte Bev, die sich mit einer anderen Frau am Boden wälzte. Ihr Vater, auf dessen Gesicht sich hilfloser Zorn abzeichnete, schien gerade nach ihr zu greifen. Bevs Kleid war zerrissen, und ihre Augen loderten vor Wut. Die gleiche Wut hatte in ihren Augen gelegen, als Emma sie das letzte Mal sah.

»Wußte ich's doch, daß dich das interessiert«, freute sich Teresa. »Deswegen hab' ich den Artikel auch sofort rübergebracht. Das ist doch deine Mutter, nicht wahr?«

»Meine Mutter.« Emma starrte Bevs Bild an, ohne es richtig wahrzunehmen.

»Die Blondine in dem Paillettenkleid. Wow, für so ein Kleid könnte ich sterben. Jane Palmer. Sie ist doch deine Mutter, stimmt's?«

»Jane.« Emma konzentrierte sich auf die andere Frau. Die alte Furcht stieg wieder in ihr hoch und schien sie zehn Jahre zurückzuversetzen. Genauso betäubt hatte sie sich gefühlt, als ein anderes Mädchen ihr eine Ausgabe von *Devastated*, die sie in die Schule schmuggeln konnte, gezeigt hatte. Auf der Rückseite prangte Janes Foto.

Es war Jane. Bev prügelte sich mit ihr, und Papa war auch dabei. Was hatte das zu bedeuten? Ein Hoffnungsschimmer keimte in ihr auf. Vielleicht hatten sich Papa und Mama versöhnt. Vielleicht wären sie alle bald wieder zusammen.

Sie schüttelte die wirren Gedanken ab und widmete sich wieder dem Text.

»Auf dem Londoner Wohltätigkeitsball im Mayfair war alles vertreten, was Rang und Namen hat, um sich für zweihundert Pfund Eintritt an Lachstatar und Champagner zu laben. Zusätzlich wurde ein kleiner Skandal serviert: Beverly Wilson, erfolgreiche Innenarchitektin und Noch-Ehefrau von Brian McAvoy (Devastation), geriet in eine hitzige Auseinandersetzung mit Jane Palmer, der früheren Geliebten von McAvoy und Autorin des momentanen Bestsellers *Devastated*. Über den Anlaß dieser handgreiflichen Debatte darf spekuliert werden, doch das Gerücht will wissen, daß die alte Rivalität wieder aufflammte. Jane Palmer ist die Mutter von McAvoys Tochter Emma (13), die eine Privatschule in den Staaten besucht.

Beverly Wilson, die seit Jahren von McAvoy getrennt lebt, hatte mit ihm einen Sohn, Darren, der vor sieben Jahren unter tragischen Umständen ums Leben kam. Der Fall wurde nie aufgeklärt.

McAvoy, der mit seiner neuen Freundin, der Sängerin Dory Cates, erschienen war, griff zwar persönlich in das Handgemenge ein, wechselte jedoch nur wenige Worte mit Beverly Wilson, die bald darauf mit P. M. Ferguson, dem Drummer der Band und Ex-Ehemann der Schauspielerin Angie Parks, den Ball verließ. Weder McAvoy noch Beverly Wilson gaben einen Kommentar zu dem Vorfall ab, doch Jane Palmer kündigte an, sie wolle dem Ereignis einige Seiten ihres neuen Buches widmen.

Um mit McAvoys eigenen Worten zu sprechen: ›Die Flammen früherer Leidenschaften scheinen wieder aufzuflackern.‹

Der Artikel ging noch weiter, gab die Kommentare einiger der Anwesenden wieder und beschrieb ausführlich die Kleider der Gäste, speziell die von Jane und Bev, die sie sich in Fetzen gerissen hatten. Doch Emma las nicht weiter. Das mußte sie sich nicht antun.

»Ist das nicht Wahnsinn? Da reißen sie sich in aller Öffentlichkeit gegenseitig die Kleider vom Leib!« Teresas Augen funkelten vor Schadenfreude. »Glaubst du, sie haben sich wegen deines Vaters in die Haare gekriegt? Jede Wette! Er ist aber auch absolut traumhaft. Kommt mir vor wie im Film!«

»Ach wirklich?« Da sie nur von der Schule fliegen würde, wenn sie Teresa an Ort und Stelle erwürgte, ließ Marianne den Gedanken fallen. Es gab andere, subtilere Wege, mit dieser Idiotin fertig zu werden. Zum Beispiel mit einer Nadel. Jawohl, sie würde Teresa die heißbegehrten Ohrlöcher stechen. Und wenn sie dabei das Eis vergäße, wäre das

138

nur ein Irrtum, weiter nichts. »Du solltest jetzt besser gehen, Teresa. Schwester Immaculata kann jede Minute kommen.«

Vor Schreck leise quiekend, sprang Teresa auf. Auf keinen Fall wollte sie riskieren, sich Minuspunkte einzuhandeln. »Komm gegen zehn rüber, dann geb' ich dir meine Unterlagen, und du kannst mir die Ohrlöcher machen.«

»Wunderbar.«

Teresa kratzte an ihren Ohrläppchen. »Ich kann's kaum noch erwarten!«

»Und ich erst recht nicht.« Marianne wartete, bis sich die Tür hinter Teresa geschlossen hatte. »Diese Mistbiene«, knurrte sie verächtlich, dann legte sie Emma den Arm um die Schulter. »Alles in Ordnung?«

»Es wird nie vorbei sein.« Emma betrachtete erneut das Foto. Eine gute Aufnahme, stellte sie leidenschaftslos fest, gelungene Bildaufteilung, gut ausgeleuchtet. Die Gesichter wirkten nicht verschwommen, jede Einzelheit war klar erkennbar. Und den Haß in den Augen ihrer Mutter konnte man kaum übersehen. »Glaubst du, ich werde mal wie sie?«

»Wie wer?«

»Wie meine Mutter.«

»Komm schon, Emma. Als du sie das letzte Mal gesehen hast, warst du noch ein Baby.«

»Aber es gibt so was wie Vererbung. Gene und so weiter.«

»Quatsch!«

»Manchmal bin ich selber bösartig. Manchmal möchte ich genau so gemein sein, wie sie war.«

»Na und?« Marianne erhob sich, um Springsteen das Wort abzuschneiden, ehe Schwester Immaculata hereinkommen und die Platte konfiszieren konnte. »Jeder Mensch hat auch unangenehme Seiten. Du weißt doch, daß Fleisch ist schwach und der Mensch voll Sünde.«

»Ich hasse sie!« Welche Erleichterung, es laut auszusprechen, welch furchtbare, herrliche Erleichterung! »Ich hasse sie. Und ich hasse Bev, weil sie mich ablehnt, und Papa, weil er mich hier eingesperrt hat. Ich hasse die Männer, die Darren umgebracht haben. Ich hasse sie alle. *Sie* haßt auch alle. Das sieht man in ihren Augen.«

»Das ist okay. Manchmal hasse ich auch die ganze Welt. Und dabei kenne ich deine Mutter nicht mal.«

Emma mußte lachen. Wieso, konnte sie nicht erklären, aber sie mußte lachen. »Ich schätze, ich kenne sie selber nicht.« Seufzend fuhr sie fort: »Ich kann mich kaum noch an sie erinnern.«

»Na siehst du.« Zufrieden ließ sich Marianne zurücksinken. »Wenn du dich nicht an sie erinnern kannst, dann kannst du auch nicht wie sie werden.«

Das klang logisch. Emma mußte es einfach glauben. »Ich sehe ihr überhaupt nicht ähnlich.«

In dem Willen, gerecht zu urteilen, griff Marianne nach dem Artikel und studierte die Fotos eingehend. »Kein bißchen. Du gleichst in allem deinem Vater. Laß dir das von einer Künstlerin gesagt sein.«

Emma spielte an ihren Ohrläppchen. »Willst du Teresa wirklich Ohrlöcher stechen?«

»Worauf du dich verlassen kannst – und zwar mit der stumpfesten Nadel, die ich auftreiben kann. Möchtest du dich vielleicht auch mal dran versuchen?«

Emma grinste.

14

Martinique, 1977

Noch nie zuvor war Emma so glücklich gewesen. Alles war perfekt, absolut perfekt. Tagsüber faulenzte sie in der Sonne, nachts lauschte sie hingerissen, wenn ihr Vater und Johnno musizierten. Sie beschummelte Johnno beim Kartenspiel und lief stundenlang mit ihrem Vater am Strand entlang. Zudem hatte sie jede Menge Filme verknipst und den Kopf voller Erinnerungen.

Wie konnte sie da ans Schlafen denken? Heute war ihre letzte Nacht auf Martinique, die letzte Nacht mit ihrem Vater. Die letzte Nacht der Freiheit. Morgen würde sie wieder im

Flugzeug sitzen, und dann wartete die Schule mit all ihren Vorschriften auf sie. Alles, aber auch alles unterlag strikten Regeln: wann man aufstehen und zu Bett gehen mußte, wie man sich zu kleiden und was man zu denken hatte.

Seufzend schüttelte sie den Kopf. Bald kommt der Sommer, tröstete sie sich. Sie würde nach London fliegen und Stevie und P. M. treffen. Sie würde ihnen bei den Aufnahmen zuschauen dürfen.

Irgendwie mußte sie die kommenden Wochen durchstehen. Ihre Ausbildung und ihre Sicherheit bedeuteten Papa so viel. Und er wünschte, daß man sich um sie kümmerte. Nun, letzteres war bei den Nonnen bestimmt gewährleistet, dachte sie böse. Fast den ganzen Tag stand man unter Aufsicht.

Sie konnte das Wasser hören und riechen. In weiser Voraussicht hatte sie sich nur schnell ein Paar Shorts übergestreift. Es war bereits spät, die Leibwächter schliefen wahrscheinlich schon. Um so besser. Sie würde ihre letzte Nacht alleine am Wasser verbringen, sich an den Strand setzen und aufs Wasser schauen, ohne daß jemand sie störte.

Eilig huschte sie durch die Halle der gemieteten kleinen Villa und schlich die Treppe hinunter. Mit angehaltenem Atem schlüpfte sie zur Tür hinaus und rannte los.

Eine Stunde hatte sie sich zugebilligt. Als sie auf Zehenspitzen zum Haus zurücktrippelte, war sie bis auf die Haut naß. Es hatte schließlich doch nicht genügt, nur aufs Wasser zu schauen. Leise betrat sie das Haus und wollte sich unauffällig in ihr Zimmer zurückziehen, als sie die Stimme ihres Vaters hörte. Sofort verbarg sie sich in einer dunklen Ecke.

»Reiß dich zusammen, Schätzchen. Alle anderen schlafen schon.«

Eine Frau kicherte und flüsterte dann mit starkem französischem Akzent: »Ich bin ja schon so still wie ein Mäuschen.«

Brian kam engumschlungen mit einer kleinen, kurvenreichen Brünetten ins Zimmer, die einen Sarong in knalligem Pink und hohe goldene Stilettos trug. »Ich bin ja so froh, daß du heute nacht gekommen bist, Chérie.« Mit beiden

141

Händen fuhr sie seinen Körper entlang und schlang dann die Arme um seinen Hals, um ihren Mund auf den seinen zu pressen.

Verlegen und verwirrt schloß Emma die Augen. Trotzdem hörte sie das wollüstige Stöhnen.

»Mmm. Du hast's aber eilig.« Die Französin arbeitete sich lachend zu Brians Hose vor. »Keine Angst, Chérie, du kriegst was für dein Geld. Aber du hast mir zuerst eine kleine Party versprochen.«

»Richtig.« Das würde helfen, hoffte er. Zwar war ihr Haar auch glatt und dunkel, doch ihre Augen schimmerten braun und nicht grün. Nun, nach ein, zwei Prisen Schnee würde ihm das nichts mehr ausmachen. Er ging zum Tisch, schloß eine kleine Schublade auf und entnahm ihr eine gläserne Phiole. »Partyzeit.«

Die Brünette klatschte in die Hände, ging hüftschwenkend zu dem Kaffeetischchen und kniete nieder.

Entsetzt beobachtete Emma ihren Vater, der mit geübter Bewegung einige feine Linien Kokain auf einen Spiegel schüttete. Sein Kopf näherte sich dem der Brünetten.

»Ah.« Die Französin lehnte sich zurück, ihre Augen funkelten. Mit der Fingerspitze tippte sie auf den Spiegel und verrieb den Staub auf ihrem Zahnfleisch. »Köstlich!«

Brian hakte einen Finger in ihren Sarong und zog sie an sich. Er fühlte sich großartig. Jung, stark, unbesiegbar. Seine Erregung steigerte sich, als er die Frau zu Boden stieß. Das erstemal wollte er sie rasch nehmen. Schließlich hatte er für die ganze Nacht bezahlt.

»Papa!«

Sein Kopf fuhr hoch. Träumte er etwa? Dort, im Dunkeln, stand seine Tochter, das Gesicht leichenblaß, die Augen dunkel und tränenfeucht. »Emma?«

»Emma?« Die Französin schnurrte den Namen geradezu. »Wer soll das sein, Emma?« Verärgert, daß Brians Aufmerksamkeit nicht mehr ihr galt, drehte sie sich um. Argwohn glomm in ihren Augen und wurde zu Interesse. »Aha, du stehst also auch auf Kinder. Schön, schön. Komm näher, meine Hübsche. Mach mit.«

142

»Halt den Mund, verdammt! Das ist meine Tochter!« Mit einiger Mühe erhob er sich. »Emma... Ich dachte, du bist im Bett.«

»Ja.« Ihre Stimme war kaum zu hören. »Ich weiß.«

»Du solltest nicht hier unten sein.« Er ging einen Schritt auf sie zu und nahm ihren Arm. »Du bist ja ganz durchgefroren. Und naß.« Die Droge begann Wirkung zu zeigen. »Wo warst du denn?«

»Ich bin an den Strand gegangen.« Sie wich seinem Blick aus und versuchte, sich loszumachen.

»Alleine? Du bist alleine an den Strand gegangen? Mitten in der Nacht?«

»Jawohl.« Wütend wirbelte sie herum und fletschte die Zähne, als ihr das schwere Parfüm der Französin in die Nase stieg. »Ich bin alleine an den Strand gegangen, und jetzt gehe ich ins Bett.«

»Du solltest es wirklich besser wissen.« Brian packte sie bei den Armen und schüttelte sie kräftig. »Du weißt ganz genau, daß du ohne Leibwächter nirgendwo hingehen sollst. Um Himmels willen, du warst ja schwimmen! Wenn du nun einen Krampf gekriegt hättest?«

»Dann wäre ich ertrunken.«

»Komm, Chérie, laß das Kind ins Bett gehen.« Die Brünette befaßte sich wieder mit dem Kokain. »Das hier ist 'ne Party.«

»Du hältst dein verfluchtes Maul!« brüllte Brian. Die Frau zuckte bloß die Achseln und schnaubte verächtlich. »Mach das nie wieder!« befal Brian seiner Tochter. »Hast du mich verstanden?«

»O ja, ich habe verstanden.« Sie wandte sich ab. »Ich wünschte zwar bei Gott, ich hätte das nicht verstanden, aber ich hab's.«

»Wir sprechen darüber.«

»Über meinen Strandspaziergang oder über die da?« Emma deutete auf die Frau, die noch immer am Tisch kniete.

»Das geht dich nichts an.«

»Nein.« Ihre Lippen verzogen sich, doch die Stimme blieb

143

tonlos. »Nein, da hast du vollkommen recht. Dann gehe ich jetzt ins Bett und überlasse dich deiner Nutte und deinen Drogen.«

Da gab er ihr eine Ohrfeige. Sein Arm fuhr hoch, bevor er bemerkte, was er tat, und ehe er sich versah, klatschte seine Hand mitten in ihr Gesicht und zeichnete sich auf ihrer Wange ab, ein knallroter Beweis der Gewalt, die er doch so verabscheute. Fassungslos sah er auf seine Hand hinab... und sah seinen Vater vor sich.

»Emma...«

Mit einem Satz sprang sie zurück und schüttelte ungläubig den Kopf. Bislang hatte er kaum einmal die Stimme gegen sie erhoben, und nun, wo sie ihn zum erstenmal offen kritisierte, schlug er gleich zu. Sie drehte sich um und stapfte die Treppe hinauf.

Johnno ließ sie vorbei. Er stand, nur mit Boxershorts bekleidet, das Haar wirr, die Augen klein vor Müdigkeit, an der Treppe und sah ihr nach. »Nein, laß mich mit ihr reden«, meinte er, als Brian ihr folgen wollte. Er hielt den Freund am Arm fest. »Sie würde dir jetzt nicht zuhören, Bri. Ich gehe sie trösten.«

Brian nickte. Seine Handfläche brannte von dem Schlag. Er hatte sein Baby geschlagen! »Johnno – ich mach' das wieder gut. Ganz bestimmt!«

»Sicher.« Johnno klopfte ihm kurz auf die Schulter und deutete in den Raum. »Du schaffst besser hier etwas Ordnung.«

Sie konnte nicht einmal weinen. Emma saß, ungeachtet ihrer nassen Kleider, auf der Bettkante. Die Welt, die schöne, heile Welt, die sie um ihren Vater herum aufgebaut hatte, war zerbrochen. Sie war wieder allein.

Als sich die Tür öffnete, schrak sie zusammen, doch dann erkannte sie Johnno und sank auf das Bett zurück. »Mir geht es gut«, fauchte sie ihn an. »Ich brauche niemanden zum Händchenhalten!«

»Okay.« Trotzdem kam er herein und ließ sich neben ihr nieder. »Laß alles ruhig an mir aus.«

»Nein.«

144

»Glaub mir, das erleichtert. Warum ziehst du die nassen Klamotten nicht aus?« Er legte die Hand vor die Augen und spreizte dann grinsend die Finger. »Ich guck' auch nicht hin.«

Da sie sich irgendwie beschäftigen mußte, stand sie auf und suchte in ihrem Schrank nach einem Bademantel. »Du wußtest Bescheid, nicht wahr?«

»Worüber? Daß dein Vater eine Vorliebe für Frauen hat? Natürlich. Ich habe das schon befürchtet, als wir zwölf waren.«

»Ich meine das ernst, Johnno.«

So, sie wollte es ihm also nicht leicht machen. »Okay. Hör zu, Emmylein, ein Mann braucht nun mal Sex. Nur ist das nichts, womit man vor seiner Tochter protzt.«

»Er hat sie bezahlt. Sie ist eine Hure.«

»Was willst du jetzt hören?« In einen weißen Samtmantel gewickelt, stand sie vor ihm und wirkte plötzlich furchtbar jung und verletzlich mit ihrem nassen glatten Haar und den dunklen, enttäuschten Augen. Er nahm ihre Hand zwischen die seinen. »Soll ich dir sagen, daß die Nonnen recht haben? Daß es eine Sünde ist? Vielleicht stimmt das sogar. Aber im wirklichen Leben, Emma, im wirklichen Leben sündigen die Menschen nun mal. Brian war einsam.«

»Einsamkeit berechtigt also dazu, mit irgendeinem Fremden zu schlafen?«

»Gott wußte schon, was er tat, als er dafür sorgte, daß ich nie Vater werden würde«, murmelte Johnno zu sich selbst. Dann nahm er einen neuen Anlauf. Hier war absolute Aufrichtigkeit gefragt. »Weißt du, Kindchen, Sex ist eigentlich ziemlich bedeutungslos; das aufregende Gefühl ist schnell vorbei, und dann bleibt nur Leere und ein schaler Geschmack im Mund. Doch wenn du jemanden liebst, dann ist das anders. Eines Tages wirst du das selber herausfinden. Wenn echte Gefühle ins Spiel kommen, dann ist Sex, na, man könnte fast sagen, eine heilige Handlung.«

»Ich verstehe es einfach nicht, und ich will es auch nicht verstehen! Er ist losgegangen, hat diese Frau aufgegabelt und sie auch noch bezahlt! Und dann das Kokain! Ich hab's mit

145

meinen eigenen Augen gesehen. Ich wußte ja, daß Stevie...
aber von Papa hätte ich das nie gedacht. Niemals!«

»Es gibt viele Arten von Einsamkeit, Emma.«

»Nimmst du das Zeug auch?«

»Früher hab' ich's getan.« Es war ihm peinlich, ihr eine
Schwäche einzugestehen. Seltsam, bis zu dem Moment, wo
er ihr seine eigenen Verfehlungen beichten mußte, war ihm
gar nicht bewußt geworden, wie sehr er sie liebte. »Ich hab'
wohl nicht viel ausgelassen. Die sechziger Jahre, Emma, das
mußte man einfach erlebt haben.« Leise lachend zog er sie
näher zu sich heran. »Ich hab' die Drogen aufgegeben, weil
ich keinen Sinn mehr darin gesehen habe. Außerdem paßte
es mir nicht, die Kontrolle über mich zu verlieren. Deswegen
bin ich aber noch lange kein Held. Ich hab's eben viel leichter,
ich stehe nicht unter solchem Druck wie Brian. Er nimmt sich
alles zu Herzen, ich nehm' alles, wie's kommt. Siehst du, für
mich ist nur die Band wichtig, aber Brian sorgt sich um die
ganze Welt. So war er schon immer.«

Emma hatte das Bild ihres Vaters, der den Kopf über die
feinen weißen Linien beugte, noch immer vor Augen. »Aber
das ist doch keine Rechtfertigung.«

»Nein.« Johnno lehnte seinen Kopf an ihren. »Wohl
kaum.«

Jetzt rollten ihr doch heiße Tränen über die Wangen. »Ich
will ihn nicht so sehen. Ich will das alles gar nicht wissen. Ich
liebe ihn doch!«

»Das weiß ich. Er liebt dich auch. Wie wir alle.«

»Wenn ich nicht nachts rausgegangen wäre, wenn ich
nicht hätte allein sein wollen, dann wäre das nicht passiert.«

»Du hättest es nur nicht mitbekommen. Passiert wäre es
trotzdem.« Johnno gab ihr einen flüchtigen Kuß auf das
Haar. »Jetzt mußt du akzeptieren, daß auch dein Vater Fehler
hat.«

»Es ist nicht mehr so wie vorher, nicht wahr, Johnno?«
Traurig ließ sie sich gegen ihn sinken. »Es wird nie wieder so
sein wie vorher.«

15

New York, 1982

»Was meinst du, was er sagen wird?« Marianne wuchtete ihren Koffer aus dem Taxi, während Emma bezahlte.

»Er wird wahrscheinlich hallo sagen.«

»Ach geh, Emma.«

Emma strich ihr im Abendwind flatterndes Haar zurück. »Er wird fragen, was zum Teufel wir hier wollen, und ich werde es ihm erklären.«

»Und dann ruft er deinen Vater an, und wir landen beide am Galgen.«

»In diesem Staat wird niemand mehr gehängt.« Emma ergriff ihren eigenen Koffer und holte tief Atem. Es war gut, wieder hier zu sein. Und diesmal gedachte sie zu bleiben.

»Gaskammer, Erschießungskommando, alles egal. Dein Vater bringt uns um!«

Emmas Hand lag schon auf dem Türknauf. »Noch kannst du zurück.«

»Nie im Leben.« Marianne ordnete ihre kurzen roten Haare. »Dann mal rein in die Höhle des Löwen!«

Emma betrat das Haus und blieb kurz stehen, um den Hausmeister zu begrüßen. »Hallo, Carl.«

»Miß – wie, Miß McAvoy.« Carl legte sein Pastramisandwich beiseite und verbeugte sich. »Es muß schon über ein Jahr her sein. Sie sind ja erwachsen geworden.«

»Eine echte Collegefrau.« Lachend deutete sie auf Marianne. »Das ist meine Freundin, Miß Carter.«

»Erfreut, Sie kennenzulernen, Miß Carter.« Carl bürstete einige Krümel von seiner Uniform. »Weiß Mr. Donovan, daß Sie kommen?«

»Natürlich«, log Emma süß lächelnd. »Hat er Ihnen nichts gesagt? Typisch Johnno! Wir bleiben nur ein paar Tage.« Noch während sie sprach, näherte sie sich unauffällig den Fahrstühlen, um zu vermeiden, daß Carl oben anrief und die Katze zu früh aus dem Sack ließ. »Ich werde jetzt hier zur Uni gehen.«

»Ich dachte, Sie würden so eine Nobeluniversität in London besuchen.«

»Ich habe den Studienplatz gewechselt. Sie wissen doch, mein Herz hängt an New York.«

Als sich die Fahrstuhltüren hinter ihnen schlossen, verdrehte Marianne die Augen. »Du sprichst mit gespaltener Zunge, McAvoy.«

»Wieso, das meiste stimmt doch.« Emma kicherte nervös. »Ich bin seit zwei Monaten achtzehn. Zeit, unabhängig zu werden.«

»Ich bin seit sieben Monaten volljährig, und mein Vater hat trotzdem getobt, als ich an die New Yorker Uni gewechselt habe. Na ja, das ist geklärt. Und morgen suchen wir uns ein Apartment. Dann können wir endlich so leben, wie wir es schon immer wollten.«

»Genau. Und jetzt kommt die erste Hürde.« Der Fahrstuhl hielt an, und beide gingen langsam den langen, stillen Korridor entlang. »Überlaß das Reden mir«, warnte Emma, als sie vor Johnnos Tür standen. Da Marianne sie nur verblüfft anstarrte, erklärte sie seufzend: »Das letzte Mal, als du das große Wort geführt hast, mußten wir drei Samstage lang die Kirchenbänke polieren. Also halt den Mund.«

»Ich bin Künstlerin und kein Rechtsverdreher«, murmelte Marianne widerspenstig, setzte dann aber ihr gewinnendstes Lächeln auf.

»Johnno!« Emma warf sich in die Arme des Mannes. »Überraschung!«

»Nanu?« Er war nur halb bekleidet und von Wein und einem Mittagsschläfchen leicht beduselt. Mit beiden Händen hielt er Emma ein Stück von sich ab. Groß war sie geworden. In den letzten achtzehn Monaten war sie regelrecht in die Höhe geschossen. Gertenschlank, anmutig und beinahe elegant stand sie vor ihm, das hellblonde Haar fiel ihr, von Kämmen zurückgehalten, üppig und glänzend auf die Schultern. Sie trug enge, verwaschene Jeans, in die sie ein Rippenshirt gestopft hatte. Große Goldreifen schwangen an ihren Ohren. »Himmel, du siehst ja aus wie ein Model im Freizeitlook.« Sein Blick wanderte zu Marianne. »Da ist ja auch mein lieb-

ster Rotschopf. Was hast du denn mit deinen Haaren angestellt?« wollte er wissen und rieb über Mariannes Bürsten-
schnitt.

»Das ist jetzt in«, informierte sie ihn und hielt ihm die
Wange hin. »Haben wir dich geweckt?«

»Allerdings. Aber ich sollte euch wohl erst mal reinlassen,
ehe ich mich erkundige, was zum Teufel ihr hier wollt.« Er
blickte nach unten. »Mit Gepäck.«

»Ach Johnno, es tut so gut, wieder hier zu sein. In dem
Moment, wo ich am Flughafen ins Taxi gestiegen bin, hab'
ich mich schon wie zu Hause gefühlt.« Emma ließ ihren Koffer fallen, sah sich kurz im Zimmer um, ließ sich dann auf die
Couch plumpsen, rieb mit der Hand über die austernfarbe-
nen Kissen und sprang wieder auf. »Und wie geht's dir?«

»Hmm.« Er kannte sie zu gut, um sich von ihrer aufgesetzten Lässigkeit täuschen zu lassen. »Ich stelle hier die Fragen.
Wollt ihr was trinken?«

»Ja, bitte.«

Johnno ging zu einer drehbaren gläsernen Bar und entnahm ihr zwei alkoholfreie Getränke. »Gibt es irgendwelche
Ferien, von denen ich nichts weiß?«

»Der Tag der Befreiung ist da. Marianne und ich habe zur
New Yorker Universität gewechselt.«

»So, habt ihr das?« Johnno goß zwei Gläser Diätcola ein.
»Wie kommt es, daß Brian das nicht erwähnt hat?«

»Er weiß nichts davon.« Emma nahm die beiden Gläser
und reichte eines mit warnendem Blick an Marianne weiter.
»Ehe du jetzt etwas sagst, hör doch bitte erst mal zu.«

Zur Antwort zupfte Johnno sie leicht am Ohr. »Wie bist du
denn an Sweeney und seinem Kollegen vorbeigekommen?«

»Braune Perücke, Hornbrille und Humpeln.«

»Schlau eingefädelt.« Unsicher nippte er an ihrem Glas.
Die Rolle des heimlichen Verbündeten behagte ihm ganz und
gar nicht. »Kannst du dir vorstellen, was für Sorgen sich
Brian machen wird?«

Das flüchtige Bedauern in ihren Augen wich harter Ent-
schlossenheit. »Ich habe vor, ihn anzurufen und ihm alles zu
erklären. Aber mein Entschluß steht fest, Johnno. Nichts,

was du oder er oder sonstwer sagen könnte, wird mich davon abbringen.«

»Ich hab' ja noch gar nichts gesagt.« Stirnrunzelnd blickte er Marianne an. »Du bist auffallend still.«

»Man hat mich gewarnt. Ich hab' das alles mit meinen Eltern schon durchgekaut«, fügte sie schnell hinzu. »Sie sind zwar nicht unbedingt begeistert, aber was soll's? Emma und ich sind beide volljährig. Wir wissen, was wir wollen.«

Plötzlich kam Johnno sich alt vor. »Und das bedeutet, daß ihr von nun an tun und lassen könnt, was ihr wollt?«

»Wir sind keine Kinder mehr.« Die Worte waren heraus, ehe Emma der Freundin die Hand auf den Mund legen konnte.

»Setz dich hin, Marianne, und sei still!«

Emma nahm Johnno ihr Glas weg. »Ich weiß genau, was ich meinem Vater und dir verdanke, Johnno. Seit ich drei Jahre alt bin, habe ich immer alles getan, was er von mir verlangt hat. Nicht nur aus Dankbarkeit, das weißt du, sondern weil ich ihn mehr liebte als irgend jemand sonst auf der Welt. Aber ich kann so nicht weiterleben. Für ihn bleibe ich doch immer ein Kind, ein Kind, das er von allem fernhalten, das er beschützen will. Ich will nicht länger in seinem goldenen Käfig sitzen, ich will mein eigenes Leben leben.«

Etwas ruhiger öffnete sie ihren Koffer und nahm eine Mappe heraus. »Hier, das sind Fotos, die ich selber gemacht habe. Ich will versuchen, mir damit meinen Lebensunterhalt zu verdienen, und um das zu lernen, werde ich hier eine Schule besuchen. Marianne und ich werden uns ein Apartment teilen. Ich will Leute kennenlernen, Freunde gewinnen, ausgehen, im Park spazierengehen. Ich will am Leben teilnehmen und nicht immer nur zuschauen. Versteh mich doch bitte.«

»Sag mal, Emma, wie unglücklich warst du eigentlich?«

Emma lächelte leicht. »Ich wüßte nicht, wie ich das erklären sollte.«

»Vielleicht hättest du es mal versuchen sollen.«

»Ich habe es ja versucht. Er hat mich nicht verstanden. Er konnte mich nicht verstehen. Ich wollte doch nur bei ihm sein. Und da das nicht möglich war, habe ich versucht, so zu werden, wie er es gerne hätte. Aber dann diese Nacht auf Martinique...« Sie brach ab und suchte nach den richtigen Worten. Noch nicht einmal Marianne wußte, was sich in dieser Nacht zugetragen hatte. »Da hat sich alles geändert, auch meine Gefühle Papa gegenüber. Ich habe zu Ende gebracht, was ich begonnen hatte, Johnno, weil ich ihm das schuldig war. Das, und noch viel mehr, aber ich kann nicht mehr. Ich kann nicht mehr nach seinen Vorstellungen leben.«

»Ich werde mit ihm sprechen, Emma.«

»Danke.«

»Bedank dich nicht zu früh. Er ist imstande, einen Satz über den Atlantik zu machen und mir den Kopf abzureißen.« Nachdenklich öffnete Johnno die Mappe. »Ich wußte schon immer, daß du Talent hast«, murmelte er. »Ihr beide.« Er wies auf eine Zeichnung von Devastation, die an der Wand hing. »Ich habe dir gesagt, ich laß' es rahmen.«

Mit einem Freudenschrei sprang Marianne auf. Sie hatte die Zeichnung am Abend ihrer Abschlußfeier angefertigt. Das von Brian gemietete Haus war voller Leute gewesen, und Marianne, zu deren Fehlern bestimmt nicht übergroße Schüchternheit gehörte, hatte die vier Männer einfach gebeten, sie zeichnen zu dürfen. »Ich hätte nie geglaubt, daß es dir ernst damit war. Danke.«

»Also, du willst Bilder malen, und Emma will sie aufnehmen?«

»Stimmt genau. Zwar wird es uns schwerfallen, den hungernden Künstler zu spielen, da mir meine Großmutter einiges hinterlassen hat, aber wir werden's probieren.«

»Da wir gerade vom Verhungern sprechen: Habt ihr schon was gegessen?«

»Ich hab' mir am Flughafen einen Hot Dog einverleibt, während ich auf Emmas Flug gewartet habe«, grinste Marianne. »Aber das war was für den hohlen Zahn.«

»Dann sollten wir etwas essen, ehe ich Brian anrufe. Es könnte unsere Henkersmahlzeit sein.«

»Hey, Johnno. Konntest du nicht schlafen?« Beim Klang der zweiten männlichen Stimme fuhren beide Mädchen herum. Ein absoluter Traummann, der nichts außer einem Paar Joggingshorts trug, kam die Treppe herunter. »Ich hab' mich schon gefragt, wohin du verschwunden bist.« Er lächelte den Mädchen zu und fuhr mit den Fingern durch seine dunklen Locken. »Hallo. Ich wußte nicht, daß wir Gesellschaft haben.«

»Luke Caruthers, Emma McAvoy, Marianne Carter«, stellte Johnno vor. »Luke schreibt für verschiedene Zeitungen.« Nach kurzem Zögern gab er zu: »Er wohnt hier.«

Emma fehlten die Worte. Sie erkannte intime Vertrautheit sofort, wenn sie sie sah, hatte sie doch oft genug andere Menschen darum beneidet. »Hallo.«

»Du bist also Emma. Ich habe schon viel von dir gehört.« Lächelnd streckte Luke ihr die Hand hin. »Aber ich habe ein kleines Mädchen erwartet.«

»Nicht mehr«, brachte Emma hervor.

»Und du bist die Künstlerin.« Nun wurde Marianne mit diesem hinreißenden Lächeln bedacht. »Gute Arbeit.«

»Danke.« Sie erwiderte das Lächeln und hoffte, sie würde weltgewandt wirken.

»Ich habe den Damen eben etwas zu essen angeboten. Sie waren lange unterwegs.«

»Ein Mitternachtsimbiß klingt gut. Aber überlaßt das mir. Johnno würde uns nur vergiften.«

Marianne schwenkte zwischen Faszination und bürgerlicher Empörung. »Ich – äh – ich helfe dir.« Mit einem flüchtigen Blick auf Emma floh sie hinter Luke in die Küche.

»Ich fürchte, wir sind zur falschen Zeit gekommen«, begann Emma. »Ich wußte nicht, daß du einen . . . Mitbewohner hast.« Sie sog scharf den Atem ein. »Ich hatte keine Ahnung, Johnno, wirklich nicht.«

»Das am besten gehütete Geheimnis des Rock 'n' Roll«, meinte Johnno leichthin, doch seine Hände ballten sich zu Fäusten. »Also soll ich dir ein Zimmer im Waldorf bestellen?«

Ihre Wangen färbten sich blutrot. »Nein, natürlich nicht. Weiß Papa . . . natürlich weiß er es. Dumme Frage. Luke, äh, Luke ist sehr attraktiv.« Johnnos Augen glitzerten belustigt. »Ja, das finde ich auch.«

152

Die Röte vertiefte sich, doch sie blickte ihn unverwandt an. »Jetzt machst du dich über mich lustig.«

»Nein, Herzchen.« Seine Stimme klang weich. »Über dich nie.«

Emma studierte ihn aufmerksam, suchte nach Veränderungen, nach sichtbaren Spuren der Tatsache, von der sie soeben erfahren hatte, aber sie konnte nichts feststellen. Sie sah nur Johnno. Ihre Lippen krümmten sich leicht. »Nun, ich schätze, ich muß meine Pläne ändern.«

Er kam sich vor, als hätte man ihm einen Schlag versetzt, härter und schmerzhafter noch, als das die Fäuste der Freunde seiner Kinderzeit vermocht hatte. »Es tut mir leid, Emma.«

»Nicht halb so sehr wie mir«, entgegnete sie. »Jetzt muß ich mich von dem Gedanken verabschieden, dich zu verführen.« Zum erstenmal, seit sie ihn kannte, zeichnete sich vollkommene Verblüffung auf Johnnos Gesicht ab.

»Sag das noch mal!«

»Nun, ich habe immer gedacht, wenn ich erst mal erwachsen bin, wenn du in mir eine Frau siehst, dann würde ich dich besuchen, ein Abendessen bei Kerzenlicht vorbereiten, Musik auflegen und dich dann verführen. Du solltest mein erster Mann sein.«

Sprachlos starrte er sie an und sah Liebe in ihren Augen; Liebe, die schon ein Leben lang dauerte. Und Verständnis ohne Vorwürfe. Er trat einen Schritt auf sie zu und ergriff ihre Hand. Als ihm die Stimme wieder gehorchte, klang sie belegt. »Ich habe es nur sehr selten bedauert, schwul zu sein, aber das ist einer dieser seltenen Momente.«

»Ich liebe dich, Johnno.«

Er drückte sie an sich. »Ich liebe dich auch. Der Himmel weiß, warum, wo du doch so eine kleine Hexe bist.« Als sie zu lachen begann, gab er ihr einen Kuß. »Jetzt komm. Luke ist nicht nur eine Augenweide, sondern auch noch ein fantastischer Koch.«

Es war noch früh, als Emma erwachte. Kaffeeduft und die Geräusche einer TV-Show lockten sie in die Küche. Daß sie sich wie zerschlagen fühlte, hatte sie zunächst auf die Zeitverschiebung zurückgeführt, doch dann war ihr klargeworden, daß ihr das Erwachen in ungewohnter Umgebung nach einer unruhigen Nacht nicht bekommen war. Einen Moment lang fühlte sie sich unbehaglich, als sie in der Küchentür stand und Luke bei der Zubereitung des Frühstücks beobachtete.

Letzte Nacht, als sie alle bei Suppe und Sandwiches in der Küche saßen, hatte sie sich schon beinahe mit seiner Existenz abgefunden.

Schließlich hatte er gute Manieren, war witzig, charmant und überwältigend attraktiv. Und schwul. Wie Johnno, ermahnte sie sich eindringlich.

»Guten Morgen.«

Luke drehte sich um. Frisch rasiert und gekämmt wirkte er verändert, zumal er jetzt eine graue Bundfaltenhose, ein blaues Hemd und eine dazu passende Krawatte trug. Er sah aus wie ein leitender Angestellter, dachte Emma, und er bildete so einen starken Kontrast zu dem unkonventionellen Johnno.

»Hi. Ich bin davon ausgegangen, daß du bis heute nachmittag für die Welt gestorben bist. Kaffee?«

»Ja, danke. Ich konnte nicht schlafen. Marianne und ich wollen heute auf Wohnungssuche gehen. Und dann mache ich mir Gedanken, wie mein Vater wohl auf Johnnos Anruf reagiert hat.«

»Johnno kann sehr überzeugend sein.« Luke schob ihr eine Tasse Kaffee hin. »Ich glaube, ich kann dich aufheitern. Toast?«

»Nein.« Emma preßte eine Hand auf ihren rebellierenden Magen. »Weißt du, was dabei herausgekommen ist?«

»Es gab eine heiße Diskussion.« Luke blickte auf die Uhr und setzte sich dann neben sie. »Johnno hat deinem Vater einiges an den Kopf geworfen, was ich besser nicht wiederhole.«

»O je.«

»Und dann hat er bei allem, was ihm heilig ist, geschworen, ein Auge auf dich zu haben.«

154

»Und?«

»Schließlich, nach hartem Kampf, hat sich Brian damit einverstanden erklärt, daß du hier zur Uni gehst, aber nur...« fügte er hinzu, ehe Emma einen Freudentanz aufführen konnte, »nur unter der Bedingung, daß du die Leibwächter behältst.«

»Verdammt, ich will nicht, daß diese Schleicher mir auf Schritt und Tritt folgen! Da könnte ich genausogut ins Saint Chaterine's zurückgehen. Wann wird er endlich einsehen, daß nicht hinter jedem Busch ein Kidnapper lauert? Hier weiß doch niemand, wer ich bin, und keiner kümmert sich um mich.«

»Doch. Er.« Luke legte seine Hand über ihre. »Emma, manchmal müssen wir das nehmen, was wir kriegen können. Glaub mir, ich weiß das.«

»Ich will doch nur ein ganz normales Leben führen«, erklärte sie verzweifelt.

»Das wollen die meisten von uns.« Als Emma errötete, lächelte er nur. »Sieh mal, uns beiden liegt viel an Johnno. Ich schätze, das macht uns zu Freunden, richtig?«

»Ja, richtig.«

»Dann nimm einen freundschaftlichen Rat an. Betrachte die Angelegenheit mal so: Du möchtest in New York bleiben, ja?«

»Ja.«

»Du möchtest hier zur Uni gehen?«

»Ja.«

»Du möchtest eine eigene Wohnung haben?«

Frustriert sah sie ihn an. »Ja.«

»Nun, das kannst du alles haben.«

»Du hast recht«, gab sie zu. »Du hast vollkommen recht. Außerdem werde ich die Leibwächter schon abschütteln.«

»Das hab' ich überhört.« Wieder blickte er auf die Uhr. »So, ich muß los. Sag Johnno, ich bring' was vom Chinesen mit.« Er griff nach einer Aktentasche, dann schlug er sich an die Stirn. »Fast hätte ich's vergessen. Sind das deine?« Er zeigte auf die Mappe, die offen auf der Anrichte lag.

»Ja.«

»Gute Arbeit. Hast du was dagegen, wenn ich die mitnehme und ein paar Leuten zeige?«

»Das mußt du nicht. Nur weil ich mit Johnno befreundet bin, heißt das noch lange nicht, daß...«

»Halt die Luft an. Sieh mal, ich habe die Fotos zufällig gefunden und sie mir genauer angesehen. Und das, was ich gesehen habe, hat mir gefallen. Johnno hat mich nicht gebeten, dir Starthilfe zu geben, das würde er nie tun.«

Emma rieb die Hände an ihren Jeans. »Gefallen sie dir wirklich?«

»Ja. Ich kenne da verschiedene Leute. Mal seh'n, was ich für dich tun kann – wenn du willst.«

»Ich wäre dir sehr dankbar. Sicher, ich habe noch viel zu lernen – deswegen bin ich ja hier. Ich hab' auch schon an einigen Wettbewerben teilgenommen, aber...« Ihr wurde bewußt, daß sie unzusammenhängendes Zeug plapperte. »Danke. Ich weiß das zu schätzen.«

»Keine Ursache. Bis später.« Luke klemmte sich die Mappe unter den Arm und verschwand.

Emma blieb sitzen und dachte nach. Ihr Weg ins Leben hatte begonnen. Sie würde ihn bis zum Ende verfolgen.

16

»Sie gehört uns!«

Emma und Marianne standen Arm in Arm am Fenster ihrer neuerworbenen Wohnung in Soho. Emmas Stimme klang benommen und aufgeregt zugleich.

»Ich kann's noch gar nicht glauben«, murmelte Marianne.

»Glaub es. Sie gehört uns – samt zu hohen Decken, morschen Rohren und Wucherzinsen.« Emma tanzte vor Freude lachend um ihre Freundin herum. »Wir sind Wohnungsbesitzer, Marianne. Du, ich und die Manhattan Chase Bank.«

»Wir haben sie doch tatsächlich gekauft.« Marianne setzte sich auf den arg mitgenommenen Holzfußboden. Den Straßenlärm hörte man bis in den dritten Stock, in dem die Wohnung lag. Draußen krachte etwas, und sogar durch das geschlossene Fenster drangen die wütenden Schreie und Verwünschungen. All das klang wie Musik in ihren Ohren.

Die zu einer Wohnung umgewandelte alte Fabrikhalle war sehr groß und quadratisch geschnitten. Zur Straße hinaus gingen riesige Fenster, die einen atemberaubenden Blick über die Stadt boten.

Eine solide Investition, hatte Mariannes Vater knurrend zugegeben.

Komplette Idiotie, lautete Johnnos Urteil.

Investition oder Idiotie, die Wohnung gehörte ihnen. Immer noch mit den formellen Kostümen bekleidet, die ihnen bei der Vertragsunterzeichnung einen Anstrich von Respektabilität verleihen sollten, inspizierten beide ihr neues Heim, das Ergebnis wochenlanger Suche, unzähliger Anrufe bei Maklerbüros und wiederholten Vorsprechens bei verschiedenen Banken. Mochten andere auch die Wohnung für eine große, kahle Höhle mit fleckiger Decke und blinden Fenstern nennen, für sie war es die Erfüllung ihres Kindheitstraumes.

Dann sahen sie sich an, und in beiden Gesichtern spiegelte sich ein Anflug von Panik. Emmas befreites Lachen löste schließlich die Spannung. Untergehakt tanzten sie kreuz und quer durch ihr neues Heim.

»Unsere!« jubelte Emma, als sie atemlos innehielten.

»Unsere!« Sie schüttelten sich förmlich die Hände und brachen wieder in Gelächter aus.

»Okay, Mitbesitzerin«, begann Marianne. »Dann mal an die Arbeit.«

Mit Mariannes Sketchen, lauwarmer Pepsi und einem überquellenden Aschenbecher machten sie es sich auf dem Boden bequem. Hier mußte eine Trennwand hin, dort ein Treppenaufgang. Oben ein Studio, unten eine Dunkelkammer.

Pläne wurden gemacht und wieder verworfen, es wurde gezeichnet und radiert, bis Marianne schließlich mit ihrer Zigarette winkte. »Das ist es! Perfekt!«

»Eine echte Erleuchtung.« Emma belohnte sich mit einer weiteren Zigarette. »Du bist ein Genie!«

»Ich gebe es in aller Bescheidenheit zu.« Marianne schüttelte ihren Igelhaarschnitt und stützte sich auf die Ellbogen. »Danke für die Anregungen.«

»Nichts zu danken. Wir sind eben beide genial. Platz für alles, und alles an seinem Platz. Ich kann es kaum noch erwarten, bis – o Scheiße!«

»Was soll das heißen – Scheiße?«

»Kein Badezimmer. Wir haben das Bad vergessen.«

Nach einer kurzen Überprüfung zuckte Marianne die Achseln. »Vergiß das Bad. Wir benutzen das im YMCA.«

Emma streckte ihr bloß die Zunge heraus.

Marianne saß auf einer Trittleiter und pinselte zwei lebensgroße Portraits von Emma und ihr selbst an die Wand. Währenddessen hatte Emma es übernommen, für ihr leibliches Wohl zu sorgen, und verstaute gerade Lebensmittel in dem frisch überholten Kühlschrank.

»Emma, es klingelt!« brüllte Marianne in dem Versuch, den Radiolärm zu übertönen.

»Ich hab's gehört.« Emma packte zwei Grapefruits, einen Sechserpack Pepsi und ein Glas eingemachte Erdbeeren aus. Als die Klingel zum zweitenmal ertönte, deponierte sie die Sachen auf einem Regal und betätigte die Gegensprechanlage neben dem Fahrstuhl, dessen Türen sich direkt zum Wohnbereich öffneten. »Ja?«

»McAvoy und Carter?«

»Richtig.«

»Wir liefern ihre Betten.«

Emma drückte auf den Türöffner und stieß ein Indianergeheul aus.

»Was soll das?« erkundigte sich Marianne, die stirnrunzelnd ihr Werk betrachtete.

»Betten!« schrie Emma. »Wir haben Betten!«

»Mach keine faulen Witze. Nicht, während ich male, oder es knallt!«

»Ich mache keine Witze. Sie sind auf dem Weg nach oben.«

Marianne unterbrach ihre Arbeit und fuchtelte mit dem tropfenden Pinsel herum. »Richtige Betten?«

»Matratzen, Marianne«, Emma lehnte sich an die Leiter. »Bettgestelle.«

»Jesus!« Marianne drehte die Augen gen Himmel. »Das ist ja fast so schön wie ein Orgasmus.«

Als die Fahrstuhlglocke läutete, schoß Emma wie von der Tarantel gestochen durch den Raum. Doch alles, was sie sehen konnte, war eine plastikverpackte Matratze von königlichen Ausmaßen. »Wo soll sie denn hin?« fragte eine erstickte Stimme dahinter.

»Eine können Sie bitte gleich nach oben bringen.« Der Mann, auf dessen Kappe ›Buddy‹ gestickt war, seufzte gottergeben, wuchtete die Matratze über den Kopf und quälte sich die Treppe hoch. »Wir kriegen immer nur eine in den Fahrstuhl. Mein Kollege wartet unten.«

»Gut.« Emma betätigte erneut den Türöffner. »Richtige Betten«, sagte sie zu Marianne, die näher gekommen war.

»Bitte, wir sind nicht allein. Verdammt, das Telefon klingelt. Ich geh schon ran.«

Der Fahrstuhl stand still. Emma dirigierte den zweiten Mann – Riko, laut seiner Kappe – hinein und lächelte Buddy gewinnend zu, der auf dem Weg war, die Bettgestelle zu holen. Als sich die Fahrstuhltüren öffneten, grinste sie. Die Gestelle füllten die Kabine völlig aus. »Einer geht, einer kommt. Was Kaltes zu trinken gefällig?«

Brian kämpfte sich hinter den Betten hervor. »Gerne.«

»Papa!«

»Mr. Mc Avoy!« Marianne drehte das Radio leiser und wischte die farbverschmierten Hände an ihrem Overall ab.

»Sie stehen im Weg«, beklagte sich Buddy, der sich mit dem sperrigen Bettgestell abmühte.

»Papa«, stammelte Emma verwirrt. »Wir wußten nicht, daß du hier bist.«

»Offensichtlich nicht. Himmel, Emma, hier kann ja jeder raufkommen. Laßt ihr die Eingangstür immer offen?«

»Wir bekommen gerade Betten geliefert.« Emma zeigte auf Riko, der mit seiner Last ins Zimmer keuchte, dann lächelte sie zaghaft und gab ihrem Vater einen Kuß. »Ich dachte, du wärst in London?«

159

»Da war ich auch. Ich habe beschlossen, daß es höchste Zeit ist, mir mal anzusehen, wie meine Tochter so lebt.« Stirnrunzelnd blickte er sich in dem Raum um. Der Boden war mit Kleidungsstücken übersät, eine mit alten Zeitungen, einem halb geleertem Glas und einer Büchse Farbe bedeckte Kiste diente gleichzeitig als Tisch und als Sitzgelegenheit, und aus einem Radio auf dem Fensterbrett dröhnte Musik. Die Trittleiter, ein Kartentisch und ein einzelner Klappstuhl vervollständigten die Einrichtung.

»Um Himmels willen!« war alles, was Brian dazu einfiel.

»Wir leben im Moment auf einer Baustelle«, teilte Emma ihm betont freundlich mit. »Es sieht zwar nicht danach aus, aber wir sind fast fertig. Die Maurer müssen hier und da noch etwas tun, und am nächsten Montag kommt der Klempner und macht das Bad fertig.«

»Hier sieht es aus wie in einer Lagerhalle.«

»Einer Fabrikhalle, genauer gesagt«, unterbrach Marianne. »Wir haben den Raum mit Glasbausteinen unterteilt. Emmas Idee. Sieht toll aus, nicht wahr?« fuhr sie fort, nahm Brian am Arm und führte ihn durch die Wohnung.

»Das hier wird Emmas Schlafzimmer. Das Glas schafft einerseits etwas Privatsphäre, läßt aber andererseits genug Licht hinein. Ich ziehe nach oben – in so eine Art Kombination aus Studio und Schlafzimmer. Emmas Dunkelkammer ist schon fertig, und nächsten Montag ist unser Bad nicht nur funktionstüchtig, sondern auch noch eine Zierde der Wohnung.«

Brian mußte widerstrebend zugeben, daß sich hier Möglichkeiten boten. Widerstrebend deshalb, weil die neuen Gegebenheiten Emma weniger als sein kleines Mädchen denn als erwachsene Frau, als Fremde erscheinen ließen.

»Habt ihr beschlossen, auf Möbel zu verzichten?«

»Wir wollten warten, bis alles fertig ist.« Emma konnte nicht verhindern, daß sich ein harter Klang in ihre Stimme schlich. »Wir haben's nicht eilig.«

»Habt ihr wenigstens ein Bier da?« fragte Brian.

»Nein. Nur alkoholfreies.«

Voll innerer Unruhe ging Brian zum Fenster. Wollte sie

160

denn nicht einsehen, daß sie wie auf einem Präsentierteller lebte? Die riesigen Fenster, die Gefahren, die in der Stadt selbst lauerten. Nun, da er die Situation beurteilen konnte, zählte auch nicht mehr, daß er das Erdgeschoß gekauft und Sweeney nebst einem Kollegen dort einquartiert hatte. Jedesmal, wenn sie das Haus verließ, war sie verwundbar.

»Ich hatte gehofft, du würdest in eine bessere Gegend ziehen, in eine sicherere vor allem.«

»Ins Dakota, zum Beispiel?« fragte sie ironisch und hätte sich im selben Augenblick die Zunge abbeißen mögen. »Tut mir leid, Papa. Ich weiß, Lennon war ein Freund von dir.«

»Ja, das war er. Und das, was ihm zugestoßen ist, sollte dir eine Lehre sein. Er ist auf offener Straße erschossen worden, und zwar weder aus Habgier noch aus Leidenschaft, sondern einzig und allein deshalb, weil er im Licht der Öffentlichkeit stand. Du bist meine Tochter, Emma, und das macht dich genauso verwundbar.«

»Was ist denn mit dir?« konterte sie. »Jedesmal, wenn du auf der Bühne stehst, bildest du eine lebende Zielscheibe. Es muß nur ein Wahnsinniger im Publikum sein, was dann? Glaubst du, ich habe nicht daran gedacht?«

Er schüttelte den Kopf. »Nein, das wußte ich nicht. Du hast nie davon gesprochen.«

»Was hätte das genützt?«

Ohne etwas zu erwidern, setzte sich Brian auf das Fensterbrett und zündete sich eine Zigarette an. »Nein, Emma, so geht es nicht. Du kannst nicht ändern, wer und was du bist. Ich habe bereits ein Kind verloren. Ich könnte es nicht ertragen, wenn dem zweiten auch noch etwas zustoßen sollte.«

»Ich möchte nicht über Darren sprechen.« Der alte Schmerz stieg wieder in ihr hoch und schnürte ihr die Kehle zu.

»Wir sprechen über dich.«

»Nun gut. Ich kann nicht länger nach deinen Vorstellungen leben, sonst werde ich dich irgendwann einmal hassen. Deinetwegen habe ich das Saint Catherine's ertragen, Papa, und ein Jahr an einer Universität, die ich verabscheut habe.

161

Ich muß mein eigenes Leben leben. Und genau deshalb bin ich hier.«

Brian inhalierte genüßlich und sehnte sich nach einem Drink. »Fast glaube ich, es wäre mir lieber, du würdest mich hassen. Du bist doch alles, was ich habe.«

»Das ist nicht wahr.« Langsam ging Emma auf ihn zu. Aller angestaute Groll und alle nie verwundenen Enttäuschungen machten wieder der Liebe Platz, die sie schon immer für ihren Vater empfunden hatte. »Ich war noch nie alles, und ich werde nie alles für dich sein.« Vorsichtig glitt sie neben ihn und nahm seine Hand. Selbst für vorurteilslosere Augen als die einer Tochter sah er immer noch überwältigend gut aus. Die Jahre, die Wunden, die ihm das Leben zugefügt hatte, hatten zumindest äußerlich keine Spuren hinterlassen. Vielleicht war er ein wenig zu mager, doch die Zeit hatte noch keine Falten in sein Gesicht geätzt, und in seinem blonden Haar zeigten sich noch keine silbernen Fäden. Welche Magie hatte ihm nur das Altern erspart, während sie erwachsen geworden war? Emma behielt seine Hand in der ihren und wählte ihre nächsten Worte sehr vorsichtig.

»Das Problem besteht eher darin, daß du fast mein ganzes Leben lang alles warst, was ich hatte, und lange auch alles, was ich gebraucht habe. Aber, Papa, jetzt brauche ich mehr. Und alles, was ich verlange, ist, daß du mir die Chance gibst, es zu finden.«

Sein Blick schweifte zweifelnd durch den Raum. »Hier?«

»Nur für den Anfang.«

Es war ihm unmöglich, mit jemandem zu debattieren, den er so gut verstehen konnte. »Dann laß mich wenigstens eine Alarmanlage installieren.«

»Papa...«

»Emma«, unterbrach er und drückte ihre Hand, »ich brauche meinen Schlaf.«

Da mußte sie lachen, und ihre innere Anspannung ließ nach. »Na schön, betrachten wir sie als Geschenk zum Einzug. Bleibst du zum Essen?«

Erneut blickte er sich um. Er fühlte sich an seine allererste Behausung erinnert, obgleich diese eine ganze Ecke kleiner

162

gewesen war. Erinnerungen kamen auf, an alte, abgewetzte Möbel, schlecht tapezierte, stockfleckige Wände, Liebe auf dem Fußboden mit Bev.

»Nein.« Plötzlich wollte er nur noch fort, wollte seine verlorene Jugend, die Hoffnungen und Träume von damals vergessen. »Wir wär's, wenn ich dich und Marianne zum Essen ausführe?«

Marianne lehnte sich gefährlich weit über das Treppengeländer. »Wohin?«

Brian grinste zu ihr hoch. »Du hast die Wahl.«

Nachdem sich Brian erst einmal mit Emmas Entscheidung abgefunden hatte, gefiel er sich in der Rolle des großzügigen Vaters. Er kaufte ihr eine Lithographie von Warhol, eine kostbare Tiffany-Lampe mit den Tierkreiszeichen darauf und einen kleinen, zartblau und rosa gemusterten Aubusson-Teppich. Kein Tag verging, an dem er nicht kurz hereinschaute und ihr ein neues Geschenk mitbrachte. Emma konnte ihn nicht davon abhalten, und als sie bemerkte, welche Freude er daran hatte, versuchte sie es auch nicht mehr.

An seinem letzten Abend in New York gaben sie ihre Einweihungsparty. Umzugskisten standen auf dem wertvollen Teppich, die Tiffanylampe verschönerte den Kartentisch, und Plastikschüsseln mußten sich mit dem zerbrechlichen Limoges-Porzellan vertragen, das Mariannes Mutter ihnen geschickt hatte. Dank Johnno war das Radio durch eine riesige Stereoanlage ersetzt worden, die die Wände erzittern ließ.

Eine buntgemischte Gesellschaft hatte sich eingefunden. Collegestudenten unterhielten sich mit Broadwaystars, Musiker diskutierten mit Malern. Von Jeans über Seide bis hin zu Abendgarderobe war alles vertreten. Die Wohnung war erfüllt von Gelächter und Debatten, die immer wieder in der dröhnenden Musik untergingen.

Etwas wehmütig erinnerte sich Emma an die Parties ihrer Kindheit, an die Leute, die sich auf dem Fußboden und auf den Kissen herumflezten und nichts als ihre Kunst im Kopf hatten. Sie nippte an ihrem Mineralwasser und spielte den stillen Beobachter, wie sie es schon immer getan hatte.

»Interessanter Abend.« Johnno tauchte neben ihr auf und legte ihr den Arm um die Schulter. »Ist noch Bier da?«

»Mal sehen.«

Emma dirigierte ihn in die Küche. Im Kühlschrank fanden sich nur noch eine angebrochene Flasche Wein und ein Sechserpack Beck's. Sie öffnete eine Flasche und reichte sie ihm.

»Fast wie in alten Zeiten«, behauptete sie.

»Mehr oder weniger.« Johnno schnüffelte an dem Glas in ihrer Hand. »Braves Mädchen.«

»Ich mache mir nicht viel aus Alkohol.«

»Dafür brauchst du dich nicht zu entschuldigen. Bri amüsiert sich blendend.« Er nickte zu der Wand hinüber, wo Brian auf dem Boden hockte und selbstvergessen an einer Gitarre zupfte.

Emma sah ihm zu, wie er dasaß, auf seiner Gitarre klimperte und für sich und die Gruppe, die um ihn herumstand, einen seiner Songs sang. Die Liebe zu ihm überflutete sie wie eine Welle. »So eine Privatvorstellung macht ihm genausoviel Spaß, wie auf der Bühne zu stehen.«

»Mehr noch«, meinte Johnno, ehe er die Bierflasche ansetzte. »Nur ist ihm das gar nicht bewußt.«

»Ich glaube, er sieht all das hier jetzt nicht mehr so verbissen.« Emma warf einen Blick auf das bunte Völkchen in ihrer Wohnung. Ihrer Wohnung. »Er hat eine Alarmanlage einbauen lassen, die für den Buckingham Palace ausgereicht hätte.«

»Stört dich das?«

»Nein. Nein, wirklich nicht. Allerdings vergesse ich dauernd die Codenummern.« Sie nippte an ihrem Glas, zufrieden damit, einfach nur in der Küche zu stehen und aus einigem Abstand dem Gelächter und der Unterhaltung zu lauschen. »Hat Luke dir erzählt, daß er meine Mappe an Timothy Runyun geschickt hat?«

»Er hat so was erwähnt.« Johnno wiegte den Kopf hin und her. »Irgendwelche Probleme?«

»Ich weiß nicht. Er hat mir einen Teilzeitjob als Assistentin angeboten.«

Johnno zog sie leicht an ihrem Pferdeschwanz. »Nur sehr wenige Leute haben das Glück, ganz oben anzufangen, Emmaschatz.«

»Das ist es nicht. Weißt du, Runyun ist eine der zehn führenden Fotografen Amerikas. Mit ihm zu arbeiten, wäre die Erfüllung eines Traumes.«

»Und?«

Sie wandte den Gästen den Rücken zu, um ihm fest in die Augen blicken zu können. »Also, warum bietet er mir einen Job an, Johnno? Wegen meiner Bilder, oder wegen dir und meinem Vater?«

»Vielleicht solltest du Runyun selbst fragen.«

»Das habe ich vor.« Emma spielte mit ihrem Glas. »Ich weiß, daß *American Photographer* meine Aufnahme auf Lukes Vorschlag hin abgedruckt hat.«

»So, so«, meinte Johnno milde. »Ich nehme an, die Aufnahme hat diese Ehre nicht verdient.«

»Es war ein verdammt gutes Foto, aber...«

Johnno lehnte sich an den Kühlschrank und nahm einen Schluck Bier. »Kopf hoch, Emma. Du kannst nicht dein Leben lang alles hinterfragen, was dir geschieht, sei es nun positiv oder negativ.«

»Es ist nicht so, daß ich Luke nicht dankbar bin. Er war von Anfang an ein guter Kumpel. Aber hier geht es um etwas anderes als darum, Marianne und mir Kochunterricht zu geben.«

»Allerdings«, bemerkte Johnno trocken.

»Ich möchte es aus eigener Kraft schaffen.« Sie warf energisch ihr Haar zurück, so daß die dünnen Goldkettchen in ihren Ohren tanzten. »Du hast deine Musik, Johnno. Ich denke genauso über meine Fotos.«

»Bist du gut?«

Stolz hob sie den Kopf. »Ich bin sogar sehr gut.«

»Na, dann.« Für ihn war die Sache erledigt, und er beschäftigte sich wieder mit der Party. »Interessantes Grüppchen.«

Emma hätte das Thema gerne noch fortgeführt, gab dann

165

aber auf und fuhr sich mit der Hand durchs Haar. »Schade, daß Stevie und P. M. nicht hier sind.«

»Vielleicht beim nächsten Mal. Man sieht ja trotzdem einige bekannte Gesichter. Wo hast du denn Blackpool aufgetrieben?«

»Eigentlich hat Papa ihn gestern zufällig getroffen. Er tritt nächstes Wochenende am Madison Square auf. Angeblich sind in der ganzen Stadt keine Karten mehr zu haben. Gehst du hin?«

»Das würde mir im Traum nicht einfallen. Ich bin nicht gerade ein Fan von ihm.«

»Aber er hat drei McAvoy/Donovan-Songs aufgenommen.«

»Geschäfte«, sagte Johnno abwehrend.

»Warum magst du ihn nicht?«

Johnno zuckte die Achseln. »Ich bin mir nicht sicher. Vielleicht liegt es an diesem selbstgefälligen Lächeln.«

Emma kramte im Schrank nach Chips. »Ich schätze, er hat allen Grund, stolz auf sich zu sein. Vier goldene Schallplatten, mehrere Grammys und dazu eine tolle Frau.«

»Tolle Exfrau, hab' ich mir sagen lassen. Im Moment befaßt er sich jedenfalls sehr eingehend mit unserem Rotschopf.«

»Marianne?« Emma fuhr herum und suchte den Raum ab. Ihr Blick blieb an ihrer Freundin haften, die engumschlungen mit Blackpool am Fenster saß. Eifersucht, vermischt mit Besorgnis, durchzuckten sie wie ein Blitz. »Gib mir eine Zigarette«, bat sie Johnno und versuchte, das Gefühl abzuschütteln.

»Sie ist schon ein großes Mädchen, Emma.«

»Natürlich.« Emma sog den starken Rauch ein und verzog das Gesicht. »Aber er ist alt genug, um ihr...« Sie brach ab, da ihr einfiel, daß Johnno vier oder fünf Jahre älter als Blackpool war.

»Gutes Kind.« Johnno lachte in sich hinein. »Schluck es runter.«

Diesmal lächelte sie nicht. »Sie... sie ist doch so behütet aufgewachsen.«

»Ja, sicher, Ehrwürdige Mutter.«

»Leck mich, Johnno.« Wütend griff Emma nach ihrem Glas und behielt Blackpool im Auge. Der Name paßte zu ihm, stellte sie fest, zu seinem dunklen, dichten Haar und der schwarzen Kleidung. Mit seinem empfindsamen Gesicht erinnerte er sie irgendwie an Heathcliff, ein Vergleich, der nicht als Kompliment gedacht war. Sie hatte die Charaktere der Bronte schon immer für eher selbstzerstörerisch als tragisch gehalten. Neben ihm wirkte die strahlende Marianne wie die Verkörperung purer Lebensfreude.

»Ich habe doch nur gemeint, daß sie die meiste Zeit ihres Lebens in dieser verdammten Schule verbracht hat.«

»In dem Bett neben deinem«, betonte Johnno.

Emma war nicht nach Lachen zumute. »Ja, sicher, das stimmt. Aber ich hatte noch die Zeit mit euch, ich hab' was vom Leben gesehen. Marianne kennt doch nur die Schule, das Ferienlager und ihr Elternhaus. Man sieht es ihr vielleicht nicht an, aber im Grunde genommen ist sie furchtbar naiv.«

»Ich mache mir um unseren Rotschopf keine Sorgen. Blackpool mag ein aalglattes Ekel sein, aber er ist kein Monster.«

»Nein, natürlich nicht.« Trotzdem nahm sich Emma fest vor, ein Auge auf Marianne zu haben. Sie zog an ihrer Zigarette, dann erschauerte sie plötzlich.

Jemand hatte eine neue Platte aufgelegt. Die Beatles. *Abbey Road*. Das erste Stück der A-Seite.

»Emma!« Alarmiert tastete Johnno nach ihrem Handgelenk. Ihr Puls raste, die Haut war eiskalt. »Was zum Henker ist los? Emma, sieh mich an!«

»*He say one and one and one is three.*«

»Dreh die Platte um«, flüsterte sie.

»Wie bitte?«

»Die Platte.« Ihr stockte der Atem; sie rang nach Luft. »Jonno, bitte. Stell sie ab.«

»Klar. Bleib hier.«

Rasch und geschickt bahnte er sich einen Weg durch die Menge, ohne sich von Neugierigen aufhalten zu lassen.

Emma krallte die Finger in einen Eckpfeiler, bis sie taub wurde. Sie nahm die Party nicht mehr wahr, sah die Leute nicht mehr, die sich unterhielten, lachten und Plastikgläser mit Weißwein oder Bierflaschen in der Hand hielten, sondern befand sich wieder in der dunklen Diele, sah die Schatten, hörte das Zischeln und Schnappen der Monster. Und die Schreie ihres kleinen Bruders.

»Emma!« Plötzlich stand Brian, Johnno an seiner Seite, in der kleinen Küche. »Was ist, Baby? Ist dir schlecht?«

»Nein.« Papa war da. Papa würde sie alle verscheuchen. »Nein, es ist Darren. Ich habe Darren weinen gehört.«

»Um Gottes willen!« Er packte sie fest an den Schultern und schüttelte sie. »Emma, sieh mich an!«

»Was ist?« Ihr Kopf fuhr hoch, und der unnatürliche Glanz in ihren Augen verschwand. Jetzt schimmerten Tränen darin. »Es tut mir leid. Es tut mir so leid. Ich bin weggelaufen.«

»Es ist alles in Ordnung.« Brian nahm sie in die Arme und sah Johnno über ihren Kopf hinweg besorgt an. »Wir sollten sie hier rausschaffen.«

»Am besten in ihr Schlafzimmer«, schlug Johnno vor. Vorsichtig schob er Emma aus der Küche und schloß die Glastür hinter ihnen, die die Geräusche der Party dämpfte.

»Leg dich hin, Emma«, redete Brian ihr beruhigend zu, als er sie auf das Bett drückte. »Ich bleibe bei dir.«

»Ich bin okay.« Die zwei Welten waren jetzt wieder voneinander getrennt. Emma wußte nicht, ob sie Trauer oder Verlegenheit empfinden sollte. »Ich weiß gar nicht, was diesen Anfall ausgelöst hat. Irgendwo hat es geklickt, und ich war wieder sechs Jahre alt. Es tut mir leid, Papa.«

»Schscht. Das macht nichts.«

»Es war die Musik«, überlegte Johnno nachdenklich. »Die Musik hat dich so aufgeregt.«

Emma leckte sich über die spröden Lippen. »Ja, es lag an der Musik. Diese Musik habe ich in der Nacht gehört, als ich aufwachte und Darren schrie. In der Diele hab' ich sie auch gehört. Ich hatte es ganz vergessen. Weißt du, ich konnte dieses Stück noch nie leiden, aber ich wußte nicht, warum. Heute nacht ist alles zurückgekommen, wahrscheinlich weil wir wieder eine Party hatten.«

»So, ich werde jetzt erst mal die Leute rausschmeißen.«

»Nein.« Sie hielt Johnno zurück, ehe er aufstehen konnte. »Ich möchte Marianne den Spaß nicht verderben. Mir geht es gut, ehrlich. Es war mir nur so, als hätte ich all das noch einmal durchlebt. Wenn ich doch nur bis zur Tür gekommen wäre, dann hätte ich vielleicht gesehen, wer...«

»Nein.« Brians Hand krampfte sich um ihre. »Es ist vorbei und erledigt. Das alles liegt hinter uns. Ich möchte, daß du nicht länger daran denkst.«

Emma fühlte sich zu elend, um mit ihm zu streiten. »Ich glaube, ich werde mich ein Weilchen ausruhen. Niemand wird mich auf der Party vermissen.«

»Ich bleibe hier«, entschied Brian.

»Nicht nötig. Mir geht's wieder gut, ich will nur ein bißchen schlafen. In ein paar Wochen ist schon Weihnachten, und dann komme ich nach London, wie versprochen. Eine ganze Woche lang.«

»Ich bleibe bei dir, bis du eingeschlafen bist«, beharrte Brian.

Als sie aus ihrem Alptraum erwachte, war er fort. Der Traum war so real, so erschreckend deutlich und lebensecht gewesen wie die Ereignisse vor zwölf Jahren. Kalter Schweiß perlte auf ihrer Haut, als sie nach dem Lichtschalter tastete. Sie brauchte Licht. Im Dunkeln konnte sich so viel verbergen.

Jetzt herrschte Stille. Fünf Uhr morgens, und alles war ruhig. Die Party war vorbei, und sie war alleine, sicher hinter den Glaswänden ihres Zimmers. Langsam, wie eine alte Frau, stieg sie aus dem Bett, um ihre Kleider abzulegen und in einen Bademantel zu schlüpfen. Behutsam schob sie die Tür auf und schaltete eine weitere Lampe ein.

Heillose Unordnung bot sich ihrem Blick. Der Geruch nach schalem Bier, kaltem Rauch, Parfüm und Schweiß hing in der Luft. Emma schielte nach oben zu Mariannes Schlafzimmer. Sie wollte sie jetzt nicht stören, indem sie das Chaos sofort beseitigte, obwohl ihre pingelige Natur sich dagegen sträubte. Sie würde bis Sonnenaufgang warten.

Da war noch etwas, was sie erledigen mußte, und sie

169

wollte es sofort tun, ehe die Bedenken die Oberhand gewannen. Sie griff zum Telefon und wählte die Nummer der Auskunft.

»Hallo. Ich hätte gern die Nummern von American Airlines, Pan Am und TWA.«

17

Sie würde keinerlei Schuldgefühle aufkommen lassen. Tatsache war, daß sich Emma im Augenblick weigerte, überhaupt etwas zu empfinden. Ihr war klar, daß ihr Vater einen Tobsuchtsanfall bekommen würde, wenn er herausfände, daß sie ohne Leibwächter nach Kalifornien geflogen war. Sie konnte nur hoffen, daß ihr Ausflug unbemerkt blieb. Mit etwas Glück könnte sie zwei Tage in Kalifornien verbringen, am Sonntag den Nachtflug erwischen und Montag morgen an ihren Kursen teilnehmen, als sei nichts gewesen. Nur Marianne war eingeweiht.

Dem Himmel sei Dank für Marianne, dachte Emma, als das Flugzeug sanft aufsetzte. Sie hatte keinerlei Fragen gestellt, nachdem sie bemerkt hatte, daß die Antworten der Freundin Qualen bereiteten. Statt dessen war sie im Morgengrauen aufgestanden, hatte sich mit einer blonden Perücke, Sonnenbrille und Emmas Mantel ausstaffiert und war, die Leibwächter im Schlepptau, mit dem Taxi zur Frühmesse gefahren.

Dieses Manöver ließ Emma genügend Zeit, zum Flughafen zu hetzen und einen Flug an die Küste zu buchen. Für Sweeney und seinen Partner verbrachte Emma McAvoy ein gemütliches Wochenende zu Hause. Sollten Brian oder Johnno anrufen, würde Marianne eben eine Ausrede erfinden müssen; darin war sie unschlagbar.

Jetzt ließ sich eh nichts mehr ändern. Sie war hier, und sie würde tun, was sie tun mußte.

Sie mußte das Haus noch einmal sehen. Zwar war es äußerst unwahrscheinlich, daß es ihr gelänge hineinzukommen, da das Haus schon vor Jahren verkauft worden war, aber sie mußte es zumindest noch einmal sehen.

»Zum Beverly Wilshire«, wies sie den Fahrer an.

Erschöpft ließ sie den Kopf gegen die Polster sinken und schloß die Augen hinter der dunklen Brille. In ihrem Wintermantel war ihr viel zu warm, aber sie konnte sich nicht dazu aufraffen, ihn auszuziehen. Sie brauchte einen Mietwagen, stellte sie ärgerlich schnaubend fest. Warum hatte sie sich nicht vorher darum gekümmert? Kopfschüttelnd beschloß sie, die Angelegenheit sofort zu regeln, nachdem sie die eilig in eine Tasche geworfenen Sachen ausgepackt hatte.

Die Geister der Vergangenheit schienen sie zu verfolgen, den Hollywood Boulevard entlang, in Beverly Hills, am Strand von Malibu und in den Bergen, die sich über L. A. erhoben. Bilder von ihr selbst stiegen in ihr auf, als Kind auf ihrer ersten Reise nach Amerika, von ihrem Vater, jünger als heute, der sie auf den Schultern durch Disneyland trug, von einer lächelnden Bev, die schützend eine Hand auf ihre Schulter legte. Und immer wieder Darren, der kichernd seinen Traktor über den Teppich fahren ließ.

»Miß?«

Emma blinzelte und konzentrierte sich auf den uniformierten Pförtner, der im Begriff war, ihr aus dem Taxi zu helfen.

»Wünschen Sie ein Zimmer?«

»Ja, bitte.« Mit mechanischen Bewegungen bezahlte sie das Taxi und ging durch das Foyer zur Rezeption. Als sie ihren Zimmerschlüssel in Empfang nahm, vergaß sie beinahe, daß sie das erstemal alleine unterwegs war.

In ihrem Zimmer öffnete sie ihre Reisetasche und faltete wie gewohnt ihre Wäsche sorgfältig zusammen, hängte ihre Kleider in den Schrank und verstaute die Toilettenartikel im Bad. Als alles erledigt war, griff sie zum Telefon.

»Zimmer 312, Miß McAvoy. Ich hätte gern einen Mietwagen. Für zwei Tage. Ja, so schnell wie möglich. Gut. Ich komme runter.«

Noch etwas blieb zu tun, doch das verursachte ihr Unbehagen. Sie schlug im Telefonbuch den Buchstaben K auf. Da stand es. Kesselring, L.

In ihrer sauberen Handschrift notierte Emma sich die Adresse. Er lebte also immer noch hier.

»Willst du dich den ganzen Morgen lang vollstopfen, Michael, oder wirst du endlich den Rasen mähen?«

Michael grinste seinen Vater an und schaufelte sich eine weitere Ladung Pfannkuchen auf den Teller. »Der Rasen ist groß. Ich brauche meine Kraft, stimmt's, Mom?«

»Seit der Junge ausgezogen ist, ißt er nicht mehr anständig.« Zufrieden, ihre beiden Männer wieder am Tisch zu haben, füllte Marge die Kaffeetassen nach. »Du bestehst nur noch aus Haut und Knochen, Michael. Ich habe da noch ein schönes Stück von dem Schinken, den ich letzte Woche gekocht habe. Das nimmst du nachher mit.«

»Gib diesem Schnorrer ja nicht meinen Schinken«, protestierte Lou.

Michael hob eine Augenbraue, dann verteilte er mehr Sirup auf seinen Pfannkuchen. »Paß auf, wen du einen Schnorrer nennst.«

»Du hast deine Wette verloren, aber ich sehe noch keine Anzeichen dafür, daß mein Rasen gemäht wird.«

»Gleich, gleich«, knurrte Michael und langte nach einem Würstchen. »Ich glaube, das Spiel war manipuliert.«

»Die Orioles haben gewonnen, in einem fairen Spiel. Und das ist über einen Monat her. Also bezahl deine Wettschulden.«

»Als Polizist solltest du wissen, daß Glücksspiel illegal ist.«

»Ein Grünschnabel wie du sollte erst gar keine Wetten abschließen. Der Rasenmäher steht im Schuppen.«

»Ich weiß, wo das Ding steht.« Michael erhob sich und legte seiner Mutter den Arm um die Schulter. »Wie hältst du es nur mit diesem Knaben aus?«

»Manchmal fällt's mir schwer.« Marge tätschelte ihrem Sohn lächelnd die Wange. »Paß auf die Rosenbüsche auf, Liebling.«

Michael warf den Rasenmäher an und genoß die physische Betätigung, den leichten Schweiß, der ihm auf die Haut trat. Allerdings freute er sich nicht sonderlich, die Wette verloren zu haben. Er haßte es zu verlieren.

Doch er hatte den Geruch des Rasens vermißt. Zwar gefiel ihm sein Apartment mit dem winzigen Swimmingspool im Haus und den lauten Nachbarn ganz gut, doch die Vororte mit ihren großen, dichtbelaubten Bäumen, den sauber gefegten Straßen, den Barbacues im Hinterhof und den Nachbarn, die sich über die Gartenzäune hinweg unterhielten, bedeuteten Heimat.

Viel hatte sich hier seit seiner Jugend nicht geändert. Die Nachbarn wetteiferten immer noch um den am besten gepflegten Rasen, den schönsten Garten, und sie liehen sich immer noch Werkzeuge aus, die sie dann zurückzugeben vergaßen.

Diese Umgebung vermittelte ihm ein Gefühl der Beständigkeit; etwas, das er erst zu schätzen gelernt hatte, nachdem er es aufgegeben hatte.

Der hintere Rasen und die Hälfte des vorderen waren bereits sauber getrimmt, als Michael sich zu fragen begann, warum sich sein Vater eigentlich nie einen Minitraktor zum Rasenmähen zugelegt hatte. Vor dem Haus hielt ein Mercedes-Kabrio, an das Michael wohl kaum einen zweiten Blick verschwendet hätte, wäre die Blondine hinter dem Steuer nicht gewesen. Er hatte eine Schwäche für Blondinen. Sie saß einfach nur da, das Gesicht halb unter einer dunklen Brille versteckt, während die Zeit verstrich.

Dann stieg sie langsam aus. Sie war groß und schlank, und unter ihrem dünnen Baumwollrock zeichneten sich lange, wohlgeformte Beine ab. Auch ihre Hände fielen ihm auf, zart, gut geformt und um ein graues Ledertäschchen geklammert.

Hübsch, nervös und von außerhalb, folgerte Michael. Und reich. Sowohl die Tasche als auch die Schuhe waren aus echtem Leder, und was da in ihren Ohren und am Handgelenk glitzerte, sah beileibe nicht nach Modeschmuck aus. Auch ihr Auftreten verriet die Oberklasse. Ihre Hände zeugten zwar von Nervosität, doch sie bewegte sich mit der Anmut einer Tänzerin.

Ohne Zögern kam sie auf ihn zu. Der Duft ihres Parfüms, leicht und irgendwie verführerisch, stieg ihm in die Nase und vermischte sich mit dem Geruch des frischgeschnittenen Grases.

Als sie ihn anlächelte, blieb ihm fast das Herz stehen.

»Hallo. Tut mir leid, Sie bei der Arbeit zu stören.«

Sein Mund wurde trocken. Es war verrückt. Lächerlich. Das konnte nicht sein. Diese Stimme – sie war ihm jahrelang nicht mehr aus dem Kopf gegangen, hatte ihn nicht mehr losgelassen. Als er sah, daß die junge Frau sich auf die Lippen biß, gab er sich einen Ruck und lächelte sie an.

»Hi, Emma. Hast du in der letzten Zeit ein paar anständige Wellen erwischt?«

Ihre Lippen öffneten sich erst überrascht, doch dann zeichnete sich die Freude des Wiedersehens deutlich in ihrem Gesicht ab. »Michael!« Am liebsten hätte sie sich in seine Arme geworfen. Der Gedanke trieb ihr das Blut in die Wangen, so streckte sie ihm nur die Hand hin. »Es tut gut, dich zu sehen.«

Seine Hand lag hart in der ihren und fühlte sich feucht an. Michael gab sie frei und wischte sich die Handfläche an seiner verwaschenen Jeans ab. »Du... du bist nie mehr zum Strand gekommen.«

»Nein.« Ihr Lächeln verflog. »Ich habe auch nie richtig Wellenreiten gelernt. Ich wußte nicht, daß du noch zu Hause wohnst.«

»Das tue ich auch nicht. Ich habe nur eine Wette verloren, so kriegt mein alter Herr ein paar Wochen lang einen kostenlosen Gärtner frei Haus.« Er wußte nichts mehr zu sagen. Sie sah so hübsch aus, so zerbrechlich, wie sie da in ihren teuren italienischen Pumps auf dem Rasen stand und ihr hellblondes Haar leicht im Wind wehte. »Wie ist es dir denn so ergangen?« fragte er schließlich unsicher.

»Gut. Und dir?«

»Geht so. Ich hab' ab und zu Bilder von dir in der Zeitung gesehen. Warst du nicht in so einem Wintersportort?«

»Sankt Moritz.«

»Kann sein.« Ihre Augen waren noch genau wie früher,

dachte er; groß, blau und traurig. Er konnte den Blick nicht von ihr abwenden. »Willst du hier irgend jemanden besuchen?«

»Nein. Oder doch. Eigentlich...«

»Michael.« Seine Mutter erschien in der Tür. »Willst du deiner Freundin nicht eine Erfrischung anbieten?«

»Doch, natürlich. Hast du ein paar Minuten Zeit?« fragte er, an Emma gewandt.

»Ja. Ich habe gehofft, kurz mit deinem Vater sprechen zu können.«

Michaels Hoffnungen zerplatzten wie ein Luftballon. Wie war er nur auf den Gedanken gekommen, sie sei seinetwegen hier? »Dad ist im Haus.« Er lächelte gequält. »Wahrscheinlich platzt er vor Schadenfreude.«

Emma folgte ihm zur Tür, die Marge offengelassen hatte. Mittlerweile hielt sie ihr Täschchen so krampfhaft umklammert, daß eine ungeheure Willensanstrengung vonnöten war, um diesen Griff wieder zu lockern.

Der Weihnachtsbaum prangte schon in vollem Schmuck, wie sie bemerkte. Ordentlich verpackte Geschenke lagen darunter, und das Haus war von Tannenduft erfüllt.

Emma nahm ihre Sonnenbrille ab und spielte nervös mit den Bügeln, während sie sich im Zimmer umsah.

»Setz dich doch.«

»Danke. Ich bleibe auch nicht lange. Ich will euch nicht das Wochenende verderben.«

»Klar, ich hab' mich schon die ganze Woche darauf gefreut, endlich den Rasen mähen zu dürfen.« Michael grinste und wies auf einen Sessel. »Ich hole meinen Vater.«

Noch ehe er das Zimmer verlassen konnte, kam Marge mit einem Tablett herein, auf dem ein Krug Eistee, Gläser und eine Platte selbstgebackener Plätzchen standen. »So, da bin ich wieder. Michael, knöpf dir das Hemd zu«, mahnte sie beiläufig, als sie das Tablett auf dem Kaffeetisch abstellte. »Schön, daß mal eine von deinen Bekannten hereinschaut.«

»Emma, das ist meine Mutter. Mom, Emma McAvoy.«

Marge erkannte das Mädchen sofort wieder. Bemüht, weder Sympathie noch Faszination zu zeigen, sagte sie

175

freundlich: »O ja, natürlich. Ich habe immer noch den Zeitungsausschnitt – wo du mit Michael am Strand bist.«

»Mom...«

»Eine Mutter hat gewisse Vorrechte. Schön, dich zu sehen, Emma.«

»Danke. Entschuldigen Sie, daß ich einfach so hereingeschneit bin.«

»Unsinn. Michaels Freunde sind hier immer gern gesehen.«

»Emma wollte eigentlich zu Dad.«

»Ach so.« Die Mißbilligung in Marges Blick verschwand so schnell, wie sie gekommen war. »Er ist hinten und vergewissert sich, daß Michael keinen seiner Rosenbüsche umgepflügt hat. Ich werde ihn holen.«

»Einen einzigen Rosenbusch – und da war ich zwölf.« Michael stopfte sich ein Plätzchen in den Mund. »Und seitdem traut man mir nicht mehr über den Weg. Probier mal, Mom macht die besten Plätzchen überhaupt.«

Aus Höflichkeit nahm Emma eines, obwohl sie fürchtete, ihr Magen würde es nicht behalten. »Schön habt ihr's hier.«

Ihm fiel sein kurzer Besuch in Beverly Hills wieder ein. »Mir hat es hier immer gefallen.« Er beugte sich vor und legte seine Hand auf ihre. »Stimmt was nicht, Emma?«

Sie konnte sich nicht erklären, warum die mitfühlende Frage, die liebevolle Hand sie an den Rand ihrer Beherrschung brachten. Es wäre so einfach, sich an ihn zu schmiegen, ihm ihr Herz auszuschütten und sich von ihm trösten zu lassen. Aber was würde das helfen? »Ich weiß es selbst nicht genau.«

Als Lou eintrat, erhob sie sich und lächelte ihn zögernd an. Michael verspürte einen Anflug von Eifersucht. »Captain.«

»Emma.« Freudig überrascht ergriff er ihre Hände. »Und so erwachsen!«

In diesem Augenblick wäre sie beinahe zusammengebrochen, hätte ihren Kopf an seiner Brust geborgen und sich ausgeweint, wie sie es vor so langer Zeit schon einmal getan hatte. Statt dessen hielt sie nur seine Hände fest und studierte sein Gesicht. »Sie haben sich kaum verändert.«

176

»Das ist genau das Kompliment, das ein Mann von einer schönen Frau hören möchte.«

Diesmal war ihr Lächeln echt. »Nein, wirklich. Ich studiere Fotografie, und da bekommt man einen Blick für Gesichter. Es ist sehr freundlich von Ihnen, daß Sie etwas Zeit für mich haben.«

»Red keinen Unsinn. Setz dich wieder.« Lou schenkte sich ein Glas Eistee ein, um ihr Zeit zu geben, sich zu beruhigen. »Ist dein Vater auch in der Stadt?«

»Nein.« Sie spielte mit ihrem eigenen Glas, trank aber nicht. »Er ist in London – oder sonstwo. Ich lebe jetzt in New York, gehe da zur Uni.«

»Ich war seit Jahren nicht mehr in New York.« Lou ließ sich in einen gestreiften Ohrensessel sinken, der so vollkommen zu ihm paßte, daß Emma ihn sich kaum in einer anderen Sitzgelegenheit vorstellen konnte. »Fotografie, sagst du. Ich erinnere mich, als ich dich das letzte Mal sah, hattest du eine Kamera.«

»Ich habe sie immer noch. Papa behauptet immer, er habe, als er mir diese Nikon schenkte, Geister gerufen, die er jetzt nicht loswird.«

»Wie geht es Brian?«

»Gut.« Davon war sie jedoch alles andere als überzeugt. »Er hat viel zu tun.« Das stand allerdings fest. Tief durchatmend, beschloß sie, zur Sache zu kommen. »Er weiß nicht, daß ich hier bin. Ich wollte es nicht.«

»Warum nicht?«

Emma hob eine Hand und ließ sie dann hilflos wieder sinken. »Er würde sich nur aufregen, und er wäre furchtbar unglücklich, wenn er wüßte, daß ich Sie aufsuchen wollte, um mit Ihnen über Darren zu sprechen.«

»Michael, kannst du mir eben mal helfen?« Marge wollte aufstehn und taktvoll das Zimmer verlassen, doch Emma hielt sie kopfschüttelnd davon ab.

»Nein, bitte bleiben Sie. Es handelt sich hier nicht um eine Privatangelegenheit. Darrens Tod war nie unsere Privatsache.« Mit vor Erregung geröteten Wangen setzte sie ihr Glas ab. »Ich habe mich nur gefragt, ob Sie nicht vielleicht etwas wissen, irgend etwas, wovon die Presse damals keinen Wind bekommen hat und was man mir nicht erzählen wollte, weil ich noch zu jung war. Ich konnte diese Ereignisse lange Zeit einfach verdrängen, aber ganz überwinden werde ich das nie. Und letzte Nacht habe ich mich erinnert...«

»Woran?« Lou beugte sich vor.

»Nur an ein Lied«, murmelte sie fast unhörbar. »An ein Lied, das ich in jener Nacht gehört habe. Ich weiß es ganz genau, die Musik kam von unten, und ich habe sie gehört, als ich zu Darrens Zimmer ging. Einen Moment lang war alles ganz deutlich, ganz klar. Das Lied, die Worte, Darrens Schreie. Aber sehen Sie, ich komme nie bis zur Tür. Egal, wie sehr ich mich bemühe, mich zu erinnern, ich sehe mich immer nur in der Diele stehen.«

»Vielleicht bist du gar nicht weiter gekommen.« Lou starrte nachdenklich in sein Glas. Genau wie Emma hatte er den Fall lange Zeit aus seinem Gedächtnis gestrichen, trotzdem kehrten die Gedanken immer wieder zu ihm zurück. Er wußte, daß ihn das Gesicht des kleinen Jungen für immer verfolgen würde. »Emma, es stand nie fest, daß du wirklich den Raum betreten oder etwas gesehen hast. Du hast dir das damals vielleicht nur eingebildet, weil du so verstört warst. Genausogut kannst du etwas gehört haben, was dich erschreckte, bist dann zur Treppe gerannt, um deinen Vater zu rufen, und hinuntergefallen. Du warst doch erst sechs Jahre alt, und du hattest Angst im Dunkeln.«

Hattest – und hast, dachte sie. »Ich kriege einfach nicht mehr alles auf die Reihe. Und ich hasse diese Unsicherheit, den Gedanken, daß ich ihm hätte helfen, ihn hätte retten können.«

»Da kann ich dich beruhigen.« Lou stellte sein Glas ab und sah sie fest an. Sie sollte ihn jetzt als Cop, als offiziellen Vertreter des Polizeiapparates betrachten. »In dieser Nacht waren zwei Männer im Zimmer deines Bruders. Das Kindermädchen hat ausgesagt, sie habe zwei Männer flüstern gehört. Die Untersuchungen haben ergeben, daß die Spritze, die im Zimmer deines Bruders gefunden wurde, eine geringe Dosis eines Betäubungsmittels enthielt, die aber für ein Kind ausgereicht hätte. Zwischen dem Zeitpunkt, zu dem das Kindermädchen überwältigt wurde, und dem Moment, wo du gestürzt bist, liegen weniger als zwanzig Minuten. Es handelt sich um eine mißglückte Entführung, Emma, die zwar tragische Folgen hatte, aber gut durchdacht war. Irgend etwas ist dazwischengekommen und hat die Pläne der Täter durcheinandergebracht. Was, das werden wir vielleicht nie erfahren. Aber wenn du in das Zimmer gegangen wärst und versucht hättest, alleine mit den Kerlen fertigzuwerden, dann hättest du Darren auch nicht retten können, sondern wärst aller Wahrscheinlichkeit nach selbst getötet worden.«

Sie hoffte, betete, er möge recht haben, obgleich seine Worte sie nur wenig trösteten. Als sie sich eine Stunde später verabschiedete, schwor sie sich, ihm Glauben zu schenken.

»Du hast großes Glück mit deinen Eltern«, meinte sie zu Michael, der sie zum Auto begleitete.

»Ich hab' mich mittlerweile an sie gewöhnt.« Diesmal würde er nicht zulassen, daß sie wieder so schnell aus seinem Leben verschwand. An jenem Tag am Strand – war das wirklich schon fünf Jahre her? – hatte sie schön ausgesehen, schön und traurig zugleich. Irgend etwas an ihr hatte ihn damals berührt und tat es heute auch noch.

»Wie lange bleibst du noch in der Stadt?«

Emma blickte die Straße entlang. Die Gegend gefiel ihr. Kinder spielten ein paar Häuser weiter im Vorgarten, und aus der Ferne klang das Summen eines anderen Rasenmähers. Versonnen fragte sie sich, wie es wohl wäre, hier zu leben. »Ich fliege morgen nach Hause.«

Fast hätte er laut geflucht. »Das war aber ein kurzes Vergnügen.«

»Ich hab' am Montag wieder Kurse.« Sie sah ihn an und fühlte sich plötzlich genauso linkisch wie er. Er war attraktiver, als sie ihn in Erinnerung hatte – die kleine Zahnlücke, die leicht gekrümmte Nase. »Ich wünschte, ich hätte mehr Zeit.«

»Und was machst du jetzt?«

179

»Ich – ich wollte ein bißchen herumfahren. Hoch in die Berge.«

Er verstand, doch der Gedanke verursachte ihm Unbehagen. »Wie wär's mit Begleitung?«

Sie war schon im Begriff, das Angebot höflich abzulehnen, doch dann hörte sie sich sagen: »Ich würde mich freuen.«

»Dauert nur eine Minute.« Weg war er, ehe sie ihre Meinung ändern konnte. Er verschwand im Haus, kam kurz darauf wieder und ließ sich aufatmend auf den Beifahrersitz fallen. »Du hast mir eine weitere Stunde Fronarbeit erspart. Dad hält es nie im Leben durch zu warten, bis ich wieder da bin.«

»Stets zu Diensten.«

Eine Weile fuhr sie ziellos umher, genoß den Fahrtwind in ihren Haaren, die Musik aus dem Radio, die ungezwungene Unterhaltung. Als die klare Stimme ihres Vaters aus den Lautsprechern klang, kräuselte sie die Lippen.

»Ist das nicht ein komisches Gefühl?«

»Ihn zu hören?« Ihr Lächeln verstärkte sich. »Nein, gar nicht. Ich kannte seine Stimme schon, ehe ich ihn selber kannte. Wenn man an Papa denkt, denkt man an Musik. Bei dir ist es doch genauso. Dein Vater ist ein Cop. Ich bin überzeugt, daß du ihn dir ohne Waffe oder Dienstmarke gar nicht vorstellen kannst.«

»So ungefähr. Trotzdem fand ich es anfangs seltsam, für ihn zu arbeiten.«

»Für ihn arbeiten?«

»Ja, ich hab' letztendlich klein beigegeben. Ich bin in die Fußstapfen des alten Herrn getreten.«

18

»Du bist ein Cop?« Emma hielt an einem Stoppschild und nutzte die Gelegenheit, ihn prüfend zu betrachten.

»Ein Grünschnabel, wie mein Vater zu sagen beliebt.« Er

grinste sie an. »Was ist los? Sind mir plötzlich Hörner gewachsen?«

»Nein. Bloß – wenn ich an dich gedacht habe, dann nie als an einen Cop.«

»Das ist doch schon mal was. Ich hätte nie zu träumen gewagt, daß du überhaupt an mich denkst.«

Emma lachte. »Natürlich habe ich das getan. Als damals unser Bild in der Zeitung erschien, war ich wochenlang das beliebteste Mädchen der Schule. Ich hab' allerdings die ganze Geschichte ein bißchen zu meinen Gunsten abgewandelt.«

»Ich auch.« Michael legte seinen Arm um ihren Sitz und spielte mit ihren Haarspitzen. »Dieses Foto hat mir immerhin eine Verabredung mit Sue Ellen Cody eingebracht.«

»Wirklich?« Sie warf ihm einen scharfen Blick zu.

»Fünfzehn Minuten des Ruhmes. Ich habe immer gehofft, du kämst zurück.«

Emma zuckte die Achseln. »Sweeney hat mich bei Papa verpfiffen, und das war's dann. Gefällt dir dein Job?«

»Jetzt ja. Am Anfang hab' ich es gehaßt, aber man gewöhnt sich dran. Manches ist einfach Vorbestimmung, und egal was du tust, am Ende landest du doch genau da, wo du hingehörst. Du mußt hier abbiegen, wenn du zu dem Haus willst.«

Sie hielt an und blickte starr geradeaus. »Woher weißt du das?«

»Mein Vater hat mich ein paarmal mitgenommen, wenn er hier hochgefahren ist. Er hat immer nur dagesessen und das Haus angeschaut. Du solltest wissen, daß er die Geschichte nie vergessen hat, und er hat sich auch nie damit abgefunden, daß der Fall ungeklärt blieb.«

»Ich glaube, das wußte ich schon«, entgegnete sie langsam. »Darum wollte ich ihn auch wiedersehen, noch mal mit ihm sprechen. Du wußtest, wohin ich wollte?«

»Ich konnte es mir denken.«

»Warum bist du mitgekommen?«

»Ich wollte nicht, daß du allein dorthin gehst.«

Ihr Körper versteifte sich. Es dauerte nur einen winzigen Augenblick, dennoch fühlte er, daß ihre Schultern sich strafften und sie das Kinn hob. »Ich bin nicht aus Zucker, Michael.«

»Okay. Ich wollte mit dir zusammensein.«

Sie drehte sich um. In seinen Augen lag dieselbe liebevolle Zuneigung, die sie bei seinem Vater bemerkt hatte, aber dahinter steckte immer noch der Junge, der sie einst vom Strand nach Hause gefahren hatte. Langsam entspannte sie sich wieder. »Danke.«

Sie wendete und folgte seinen Anweisungen. Die Straßen schienen ihr fremd, und ihr kam der dumme Gedanke, daß sie ohne seine Hilfe das Haus nicht wiedergefunden hätte. Außer Michaels gelegentlichen Hinweisen, wechselten sie kein Wort mehr, sondern lauschten nur den beruhigenden Klängen von Crosby, Stills and Nash.

Er mußte ihr nicht sagen, wo sie zu halten hatte. Sie erkannte das Haus sofort wieder, da sie niemals vermocht hatte, das Bild völlig aus ihrer Erinnerung zu löschen. Das Haus war kaum verändert, nur stand jetzt ein Schild auf dem Rasen. ›Zu verkaufen‹.

»Nennen wir es Schicksal.« Michael nahm sie am Arm. »Möchtest du hineingehen?«

Ihre Hände verkrampften sich im Schoß. Da war ihr Fenster, das Schlafzimmerfenster, an dem sie einmal mit Darren gestanden und einen Fuchs beobachtet hatte.

»Ich kann nicht.«

»Gut. Wir können hier so lange sitzenbleiben, wie du willst.«

Bilder aus der Vergangenheit schossen durch Emmas Kopf. Sie sah sich als Kind, wie sie im Bach planschte und Bev lachte, als Darren mit nackten Füßen und hochgekrempeltem Overall darin herumtobte. Da war ein Picknick gewesen, sie hatten alle vier auf einer Decke unter den Bäumen gelegen, ihr Vater spielte leise auf seiner Gitarre, während Bev las und Darren in ihrem Schoß döste.

Sie hatte diesen Tag völlig vergessen. Wie konnte sie nur? Damals waren sie glücklich gewesen, eine richtige Familie. Am nächsten Tag hatte die Party stattgefunden, und nichts war mehr wie früher.

»Doch«, sagte sie abrupt, »ich möchte hineingehen.«

»Okay. Aber es wäre besser, wenn niemand weiß, wer du bist. Ich meine, wenn niemand den Zusammenhang kennt.«

Sie nickte und fuhr durch das geöffnete Tor.

Als sie vor der Tür standen, griff Michael nach ihrer Hand. Sie war eiskalt, zitterte aber nicht. Die Tür ging auf, und er lächelte so überzeugend, wie er konnte. »Hallo. Wir haben zufällig im Vorbeifahren das Schild gesehen. Wir suchen schon wochenlang nach einem Haus und haben in einer Stunde einen anderen Termin, aber wir konnten nicht widerstehen. Das Haus ist doch noch zu haben?«

Die Frau, sie mochte in den Vierzigern sein, sah beide lange an. Sie registrierte Michaels Arbeitshemd, die abgetragenen Jeans und Turnschuhe, doch sie erkannte auch, daß Emmas Rock und Bluse von Ralph Lauren stammten und ihre Pumps italienische Importware waren. Auch das Mercedes-Kabrio, das in der Einfahrt parkte, entging ihr nicht. All das entlockte ihr ein Lächeln. Das Haus stand seit fünf Monaten zum Verkauf, ohne daß ihr ein akzeptables Angebot unterbreitet worden war.

»Nun, wir haben einen Interessenten, aber der Vertrag ist erst am Montag unterschriftsreif.« Ihr Blick blieb an dem kleinen, mit Diamanten und Saphiren besetzten Ring an Emmas Hand haften. »Kommen Sie herein, ich zeige Ihnen das Haus. Ich bin Gloria Steinbrenner.«

»Nett, Sie kennenzulernen.« Michael schüttelte ihre Hand. »Michael Kesselring. Das ist Emma.«

Mrs. Steinbrenner bedachte beide mit einem strahlenden Lächeln. Zum Teufel mit den Maklern, dachte sie, vielleicht war sie hier auf eine Goldgrube gestoßen, und sie hatte vor, die Gelegenheit beim Schopf zu packen.

»Das Haus ist in hervorragendem Zustand. Ich liebe es einfach.« In Wahrheit verabscheute sie jeden einzelnen Stein. »Es bricht mir das Herz, es verkaufen zu müssen, aber, um offen zu sprechen, mein Mann und ich lassen uns scheiden, und für mich alleine ist es zu groß.«

»Oh.« Michael setzte ein, wie er hoffte, mitfühlendes Gesicht auf. »Das tut mir leid.«

»Ach was.« Sie winkte ab. »Sind Sie hier aus der Gegend?«

»Nein, wir... äh, wir sind aus New York«, log er. »Wir können es dort einfach nicht mehr ertragen, den Lärm, den Schmutz, die Menschenmassen. Stimmt's, Emma?«

Emma lächelte gezwungen. »Ja. Das Haus gefällt mir.«

»Nicht wahr? Das Wohnzimmer ist traumhaft, wie Sie ja sehen. Hohe Decken, echte Eichenbalken, viel Glas und reichlich Platz. Der Kamin zieht ausgezeichnet.«

Natürlich, dachte Emma. Hatte sie nicht oft genug davor gesessen? Das Zimmer war neu möbliert, und zwar mit allen Anzeichen schlechten Geschmacks. Scheußliche moderne Skulpturen zu einer protzigen Sitzgarnitur. Wo waren all die Kissen geblieben, und die Körbchen mit Strohblumen und Gräsern, die Bev so liebevoll arrangiert hatte?

»Das Eßzimmer ist hier drüben, aber dieses Plätzchen an der Terrassentür ist wie geschaffen für ein lauschiges Essen zu zweit.«

Nein, das stimmte alles nicht, seufzte Emma, die der Frau wie ein Roboter folgte. Bev hatte Pflanzen ans Fenster gestellt, einen wahren Dschungel von Zimmerpflanzen in alten Töpfen und Keramikgefäßen. Stevie und Johnno hatten einmal keuchend und schnaufend einen ganzen Baum für sie angeschleppt. Die Aktion war als Scherz gedacht, doch Bev hatte den Baum behalten und ein kitschiges Gipsrotkehlchen in die Zweige gesetzt.

»Emma?«

»Ja?« Sie fuhr herum und löste sich von den Gedanken an die Vergangenheit. »Tut mir leid.«

»Das ist in Ordnung.« Die Frau schien hocherfreut, daß Emma offensichtlich von dem Haus ganz gefangen war. »Ich habe nur gefragt, ob Sie gerne kochen.«

»Nicht allzu gern.«

»Die Küche ist auf dem neuesten Stand der Technik. Ich habe sie vor zwei Jahren überholen lassen. Alles eingebaut, Mikrowelle, Dunstabzugshaube, Herd mit Ceranfeld, viel Arbeitsfläche. Und ein großer Vorratsschrank, natürlich.«

Emma betrachtete die hochmoderne, sterile Küche. Nur fleckenloses Weiß und Chrom. Verschwunden waren die

Kupfertöpfe, die Bev so oft poliert und dann an die Wand gehängt hatte. Keine selbstgezogenen Kräuter mehr auf dem Fensterbrett. Kein Kinderstuhl für Darren, keine bunten Kochbücher mehr, keine Apothekengläser voller Gewürze.

Die Frau plapperte eifrig weiter, offenbar betrachtete sie die Küche als Prunkstück des Hauses, während Emma stille Trauer empfand.

Als das Telefon klingelte, entschuldigte Mrs. Steinbrenner sich und ging ins Nebenzimmer, wo sie erregt und ärgerlich auf irgend jemanden einredete.

»Hört sich an, als hätten wir eine Weile Ruhe«, meinte Michael leichthin. »Bist du sicher, daß du nach oben gehen willst?«

Nein, sicher war sie sich nicht. Alles andere als das. »Ich kann nicht kurz vor dem Ziel aufgeben.«

»Gut.« Ungeachtet ihrer früheren Proteste, sie sei nicht aus Zucker, legte er ihr den Arm um die Schulter, als sie die Treppe hinaufstiegen.

Die Türen standen offen – die Türen des Schlafzimmers, in dem ihr Vater und Bev einmal geschlafen hatten. Wo Emma sie manchmal nachts lachen hörte. Alice' Zimmer, das immer penibel aufgeräumt und ordentlich gewesen war, hatte man in ein Fernsehzimmer umgewandelt. Und da war ihr altes Zimmer. Sie blieb stehen und spähte hinein.

Die Puppen waren fort, die Mickey-Mouse-Lampe auch. Keine weißrosa Rüschenvorhänge flatterten mehr an den Fenstern. Lange Zeit hatte hier kein kleines Mädchen mehr geschlafen und geträumt. Der Raum wurde jetzt offensichtlich als Gästezimmer genutzt.

»Das war mein Zimmer«, erklärte Emma tonlos. »Damals hatte es eine Tapete mit Rosen- und Veilchenmuster, Rüschenvorhänge und eine weiße Tagesdecke auf dem Bett. Ich hatte Regale voller Puppen ... es war die Art Zimmer, wie es sich alle kleinen Mädchen wünschen, zumindest eine Zeit lang. Bev hat das verstanden. Ich weiß gar nicht, wie ich auf die Idee gekommen bin, es könnte noch so aussehen wir früher.«

Er erinnerte sich an ein Zitat, das er einmal gelesen hatte

und das ihn tief beeindruckte. »Alles ändert sich, doch nichts vergeht.« Achselzuckend drehte er sich zu ihr um. Er war nicht der Typ, der mit Zitaten um sich warf. »In deinen Gedanken hat sich hier nichts verändert, und nur das zählt.«

Sie gab keine Antwort, sondern sah zu Darrens Zimmer hin. Die Tür stand ebenfalls offen, wie es auch in jener Nacht der Fall hätte sein sollen.

»Ich lag im Bett«, begann sie leise. »Irgend etwas hat mich geweckt. Die Musik. Ich glaube, es war die Musik. Ich konnte sie zwar nicht deutlich hören, aber ich konnte sie fühlen. Das Vibrieren der Bässe. Ich versuchte zu erkennen, welches Lied das war, und ich stellte mir vor, was die Leute da unten wohl gerade machten. Ich konnte es kaum erwarten, endlich alt genug zu sein, um aufbleiben zu dürfen. Dann hörte ich etwas. Irgend etwas«, murmelte sie und rieb sich die schmerzenden Schläfen. »Ich weiß nicht, was. Aber ich – Schritte!« Plötzlich blitzten Erinnerungsfetzen auf. Ihr Herz begann wie rasend zu pochen. »Ich hörte jemanden in der Diele. Ich hoffte, es wäre Papa oder Bev. Ich wollte mich eine Weile mit ihnen unterhalten, vielleicht hätten sie mir dann erlaubt, kurz mit nach unten zu kommen. Aber es war weder Papa noch Bev.«

»Ruhig.« Besorgt sah Michael feine Schweißtröpfchen auf ihre Stirn treten. Er nahm ihre Hand zwischen seine. »Ganz ruhig.«

»Darren hat geweint. Ich konnte ihn hören. Ich bin mir ganz sicher. Das war kein Traum. Ich hörte ihn weinen und stand auf. Alice hatte mir verboten, Charlie in sein Bett zu legen, aber Darren schlief gerne mit Charlie im Arm, und er weinte. Ich wollte ihm Charlie bringen und ihn beruhigen, damit er wieder einschläft. Aber die Diele war dunkel.«

Sie sah sich um. Diele und Schlafzimmer waren in helles Sonnenlicht getaucht. »Es war dunkel, und das war falsch. Sie haben für mich immer ein Licht angelassen. Ich hatte solche Angst im Dunkeln. Im Dunkeln warten die Ungeheuer.«

»Ungeheuer?« Michaels Augenbrauen zogen sich zusammen.

»Ich wollte nicht ins Dunkel, in die Diele gehen. Aber Dar-

186

ren hat nicht aufgehört zu weinen. Und dann, als ich in der Diele, im Dunkeln war, konnte ich die Musik hören. Sie war laut, und ich hatte Angst.«

Wie ein Schlafwandler bewegte sich Emma langsam zur Tür. »Ich konnte sie hören. Sie hockten in den Ecken. Sie zischten, kratzten an der Wand. Sie huschten über den Teppich.«

»Was hast du gehört?« fragte er behutsam. »Was war da?«

»Die Monster.« Sie blickte ihn an, ohne ihn zu sehen. »Ich hörte die Monster. Und... ich kann mich nicht erinnern. Ich weiß nicht mehr, ob ich an die Tür gegangen bin. Sie war zu, ich bin sicher, daß sie zu war, aber ich weiß nicht, ob ich sie aufgemacht habe.«

Emma blieb auf der Schwelle stehen. Einen kurzen Augenblick sah sie den Raum wieder so vor sich, wie er früher war – voll von Darrens Spielsachen und in hellen, freundlichen Farben gestrichen. Sein Bettchen, sein Schaukelstuhl, das glänzende neue Dreirad. Dann verschwamm das Bild vor ihren Augen, und sie befand sich wieder in der Gegenwart.

Ein Eichenholzschreibtisch, davor ein Ledersessel. Gerahmte Bilder, Glasregale voller Nippes.

Ein Arbeitszimmer. Sie hatten aus dem Raum ihres kleinen Bruders ein Arbeitszimmer gemacht.

»Ich bin gerannt«, sagte sie nach einer langen Pause. »Ich kann mich an nichts mehr erinnern, außer daß ich losgerannt und gefallen bin.«

»Du hast gesagt, du wärst zur Tür gegangen. Als mein Vater dich im Krankenhaus aufgesucht hat, hast du ihm erzählt, du hättest die Tür geöffnet.«

»Es war wie ein Traum. Und heute kann ich mich kaum noch erinnern. Als hätte jemand die Bilder ausgelöscht.«

»Das ist vielleicht ganz gut so.«

»Er war so niedlich.« Der Anblick des Raumes riß die kaum vernarbten Wunden wieder auf. »Ich habe ihn mehr geliebt als irgend etwas sonst auf der Welt. Jeder liebte ihn.« Tränenblind klammerte sie sich an ihm fest. »Ich muß hier raus!«

»Komm mit.« Michael führte sie durch die Diele zur Treppe, die sie in jener Nacht hinuntergefallen war, und warf

Gloria Steinbrenner, die aus der Küche gestürzt kam, einen verzeihungsheischenden Blick zu. »Entschuldigen Sie, aber meine Frau fühlt sich nicht wohl.«

»Ach.« Ihre anfängliche Verärgerung und Enttäuschung machten neuer Hoffnung Platz, als sie Emma ansah. »Sie braucht Ruhe. Das Haus ist ja ideal für Kinder. Sie wollen doch ihr Baby sicher nicht in New York aufwachsen lassen?«

»Nein.« Michael machte sich nicht die Mühe, den Irrtum zu korrigieren, sondern schob Emma zur Tür hinaus. »Wir melden uns!« rief er noch, als er sich auf dem Fahrersitz niederließ. Wären seine Gedanken nicht um Emmas aschfahles Gesicht und die Aussicht, ein Dreißigtausend-Dollar-Auto fahren zu können, gekreist, hätte er vielleicht den dunkelblauen Sedan bemerkt, der sich an ihre Fersen heftete.

»Entschuldige bitte«, flüsterte Emma.

»Was denn?«

»Ich hab' mich dumm benommen.«

»Du hast dich gut gehalten. Sieh mal, ich habe noch nie einen nahen Angehörigen verloren, aber ich kann dir nachfühlen, was das bedeutet. Steigere dich da nicht in etwas hinein, Emma.«

»Du meinst, ich soll es nicht so schwer nehmen?« Sie lächelte schwach. »Ich hoffe, das gelingt mir. Ich dachte, wenn ich wieder dort stünde, an genau derselben Stelle, und mich scharf konzentriere, dann käme die Erinnerung vielleicht wieder. Aber das war nicht der Fall...« Achselzuckend setzte sie die Sonnenbrille wieder auf. »Du warst wirklich ein guter Freund.«

»So bin ich«, brummte Michael. »Immer Kumpel. Hunger?«

Erst wollte sie verneinen, doch dann gab sie zu: »Halb verhungert.«

»Für einen Hamburger reicht's. Hoffe ich«, fügte er hinzu und zählte im Geiste sein Geld.

»Ich liebe Hamburger. Und da du so ein guter Kumpel warst, geht der auf meine Rechnung.«

Michael hielt vor einem McDonald's. Da er in seiner Brieftasche nur drei Dollar sowie die Telefonnummer einer Rothaarigen, an die er sich kaum noch erinnern konnte, entdeckte, schluckte er seinen männlichen Stolz hinunter.

»Ich dachte, wir könnten am Strand essen.«

»Gute Idee.« Emma schloß die Augen und lehnte sich zurück. Sie war froh, daß sie gekommen war. Froh, daß sie diese Treppe benutzt hatte. Froh, daß sie hier war, daß der warme Wind in ihren Haaren spielte und Michael neben ihr saß. »In New York hat es gegossen wie aus Eimern, als ich weggefahren bin.«

»Auch im sonnigen Kalifornien gibt es Universitäten.«

»Ich mag New York«, erwiderte sie abwesend. »Schon immer. Meine Freundin und ich haben da eine Wohnung gekauft. Mittlerweile ist sie fast bewohnbar.«

»Freundin?«

»Ja. Marianne und ich sind zusammen zur Schule gegangen. Wir haben uns schon als Kinder geschworen, eines Tages in New York zu leben. Jetzt ist es soweit. Sie ist Kunststudentin und malt auch selber.«

»Ist sie gut?«

»Sie ist sehr gut. Eines Tages werden sich die Galerien um ihre Bilder reißen. Sie hat die herrlichsten Karikaturen von den Nonnen gezeichnet.« Emma brach ab, da sie bemerkte, daß er die Stirn runzelte.

»Was ist?«

»Ein Cop schläft nie. Siehst du den Sedan da, genau hinter uns?«

Emma blickte über ihre Schulter. »Ja. Und?«

»Der fährt uns schon hinterher, seit wir die Hamburger geholt haben.« Er wechselte die Fahrspur. Der Sedan tat das gleiche. »Wenn es sich nicht so blöd anhören würde, würde ich sagen, wir werden verfolgt.«

Emma seufzte ergeben. »Das wird Sweeney sein.«

»Sweeney?«

»Mein Leibwächter. Ich schwöre dir, dieser Mann findet mich überall. Manchmal glaube ich, Papa hat mir einen Minisender unter die Haut gepflanzt.«

»Könnte sein. Das ergibt einen Sinn.« Doch Michael war nicht gewillt, sich auf so stümperhafte Weise beschatten zu

189

lassen, nicht hier und nicht jetzt. »Ich werde ihn abhängen.«

Emma nahm die Brille ab. In ihren Augen leuchtete zum erstenmal, seit er sie kannte, echte Freude. »Wirklich?«

»Wart's ab. Dieser Flitzer hier gibt ihm Staub zu schlucken.«

»Dann los«, forderte sie ihn grinsend auf.

Michael trat das Gaspedal durch, schnitt einen Ford und beschleunigte auf achtzig. »Früher sind wir heimlich Rennen gefahren – Jugendsünden.« Er riß das Lenkrad herum, quetschte sich zwischen zwei BMWs, beschleunigte auf neunzig und schoß haarscharf an einem Caddy vorbei.

»Du bist gut.« Lachend drehte Emma sich im Sitz um und beobachtete den Verkehr. »Ich sehe ihn nicht mehr.«

»Er ist weiter hinten und versucht, an dem Caddy vorbeizukommen. Ich hab' den Caddyfahrer geschnitten, und der ist jetzt so sauer, daß er seine Wut an ihm ausläßt.« Michael raste auf eine Ausfahrt zu. Eine unerlaubte Drehung, ein Aufheulen des Motors, und er war auf der Gegenfahrbahn und schoß an dem Sedan vorbei, nahm dann das Gas weg und fuhr in gemäßigterem Tempo weiter.

»Wirklich gut«, wiederholte Emma. »Lernt man das auf der Polizeischule?«

»Manche Talente werden einem in die Wiege gelegt.« Er streichelte liebevoll das Lenkrad, als er das Auto am Straßenrand parkte. »Ein toller Wagen.«

Das Meer lag vor ihnen. Emma beugte sich vor und gab ihm einen Kuß auf die Wange. »Noch mal danke.« Ehe er antworten konnte, schnappte sie sich die Tüte mit den Hamburgern und rannte auf den Strand zu.

»Ich liebe das!« Lachend drehte sie sich im Kreis. »Ich liebe das Wasser einfach. Würde New York am Meer liegen, wäre ich im siebten Himmel.«

Er verspürte den sehnlichen Wunsch, sie in die Arme zu nehmen, sein Gesicht an ihrem Hals zu vergraben und herauszufinden, ob sie sich nur halb so gut anfühlte, wie sie aussah. Dann ließ sie sich in den Sand fallen und griff in die Tüte.

»Sie riechen köstlich.« Plötzlich bemerkte sie, daß er sie fasziniert anstarrte. »Ist was?«

190

»Nichts.« Er schluckte heftig. »Mir ist gerade etwas eingefallen. Damals, als Dad mich zu den Proben mitgenommen hat, sind wir hinterher auch zu McDonald's gegangen, und ich hab' mich gefragt, ob du wohl auch schon mal da warst. Du standest ja immer unter Aufsicht, mit all den Leibwächtern und so.«

»Papa oder Johnno haben mir manchmal Hamburger mitgebracht. Aber, Michael, kein Mitleid bitte. Nicht heute.«

»Okay. Reich mir die Fritten.«

Heißhungrig verschlangen sie ihre Mahlzeit und ließen keinen Krümel für die enttäuschten Möwen übrig. Dann rekelte sich Emma zufrieden. »Daran könnte ich mich gewöhnen. Einfach nur dasitzen und aufs Wasser schauen.« Sie schüttelte den Kopf, daß ihr Haar golden in der Sonne flirrte. »Ich wünschte, ich hätte mehr Zeit.«

»Ich auch.« Der Drang, sie zu berühren, wurde übermächtig. Als er sanft ihre Wange streichelte, drehte sie sich zu ihm hin und lächelte. Was sie in seinen Augen las, ließ ihr Herz schneller schlagen. Ihre Lippen öffneten sich; weniger überrascht als fragend.

Sein Mund legte sich auf ihren, ohne daß sie Widerstand leistete. Leise stöhnend lehnte sie sich an ihn, forderte ihn zu etwas auf, das sie selbst nicht richtig verstand. Seine Zunge erkundete ihren Mund, seine Zähne knabberten an ihren Lippen, und seine Hände strichen sanft über ihren Arm.

Ohne Zögern preßte sie ihren Körper an seinen und genoß die überwältigende Erfahrung.

Ob er wohl merkte, daß sie zum erstenmal so geküßt wurde? Daß sie zum erstenmal ein derartiges Gefühl verspürte? Hatte sie nicht ihr ganzes Leben lang auf diesen Augenblick gewartet?

»Es stimmt«, murmelte er und küßte sie erneut, sanft und behutsam.

»Was stimmt?«

»Du fühlst dich so gut an, wie du aussiehst. Das wollte ich schon lange herausfinden.«

Emma bemühte sich, einen klaren Kopf zu behalten. Tief in ihr stiegen Gefühle auf, die sie nie gekannt hatte und mit denen sie nicht fertig wurde. Es war zuviel, und es ging schnell. Verwirrt sprang sie auf und lief zum Wasser.

Männer verwechselten oft Verwirrung mit Gleichgültigkeit. Michael saß wie erstarrt da. Seine Gefühle ihr gegenüber waren alles andere als gleichgültig. Es war verrückt, aber er hatte sich in sie verliebt. Und sie? Sie war hübsch, elegant und sicher daran gewöhnt, die Aufmerksamkeit der Männer, reicher, bedeutender Männer, zu erregen. Mit einem kleinen Polizeibeamten würde sie wahrscheinlich nur spielen. Michael seufzte tief, stand auf und bemühte sich, genauso lässig über den Vorfall hinwegzugehen wie sie.

»Es wird spät.«

»Ja.« War sie von Sinnen? Emma konnte ihre Empfindungen nicht ordnen. Sie wollte gleichzeitig lachen, weinen, tanzen und sich in seine Arme werfen. Doch morgen war alles vorbei, dann würde sie dreitausend Meilen von ihm entfernt sein. Vermutlich tat sie ihm nur leid – ein armes reiches Mädchen, dem er aus purem Mitleid für einige Stunden die Illusion eines normalen Lebens vorgaukelte.

»Ich muß zurück. Michael, ich bin so froh, daß du heute mitgekommen bist, daß du etwas Zeit hattest.«

Er nahm ihre Hand – eine freundschaftliche Geste, mehr nicht, redete er sich ein. Zur Hölle mit Freundschaft! »Emma, ich möchte dich wiedersehen.«

»Ich weiß nicht recht ...«

»Ruf mich an, wenn du wieder herkommst.«

Bei der Art, wie er sie ansah, wurde ihr abwechselnd heiß und kalt. »Mache ich. Ich – ich weiß noch nicht, wann ich es schaffe wiederzukommen.«

»Vielleicht wegen des Films?«

»Film?«

»Ja, die Dreharbeiten beginnen in ein paar Wochen in London, und danach werden hier Aufnahmen gemacht. Der Film«, fuhr er fort, als sie ihn verständnislos ansah, »der auf dem Buch deiner Mutter basiert. Angie wirkt mit, Angie Parks.« An ihrem Gesicht konnte er ablesen, daß er einen schwerwiegenden Fehler begangen hatte. »Tut mir leid, Emma. Ich dachte, du wüßtest das.«

»Nein«, erwiderte sie erschöpft. »Ich wußte es nicht.«

Beim ersten Läuten griff er zum Telefonhörer. Stundenlang hatte er, vor Aufregung schweißnaß, neben dem Telefon gesessen und gewartet. »Ja?«

»Ich habe sie gefunden.« Die Stimme, die ihm so vertraut war, bebte.

»Und?«

»Sie hat diesen Cop, Kesselring, aufgesucht. Über eine Stunde war sie da. Dann ist sie zu diesem gottverfluchten Haus gefahren. Wir müssen etwas unternehmen, und zwar schnell. Ich hab's dir schon immer gesagt.«

»Nimm dich zusammen.« Der Tonfall war brüsk, doch seine Hand zitterte, als er nach einer Zigarétte griff. »Sie war also an dem Haus. Ist sie hineingegangen?«

»Das Scheißding steht zum Verkauf. Sie und der Typ, den sie dabeihatte, sind glatt reingekommen.«

»Was für ein Typ? Wer war dabei?«

»Ich glaube, das war der Sohn von dem Cop.«

»Gut.« Er machte sich eine Notiz. »Wo sind sie dann hingefahren?«

»Zu so einer verdammten Imbißbude.«

Die Bleistiftspitze brach ab. »Wie bitte?«

»Ich sagte, sie haben sich Hamburger geholt. Danach haben sie mich abgehängt. Aber ich weiß, wo sie übernachtet. Ich kann jemanden beauftragen, sich um die Sache zu kümmern. Schnell und schmerzlos.«

»Sei kein Idiot. Dazu besteht kein Anlaß.«

»Ich sag dir doch, sie hat diesen Cop besucht.«

»Ich habe dich schon verstanden.« Seine Hand war ganz ruhig, als er sich einen Drink einschenkte. Zum Vergnügen, nicht, um seine Nerven zu beruhigen. »Denk nach, um Himmels willen. Wenn sie sich an irgend etwas erinnert hätte, wäre sie dann in aller Ruhe Hamburger essen gegangen?«

»Ich denke nicht...«

»Du denkst nie, darin besteht dein Problem. Sie hat sich damals nicht erinnert, und sie erinnert sich heute nicht. Vielleicht war dieser Abstecher ihr letzter verzweifelter Versuch,

Licht in das Dunkel zu bringen, oder, wahrscheinlicher noch, reine Sentimentalität. Es gibt keinen Grund, Emma etwas anzutun.«

»Und wenn sie sich doch noch erinnert?«

»Unwahrscheinlich. Jetzt hör mir zu, und zwar ganz genau. Das erstemal war es ein Unfall, ein tragischer, nicht vorhersehbarer Unfall. An dem du schuld bist.«

»Die ganze Sache war deine Idee!«

»Genau, da ich von uns beiden der einzige bin, der Grips im Kopf hat. Aber es war ein Unfall. Ich habe nicht die Absicht, einen vorsätzlichen Mord zu begehen. Nicht, wenn es sich vermeiden läßt.«

»Du bist ein eiskalter Hurensohn!«

»Ja.« Er lächelte. »Ich empfehle dir, das nicht zu vergessen.«

19

In London fiel Schnee. Dicke, nasse Flocken schwebten vom Himmel, durchnäßten den Kragen und schmolzen kalt auf der Haut. Fast fühlte man sich in eine Weihnachtspostkarte versetzt – wenn man sich nicht gerade durch den dichten Verkehr der King's Road kämpfte.

Emma zog es vor, zu Fuß zu gehen. Sweeney war von ihrer Entscheidung sicher nicht sehr angetan, aber sie hatte Besseres zu tun, als sich um ihn Gedanken zu machen. Der Zettel mit der Adresse steckte in der Tasche ihres dicken Steppmantels, obwohl diese Gedächtnisstütze überflüssig war. Sie kannte die Adresse auswendig.

Seltsam, sich als erwachsene Frau, der es freistand zu gehen, wohin es ihr beliebte, durch Chelsea zu bewegen. Sie kam sich in London wie eine Touristin vor, und Chelsea war ihr so fremd wie die Kanäle von Venedig.

In den Straßen reihte sich eine Boutique an die andere. Antiquitätengeschäfte lockten gutgekleidete Passanten an, die in letzter Minute noch Weihnachtsgeschenke besorgen mußten und hilflos vor der riesigen Auswahl standen. Junge Mädchen in dicken Sweatshirts begutachteten lachend die Auslagen. Junge Männer standen fröstelnd in den Hauseingängen herum und bemühten sich, gelangweilt und blasiert zugleich zu wirken.

Am Sloane Square trotzte ein Blumenverkäufer dem Schnee und vermittelte die Illusion, man könne sich gegen harte Münze einen Hauch von Frühling ins Wohnzimmer holen. Die Farben und der Duft hatten Emma in Versuchung geführt, doch dann war sie weitergegangen, ohne in ihrem Portemonnaie nach Kleingeld zu kramen. Es wäre unpassend gewesen, ihrer Mutter mit einem Blumenstrauß in der Hand entgegenzutreten.

Ihre Mutter. Diese Tatsache war nicht zu leugnen, aber es war ihr unmöglich, Jane Palmer als ihre Mutter zu akzeptieren. Allein der Name war ihr fremd – genausogut hätte sie ihn in irgendeinem Buch gelesen haben können. Anders verhielt es sich mit dem Gesicht. Dieses Gesicht hatte sie ab und an in ihren Träumen verfolgt; ein Gesicht, welches sich dann vor Ärger verdunkelte und so stets einen Schlag ankündigte. Das Gesicht, das manchmal in *People*, dem *Enquirer* oder der *Post* abgebildet war.

Ein Gesicht aus der Vergangenheit, dachte Emma. Was hatte es noch mit ihr zu tun?

Doch warum war sie dann gekommen? Diese Frage stellte sich ihr immer wieder, während sie durch die engen Gassen spazierte. Die Antwort lag auf der Hand. Sie wollte etwas aus der Welt schaffen, das schon vor Jahren hätte geklärt werden sollen.

Emma überlegte im stillen, ob Jane es wohl für einen guten Witz gehalten hatte, in eines der besseren Viertel zu ziehen, dort, wo einst Oscar Wilde, Whistler und Turner gelebt hatten. Schriftsteller und Künstler wurden seit jeher von Chelsea magisch angezogen. Und Musiker. Mick Jagger besaß hier ein Haus. Oder hatte eines besessen. Emma interessierte es nicht im geringsten, ob die Stones hier noch residierten. Sie war nur wegen einer einzigen Person gekommen.

Vielleicht sagten Jane ja die Kontraste zu. Chelsea war aus-

195

geflippt und bürgerlich, ruhig und wild zugleich. Es mußte ein Vermögen kosten, in einem dieser piekfeinen Häuser zu wohnen. Oder hing Janes Wahl mit Bev zusammen, die sich in demselben Bezirk niedergelassen hatte?

Auch das war bedeutungslos.

Sie blieb stehen und spielte nervös mit dem Riemen ihrer Handtasche, während der Schnee langsam auf ihr Haar fiel. Das Haus lag weit entfernt von der schäbigen kleinen Wohnung, die sie einst mit Jane geteilt hatte. Auf alt getrimmt, war es doch nur eine mißlungene Kopie eines viktorianischen Wohnsitzes. Trotzdem hätte das Haus auf seine Weise anziehend wirken können, wären der Weg gefegt und die Vorhänge einmal gewaschen worden. Niemand hatte sich die Mühe gemacht, einen Kranz an die Tür oder Lichterketten ins Fenster zu hängen.

Wehmütig dachte Emma an das Heim der Kesselrings. Obwohl in Kalifornien nie Schnee fiel, hatte das Haus eine weihnachtliche Wärme ausgestrahlt. Aber schließlich kam sie ja nicht nach Hause, um Weihnachten zu feiern. Sie kam überhaupt nicht nach Hause.

Tief durchatmend öffnete sie das Tor und stapfte durch den Schnee zur Eingangstür. Trotz ihrer pelzgefütterten Handschuhe waren ihre Hände eiskalt, als sie den Türklopfer hob und gegen das Holz fallen ließ.

Keine Antwort. Sie klopfte erneut, in der Hoffnung, daß niemand sie hörte. Wenn niemand öffnete, könnte sie sich dann einreden, sie habe ihr Bestes getan, um Jane ein für allemal aus ihrem Leben zu streichen? Plötzlich wollte Emma nur noch fortlaufen, fort von dem Haus, das etwas versprach, was es nicht halten konnte, fort von der Frau, die sie niemals ganz aus ihrem Leben zu verbannen vermocht hatte. Schon wollte sie sich erleichtert abwenden, da ging die Tür auf.

Emma brachte keinen Ton heraus. Stumm starrte sie die Frau in dem schmuddeligen roten Seidenkimono, der sich über ihren verfetteten Hüften spannte, an. Blondes Haar hing wirr um ein aufgequollenes, teigiges Gesicht. Das Gesicht einer Fremden. Es waren die Augen, die Emma wiedererkannte. Schmale, bösartige Augen, von Alkohol, Drogen oder Schlafmangel gerötet.

»Nun?« Fröstelnd schlang Jane den Kimono enger um sich. An ihren Fingern glitzerten Diamanten, und zu Emmas Entsetzen verbreitete sie den Geruch nach schalem Gin. »Hör zu, Herzchen, ich hab' Samstag nachmittag was besseres zu tun, als an der Tür rumzustehen.«

»Wer zum Teufel ist denn das?« fragte eine verärgerte männliche Stimme von oben. Jane warf einen gelangweilten Blick über die Schulter.

»Halt den Mund, ja?« brüllte sie zurück, dann wandte sie sich wieder an Emma. »Was ist? Du siehst ja, daß ich beschäftigt bin.«

Verschwinde, befahl sich Emma verzweifelt. Dreh dich um und mach, daß du wegkommst. Statt dessen hörte sie ihre Stimme, die wie die einer Fremden klang. »Ich möchte mit dir reden. Ich bin Emma.«

Jane rührte sich nicht vom Fleck. Nur ihre Augen verengten sich und ruhten lange auf Emma. Sie sah eine junge Frau vor sich, groß und schlank, mit einem feinen, blassen Gesicht und üppigen blonden Haaren. Sie sah Brian – dann wieder ihre Tochter. Einen Moment lang überkam sie so etwas wie Bedauern, doch dann verzogen sich ihre Lippen höhnisch.

»Sieh mal einer an. Klein Emma kommt nach Hause zu ihrer Mama. Reden willst du mit mir?« Das hohe, hysterische Lachen veranlaßte Emma, sich wie in Erwartung eines Schlages zu ducken. Doch Jane trat nur einen Schritt zurück. »Dann komm mal rein, Herzchen. Wir werden ein kleines Schwätzchen halten.«

Jane stellte bereits Berechnungen an, während sie Emma in ein unordentliches, durch dicke Vorhänge verdunkeltes Wohnzimmer führte. Ein vertrauter Geruch hing in der Luft – nach Schnaps und altem Rauch, der nicht von gewöhnlichen Zigaretten herrührte. Offenbar hatte sich nicht allzuviel geändert.

Janes Gedanken überschlugen sich. Brian würde seine jährlichen Zahlungen bald einstellen, und kein Betteln und kein Drohen würden einen weiteren Penny aus ihm herauspressen. Doch da war das Mädchen. Ihre kleine Emma. Eine Frau mußte an ihre Zukunft denken, dachte Jane. Besonders wenn sie einen teuren Geschmack und kostspielige Angewohnheiten hatte.

»Wie wär's mit einem kleinen Drink, zur Feier unseres Wiedersehens?«

»Nein, danke.«

Gleichgültig die Achseln zuckend, bediente Jane sich selbst. »«Auf die alten Familienbande!« Sie hob ihr Glas, prostete Emma zu und kicherte hämisch, als diese angelegentlich ihre Hände betrachtete. »Das soll sich einer vorstellen! Da stehst du nach all den Jahren einfach so vor der Tür.« Sie nahm einen tiefen Schluck und ließ sich auf das mit lila Samt bezogene Sofa fallen. »Setz dich, Emmalein, und erzähl mir was von dir.«

»Da gibt es nicht viel zu erzählen.« Emma setzte sich steif auf die äußerste Kante eines Stuhls. »Ich mache in London ein paar Tage Urlaub.«

»Urlaub? Ach ja, Weihnachten.« Jane tippte mit einem abgebrochenen Fingernagel an ihr Glas. »Hast du deiner Mama wenigstens ein Geschenk mitgebracht?«

Wortlos schüttelte Emma den Kopf. Sie fühlte sich mit einemmal wieder wie ein verängstigtes, einsames Kind.

»Das wäre doch wohl das mindeste gewesen, deiner Mutter nach all den Jahren eine kleine Aufmerksamkeit zu überreichen.« Abwinkend lehnte sich Jane zurück. »Mach dir nichts draus. Du warst noch nie eine liebevolle Tochter. Wie erwachsen du geworden bist!« Neidisch musterte sie Emmas Diamantohrringe. »Hast gut für dich gesorgt, wie? Teure Schulen, teure Klamotten, na ja.«

»Ich gehe jetzt zur Uni«, stammelte Emma hilflos. »Und ich habe einen Job.«

»Einen Job? Wozu zum Teufel brauchst du einen Job? Dein Alter stinkt doch vor Geld.«

»Es macht mir Spaß.« Emma haßte ihr unkontrolliertes Stottern. »Ich arbeite gern.«

»Nun, sehr helle warst du nie.« Stirnrunzelnd schenkte Jane sich Gin nach. »Wenn ich bedenke, wie ich all die Jahre geknausert und geknapst habe, mir nichts gönnen konnte, nur damit du ein Hemd auf dem Hintern und 'ne Mahlzeit im Bauch hattest. Und was ist der Dank? Immer nur hast du gejammert und geheult, und dann warst du auf und davon mit deinem Vater, ohne auch nur an deine arme Mutter zu denken. Hast dir ein schönes Leben gemacht, was, Mädchen? Papis kleine Prinzessin. Papis Liebling. Und an mich hast du wohl nie gedacht in all den Jahren?«

»Doch, ich habe an dich gedacht«, murmelte Emma.

Wieder tippte Jane an ihr Glas. Sie brauchte dringend einen Schuß, aber wenn sie den Raum verließe, würde Emma klammheimlich verschwinden, und ihre Chance wäre dahin. »Er hat dich gegen mich aufgehetzt.« Tränen des Selbstmitleids quollen aus ihren Augen. »Mein eigenes Fleisch und Blut! Er wollte dich für sich alleine haben, dabei war ich es, die die Schmerzen der Geburt ertragen und dich alleine großziehen mußte. Ich hätte dich nicht zur Welt bringen müssen«, fügte sie bösartig hinzu. »Sogar damals konnte man das regeln, wenn man die richtigen Leute kannte.«

Emmas Augen wurden dunkel. Sie sah ihrer Mutter fest ins Gesicht. »Und warum hast du das nicht getan?«

Janes Hände begannen zu flattern. Gin war ein armseliger Ersatz für Drogen. Doch sie war zu schlau, um zuzugeben, daß die Angst, einem Pfuscher in die Hände zu fallen, stärker gewesen war als die Angst vor der Geburt.

»Weil ich deinen Vater geliebt habe.« Die Worte klangen ehrlich, glaubte Jane doch beinah selbst dran. »Ich habe ihn immer geliebt. Du weißt ja, wir sind zusammen aufgewachsen. Und er hat mich auch geliebt, er hat mich angebetet. Wäre da nicht seine Musik, seine dämliche Karriere gewesen, wir wären heute noch zusammen. Aber er hat mich abserviert wie ein Stück Dreck. Außer seiner Musik interessiert ihn gar nichts. Oder glaubst du etwa, ihm liegt etwas an dir?« Leicht schwankend stand sie auf. »Einen Scheißdreck liegt ihm an dir. Ihm ging es nur um sein Image. Es durfte ja keiner auf die Idee kommen, daß der strahlende Held Brian McAvoy sein kleines Kind im Stich läßt.«

Die alten Zweifel, die alte Angst, nagten wieder an ihr.

Emma mußte sich förmlich zum Sprechen zwingen. »Er liebt mich. Er hat alles für mich getan.«

»Brian liebt nur Brian.« Jane legte die Hände auf Emmas Stuhllehne und beugte sich näher zu ihrer Tochter. In ihren Augen glitzerte reine Schadenfreude. Brian selbst konnte sie nicht mehr verletzen, obwohl sie alles erdenkliche versucht hatte. Emma zu quälen, war das Zweitbeste.

»Er hätte uns beide, ohne mit der Wimper zu zucken, unserem Schicksal überlassen, wenn er nicht Angst vor einem Skandal gehabt hätte. Ich habe ihm nämlich gedroht, die Presse zu informieren.«

Daß sie auch gedroht hatte, Emma und sich selbst umzubringen, erwähnte Jane nicht. Tatsächlich war ihr das so gleichgültig, daß sie es vergessen hatte.

»Er wußte – und sein beschissener Manager wußte es auch –, was passiert wäre, wenn die Presse die Geschichte groß herausgebracht hätte. Der hellste Stern am Himmel des Rock'n'Roll läßt sein uneheliches Kind im Slum aufwachsen! Also hat er dich mitgenommen und mir ein hübsches Sümmchen bezahlt, damit ich aus deinem Leben verschwinde.«

Die Worte, der Geruch, die Atmosphäre, all das verursachte Emma Übelkeit. »Er hat dich bezahlt?«

»Ehrlich verdientes Geld.« Jane nahm Emmas Kinn zwischen die Finger und drückte zu. »Ich habe jeden Penny davon verdient, und mehr. Er hat dich gekauft, und seinen Seelenfrieden dazu. Er ist billig davongekommen, aber sein Ziel hat er nicht ganz erreicht, oder? Seinen Seelenfrieden konnte er sich nicht kaufen!«

»Laß mich los!« Emma stieß Janes Hand von sich. »Faß mich ja nicht wieder an!«

»Du bist genauso mein Kind wie seins.«

»Nein!« Emma raffte sich auf und betete, daß ihre Beine sie tragen würden. »Nein, du hast mich verkauft – und damit alle Rechte, die du als Mutter vielleicht gehabt hättest. Er mag mich gekauft haben, Jane, aber er besitzt mich nicht.« Sie kämpfte mit den Tränen. Vor dieser Frau, an diesem Ort würde sie nicht anfangen zu weinen. »Ich bin heute hierhergekommen, um dich zu bitten, die Verfilmung deines Buches

zu verhindern. Ich hoffte, du hättest vielleicht genug für
mich übrig, um meine Wünsche in diesem Fall zu respektieren. Aber ich habe meine Zeit vergeudet.«

Oben begann Janes Liebhaber, wüste Flüche auszustoßen.

»Ich bin immer noch deine Mutter!« schrie Jane. »Das
kannst du nicht ändern.«

»Nein, das kann ich nicht ändern, leider. Ich muß eben
damit leben.« Mit diesen Worten ging Emma zur Tür.

»Du willst, daß ich den Film abblase?« Jane packte sie am
Arm. »Wieviel wäre dir das denn wert?«

Beängstigend gefaßt drehte Emma sich um und maß ihre
Mutter mit einem letzten langen Blick. »Bildest du dir wirklich ein, ich bezahle dich dafür. Da hast du dich ganz gewaltig
verrechnet, Jane. Von mir siehst du keinen Penny.«

»Du Miststück!« Janes Hand klatschte auf ihre Wange.
Emma wich dem Schlag nicht aus. Sie öffnete nur die Tür und
verließ das Haus.

Lange Zeit wanderte sie einfach nur umher, wich Passanten
und Hunden aus, ignorierte das Gelächter, die Motorenge-
räusche und die dröhnende Weihnachtsmusik um sie
herum. Die Tränen waren versiegt. Vielleicht lag das an der
Kälte oder an dem Lärm. Dadurch war es so leicht, an gar
nichts zu denken. Und so hatte Emma, als sie sich vor Bevs
Tür wiederfand, keine Ahnung, wie sie dorthin gekommen
war oder daß sie diese Absicht gehabt hatte.

Entschlossen klopfte sie an. Jetzt war nicht die Zeit, lange
nachzudenken. Es war an der Zeit, endlich die losen Fäden
ihres Lebens zu verknüpfen.

Die Tür ging auf. Warme Luft, vermischt mit Tannenduft,
strömte heraus. Im Hintergrund spielten Weihnachtslieder.
Von Schneeflocken umtanzt, starrte Emma auf Alice hinunter. Wie seltsam es doch war, dachte sie, auf ihr altes Kindermädchen herabzuschauen. Die Zeit hatte sie selbst größer
und Alice älter werden lassen. In Alice' Augen flackerte Wie-
dererkennen auf, und ihre Lippen zitterten.

»Hallo, Alice.« Emmas eigene Lippen verzogen sich mühsam zu einem Lächeln. »Schön, dich wiederzusehen.«

201

Alice blieb wie angewurzelt stehen. Langsam rannen Tränen aus ihren Augen.

»Alice, denk daran, Terry das Päckchen zu geben, wenn er vorbeikommt.« Bev eilte durch die Halle, einen schwarzen Pelz über dem Arm. »Ich bin bald wieder...« Sie hielt inne, und die kleine schwarze Handtasche entglitt ihren kraftlosen Händen. »Emma«, flüsterte sie.

Zuerst empfand sie Freude, den Wunsch, zur Tür zu laufen und Emma in die Arme zu nehmen. Dann kam die Scham.

»Ich hätte anrufen sollen«, begann Emma. »Ich war zufällig in der Stadt, und da dachte ich...«

»Ich bin so froh, daß du gekommen bist.« Bev gewann ihre Fassung wieder und trat lächelnd auf sie zu. »Alice.« Sie legte der Frau die Hand auf die Schulter und bat freundlich: »Wir könnten etwas Tee vertragen.«

»Du wolltest weggehen«, sagte Emma rasch. »Ich möchte dich nicht aufhalten.«

»Das macht nichts. Alice«, wiederholte sie. Die Frau nickte und verschwand. »Du bist so groß geworden«, murmelte Bev. Sie mußte sich zusammennehmen, um Emma nicht zu berühren. Sanft ergriff sie die behandschuhte Hand. »Kaum zu glauben – aber du frierst doch sicher. Komm herein.«

»Du hast etwas vor.«

»Nur die Party eines Geschäftsfreundes. Nicht so wichtig. Ich möchte wirklich, daß du bleibst.« Ihre Finger schlossen sich um Emmas Hand, und ihre Augen glitten beinah hungrig über das Gesicht des Mädchens. »Bitte.«

»Natürlich. Für ein paar Minuten.«

»Ich nehme deinen Mantel.«

Wie zwei höfliche, guterzogene Fremde nahmen sie in Bevs geräumigem hellem Wohnzimmer Platz.

»Schön hast du es dir gemacht.« Emma suchte nach den passenden Worten. »Ich habe schon gehört, daß du großen Erfolg als Innenarchitektin hast. Zu Recht, wie ich sehe.«

»Danke.« O Gott, was sollte sie nur sagen? Und was nicht?

»Meine Freundin und ich haben uns in New York eine Wohnung gekauft. Wir sind noch beim Umbau.« Emma räus-

202

perte sich und blickte zu dem lustig flackernden Kaminfeuer. »Ich hatte keine Vorstellung davon, wie kompliziert es ist, eine Wohnung einzurichten. Bei dir sah das immer so einfach aus.«

»New York«, meinte Bev. »Lebst du jetzt dort?«

»Ja. Ich gehe zur New Yorker Uni. Fotografie.«

»Gefällt es dir?«

»Ja, sehr.«

»Bleibst du lange in London?«

»Bis Neujahr.«

Eine lange, unbehagliche Pause entstand. Beide Frauen atmeten erleichtert auf, als Alice mit dem Tee kam. »Danke, Alice. Ich schenke selber ein.«

»Sie ist bei dir geblieben«, stellte Emma fest, als sie wieder alleine waren.

»Ja. Oder es ist vielmehr so, daß wir beieinander geblieben sind.« Es half Bev ein wenig, mit der Kanne, den Tassen und mit Gebäck zu hantieren. Zwar hatte sie weder Appetit noch Durst, aber das vertraute Ritual des Nachmittagstees trug zu ihrer Entspannung bei. »Nimmst du immer noch so viel Zukker und Sahne in den Tee?«

»Nein, ich bin durch und durch amerikanisiert.« In einer blauen Vase blühten frische Blumen. Tulpen. Emma fragte sich, ob Bev sie wohl von dem Blumenhändler am Square gekauft oder selbst gezogen hatte. »Jetzt hast du zuviel Zukker hineingetan.«

»Brian und ich machten uns immer Sorgen, daß du mal fett und zahnlos wirst, bei deiner Vorliebe für Süßes«, erzählte Bev, zuckte dann zusammen und suchte nach einem unverfänglicheren Thema. »Erzähl mir von deiner Fotografiererei. Welche Art von Aufnahmen machst du denn am liebsten?«

»Am liebsten fotografiere ich Menschen. Charakterstudien liegen mir mehr als Landschaftsaufnahmen oder Abstraktes. Ich hoffe, ich kann mich durchsetzen.«

»Wunderbar. Ich würde gerne mal Aufnahmen von dir sehen.« Wieder brach sie ab. »Vielleicht wenn ich nächstes Mal in New York bin.«

Emma betrachtete den mit hunderten kleiner, handbemal-

203

ter Ornamente und weißen Spitzenschleifen geschmückten Weihnachtsbaum am Fenster. Sie hatte kein Geschenk für Bev mitgebracht, kein Päckchen von ihr würde unter dem Baum liegen. Aber vielleicht gab es doch eine Möglichkeit, Bev ein Geschenk zu machen.

»Warum erkundigst du dich nicht, wie es ihm geht, Bev?« fragte Emma behutsam. »Es wäre für uns beide leichter.« Bev sah ihr in die Augen, diese schönen, dunkelblauen Augen, die denen ihres Vaters so glichen.

»Wie geht es ihm?«

»Ich wünschte, ich wüßte es. Beruflich besser denn je. Die letzte Konzerttour... na, das weißt du vermutlich alles.«

»Ja.«

»Er dreht gerade einen Film, plant ein neues Album, macht Videos.« Emma legte eine Pause ein, dann platzte sie los: »Er trinkt zuviel.«

»Auch das habe ich gehört«, erwiderte Bev ruhig. »P. M. macht sich Sorgen um ihn. Aber die beiden... seit einigen Jahren ist ihre Beziehung etwas gespannt.«

»Ich möchte, daß er in eine Klinik geht.« Emma zuckte unruhig die Achseln. »Aber er will ja nicht hören. Dabei ist Stevie das beste Beispiel, was passieren kann, wenn... es hat keinen Sinn. Man kann mit ihm auch nicht vernünftig reden, weil bis jetzt weder seine Arbeit noch seine Gesundheit darunter gelitten haben. Aber...«

»Du machst dir Sorgen.«

»Ja. Ja, allerdings.«

Bevs Lächeln wurde weicher, ein Abglanz jenes Lächelns, an das sich Emma so gut erinnerte. »Bist du deswegen gekommen?«

»Zum Teil, denke ich. Es scheint eine Menge von Gründen zu geben, warum ich gekommen bin.«

»Emma, ich schwöre dir, wenn es irgend etwas gäbe, was ich tun könnte, wenn ich irgendwie helfen könnte, dann würde ich das tun.«

»Warum?«

Bev rührte in ihrer Teetasse, um Zeit zu gewinnen. »Brian und ich haben vieles miteinander geteilt. Egal wie lange das her ist, egal wie sehr man verletzt wurde, man vergißt alte Gefühlte nicht so einfach.«

»Haßt du ihn?«

»Nein. Nein, natürlich nicht.«

»Und mich?«

»Ach, Emma.«

Emma sprang auf. »Ich wollte dir diese Frage nicht stellen. Ich wollte nicht alles wieder aufrühren. Nur wollte ich... es ist nicht zu Ende. Ich weiß gar nicht, was ich heute eigentlich zu Ende bringen wollte.« Nachdenklich blickte sie ins Feuer. »Ich habe Jane besucht.«

Bevs Tasse klapperte auf die Untertasse, ehe sie die Kontrolle über ihre Hände wiedergewann. »O je!«

Lachend zupfte Emma ihr Haar zurecht. »Genau. O je. Ich mußte sie sehen, ich dachte, das würde mir helfen, mir über meine Gefühle klar zu werden. Und dumm, wie ich war, glaubte ich, ich könnte sie dazu bewegen, die Verfilmung ihres Buches zu stoppen. Du kannst dir nicht vorstellen, wie es ist, ihr zu ähneln, zu sehen, was sie ist, und dabei zu wissen, daß sie meine Mutter ist.«

»Was ich dir jetzt sage, ist die reine Wahrheit, Emma.« Bev sah sie lange an. Vielleicht gab es doch etwas, das sie tun konnte, nur eine Kleinigkeit, um den Fehler wiedergutzumachen, den sie vor all den Jahren begangen hatte. Als sie zu sprechen begann, klang ihre Stimme ruhig und bestimmt.

»Du bist ihr nicht ähnlich. In keiner Weise. Du warst ihr damals nicht ähnlich, als du zu uns gekommen bist, und daran hat sich bis heute nichts geändert.«

»Sie hat mich an Papa verkauft.«

»O Gott!« Bev schlug die Hände vor das Gesicht, dann ließ sie sie wieder sinken. »Es war alles ganz anders, Emma.«

»Er hat ihr Geld gegeben. Sie hat es genommen. Ich war nur eine Ware, die den Besitzer gewechselt hat und die dann dir angedreht wurde.«

»Das stimmt nicht. Es ist grausam, so etwas zu behaupten, grausam und dumm dazu! Ja, er hat sie bezahlt. Er hätte jeden Preis bezahlt, damit du in Sicherheit bist.«

»Sie sagt, er hat es wegen seines Images getan.«

»Sie lügt.« Bev ging zu Emma hinüber und nahm ihre Hand. »Hör mir jetzt gut zu. Ich kann mich noch genau an den Tag erinnern, an dem er dich mitgebracht hat. Ich weiß, wie du ausgesehen hast, und ich weiß, wie er aussah. Er war nervös, vielleicht auch ängstlich, aber fest entschlossen, das zu tun, was für dich am besten war. Nicht wegen der verdammten Presse, sondern weil du sein Kind warst.«

»Und jedesmal, wenn er oder du mich anschauten, dann habt ihr *sie* gesehen.«

»Brian nicht. Brian nie.« Seufzend legte Bev den Arm um Emmas Schulter und drückte sie auf das Sofa. »Ich vielleicht schon. Anfangs. Ich war so jung, Himmel, ich war so alt wie du jetzt. Wir waren verliebt, wollten heiraten. Ich war mit Darren schwanger. Und dann kamst du – ein Teil von Brian, mit dem ich gar nichts zu tun hatte. Ich hatte Angst vor dir. Wahrscheinlich habe ich dich sogar abgelehnt. Die Wahrheit war, ich wollte nichts für dich empfinden, außer eventuell Mitleid.« Als Emma sich losmachen wollte, hielt Bev sie fest. »Ich weigerte mich, dich zu lieben, Emma. Doch plötzlich tat ich es. Es war nicht geplant, ich habe mich nicht eines Tages hingesetzt und beschlossen, dir eine Chance zu geben. Ich habe dich einfach geliebt.«

Da brach Emma zusammen. Sie ließ ihren Kopf auf Bevs Schulter sinken und weinte, weinte hemmungslos und ohne sich ihrer Tränen zu schämen, während Bev ihr Haar streichelte.

»Es tut mir leid, Liebes. So furchtbar leid. Ich hätte für dich dasein müssen. Aber nun bist du erwachsen, und ich habe meine Chance vertan.«

»Ich dachte, du würdest mich hassen – wegen Darren.«

»Um Himmels willen, nein!«

»Du würdest mir die Schuld geben...«

»Nein.« Entsetzt fuhr Bev zurück. »Du lieber Gott, Emma, du warst ein Kind. Ich habe Brian die Schuld gegeben, und das war falsch. Ich habe mir die Schuld gegeben, und ich kann nur hoffen, daß das auch falsch war. Aber was für Fehler ich auch gemacht haben mag, ich habe nie dir die Schuld gegeben.«

»Ich hörte ihn weinen...«

»Schscht.« Sie hatte gar nicht gewußt, wie sehr Emma litt. Bev schloß einen Moment die Augen. Hätte sie diesen Kummer damals erkannt... Sie konnte nur hoffen, daß sie dann stark genug gewesen wäre, ihren eigenen Schmerz um des Kindes willen hintanzustellen. »Hör zu. Darrens Tod war das Schlimmste, das Schrecklichste und Schmerzhafteste, was mir in meinem ganzen Leben zugestoßen ist. Ich habe danach alle meine Freunde vergrault. In den ersten Jahren nach seinem Tod, da... ich war nicht mehr ich selbst. Ich habe eine Therapie gemacht, sie wieder abgebrochen, an Selbstmord gedacht, aber ich hatte nicht die Courage, ein Ende zu machen. Er war etwas ganz Besonderes, Emma. Manchmal konnte ich kaum glauben, daß er mein Sohn war. Und plötzlich war er fort, so schnell, so grausam, so sinnlos. Ich konnte nichts tun. Ich hatte mein Kind verloren. Und in meiner Trauer habe ich mich von meinem anderen Kind abgewandt und so dieses auch noch verloren.«

»Ich habe ihn auch geliebt. So sehr.«

»Das weiß ich.« Bev lächelte liebevoll. »Das weiß ich nur zu gut.«

»Dich auch. Ich habe dich vermißt.«

»Ich dachte, ich würde dich nie wiedersehen. Ich dachte, du könntest mir nie verzeihen.«

Sie war verblüfft. Verzeihen? Jahrelang hatte Emma in dem Glauben gelebt, sie sei diejenige, der man vergeben müsse, und nun war nach ein paar Worten die seelische Last, die sie mit sich herumtrug, leichter geworden, und sie konnte lächeln.

»Als ich klein war, habe ich dich für die schönste Frau der Welt gehalten. Das tue ich heute noch. Hast du etwas dagegen, wenn ich wieder Mami zu dir sage?«

Bev umarmte sie schweigend. Dann meinte sie: »Warte hier einen Augenblick. Ich habe etwas für dich.«

Allein gelassen suchte Emma in ihrer Handtasche nach einem Taschentuch. Gegen die Kissen gelehnt, trocknete sie ihre Augen. Bev war ihre Mutter und würde es immer bleiben. Zumindest diese quälende Frage war beantwortet.

»Ich habe ihn für dich aufgehoben«, lächelte Bev, als sie zurückkam. »Oder vielleicht habe ich ihn meinetwegen behalten. Er hat mich in vielen einsamen Nächten getröstet.«

Mit einem Freudenschrei sprang Emma auf. »Charlie!«

20

Seit zehn Wochen arbeitete Emma nun schon für Runyun. Sie mochte zwar nur eine kleine Assistentin sein, aber sie war Runyuns kleine Assistentin. In den letzten zehn Wochen hatte sie von ihm mehr gelernt als in all ihren Kursen, aus all ihren Büchern zusammen. Beim Schein des Rotlichts legte sie vorsichtig einen Abzug in das Fixierbad. Ja, sie hatte sich entschieden verbessert. Und sie gedachte, noch besser zu werden.

Besser noch als Runyun, eines Tages.

Beruflich lief alles bestens. Ihr Privatleben dagegen befand sich in Aufruhr.

Da war ihre Mutter. Wie sollte sie nur ihre Gefühle beschreiben? Zu wissen, daß die Frau, die ihr in dem schummrigen Zimmer in London gegenübergesessen hatte, ihr einst das Leben schenkte! Würde sie jemals imstande sein, ihre Gefühle genau zu analysieren? Und ihre Ängste? Trotz Bevs gegenteiligen Beteuerungen hatte sie dennoch nie die alte Angst überwinden können, eines Tages wie Jane zu werden. Lag tief in ihrem Inneren ein Same verborgen, der einmal Früchte bringen würde? War es ihr vorbestimmt, so zu werden wie sie?

Eine Trinkerin. Eine billige, verbitterte Trinkerin.

Wie konnte sie diesem Schicksal entrinnen, wo ihr doch die Anlagen dazu quasi in die Wiege gelegt worden waren. Ihre Mutter, ihr Großvater. Ihr Vater. Es half nichts, die Augen vor der Wahrheit zu verschließen. Der Mann, den sie auf dieser Welt am meisten liebte, war dem Alkohol genauso verfallen wie die Frau, die sie haßte.

Der Gedanke versetzte sie in Panik.

Sie wollte es nicht glauben. Doch sie mußte es glauben.

Es bringt doch nichts. Sinnlos, darüber weiter nachzugrübeln, sagte Emma sich. Sie nahm den Abzug aus dem Fixierbad und hängte ihn auf. Kritisch musterte sie die Aufnahme, ehe sie sich wieder hinter ihr Vergrößerungsgerät stellte.

Anstatt sich Sorgen um sich selbst zu machen, sollte sie sich besser um Marianne kümmern, beschloß Emma. Sie wußte, daß ihre Freundin neuerdings Vorlesungen schwänzte, um Robert Blackpool auf einen Drink oder zum Lunch zu treffen und anschließend mit ihm in die Clubs – Elaine's, Studio 54, Danceteria – weiterzuziehen, wo Blackpool sich von seinen Fans anhimmeln ließ.

Es gab Nächte, an denen Marianne erst im Morgengrauen nach Hause kam, tiefe Schatten unter den Augen und vor Neuigkeiten übersprudelnd. Schlimmer noch waren die Nächte, wo Blackpool im Apartment übernachtete, in Mariannes Studio. In Mariannes Bett.

Sie wünschte von ganzem Herzen, sich über Mariannes Glück freuen zu können. Und Marianne war glücklich. Sie war zum erstenmal heftig verliebt; in einen Mann, der sie allem Anschein nach vergötterte. Sie führte jetzt das aufregende, glanzvolle, dekadente Leben, nach dem sie sich beide gesehnt hatten, während sie hinter den hohen Mauern von Saint Catherine's gefangen waren.

Ärgerlich gestand Emma sich ein, daß sie schlicht und ergreifend eifersüchtig war. Sie verübelte es Marianne, daß sie, Emma, nur noch die zweite Geige in ihrem Leben spielte, und sie schalt sich kleinlich. Es irritierte sie, in Mariannes Gesicht die Spuren einer Liebesnacht zu bemerken, und sie schimpfte sich gehässig.

Dennoch war sie mit Mariannes Romanze nicht einverstanden. Sicher, Blackpool sah blendend aus, war ein interessanter und begabter Mann, das war nicht zu leugnen. Auf Mariannes Drängen hin hatte Emma eingewilligt, ihn zu fotografieren. Er war höflich und zuvorkommend gewesen, erinnerte sie sich, und er hatte ihr amüsante Komplimente gemacht – rein platonisch natürlich, schließlich war er ja der Liebhaber ihrer Freundin.

209

Liebhaber. Emma schnitt den Fotos eine Grimasse. Wahrscheinlich lag da der Hund begraben. Marianne und sie hatten immer alles miteinander geteilt – jeden Gedanken, jeden Plan, jeden Traum, und das über zehn Jahre lang. Aber dies war etwas, was sie nicht teilen konnten, und Mariannes offen zur Schau getragenes Glück erinnerte Emma ständig daran, daß diese eine Erfahrung ihr selbst fehlte.

Beinahe schämte sie sich für ihre Abneigung. Aber Blackpool war undurchsichtig; er war zu erfahren und hatte eine zu große Vorliebe für Nachtclubs und Frauen. Seine Augen wurden zu dunkel, wenn sie auf ihr ruhten – und zu selbstherrlich, wenn sein Blick an Marianne haften blieb. Doch in Wahrheit war Emma einfach nur neidisch auf ihre Freundin.

Es zählte doch nicht, daß sie Blackpool nicht mochte, redete Emma sich zu. Es zählte auch nicht, daß Johnno ihn nicht mochte und nicht mit hämischen Bemerkungen über Blackpools Hang zu Lederhosen und Silberketten geizte. Das einzige, was zählte, war Mariannes Liebe zu ihm.

Emma knipste das Licht an und rieb sich den schmerzenden Rücken. Die lange Arbeit in der Dunkelkammer hatte sie hungrig gemacht. Hoffentlich gefielen Runyun und den Leuten von *Rolling Stone*, mit denen sie sich in Verbindung gesetzt hatte, die Aufnahmen, die sie von Devastation gemacht hatte.

Sie war gerade dabei, den Kühlschrank einer genauen Musterung zu unterziehen, als sie den Fahrstuhl hörte. »Ich hoffe, du hast was Anständiges zu essen mitgebracht«, rief sie laut. »Der Kühlschrank ist genauso leer wie mein Magen!«

»Entschuldigung.«

Beim Klang von Blackpools Stimme drehte Emma sich ruckartig um. »Ich dachte, es wäre Marianne.«

»Sie hat mir einen Schlüssel gegeben.« Er lächelte leicht und ließ den Schlüssel vor Emmas Augen baumeln, ehe er ihn in die Hosentasche schob. »Wenn ich geahnt hätte, daß mich eine hungrige Frau erwartet, hätte ich was eingekauft.«

»Marianne hat noch Unterricht.« Emma sah auf die Uhr. »Sie muß bald zurückkommen.«

»Ich hab' Zeit.« Er kam in die Küche und blickte über ihre

Schulter. Emma wich automatisch zurück. »Kläglich«, meinte er, als er den Inhalt des Kühlschrankes begutachtete, nahm sich dann aber eine Flasche von dem Importbier, das Marianne extra für ihn vorrätig hielt. Dann musterte er Emma lange.

Sie hatte ihr Haar auf dem Kopf zusammengesteckt, damit es ihr bei der Arbeit nicht ins Gesicht hängen konnte. Unter seinem prüfenden Blick wurde ihr bewußt, daß ihre Jeans zu eng saßen und das überweite T-Shirt ständig über ihre Schulter rutschte.

»Tut mir leid, daß ich dir nichts anderes anbieten kann.«

Er hob kaum merklich die Augenbrauen, lächelte sie an und trank einen Schluck. »Mach dir deswegen keine Gedanken. Betrachte mich einfach als Familienmitglied.«

Die Küche war für sie beide zu eng. Als Emma sich an ihm vorbeidrängelte, bewegte er sich gerade so viel, daß sich ihre Körper aneinander rieben. Es war eine bewußte Aufforderung, die Emma erschreckte, da er bislang immer den netten, höflichen Freund gespielt hatte. Als sie zusammenzuckte, lachte er zufrieden.

»Mache ich dich nervös, Emma?«

»Nein.« Die Lüge war zu offensichtlich, um glaubhaft zu wirken. Zum erstenmal hatte sie ihn als Mann und nicht als Mariannes Freund angesehen. »Wollt ihr beiden ausgehen?«

»Das war der Plan.« Er hatte die Angewohnheit, sich mit der Zunge über die Zähne zu fahren, ehe er lächelte, als würde ihm das Wasser im Mund zusammenlaufen. »Willst du dich uns anschließen?«

»Ich glaube nicht.« Einmal hatte Marianne sie zum Mitkommen überredet, und Emma wurde von Club zu Club geschleift und war ständig auf der Flucht vor Paparazzi.

»Du kommst nicht genug unter Leute, Süße.«

Als er begann, mit ihren Haaren zu spielen, warf Emma den Kopf in den Nacken. »Ich habe zu arbeiten.«

»Da wir gerade davon sprechen: Hast du eigentlich die Fotos entwickelt, die du von mir geschossen hast?«

»Ja. Sie trocknen gerade.«

»Darf man mal sehen?«

Emma zuckte die Achseln und ging voraus, in ihre Dunkelkammer. Vor dem Kerl brauchte sie doch keine Angst zu haben, versicherte sie sich. Wenn er das Terrain sondieren wollte, um ihr einen flotten Dreier vorzuschlagen, dann würde sie ihm was anderes erzählen!

»Ich glaube, sie werden dir gefallen.«

»Ich bin aber sehr anspruchsvoll, Emmaschatz.«

Der Kosename verursachte ihr Gänsehaut, doch sie fuhr fort: »Ich habe mich bemüht, dich nachdenklich und ein bißchen arrogant wirken zu lassen.«

Sein Atem strich warm über ihren Nacken. »Und sexy?«

Ihr lief ein kurzer, unkontrollierter Schauer über den Rücken. »Manche Frauen finden Arroganz sexy.«

»Und du?«

»Ich nicht.« Sie wies auf die zum Trocknen aufgehängten Bilder. »Wenn dir eins gefällt, kann ich es dir vergrößern.«

Einen Moment lang lenkten ihn seine fotografischen Ebenbilder von dem Flirtversuch ab. Die Sitzung war ohne große Umstände direkt in der Wohnung abgehalten worden. Blackpool hatte sich einverstanden erklärt, da einerseits Marianne von der Idee so angetan war und er andererseits die Gelegenheit nutzen wollte, seinen Charme an Emma zu erproben. Er bevorzugte ganz junge Frauen – Frischfleisch, wie er es zynisch nannte –, besonders, seit bei seiner Scheidung viel schmutzige Wäsche gewaschen worden war. Seine Frau war dreißig, wetzte ihre böse Zunge gerne und pflegte ihm das Leben zur Hölle zu machen, so oft sie ihn der Untreue verdächtigte – wozu sie allen Grund hatte.

Blackpool mochte Mariannes Begeisterungsfähigkeit, ihren trockenen Humor und ihre hemmungslose Hingabe im Bett. Doch mit Emma, der ruhigen, stillen Emma verhielt es sich anders. Nur zu gerne hätte er ihre kühle, reservierte Fassade durchbrochen. Und das traute er sich auch zu. Außerdem würde ihr Vater außer sich sein – was den Reiz nur noch erhöhte. Mehr als einmal hatte sich Blackpool dem erotischen Wunschtraum hingegeben, beide Frauen gleichzeitig in sein Bett zu locken. Daß Emma vermutlich noch unberührt war, machte die Vorstellung um so verlockender.

Er verdrängte diesen angenehmen Gedanken und studierte aufmerksam die Schwarzweißfotos.

»Marianne behauptete, du seist gut, aber ich dachte, sie wollte bloß ihrer Freundin die Stange halten.«

»Nein.« Sogar in dem engen Raum brachte Emma es fertig, ihn auf Distanz zu halten. »Ich bin gut.«

Sein tiefes, heiseres Lachen jagte ihr einen Schauer über die Haut. Mit zitternden Knien wich sie weiter zurück. Er war aber auch zu attraktiv. Doch hinter der primitiven sexuellen Anziehungskraft lauerte etwas, das sie abstieß.

»Das bist du, Süße.« Ein leichter Geruch nach Leder, Schweiß und Bier umgab ihn. Sie hielt den Atem an.

»Stille Wasser sind offenbar tief.«

»Ich verstehe was von meiner Arbeit.«

»Sei nicht so bescheiden.« Beiläufig stützte er sich mit der Hand an der Wand ab und kesselte sie ein. Er witterte Gefahr; eine Lockung, der er nicht zu widerstehen vermochte. »Fotografie ist eine Kunst, nicht wahr? Und Künstler stehen unter einem besonderen Stern.« Er streckte die Hand aus und zog eine Nadel aus ihrem Haar. Unfähig, sich zu rühren, stand sie da, wie ein Kaninchen, das vor der Schlange zittert. »Künstler sind auf bestimmte Weise miteinander verbunden.« Langsam entfernte er eine weitere Haarnadel. »Was verbindet uns, Emma?«

Wie hypnotisiert starrte sie ihn an, konnte keinen klaren Gedanken fassen. Als sie abwehrend den Kopf schütteln wollte, verlor er die Beherrschung und riß sie an sich, fuhr mit der Hand durch ihr Haar und preßte seinen Mund hungrig auf ihre Lippen.

Dann geschah etwas, wofür sie sich ihr Leben lang verachten würde: Sie wehrte sich nicht. Einen Moment lang empfand sie brennendes Verlangen. Durch ihr Verhalten angestachelt fuhr seine Zunge zwischen ihre geöffneten Lippen. Da er ihr protestierendes Stöhnen mit Leidenschaft verwechselte, glitten seine Hände unter ihr T-Shirt und fanden ihre Brüste.

»Nicht! Bitte nicht!«

Er lachte nur. Ihr angstvolles Zittern brachte sein Blut in

Wallung. Voll heißer Begierde drückte er sie an sich, bis sich ihre leise Gegenwehr in panischer Angst verwandelte.

»Laß mich los!«

Jetzt setzte sie sich mit aller Kraft zur Wehr, krallte die Nägel in seine Lederjacke, kratzte und trat nach ihm. Er stieß sie so brutal gegen die Wand, daß die Flaschen auf dem Regal zu klappern begannen. Wie ein in die Enge getriebenes Tier schlug sie um sich, versuchte zu schreien, aber ihre Stimme versagte. Seine Hände zerrten am Reißverschluß ihrer Jeans. Ihr keuchendes Schluchzen erregte ihn bis zum Wahnsinn.

Für einen Augenblick gab er sie frei, um seine Hose zu öffnen. Verzweifelt suchte sie nach einem Ausweg. Ihr Blick fiel auf eine große Papierschere, sie wirbelte herum und packte sie mit beiden Händen.

»Bleib mir vom Leib!« befal sie laut. Ihre Stimme klang rauh, und die Hände, die die Schere hielten, flatterten.

»Was soll das?« Blackpool deutete den wilden Ausdruck in ihren Augen richtig. Sie würde erst zustechen und dann nachdenken. Also doch noch Jungfrau, kombinierte er schwer atmend. Nur zu gerne hätte er diesen Zustand geändert. »Verteidigst du deine Unschuld? Vor einer Minute noch warst du nur allzu bereit, sie wegzuwerfen.«

Emma schüttelte nur den Kopf und hob drohend die Schere, als er vorsichtig einen Schritt auf sie zukam. »Mach, daß du rauskommst. Laß dich hier ja nicht wieder blicken. Wenn ich das Marianne erzähle...«

»Du wirst ihr gar nichts erzählen.« Er lächelte, ein hinterhältiges, gemeines Lächeln. »Wenn du das tust, dann hast du eine Freundin weniger. Sie wird dir kein Wort glauben, sie vertraut mir nämlich. Aber dich wird sie keines Blickes mehr würdigen, wenn ich ihr erzähle, daß du mich verführen wolltest.«

»Du bist ein mieser, verlogener Bastard!«

»Ganz recht, Emmaschatz. Aber weißt du, was du bist? Eine frigide Zicke!« Etwas ruhiger griff er nach seinem achtlos beiseite gestellten Bier und nahm einen tiefen Schluck. »Und dabei wollte ich dir nur einen Gefallen tun. Du hast nämlich Probleme, Süße, und zwar ganz gewaltige, aber

214

nichts, was nicht mit einer guten Nummer behoben werden kann.« Immer noch lächelnd begann er, langsam über seine Hose zu reiben. »Glaub mir, ich kann's dir gut besorgen. Frag mal deine Freundin.«

»Raus!«

»Aber davon hast du keine Ahnung, was? Ihr süßen kleinen katholischen Unschuldslämmchen seid doch alle gleich, nur die Sünde im Kopf. Aber ich weiß, was in dir vorgeht, wenn du Marianne und mich nachts hörst. Weiber wie du, die schreien geradezu nach einer Vergewaltigung, da können sie's genießen und sich dabei einreden, sie wären trotzdem noch rein und unberührt. Dabei bettelt ihr alle nach mehr!«

Emmas Blick folgte seiner streichelnden Hand, und sie wedelte erneut mit der Schere. »Wenn ich die hier benutzen muß«, warnte sie langsam, »dann singst du anschließend im Knabenchor.«

Befriedigt stellte sie fest, daß die Farbe aus seinem Gesicht wich. Ihre Worte hatten ihn in Wut, aber mit Sicherheit auch in Angst versetzt.

»Du miese Hure!«

»Besser eine Hure als ein Eunuch«, erwiderte Emma betont ruhig, obwohl sie fürchtete, daß ihr die Schere jeden Moment aus den kraftlosen Fingern gleiten würde.

Die Fahrstuhltüren öffneten sich, und beide zuckten zusammen.

»Emma!« erklang Mariannes fröhliche Stimme. »Emma, bist du da?«

Blackpool warf Emma einen tückischen Blick zu. »Ich bin hier, Schatz. Emma hat mir die Fotos gezeigt.«

»Ach, sind sie fertig?«

Er drehte sich um und ging hinaus. »Ich habe auf dich gewartet«, hörte Emma ihn mit seidenweicher Stimme schnurren.

»Ich wußte nicht, daß du hier bist.« Mariannes atemlose Stimme verriet ihr, daß die zwei sich küßten. »Laß uns mal einen Blick auf die Fotos werfen.«

»Was willst du mit den Fotos, wenn du das Original in Lebensgröße vor dir hast?«

»Robert...« Mariannes Protest endete in einem unter-
drückten Stöhnen. »Aber Emma ist...«

»Die ist beschäftigt. Ich hab' mich schon den ganzen Tag
auf dich gefreut.«

Emma blieb stocksteif stehen, während sich die murmeln-
den Stimmen entfernten. Ganz sachte schloß sie die Tür der
Dunkelkammer. Nur nichts hören. Sich nur nicht vorstellen,
was oben vor sich ging. Ihre Beine gaben unter ihr nach, und
sie ließ sich erschöpft in einen Stuhl sinken. Die Schere fiel
klappernd zu Boden.

Er hatte sie berührt, dachte sie angeekelt. Er hatte sie
berührt, und, Gott möge ihr verzeihen, sie hatte es einen
Augenblick lang genossen. Seine anklagenden Worte entsprachen der Wahrheit. Sie hatte ihm die Entscheidung überlassen wollen, und dafür haßte sie ihn. Und sich selbst.

Das Telefon neben ihr klingelte bereits eine geraume Zeit,
ehe sie die Energie aufbrachte, den Hörer abzunehmen. »Ja?«

»Emma – Emma, bist du das?«

»Ja.«

In der Leitung knisterte es. »Hier ist Michael. Michael Kesselring.«

Benommen starrte Emma auf die Fotos auf ihrem Arbeits-
tisch. »Ja, Michael?«

»Ich... ist alles in Ordnung? Stimmt was nicht?«

Beinahe hätte sie laut aufgelacht. »Nein, was sollte denn
nicht stimmen?«

»Du hörst dich so komisch an.«

Der Schock über den Zwischenfall mit Blackpool war so
stark, daß sie es nicht ertragen konnte, mit einem Mann auch
nur zu sprechen. »Das bildest du dir ein.«

»Hör zu, ich muß dich sehen. Ich könnte für ein paar Tage
runterkommen.«

»Ich will dich nicht sehen.«

»Um Himmels willen, Emma!«

»Nein. Ich wüßte nicht, warum. Dich wiederzusehen, das
würde meine Pläne stören. Verstehst du?«

»Ja. Nein.« Es gab eine lange Pause. »Ich werde es versuchen. Viel Glück, Emma.«

»Danke, Michael. Mach's gut.«

Als er aufgelegt hatte, ließ Emma ihren Tränen freien Lauf. Alles nur eine Reaktion auf diese scheußliche Szene mit Blackpool, redete sie sich zu. Sie wünschte Michael wirklich nur das Beste. Fluch über ihn und alle Männer!

Sie verschloß die Tür, drehte das Radio laut auf, warf sich auf den Boden und weinte wie nie zuvor in ihrem Leben.

21

New York, 1986

Die Wohnung sah aus wie nach einem Wirbelsturm. Nun, dachte Emma, man konnte Marianne alles nachsagen, nur keine übertriebene Ordnungsliebe. Im Wohnzimmer lagen Zeitschriften verstreut, zwei knallrote leere Handtaschen waren in eine Ecke geworfen worden, daneben fand sich ein einzelner hochhackiger Schuh in derselben gräßlichen Farbe, und der Fußboden war mit Schallplatten übersät. Emma hob eine auf und legte sie auf den Plattenteller. Aretha Franklin.

Lächelnd erinnerte sie sich, daß Marianne diese Platte letzte Nacht gespielt hatte, während sie ihre wüste Packaktion beendete. Kaum vorstellbar, daß Emma und die Wohnung jetzt fast ein Jahr lang ohne Marianne auskommen mußten.

Eine lila Seidenbluse und ein rotes Top waren Mariannes hektischer Suche nach unbedingt erforderlichen Kleidungsstücken ebenfalls entgangen. Die Möglichkeit, ein Jahr in Paris, an der Ecole des Beaux Arts, zu studieren, war letztendlich doch zu verlockend gewesen. Emma freute sich zwar für die Freundin, aber es kam sie hart an, auf einmal mutterseelenallein in der Wohnung zu stehen.

Einen Moment blieb sie still stehen und lauschte. Durch die Musik von Aretha Franklin drang der leise, stetige Straßenlärm, vermischt mit dem klaren, kräftigen Sopran einer Nachbarin, einer angehenden Opernsängerin, die bei geöffneten Fenstern eine Arie aus der *Hochzeit des Figaro* einstudierte. Emma fühlte sich plötzlich verloren. Lächerlich, schalt sie sich selbst, du bist doch nicht allein in New York. Doch genau so kam sie sich vor.

Nicht mehr lange, ermahnte sie sich, als sie Bluse und Schuh auf der untersten Treppenstufe deponierte. Sie mußte selbst ans Packen denken. In zwei Wochen würde sie in London sein und mit Devastation auf Tournee gehen, diesmal in offizieller Mission, als autorisierte Fotografin. Die Bezeichnung hatte sie sich verdient, dachte Emma zufrieden, als sie den ersten Koffer auf das Bett wuchtete. Sie hatte den Auftrag erhalten, nachdem ihr Vater sie gebeten hatte, Devastation für das Cover des neuen Albums zu fotografieren. Für *Lost the Sun*. Das originelle Schwarzweißfoto hatte solchen Anklang gefunden, daß sogar Pete sich mit Kommentaren über Vetternwirtschaft zurückgehalten hatte. Keinen Ton hatte er gesagt, als man sie aufforderte, auch das nächste Plattencover zu gestalten.

Daß gerade er, in seiner Funktion als Manager der Gruppe, sie zu der Tournee eingeladen hatte, vermittelte ihr ein Gefühl tiefer Befriedigung. Ein festes Honorar und Spesen. Runyun hatte zwar gemeckert, aber nur kurz – irgend etwas von Kommerzialisierung der Kunst.

London, Dublin, Paris – kurzer Besuch bei Marianne – Rom, Barcelona, Berlin. Nicht zu vergessen all die Städte dazwischen. Die Europatournee war mit zehn Wochen veranschlagt. Danach würde sie das verwirklichen, was ihr seit fast zwei Jahren vorschwebte. Sie würde ihr eigenes Studio eröffnen.

Wo war bloß ihre schwarze Kaschmirjacke? Emma eilte die Treppe hoch und hob im Vorbeigehen Bluse und Schuh auf. Das Gemisch aus Düften faszinierte sie. Terpentin und Opium. Marianne hatte ihr Studio so hinterlassen, wie sie auch darin gelebt hatte: in komplettem Chaos. In allen verfügbaren Gefäßen, vom Mayonnaiseglas bis hin zur Dresdener Vase, steckten Pinsel, Zeichenkohle und kleine Bürsten. Aufgezogene Leinwände lehnten überall an den

Wänden. Drei farbverkleckste Arbeitskittel hingen achtlos über den Stühlen.

Am Fenster stand immer noch Mariannes Staffelei, und daneben ein Becher, dessen Inhalt Emma lieber nicht genauer untersuchen mochte. Kopfschüttelnd wandte sich Emma zum Schlafraum, der eigentlich nur aus einer Nische bestand. Mit den Jahren hatte Mariannes Malerei langsam aber sicher von dem ganzen Raum Besitz ergriffen. Das riesige Bett mit dem Rattankopfteil war zwischen zwei Tische gequetscht. Auf dem einen stand eine Lampe, deren Schirm wie ein Damenhut geformt war, auf dem anderen klebte ein halbes Dutzend heruntergebrannter Kerzen.

Das Bett war ungemacht. Seit sie beide das Saint Catherine's verlassen hatten, weigerte sich Marianne aus Prinzip, ihr Bett zu machen. Im Schrank entdeckte Emma drei Kleidungsstücke, die sämtlich von ihr stammten. Die schwarze Kaschmirjacke hing zwischen einem roten Lederrock, den sie völlig vergessen hatte, und einem ›I love New York‹-Sweatshirt. Soviel dazu.

Emma nahm die Sachen an sich, dann setzte sie sich auf Mariannes zerwühltes Bett.

Sie würde die Freundin vermissen. Alles hatten sie miteinander geteilt; Kummer, Freude, Probleme. Zwischen ihnen gab es keine Geheimnisse. Außer einem. Allein der Gedanke daran ließ Emma erschauern.

Sie hatte Marianne nie von dem Zwischenfall mit Blackpool erzählt. Sie hatte überhaupt niemandem davon erzählt. Oft genug hatte sie das vorgehabt, besonders in jener Nacht, in der Marianne in der Gewißheit nach Hause gekommen war, Blackpool würde sie bitten, ihn zu heiraten.

»Sieh mal, was er mir geschenkt hat.« Marianne zeigte ihr ein Diamantherz, das an einer goldenen Kette um ihren Hals hing. »Er hat gesagt, ich soll ihn nicht vergessen, während er in Los Angeles ist und sein neues Album aufnimmt.« Ausgelassen war sie durch die ganze Wohnung gehüpft.

»Hübsch«, zwang sich Emma zu sagen. »Wann muß er denn los?«

»Er ist schon weg. Ich hab' ihn zum Flughafen gebracht.«

Erleichterung überflutete Emma.

»Ich hab' eine halbe Stunde lang im Auto gesessen und geheult wie ein Schloßhund, als er weg war. So ein Blödsinn! Er kommt ja zurück.« Übersprudelnd vor Freude, warf Marianne Emma die Arme um den Hals. »Emma, er wird mich heiraten. Ich bin ganz sicher.«

»Du willst ihn heiraten?« Die Erleichterung verwandelte sich in bleischwere Sorge. Noch immer fühlte sie seine Hände auf ihrem Körper. »Aber Marianne, er ist...«

»Wie er sich von mir verabschiedet hat, wie er mich angesehen hat, als er mir die Kette umlegte... Emma, beinahe hätte ich ihn angebettelt, mich doch mitzunehmen. Aber ich will, daß er mich bittet. Ich weiß, daß er das tun wird.«

Natürlich tat er das nicht.

Marianne hatte jeden Abend förmlich am Telefon geklebt, war Tag für Tag, so schnell sie konnte, nach Hause gehetzt, um auf Nachricht von ihm zu warten. Kein Wort war gekommen.

Nach drei Wochen lieferte ihnen das Fernsehen den ersten Hinweis, warum es sich so verhielt. Blackpool war gefilmt worden, als er, wie üblich in schwarzes Leder gekleidet, eine junge, brünette Chorsängerin zu irgendeiner Hollywoodveranstaltung begleitete. Bald erschienen Fotos der beiden in allen Zeitungen.

Zuerst hatte Marianne die Liaison nicht ernst genommen. Dann hatte sie versucht, ihn zu erreichen. Keine Reaktion. *People* brachte einen ausführlichen Bericht über Blackpools neue Liebe. Auf Mariannes Anruf hin wurde ihr mitgeteilt, Mr. Blackpool mache Urlaub auf Kreta. Er hatte die Brünette mitgenommen.

Emma erhob sich und trat ans Fenster. Noch nie zuvor hatte sie Marianne dermaßen am Boden zerstört erlebt. Ihr war ein Stein vom Herzen gefallen, als Marianne sich endlich aus ihrer Depression befreite und Blackpool mit allen Flüchen und Schimpfworten belegte, die sie kannte – und das waren nicht wenige. Dann hatte sie mit großer Geste das Diamantherz aus dem Fenster geworfen. Emma hoffte heimlich, irgendeine Stadtstreicherin möge es finden.

Sie war darüber hinweggekommen, dachte Emma belustigt, und sie hatte sich mit neuem Elan an ihre Arbeit gestürzt. Kein Künstler konnte Großes vollbringen, wenn er nicht schon einmal Kummer und Schmerz durchlebt hatte, pflegte sie zu sagen.

Emma konnte nur wünschen, sie selbst wäre imstande, so rasch zu vergessen. Sie würde sich ihr Leben lang an alles erinnern, jedes Wort, jede anklagende Beschimpfung. Ihre einzige Rache hatte darin bestanden, all seine Fotos samt den Negativen zu verbrennen.

Doch das war vorbei, sagte sie sich streng und stand auf. Ihr Problem lag darin, daß sie sich an alles viel zu klar erinnern konnte. Ob es nun ein Segen oder ein Fluch war, sie sah Dinge, die vor einem oder auch vor zwanzig Jahren geschehen waren, so glasklar und deutlich vor sich wie ihr eigenes Gesicht im Spiegel.

Bis auf eine Nacht ihres Lebens. Die lag in nebulösen Träumen verborgen.

22

Emma wählte ein Weitwinkelobjektiv und kauerte sich am Fuß der Bühne nieder. Kein Zweifel, Devastation zeigte sich bei den Proben in genauso guter Form wie bei Konzerten. Von den Aufnahmen, die sie bisher gemacht hatte, war sie sehr angetan. Im Geiste kalkulierte sie bereits, wieviel Zeit die Arbeit in der Dunkelkammer in Anspruch nehmen würde.

Im Moment fotografierte sie die leere Bühne, die Instrumente, die Anlage und die Verstärker, während sich die Gruppe eine Stunde Mittagspause gönnte. Besonders das elektrische Keyboard und der riesige Flügel faszinierten sie. Vielleicht konnte sie mit Hilfe ihrer Fotos dem Publikum die Hintergründe des Musikgeschäftes näherbringen.

Die schon arg mitgenommene Martin erinnerte sie an den Mann, der sie spielte. Stevie war genauso ein alter Hase und genauso brilliant wie das Instrument, das ihn schon seit zwanzig Jahren begleitete. Der grellbunt gemusterte Tragegurt war ihr letztes Weihnachtsgeschenk an ihn gewesen.

Neben der Martin wirkte Johnnos türkisfarbener Fender-Baß beinahe frivol. Gleich seinem Besitzer verbarg das Instrument seine wahren Qualitäten hinter einer schillernden Fassade.

Quer über die Baßtrommel von P. M.s Schlagzeug verlief das Logo der Band. Auf den ersten Blick machte die Anlage keinen besonders imponierenden Eindruck. Erst bei genauerer Betrachtung offenbarten sich die Feinheiten, wie das komplizierte Arrangement der einzelnen Elemente, die drei Paar Trommelstöcke, die blitzenden Chromteile, die P. M. stets eigenhändig polierte.

Und dann natürlich die Gibson, die ihr Vater eigens hatte anfertigen lassen. Das Instrument war offensichtlich als Gebrauchsgegenstand und nicht als Spielzeug gedacht; ohne überflüssigen Zierat, nur mit einem schlichten schwarzen Gurt ausgestattet. Doch das Holz glänzte in sattem Gold, und der Ton war so süß und rein, daß es dem Zuhörer die Tränen in die Augen trieb.

Emma senkte die Kamera und berührte mit einer Hand sanft den Gitarrenhals. Als Musik erklang, riß sie die Hand erschrocken zurück. Einen Augenblick lang kam es ihr so vor, als habe ihre Berührung die Gitarre zum Leben erweckt. Erstaunt blickte sie über die Bühne. Die magische Musik kam von hinten.

Leise ging sie den Tönen nach.

Er saß im Schneidersitz auf dem Boden vor einer Garderobe. Seine langen, elegant geformten Finger streichelten zärtlich über die Saiten, während er gedankenverloren nur für sich selbst sang.

Seine Stimme klang warm und weich. Das dunkelblonde Haar fiel wie ein Vorhang über sein Gesicht, als er sich über die Gitarre beugte. Emma schlich wortlos näher. Da sie sein Spiel nicht unterbrechen wollte, duckte sie sich vorsichtig und hob die Kamera. Das Klicken des Auslösers riß ihn aus seiner Versunkenheit, und er blickte hoch.

»Entschuldigung. Ich wollte Sie nicht stören.«

Seine Augen, von demselben Goldton wie sein Haar, trafen die ihren und hielten sie fest. Das blasse, empfindsame Gesicht paßte zu seiner Stimme, und die vollen, geschwungenen Lippen verzogen sich zu einem, wie sie meinte, schüchternen Lächeln.

»Kein Mann würde sich nicht gerne von Ihnen stören lassen.« Abwesend zupfte er weiter an der Gitarre, während er sie betrachtete. Sie war ihm zuvor schon aufgefallen, und nun bot sich zum erstenmal die Gelegenheit, sie genauer anzusehen. Der nachlässig gebundene Pferdeschwanz betonte ihre klaren, feinen Gesichtszüge. »Hi. Ich bin Drew Latimer.«

»Hallo – ach ja, natürlich. Ich hab' Sie gar nicht erkannt.« Was sicherlich der Fall gewesen wäre, dachte Emma, wenn sie nicht von der Musik vollkommen gefangen gewesen wäre. Sie hielt ihm ihre Hand hin. »Sie sind doch der Leadsänger von Birdcage Walk. Mir gefällt Ihre Musik.«

»Danke.« Er hielt ihre Hand fest, bis sie sich neben ihn kniete. »Ist das Fotografieren Ihr Hobby oder Ihr Beruf?«

»Beides.« Unter seinem intensiven Blick beschleunigte sich Emmas Puls. »Hoffentlich nehmen Sie es mir nicht übel, daß ich einfach so eine Aufnahme von Ihnen gemacht habe. Ich hörte Sie spielen und ging der Musik nach.«

»Ich bin froh, daß Sie das getan haben.« So viel hatte er eigentlich gar nicht sagen wollen. »Gehen Sie doch heute abend mit mir essen, dann können Sie noch hundert weitere Fotos schießen.«

»Noch nicht einmal ich fotografiere beim Essen«, lachte sie.

»Dann lassen Sie die Kamera zu Hause.«

Sie wartete einen Moment, um sicherzugehen, daß ihre Stimme ihr gehorchte. »Ich muß noch arbeiten.«

»Vielleicht zum Frühstück? Lunch? Auf einen Schokoriegel?«

Kichernd erhob sie sich. »Ich weiß zufällig, daß Sie allerhöchstens Zeit für einen Schokoriegel hätten. Sie sind die Vorgruppe für Devastation morgen abend.«

Er gab ihre Hand nicht frei. So einfach würde er sie nicht davonkommen lassen. »Anderer Vorschlag. Ich besorge Ihnen eine Eintrittskarte für das Konzert, und Sie gehen anschließend mit mir was trinken.«

»Ich gehe sowieso zu dem Konzert.«

»Gut. Wen muß ich also aus dem Weg räumen?« Drew hielt seine Gitarre in der einen und Emmas Finger in der anderen Hand. Sie bemerkte, daß sein Hemd bis zur Taille offenstand und helle, weiche Haut freigab. Mit einer einzigen geschmeidigen Bewegung sprang er auf. »Sie werden mich bei meinem großen Auftritt doch nicht allein lassen? Ich brauche moralische Unterstützung.«

»Sie sehen nicht so aus, als ob Sie die nötig hätten.«

Als Emma sich losmachen wollte, verstärkte Drew seinen Griff. »Es klingt zwar banal, aber es ist die reine Wahrheit. Sie sind die schönste Frau, die ich je gesehen habe.«

Geschmeichelt und verwirrt zugleich suchte Emma nach Worten. »Vielleicht sollten Sie häufiger ausgehen.«

Er lächelte siegesgewiß. »Gute Idee. Wo würden Sie gerne hingehen?«

Emma schwankte zwischen Panik und dem Wunsch zu lachen. Hinter der Bühne raschelte es, und man hörte Stimmengewirr. Die Musiker kamen zurück. »Ich muß jetzt wirklich gehen.«

»Verraten Sie mir wenigstens Ihren Namen. Ein Mann sollte doch wissen, wer ihm das Herz gebrochen hat.«

»Mein Name ist Emma. Emma McAvoy.«

»Au weia.« Drew fuhr zusammen und ließ ihre Hand fallen. »Tut mir leid, ich hatte ja keine Ahnung. Jetzt stehe ich da wie ein Idiot.«

»Wieso?«

»Brian McAvoys Tochter, und ich mache ungeschickte Annäherungsversuche!«

»So ungeschickt waren die gar nicht«, murmelte sie und räusperte sich, als sich ihre Blicke trafen. »Ich muß zurück. Es war... sehr nett, Sie kennengelernt zu haben.«

»Emma.« Befriedigt bemerkte er, daß sie zögerte und sich dann umdrehte. »Vielleicht haben Sie während der näch-

sten zehn Wochen ja doch mal Zeit für besagten Schokoriegel.«

»Wir werden sehen.« Mit einem Aufatmen ging Emma zur
Bühne zurück.

Kurz darauf erhielt sie ein mit einer rosa Schleife verziertes
Milky Way, zusammen mit ihrem ersten Liebesbrief. Der
Bote war schon längst wieder weg, als sie immer noch in der
Tür stand und verzückt das Briefchen anstarrte.

> Emma,
> wenn wir erst mal in Paris sind, gebe ich mir
> mehr Mühe. Doch fürs erste eine kleine Erinne-
> rung an unsere erste Begegnung. Ich werde an
> Sie denken.
>
> Drew

Ein Schokoriegel! Über einen ganzen Korb voll Diamanten
hätte sie sich kaum mehr freuen können. Da niemand sie
beobachtete, drehte sie lachend einige Pirouetten, schnappte
sich dann aus einem Impuls heraus ihre Jacke und stürmte
aus dem Haus.

Wieder öffnete Alice die Tür, aber diesmal weinte sie nicht.
Ihre Lippen krümmten sich nur leicht, als sie Emma ansah.
»Du bist zurückgekommen?«

»Ja. Hallo, Alice.« Emma mußte sich zusammennehmen,
um nicht vor Freude um sie herumzutanzen. Statt dessen gab
sie ihrem überraschten früheren Kindermädchen einen Kuß
auf die Wange. »Ja, ich bin wieder da. Ich wollte zu Bev. Ist
sie zu Hause?«

»Sie ist oben, in ihrem Büro. Ich sage ihr Bescheid.«

»Danke.« Am liebsten hätte Emma laut gesungen. In ihrem
ganzen Leben war sie noch nicht so glücklich gewesen.
Wenn sich alle Verliebten so fühlten, dann hatte sie viel zu
lange auf diese Erfahrung gewartet. In einer Bodenvase
leuchtete ein Bouquet aus Narzissen und Hyazinthen. Emma
beugte sich darüber und sog den süßen Duft ein.

»Emma.« Bev, einen Bleistift hinter dem Ohr und eine
große schwarzgefaßte Brille auf der Nase, eilte die Treppe

herunter. »Ich bin so froh, dich zu sehen.« Sie schlang die Arme um das Mädchen und drückte es an sich. »Du hast mir ja gesagt, daß du nach London kommst, aber ich dachte, du hättest keine Zeit, um mich zu besuchen.«

»Ich habe alle Zeit der Welt.« Emma fiel ihr strahlend um den Hals. »Ach, Mami, ist das nicht ein herrlicher Tag.«

»Ich habe die Nase noch nicht zur Tür rausgestreckt.« Bev hielt sie auf Armeslänge von sich, und ihre Augen hinter der Lesebrille wurden schmal. »Du siehst aus wie eine Katze, die Sahne geschleckt hat. Was ist los?«

»Sehe ich so aus?« Emma preßte die Hände an ihre Wangen. »Tatsächlich?« Lachend hakte sie sich bei Bev ein. »Ich mußte mit jemanden reden, ich hab's einfach nicht mehr ausgehalten. Papa ist mit Pete und dem neuen Roadmanager unterwegs. Aber er wäre eh nicht der Richtige gewesen.«

»Nein?« Bev nahm ihre Brille ab und legte sie auf den Wohnzimmertisch. »Wofür wäre er nicht der Richtige gewesen?«

»Ich habe gestern jemanden kennengelernt.«

»Jemanden?« Bev deutete auf einen Sessel und ließ sich dann selbst auf der Lehne nieder, während Emma ruhelos auf und ab ging. »Einen männlichen Jemand vermutlich.«

»Einen wundervollen männlichen Jemand. Ich weiß, ich höre mich an wie eine Idiotin – wo ich mir doch immer geschworen habe, nie solchen Blödsinn von mir zu geben, aber er ist fantastisch, so süß und so witzig.«

»Hat dieser fantastische, süße, witzige Mann auch einen Namen?«

»Drew. Drew Latimer.«

»Birdcage Walk.«

Kichernd umarmte Emma Bev, ehe sie ihr nervöses Hin und Her wieder aufnahm. »Du bist auf dem laufenden.«

»Natürlich.« Bev runzelte einen Augenblick die Stirn, dann schalt sie sich eine zimperliche Närrin, weil Emmas Affäre mit einem Musiker sie beunruhigte. Ein Esel schimpft den anderen Langohr, dachte sie reuevoll. »Sieht er in natura so gut aus wie auf den Fotos?«

»Besser.« Emma erinnerte sich an sein Lächeln, an den

warmen Ausdruck seiner Augen. »Wir sind hinter der Bühne regelrecht zusammengerasselt. Er hat auf dem Boden gesessen, Gitarre gespielt und gesungen, wie Papa das manchmal macht. Wir haben uns unterhalten, und er hat mit mir geflirtet. Ich fürchte, ich habe nur Unsinn geredet.« Sie zuckte die Achseln. Unsinn oder nicht, sie wollte jedes einzelne Wort im Gedächtnis behalten. »Und das Allerbeste war, er kannte mich nicht. Er hatte nicht die geringste Idee, wer ich bin.«

»Macht das einen Unterschied?«

»Und ob. Er hat sich gefreut, mich zu sehen, verstehst du? Mich, und nicht Brian McAvoys Tochter. Jeder, mit dem ich bislang ausgegangen bin, war im Grunde genommen an Papa interessiert oder wollte wissen, wie man sich als Brian McAvoys Tochter so fühlt. Aber Drew hat mich zum Essen eingeladen, ohne zu wissen, wer ich bin. Es hat ihn nicht interessiert. Und als ich es ihm gesagt habe, da war er, na ja, ein bißchen verlegen. Ich fand seine Reaktion einfach süß!«

»Bist du mit ihm ausgegangen?«

»Nein, ich war so durcheinander, und außerdem hatte ich ein bißchen Angst. Aber heute hat er mir geschrieben. Und – ach, Mami, ich kann es kaum erwarten, ihn wiederzusehen. Ich wünschte, du könntest heute abend dabeisein.«

»Du weißt, daß das nicht geht, Emma.«

»Ja, ja, ich weiß.« Emma holte tief Atem. »Ich hab' mich noch nie so gefühlt. Irgendwie...«

»Ganz leicht im Kopf und außer Atem?«

»Ja«, gab sie lachend zu. »Genau so.«

Bev hatte einmal das gleiche Gefühl verspürt. Einmal nur. »Du hast viel Zeit, um ihn näher kennenzulernen. Laß es langsam angehen.«

»Das habe ich immer getan«, brummte Emma. »Hast du es mit Papa auch langsam angehen lassen?«

Es tat weh. Nach über fünfzehn Jahren tat es immer noch weh. »Nein. Ich wollte auf niemanden hören.«

»Du hast auf deine innere Stimme gehört. Mami...«

»Bitte, laß uns nicht von Brian sprechen.«

»Gut. Nur eines noch. Papa fährt zweimal im Jahr nach Irland, zu Darrens Grab. Einmal an Darrens Geburtstag, und einmal an... im Dezember. Ich dachte, das solltest du wissen.«

»Danke.« Bev drückte Emmas Hand. »Aber du bist doch nicht gekommen, um über so traurige Dinge zu reden?«

»Nein, allerdings nicht.« Emma legte eine Hand auf Bevs Oberschenkel. »Ich habe eine lebenswichtige Bitte an dich. Ich brauche für heute abend etwas absolut Atemberaubendes zum Anziehen. Kommst du mit und hilfst mir beim Aussuchen.«

Erfreut sprang Bev auf. »Ich hole meine Jacke.«

Emma hatte sich schon beinahe überzeugt, daß es unsinnig war, sich über ihre Kleidung Gedanken zu machen. Sie war hier, um zu fotografieren, und nicht, um mit dem Leadsänger der Vorgruppe zu schäkern. Es gab so viel zu tun. Die Ausrüstung und die Beleuchtung mußten überprüft werden, sie mußte den Helfern und den Rauchkanonen ausweichen, so daß sie bald vergaß, über eine Stunde auf ihre Kleidung verwendet zu haben.

Das Publikum strömte bereits in den Saal, obwohl das Konzert erst in einer halben Stunde begann. Fliegende Händler hatten überall ihre Stände aufgebaut und verkauften Sweatshirts, T-Shirts, Poster und Schlüsselanhänger. In den achtziger Jahren war der Rock'n'Roll nicht mehr allein das Lebensgefühl der rebellierenden Jugend, sondern purer Kommerz.

In ihrem schlichten schwarzen Kostüm konnte sie unerkannt durch die Menge streichen und Bilder von den Fans machen, die sich an den Ständen drängten, um Erinnerungsstücke an das große Konzert zu erstehen. Die Person ihres Vaters stand im Mittelpunkt der Gespräche. Lächelnd erinnerte sich Emma an jenen Tag vor so langer Zeit, an dem sie vor dem Fahrstuhl des Empire State Building gewartet hatte. Damals war sie knapp drei gewesen, und heute, neunzehn Jahre später, versetzte Brian McAvoy noch immer Teenagerherzen in Aufruhr.

Langsam schlenderte sie weiter. Der Ausweis am Revers ihres Kostüms verschaffte ihr Zutritt zu allen Einrichtungen des Konzertsaales. Der Sicherheitsbeamte nickte nur und winkte sie durch.

Hinter der Bühne ging es zu wie im Tollhaus. Ein Verstärker war ausgefallen, Kabel hatten sich verheddert, und ein verzweifelter Techniker stürzte herein und wieder hinaus, um überall noch Hand anzulegen. Emma machte ein paar Aufnahmen und überließ dann Techniker und Beleuchter ihrer Arbeit, während sie sich zu den Garderoben begab, um ihren Job zu erledigen.

Ihr schwebten Aufnahmen in der Art vor, wie sie sie früher einmal gemacht hatte. Papa und die anderen in der Garderobe, kettenrauchend, Gummibärchen oder gebrannte Mandeln kauend, lachend, blödelnd. Bei diesem Gedanken mußte sie lächeln, und in diesem Moment lief sie Drew in die Arme. Er schien auf sie gewartet zu haben.

»Hallo.«

»Hi.« Emma spielte nervös mit dem Riemen ihrer Kamera. »Ich wollte mich noch für Ihr Geschenk bedanken.«

»Ich dachte zuerst an Rosen, aber dafür war es schon zu spät. Sie sehen großartig aus.«

»Danke.« Emma musterte ihn genauer. Er war bereits in Bühnenaufmachung, einem weißen, silberverzierten Lederanzug und kniehohen Stiefeln. Mit seinem kunstvoll zerzausten Haar und dem leichten Lächeln machte er den Eindruck eines flotten Cowboys.

»Sie übrigens auch«, brachte Emma schließlich hervor, als sie bemerkte, wie lange sie ihn schon anstarrte. »Sie sehen auch großartig aus.«

»Wir wollen ja auch Aufsehen erregen.« Drew rieb seine Handflächen an der Hose. »Wir sind vor Aufregung alle ganz krank. Don – unserem Bassisten – ist speiübel. Er hängt gerade über der Schüssel.«

»Mein Vater sagt immer, je aufgeregter man ist, desto besser spielt man.«

»Dann müßten wir einen Riesenerfolg haben.« Versuchsweise nahm er ihre Hand. »Haben Sie sich überlegt, ob sie später auf einen Drink mitgehen?«

229

Sie hatte an nichts anderes gedacht. »Eigentlich wollte ich...«

»Ich dränge zu sehr.« Drew holte tief Atem. »Aber ich kann nichts dafür. Als ich Sie das erstemal sah, da dachte ich nur, die oder keine.« Er fuhr sich mit der Hand durch sein geltrunkenes Haar. »Ich stelle mich wohl ziemlich blöd an.«

»Tun Sie das?« Emma hatte das Gefühl, er müsse ihr Herz klopfen hören.

»Ja. Ich will es mal so formulieren: Emma, bitte retten Sie mir das Leben. Schenken Sie mir eine Stunde Ihrer Zeit.«

Langsam krümmten sich ihre Lippen, bis das Grübchen in ihrem Mundwinkel zu tanzen begann. »Aber gerne.«

Sie nahm die Musik und den anschließenden tosenden Beifall kaum wahr. Als das Konzert zu Ende war und ihr Vater, klatschnaß geschwitzt, ein letztes Mal auf die Bühne kam, wurde ihr klar, daß schon ein Wunder geschehen mußte, damit sie zumindest einige der Fotos, die sie geschossen hatte, verwenden konnte.

»Ich bin am Verhungern.« Brian, dem vor lauter Geschrei und Beifall die Ohren klingelten, wischte sich das Gesicht ab und ging Richtung Garderobe. »Was meinst du, Emma? Sollen wir diese Relikte der Rockmusik dazu überreden, irgendwo eine Pizza essen zu gehen?«

Emma zögerte; sie fühlte sich nicht unbedingt wohl in ihrer Haut. »Nun ja, ich würde schon gerne – ich hab' noch was zu erledigen.« Sie küßte ihren Vater flüchtig. »Du warst wundervoll.«

»Was hast du denn anderes erwartet?« wollte Johnno wissen, der sich gerade durch die Menge schlängelte. Er senkte seine Stimme zu einem heiseren Krächzen. »Wir sind eine Legende!«

Mit hochrotem Gesicht gesellte sich P. M. zu ihnen. »Diese Lady Annabelle – die mit den furchtbaren Haaren –, also die ist...«

»Die da drüben, in rotem Wildleder und mit Diamanten behängt?« fragte Emma.

»Ja, die. Irgendwie hat sie sich hinter die Bühne geschlichen.« Obwohl P. M.s Stimme betroffen klang, funkelte unterdrückte Belustigung in seinen Augen. »Als ich sie fortschicken wollte, hat sie – hat sie . . .« Er räusperte sich. Offenbar fiel es ihm schwer fortzufahren. »Sie hat versucht, mich anzumachen.«

»Großer Gott! Ruf die Polizei!« Johnno legte ihm beruhigend den Arm um die Schulter. »Solche Frauen gehören hinter Schloß und Riegel. Ich weiß, wie du dich jetzt fühlst, Herzchen. Benutzt und beschmutzt, nicht wahr? Komm, schütte Onkel Johnno dein Herz aus. Wo hat sie dich denn angefaßt, und wie? Du kannst ruhig ins Detail gehen.«

Brian lachte in sich hinein, als die zwei sich entfernten. »Unser P. M. zieht immer so aufgedonnerte Schnecken an. Man möchte es kaum glauben, wenn man ihn so ansieht.«

Sein Tonfall klang beinahe liebevoll. Doch plötzlich erstarrte sein Lächeln. Ein paar Meter entfernt lehnte Stevie schweißüberströmt und mit totenblassem Gesicht an der Wand. Er sah mindestens zehn Jahre älter aus als der Rest der Band.

»Komm, mein Junge.« Brian legte wie unabsichtlich einen Arm um Stevies Hüfte und stützte ihn. »Jetzt brauchen wir erst mal eine Dusche und was Herzhaftes zu essen.«

»Papa, kann ich dir helfen?«

Abwehrend den Kopf schüttelnd, führte Brian Stevie zu seiner Garderobe. Das hier war etwas, was er weder seiner Tochter noch sonst jemandem überlassen konnte. »Nein, ich kümmere mich schon um ihn.«

»Ich – ich seh dich dann später«, murmelte Emma, doch die Tür hatte sich bereits hinter ihm geschlossen. Da sie sich auf einmal verloren vorkam, machte sie sich auf die Suche nach Drew.

23

In den darauffolgenden Wochen verbrachte Emma ihre gesamte Freizeit mit Drew. Nächtliche Mahlzeiten zu zweit, Spaziergänge im Mondschein, eine gestohlene Stunde am Nachmittag. Diese Treffen waren um so aufregender, um so intimer, da sie so wenig Zeit füreinander hatten.

In Paris machte sie ihn mit Marianne bekannt. Sie trafen sich in einem kleinen Café am Boulevard St.-Germain, wo Touristen wie Einheimische bei Rotwein und *Café au lait* saßen, während die Welt an ihnen vorüberzog.

In ihren weißen Spitzenstrumpfhosen und dem engen, kurzen Rock wirkte Marianne eher wie eine Einheimische. Der Igelhaarschnitt war verschwunden, sie trug ihr leuchtendrotes Haar jetzt kurz und glatt, in sehr französischem Stil. Doch die Stimme, die Emmas Namen quiekte, war immer noch ausgesprochen amerikanisch.

»Du hier, ich kann's kaum glauben! Kommt mir vor, als wäre es schon Jahre her. Laß dich mal anschauen. Mann, siehst du gut aus! Widerlich!«

Lachend warf Emma ihr Haar in den Nacken. »Und du entsprichst haargenau den landläufigen Vorstellungen von einer französischen Kunststudentin. *Très chic et sensuel.*«

»Das ist hier genauso wichtig wie das Essen. Du mußt Drew sein.« Marianne, den einen Arm immer noch um Emma gelegt, streckte ihm die Hand hin.

»Freut mich, dich endlich kennenzulernen. Emma hat mir schon viel von dir erzählt. Na los, setzt euch. Wißt ihr, daß Picasso viel in diesem Lokal verkehrt hat? Ich komme jeden Tag hierher und probiere einen anderen Tisch aus. Wenn ich jemals den Stuhl erwische, auf dem er gesessen hat, werde ich wohl in Trance fallen.« Sie nahm ihr Glas. »Wein?« fragte sie Drew. Auf sein bestätigendes Nicken winkte sie dem Kellner. »*Un vin rouge et un café, s'il vous plait.*« Dann sah sie Emma vielsagend an. »Wer hätte gedacht, daß Schwester Magdalenas öder Französischunterricht sich doch mal auszahlt?«

»Dein Akzent tut immer noch in den Ohren weh.«

»Ich weiß. Aber ich arbeite daran. Wie läuft denn die Tournee?«

»Devastation war noch nie besser.« Emma lächelte Drew an. »Und die Vorgruppe ist sensationell.«

Er legte eine Hand über ihre. »Wir haben großen Anklang gefunden.« Sein Blick wanderte von Marianne zu Emma. »Bis jetzt läuft alles prima.«

Marianne nippte an ihrem Wein und musterte ihn. Wenn ihr religiöse Kunst liegen würde, hätte sie ihn als Johannes den Täufer gemalt. Er wirkte genauso träumerisch und gedankenverloren. Vielleicht auch als Hamlet, als tragische Figur. Der Kellner brachte die Getränke, und Marianne lächelte. Am ehesten hätte er ihr als Modell für den jungen Brian McAvoy dienen können. Sie fragte sich, ob Emma die Ähnlichkeit wohl aufgefallen war.

»Und wo geht's von hier aus hin?« erkundigte sie sich.

»Nach Nizza.« Drew streckte die Beine aus. »Aber ich hab's nicht eilig, Paris zu verlassen.« Nachdenklich beobachtete er den wüsten Tumult aus Autos und Fahrrädern auf der Straße. »Wie ist es denn, hier zu leben?«

»Laut. Aufregend.« Marianne lachte. »Einfach wunderbar. Ich habe ein kleines Apartment direkt über einer Bäckerei. Es gibt nichts, aber auch gar nichts, was sich mit dem Duft aus einer französischen Bäckerei am frühen Morgen vergleichen läßt.«

Nach einer Stunde beugte sich Drew zu Emma und küßte sie. »So, ich muß zur Probe, und ich weiß, daß ihr euch viel zu erzählen habt. Ich seh' dich heute abend. Dich hoffentlich auch, Marianne.«

»Ich freu' mich schon drauf.« Sie, und mit ihr die Hälfte aller anwesenden Frauen, sah ihm nach, als er das Café verließ. »Ich glaube, das ist der schönste Mann, den ich je gesehen habe.«

»Nicht wahr?« Emma ergriff Mariannes Hand. »Er gefällt dir doch, oder nicht?«

»Warum sollte er mir nicht gefallen? Er sieht toll aus, ist charmant, unterhaltsam, witzig.« Sie grinste. »Vielleicht tauscht er ja dich gegen mich ein?«

233

»Ich würde zwar nur sehr ungern meine beste Freundin ermorden, aber...«

»Dann hab' ich nichts zu befürchten. Er hat ja nur Augen für dich. Ich weiß allerdings nicht, warum. Nur wegen deiner großen blauen Augen? Manche Typen haben echt keinen Geschmack.« Sie lehnte sich zurück. »Emma, du siehst rundherum glücklich aus.«

»Bin ich auch.« Emma holte tief Atem, genoß den Duft nach Wein und Blumen. Den Duft von Paris. »Ich glaube, ich liebe ihn.«

»Ernsthaft? Hätte ich nie gedacht.« Lachend tätschelte Marianne ihr Gesicht. »Mädchen, das steht dir offen ins Gesicht geschrieben. Wenn ich dich jetzt malen würde, weißt du, wie ich das Bild nennen könnte? *Die Verblendete.* Was sagt denn dein Vater dazu?«

Emma trank einen Schluck von ihrem kalten Kaffee. »Er hat großen Respekt vor Drews Talent als Musiker und Komponist.«

»Ich meine, was hält er von dem Mann, in den sich seine Tochter verliebt hat?«

»Weiß ich nicht. Wir haben noch nicht darüber gesprochen.«

Mariannes Brauen verschwanden beinahe unter ihren Ponyfransen. »Du meinst, du hast ihm noch nichts gesagt?«

»Nein.«

»Warum nicht?«

»Genau weiß ich das nicht.« Emma schob die Kaffeetasse beiseite. »Ich möchte es für mich behalten, zumindest eine Weile lang. Er hält mich doch immer noch für ein Kind.«

»Das tun alle Väter. Meiner ruft mich zweimal pro Woche an, um sich zu vergewissern, daß ich keinem zwielichtigen französischen *comte* ins Netz gegangen bin. Ich wünschte nur, es wäre so.« Da Emma nicht lächelte, neigte Marianne leicht den Kopf. »Glaubst du, er hat was dagegen?«

»Ich weiß es nicht.« Nervös knetete Emma ihre Hände.

»Emma, wenn das mit dir und Drew was Ernstes ist, dann kriegt er es früher oder später doch raus.«

»Leider. Ich hoffe nur, später.«

Nicht viel später.

Emma saß auf der Terasse ihres Hotelzimmers in Rom und genoß die Morgensonne. Obwohl die Frühstückszeit längst vorbei war, saß sie im Morgenmantel am Tisch und überprüfte ihre neuesten Aufnahmen, während der Kaffee kalt wurde. Die Fotos waren nicht allein für Pete bestimmt, sie plante, einige für ein eigenes Buch zu verwenden.

Lächelnd betrachtete sie ihr Lieblingsfoto von Drew. Sie hatte es im Bois de Boulogne aufgenommen, einen Moment, ehe er sie geküßt hatte. Und ihr gesagt hatte, daß er sie liebte.

Er liebte sie. Emma schloß die Augen und reckte die Arme gen Himmel. Sie hatte sich nach diesen Worten gesehnt, aber keine Ahnung gehabt, wie glücklich sie sie machten, bevor er sie ausgesprochen hatte. Nun konnte sie sich ihren Zukunftsträumen hingeben, sich vorstellen, wie es wohl wäre, mit ihm zu leben, mit ihm zu schlafen, ihn zu heiraten und eine Familie zu gründen.

Bislang hatte sie nicht erkannt, wie sehr sie sich dies wünschte. Einen Mann, der sie liebte, ein eigenes Heim, Kinder. Sie könnten so glücklich miteinander sein. Wer würde die Probleme im Leben eines Musikers wohl besser verstehen als eine Frau, die bei einem aufgewachsen war? Sie könnte ihn bei seiner Arbeit unterstützen, und er würde das gleiche für sie tun.

Nach der Tournee, dachte sie. Nach der Tournee würden sie Zukunftspläne schmieden.

Das Klopfen an der Tür riß sie aus ihren Träumen. Sie hoffte, es wäre Drew, der mit ihr frühstücken wollte wie schon ein-, zweimal zuvor. Doch es war ihr Vater.

»Papa, so eine Überraschung! Seit wann bist du denn so früh auf den Beinen?«

»Manchmal bin ich eben unberechenbar.« Brian, der eine zusammengefaltete Zeitung in der Hand hielt, betrat das Zimmer, blickte zuerst zum Bett und dann zu seiner Tochter. »Bist du allein?«

»Ja.« Verwirrt sah sie ihn an. »Warum? Ist was nicht in Ordnung?«

»Das sollst du mir sagen.« Er drückte ihr die Zeitung in die

235

Hand. Das Foto war nicht zu übersehen, das Foto von ihr und Drew. Man mußte nicht unbedingt Italienisch verstehen, um die Botschaft zu erfassen. Sie hielten sich eng umschlungen, ihr Gesicht war ihm zugeneigt, und in ihren Augen lag der verzückte Ausdruck einer Frau, die soeben von ihrem Geliebten geküßt worden war.

Sie konnte nicht sagen, wo das Foto entstanden war. Es interessierte sie auch nicht. Für sie zählte nur, daß jemand einen zutiefst privaten Augenblick gestört und diese Privatangelegenheit auch noch in der Presse breitgetreten hatte.

Emma feuerte das Blatt quer durch den Raum und ging steifbeinig auf den Balkon. Sie brauchte frische Luft. »Hol sie doch der Teufel«, knurrte sie wütend. »Warum können sie uns nicht in Ruhe lassen?«

»Wie lange triffst du dich schon mit ihm, Emma?«

Sie blickte sich um. Der Wind trieb ihr hellblonde Haarsträhnen ins Gesicht. »Seit Beginn der Tournee.«

Brian schlug sich an die Stirn. »Also schon seit Wochen! Und du hast es nicht für nötig befunden, mir davon zu erzählen?«

Emma warf den Kopf zurück. »Ich bin über einundzwanzig, Papa. Ich muß meinen Vater nicht erst um Erlaubnis bitten, wenn ich mich mit jemandem verabrede.«

»Du wolltest es vor mir geheimhalten. Komm gefälligst rein!« bellte er. »Die verfluchten Reporter haben das Hotel ständig im Visier.«

»Na und?« verteidigte sie sich. »Alles, was wir tun und lassen, wird irgendwann publik. Das ist der Preis des Ruhms.« Emma wies auf die Berge von Aufnahmen auf dem Tisch. »Ich tue ja selbst nichts anderes.«

»Das ist nicht dasselbe, und du weißt das.« Zornig fuhr Brian sich durchs Haar. »Aber die Frage ist im Moment zweitrangig. Ich will wissen, was zwischen dir und Drew vorgeht.«

»Willst du wissen, ob ich mit ihm ins Bett gehe? Da kann ich dich beruhigen. Die Antwort lautet nein. Aber das geht dich nichts an, Papa. Genau wie du mir vor Jahren gesagt hast, daß mich dein Sexualleben nicht zu interessieren hat.«

»Ich bin dein Vater, verdammt.« Er konnte sich selber hören. Irgendwie war er zum Vater einer erwachsenen Frau geworden. Und er hatte keine Ahnung, wie er damit umgehen sollte. Als seine Stimme wieder ruhiger klang, sagte er: »Emma, ich liebe dich. Nur deswegen mache ich mir Sorgen.«

»Dafür gibt es keinen Grund. Ich weiß, was ich tue. Ich liebe Drew, und er liebt mich.«

Ihm fehlten die Worte. Um die Pause zu überbrücken, griff er nach ihrer Kaffeetasse und goß die kalte Brühe hinunter. »Du kennst ihn erst seit ein paar Wochen. Du weißt doch gar nichts von ihm.«

»Er verdient sich seinen Lebensunterhalt mit seiner Gitarre!« rief Emma. »Wenn es das ist, was dich stört, dann machst du dich lächerlich.«

»Das letzte, was ich möchte, ist, daß du dich mit einem Musiker einläßt. Emma, du weißt doch, was das bedeutet. Die Anforderungen, der Druck und der Ruhm. Ich weiß nichts von diesem Jungen, außer daß er ehrgeizig und begabt ist.«

»Ich weiß alles, was ich wissen muß.«

»Du solltest dich mal hören, du klingst wie eine Schallplatte. Ob du willst oder nicht, du kannst es dir nicht erlauben, auf einen Mann reinzufallen, nur weil er ein hübsches Gesicht hat und behauptet, daß er dich liebt. Dazu hast du zuviel Geld, und zuviel Macht.«

»Macht?«

»Niemand, der mich kennt, könnte daran zweifeln, daß ich alles für dich tun würde. Alles, was du willst.«

Langsam kam ihr die Erkenntnis. Tränen der Wut stiegen in ihre Augen. »Das ist es also. Du meinst, Drew interessiert sich nur für mich, weil ich Geld habe? Und weil ich dich vielleicht dazu bringen könnte, ihm bei seiner Karriere ein bißchen zu helfen? Es ist ja auch kaum vorstellbar, daß er oder irgendein anderer Mann Interesse an mir hat oder sich in mich verliebt. Nur in mich.«

»Natürlich nicht, aber...«

»Doch, genau das denkst du! Wie könnte auch jemand

mich anschauen, ohne dich dahinter zu sehen?« Sie wirbelte herum und preßte die Hände an die Balkontür. Ein Objektiv glitzerte im Garten, als die Sonne darauf fiel. Sollten sie doch ihre verdammten Fotos schießen!

»Emma, es tut mir leid.« Er wollte sie berühren, doch sie wich zurück. »Was tut dir leid? Du kannst ja nichts dafür, oder? Und ich habe gelernt, damit zu leben, mich sogar darüber lustig zu machen. Aber diesmal, diesmal habe ich einen Menschen gefunden, dem etwas an mir liegt, der sich für meine Gedanken und Gefühle interessiert. Der noch nie mehr von mir wollte als meine Gesellschaft. Und du willst mir das zerstören!«

»Ich will dir gar nichts zerstören. Ich will nur nicht, daß du verletzt wirst.«

»Du hast mich selber schon verletzt. Laß mich in Ruhe, Papa. Und laß Drew in Ruhe. Wenn du dazwischenfunkst, dann werde ich dir nie verzeihen, das schwöre ich dir.«

»Ich habe nicht die Absicht dazwischenzufunken, wie du so schön sagst. Ich will dir nur helfen. Ich will verhindern, daß du einen Fehler machst.«

»Ich mache meine eigenen Fehler. Du hast weiß Gott selber genug gemacht. Jahrelang habe ich mitangesehen, wie du nur getan hast, was du wolltest – und mit wem du wolltest. Du bist deinem Glück davongelaufen, Papa. Ich werde das nicht tun.«

»Du weißt, wie man Salz in die Wunden streut«, erwiderte er ruhig. »Das war mir bislang gar nicht bewußt.« Und mit diesen Worten ließ er sie alleine.

Drew legte Emma den Arm um die Schulter. Sie standen auf einer anderen Terrasse, in einer anderen Stadt. Doch der altertümliche Reiz des Ritz Madrid war an Emma verschwendet. Zwar hörte sie das leise Plätschern der Springbrunnen, roch den Duft der Blumen, doch sie hätte sich sonstwo befinden können. Trotz ihrer trüben Stimmung empfand sie Drews Umarmung als tröstlich, und sie rieb ihr Gesicht an seinem Arm.

»Ich hasse es, wenn du traurig bist, Emma.«

»Ich bin nur ein bißchen müde, aber nicht traurig.«

»Du bist seit Wochen völlig aus dem Häuschen, seitdem du dich mit Brian gestritten hast. Meinetwegen.« Er nahm den Arm von ihrer Schulter. »Ich möchte dir auf gar keinen Fall Schwierigkeiten bereiten.«

»Das hat nichts mit dir zu tun.« Drew drehte sich langsam um. Im Mondlicht schimmerten seine Augen dunkel. »Wirklich nicht. Er würde bei jedem anderen Mann genauso reagieren. Papa hat mich schon immer allzusehr behütet. Viel rührt daher... du weißt ja, was mit meinem Bruder passiert ist.«

Er küßte sie sanft auf die Schläfe. »Ich weiß, das muß für euch beide hart gewesen sein, aber das ist doch schon lange her.«

»Es gibt Dinge, die man nie vergißt.« Sie fröstelte trotz der warmen Sommernacht. »Das macht es mir ja so schwer. Ich kann ihn verstehen. Er hat alles für mich getan, nicht nur in materieller Hinsicht, sondern überhaupt.«

»Er betet dich an. Das sieht man an der Art, wie er dich anschaut.« Drew streichelte ihre Wange. »Ich weiß, was in ihm vorgeht.«

»Ich liebe ihn auch. Aber ich kann nicht länger nach seinen Vorstellungen leben, das ist mir schon lange klar.«

»Er traut mir nicht.« Sein Feuerzeug flackerte auf, dann zog ein strenger Tabakgeruch durch die Luft. »Ich kann's ihm nicht verdenken. Ich stehe auf der Ruhmesleiter ganz unten und muß erst hochklettern.«

»Dazu brauchst du mich nicht.«

Er stieß eine Rauchwolke aus. »Trotzdem kann ich ihn gut verstehen. Wir sind eben alle beide verrückt nach dir.«

»Er wird sich wieder beruhigen. Er kann einfach nicht akzeptieren, daß ich erwachsen bin. Und verliebt.«

»Wenn ihn irgendwer erweichen kann, dann du.« Drew schnippte seinen Zigarettenstummel in den Garten, dann zog er sie an sich. »Ich bin froh, daß du heute abend nicht ausgehen wolltest.«

»Ich bin nicht so wild auf Clubs und Parties.«

»Ein richtig altmodisches Mädchen bist du, was?« Seine Lippen berührten leicht die ihren.

239

»Stört es dich?«

»Einen Abend mit dir allein zu verbringen?« Seine Hände wanderten langsam über ihren Oberkörper, während er weiter mit ihrem Mund spielte. »Sehe ich so aus?«

»Du siehst toll aus.« Ihr stockte der Atem, als seine Finger leicht über ihre Brüste streichelten. Sie waren klein und zart und zitterten leise. Seine Erregung steigerte sich.

»Du bist süß«, murmelte er. »So süß.« Sein Mund wurde fordernder, hungriger, und er begann, sie vorsichtig zum Bett zu führen. »Die Tournee ist bald zu Ende.«

»Ich weiß.« Sie bog den Kopf zurück, als seine Lippen sanft an ihrem Hals saugten.

»Wenn alles vorbei ist, kommst du dann nach London zurück, Emma?«

Emma zitterte innerlich. Zum erstenmal gab er ihr zu verstehen, daß ihre Beziehung von Dauer sein konnte. »Ja, ich komme nach London.«

»Wir werden noch viele solche Nächte haben.« Langsam drückte er sie auf das Bett nieder und fuhr fort, mit sanfter Stimme auf sie einzureden, da er die Stimmung nicht verderben wollte. »Wir können jede Nacht zusammen verbringen.« Geschickt öffnete er ihren Gürtel und zog ihre Bluse aus der Hose. »Dann kann ich dir zeigen, was ich für dich empfinde, Emma. Immer wieder. Laß mich!«

»Drew.« Als sein Mund tiefer glitt, stöhnte sie seinen Namen. Seine streichelnde Zunge versetzte sie in nie gekannte Erregung. Jetzt, sagte sie sich, während seine Finger ihren Körper erkundeten. Jetzt.

Seine Schultern spannten sich unter ihren Händen. Für einen so schlanken, fast zierlichen Mann hatte er erstaunlich kräftige Schultern und Arme. Emma liebte das Spiel seiner Muskeln unter der Haut.

Dann wanderte seine Hand zum Reißverschluß ihrer Hose, und seine kundigen Finger machten sich daran zu schaffen.

»Nein!« Das Wort war heraus, ehe sie es verhindern konnte. Da er nicht aufhörte, an ihrer Kleidung zu zerren, kämpfte sie sich, den Tränen nahe, frei. »Nein, Drew, bitte nicht!« Er ließ sie los, wartete. »Es tut mir leid«, flüsterte sie. »So leid. Ich... ich kann nicht.«

Keine Antwort. Im Dunkeln konnte sie sein Gesicht nicht erkennen.

»Ich weiß, es ist unfair.« Ärgerlich wischte sie eine Träne von ihrer Wange. »Vielleicht haben die Nonnen bessere Arbeit geleistet, als sie es sich je hätten träumen lassen, oder es ist wegen Papa, ich weiß nicht. Ich brauche einfach mehr Zeit. Auch wenn du jetzt wütend bist, ich kann nicht. Noch nicht.«

»Du willst mich also nicht?« Seine Stimme klang merkwürdig tonlos.

»Du weißt, daß es nicht so ist.« Sie griff nach seiner Hand und spürte, wie sich seine Finger versteiften. »Vermutlich bin ich nur ängstlich – und unsicher.« Beschämt zog sie seine Hand an die Lippen. »Drew, ich möchte dich nicht verlieren. Bitte gib mir noch Zeit.«

Mit einem erleichterten Seufzen registrierte sie, daß seine Anspannung nachließ. »Du wirst mich nicht verlieren, Emma. Laß dir soviel Zeit, wie du brauchst. Ich werde warten.« Er zog sie an sich und begann, sie mit der einen Hand zärtlich zu streicheln. Die andere ballte er im Dunkeln krampfhaft zur Faust.

24

Emma und Drew heirateten in aller Stille. Keine Feier, keine Gäste, keine Mitteilung in der Presse. Niemand wußte davon, noch nicht einmal Marianne. Schließlich war sie über einundzwanzig, dachte Emma, und weder auf die Erlaubnis noch auf die Billigung anderer angewiesen.

Zugegeben, eine Traumhochzeit war es nicht. Kein weißes Kleid mit Schleier. Keine Blumen außer der pinkfarbenen Rose, die Drew ihr überreicht hatte. Keine Musik, keine Tränen.

Was machte das schon, redete Emma sich ein. Tat sie nicht

241

genau das, was sie wollte? Ihre Handlungsweise mochte selbstsüchtig erscheinen, aber hatte sie nicht einmal im Leben das Recht, nur an sich zu denken? Wie hätte sie es Bev oder Marianne erzählen und ihren Vater übergehen können? Sie hatte ihn nicht dabeihaben wollen, nicht neben ihr stehen sehen. Er sollte sie nicht an ihren Mann übergeben.

Sie wollte sich ihm selbst schenken.

Um der eintönigen Zeremonie etwas Glanz zu verleihen, trug Emma ein ausgefallenes Seidenkleid in fast demselben Farbton wie die Rose, mit Spitze am Mieder und spitzenge-faßtem Saum.

Unwillkürlich mußte sie an die Hochzeit ihres Vaters denken, die erste Hochzeit, an der sie teilgenommen hatte. Die glücklich lächelnde Bev, ihr strahlender Vater, und Stevie, ganz in Weiß, mit Engelsstimme singend. Die Erinnerung trieb ihr die Tränen in die Augen, doch sie hielt sie zurück, als Drew ihre Hand nahm.

Lächelnd streifte er ihr den schlichten Diamantring über den Finger. Seine Hand fühlte sich warm und fest an, als er mit klarer, deutlicher Stimme gelobte, sie zu lieben, zu ehren und ihr die Treue zu halten. Das war es, wonach sie sich so sehnte. Geliebt zu werden. Als Drew sie küßte, glaubte sie ihm seine Worte.

Nun war sie nicht länger Emma McAvoy, sondern Emma McAvoy Latimer, eine neue Frau, die ihr Leben und ihre Liebe Drew gewidmet hatte. Ein neues Leben begann.

Was machte es schon, daß ihr frischgebackener Ehemann sofort nach der Zeremonie ins Plattenstudio hetzen mußte? Wer könnte die Anforderungen, die an einen Musiker gestellt werden, besser verstehen als sie? Die Blitzhochzeit während der Aufnahmen für sein neues Album war schließlich ihre Idee gewesen. So hatte sie Zeit, die Hotelsuite herzurichten, in der sie ihre Hochzeitsnacht verbringen würden. Alles sollte perfekt sein.

Das Zimmer war jetzt voller Blumen; Treibhausrosen, Orchideen, Narzissen, von ihr eigenhändig in Vasen und Krügen arrangiert. Sogar im Badezimmer hatte sie einen Korb mit blühendem Hibiskus aufgestellt.

Ein Dutzend weißer, nach Jasmin duftender Kerzen wartete darauf, romantische Stimmung zu verbreiten. Eisgekühlter Champagner stand bereit, und das Radio untermalte die Szene mit leiser Musik.

Dann gönnte Emma sich ein ausgiebiges Bad, cremte sich sorgfältig am ganzen Körper ein und benutzte ein leichtes Parfüm. Ihr Körper sollte genauso makellos sein wie der Raum, wie diese Nacht. Sie kämmte sich das Haar, bis ihr Arm schmerzte, und stand dann lange unschlüssig vor dem Kleiderschrank, bis sie schließlich einen weißen, spitzenbesetzten Morgenmantel wählte.

Der Spiegel zeigte ihr das Bild einer glücklichen Braut. Emma schloß die Augen. Jetzt fühlte sie sich auch wie eine Braut. Ihre Hochzeitsnacht. Die schönste Nacht ihres Lebens. Bald würde Drew hereinkommen, seine goldfarbenen Augen würden lange auf ihr ruhen und sich dann verdunkeln. Er würde sanft, liebevoll und geduldig mit ihr umgehen. Fast konnte sie seine schlanken, erfahrenen Finger auf ihrer Haut spüren. Er würde ihr sagen, wie sehr er sie liebte, wie sehr er sie begehrte. Dann würde er sie ins Schlafzimmer tragen und sie alles lehren.

Geduldig. Zärtlich. Leidenschaftlich.

Um zehn Uhr war sie besorgt. Um elf beunruhigt. Um Mitternacht fast außer sich. Im Studio hatte man ihr mitgeteilt, Drew sei schon vor Stunden aus dem Haus gegangen.

Sie befürchtete das Schlimmste. Ein schrecklicher Unfall. Er hatte es so eilig gehabt, zu ihr und dem großen, weichen Bett zu kommen, daß er einen Moment unaufmerksam gewesen war, und sein Auto... Niemand wußte, wo sie zu erreichen war, kein Arzt, kein Polizeibeamter würde sie benachrichtigen. Gerade jetzt konnte Drew schwerverletzt im Krankenhaus liegen und vergebens nach ihr rufen.

Gerade war sie dabei, die Liste der Krankenhäuser durchzugehen, als sich der Schlüssel im Schloß drehte. Noch ehe sich die Tür öffnete, war Emma schon da, riß sie auf und warf sich in Drews Arme.

»Ach, Drew, ich hatte so furchtbare Angst!«

»Nun mal ganz ruhig.« Er klopfte ihr leicht aufs Hinterteil.

»Bißchen nervös, wie?«

Er war betrunken, es ließ sich nicht leugnen. Die Worte klangen verschwommen, sein Gang war unsicher, und er roch nach Alkohol. Sie trat einen Schritt zurück und starrte ihn entsetzt an. »Du hast getrunken!«

»Bloß 'ne kleine Feier mit den Kumpels. 'n Mann heiratet ja nicht jeden Tag.«

»Aber du... du wolltest um zehn Uhr hier sein.«

»Himmel, Emma, du fängst doch wohl nicht jetzt schon an, an mir herumzunörgeln?«

»Nein, nur – Drew, ich hab' mir solche Sorgen gemacht.«

»Jetzt bin ich ja da, oder nicht?« Drew ließ seine Jacke achtlos auf den Boden fallen. Er trank nicht oft, doch heute nacht war ein Drink auf den anderen gefolgt, ohne daß er es bemerkt hatte. Heute nacht war er seinem Ziel ein gutes Stück nähergekommen. »Laß dich mal anschauen. Tatsächlich, das perfekte Bild einer schüchternen Braut. Wie hübsch – unsere schöne Emma, ganz in Weiß.«

Sie errötete, als sie Begierde in seinen Augen aufflammen sah. So hatte sie sich die Nacht vorgestellt, genau so. »Ich hab' mich nur für dich schön gemacht.« Voll unschuldigen Vertrauens glitt sie in seine Arme und bot ihm ihren Mund.

Er tat ihr weh. Sein heißer, fordernder Mund bedeckte den ihren, seine Zähne knabberten hart an ihrer Unterlippe, und er drückte sie so fest an sich, daß sie keine Luft mehr bekam. Blitzartig zuckte die Erinnerung an den Zwischenfall mit Blackpool durch ihren Kopf, und sie versuchte, sich von ihm loszumachen. »Drew, bitte!«

»Keine Spielchen, nicht heute nacht.« Er packte ihr Haar und zog ihren Kopf fest nach hinten. »Du hast mich lange genug hingehalten, Emma. Keine Ausreden mehr!«

»Nein, das nicht, nur – Drew, können wir nicht...?«

»Du bist jetzt meine Frau. Wir spielen das Spiel nach meinen Regeln.«

Ungeachtet ihrer flehentlichen Bitten stieß er sie zu Boden, riß ihr grob den Seidenmantel auf und entblößte ihre Brüste, um ungeduldig daran zu saugen. Sein Tempo machte ihr angst. So sollte es nicht sein, dachte sie verzweifelt, so nicht.

Es konnte nicht richtig sein, im hellen Lampenlicht mit zerfetzten Kleidern auf dem Boden zu liegen.

Seine Finger krallten sich schmerzhaft in ihre Hüften, sein Mund preßte sich so fest auf ihren, daß sie, von Whiskydunst eingenebelt, zu würgen begann und versuchte, seinen Namen zu rufen. Er erstickte ihre Abwehrversuche, indem er ihre Hände mit eisernem Griff festhielt, und drang mit einem einzigen brutalen Stoß in sie ein.

Vor Schock und Schmerz schrie sie auf, doch er ignorierte ihre Qual und stieß weiter wie ein Irrer in sie hinein. Schluchzend blieb sie liegen, bis er über ihr zusammenbrach, zur Seite rollte und sofort zu schnarchen begann.

Am nächsten Morgen kam er zerknirscht und beschämt zu ihr und bat sie um Verzeihung. Er war betrunken gewesen, ja, das war auch die einzige Entschuldigung für sein Verhalten. Nie wieder würde etwas Derartiges geschehen. Er hielt sie im Arm, streichelte ihr Haar und flüsterte ihr Versprechungen zu, die sie nur allzugern glaubte. Ihr war, als sei in ihrer Hochzeitsnacht ein anderer Mann bei ihr gewesen und habe sie gelehrt, wie roh und gefühllos Sex sein konnte. Von ihrem Ehemann empfing sie jedenfalls nur Zärtlichkeit. So ging ihr erster Tag als Frischvermählte zu Ende, indem sie zufrieden in Drews Armen lag und rosarote Zukunftspläne schmiedete.

In der löblichen Absicht, endlich den Abwasch zu erledigen, bequemte sich Michael in die Küche. Der gute Vorsatz war jedoch schnell dahin, als er sah, daß die Spüle überquoll und die gesamte Küche sich in heilloser Unordnung befand. Anklagend blickte er sich um. Hatte er nicht die ganzen letzten Wochen nur Überstunden gemacht? Warum, zum Teufel, konnte der Abwasch sich nicht von alleine erledigen?

Seufzend beschloß er, sich vor dem Frühstück und der Lektüre der Morgenzeitung um die Sache zu kümmern. Er begann, Teller, Becher, Tassen und Besteck zusammenzuräumen, um die ganze Bescherung auf einmal im Mülleimer verschwinden zu lassen. Zum großen Verdruß seiner Mutter benutzte er nur Wegwerfgeschirr, was ihm eine Menge Arbeit ersparte. Obwohl seine kleine Küche mit einer Spülmaschine ausgestattet war, hatte er deren Dienste noch nie in Anspruch nehmen müssen.

Zufrieden mit seinem Werk durchstöberte er dann den Küchenschrank, schob eine Flasche Zigeunersauce und ein Glas Erdnußbutter beiseite, bis er auf den Karton mit Getreideflocken stieß. Er schüttete sich eine große Schüssel voll und goß dann den dampfenden Kaffee über die Flocken.

Diese Köstlichkeit hatte er durch puren Zufall entdeckt, als er eines Morgens völlig vertieft am Tisch saß und sein Frühstück schon beinahe verzehrt hatte, ehe ihm aufging, daß er versehentlich den Kaffee über die Flocken gegossen hatte und die eigentlich dafür bestimmte Milch sich in der Kaffeetasse befand. Doch noch ehe Michael sich setzen und seine Mahlzeit genießen konnte, wurde er durch ein heftiges Klopfen an der Hintertür unterbrochen.

Auf den ersten Blick schien ein riesiger grauer Fußabtreter Einlaß zu begehren, wenn man einmal davon absah, daß Fußabtreter nicht mit dem Schwanz wedeln und lange rosa Zungen aus dem Maul hängen lassen können. Ergeben öffnete Michael die Tür und wurde von dem zottigen übergroßen Hund enthusiastisch begrüßt.

»Zieh hier bloß keine Show ab.« Michael schob die riesigen Tatzen von seiner nackten Brust, wobei ein Großteil des Schmutzes, der daran geklebt hatte, an ihm hängenblieb.

Conroy, Stammbaum zweifelhaft, saß auf dem Linoleum und grinste. Er roch so widerlich, wie es einem Hund nur möglich war, was ihn aber offensichtlich kalt ließ. Sein Fell war verfilzt und voller Kletten. Michael mochte kaum glauben, daß er Conroy vor ungefähr zwei Jahren aus einer Schar niedlicher, verspielter Welpen ausgesucht hatte. Mit der Zeit hatte sich Conroy zu dem abgrundtief häßlichsten Köter entwickelt, den man sich vorstellen konnte. Diese kleine Laune der Natur belastete den Hund jedoch nicht weiter.

Conroy grinste immer noch und hob eine Pfote, wobei sowohl er als auch sein Herrchen wußten, daß diese Geste nichts mit Unterwürfigkeit zu tun hatte.

»Du glaubst doch nicht im Ernst, daß ich diese Pfote schüttele? Wer weiß, wo die vorher gesteckt hat? Du bist wieder diesem Flittchen hinterhergestiegen, stimmt's?«

Conroy verdrehte die Augen. Wäre es ihm möglich gewesen, hätte er wohl anerkennend durch die Zähne gepfiffen.

»Leugnen ist zwecklos. Du hast das ganze Wochenende damit verbracht, dich im Dreck zu suhlen und diesem streunenden Beaglemischling hinterherzuhecheln. Keinen Gedanken hast du an mögliche Folgen oder an meine Gefühle verschwendet.« Michael drehte sich um und suchte im Kühlschrank herum. »Das eine sage ich dir. Wenn du sie noch mal schwängerst, dann siehst du selber zu, wie du klarkommst. Hundertmal hab' ich dich schon gewarnt. Wir leben in den Achtzigern, Freundchen. Safer Sex ist angesagt.«

Er warf Conroy ein Würstchen zu, was dieser gierig schnappte und mit einem Bissen verschlang. Etwas nachgiebiger fütterte Michael ihn mit weiteren Resten, ehe er sich seinen kaffeegetränkten Getreideflocken widmete.

Er war mit seinem Leben zufrieden. In einen Vorort zu ziehen, hatte sich als goldrichtig erwiesen. Hier hatte er alles, was er wollte: ein Stück Rasen, damit er über die Notwendigkeit des Mähens mosern konnte, ein paar Bäume und das, was von den Blumenbeeten seines Vorgängers übriggeblieben war.

Zuerst hatte er sich mal als Gärtner versucht, doch seine Fähigkeiten auf diesem Gebiet ließen sehr zu wünschen übrig, also hatte er das Ganze wieder aufgegeben. Conroy war damit sehr zufrieden. Niemand versohlte ihm das Fell, wenn er die Beete umgrub.

Manchmal, wenn Michael im Garten unter den Bäumen saß, dann dachte er an Emma. Diesen Gedanken pflegte er so schnell wie möglich zu verdrängen.

Sicher, es hatte andere Frauen für ihn gegeben. Nichts Ernsthaftes, doch andere Frauen. Aber im Grunde genommen lebte er für seine Arbeit. Mittlerweile hatte er akzeptiert, daß er über ein ausgesprochenes Talent für Polizeiarbeit sowie über einen ausgeprägten Gerechtigkeitssinn verfügte. Zwar brachte er für den Papierkram nicht die gleiche Geduld auf wie sein Vater, aber er kam zurecht, beklagte sich nicht über die langen, oft monotonen Streifgänge oder Einsätze und machte vor allen Dingen nicht voreilig von der Waffe Gebrauch.

»Gestern hat man auf mich geschossen«, teilte er Conroy im Konversationston mit. Der Hund begann uninteressiert sein Fell nach Flöhen abzusuchen. »Wenn dieser Spinner Erfolg gehabt hätte, ständest du jetzt auf der Straße, Kumpel. Und bilde dir bloß nicht ein, dein Beagleflittchen würde dich aufnehmen.«

Conroy blickte zu ihm hin, grunzte und beschäftigte sich wieder mit seinen Flöhen.

»Ein Gang zum Tierarzt«, brummte Michael mit vollem Mund. »Ein einziger Besuch, und schnippschnapp sind die Tage des Herumhurens für dich vorbei.« Erfreut, das letzte Wort zu haben, schlug er die Zeitung auf.

Die üblichen Nachrichten über Kämpfe im Nahen Osten. Eine neue Terrorismuswelle. Irgendwelches Geschwätz über die wirtschaftliche Lage. Im Lokalteil ein Bericht über die Festnahme eines gewissen Nick Axelrod, der im Drogenrausch seine Geliebte mit einer Axt erschlagen hatte.

»Das ist der Typ«, informierte Michael seinen Hund und hielt Conroy die Zeitung hin. »Da steht's. Ich hab' ihn in einer miesen kleinen Bude aufgetrieben, wo er die Tapete von der Wand gekratzt und nach Jesus gebrüllt hat. Siehst du, da steht mein Name. Detective Michael Kettlerung. Ja, ich weiß, ich weiß, aber ich bin wirklich gemeint. Wenn du dich schon nicht für die aktuellen Ereignisse interessierst, dann mach dich wenigstens nützlich und hol mir meine Zigaretten. Na los!«

Stöhnend setzte sich Conroy, ein Hinken vortäuschend, in Bewegung, doch Michael hatte sich wieder in die Zeitung vertieft und schenkte ihm keinerlei Beachtung. Er kam zum Kulturteil.

Seine Finger verkrampften sich, als er auf das Bild starrte.

Emma! Sie sah hinreißend aus. Dieses scheue Lächeln, diese riesigen, sanften Augen. Sie trug ein knappes, trägerloses Kleid, und ihr Haar floß in dicken, weichen Wellen über ihre Schultern.

Doch um ihre Schultern lag außerdem ein Arm, und dieser Arm gehörte unzweifelhaft einem Mann. Michael betrachtete ihn stirnrunzelnd.

Drew Latimer. Name und Gesicht waren ihm bekannt. Für Michaels Geschmack lächelte der Typ allzu siegesgewiß. Doch dann befaßte er sich wieder mit Emma, sog jeden Zentimeter ihres Gesichts in sich auf. Conroy kam zu ihm getappt und ließ eine vollgesabberte Schachtel Winston in seinen Schoß fallen. Sein Herrchen reagierte nicht.

Sehr langsam, als wäre sie in einer Fremdsprache verfaßt, las er die Schlagzeile.

ROCKPRINZESSIN EMMA MCAVOY HEIRATET IHREN TRAUMPRINZEN

Emma McAvoy, Tochter des Sängers Brian McAvoy (Devastation) und der Schriftstellerin Jane Palmer, wurde gestern in aller Stille mit Drew Latimer (26), dem Leadsänger der Gruppe Birdcage Walk, getraut. Das junge Paar lernte sich während der letzten Europatournee von Devastation kennen.

Michael konnte nicht weiterlesen. »Um Himmels willen, Emma!« Er schloß die Augen und ließ die Zeitung auf den Tisch fallen. »O Gott.«

Emma war von New York wie elektrisiert. Sie konnte es kaum erwarten, Drew die Stadt zu zeigen und ihr erstes Weihnachtsfest mit ihm zusammen in ihrer Wohnung zu verleben.

Die verspätete Ankunft der Maschine störte sie genausowenig wie der naßkalte Graupelschauer. Vierwöchige Flitterwochen, die wegen der Fertigstellung von Drews Album verschoben werden mußten, warteten auf sie. Sie wollte diese Zeit in New York, in ihrer Wohnung verbringen. Die Braut würde sich in eine Ehefrau verwandeln.

Erfreulich war auch das Bewußtsein, das Haus für sich allein zu haben. Kein Sweeney mehr in der Wohnung unter ihnen.

»Es kommt mir vor, als wären Jahre vergangen, seit ich das letztemal hier war.« Zwar hatte Mariannes Vater sich bitterlich über ihre Weigerung beklagt, einen Untermieter zu nehmen, aber Emma war heilfroh, daß die Wohnung während ihrer Abwesenheit nicht von Fremden bewohnt worden war.

»Nun?« Sie kämmte ihr feuchtes Haar mit den Fingern durch. »Was sagst du dazu?«

»Viel Platz hier.« Drews Blick schweifte über die rohen Mauern, den nackten Boden, die kitschige chinesische Vase, die Emma in irgendeinem obskuren Laden aufgetrieben hatte. »Ein bißchen... spartanisch.«

»Warte, bis ich die Weihnachtsdekoration fertig habe. Marianne und ich besitzen eine ganze Sammlung Weihnachtsschmuck.« Emma suchte in ihrer Tasche nach einem Trinkgeld für den Fahrer, der, diskret hüstelnd, die Koffer neben ihr abstellte. »Danke.«

Der Mann strich den Zwanziger ein. »Danke, Ma'am. Frohe Weihnachten.«

»Frohe Weihnachten.« Emma warf ihren Mantel in die Ecke und rannte zum Fenster. »Drew, komm her und schau dir die Aussicht an. Von Mariannes Studio aus ist der Blick noch besser, aber mir wird jedesmal ganz schwindelig.«

»Sehr hübsch.« Er sah eine dreckige Straße und ein entsetzliches Verkehrsgewühl. »Emma, ich frage mich bloß, warum du nicht in eine bessere Gegend gezogen bist.«

»Weil ich nicht wollte.«

»Weißt du, es ist ja sehr nett hier, und für zwei Studentinnen sicher genau richtig, aber jetzt müssen wir umdenken.« Als sie sich abwandte, strich er ihr über das Haar. »Und außerdem wollen wir ja nicht dauernd mit Marianne zusammenkleben, so reizend sie auch ist.«

»Daran hatte ich gar nicht gedacht... sie kommt erst in ein paar Monaten zurück.«

»Vielleicht solltest du mal mit dem Denken anfangen?« Drew nahm seinen Worten etwas von ihrer Schärfe, indem er

Emma leicht auf die Augenbraue küßte. Hübsches Gesicht und wenig Hirn, meinte er bei sich und tätschelte ihre Wange. »Ich habe mir sagen lassen, daß es ziemlich viel Zeit in Anspruch nimmt, in New York eine Wohnung zu finden, und teuer und nervenaufreibend ist es außerdem noch. Wenn wir also zwischen London und hier hin- und herpendeln sollen, dann brauchen wir eine bessere Unterkunft. O Mann, ist das kalt hier.«

»Ich habe die Heizung abgedreht, während wir weg waren.« Emma beeilte sich, sie wieder aufzudrehen.

»Immer praktisch, was, Schatz?« Die Bemerkung klang höhnisch, doch er lächelte sie an. »Ich denke, wir werden uns die paar Wochen hier schon amüsieren. Schließlich braucht man in den Flitterwochen, wenn sie auch leicht verspätet stattfinden, nicht viel mehr als ein Bett.« Er lachte über ihr Erröten und nahm sie dann in die Arme, um sie lange und wollüstig zu küssen. »Wir haben doch ein Bett, Emma?«

»Ja.« Sie drückte ihn an sich. »Es müßte nur frisch bezogen werden.«

»Darum kümmern wir uns später.« Er schob sie durch die Tür, zerrte bereits an ihrem Pullover.

Sie wußte, es würde schnell gehen, nicht so wild und schmerzhaft wie in ihrer Hochzeitsnacht, aber zu schnell. Doch wie sollte sie ihm das begreiflich machen? Tief in ihrem Herzen wußte sie, daß es da mehr geben mußte als eine rasche Fummelei im Dunkeln. Die Matratze war eiskalt. Doch als er in sie eindrang, lange bevor sie bereit war, fühlte sein Körper sich heiß an. Emma schlang die Arme um ihn, wärmte sich an ihm und wartete auf die Explosion, von der sie bislang nur gelesen hatte.

Als er von ihr abließ, erschauerte sie. Nur vor Kälte, sagte sie sich, und einen Augenblick später bestätigte Drew diese Vermutung.

»Hier ist es so kalt wie in der Antarktis.«

»Es wird nicht mehr lange dauern. In der Truhe sind ein paar Decken.«

Sie langte nach ihrem Pullover, doch Drew hielt sie

251

zurück. »Ich sehe dich gerne nackt, Emma. Du brauchst dich doch vor mir nicht mehr zu schämen.«

»Nein.« Verlegen öffnete sie die Truhe. Er wühlte in den Taschen seiner Jacke nach Zigaretten.

»Vermutlich gibt's hier weder was Eßbares noch irgendwas zu trinken, zur Vorbeugung gegen eine Lungenentzündung.«

»In der Küche ist noch Cognac. Aber ich hab' total vergessen, Lebensmittel einzukaufen. Weißt du was? Ich spring mal eben runter in den Laden und besorg' uns was. Du kannst ja inzwischen ein heißes Bad nehmen, und dann mach' ich uns was zu essen.«

»Prima.« Es kam ihm nicht in den Sinn, sie zu begleiten. »Bring mir noch ein paar Glimmstengel mit, ja?«

»Mach' ich.« Diesmal hinderte er sie nicht daran, sich anzuziehen. »Bin gleich wieder da.«

Als die Tür hinter ihr zugefallen war, stand er auf, schlüpfte in seine Jeans und schenkte sich einen Cognac ein, obwohl es ihn verstimmte, daß keine Cognacschwenker im Haus waren.

Sie hatte doch tatsächlich angenommen, er würde von diesem Stall begeistert sein! Miese Gegend, dachte er und trank einen weiteren Schluck. Er hatte nicht die Absicht, hier zu leben. Sein ganzes Leben lang hatte er hoch hinausgewollt, und nun, da er es geschafft hatte, war das Beste gerade gut genug. Lächerlich, daran zu zweifeln.

Er war in armseligen Verhältnissen aufgewachsen. An seinem Cognac nippend, studierte Drew Emmas Portrait an der Wand und überlegte, wo er herkam und wo er hinwollte. Zwar konnte er für sich nicht in Anspruch nehmen, seine Kindheit in bitterer Armut in den Slums verbracht zu haben, aber viel hatte nicht gefehlt.

Ein schäbiges Mietshaus, ein schmutziger Hinterhof, geflickte Jeans. Drew verabscheute seine Herkunft, die Arbeiterklasse, der er entstammte. Er haßte seinen Vater, der ihm dieses Leben aufgezwungen hatte, da ihm jeglicher Ehrgeiz abging. Kein Rückgrat hatte der Alte gehabt, dachte Drew verächtlich. Keinen Mumm in den Eiern. Kein Wunder, daß seine Frau ihm davongelaufen war und ihn mit den drei Kindern hatte sitzenlassen.

Zweifellos erwartete sie mehr vom Leben, als ständig am Rande des Existenzminimums dahinzuvegetieren. Wie konnte er ihr das verübeln. Sie widerte ihn an.

Jetzt würde er seinen Weg machen, nach ganz oben. Er prostete Emmas Portrait zu. Wenn seine naive kleine Frau ihm dabei unter die Arme greifen würde, könnten sie glücklich und in Frieden leben.

Aber die Hosen würde er anhaben!

Ein, zwei Wochen würde er es hier aushalten. Doch dann würden sie umziehen, in eine dieser großen, eleganten und teuren Wohnungen am Central Park. Fürs erste jedenfalls. Er hatte nichts dagegen, einen Teil des Jahres in New York zu verbringen. New York gefiel ihm. Noch besser gefielen ihm die Beziehungen, die Emma hier hatte.

Drew ging zur Stereoanlage und durchstöberte den Plattenstapel, bis er eine Scheibe fand, die ihm zusagte. *Complete Devastation.* Es war nur angemessen, dachte er belustigt, dem alten Herrn die gebührende Ehre zu erweisen. Ohne ihn, ohne die Tournee wäre er niemals imstande gewesen, sich an Emma heranzumachen. Man stelle sich vor, sie war tatsächlich dämlich genug zu glauben, er habe nicht gewußt, wer sie war und was sie für ihn tun konnte!

Kopfschüttelnd legte er die Platte auf. Musik erfüllte den Raum.

Nein, es würde ihm nicht allzu schwerfallen, Emma zu ertragen. Obwohl sie im Bett eine Niete war – eine echte Enttäuschung, gab sie sich die größte Mühe, ihm zu gefallen. Von dem Moment an, wo er sie zum erstenmal gesehen hatte, hatte er auf ihr gespielt wie auf seiner Gitarre. Und sein Erfindungsreichtum würde sich auszahlen. In barer Münze.

Sie würde sich mit ihrem Vater schon wieder versöhnen. Der alte Herr hatte die Heirat ganz gut aufgenommen, und sein Hochzeitsgeschenk – fünfzigtausend Pfund, auf Emmas Namen zwar, aber bereits auf das gemeinsame Konto eingezahlt – war mehr als großzügig gewesen.

Das Verhältnis zwischen Vater und Tochter war noch

immer gespannt, doch das würde sich schon noch legen, dessen war Drew sicher. Sein Status als Brian McAvoys Schwiegersohn würde sich rentieren. Und in der Zwischenzeit hatte er eine sehr, sehr reiche Frau. Eine sehr naive reiche Frau.

Lachend wandte sich Drew zum Fenster. Gab es eine idealere Gefährtin für einen ehrgeizigen Mann? Er mußte nur sein Temperament etwas zügeln und dafür sorgen, daß Emma glücklich war, dann würde ihm alles, was er sich erträumte, in den Schoß fallen.

25

Sie zogen schließlich in ein elegantes zweigeschossiges Apartment an der Upper West Side. Da der Umzug Drew so viel zu bedeuten schien, bemühte Emma sich, über die Tatsache hinwegzusehen, daß sie nun im elften Stock wohnten. Wenn sie dort am Fenster stand und hinunterschaute, wurde ihr unweigerlich schwindelig. Die Höhenangst war ein ständiger Quell des Ärgernisses. Auf dem Dach des Empire State Buildings zu stehen, das hatte ihr nichts ausgemacht, aber kaum schaute sie im vierten Stock aus dem Fenster, drehte sich alles um sie, und ihr Magen spielte verrückt.

Drew hatte ganz recht, dachte sie, wenn er sie ermahnte, sie müsse lernen, das zu überwinden.

Die neue Wohnung bot auch Vorteile. Emma mochte die hohe, getäfelte Decke im großen Schlafzimmer, das aufwendig geschnitzte Treppengeländer, die gemütlichen, in die Wand eingelassenen Sitznischen und das im Schachbrettmuster gefliese Foyer.

In der Hoffnung, daß die Gesellschaft ihrer Stiefmutter ihr helfen würde, den Umzug zu verschmerzen, hatte Emma Bev gebeten, die Inneneinrichtung zu übernehmen. Zugegeben, mit seinem herrlichen Blick über den Central Park und der großzügigen, geschwungenen Treppe war das

254

Apartment sehr hübsch. Zudem hatte Emma ihrer Vorliebe für Antiquitäten und Kuriositäten freien Lauf gelassen und es mit einem Stilgemisch von Queen Anne bis Popart möbliert.

Weitere Pluspunkte bildeten in ihren Augen die hohen Fenster, der kleine, glasüberdachte Balkon, wo sie ihre Pflanzen ziehen konnte, und die geringe Entfernung zu Johnnos Wohnung.

Sie sahen sich fast jeden Tag. Johnno begleitete sie auf ihren Streifzügen durch die Antiquitätengeschäfte, eine Beschäftigung, der Drew nichts abgewinnen konnte. Auch hatte er sich angewöhnt, ein-, zweimal die Woche zum Abendessen vorbeizukommen oder mit ihnen auszugehen. Wenn ihr Vater schon ihre Ehe nicht billigte, war es tröstlich, zumindest Johnnos Zustimmung zu haben, zuzuhören, wie er und Drew über Musik diskutierten. Emma war freudig überrascht, als Johnno und Drew begannen, gemeinsam Songs zu schreiben.

Sie hingegen widmete sich ganz der Hausfrauentätigkeit, bemühte sich, für sich selbst, für Drew und für die Kinder, die sich noch nicht einstellen wollten, ein Heim zu schaffen.

Daß Drew möglichst bald eine Familie gründen wollte, hatte sie zugleich überrascht und erfreut. Trotz aller Differenzen und aller Gegensätze, die sie hinsichtlich ihres Geschmacks und ihrer Ansichten festgestellt hatte, teilten sie diesen einen Traum.

Wie es wohl sein mochte, ein Kind zu tragen, zu fühlen, daß Drews Kind in ihr wuchs? In ihren Tagträumen stellte sie sich oft vor, wie sie und Drew einen Kinderwagen durch den Park schieben würden. Ob auf ihren Gesichtern auch jenes stillvergnügte stolze Lächeln liegen würde, das sie bei jungen Elternpaaren bemerkt hatte?

Als die Zeit ins Land ging, ermahnte sie sich zur Geduld. Der Tag würde schon noch kommen. Es lag am Streß; sie wünschte sich einfach viel zu verzweifelt ein Kind. Wenn sie erst einmal gelernt hätte, sich bei der Liebe zu entspannen, käme alles wie von selbst.

Zu Frühjahrsbeginn machte sie dutzendweise Aufnahmen

von schwangeren Frauen, Babys und Kleinkindern, die sich im Park vergnügten und die warme Sonne genossen. Neid keimte in ihr auf.

Die Pläne, ein eigenes Studio zu eröffnen und ein Buch herauszubringen, waren vorläufig verschoben worden, dennoch verkaufte Emma auch weiterhin ihre Aufnahmen. Im großen und ganzen war sie mit ihrem Leben zufrieden. In ihrer Freizeit erweiterte sie ihre Mappe, legte eine Kochbuchsammlung an und begann, die Menüvorschläge im Fernsehen zu verfolgen. Es schmeichelte ihr, wenn Drew ihre Kochkünste lobte. Da ihn ihre Fotografiererei offensichtlich langweilte, gab sie es bald auf, ihm neue Aufnahmen zu zeigen oder ihre Arbeit mit ihm zu besprechen.

Er schien sie am liebsten als Nur-Hausfrau zu sehen. Und im ersten Jahr ihrer Ehe war sie einzig und allein bemüht, ihn zufriedenzustellen.

So stürzte sie sich in die Hausarbeit; versuchte, ihre Enttäuschung zu verbergen, wenn sie ein ums andere Mal feststellen mußte, daß sie nicht schwanger war, und verdrängte das Schuldgefühl, das jedesmal aufkam, wenn Drew sie für ihre Kinderlosigkeit verantwortlich machte.

Es war Runyun, der sie aus dieser einförmigen Routine erlöste.

Emma stürmte in das Apartment, eine Flasche Champagner in der einen, einen Tulpenstrauß in der anderen Hand. »Drew? Drew, bist du da?«

Sie setzte die Flasche ab und schaltete das Radio ein.

»Würdest du die Güte haben, das Ding abzustellen?« Drew erschien, nur mit einer Turnhose bekleidet, auf der Treppe. Sein Haar war zerzaust, die Augen verquollen, und er hatte sich noch nicht rasiert. Ein typischer Morgenmuffel. »Du weißt, daß ich gestern bis in die Nacht gearbeitet habe. Es ist ja wohl nicht zuviel verlangt, morgens Ruhe zu halten.«

»Entschuldigung.« Rasch drehte Emma das Radio ab und senkte die Stimme. Einige Monate des Zusammenlebens mit Drew hatten sie gelehrt, daß mit ihm nicht gut Kirschen essen war, ehe er seinen Frühstückskaffee getrunken hatte. »Ich wußte nicht, daß du noch schläfst. Ich dachte, du wärst weggegangen.«

»Es soll auch Leute geben, die nicht mit den Hühnern aufstehen müssen, um etwas Produktives zu leisten.«

Ihre Hand schloß sich fester um die Blumen. Sie wollte sich die Freude nicht durch einen Streit verderben lassen. »Soll ich dir einen Kaffee machen?«

»Von mir aus. An Schlaf ist eh nicht mehr zu denken.«

Emma brachte Blumen und Champagner in die Küche. Der enge Raum war durch eine mit Glasbausteinen abgeteilte Frühstücksecke erweitert worden. Sie hatte alles in Blau und Weiß gehalten – dunkelbraune Arbeitsflächen, weiße Möbel und Geräte, hellblaue und weiße Bodenfliesen. In der Ecke stand ein antiker Küchenschrank, den sie eigenhändig weiß lackiert hatte. Er enthielt eine Sammlung kobaltblauer Gläser.

Die Kakteen in den blauen Übertöpfen erhielten frisches Wasser, dann machte sich Emma daran, das Frühstück zuzubereiten. Dreimal die Woche kam eine Hilfe, doch eine gelungene Mahlzeit zu kochen, bereitete ihr ebensoviel Vergnügen wie das Entwickeln einer guten Aufnahme. Sie legte Drews Lieblingswürstchen auf den Grill, ehe sie die Kaffeebohnen mahlte.

Ein paar Minuten später betrat Drew, mit nacktem Oberkörper und immer noch unrasiert, die Küche. Der appetitliche Duft hob seine Stimmung sofort. Er sah es gern, wenn Emma am Herd stand und für ihn kochte. Es bestätigte ihm, daß sie ihm gehörte, egal wer sie war und wieviel Geld sie hatte.

Er ging zu ihr hin und küßte sie auf den Hals. »Morgen.« Ihr Lächeln verblaßte, als seine Hand nach ihren Brüsten tastete.

»Frühstück ist in einer Minute fertig.«

»Prima. Ich bin halb verhungert.« Er zwickte sie unsanft in die Brustwarze.

Emma haßte es, wenn er das tat, hielt sich aber mit Kommentaren zurück und schenkte ihm wortlos Kaffee ein. Wenn sie ihn bitten würde, die Kneiferei zu unterlassen, würde er es erst recht tun. Nur um sie zu necken, wie er behauptete.

Du bist viel zu empfindlich, Emma. Du hast keinen Sinn für Humor.

»Ich hab' Neuigkeiten.« Sie reichte ihm die Tasse. »Oh, Drew, wundervolle Neuigkeiten.«

Seine Augen wurden schmal. War sie endlich schwanger? Wenn Brian ein Enkelkind bekam, würde sich einiges ändern. »Warst du beim Arzt?«

»Nein, ich – nein, ich bin nicht schwanger, Drew. Tut mir leid.« Das vertraute Schuldgefühl stieg wieder in ihr auf. In seinem Gesicht zeichnete sich Enttäuschung ab, ehe er sich an den Tisch setzte.

»Es braucht halt seine Zeit«, murmelte sie, während sie zwei Eier in die Pfanne schlug. »Ich messe doch regelmäßig meine Temperatur.«

»Sicher, sicher.« Er zündete sich eine Zigarette an und musterte sie durch den Rauch. »Du tust dein Bestes.«

Sie öffnete schon den Mund, um etwas zu erwidern, verkniff sich dann aber die Bemerkung. Jetzt war nicht der Moment, ihn daran zu erinnern, daß an einer Schwangerschaft immer zwei Leute beteiligt waren. Bei ihrer letzten Auseinandersetzung über dieses Thema hatte er eine Lampe zertrümmert und war aus der Wohnung gerannt. Sie hatte bis zum Morgengrauen wach gelegen und sich mit Vorwürfen gequält.

»Ich war bei Runyun. Ich hab' dir ja gesagt, daß ich da hingehen wollte.«

»Hmmm? Ach, der. Der hochnäsige alte Knabe. Dieser Hintertreppenfotograf.«

»Er ist nicht hochnäsig.« Sinnlos, sich über die Bezeichnung ›Hintertreppenfotograf‹ zu ärgern. »Er ist ein bißchen wunderlich«, gab sie lächelnd zu. »Manchmal nervt er, aber hochnäsig ist er nicht.« Sie brachte Drew seinen Teller und setzte sich, ehe sie herausplatzte: »Er arrangiert eine Ausstellung für mich. Meine erste Ausstellung!«

»Ausstellung?« fragte Drew, den Mund voller Wurst. »Wovon redest du eigentlich?«

»Von meiner Arbeit, Drew. Ich habe dir erzählt, daß ich dachte, er wolle mir wieder einen Job geben, aber das war nicht alles.«

»Du brauchst keinen Job. Du weißt, wie ich darüber denke. Ich will nicht, daß du mit diesem schmierigen alten Sack zusammenarbeitest.«

»Nein, aber – ist ja egal. Er hält mich für gut. Es fällt ihm zwar schwer, das zuzugeben, aber er hält mich für gut. Er finanziert die Ausstellung.«

»Eine dieser entzückenden kleinen Veranstaltungen, wo die Leute ergriffen durch einen Raum wandern und verzückt auf die Bilderchen starren? Und dann so idiotische Bemerkungen ablassen: ›Welche Ausdruckskraft! Wie ergreifend!‹«

Emma erstarrte. Langsam wickelte sie die Tulpen aus, bis ihr Zorn verflogen war. Sicher waren seine Worte nicht verletzend gemeint. »Das ist ein wichtiger Schritt in meiner Karriere. Schon als Kind habe ich davon geträumt. Ich dachte, du würdest das verstehen.«

Hinter ihrem Rücken verdrehte Drew die Augen. Vermutlich waren jetzt ein paar Streicheleinheiten angebracht. »Natürlich verstehe ich das. Wann ist denn der große Tag, Schatz?«

»Im September. Er will mir genug Zeit lassen.«

»Hoffentlich stellst du auch ein paar Aufnahmen von mir aus.«

Emma rang sich ein gequältes Lächeln ab, als sie die Tulpen auf den sonnenüberfluteten Tisch stellte. »Aber ja. Du weißt doch, daß du mein Lieblingsmotiv bist.«

Sie war sicher, daß Drew ihr nicht mit Absicht das Leben schwermachte, doch er beanspruchte neuerdings so viel Zeit, daß ihre Arbeit darunter litt. Es sei an der Zeit, das New Yorker Nachtleben zu genießen, meinte er und bestand darauf, sie von Club zu Club zu schleifen. Er mußte mal ausspannen, also flogen sie für eine Woche auf die Jungferninseln. Er wollte neue Freunde gewinnen, also war das Apartment immer voller Menschen. Wenn sie selbst keine Gäste hatten, fand garantiert irgendwo anders eine Party statt. Und ständig waren ihnen die Paparazzis auf den Fersen. Wohin sie auch gingen, was sie auch taten, es war am nächsten Tag in der Zeitung zu lesen.

Immer, wenn Emma fürchtete, unter dem Druck zusammenzubrechen, erinnerte sie sich daran, daß sie sich genau dieses Leben ersehnt hatte, als sie hinter den Mauern von Saint Catherine's gefangen war. Doch die Realität erwies sich als anstrengender und langweiliger, als sie geahnt hatte.

Jeder wußte, daß das erste Jahr einer Ehe zugleich das schwerste war, tröstete sie sich. Man mußte Zugeständnisse machen, und man brauchte Geduld. Wenn sich ihre Ehe und ihr Leben als weit schwieriger und weit weniger aufregend herausstellten, als sie sich das vorgestellt hatte, dann bewies das nur, daß sie sich nicht genug Mühe gab.

»Komm, Schatz, das hier ist 'ne Party.« Drew schwang sie herum, so daß ihr Mineralwasser überschwappte. »Sei doch etwas lockerer!«

»Ich bin müde, Drew.«

»Du bist ewig müde.«

Seine Finger gruben sich in ihr Gesäß, als sie sich losmachen wollte. Drei Nächte lang hatte sie ohne Unterbrechung in ihrer Dunkelkammer gearbeitet. Bis zur Ausstellung waren es nur noch sechs Wochen, und sie war nervös wie eine gereizte Katze. Und wütend, gab sie zu. Wütend, weil ihr Mann nicht das geringste Interesse an ihrer Arbeit zeigte. Wütend, weil er ihr erst vor zwei Stunden mitzuteilen geruht hatte, er habe ein paar Freunde eingeladen.

Ein paar Freunde! Hundertfünfzig Leute drängten sich in den Räumen. Die Musik dröhnte. In den letzten Monaten hatten sich diese Stegreifpartys gehäuft. Die Alkoholrechnung war auf fünfhundert Dollar pro Woche geklettert. Um das Geld tat es ihr nicht leid. Auch nicht um den Zeitaufwand, wenn es sich denn um Freunde handelte. Aber zu den Freunden hatten sich immer mehr Schnorrer und Schmarotzer gesellt. Letzte Woche hatten sie das Apartment in einem fürchterlichen Zustand hinterlassen. Das Sofa voller Flecken, Brandlöcher in ihrem orientalischen Teppich. Aber schlimmer als das, schlimmer auch als die zerbrochen Kristallvase oder die verschwundene Porzellanschüssel waren die Drogen.

Sie hatte eine Gruppe von Leuten, die sie nie zuvor gesehen hatte, in ihrem Gästezimmer, das eigentlich als Kinderzimmer gedacht war, vorgefunden, wo sie unbekümmert Kokain schnupften.

Drew versprach ihr hoch und heilig, der Vorfall würde sich nicht wiederholen.

»Du bist doch bloß sauer, weil Marianne nicht gekommen ist.«

Nicht eingeladen worden war, korrigierte Emma im stillen. »Das ist es nicht allein.«

»Seit sie wieder in der Stadt ist, hast du mehr Zeit mit ihr in eurer alten Wohnung verbracht als hier mit mir.«

»Drew, ich habe sie seit fast zwei Wochen nicht mehr gesehen. Zwischen meiner Arbeit und unserem gesellschaftlichen Leben bleibt mir ja keine Zeit.«

»Aber Zeit, um dich herumzutreiben, die hast du!«

Sie fuhr zurück und stieß seine Hand wutentbrannt beiseite. »Ich gehe ins Bett!«

Ohne auf die Rufe und das Gelächter zu achten, bahnte sie sich einen Weg durch die Menge. An der Treppe holte er sie ein. Sein brutaler Griff verriet ihr, daß er genauso zornig war wie sie.

»Laß mich los!« fauchte sie. »Du willst ja wohl keine handgreifliche Auseinandersetzung hier, vor deinen Freunden.«

»Das klären wir oben.« Er quetschte ihren Arm so hart, daß sie aufschrie, und schleifte sie dann hinter sich her.

Auf einen Streit war sie vorbereitet, sie freute sich beinah auf eine lautstarke Auseinandersetzung. Gewitter reinigten schließlich die Luft. Doch als sie die Schlafzimmertür öffnete, schnappte sie nach Luft.

Ihr antiker Spiegel diente als Unterlage für feine Kokainlinien. Vier Köpfe beugten sich kichernd über ihre Frisierkommode und schnüffelten das weiße Pulver ein. Ihre Sammlung alter Parfümflaschen war achtlos beiseite geschoben worden. Eine lag zerbrochen am Boden.

»Raus hier!«

Vier Köpfe ruckten hoch, und vier verquollene Augenpaare beäugten sie ungläubig.

»Raus, hab' ich gesagt. Verschwindet aus meinem Zimmer, und verschwindet aus meinem Haus!«

Ehe Drew sie zurückhalten konnte, packte sie den nächstbesten, einen Mann, der doppelt so schwer war wie sie, am Kragen und zerrte ihn hoch.

»Hey, ist ja gut, wir teilen.«

»Raus!« wiederholte sie und stieß ihn zur Tür.

Danach kam Bewegung in die Gesellschaft. Eine Frau blieb lange genug stehen, um Drew mitfühlend die Wange zu streicheln. Emma knallte die Tür hinter ihnen zu, dann fuhr sie auf ihren Mann los.

»Jetzt reicht es mir aber! Ich mache das nicht länger mit, Drew. Diese Leute verschwinden jetzt, und ich will sie hier nie wieder sehen.«

»So, willst du das nicht?« erwiderte er unnatürlich ruhig.

»Ist dir denn schon alles egal? Das ist unser Schlafzimmer. Drew, sieh dir an, was sie mit meinen Sachen gemacht haben. Sie waren an meinem Schrank.« Aufgebracht wies sie auf einen Haufen Kleidungsstücke am Boden. »Der Himmel weiß, was sie diesmal zerbrochen oder gestohlen haben, aber das ist nicht mal das Schlimmste. Ich kenne diese Leute noch nicht einmal, und sie benutzen mein Schlafzimmer als Drogenumschlagplatz. Ich dulde keine Drogen in meinem Haus!«

Er holte aus, ohne daß sie die Bewegung richtig wahrnahm. Mit dem Handrücken schlug er ihr so hart ins Gesicht, daß sie der Länge nach zu Boden fiel. Sie schmeckte Blut, hob benommen eine Hand und betastete ihre aufgeplatzte Lippe.

»Dein Haus?« Unsanft zog er sie auf die Füße. Ihre Bluse zerriß knirschend, als er sie von sich stieß. Sie krachte auf den Nachttisch, und ihre geliebte Tiffanylampe zerbrach in tausend Stücke. »Du verwöhntes kleines Miststück! Es ist also dein Haus, wie?«

Zu schockiert, um sich zu wehren, rollte Emma sich schutzsuchend zusammen, als er von neuem auf sie losging. Ihre Schreie gingen in der Musik unter.

»Unser Haus. Das weißt du verdammt gut. Es ist genausogut meines wie deines. *Alles* gehört ebenso mir wie dir. Glaub ja nicht, daß du mir Vorschriften machen kannst. Und glaub ja nicht, du könntest mich vor meinen Freunden ungestraft zum Narren machen.«

»Aber ich . . .« Sie brach ab und duckte sich, als er wieder die Hand hob.

»So ist es besser. Ich werde dich wissen lassen, wenn ich dein Gejammer hören möchte. Du denkst, alles geht nach deiner Nase, was, Emma? Nun, da wollen wir heute keine Ausnahme machen. Du wolltest allein sein? Der Wunsch wird dir erfüllt.« Drew griff zum Telefon und riß den Stecker aus der Wand. »Du wirst so lange hierbleiben, wie ich es für richtig halte.« Mit aller Kraft warf er das Telefon an die Wand, ehe er die Tür hinter sich zuschlug und abschloß.

Schwer atmend blieb Emma zusammengerollt auf dem Bett liegen, zu betäubt, um die Schmerzen zu spüren. Ein Alptraum, dachte sie. Sie hatte schon schlimmere Alpträume gehabt. Ihr fielen die Schläge und Beschimpfungen wieder ein, die ihre ersten drei Lebensjahre begleitet hatten.

Verwöhntes kleines Miststück.

War das Janes Stimme, oder Drews?

Zitternd streckte sie eine Hand aus. Der kleine schwarze Stoffhund aus ihren Kindertagen saß auf dem Kissen. Emma kuschelte sich an ihn und weinte sich in den Schlaf.

Als Drew am nächsten Morgen die Tür aufschloß, lag sie in tiefem Schlaf. Leidenschaftslos sah er auf sie hinab. Eine Gesichtshälfte war geschwollen. Er mußte verhindern, daß sie sich die nächsten Tage in der Öffentlichkeit zeigte.

Zu dumm, dermaßen die Beherrschung zu verlieren, dachte er. Zutiefst befriedigend zwar, aber unvorsichtig. Aber forderte sie ihn nicht immer heraus? Er tat sein Bestes, oder etwa nicht? Und das war beileibe nicht leicht. Ein Mann könnte genausogut einen toten Vogel im Bett haben. Und immerzu quasselte sie von ihrer dämlichen Ausstellung, verschwand stundenlang in der Dunkelkammer, anstatt sich um ihn zu kümmern.

Seine Arbeit, seine Bedürfnisse kamen an erster Stelle. Höchste Zeit, daß sie das begriff.

Eine Frau hatte sich um ihren Mann zu kümmern, und um nichts sonst. Es war ihre Pflicht, für ihn dazusein, ihm zu helfen, dafür zu sorgen, daß er das erreichte, was er wollte.

Vielleicht hatten die Schläge auch ihr Gutes gehabt. Von nun an würde sie es sich zweimal überlegen, ehe sie sich seinen Wünschen widersetzte.

Aber nun, da er ihr gezeigt hatte, wer der Herr im Haus war, konnte er es sich leisten, großzügig mit mir zu verfahren. Süße kleine Emma, dachte er. Sie war so leicht zu lenken.

»Emma.« Vorsichtig um die Scherben der zerbrochenen Lampe herumgehend näherte sich Drew dem Bett. Ihre Augen öffneten sich, und er las Angst darin. Gut. »Baby, es tut mir so leid.« Sie zuckte zusammen, als er ihr Haar streichelte. »Ich weiß gar nicht, was in mich gefahren ist. Kann mich nicht erinnern. Man sollte mich einsperren für das, was ich dir angetan habe.«

Emma gab keine Antwort. Wie ein Echo klangen die Entschuldigungen ihrer Mutter in ihren Ohren.

»Du mußt mir verzeihen, Emma. Ich liebe dich doch. Nur – du hast mich so angebrüllt, mich vor allen gedemütigt. Es war nicht mein Fehler. Ich weiß, daß diese Bande nichts in unserem Schlafzimmer verloren hatte, aber was kann ich denn dafür? Ich hab' sie hinterher selber rausgeschmissen«, log er, ohne mit der Wimper zu zucken. »Es war halt ein Wutanfall. Als ich die Typen hier drin gesehen habe, bin ich ausgerastet. Und dann bist du auch noch auf mich losgegangen.«

Stille Tränen glitzerten hinter Emmas Wimpern.

»Ich werde dir nie wieder weh tun, Emma, ich schwöre es dir. Wenn du willst, dann – dann gehe ich fort. Du kannst die Scheidung einreichen, obwohl ich mir ein Leben ohne dich gar nicht vorstellen kann. Aber ich werde gehen. Es ist nur so, daß – es kommt alles zusammen. Unser Album verkauft sich schlechter als erwartet. Den Grammy haben wir

264

auch nicht gekriegt. Und... ich muß die ganze Zeit daran denken, wie gerne ich ein Baby hätte.«

Er vergrub den Kopf in den Händen und begann gekonnt zu schluchzen. Vorsichtig tastete Emma nach seinem Arm. Drew unterdrückte ein Lachen, nahm ihre Hand und kniete neben dem Bett nieder. »Bitte, Emma. Ich weiß, deine ewige Nörgelei und dein Gekeife sind keine Entschuldigung für mein Verhalten. Gib mir noch eine Chance. Ich werde alles tun, um das wieder gutzumachen.«

»Wir werden darüber reden«, murmelte sie leise.

Da er sein Gesicht in die Laken preßte, konnte sie sein höhnisches Lächeln nicht sehen.

26

Es fanden keine Partys mehr statt. Gewiß, ab und an kamen noch Leute zu Besuch, aber nur solche, mit denen Emma sich verstand. Keine Horden wildfremder Menschen tummelten sich mehr in ihrer Wohnung, und Drew verhielt sich so liebevoll und aufmerksam wie in der Zeit, als sie sich kennengelernt hatten. Bestimmt war dieser gewalttätige Wutausbruch ein einmaliger Vorfall gewesen.

Sie hatte es selbst herausgefordert. Diese Worte hämmerte er ihr so oft ein, daß sie letztendlich selbst davon überzeugt war. Sie hatte ihm für etwas die Schuld in die Schuhe geschoben, wofür er nichts konnte. Anstatt ihm zu vertrauen, zu ihm zu halten, hatte sie ihn gereizt und vor allen Leuten blamiert.

Und immer, wenn er die Beherrschung verlor, wenn sie rasende Wut in seinen Augen aufflackern sah, er die Fäuste ballte oder seine Lippen schmal wurden, konnte er gute, sogar einleuchtende Gründe angeben, warum sie die Ursache dafür war.

Die Wunden verheilten. Der Schmerz verging. Drew bemühte sich sogar, Interesse für ihre Arbeit aufzubringen, obwohl er es nie unterließ, sie darauf hinzuweisen, daß ihr

Hobby, wie er es nannte, viel zuviel von der Zeit in Anspruch nahm, die sie eigentlich ihm und seiner Karriere hätte widmen sollen.

Eine hübsche Aufnahme, pflegte er zu sagen, wenn man was für alte, Tauben fütternde Damen übrig hatte. Und deshalb hatte sie ihn stundenlang allein gelassen? Nur um mit ein paar Schwarzweißfotos von Leuten, die nichts Besseres zu tun hatten, als im Park herumzusitzen, nach Hause zu kommen?

Natürlich würde er sich heute mit belegten Broten zufriedengeben, er hatte ja nur sechs Stunden ununterbrochen komponiert. Vermutlich war es an ihm, die Schmutzwäsche in den Waschsalon zu bringen, obwohl er den ganzen Nachmittag hart gearbeitet hatte.

Nein, sie brauchte sich keine Gedanken zu machen. Wenn ihr ihre Arbeit wirklich so verdammt wichtig war, würde er sich eben einen weiteren Abend mit sich selbst beschäftigen.

Jegliche Kritik, die er äußerte, war geschickt in Komplimente verpackt. Sie sah einfach zum Anbeißen aus, wenn sie am Herd stand und für ihn kochte. Er freute sich jedesmal, wenn er nach Hause kam und sie dort auf ihn wartete.

Ja, er gab selber zu, daß er sie hinsichtlich der Art, wie sie sich kleidete und ihr Haar trug, beeinflussen wollte. Aber schließlich war sie seine Frau, und als solche mußte sie ein gewisses Image pflegen.

Ganz besonders intensiv befaßte er sich mit der Frage, was sie zu ihrer Ausstellung anziehen sollte. Aber, beruhigte er sie, er wollte ja nur, daß sie so vorteilhaft wie möglich aussah. Und sie mußte wohl selbst zugeben, daß ihr Geschmack in Kleiderfragen recht provinziell war.

Es war schon richtig, sie hätte ihren schwarzen Seidenanzug mit der goldbestickten Jacke dem enganliegenden, auffällig verzierten und mit Federn besetzten Fummel vorgezogen, den er für sie ausgesucht hatte. Doch, wie er ihr erklärte, war sie jetzt eine Künstlerin und mußte sich dementsprechend kleiden. Ihm zu Gefallen, und weil es sie freute, von ihm als Künstlerin bezeichnet zu werden, hatte sie sich bereit erklärt, das Kleid zu tragen. Dazu schenkte er ihr ein paar klobige, mit bunten Steinen besetzte Ohrringe. Im stillen hielt Emma sie für geschmacklos, doch er hatte sie ihr eigenhändig an den Ohren befestigt.

Als sie die kleine Galerie erreichten, begann ihr Magen auf und ab zu tanzen. Drew klopfte ihr beruhigend auf die Hand.

»Komm schon, Emma, es ist ja nicht so, als würdest du vor zehntausend kreischenden Fans auf der Bühne stehen. Es handelt sich doch nur um eine Hinterhofausstellung.« Lachend half er ihr aus dem Auto. »Die Leute werden die Bilder von Brian McAvoys kleinem Liebling schon kaufen, ob sie ihnen nun gefallen oder nicht.«

Tief verletzt blieb Emma stehen. »Drew, das ist nicht gerade die Ermutigung, die ich jetzt brauche. Ich wollte einmal etwas aus eigener Kraft schaffen, verstehst du?«

»Du bist auch nie zufrieden.« Er packte sie so hart am Arm, daß sie sich vor Schmerz wand. »Da versuche ich, dir eine Freude nicht zu verderben, gute Miene zu bösem Spiel zu machen, und was tust du? Du meckerst nur!«

»Ich hab's doch nicht so gemeint...«

»Natürlich, du meinst es ja nie so. Vielleicht möchtest du lieber alleine hineingehen?«

»Bestimmt nicht.« Nervosität und Frustration verstärkten das Hämmern hinter ihren Schläfen noch. Warum fand sie bloß nie die richtigen Worte? Gerade heute nacht wollte sie ihn keinesfalls verärgern. »Drew, es tut mir leid. Ich wollte dich nicht anschnauzen. Ich bin nur furchtbar aufgeregt.«

»Schon gut.« Gnädig akzeptierte er ihre Entschuldigung, tätschelte herablassend ihre Hand und führte sie in die Galerie.

Auf Runyuns Rat hin waren sie spät gekommen. Er wollte, daß sein Star erst dann erschien, wenn die Galerie bereits voll und die Leute schon mit den Bildern vertraut waren. Mit Adleraugen beobachtete er die Tür und stürzte sich sofort auf Emma, als diese am Arm ihres Mannes den Raum betrat.

Runyun war ein kleiner, untersetzter Mann, der stets einen schwarzen Rollkragenpullover zu schwarzen Jeans trug. Emma hatte ihn anfangs verdächtigt, ein betont künstlerisches Image zu pflegen, war aber bald dahintergekommen, daß der Mann sich aus purer Eitelkeit schwarz kleidete. Er hoffte, so schlanker zu wirken. Auf dem kurzen, stämmigen Hals saß ein riesiger Kahlkopf, und buschige, graugesprenkelte Brauen wölbten sich über auffallend hellgrünen Augen.

Gegen seine mächtige Hakennase war er machtlos, doch die zu dünn geratenen Lippen versteckte er unter einem Schnurrbart à la Clark Gable, was seine unansehnliche Erscheinung jedoch nur noch betonte. Und trotzdem hatten ihn seine drei Frauen nicht wegen seines abstoßenden Äußeren verlassen, sondern weil er ausschließlich mit seiner Kunst verheiratet war.

Er begrüßte Emma mit finsterem Blick. »Du lieber Gott, du siehst ja aus wie ein Filmsternchen, das darauf aus ist, den Produzenten zu verführen. Na, mach dir nichts draus«, fügte er hinzu, ehe Emma reagieren konnte. »Misch dich ein bißchen unter die Leute.« Doch Emma starrte mit blankem Entsetzen in die Menge, auf schlichte Seide, edlen Schmuck und glänzendes Leder.

»Du wirst mich jetzt nicht blamieren, indem du in Ohnmacht fällst«, befahl Runyun leise.

»Nein.« Sie atmete tief durch. »Das werde ich nicht tun.«

»Gut.« Die Höflichkeit gebot dem Fotografen, auch Drew zu begrüßen, den er auf den ersten Blick verabscheut hatte. »Die Presse ist schon zahlreich vertreten, und das Büffet ist bereits halb leergeräumt. Ich fürchte, dein Vater ist von irgendwem ziemlich in die Enge getrieben worden.«

»Papa ist hier?«

»Dort drüben.« Runyun deutete vage in den Raum. »Jetzt geh und setz ein selbstsicheres Gesicht auf.«

»Ich habe nicht geglaubt, daß er kommen würde«, flüsterte Emma Drew zu.

»Natürlich kommt er.« Drew hatte fest damit gerechnet. Er legte Emma mit gespielter Zärtlichkeit den Arm um die Schulter. »Um nichts in der Welt würde er dieses Ereignis versäumen. Komm, gehen wir zu ihm.«

»Ich will nicht.«

Die liebevolle Umarmung verwandelte sich in einen

schmerzhaften Griff. »Emma, er ist dein Vater. Spiel mir jetzt nicht die beleidigte Leberwurst!«

Mechanisch lächelnd drängte sich Emma an Drews Seite durch die Menge, wechselte hier und da ein paar Worte mit den Anwesenden. Als sie hörte, wie Drew mit ihr prahlte, fühlte sie sich besser. Seine Anerkennung, auf die sie so lange warten mußte, erfüllte sie mit Stolz. Wie dumm sie doch gewesen war, dachte sie. Anzunehmen, er würde ihr ihre Arbeit verübeln. Innerlich schwor sie sich, von nun an mehr Zeit mit ihm zu verbringen, mehr auf seine Bedürfnisse einzugehen.

Schon immer hatte sie sich gewünscht, gebraucht zu werden. Und nun, als sie Drew zulächelte, der begeistert mit anderen Gästen über ihre Aufnahmen diskutierte, war sie sicher, daß dies der Fall war.

Er bestand darauf, daß sie ein Glas Champagner nahm, an dem sie jedoch kaum nippte.

Brian stand inmitten einer Gruppe von Leuten vor einem Portrait, das ihn mit Johnno zeigte. Mit einem starren, aufgesetzten Lächeln ging sie zu ihm hinüber. »Papa.«

»Emma.« Zögernd ergriff er ihre Hand. Sie sah so... so fremd aus.

»Schön, daß du gekommen bist.«

»Ich bin stolz auf dich.« Seine Finger schlossen sich so fest um ihre Hand, als wolle er eine unterbrochene Verbindung wiederherstellen. »Sehr, sehr stolz.«

Ehe sie antworten konnte, fand sie sich in einem Blitzlichtgewitter wieder. War da nicht auch ein Blitz der Verärgerung über sein Gesicht gezuckt, oder hatte sie sich das nur eingebildet? Er lächelte schon wieder.

»Na, Brian, wie kommt man sich so vor, wenn seine Tochter im Rampenlicht steht?«

Brian ignorierte den Reporter und sah Emma unverwandt an. »Ich freue mich für dich.« Mit einiger Selbstüberwindung bot er Drew seine Hand. »Drew.«

»Brian, ist sie nicht großartig?« Drew drückte einen Kuß auf Emmas Schläfe. »Ich weiß gar nicht, wer von uns beiden nervöser gewesen ist, Emma oder ich. Ich hoffe, du kannst

269

ein paar Tage bleiben. Komm doch mal vorbei und sieh dir unsere Wohnung an. Zum Abendessen?«

Es fuchste Brian, daß die Einladung von Drew und nicht von seiner Tochter kam. »Bedaure, ich fliege morgen früh nach L. A.«

»Emma?«

Sie drehte sich überrascht um. »Stevie!« Lachend schlang sie die Arme um seinen Hals. »Ich bin ja so froh, dich zu sehen!« Einen Schritt zurücktretend musterte sie ihn. »Du siehst gut aus.« Und das entsprach der Wahrheit. Er würde nie wieder dem strahlenden, gutaussehenden Stevie ihrer Kindertage gleichen, aber er hatte zugenommen, und die dunklen Schatten unter seinen Augen waren verschwunden. »Ich wußte nicht, daß du... keiner hat mir gesagt, daß...« Daß du aus der Klinik raus bist, dachte sie.

Er grinste verständnisvoll. »Wegen guter Führung entlassen«, erklärte er ihr, dann drückte er sie an sich. »Ich habe sogar meine private Ärztin mitgebracht.« Er gab Emma frei, um eine Hand auf die Schulter der Frau an seiner Seite zu legen, die er als seine Psychotherapeutin vorstellte. »Darf ich dich mit Katherine Hayes bekanntmachen?«

»Hallo.« Die brünette kleine Frau lächelte freundlich. »Und herzlichen Glückwunsch.«

»Danke.«

»Ich war Ihre erste Kundin«, fuhr Katherine fort. »Das Bild von Stevie und seiner Gitarre. Die totale Liebe. Ich konnte nicht widerstehen.«

»Und dann hat sie stundenlang Analysen von sich gegeben.« Stevie witterte einen leichten Geruch nach Scotch und kämpfte gegen das alte Verlangen an. »P. M. ist auch da.« Er beugte sich zu ihr und dämpfte seine Stimme zu einem boshaften Flüstern. »Er hat Lady Annabelle mitgebracht.«

»Nein, wirklich?«

»Ich glaube, sie haben sich verlobt. Aber er hüllt sich da in vornehmes Schweigen.« Stevie zwinkerte ihr zu, nahm Katherines Arm und schlenderte weiter.

Emma mußte lächeln, als sie sich bei Drew einhakte. »Ich werde mal nach P. M. schauen.« Sie warf ihrem Vater einen fragenden Blick zu.

Was sollte er dazu sagen? Sie hatte Stevie weit liebevoller begrüßt als ihren eigenen Vater. Aber es war weder die richtige Zeit noch der richtige Ort, um reinen Tisch zu machen. »Geh ruhig. Ich seh' dich dann später.«

»Ja, geh du nur, Emma.« Drew küßte sie flüchtig. »Ich leiste deinem Vater Gesellschaft, dann können wir beide gegenseitig mit dir angeben. Ist sie nicht unglaublich?« begann er, kaum daß Emma ihm den Rücken zukehrte.

So fühlte sie sich auch. Unglaublich. Mit so vielen Menschen, so viel Interesse an ihrer Arbeit hatte sie nicht gerechnet. Doch immer noch fragte die böse kleine Stimme in ihrem Kopf, ob sie denn wirklich glaubte, die Leute seien wegen ihr und ihrer Arbeit hier. Wollten sie nicht vielmehr ihren Vater besichtigen? Emma bemühte sich nach Kräften, die Stimme zu ignorieren.

Da war ja P. M. Er hatte es offenbar aufgegeben, Lady Annabelle entkommen zu wollen. Tatsächlich schien er sich bestens zu amüsieren. Seine Begleiterin trug ein smaragdgrünes Lederkleid zu zitronengelben Schlangenlederstiefeln, und das auffallende rote Haar stand ihr wild vom Kopf ab. Nach einer zehnminütigen Unterhaltung wurde Emma klar, daß die Frau bis über beide Ohren verliebt war.

Gut so. P. M. verdiente diese Art von Anbetung, diese Art von, nun, Vergnügen.

Leute kamen und gingen, die meisten jedoch blieben. Runyun hatte sich die Anwesenheit ihres Vaters geschickt zunutze gemacht und spielte fortwährend Musik von Devastation. Erstaunt stellte Emma fest, daß auf über einem Dutzend der Aufnahmen ein unauffälliger blauer Punkt klebte. Verkauft.

Ein hochtrabender kleiner Mann drängte sie in eine Ecke und begann, auf sie einzureden. In dem Moment sah sie Marianne. »Entschuldigen Sie mich.« Ehe sie die Flucht ergreifen konnte, hatte sich die Freundin schon zu ihr durchgekämpft.

»Da ist ja der Star des Abends.« Sie gab Emma einen schallenden Kuß und zog sie an sich. Eine Chanelwolke hüllte sie ein. »Nun hast du es geschafft. Ein langer Weg vom Saint Catherine's nach hier.«

»O ja.« Emma kniff die Augen zusammen, wie um sich zu vergewissern, daß sich die Gegenwart nicht plötzlich in Rauch auflöste.

»Sieh mal, wen ich entdeckt habe.«

»Bev!« Emma löste sich aus Mariannes Armen und flog in Bevs. »Ich dachte nicht, daß du es schaffen würdest.«

»Um nichts in der Welt hätte ich deine erste Ausstellung versäumt.«

»Wir sind zusammen reingekommen, und ich hab' sie sofort erkannt«, erklärte Marianne und bediente sich an den Resten des Büffets. »Weißt du noch, wie du mal eine Aufnahme von mir gemacht hast, in einem alten Malerkittel und Rugbysocken? Ein absolut fantastischer Mann hat die gerade gekauft. Man sollte ihm eine Chance geben, das Original kennenzulernen.«

»Jetzt wird mir klar, warum du sie so magst«, kommentierte Bev, während Marianne sich durch die Menge schlängelte. »Na, wie fühlst du dich so?«

»Großartig. Aber es ist irgendwie... beängstigend.« Emma preßte eine Hand auf ihren grummelnden Magen. »Am liebsten hätte ich mich für ein Stündchen auf die Toilette verzogen und geheult. Ich bin so froh, daß du gekommen bist.« Dann bemerkte sie, daß Brian nur ein paar Meter entfernt stand. »Papa ist auch hier. Willst du nicht mit ihm sprechen?«

Bev brauchte den Kopf kaum zu drehen. Unruhig spielte sie mit ihrem Abendtäschchen. Nach all den Jahren waren die alten Gefühle immer noch da. Nichts hatte sich geändert.

»Sicher«, meinte sie leichthin. Hier, inmitten der Menge, hatte sie nichts zu befürchten. Emmas Nacht. Sie sollten sich beide für sie freuen.

Er kam auf sie zu. War es möglich, fragte sich Bev, daß ihm das Wiedersehen genauso zu schaffen machte wie ihr?

Waren seine Handflächen feucht vor Nervosität? Schlug sein Herz schneller?

Er wagte nicht, sie zu berühren, doch seine Bemühungen, sie mit gleichmütiger Stimme zu begrüßen, scheiterten kläglich. »Schön, dich zu sehen.«

»Dich auch.« Bev klammerte sich an ihrer Tasche fest.

»Du siehst...« Wunderschön! Hinreißend! »...gut aus.«

»Danke. Mir geht es auch gut. Ich freue mich so für Emma.« Bev sah sich um, doch Emma hatte sich unauffällig entfernt. »Du mußt sehr stolz auf sie sein.«

»O ja.« Er nahm einen tiefen Schluck aus dem Whiskyglas in seiner Hand. »Darf ich dir etwas zu trinken besorgen?«

Immer höflich, dachte Bev. Immer Kavalier. »Nein, danke. Ich will mich noch ein bißchen umsehen. Vielleicht kaufe ich ja ein Bild.« Aber zuerst würde auch sie die Toilette aufsuchen und einige Tränen vergießen. »War nett, dich wiederzusehen, Bri.«

»Bev...« Wie konnte er sich nur einbilden, er würde ihr noch etwas bedeuten. »Auf Wiedersehen.«

Emma behielt die beiden im Auge. Am liebsten hätte sie sie mit den Köpfen zusammengestoßen! Waren sie den blind? Es war weder Einbildung noch Wunschdenken, was sie da sah, dazu war sie eine viel zu geschulte Beobachterin. Die Augen, die Gesten, die Mimik, alles das verriet ihr, daß die zwei sich noch immer liebten. Und Angst vor den eigenen Gefühlen hatten. Sie holte tief Atem und steuerte in Richtung ihres Vaters. Vielleicht konnte sie ihm ein paar Takte sagen...

»Emmaschatz.« Johnno packte sie um die Taille. »Ich mach' jetzt den Abflug.«

»Du kannst noch nicht gehen. Bev ist hier.«

»So? Na, dann werd' ich mal sehen, ob sie jetzt Lust hat, mit mir durchzubrennen. Übrigens hab' ich einen Schatten aus deiner Vergangenheit getroffen.«

»Aus meiner Vergangenheit?« Sie lachte. »Ich habe keine.«

»Doch, doch. Ein schwüler Sommertag am Strand. Ein hübscher junger Kerl in blauer Badehose.« Gleich einem Magier, der ein Kaninchen aus dem Hut zaubert, hob Johnno den Arm.

273

»Michael?«

Wie seltsam, ihn hier wiederzusehen, dachte Emma. In Anzug und Krawatte sah er blendend aus, schien sich aber unbehaglich zu fühlen. Das dichte, dunkle Haar war immer noch nicht ordentlich geschnitten. Sein Gesicht war schmaler, kantiger geworden, so daß die leicht gekrümmte Nase ihm einen ganz besonderen Reiz verlieh. Die Hände in den Hosentaschen stand er da und machte den Eindruck, als würde er am liebsten im Erdboden versinken.

»Ich – äh – ich war in der Stadt, also...«

Vor Freude lachend, umarmte sie ihn. Sein Herz setzte einen Moment aus. Langsam, vorsichtig befreite er seine Hände und legte sie auf ihren Rücken. Sie fühlte sich noch genauso an wie in seiner Erinnerung, schlank, fest und zerbrechlich.

»Es ist einfach herrlich. Ich kann noch gar nicht glauben, daß du wirklich hier bist.« Auf einmal war alles wieder greifbar. Ein Nachmittag – nein, zwei – am Strand. Die Gefühle, die sie ihm erst als Kind, dann als Frau entgegengebracht hatte, kamen mit Macht zurück, so unerwartet, daß sie sich an ihm festhielt, zu nah, zu lange. Als sie ihn freigab, schimmerten ihre Augen feucht. »Es ist lange her.«

»Ja, müssen ungefähr vier oder fünf Jahre sein. Du siehst toll aus.«

»Du auch. Ich hab' dich noch nie so schick gekleidet gesehen.«

»Nun...«

»Bist du beruflich in New York?«

»Ja.« Die Antwort war eine glatte Lüge, doch zur Hölle mit der Wahrheitsliebe. Er hatte nicht die Absicht, vor ihr wie ein Idiot dazustehen. »Ich hab' von deiner Ausstellung gelesen.« Das entsprach der Wahrheit, nur daß er die kurze Notiz zu Hause am Frühstückstisch gelesen und sich daraufhin drei Tage freigenommen hatte.

»Na, was denkst du?«

»Worüber?«

»Die Ausstellung.« Wie schon einmal nahm sie ihn bei der Hand und zog ihn mit sich.

274

»Sie ist wirklich gut. Ich verstehe zwar nicht viel von Fotografie, aber deine Aufnahmen gefallen mir. Ehrlich gesagt...«

»Ehrlich gesagt?« hakte sie nach.

»Ich hatte keine Ahnung, daß du so etwas fertigbringst. Wie das Bild hier.« Er blieb vor einer Aufnahme stehen, die zwei Männer, die Wollmützen über die Ohren gezogen und in zerschlissene Mäntel gehüllt, zeigte. Einer lag schlafend auf alten Kartons, der andere blickte aus erschöpften, hoffnungslosen Augen direkt in die Kamera. »Ein anrührendes und beeindruckendes Bild.«

»New York besteht nicht nur aus der Madison Avenue.«

»Aber um beide Seiten der Stadt gleichermaßen objektiv darzustellen, dazu gehört Talent und Einfühlungsvermögen.«

Überrascht sah sie ihn an. Genau das hatte sie mit ihren Studien der Stadt, von Devastation, von Menschen zu erreichen versucht. Beide Seiten herauszuarbeiten. »Für jemanden, der nichts von Fotografie versteht, triffst du den Nagel genau auf den Kopf. Wann fliegst du zurück?«

»Morgen, mit der ersten Maschine.«

»Oh.« Sie ging weiter, erstaunt, welch große Enttäuschung sie verspürte. »Ich hatte gehofft, du könntest ein paar Tage bleiben.«

»Ich war mir gar nicht sicher, ob du überhaupt noch mit mir redest.«

»Michael, das ist lange her. Ich habe damals überreagiert, weil – mir ist etwas sehr Unangenehmes passiert. Aber das ist jetzt nicht mehr von Bedeutung.« Lächelnd küßte sie ihn auf die Wange. »Friede?«

»Friede.«

Immer noch lächelnd hob sie eine Hand zu seinem Gesicht.

»Emma!«

Drews Stimme ertönte hinter ihr, und sie fuhr schuldbewußt zusammen, fast als habe er Michael und sie zusammen im Bett statt in einem überfüllten Raum erwischt. »Drew, du hast mich vielleicht erschreckt! Das ist Michael Kesselring, ein alter Freund von mir. Michael, mein Mann Drew.«

275

Drew schlang besitzergreifend einen Arm um Emmas Taille und nickte Michael frostig zu. »Emma, es gibt noch mehr Leute, die dich kennenlernen möchten. Du vernachlässigst deine Pflichten.«

»Mein Fehler«, entschuldigte sich Michael sofort, betroffen, wie schnell das Leuchten in Emmas Augen erstarb. »Wir haben uns lange nicht gesehen. Ich gratuliere, Emma.«

»Danke. Grüß deine Eltern bitte von mir.«

»Mache ich.« Der Wunsch, sie von ihrem Mann wegzureißen, war so stark, daß Michael sich bremsen mußte. Eifersucht, sagte er sich, pure, reine Eifersucht.

»Michael.« Drew war bereits im Begriff, sie fortzuzerren. »Meld dich mal wieder.«

»Klar.« Er nahm sich ein Glas von dem Tablett, das eben herumgereicht wurde, und sah den beiden nach. Wenn er einfach nur eifersüchtig war, dann mußte er sich doch ernsthaft fragen, warum es ihn mit jeder Faser seines Instinkts dazu trieb, seine Faust in Drew Latimers hübsches Gesicht krachen zu lassen.

Weil Emma seine Frau war, gestand Michael sich ein. Und weil er selbst sie begehrte.

Diesmal war Drew nicht angetrunken. Während des gesamten langen, grausamen langweiligen Abends hatte er sich nur an zwei Gläsern Champagner festgehalten, da er unbedingt einen klaren Kopf sowie die Kontrolle über sich selbst behalten wollte. Es würde sich schon noch lohnen, Kotaus vor Brian McAvoy zu machen. Und er hatte es sehr geschickt angestellt. Jeder Idiot konnte sehen, daß Drew Latimer seiner Frau die Sterne vom Himmel holen würde. Für diese schauspielerische Leistung sollte man ihm einen Oskar verleihen!

Und während der ganzen Zeit, in der er den verliebten Ehemann spielen mußte, hatte sie sich in ihrem Erfolg gesonnt und mit ihrer Nobelschule und ihren hochnäsigen Freunden angegeben.

Am liebsten hätte er ihr vor allen Leuten, vor laufender Kamera gezeigt, wer das Sagen hatte.

Doch ihrem Papi hätte das gar nicht gefallen. Ihm nicht,

den Produzenten und Sponsoren nicht, und den Speichellekkern um Brian McAvoy auch nicht. Nicht lange, und sie alle würden vor Drew Latimer kriechen, schwor er sich. Dann würde Emma bezahlen.

Anfangs hatte er schon beinah beschlossen, ihr ein bißchen Ruhm zu gönnen. Dann hatte sie die Unverschämtheit besessen, mit diesem ›Freund‹ herumzuhängen. Sie verdiente eine Lektion, und er war genau der Mann, sie ihr zu erteilen.

Während der Heimfahrt schwieg er. Emma schien das nicht zu stören, sie war im Halbschlaf versunken. Nein, sie gab nur vor zu schlafen, meinte Drew. Wahrscheinlich hatte sie schon Pläne geschmiedet, um sich mit diesem Schleimer Kesselring zu treffen.

Er stellte sich die zwei im Hotelzimmer, zusammen im Bett vor und hätte fast laut gelacht. Kesselring mußte sich auf eine Enttäuschung gefaßt machen, wenn er entdeckte, daß die süße kleine Emma im Bett zu gar nichts taugte. Doch Kesselring würde keine Gelegenheit bekommen, das herauszufinden. Niemand betrog Drew Latimer! Diesen Punkt würde er zu Hause ein für allemal klarstellen.

Emma träumte vor sich hin, als der Wagen hielt. Seufzend lehnte sie den Kopf an Drews Schulter.

»Ich komme mir vor, als wäre ich die ganze Nacht auf den Beinen gewesen.« Schläfrig kuschelte sie sich an ihn. »Die ganze Nacht erscheint mir wie ein Traum. Ich kann's kaum erwarten, bis die Kritiken erscheinen.«

Als würde sie schweben, dachte Emma. Noch nie hatte sie sich so vollkommen im Einklang mit sich und der Welt gefühlt. Kaum waren sie durch die Tür, schlüpfte sie bereits aus ihren Sachen. »Ich denke, ich werde...«

Ohne Vorwarnung schlug er zu, so hart, daß sie die zwei kleinen Stufen zum Wohnzimmer hinauffiel. Stöhnend tastete sie ihr Gesicht ab. »Drew!«

»Hure! Du heimtückische kleine Hure!«

Verschwommen sah sie, daß er auf sie zukam, und versuchte instinktiv, sich zur Seite zu drehen. »Drew, nicht! Bitte! Was hab' ich denn getan?«

Er zerrte sie an den Haaren hoch und schlug ihr mit aller

Kraft ins Gesicht, ehe sie schreien konnte. »Du weißt verdammt gut, was du getan hast! Du miese Hure!« Seine Faust schmetterte gegen ihre Brust, so daß sie kraftlos zu Boden sank.

»Die ganze Nacht, die ganze gottverdammte Nacht mußte ich da rumstehen, dämlich grinsen und so tun, als ob mich deine beschissenen Aufnahmen interessieren. Bildest du dir etwa ein, irgend jemand ist wegen deiner zweitklassigen Fotos gekommen?« Seine Nägel gruben sich tief und schmerzhaft in ihre Schulter, wo sie rote Male hinterließen. »Bildest du dir ein, irgend jemand wäre deinetwegen dagewesen? Nein, meine Süße, die wollten alle nur Brian McAvoys kleine Tochter und Drew Latimers Frau sehen. Du? Du bist ein Nichts!« Wieder stieß er sie zu Boden.

»Um Gottes willen, nicht schlagen! Bitte nicht!«

»Sag du mir nicht, was ich zu tun habe!« Ihr Flehen steigerte seine Raserei nur noch; er trat nach ihr, verfehlte knapp ihre Rippen, doch sein Fuß traf hart auf ihren Hüftknochen. »Du hältst dich wohl für was Besonderes, du Stück Dreck! Aber mich wollten die Leute sehen, mich! Und ich bin auch derjenige, der hier zu bestimmen hat. Ist das klar?«

»Ja.« Emma versuchte, sich zusammenzurollen, und betete inständig, er möge sie liegenlassen, bis der Schmerz nachließ. »Ja. vollkommen klar.«

»Ist dieser Michael deinetwegen gekommen?« Drew riß brutal an ihrem Haar.

»Michael?« Betäubt schüttelte sie den schmerzenden Kopf. »Nein.«

»Lüg mich nicht an!« Schläge prasselten auf sie herab, wieder und wieder, bis jegliche Empfindung erstarb. »Es war alles geplant, was? ›Ach, Drew, ich bin so müde, ich gehe gleich ins Bett!‹ Du wolltest dich davonschleichen und mit *ihm* schlafen.«

Verneinend schüttelte sie den Kopf. Sofort erfolgte ein weiterer Schlag.

»Gib's zu, du wolltest mit ihm schlafen! Gib's zu!«

»Ja.«

»Deswegen auch dieses Kleid. Du wolltest deine Beine zei-

gen und ihn mit deinen nutzlosen kleinen Titten scharfma-
chen!«

Unklar erinnerte sie sich, daß Drew dieses Kleid ausgewählt hatte. Er hatte es doch ausgesucht, oder? Sie wußte es
nicht mehr.

»Und dann hast du dich von ihm abtatschen lassen, vor
allen Leuten. Du wolltest ihn haben, nicht wahr?«

Emma nickte. Sie hatte Michael umarmt. Und er hatte sich
so warm und sicher angefühlt, daß sie einen Augenblick lang
etwas empfunden hatte – was war es nur gewesen? Sie
konnte sich an nichts mehr erinnern.

»Du wirst ihn nicht wiedersehen.«

»Nein.«

»Niemals.«

»Nein, nie wieder.«

»Und dieses Hurenkleid ziehst du mir auch nie wieder an.«
Drews Hand griff in ihr Mieder, und mit einem Ruck riß er ihr
das Kleid vom Leib. »Du weißt, daß du eine Strafe verdient
hast, Emma?«

»Ja.« Ihre Gedanken überschlugen sich. Sie hatte Mamas
Parfüm verschüttet, obwohl sie genau wußte, daß sie Mamas
Sachen nicht anfassen durfte. Sie war ein ungezogenes,
böses Mädchen und mußte bestraft werden.

»Es ist nur zu deinem Besten.«

Emma schrie nicht mehr, bis er seinen Gürtel aus der Hose
zog, sie auf den Bauch rollte und sie zu schlagen begann.
Doch lange, ehe er aufhörte, waren ihre Schreie schon ver-
stummt.

27

Diesmal sah er keinen Grund, sich zu entschuldigen. Sie
mußte zehn Tage im Bett verbringen, bis sie wieder einigermaßen hergestellt war, und während dieser ganzen Zeit
erklärte er ihr, daß sie und nur sie allein an ihrer Lage die
Schuld trug. Ihr gesunder Menschenverstand widersprach

diesen Anschuldigungen, sagte ihr, daß Drew im Unrecht war, daß er verrückt war. Doch er machte ihr immer wieder klar, daß er nur in ihrem eigenen Interesse handelte.

Hatte sie nicht nur an sich selbst gedacht? Hatte sie nicht Woche für Woche damit verbracht, ihre Ausstellung vorzubereiten und ihren Mann links liegengelassen? Hatte sie nicht ihre Ehe in aller Öffentlichkeit in Mißkredit gebracht, indem sie mit einem anderen Mann flirtete?

Sie hatte ihn zu seiner Handlungsweise gezwungen. Sie hatte Strafe verdient. Ihn traf keine Schuld.

Nach der Ausstellung klingelte das Telefon einige Tage lang fast unaufhörlich, doch Emma nahm keine Anrufe entgegen. Zuerst war ihr Kiefer so geschwollen und schmerzte so stark, daß sie kaum sprechen konnte. Drew machte ihr Eisbeutel zurecht und fütterte sie mit Suppe, und er verabreichte ihr schmerzstillende Tabletten, damit sie zumindest einigermaßen schlafen konnte.

Dann erklärte er ihr, daß die Leute sie nur als Vorwand benutzten, um an ihn heranzukommen. Doch sie mußten Zeit für sich haben, nicht wahr, damit sich endlich Nachwuchs einstellte.

Sie hatte sich doch immer eine Familie gewünscht, oder nicht? Sie wollte doch glücklich sein, umsorgt und gehegt werden? Wenn sie nicht so viel Zeit und Kraft auf ihre Arbeit verwendet hätte, dann wäre sie schon längst schwanger. War es nicht das, was sie wollte?

Während ihrer Rekonvaleszenzzeit stellte er ihr diese Fragen wieder und wieder, und sie stimmte ihm zu. Aber Zustimmung reichte nicht aus.

Es war dunkel, als sie erwachte, und sie war allein. Dann hörte sie die Musik. Nur ein Traum, beruhigte sie sich, während sie darum kämpfte, völlig wach zu werden. Doch als sie die Augen öffnete, jetzt vollkommen da, konnte sie die Musik noch immer hören, diese furchtbaren Worte, gesungen von einem Mann, der längst tot war. Mit zitternden Fingern tastete sie nach dem Schalter der Nachttischlampe, drehte daran, drehte wieder, aber nichts geschah. Der Raum blieb dunkel, und die Schatten kamen näher.

Die Musik wurde lauter und lauter, bis sie verzweifelt die Hände gegen die Ohren preßte. Doch die Musik drang durch ihre Finger in ihren Kopf, hämmerte und dröhnte, bis sie zu schreien begann, so laut sie nur konnte.

»Aber Emma. Ist ja gut.« Drew war da, hielt sie, streichelte ihr Haar. »Wieder ein Alptraum? Du solltest ja eigentlich darüber hinweg sein, nicht?«

»Die Musik.« Keuchend klammerte sie sich an ihn. Er war ihr Rettungsanker, der einzige Halt, den sie hatte. Er würde sie aus diesem Strudel der Angst und des Wahnsinns befreien. »Es war kein Traum. Ich habe es genau gehört. Dieses Lied – ich habe dir davon erzählt, Drew – dieses Lied wurde in der Nacht gespielt, als Darren starb.«

»Was für Musik?« Unauffällig schob Drew die Fernbedienung der Stereoanlage beiseite. Befriedigt nahm er zur Kenntnis, daß sie am ganzen Körper zitterte. Also hatte sein Trick gewirkt, dachte er. Eine gute Methode, um sie in Angst und Schrecken zu versetzen und sicherzugehen, daß sie vollkommen von ihm abhängig war.

»Aber ich hab' sie doch gehört.« Emma begann zu schluchzen, ihre Zähne schlugen klappernd aufeinander. »Und das Licht, das Licht ist nicht angegangen.«

»Du bist zu alt, um dich im Dunkeln zu fürchten«, meinte Drew freundlich, stöpselte vorsichtig die Lampe wieder ein und knipste den Schalter ein. »Besser?«

Sie vergrub ihr Gesicht an seiner Schulter und nickte. »Danke.« Eine Welle der Dankbarkeit überschwemmte sie, als das Licht anging, und ihr Körper entspannte sich. »Laß mich nicht allein, Drew. Bitte laß mich nicht allein.«

»Ich hab' dir doch versprochen, mich um dich zu kümmern.« Lächelnd fuhr er fort, ihr Haar zu streicheln. »Ich werde dich nie alleine lassen, Emma. Du brauchst keine Angst zu haben.«

Um die Weihnachtszeit war Emma beinahe wieder glücklich. Drew nahm ihr alle Alltagsgeschäfte ab. Er suchte ihre Kleidung aus, überwachte ihr Anrufe und erledigte ihre finanziellen Angelegenheiten.

Alles, was sie zu tun hatte, war, den Haushalt zu versorgen und für ihn dazusein. Sie brauchte keinerlei Entscheidungen mehr zu treffen. Ihre Dunkelkammer wurde zugesperrt, ihre Fotoausrüstung weggeschlossen. Wenn sie an ihre Arbeit dachte, versank sie unweigerlich in Depressionen.

Zu Weihnachten schenkte er ihr einen großen, tränenförmigen Diamantanhänger. Aus irgendeinem Grund brachte dieses Geschenk sie zum Weinen.

Sie unterzog sich verschiedenen Fruchtbarkeitstests. Als diese intimen Probleme in der Presse breitgetreten wurden, litt sie zunächst schweigend unter dieser Demütigung, dann würdigte sie die Zeitungen keines Blickes mehr. Was interessierte es sie, was in der Welt vorging? Ihre Welt bestand aus sieben Räumen mit Blick auf den Central Park.

Als die Ärzte ihr bescheinigten, daß keine körperlichen Ursachen für ihre Unfruchtbarkeit vorlagen, schlug sie zögernd vor, Drew solle einige Tests vornehmen lassen.

Daraufhin schlug er sie bewußtlos und schloß sie zwei volle Tage in ihrem Schlafzimmer ein.

Die Alpträume kamen immer wieder, manchmal zweimal die Woche. Ab und zu beruhigte Drew sie und tröstete sie, bis die Panik nachließ, öfter allerdings schimpfte er sie eine dumme Kuh, beklagte sich, daß sie seinen Schlaf störe, und überließ sie ihrer Angst.

Und als er eines Tages unvorsichtig genug war, die Fernbedienung neben dem Bett und das *Abbey Road*-Album auf dem Plattenteller liegen zu lassen, da war sie bereits zu erschöpft, um davon Notiz zu nehmen.

Mit der Zeit erkannte sie, beinahe unbeteiligt, was er ihr antat, was er aus ihr machte. Der Mann, in den sie sich verliebt hatte, existierte nicht mehr. Was blieb, war ein Monster, das sie in dem Apartment im elften Stock wie eine Gefangene hielt.

Sie dachte daran fortzulaufen. Zwar ließ er sie nur selten mehr als einige Stunden allein und begleitete sie stets, wenn sie ausging, doch manchmal, wenn sie nachts schlaflos im Bett lag, träumte sie von Flucht. Sie würde Marianne oder Bev anrufen, oder ihren Vater. Man würde ihr helfen.

282

Doch Scham sowie die Zweifel, die er in ihrem Herzen gesät hatte, hielten sie davon ab.

Er hatte sie nie wieder mit dem Gürtel geschlagen, jedenfalls nicht bis zu der Nacht, in der die Verleihung des American Music Award stattfand und er und seine Band übergangen wurden.

Emma wehrte sich nicht. Sie erhob auch keinen Einspruch. Als er sie mit den Fäusten zu malträtieren begann, zog sie sich in sich selbst zurück, so wie sie sich einst unter der Küchenspüle verkrochen hatte, und war nicht mehr erreichbar.

In seiner Raserei beging Drew einen schwerwiegenden Fehler. Er sagte ihr, warum er sie geheiratet hatte.

»Wozu bist du eigentlich zu gebrauchen?« Sie lag auf dem Boden, kämpfte gegen den auf- und abebbenden Schmerz an, während er durch das Zimmer tobte und alles kurz und klein schlug, was ihm im Weg stand. »Glaubst du, ich wollte mein Leben mit einem verwöhnten, dämlichen Flittchen verbringen, das im Bett kaum zu ertragen ist?«

Während der Preisverleihung war er gezwungen gewesen, dazusitzen und lächelnd zuzusehen, wie ein anderer die Bühne betrat und den Preis, der eigentlich ihm gebührte, entgegennahm. Nun machte er seinem angestauten Frust Luft, indem er die edlen Waterford-Gläser eines nach dem anderen zertrümmerte.

»Was hast du denn je getan, um mir zu helfen? Nichts. Und was hab' ich nicht alles für dich getan! Ich habe dir das Gefühl gegeben, wichtig für mich zu sein, begehrenswert. Ich habe zumindest einen Hauch von Romantik in dein langweiliges, uninteressantes Leben gebracht.«

Von seiner Zerstörungswut erschöpft, beugte er sich zu ihr hinunter und riß sie an dem, was von ihrem Kleid übriggeblieben war, auf die Füße. »Und du warst wirklich so blöd zu glauben, ich hätte nicht gewußt, wer du bist!« Er schüttelte sie kräftig, doch sie nahm die Mißhandlung kaum wahr, konnte sich kaum auf sein Gesicht konzentrieren. Längst war sie jenseits von Angst und Hoffnung.

Seine Augen, dunkel vor Wut, verengten sich zu schmalen Schlitzen. Nackter Haß lag darin.

»Du hast dich angestellt wie ein Schulmädchen, Emma, stotternd und errötend. Ich hätte beinahe laut gelacht. Und trotzdem hab' ich dich geheiratet und nichts weiter von dir erwartet, als daß du mir bei meiner Karriere hilfst. Aber hast du jemals deinen Vater gebeten, ein paar Hebel in Bewegung zu setzen? Nein.«

Emma gab keine Antwort. Schweigen war die einzige Waffe, die ihr geblieben war.

Angewidert ließ er sie los. Mit trübem Blick sah sie zu, wie er durch das Chaos stapfte, in das er ihr Heim verwandelt hatte.

»Du solltest langsam anfangen, ein bißchen nachzudenken. Überleg dir lieber bald, wie du mir all die Zeit, die ich in dich investiert habe, zurückzahlen könntest.«

Emmas Augen schlossen sich, doch sie weinte nicht mehr. Dazu war es zu spät. Sie mußte Pläne machen.

Die erste wirklich Hoffnung auf Flucht kam in ihr auf, als sie hörte, daß Johnnos früherer Freund Luke an AIDS gestorben war.

»Er war mein Freund, Drew.«

»Er war eine verdammte Schwuchtel.« Drew klimperte auf dem riesigen neuen Flügel herum, den er vom Geld seiner Frau gekauft hatte.

»Er war mein Freund«, wiederholte sie, bemüht, das Zittern in ihrer Stimme zu verbergen. »Ich muß zu der Beerdigung gehen.«

»Du mußt nirgendwo hingehen.« Er blickte auf und lächelte sie an. »Dein Platz ist hier, bei mir, und nicht bei der Trauerfeier für irgendeinen warmen Bruder.«

Da begann sie, ihn zu hassen, und war selber überrascht, daß sie noch derartige Gefühle aufbringen konnte. Es war so lange her, seit sie zum letztenmal irgend etwas empfunden hatte. Ausgerechnet eine Tragödie hatte ihr die Augen geöffnet. Ihre Ehe war zum Scheitern verurteilt; sie würde sich scheiden lassen. Schon wollte sie den Mund öffnen, um eine dementsprechende Bemerkung zu machen, dann blickte sie nachdenklich auf seine langen, schlanken Finger, die über die Tasten glitten. So schlank diese Finger waren, soviel Kraft stecke auch darin. Einmal hatte sie ihn um die Scheidung gebeten, mit dem Ergebnis, daß er sie beinahe erwürgt hatte.

Es hatte keinen Sinn, ihn zu erzürnen. Doch es gab eine wirksame Waffe.

»Drew, es ist allgemein bekannt, daß Luke ein Freund von mir war, und auch von Johnno und Papa. Wenn ich nicht hingehe, dann werden die Journalisten behaupten, daß ich die Bekanntschaft leugne, weil er an AIDS gestorben ist. Und das könnte auch dir schaden, besonders jetzt, wo du mit Papa dieses Benefizkonzert planst.«

Drew hämmerte auf den Tasten herum. Wenn diese Hexe nicht bald aufhörte zu quengeln, dann würde er ihr das Maul stopfen müssen. »Es interessiert mich einen Scheißdreck, was in der Presse steht. Ich gehe nicht zu der Beerdigung von diesem Freak.«

Emma zügelte ihr Temperament. Es ging um ihr Leben. Ihre Stimme klang weich und schmeichelnd, als sie beharrte: »Ich versteh' dich ja, Drew. Ein junger Mann wie du, so… so männlich.« Das Wort blieb ihr beinahe in der Kehle stecken. »Das Benefizkonzert wird hier und in Europa im Fernsehen übertragen, und der Erlös ist für die Aidsforschung bestimmt, also genau für das, woran Luke gestorben ist.« Sie hielt inne, um die Worte wirken zu lassen. »Ich kann mit Johnno hingehen. Und dich vertreten«, fügte sie rasch hinzu.

Er blickte sie aus trüben Augen an. Ein Ausdruck lag darin, den sie kannte und fürchtete. »Hast es eilig wegzukommen, was, Schätzchen?«

»Nein.« Emma überwand sich, trat hinter ihn und berührte sein Haar. »Ich hätte es viel lieber, wenn du mitkommst. Wir könnten hinterher mal Urlaub machen.«

»Verdammt, Emma, du weißt, daß ich arbeiten muß. Typisch, daß du nur an dich denkst.«

»Natürlich. Entschuldige.« Der unterwürfige Rückzieher war nur zum Teil gespielt. »Nur – ich wünschte, wir kämen mal für ein paar Tag hier raus. Nur wir zwei. Ich werde Johnno anrufen und ihm sagen, daß ich nicht mitkommen kann.«

Drew überlegte einen Augenblick. Dieses Benefizkonzert konnte für ihn den Durchbruch bedeuten, und dann würde er sich von Birdcage Walk trennen und eine Solokarriere starten. Schließlich war er der Star, und die anderen standen ihm nur im Weg.

Was er brauchte, war möglichst viel Rummel um seine Person, Artikel in den Zeitungen und so. Wenn diese Beerdigung das vorantreiben könnte, gut. Außerdem wäre es herrlich, Emma eine Weile los zu sein.

»Ich denke, du solltest hingehen.«

Ihr Herzschlag setzte fast aus. Sei vorsichtig, warnte sie sich. Mach jetzt keinen Fehler. »Also kommst du mit?«

»Nein. Aber du wirst schon ein, zwei Tage allein zurechtkommen. Johnno ist ja dabei. Sieh zu, daß du einen gebührend betroffenen Eindruck machst, und laß ein paar passende Sätze über das traurige Schicksal der Aidskranken fallen.«

Sie trug ein schlichtes schwarzes Kostüm. Da Drew jeden ihrer Schritte überwachte, konnte sie sonst nichts mitnehmen. Sie brauchte ja wohl kaum irgendwelchen modischen Schnickschnack für eine Trauerfeier, oder? fragte er. Schwarze Pumps und eine große schwarze Geldbörse, die zugleich als Handtäschchen diente, wurden ihr gestattet. Während sie auf dem Bett saß, kontrollierte Drew sogar ihr Schminktäschchen.

Da er ihren Paß und ihre Kreditkarten in Verwahrung genommen hatte – du gehst mit solchen Dingen viel zu leichtsinnig um, Emma –, war sie vollkommen abhängig von ihm. Er buchte die Flüge, Hin- und Rückflug. Vierzehn Stunden Freiheit. Ihr Abflug von La Guardia war um Viertel nach neun, und um halb elf am selben erwartete er sie zurück. Großzügig hatte er ihr vierzig Dollar in bar zugesteckt, und weitere fünfzehn hatte sie heimlich aus der Haushaltskasse entnommen. Sie war sich dabei wie eine Diebin vorgekommen. Das Geld steckte in ihrem Schuh. Wenn sie die Zehen bewegte, konnte sie es fühlen und wurde von Aufregung und Scham erfüllt.

Sie hatte ihn angelogen.

Lüg mich ja nie an, Emma. Ich finde es ja doch heraus, und dann kriegst du die Quittung.

Sie würde nie wieder zurückkommen.

Glaub nicht, daß du mich verlassen kannst, Emma. Ich finde dich. Ich finde dich überall, und dann wird es dir sehr leid tun.

Sie lief fort.

So schnell kannst du gar nicht laufen, Emma, damit du mir entkommst. Du gehörst mir. Du brauchst jemanden, der auf dich aufpaßt.

»Emma? Verdammt, Emma, hör mir zu!«

Sie fuhr erschrocken zusammen, als er sie hart an den Haaren zog. »Entschuldige.« Ihre Finger verkrampften sich, kalter Schweiß brach ihr aus.

»Du bist aber auch zu dämlich. Der Himmel weiß, was du ohne mich anfangen würdest.«

»Ich... ich habe an Luke gedacht.«

»Spar dir deine Trauermiene auf, bis du weg bist. Du machst mich krank. Johnno wird jeden Moment hier sein, um dich abzuholen.« Er beugte sich so nah zu ihr, daß sein Gesicht ihr gesamtes Blickfeld ausfüllte. »Was sagst du, wenn er dich fragt, wie es dir geht?«

»Daß alles in bester Ordnung ist. Daß es dir leid tut, zu Hause zu bleiben, aber daß du Luke ja nicht gekannt hast und dir bei seiner Beerdigung fehl am Platze vorgekommen wärst.« Wie ein Papagei plapperte sie die Instruktionen nach, die er ihr erteilt hatte. »Und ich muß sofort wieder zurück, weil du eine leichte Grippe hast und ich mich um dich kümmern will.«

»Wie es sich für eine liebende Ehefrau gehört.«

»Ja.«

»Sehr gut.« Ihre Unterwürfigkeit stieß ihn ab. Keinen Mucks hatte sie von sich gegeben, als er ihr letzte Nacht eine Tracht Prügel verpaßt hatte, um ihr noch einmal gründlich einzubläuen, wer der Herr im Hause war, ehe sie wegfuhr.

287

Natürlich hatte er darauf geachtet, weder im Gesicht noch an anderen sichtbaren Körperteilen Spuren zu hinterlassen. Wenn sie zurückkäme, würde sie ihr blaues Wunder erleben. Er gedachte, sie daran zu erinnern, daß der Platz einer Frau im Haus war und nirgendwo sonst.

Dort, wo auch der Platz seiner Mutter gewesen wäre, dachte Drew bösartig. Doch Hure, die sie war, hatte sie es dort nicht lange ausgehalten und ihn mit diesem Wrack von Vater allein gelassen. Hätte der alte Esel ihr ab und zu die Leviten gelesen, wäre es nie so weit gekommen.

Er lächelte Emma zu. Nein, dann hätte seine Mutter, genau wie Emma, gehorsam dagesessen und getan, was man ihr sagte. Jede Frau brauchte einen Mann, der ihr zeigte, wo es langging.

»Vielleicht ist es doch keine so gute Idee, wenn du zu der Trauerfeier gehst.«

Befriedigt sah er, wie ihre Augen groß wurden. Es bereitete ihm eine diebische Freude, mit ihr zu spielen wie die Katze mit der Maus.

Emmas Hände wurden feucht, doch sie zwang sich zur Ruhe.

»Wenn du willst, bleibe ich hier, Drew.«

Er streichelte so liebevoll über ihr Gesicht, daß sie sich erinnerte, wie es mit ihnen begonnen hatte. Irgendwie verschlimmerte diese Erinnerung die Situation noch. »Nein, geh du nur, Emma. Schwarz steht dir gut. Bist du sicher, daß dieses Luder Marianne nicht kommt?«

»Ja. Johnno hat gesagt, sie kann es nicht einrichten.«

Noch eine Lüge, eine, die Johnno hoffentlich nicht aufdecken würde. Drew hatte alles getan, um Marianne und sie zu entzweien, und solchen Erfolg damit gehabt, daß ihre alte Freundin weder anrief noch vorbeischaute.

»Dann ist es ja gut. Wenn ich herausfinde, daß sie doch da war, dann wirst du das bereuen, Emma. Sie übt einen schlechten Einfluß auf dich aus, diese Schlampe. Die hat doch nur vorgegeben, deine Freundin zu sein, damit sie sich an deinen Vater ranmachen kann. Und an mich. Ich habe dir ja erzählt, daß sie hinter mir her ist, erinnerst du dich?«

288

»Ja.«

»Ah, da ist Johnno. Nun mach schon, setz dieses süße, traurige Lächeln auf, das wir alle so an dir lieben.« Automatisch krümmten sich Emmas Lippen. »So bist du ein braves Mädchen. Und denk daran, den Reportern gegenüber das Benefizkonzert zu erwähnen«, schärfte er ihr ein, als sie nach unten gingen. »Sieh zu, daß du ihnen klarmachst, wie sehr ich mich dafür einsetze, Geld zur Bekämpfung dieser furchtbaren Seuche aufzutreiben.«

»Natürlich, Drew. Ich werde es nicht vergessen.« Entsetzt stellte sie fest, daß ihre Knie nachgaben. Vielleicht sollte sie doch besser zu Hause bleiben. Drew hatte ihr wieder und wieder eingetrichtert, wie hilflos sei ohne ihn war. »Drew, ich...« Doch Johnno stand bereits in der Tür.

»Hallo, Kleines.« Er legte tröstend und trostsuchend zugleich den Arm um sie. »Ich bin froh, daß du mitkommst.«

»Ja.« Ängstlich blickte sie sich nach Drew um. »Ich mußte einfach hingehen.«

Während des gesamten Fluges wurde sie von Dämonen geplagt. Drew würde ihr hinterherkommen. Er hatte herausgefunden, daß sie die fünfzehn Dollar mitgenommen hatte und würde sie dafür bestrafen. Er hatte ihr am Gesicht abgelesen, daß sie nicht beabsichtigte zurückzukommen.

Ihre Angst war so groß, daß sie sich nach der Landung in Miami an Johnnos Arm klammerte und die wartende Menschenmenge nach Drew absuchte. Als sie am Auto anlangten, war sie in Schweiß gebadet, zitterte am ganzen Körper und rang nach Luft.

»Emma, ist dir schlecht?«

»Nein.« Sie leckte über ihre ausgetrockneten Lippen. Da! Dort stand ein schlanker, blonder Mann. Die letzte Farbe wich aus ihrem Gesicht. Doch dann drehte der Mann sich um. Es war nicht Drew. »Ich bin bloß ziemlich durcheinander. Kann ich – kann ich eine Zigarette haben?«

Drew hatte ihr das Rauchen verboten, ihr sogar einmal den Finger angebrochen, als er sie dabei erwischte. Aber er war ja nicht hier, erinnerte sie sich, als sie sich die Zigarette anzündete. Sie war mit Johnno allein im Auto.

»Es wäre besser gewesen, wenn du zu Hause geblieben wärst. Ich hatte keine Ahnung, daß dich das alles so mitnimmt.« Johnno war selbst viel zu sehr in seinen Kummer versunken, um ihr eine große Hilfe zu sein.

»Mir geht es gut«, versicherte sie ihm. Wie ein Gebet wiederholte sie diese Worte im Geiste wieder und wieder.

Von der eigentlichen Trauerfeier bekam Emma nicht viel mit. Die Worte, die Grabreden, all das rauschte an ihr vorbei. Sie vermochte noch nicht einmal zu weinen. Hoffentlich würde Luke ihr verzeihen, daß sie keine sichtbare Trauer an den Tag legte, aber sie fühlte sich, als sei sie selbst tot. All ihre Gefühle erschienen erstorben. Langsam entfernten die Menschen sich von der stillen Grabstätte, von den rosaweißen Marmorsteinen, von dem Blumenmeer. Emma nahm all ihre Kraft zusammen und folgte ihnen.

»Johnno.« Marianne hielt ihn auf und legte ihm sanft die Hand auf den Arm, ehe sie ihn anstelle der üblichen Beileidsfloskeln küßte. »Ich wünschte, er hätte mehr Zeit gehabt, mir das Kochen beizubringen«, erklärte sie, um Johnno zum Lachen zu bringen.

»Du warst sein einziger Mißerfolg auf diesem Gebiet.« Er wandte sich an Emma. »Der Fahrer bringt dich zum Flughafen zurück. Ich muß noch in Lukes Apartment, mich um ein paar Dinge kümmern. Bist du okay?«

»Ja.«

»Dich hatte ich hier nun gar nicht erwartet.« Obwohl sie sich für sich selber schämte, brachte Marianne es nicht fertig, einen freundlichen Tonfall anzuschlagen.

»Ich... ich wollte unbedingt kommen.«

»So?« Marianne öffnete ihre Tasche und stopfte ein zusammengeknülltes Papiertuch hinein. »Seit wann hast du denn Zeit für alte Freunde?«

»Marianne...« Sie konnte hier nicht so einfach mit ihren Problemen herausplatzen. Es wimmelte von Reportern, die sie beobachteten und zu fotografieren versuchten. Drew würde Fotos von Marianne und ihr zu Gesicht bekommen und wissen, daß sie ihn belogen hatte. Verzweifelt blickte sie sich um. »Kann ich... ich muß...«

»Alles in Ordnung mit dir?« Marianne nahm ihre Sonnen-brille ab und sah Emma besorgt an. »Du siehst grauenhaft aus.«

»Ich muß mit dir reden. Hast du ein paar Minuten Zeit?«

»Ich hatte bis jetzt immer ein paar Minuten Zeit, wenn Not am Mann war«, gab Marianne zurück und kramte in ihrer Tasche nach Zigaretten. »Ich dachte, du würdest sofort zurückfahren.«

»Nein.« Jetzt mußte sie die Katze aus dem Sack lassen. »Ich gehe nicht wieder zurück.«

Durch den Rauchschleier hindurch musterte Marianne sie verwundert. »Wie bitte?«

»Ich gehe nicht wieder zurück«, wiederholte Emma. Ent-setzt stellte sie fest, daß ihr die Stimme versagte. »Können wir irgendwoanders hingehen. Bitte. Irgendwohin.«

»Klar.« Marianne hakte sich bei Emma unter. »Wir neh-men ein Taxi.«

Bis zu Mariannes Hotel war es nicht weit. Da Emma am ganzen Körper zu zittern begann, hielt Marianne es für das beste, sie dorthin mitzunehmen. Sie gingen direkt in ihre Suite mit einem herrlichen Blick über den weißen Sandstrand und das tiefblaue Meer. Marianne hatte dem Raum bereits ihren Stempel aufgedrückt, indem sie ihre Kleidung über alle verfügbaren Sitzgelegenheiten verstreute. Sie fegte ihre Rei-sekleidung, ein dickes Sweatshirt und enge Hosen, von einem Stuhl, bedeutete Emma, sich zu setzen und griff nach dem Telefon.

»Ich hätte gerne eine Flasche Grand Marnier, zwei Cheese-burger, medium bitte, dazu Pommes frites und einen Liter Pepsi, eisgekühlt, wenn's geht. Zwanzig Dollar für den, der in einer Viertelstunde damit hier ist.« Zufrieden entfernte sie ein Paar Turnschuhe von einem anderen Stuhl und setzte sich. »So, Emma, jetzt erzähl mir mal, was los ist.«

»Ich habe Drew verlassen.«

Immer noch nicht bereit, der Freundin vollends zu verge-ben, streckte Marianne die Beine aus. »Gut, das ist angekom-men, aber warum denn? Ich dachte, du wärst wunschlos glücklich mit ihm?«

»O ja, ich bin sehr glücklich. Drew ist wundervoll, er tut alles für mich...« Ihre eigene Stimme klang ihr hohl in den Ohren. Angeekelt brach sie ab. »O Gott, manchmal glaube ich schon selbst daran.«

»Woran?«

»An das, was er mir eingeredet hat. Was ich sagen soll. Marianne, ich weiß nicht, mit wem ich sonst sprechen könnte. Und wenn ich mir nicht hier und jetzt alles von der Seele rede, dann werde ich's nie tun. Ich wollte Johnno alles erzählen, ich hab' auch angefangen, aber ich hab's nicht fertiggebracht.«

»Schon gut.« Da Emma ihr viel zu blaß erschien, stand Marianne auf, um die Balkontür zu öffnen. Seeluft strömte herein. »Laß dir nur Zeit. Geht es um eine andere Frau?« Marianne sah wortlos zu, wie Emma begann, sich hin- und herzuwiegen und lauthals zu lachen.

»Gütiger Himmel!« Ehe sie es verhindern konnte, ging das Gelächter in ein würgendes Schluchzen über. Marianne nahm tröstend ihre Hand.

»Bleib ruhig, Emma. Reg dich nicht so auf, du schadest dir nur selbst. Wir alle wissen, daß die meisten Männer Schweinehunde sind. Wenn Drew fremdgegangen ist, dann schmeiß ihn raus.«

»Er hat keine andere Frau«, stieß Emma hervor.

»Einen anderen Mann?«

Emma kämpfte mit den Tränen. Wenn sie dem Drang zu weinen nachgab, würde sie vielleicht nie wieder aufhören können. »Nein. Ich habe keine Ahnung, ob Drew mich betrügt, und es ist mir auch egal.«

»Wenn keine andere Frau im Spiel ist, womit schlägst du dich denn dann herum?«

»Schlagen – das ist es ja gerade.« Nie hätte sie gedacht, daß es ihr so schwerfallen würde, diese erbärmliche Tatsache einzugestehen. Die Worte saßen ihr wie ein dicker, heißer Klumpen in der Kehle. Vor Scham konnte sie kaum weitersprechen. Nimm dich zusammen und bring es hinter dich, befahl sie sich. »Wenn ich hier so sitze, dann kommt es mir so vor, als hätte ich mir alles nur eingebildet, als wäre alles nur halb so schlimm. Er konnte so lieb sein, Marianne, so aufmerksam. Ich erinnere mich, wie er mir manchmal morgens eine Rose ans Bett gebracht hat. Wie er für mich gesungen hat, wenn wir allein waren, so als wäre ich die einzige Frau der Welt für ihn. Er sagte, er liebt mich, und alles, was er wollte, sei, mich glücklich zu machen. Und dann mache ich immer wieder etwas falsch – ich weiß gar nicht, was – irgendwas ist immer – und dann... er schlägt mich!«

»Er tut was?« Wenn Emma behauptet hätte, Drew seien Flügel gewachsen und er sei zum Fenster hinausgeflogen, Marianne hätte es eher geglaubt. »Er schlägt dich?«

Emma war zu sehr in sich versunken, um den ungläubigen Unterton wahrzunehmen. »Manchmal kann ich tagelang nicht richtig laufen. In der letzten Zeit ist es schlimmer geworden.« Blicklos starrte sie auf ein pastellfarbenes Gemälde an der Wand. »Manchmal glaube ich, er will mich umbringen.«

»Emma, sieh mich an!« Marianne nahm das Gesicht der Freundin in beide Hände. Sie sprach jetzt sehr langsam. »Versuchst du, mir mitzuteilen, daß Drew dich körperlich mißhandelt?«

»Ja.«

Marianne pfiff leise durch die Zähne. Diese Nachricht war schwer zu verdauen. »Trinkt er, nimmt er Drogen?«

»Nein. Ich habe ihn nur einmal betrunken erlebt – in unserer Hochzeitsnacht. Er nimmt auch keine Drogen. Drew haßt es, die Kontrolle über sich zu verlieren. Es liegt an mir. Offenbar sage oder tue ich immer das Falsche, irgend etwas Dummes, und das bringt ihn so auf.«

»Jetzt mach mal 'nen Punkt!« Kochend vor Zorn sprang Marianne auf und ging im Raum auf und ab wie ein gefangener Tiger. »Du hast in deinem ganzen Leben noch nichts Dummes getan. Wir lange geht das schon so, Emma?«

»Den ersten Krach hatten wir ein paar Monate, nachdem wir umgezogen sind. Es war nicht so schlimm, er hat mich damals nur einmal geschlagen. Und hinterher hat es ihm so leid getan, daß er anfing zu weinen.«

»Mir blutet das Herz«, knurrte Marianne, ging zur Tür und

ließ den Zimmerkellner herein. »Lassen Sie nur, Sie brauchen nicht zu servieren.« Sie unterschrieb die Rechnung, steckte ihm den versprochenen Zwanziger zu und schob ihn zur Tür hinaus. Erst mal eine Stärkung, beschloß sie und schenkte zwei Gläser Grand Marnier ein.

»Trink das«, befahl sie streng. »Ich weiß, du kannst das Zeug nicht leiden, aber wir haben beide einen Schluck nötig.«

Emma nippte vorsichtig an ihrem Glas. Sofort breitete sich die Wärme in ihrem ganzen Körper aus. »Ich weiß nicht, was ich jetzt machen soll. Anscheinend kann ich keine eigenen Entscheidungen mehr treffen.«

»Dann laß mich mal ein paar Minuten für dich entscheiden. Ich bin dafür, diesen Hurensohn zu kastrieren.«

»Ich kann nicht mehr zurück, Marianne. Wenn ich zu ihm zurückgehe, dann – dann werde ich irgend etwas Schreckliches tun. Ich weiß es!«

»Na, das ist doch schon mal eine Entscheidung. Kannst du was essen?«

»Nein, noch nicht.« Sie mußte noch einen Moment still sitzenbleiben, um die Ungeheuerlichkeit ihres Handelns zu erfassen. Sie hatte Drew verlassen. Sie war entkommen. Und nun hatte sie ihre Freundin, ihre älteste und beste Freundin zu Hilfe gerufen. Emma schloß die Augen. Erneut stieg Scham in ihr hoch.

»Marianne, es tut mir schrecklich leid. Ich weiß, daß ich deine Anrufe nicht beantwortet habe, daß sich unsere Freundschaft in den letzten Monaten abgekühlt hat. Aber er hat mir den Kontakt mit dir verboten.«

Marianne zündete zwei Zigaretten an und reichte eine an Emma weiter. »Deswegen laß dir jetzt mal keine grauen Haare wachsen.«

»Er hat mir sogar gesagt, daß du..., daß du versucht hast, ihn mir wegzunehmen.«

»Wovon träumt der denn nachts?« Fast hätte sie laut losgelacht, doch Emmas Gesichtsausdruck hinderte sie daran. »Du hast ihm doch wohl nicht geglaubt?«

»Nein, eigentlich nicht. Aber... es gab Zeiten, da habe ich

ihm alles abgenommen, was er mir weisgemacht hat. Es war einfacher so.« Wieder schloß sie die Augen. »Aber das schlimmste war, daß es mir nichts ausgemacht hätte.«

»Wenn du mich bloß angerufen hättest!«

»Ich konnte mit dir nicht darüber reden, und ich hätte es nicht ertragen, wenn du die Wahrheit über unsere Beziehung herausgefunden hättest.«

»Ich hätte dir geholfen.«

Emma konnte nur hilflos den Kopf schütteln. »Ich schäme mich so.«

»Wofür denn?«

»Ich habe mich nicht gewehrt, oder? Er hat mir ja schließlich keine Pistole an die Schläfe gehalten. Das zumindest hat er nie getan. War ja auch nicht nötig.«

»Ich weiß auch keinen Rat, Emma. Oder doch. Du solltest zur Polizei gehen.«

»Alles, nur das nicht! Ich sehe die Schlagzeilen schon vor mir. Außerdem – wer würde mir glauben? Drew wird einfach alles abstreiten.« Erneut schlich sich Angst in ihr Gesicht, in ihre Stimme. »Er kann so überzeugend sein, Marianne, dem kaufen die Leute alles ab.«

»Gut, lassen wir die Cops mal beiseite und suchen dir einen Anwalt.«

»Ich – ich brauche noch etwas Zeit. Ich kann einfach noch nicht mit Außenstehenden darüber reden. Ich will nur so weit weg von ihm wie möglich.«

»Okay. Planen wir also eine Verschwörung. Aber erst wird gegessen. Ich kann besser denken, wenn ich was im Magen habe.«

Sie überredete Emma, wenigstens ein paar Bissen zu sich zu nehmen, dann flößte sie ihr Pepsi ein, in der Hoffnung, das Koffein würde etwas Farbe in Emmas Wangen bringen.

»Wir machen uns in Miami ein paar schöne Tage.«

»Nein.« Emma konnte jetzt klarer denken. Von all den wilden Plänen, die sie während der letzten zwei Tage geschmiedet hatte, ließ sich nur einer verwirklichen. »Ich kann noch nicht einmal über Nacht bleiben. Hier würde er mich zu allererst vermuten.«

295

»Dann nach London, zu Bev. Sie hilft dir garantiert.«

»Geht nicht. Drew hat meinen Paß im Safe eingeschlossen. Ich hab' noch nicht mal mehr einen Führerschein, den hat er zerrissen.« Emma setzte sich auf. Sogar die paar Happen, die sie gegessen hatte, lagen ihr wie ein Stein im Magen. »Marianne, ich habe fündundfünfzig Dollar bei mir – fünfzehn davon habe ich vom Haushaltsgeld abgezweigt. Ich habe keine Kreditkarten mehr, die hat er mir schon vor Monaten weggenommen. Alles was ich besitze, trage ich am Leib.«

Marianne schenkte sich einen weiteren Grand Marnier ein. Da hatte sie die ganze Zeit in ihrer Wohnung gesessen und ihren verletzten Stolz gepflegt, während Emma durch die Hölle gegangen war.

»Mach dir wegen Geld keine Sorgen. Bei mir hast du immer Kredit. Ich hebe erst mal etwas Bargeld ab, und dann gebe ich dir eine Vollmacht für meine Kreditkarte. Du hast die Wahl. Visa, Master Card oder American Express.«

»Du hältst mich sicher für eine ziemlich klägliche Figur.«

»Nein, ich halte dich für die beste Freundin, die ich je hatte.« Tränen brannten in Mariannes Augen. »Am liebsten würde ich den Kerl umbringen!«

»Bitte sag niemanden etwas davon. Noch nicht.«

»Gut, wenn du nicht willst. Aber ich finde, dein Vater sollte davon erfahren.«

»Nein. Zwischen Papa und mir steht es ohnehin nicht zum besten. Ich glaube, ich brauche nur dringend etwas Zeit. Zuerst dachte ich daran, in die Berge zu fahren, mir ein Häuschen im Wald zu mieten, aber ich fürchte, ich kann die Einsamkeit nicht ertragen. Ich möchte in einer großen, lauten Stadt untertauchen. Am liebsten in L. A. Immer, wenn ich an Flucht gedacht habe, war das mein Ziel. Außerdem habe ich in der letzten Zeit wieder viel geträumt.«

»Von Darren?«

»Ja. Die Alpträume haben vor ein paar Monaten wieder angefangen, und sie lassen mir keine Ruhe. Ich muß noch einmal nach L. A., und dazu kommt, daß Drew mich dort bestimmt nicht sucht.«

»Ich komme mit.«

Emma nahm dankbar Mariannes Hand. »Ich habe gehofft, daß du das tun würdest. Nur für eine Weile.«

28

Das Schlafzimmer war dunkel und schmutzig. Janes letzte Putzfrau hatte eine Woche zuvor gekündigt und nebenbei noch einen silbernen Kerzenleuchter mitgehen lassen. Jane hatte den Diebstahl gar nicht bemerkt. Sie verließ ihr Schlafzimmer nur noch, um gelegentlich in der Küche nach Eßbarem zu suchen, und quälte sich japsend und schnaufend die Treppe wieder hoch. Wie ein Hamster hortete sie Drogen, Alkohol und Lebensmittel in ihrem Zimmer.

Einst war das Zimmer schön eingerichtet gewesen, mit Janes geliebten roten Samtvorhängen am Fenster und am Bett. Die Vorhänge am Fenster hingen, mittlerweile grau vor Staub, immer noch da, doch die, die das große runde Bett umgaben, hatte Jane in einem Wutanfall heruntergerissen und benutzte sie jetzt als zusätzliche Bettdecke, da ihr so oft kalt war.

Die rotsilberne Tapete war fleckig. Jane pflegte ihren Liebhabern alles hinterherzuwerfen, was ihr in die Hände fiel – Lampen, Nippsachen, Flaschen. Deswegen hatte sie auch solche Schwierigkeiten, einen Mann länger als zwei Nächte in ihrem Bett zu halten.

Der letzte, ein großer, muskulöser Dealer namens Hitch, hatte ihre Launen länger als die meisten seiner Vorgänger ertragen, sie dann, als es ihm zuviel wurde, bewußtlos geschlagen und war unter Mitnahme ihres Diamantrings in wärmere Gefilde verschwunden, um nach angenehmerer Gesellschaft Ausschau zu halten.

Aber er hatte ihr einen Drogenvorrat dagelassen. Auf seine Weise war Hitch in Menschenfreund.

Jane hatte seit über zwei Monaten nicht mehr mit einem Mann geschlafen, was sie allerdings nicht weiter störte. Wenn ihr der Sinn nach einem Orgasmus stand, brauchte sie nur zur Spritze zu greifen. Es kümmerte sie auch nicht, daß niemand mehr anrief oder vorbeischaute. Nur während der kurzen Phase, in der die Wirkung der Droge nachließ, geriet sei in weinerliche Stimmung und überließ sich ihrem Selbstmitleid. Und ihrer Wut. Wenn sie überhaupt noch etwas empfand, dann Wut.

Der Film war längst nicht so gut angekommen wie erwartet. Viel zu schnell war er von den Kinos in die Videotheken gewandert, und da Jane so schnell wie möglich Geld sehen wollte, hatte sie die Videorechte voreilig verkauft, sehr zum Ärger ihres Agenten. Jane hatte ihn schließlich gefeuert und die Sache selbst in die Hand genommen.

Nein, reich war sie durch den Film nicht geworden. Die lumpigen hunderttausend Pfund schwanden bei ihrer Lebensweise dahin wie Schnee in der Sonne. Und ihr neues Buch wurde schon wieder überarbeitet. Sie würde keinen Penny sehen, ehe der Ghostwriter nicht mit seiner Arbeit fertig war.

Auch ihre ergiebigste Quelle war versiegt. Die Schecks von Brian, auf die sie sich immer verlassen hatte, blieben aus. Dabei ging es ihr nicht nur um Geld, dachte Jane. Solange er zahlte, konnte er sie nicht aus seinem Leben streichen.

Wenigstens hatte auch er nicht das wirkliche Glück gefunden. Jane war stolz darauf, an dieser Tatsache nicht ganz schuldlos zu sein. Wenn sie ihn schon nicht haben konnte, verschaffte es ihr zumindest eine gewisse Befriedigung, daß auch keine andere Frau ihn lange zu fesseln vermochte.

Ab und zu träumte sie auch heute noch davon, daß er sich besinnen, zu ihr zurückkommen und sie um Verzeihung bitten würde. In ihrer Fantasie wälzte sie sich mit ihm auf dem roten Samtbett, liebte ihn wieder so wild und leidenschaftlich wie vor vielen Jahren. Jane gab sich immer noch der Illusion hin, ihr Körper sei so fest und wohlgerundet wie der eines jungen Mädchens.

Dabei war sie mittlerweile so unförmig aufgedunsen, daß es beinahe grotesk wirkte. Ihre Brüste hingen schlaff herunter, die Taille war unter Fettwülsten verschwunden, und der fischweiße Bauch stand vor, als sei sie schwanger. Alles an ihr schwabbelte und wackelte, wenn sie sich bewegte.

Jane schaltete das Licht ein und suchte nach ihrer Pfeife. Gierig daran ziehend, lag sie auf dem Bett und dachte nach. Sie brauchte Geld, viel Geld, wenn sie ihre Lieferanten bezahlen wollte. Außerdem mußte sie sich dringend neue Kleider anschaffen, um wieder auf Parties gehen und Aufmerksamkeit erregen zu können.

Lächelnd sog sie erneut an der Pfeife.

Es gab einen Weg, um an Geld zu kommen, doch sie mußte es sehr, sehr schlau anstellen. Die Droge verlieh ihr Flügel. Es war an der Zeit, ihre Trumpfkarte auszuspielen.

Ganz hinten in ihrer Kommode fand sie einen Kasten Briefpapier, schöne, pastellfarbene Briefbögen, auf die in einer Ecke ihr Name aufgedruckt war. Eine Weile lang betrachtete sie es entzückt, dann suchte sie, unablässig vor sich hin murmelnd, nach einem Kugelschreiber. Nur eine kleine Versicherung, dachte sie, als sie zu schreiben begann. Natürlich würde sie ihren Namen entfernen, ihre Mutter hatte ja schließlich keine Idiotin großgezogen.

Langsam, wie ein Kind, fügte sie, die Zunge zwischen die Zähne geklemmt, Wort an Wort. Am Ende war sie mit ihrer Leistung so zufrieden, daß sie vergaß, ihre Anschrift zu entfernen. Briefmarken lagen auch in dem Kasten. Leise vor sich hin summend, klebte sie gleich drei davon auf den Umschlag, bewunderte ihr Werk und versuchte, sich an die Adresse zu erinnern.

Kesselring, Detective
Los Angeles, Kalifornien
U. S. A.

Nach kurzem Nachdenken schrieb sie noch ›Dringend‹ in eine Ecke und unterstrich das Wort.

Auf der Suche nach einem geeigneten Versteck stapfte sie nach unten und machte in der Küche halt, wo sie eine ganze Packung Eis herunterschlang. Der Briefumschlag bekam einige Flecken ab, als sie sich das Eis gierig mit einem Eßlöffel in den Mund schaufelte.

»Dusselige Ziege«, murmelte sie, als ihr ihre letzte Putzfrau einfiel. »Kann noch nicht mal 'n verdammten Brief einwerfen. Werd' sie rausschmeißen.« Empört watschelte sie aus der Küche und bückte sich mit sichtlicher Mühe, um den Brief unter der Eingangstür durchzuschieben, ehe sie sich wieder nach oben, zu ihrer Pfeife, zurückzog.

Erst nach einer Woche dachte sie wieder an ihren Plan. Verschwommen erinnerte sie sich daran, besagten Brief geschrieben zu haben – ihre Versicherung. Sie hatte ihn versteckt, bloß – wo? Die Tatsache, daß sie das Versteck vergessen hatte, störte sie jedoch weit weniger als ihr schwindender Lebensmittel- und Drogenvorrat. Auch die letzte Flasche Gin war leer. Jane griff zum Telefon. In ein paar Stunden wären ihre Geldsorgen ein für allemal erledigt, dachte sie.

Der Hörer wurde nach dem dritten Klingeln abgehoben. »Hallo, Süßer. Jane hier.«

»Was willst du?«

»Spricht man so mit einer alten Freundin?«

Ein gottergebenes Seufzen ertönte. »Ich habe gefragt, was du willst.«

»Nur ein kleines Schwätzchen unter Freunden, mein Lieber.« Jane kicherte. Erpressung war doch ein Heidenspaß. »Ich bin im Moment ein bißchen knapp bei Kasse.«

»Ist das mein Problem?«

»Es könnte deines werden. Weißt du, wenn ich knapp bei Kasse bin, dann beginnt sich mein Gewissen zu regen. Und ausgerechnet in der letzten Woche mußte ich viel an Brians armen kleinen Jungen denken. Das geht mir wirklich an die Nieren.«

»Der Junge war dir schon immer scheißegal.«

»Harte Worte, Süßer. Du sprichst immerhin mit einer Mutter. Immer wen ich an meine kleine Emma denke, die jetzt erwachsen und verheiratet ist, dann fällt mir der Kleine wieder ein. Der wäre jetzt auch schon erwachsen, wenn er noch leben würde.«

»Ich habe keine Zeit für deine Spielchen.«

»Du solltest dir besser Zeit nehmen.« Janes Stimme wurde schärfer. »Ich hab' mir nämlich gedacht, daß ich diesem Cop in den Staaten vielleicht einen kleinen Tip geben sollte. Du erinnerst dich doch an ihn? Kesselring heißt er. Stell dir vor, nach all den Jahren weiß ich sogar noch seinen Namen.« Jane lächelte. Und dabei hielt sie jeder für hirnlos. Nun, nicht mehr lange.

Er verfluchte sich für sein langes Zögern. »Es gibt nichts, was du ihm erzählen könntest.«

»Nein? Wir werden sehen, nicht wahr? Ich dachte, ich könnte ihm schreiben. Sie werden den Fall wieder aufrollen, besonders wenn sie ein paar konkrete Namen haben. Deinen zum Beispiel.«

»Wenn du das alles wieder aufrührst, bist du selber dran.« Die Stimme des Mannes am anderen Ende der Leitung klang noch immer beherrscht, obwohl ihm der Schweiß über den Rücken lief. »Du hängst in der Sache genauso mit drin wie ich.«

»Nicht doch. Ich war ja gar nicht da, oder? Ich hab' dem Jungen kein Haar gekrümmt.« Wie hieß er doch gleich? Donald? Dennis? Na ja, das interessierte ja niemanden. »Nein, ich hab' den Jungen nicht angerührt. Aber du. Und das war Mord. Mord verjährt nicht so schnell.«

»Sie haben mir nie etwas nachweisen können, und das werden sie auch nie tun.«

»Mit etwas Unterstützung vielleicht doch. Willst du's drauf ankommen lassen?«

Nein, das wollte er nicht. Sie wußte genau, daß er kein Risiko eingehen würde. Er war dort angelangt, wo er immer hingewollt hatte, und er gedachte, dort zu bleiben. Um jeden Preis. »Wieviel?«

Sie lächelte. »Ich glaube, eine Million Pfund müßte reichen.«

»Du hast den Verstand verloren!«

»Ich hab's geplant«, kreischte Jane in den Hörer. »Das Ganze war meine Idee, und ich hab' keinen Penny gesehen. Zeit, die Konten auszugleichen, Süßer. Du bist ein reicher Mann, dir tut das Geld nicht weh.«

»Es wurde niemals ein Lösegeld gezahlt«, erinnerte er sie.

»Weil du die Sache vermasselt hast. Seit zwei Jahren hab'
ich von Brian keinen Penny mehr bekommen. Emma ist
erwachsen, und ich bin für ihn erledigt. Nennen wir die Million
meine Altersversorgung. Mit dem Geld werde ich einige
Zeit auskommen und muß dich nicht mehr belästigen. Wenn
du es morgen abend herbringst, dann brauche ich mein Briefchen
nicht abzuschicken.«

Stunden später wußte Jane nicht mehr, ob sie nun angerufen
oder das Ganze nur geträumt hatte. Was war mit dem
Brief? Wo hatte sie ihn versteckt? Um ihr Gedächtnis anzuregen,
griff sie nach ihrer Pfeife. Das Beste wäre sicherlich,
einen neuen Brief zu schreiben. Und wenn er nicht bald, sehr
bald auftauchen würde, dann würde sie einen weiteren
Anruf tätigen.

Jane setzte sich, um den neuen Brief zu beginnen, und
nickte unmittelbar darauf ein.

Ein nicht enden wollendes Klingeln an der Tür weckte sie.
Warum ging diese dämliche Putzfrau nicht hin und öffnete.
Alles mußte man selber tun. Keuchend quälte sich Jane die
Treppe hinunter.

Sowie sie ihn sah, kam die Erinnerung zurück. Er stand in
der Tür, hielt eine Aktentasche in der Hand und schaute sie
grimmig an. O ja, dachte Jane. Man mußte alles selber tun.
»Komm rein, Sportsfreund. Ist ja schon eine Weile her.«

»Das ist kein Freundschaftsbesuch.« Bei ihrem Anblick
fühlte er sich an ein fettes, schmutziges Schwein erinnert.

»Aber, aber. Wir sind doch alte Bekannte. Komm, trinken
wir einen Schluck. Oben im Schlafzimmer, da erledige ich
alle meine Geschäfte.«

Fast schüchtern legte sie eine Hand auf seinen Arm. Er duldete
die Geste in dem Wissen, daß er diesen Anzug verbrennen
würde. »Wir können übers Geschäft reden, wo du willst.
Aber mach voran.«

»Immer in Eile.« Jane stampfte die Treppe hinauf, wobei
ihre umfangreichen Hüften in heftige Bewegung gerieten. Er
beobachtete sie, wie sie sich krampfhaft am Geländer festhielt,
hörte ihr stoßweises Keuchen. Nur ein kleiner Stoß,

überlegte er, und sie würde kopfüber die Treppe hinunter-
stürzen. Niemand würde daran zweifeln, daß es sich um
einen Unfall handelte. Die Versuchung war so groß, daß er
schon die Hand ausstreckte, doch dann nahm er sich zusammen. Es gab eine bessere, eine sicherere Lösung.

»So, da sind wir, Süßer.« Janes Gesicht war hochrot ange-
laufen, als sie sich schnaufend auf das Bett fallen ließ. »Nenn
mir dein Gift.«

Der Gestank würgte ihn in der Kehle. Der ganze Raum
wurde nur von einer einzigen Lampe erleuchtet, und in dem
düsteren Licht konnte er Berge schmutziger Wäsche, Mahl-
zeitenreste, leere Kartons, Dosen und Flaschen erkennen.
Ein fast greifbarer Fäulnisgeruch hing in dem Zimmer, so daß
er nur vorsichtig durch die Zähne zu atmen wagte.

»Ich möchte nichts trinken.« Er vermied es, irgend etwas
zu berühren, nicht allein wegen der Fingerabdrücke, sondern auch aus Angst vor Bakterien.

»Wie du willst. Was hast du mir mitgebracht?«

Der Besucher stellte die Aktentasche neben sie. Auch die
würde er verbrennen. Dann stellte er eine Zahlenkombina-
tion ein und ließ die Schlösser aufschnappen. »Hier ist ein
Teil des Geldes.«

»Ich hab' dir doch gesagt...«

»Über Nacht kann man keine Million in bar auftreiben. Du
wirst dich schon gedulden müssen.« Er schob die Tasche
näher zu ihr hin. »Dafür habe ich dir etwas anderes mitgebracht, das dich aufmuntern wird. Ein Zeichen guten Wil-
lens.«

Auf den gebündelten Scheinen lag eine durchsichtige Plastiktüte, die ein weißes Pulver enthielt. Janes Herzschlag
beschleunigte sich bei diesem Anblick, und der Speichel lief
ihr im Mund zusammen. »Das sieht man gern!«

Ehe sie nach dem Päckchen greifen konnte, zog er die
Tasche aus ihrer Reichweite. »Na, wer hat es denn jetzt
eilig?« Sie sollte noch ein bißchen zappeln. Feiner Schweiß
trat auf ihr Gesicht und lief ihr über die Wangen. Sie war
nicht der erste Junkie, mit dem er zu tun hatte, daher wußte
er genau, wie man mit solchen Leuten umgehen mußte. »Das

hier ist reines Heroin. Allererste Qualität. Ein Schuß, und du fühlst dich wie im Himmel.« Oder landest direkt in die Hölle, wenn man daran glaubte, dachte er. »Es ist alles für dich, Jane. Aber vorher mußt du mir etwas zurückgeben.«

Nackte Gier funkelten in ihren Augen. »Was willst du?«

»Den Brief. Du gibst mir den Brief und läßt mir ein paar Tage Zeit, um das restliche Geld zu beschaffen, und das Zeug gehört dir.«

»Den Brief?« Den hatte sie komplett vergessen. Ihre Augen hingen gebannt an dem Päckcken weißen Pulvers. »Es gibt keinen Brief. Ich habe keinen geschrieben.« Ach so, ihre Versicherung, erinnerte sie sich. Tückisch fuhr sie fort: »Noch nicht. Noch habe ich keinen geschrieben. Was nicht ist, kann ja noch werden. Laß mich das Zeug kurz probieren, und dann reden wir weiter.«

»Nein, wir reden jetzt.« Es würde ihm ein Vergnügen sein, sie zu töten, dachte er, als er angewidert Speicheltröpfchen in ihrem Mundwinkel glänzen sah. Die Sache mit dem Jungen war ein Unfall gewesen, ein tragisches Versehen, das er zutiefst bedauerte. Zwar neigte er an sich nicht zur Gewalttätigkeit, aber es würde ihm eine ungeheure Befriedigung verschaffen, mit seinen eigenen Händen das Leben aus Jane Palmer herauszupressen.

»Ich habe den Brief schon angefangen.« Verstört schielte Jane zu ihrem Schreibtisch. »Aber ich wollte auf dich warten. Wenn wir ins Geschäft kommen, dann vergesse ich die Sache.«

Aufmerksam studierte er ihr Gesicht. Sie würde ihn nicht anlügen, dazu hatte sie nicht genug Grips. »Abgemacht. Bedien dich.«

Jane grabschte mit beiden Händen so gierig nach der Plastiktüte, daß er einen Moment lang fürchtete, sie würde sie mit den Zähnen zerfetzen und den Inhalt wie Marzipan hinunterschlingen. Doch statt dessen watschelte sie, so schnell es ihr ihre Körperfülle erlaubte, zu ihrem Nachttisch und kramte nach ihren Utensilien.

Abgestoßen und fasziniert zugleich, beobachtete er die Prozedur. Leise vor sich hin murmelnd, streute sie mit zit-

304

ternden Händen eine kleine Prise auf einen Löffel, gab Zitronenessenz dazu und kochte die Mischung über einer Kerze auf, ehe sie die Spritze aufzog. Tränen traten ihr in die Augen, als sie versuchte, eine Vene zu treffen. Dann schloß sie die Augen, lehnte sich zurück und wartete auf den Flash.

Irgend etwas stimmte nicht. Ihr war, als würde sie in Flammen stehen. Flüssiges Feuer rann durch ihre Adern, ihre Augen traten aus den Höhlen, und ihr ganzer Körper begann konvulsivisch zu zucken. Sie versuchte zu schreien, brachte aber keinen Ton mehr hervor.

Er sah zu, wie sie starb, fand aber kein Vergnügen an dem unappetitlichen Vorgang. Jane Palmer besaß im Tod nicht mehr Würde als im Leben. Ihr Mörder drehte ihr den Rücken zu, entnahm seiner Tasche ein Paar Gummihandschuhe und streifte sie über. Der unvollendete Brief wanderte in die Aktentasche, ehe er begann, das Zimmer gründlich zu durchsuchen und sich zu vergewissern, daß er nichts Belastendes zurückgelassen hatte.

Brian grunzte unwillig, als das Telefon ihn weckte. Versuchsweise setzte er sich auf, doch sofort begann es in seinem Kopf zu hämmern, als würde ihn jemand mit einem Schmiedehammer bearbeiten. Schützend legte er eine Hand über die Augen und langte nach dem Hörer.

»Was ist?«

»Bri? P. M. hier.«

»Ruf wieder an, wenn ich sicher bin, daß ich noch lebe.«

»Bri – wahrscheinlich hast du die Morgenzeitung noch nicht gesehen?«

»Der Kandidat hat hundert Punkte. Ich werde die von morgen lesen, vorher wollte ich nämlich nicht aufwachen.«

»Jane ist tot, Brian.«

»Jane?« Es dauerte volle zehn Sekunden, ehe die Mitteilung angekommen war. »Tot? Sie ist tot? Wie ist denn das passiert?«

»Überdosis. Letzte Nacht ist sie gefunden worden, von einem früheren Liebhaber oder Dealer oder beidem. Da hat sie aber schon ein paar Tage in der Wohnung gelegen.«

Brian rieb sich die verklebten Augen. »O Gott.«

»Ich dachte, du solltest es erfahren, ehe dir die Presse auf den Pelz rückt. Außerdem hab' ich angenommen, daß du es Emma selbst sagen willst.«

»Emma?« Mühsam richtete Brian sich auf. »Ach so, ja. Ich ruf' sie an. Danke, daß du mir sofort Bescheid gesagt hast.«

»Keine Ursache. Bri...« P. M. brach ab. Eigentlich hatte er Brian sein Beileid ausdrücken wollen, doch er bezweifelte, daß überhaupt jemand um Jane trauerte. »Ich sehe dich dann später.«

»Okay.«

Brian blieb einen Moment lang regungslos im Bett liegen. Er hatte Jane länger gekannt als irgend jemand sonst, ausgenommen Johnno. Einst hatte er sie geliebt, ehe die Liebe in Haß umgeschlagen war. Und nun war sie tot.

Er stand auf und trat ans Fenster. Das Sonnenlicht blendete ihn dermaßen, daß sein Kater schlimmer wurde. Ohne nachzudenken, goß er sich einen Schluck Whisky ein und stürzte ihn hinunter. Fast bedauerte er, daß er außer den pochenden Kopfschmerzen, die der Whisky nur wenig linderte, nichts empfinden konnte.

Sie war die erste Frau, mit der er geschlafen hatte.

Brian drehte sich um und betrachtete die Brünette, die zwischen den zerknüllten Satinlaken in seinem Bett schlief. Für sie empfand er auch nichts. Er achtete immer sorgfältig darauf, nur mit solchen Frauen zu schlafen, die keinerlei Zuneigung erwarteten, sondern sich mit ein paar Liebesnächten zufriedengaben. Diese flüchtigen sexuellen Begegnungen erforderten keine persönlichen Gefühle.

Einmal hatte er den Fehler begangen, sich mit einer Frau einzulassen, die mehr verlangte. Jane hatte ihn komplett vereinnahmen wollen und ihm nie die Freiheit gelassen, so zu leben, wie es ihm beliebte.

Dann traf er Bev. Auch sie hatte mehr verlangt, aber bei ihr war er bereit gewesen zu geben. Alles zu geben. Auch sie hatte sein Leben unverhältnismäßig stark beeinflußt. Kein Tag war seither vergangen, an dem er nicht an sie gedacht hatte. Er begehrte sie immer noch.

Jane hatte sich geweigert, aus seinem Leben zu verschwinden. Bev hatte sich geweigert, es mit ihm zu teilen.

Ihm blieb seine Musik, mehr Geld, als er sich jemals erträumt hatte, und eine endlose Abfolge von Frauen, die ihm nichts bedeuteten.

Und nun war Jane tot.

Er wünschte, er könnte um das Mädchen trauern, das er einst gekannt hatte, um das lebenshungrige, eifrige Mädchen, das behauptet hatte, ihn über alles zu lieben. Aber dieses Mädchen sowie der Junge, der er einmal gewesen war, waren schon vor langer Zeit gestorben.

Er würde Emma anrufen. Sie sollte es erfahren, obwohl er gewisse Zweifel hegte, daß ihr diese Nachricht großen Kummer bereiten würde. Sobald er sich vergewissert hatte, daß sie ihn nicht brauchte, würde er nach Irland fahren, zu Darren. Und dort einige stille Tage verleben.

29

»Bist du sicher, daß du klarkommst?«

»Ja.« Emma drückte Mariannes Hand, während sie in Richtung Abflughalle gingen. »Mir geht es gut. Ich werde noch ein paar Tage bleiben, um, nun, um zur Ruhe zu kommen.«

»Du weißt, daß ich hierbleiben würde.«

»Ich weiß.« Ein Händedruck reichte nicht mehr aus, also drehte Emma sich um und umarmte die Freundin. »Alleine hätte ich das alles nicht durchgestanden.«

»Doch, das hättest du. Du hast viel mehr Kraft, als du glaubst. Hast du nicht die Kreditkarten gesperrt, die Konten aufgelöst und den Vermögensverwalter angewiesen, ein geheimes Konto einzurichten?«

»Das waren deine Ideen.«

»Weil du nicht praktisch genug denkst. Ich wollte verhindern, daß dieser Bastard sich auch nur einen Penny unter den Nagel reißt. Außerdem finde ich immer noch, du solltest ihn anzeigen.«

Emma schüttelte wortlos den Kopf. Gerade begann sie, ihren Stolz wiederzugewinnen. Wenn sie jetzt zur Polizei ging, würde die Presse, die Öffentlichkeit von ihren Problemen erfahren, und das bedeutete eine neuerliche Demütigung.

»Gut, warten wir noch damit.« Marianne war nicht gewillt, Drew ungeschoren davonkommen zu lassen. »Bist du sicher, daß dein Bankmensch den Mund hält und keinem verrät, wo du bist?«

»Ja. Schließlich ist er mein Vermögensverwalter. Als ich ihn über meine bevorstehende Scheidung informiert habe, da ist er in die Gänge gekommen. Wahrscheinlich ödet ihn die jahrelange Beschäftigung mit dem Geld anderer Leute so an, daß ihm eine dicke fette Scheidung gerade recht kommt.«

Scheidung, dachte sie. So ein großes Wort. Ein endgültiges Wort.

Marianne ging eine Weile still weiter. Dann meinte sie: »Früher oder später findet er heraus, wo du dich aufhältst.«

»Das ist mir klar.« Sofort wich das Bedauern der Nervosität. »Ich möchte nur genügend Abstand gewinnen, daß nichts, was er sagt oder tut, mich dazu bringt, zu ihm zurückzugehen.«

»Geh zum Anwalt«, drängte Marianne. »Kurbel die Dinge endlich an!«

»Sobald dein Flugzeug gestartet ist.«

Marianne scharrte unruhig mit den Füßen, dann steckte sie sich einen Kaugummi in den Mund. Daß man aber auch in dem ganzen Flughafengebäude nicht rauchen durfte! »Hör zu, Emma, es ist jetzt erst ein paar Wochen her, daß wir – daß wir hierhergekommen sind. Ist es dir auch bestimmt nicht lieber, wenn ich noch ein paar Tage bleibe?«

»Ich will dich nicht länger von deiner Malerei abhalten. Das ist mein Ernst«, fügte sie hinzu, ehe die Freundin Einspruch erheben konnte. »Wenn ein Kennedy dir einen Auftrag erteilt, dann ist dein Ruf gesichert. Mach das Bild fertig, ehe Caroline ihre Meinung ändert.«

»Ruf mich an.« Mariannes Flug wurde aufgerufen. »Jeden Tag!«

»Mach ich.« Eine Minute noch. »Wenn das alles hinter mir liegt, will ich meine Wohnungshälfte zurückhaben.«

»Sie gehört dir. Es sei denn, ich heirate diesen Zahnarzt und ziehe nach Long Island.«

»Welchen Zahnarzt?«

»Den, der mir unbedingt eine Wurzelbehandlung aufschwatzen will.«

Emmas Lippen verzogen sich leicht. Das Lächeln fiel ihr inzwischen nicht mehr so schwer. »Das ist ja mal eine Neuigkeit. Ausgerechnet ein Zahnarzt. Igitt!«

Es tat gut, Emma einmal von Herzen lächeln zu sehen. »Mag sein, aber er hat wunderschöne braune Augen. Bloß die Hände sind so behaart. Ich weiß nicht, ob ich mich in behaarte Hände verlieben kann.«

»Besonders wenn die dauernd in deinem Mund herumfummeln. Das ist dein letzter Aufruf.«

»Du rufst mich an?«

»Ganz bestimmt.« Sie würde nicht weinen, schwor Emma sich, jetzt nicht. Marianne umarmte sie ein letztesmal und rannte los.

Emma blieb am Fenster stehen und wartete, bis das Flugzeug sich in Bewegung setzte. Nun war sie allein. Auf sich gestellt. Nun mußte sie ihre Entscheidungen wieder selbst treffen, ihre eigenen Fehler machen, ihre Meinung äußern. Der Gedanke erschreckte sie. Es war noch gar nicht so lange her, erinnerte sie sich, da war sie alleine in London gewesen. Sie hatte sich zum erstenmal in ihrem Leben frei gefühlt, und sie war verliebt gewesen.

Jetzt war sie nicht verliebt. Gott sei Dank!

Aufmerksam suchte sie die Menschenmenge nach einem gewissen Gesicht ab. Kurz zuvor hatte sie in der lauten, überfüllten Halle noch das Gefühl der Anonymität verspürt. Nun, da sie alleine war, fühle sie sich nur noch verwundbar.

Sie wurde die Angst nicht los, Drew könne sich irgendwo in der Menge versteckt halten – dort, hinter der kinderreichen Familie vielleicht, oder zwischen den Gruppen von Geschäftsleuten, die auf den Flug nach Chicago warteten. Mit gesenktem Kopf ging sie an einem Geschenkartikelladen

309

vorbei. Er konnte dort sein, die Waren betrachten und warten. Er würde herauskommen, sie anlächeln und beim Namen nennen, ehe er seine Finger hart in ihre Schulter krallen würde. Mit aller Kraft kämpfte sie gegen den Drang an, zur Abflughalle zurückzuhasten und darum zu bitten, das Flugzeug aufzuhalten, damit Marianne die Maschine wieder verlassen konnte.

»Emma?«

Keuchend rang sie nach Atem. Ihre Beine wurden weich wie Butter als sich eine Hand auf ihre Schulter legte.

»Emma? Bist du es wirklich?«

Aschfahl und panikerfüllt starrte sie Michael an. Er sagte etwas, sie konnte es an seinen Lippen ablesen, aber das Rauschen in ihrem Kopf machte es ihr unmöglich, seine Worte zu verstehen.

Die Freude in seinem Gesicht erstarb. Sanft drückte er sie auf einen Stuhl, was ihn kaum Kraft kostete, da sie fast von alleine in sich zusammensank. Er wartete, bis sich ihr stoßweiser Atem wieder beruhigt hatte.

»Besser?«

»Ja, mir geht es wieder gut.«

»Fällst du immer beinahe in Ohnmacht, wenn du zufällig alte Freunde triffst.«

Emma lächelte gequält. »Eine meiner schlimmsten Angewohnheiten. Du hast mich erschreckt.«

»Das hab' ich gemerkt.« ›Erschreckt‹ war milde ausgedrückt, dachte er. ›Zu Tode erschreckt‹ traf eher zu. Genauso hatte sie ausgesehen, als er sie vor mehr als zehn Jahren aus dem Wasser gezogen hatte. »Wartest du eine Minute hier? Ich muß meinen Eltern eben erklären, warum ich so plötzlich weggerannt bin.«

»Ja, ich warte.« Das Versprechen war leicht zu halten, da ihre Beine sie noch nicht wieder tragen wollten. Sowie sie alleine war, bemühte sie sich, tief durchzuatmen. Sie hatte sich schon lächerlich genug gemacht und wollte sich vor ihm keine weitere Blöße geben. Als er einen Moment später wiederkam, hatte sie ihre Selbstkontrolle zurückgewonnen.

»Wo willst du denn hin?« fragte sie.

»Ich? Nirgendwohin. Meine Mutter muß zu irgendeiner Tagung, und Dad begleitet sie. Ich hab' die beiden nur zum Flughafen gebracht, weil Dad nicht gern sein Auto am Flughafen stehenläßt. Bist du gerade erst angekommen?«

»Nein, ich bin schon seit zwei Wochen hier. Ich hab' eine Freundin weggebracht.«

»Bist du beruflich hier?«

»Nein. Oder eher: Ja und nein.«

Eine Maschine war gerade gelandet, und Ströme von Menschen ergossen sich in die Halle. Unwillkürlich hielt sie erneut nach Drew Ausschau.

»Ich muß gehen.«

»Ich komme ein Stück mit.« Er bot ihr nicht die Hand an, da er spürte, daß sie vor einer Berührung zurückscheuen würde. »Du bist also mit deinem Mann hier.«

»Nein.« Ihre Augen blickten wachsam umher. »Er ist in New York. Wir...« Sie mußte sich erst daran gewöhnen, es auszusprechen, es wirklich ernst zu meinen. »Wir haben uns getrennt.«

»Oh.« Michael verkniff sich ein freudiges Grinsen. Dann fiel ihm Emmas Reaktion auf seine überraschende Begrüßung ein. »Das tut mir leid. Seid ihr freundschaftlich auseinandergegangen?«

»Ich hoffe es.« Sie fröstelte. »Mann, ist das kalt hier.«

Michael öffnete schon den Mund, um weitere Fragen zu stellen, überlegte es sich dann aber anders. Hier war nicht der richtige Ort, um sie über ihr Ehe oder deren Scheitern auszuquetschen. »Wie lange bleibst du noch in der Stadt?«

»Das kann ich dir wirklich nicht sagen.«

»Wie wär's mit einem Drink?«

»Keine Zeit. Ich habe in einer Stunde eine Verabredung.«

»Dann geh heute abend mit mir essen.«

Ihre Lippen krümmten sich leicht. Sie hätte gerne mit einem Freund zu Abend gegessen. »Ach, weißt du, ich lasse es hier ganz ruhig angehen. Bis jetzt war ich noch gar nicht auswärts essen.«

»Wie wär's denn dann mit einem Hinterhofbarbecue, bei mir?«

»Nun, ich …«

»Hier hast du meine Adresse.« Da er ihr keine Zeit lassen wollte, die Einladung abzulehnen, zog er eine Karte hervor und kritzelte rasch etwas auf die Rückseite. »Komm um sieben, dann schmeißen wir ein paar Steaks auf den Grill. Kein großer Aufwand.«

Bis dahin war ihr gar nicht bewußt gewesen, wie sehr es ihr davor gegraust hatte, allein in ihrem Zimmer zu hocken und dort ein einsames Abendessen einzunehmen, wobei ihr nur der Fernseher Gesellschaft leistete. »Gut, abgemacht.«

Er war drauf und dran, ihr anzubieten, sie ins Hotel zu fahren, als sein Blick auf die vor dem Eingang wartende weiße Limousine fiel.

»Sieben Uhr«, wiederholte er.

Sie schenkte ihm noch ein letztes Lächeln, ehe sich ihre Wege trennten. Michael fragte sich, ob er am Freitagnachmittag noch eine Putzfrau auftreiben sollte. Emma ging an der Limousine vorbei und reihte sich in die Warteschlange am Taxistand ein. Gedankenverloren drehte sie die Karte um.

DETECTIVE M. KESSELRING
MORDKOMMISSION

Schaudernd steckte sie die Karte ein. Seltsamerweise war es ihr gänzlich entfallen, daß er ein Cop war. Wie sein Vater.

Michael stopfte die Zeitungen, die sich in den vergangenen Wochen angesammelt hatten, ganz hinten in seinen Kleiderschrank. Die beiden Mülltonnen platzten bereits aus allen Nähten. Wie konnten ein Mann und ein Hund nur so viel Müll anhäufen? Und wieso war es in einer Stadt wie Los Angeles nicht möglich, am Freitagnachmittag eine Putzfrau zu bekommen?

Also wienerte er die Küche selbst, wobei er eine ganze Flasche Scheuermilch verbrauchte, die er von seiner Nachbarin ausgeborgt hatte. Danach roch das ganze Haus wie ein Pinienwald, doch daran ließ sich jetzt nichts mehr ändern. Dann lockte er Conroy mittels eines Würstchens ins Badezimmer. Doch als Michael nackt in die Wanne stieg und Wasser einlaufen ließ, zögerte der Hund. Er wußte nur zu gut, daß das Würstchen als Bestechungsversuch zu werten war. Schließlich sprang er in die Wanne, und Michael schloß die Glastür.

»Beiß die Zähne zusammen und steh's durch«, schlug er vor, als der Hund sich zu sträuben begann.

Conroy ertrug die Säuberungsaktion so standhaft wie ein alter Soldat. Sein gelegentliches Jaulen konnte man als Antwort auf Michaels Gesang ansehen. Als sie schließlich beide in große Handtücher gewickelt waren, suchte Michael im Wäscheschrank nach seinem Fön, wobei ihm eine Bratpfanne in die Hände fiel, die er schon längst abgeschrieben hatte.

Zuerst wurde der beleidigte Conroy geföhnt. »Du solltest mir dankbar sein«, ließ Michael ihn wissen. »Was meinst du, was du jetzt für Chancen hast. Deine Streunerin wird dir zu Füßen liegen und keinen Blick mehr an diesen eingebildeten Schäferhund verschwenden.«

Michael benötigte eine halbe Stunde, um das überflutete Badezimmer trockenzulegen und von Hundehaaren zu befreien. Er stand gerade ziemlich ratlos vor dem Salat, als er ein Auto vorfahren hörte. Ein Taxi hatte er allerdings nicht erwartet, eher mit einer großen Limousine oder einem flotten Leihwagen gerechnet. Er sah zu, wie Emma dem Fahrer einige Banknoten reichte.

Ein leichter Wind zerrte an ihrem Haar und dem weiten T-Shirt, dessen männlicher Schnitt sie noch schmaler und femininer erscheinen ließ. Sie fuhr sich mit einer Hand durch das Haar und strich es nervös aus dem Gesicht, während sie zu dem Haus hinüberschaute. Ihm war schon am Flughafen aufgefallen, daß sie abgenommen hatte. Viel zu stark, wie er jetzt feststellte. Sie wirkte, als könne ein Windstoß sie fortwehen.

Auch ihr gesamtes Auftreten war verändert. Eine zögernde Scheu lag in der Art, wie sie sich bewegte und unsicher umblickte, die er oft bei Verdächtigen in einem Kriminalfall bemerkt hatte. Und bei Opfern von Gewaltverbre-

chen. Da sie aussah, als würde sie am liebsten wieder kehrt-
machen, öffnete er rasch die Tür.

Emma erstarrte, dann legte sie eine Hand über die Augen,
blinzelte in die Sonne und erkannte ihn. »Ich hab's sofort
gefunden. Du hast dir also ein Haus gekauft«, meinte sie
und schämte sich sofort für diese unbeholfene Bemerkung.
»Die Gegend gefällt mir.«

Ehe sie ins Haus gehen konnte, schoß Conroy in der
festen Absicht, sich so lange im Dreck zu wälzen, bis der
letzte Rest des ekelhaften Shampoogeruchs verflogen war,
zur Tür hinaus.

»Hiergeblieben!« brüllte Michael ihm nach.

Dieser Befehl prallte an Conroy wirkungslos ab. Erst als
Emma sanft nach ihm rief, blieb er stehen. »Du hast ja einen
Hund«, stellte sie entzückt fest und beugte sich zu ihm hin-
unter, um seinen Kopf zu streicheln. »Du bist aber ein
Prachtkerl!« Conroy, der ihr da voll und ganz zustimmte,
setzte sich vor sie hin und gestattete ihr, ihn hinter den
Ohren zu kraulen. »So ein schöner Hund!«

Niemand hatte ihn je zuvor als schönen Hund bezeichnet.
Conroy schielte unter seiner Wolle verliebt zu ihr hoch,
dann drehte er den Kopf und feixte zu Michael hinüber.

»Jetzt haben wir die Bescherung.« Michael streckte ihr die
Hand hin, um ihr aufzuhelfen. »Von nun an wird er regelmäßig Komplimente erwarten.«

»Ich wollte schon immer einen Hund haben.« Conroy rieb
seinen Kopf an Emmas Hose, ein Bild hündischer Ergeben-
heit.

»Fünfzig Dollar, wenn du den hier gleich mitnimmst.«
Michael zog die lachende Emma ins Haus.

»Schön hast du's hier.« Langsam schlenderte sie durch
den Raum. Das Tapsen der Hundepfoten hinter ihr hatte
etwas Beruhigendes.

Der große graue Sessel wirkte so gemütlich, als ob man
darin schlafen könne. Die lange Couch lud förmlich zu
einem Mittagsschläfchen ein. Auf dem Boden lag eine rot
und grau gestreifte indianische Decke, die als Teppich
diente – und als Unterlage für Conroy. Durch die halb her-

314

untergelassenen Jalousien drang streifiges Sonnenlicht in den Raum.

»Ich hatte mir eher ein schickes Apartment am Strand vorgestellt. Ach, *Mariannes Beine.*« Erfreut betrachtete Emma das gerahmte Foto über der Couch.

»Das habe ich bei deiner Ausstellungseröffnung gekauft.«

Emma zog eine Augenbraue in die Höhe. »Warum?«

»Warum ich es gekauft habe?« Michael runzelte nachdenklich die Stirn. »Weil es mir gefallen hat. Bitte erwarte jetzt nicht irgendwelche tiefsinnigen Bemerkungen über Beleuchtungseffekte und so weiter. Ich halte es einfach für eine großartige Aufnahme.«

»Deswegen hättest du es nicht gleich kaufen müssen. Ich kenne doch Runyuns unverschämte Preise. Außerdem schulde ich dir weit mehr als nur ein Bild.«

»Du hast mir ja schon einmal eins geschenkt.«

Sie erinnerte sich an das Foto, das sie von ihm und ihrem Vater gemacht hatte. »Damals war ich noch kein Profi.«

»Ein früher McAvoy bringt bestimmt ein hübsches Sümmchen, falls ich mich mal entschließe, das Bild zu verkaufen.« Michael berührte sie leicht am Arm und wunderte sich, daß sie instinktiv zurückfuhr. Vermutlich war das eine ganz natürliche Reaktion, so kurz nach dem Scheitern ihrer Ehe. »Laß uns in die Küche gehen. Ich habe gerade angefangen, das Essen zu machen.«

Der Hund folgte ihnen und legte anbetend den Kopf auf Emmas Fuß, als sie sich am Tisch niederließ. Michael schenkte zwei Gläser Wein ein und stellte das Radio an. Nat King Coles seidenweiche Stimme füllte den Raum, während Emma abwesend Conroys Kopf mit dem anderen Fuß streichelte.

»Wie lange wohnst du schon hier?«

»Fast vier Jahre.« Michael genoß ihre Anwesenheit. Sonst hatte er nur selten Gesellschaft, wenn man von Conroy einmal absah. Unsicher musterte er den auf der Anrichte wartenden Gemüseberg und wünschte, er hätte

315

sich von seiner Nachbarin ein Salatrezept geben lassen. Dann griff er nach einem großen Messer – gleichfalls eine Leihgabe – und begann, den Kopfsalat kleinzuschneiden.

»Was soll das denn werden?« erkundigte Emma sich.

»Ich mache Salat.« Da sie ihn verwundert ansah, hielt er inne. »Magst du keinen Salat?«

»Doch, doch.« Emma stand auf, um die Zutaten genauer in Augenschein zu nehmen. Vier dicke Tomaten, sechs Paprikaschoten, Lauch, Pilze, ein kleiner Kürbis, ein ganzer Blumenkohl und ein Bund Möhren. »Meinst du, das reicht?«

»Ich mache immer große Mengen«, schwindelte Michael. »Conroy ist ganz wild auf Salat.«

»Ah ja.« Emma nahm ihm lächelnd das Messer aus der Hand. »Ich schlage vor, du kümmerst dich um die Steaks und ich mich um den Salat.«

»Du kannst kochen?«

»Ja.« Lachend entfernte sie die äußeren Salatblätter. »Du nicht?«

»Nicht besonders gut.« Sie duftete verführerisch nach einem leichten, blumigen Parfüm. Am liebsten hätte er sein Gesicht an ihrem Hals vergraben, doch als er ihr vorsichtig das Haar zurückstrich, hob sie den Kopf und sah ihn mißtrauisch an. »Ich hätte nie gedacht, daß du kochen kannst«, sagte er schnell.

»Es macht mir Spaß.«

Er stand so nah bei ihr, daß ihre Körper sich beinahe berührten, trotzdem jagte ihr seine Nähe keine Angst ein. Während sie eine Paprikaschote säuberte, wurde ihr klar, daß er einer der wenigen Menschen war, in dessen Gegenwart sie diese Angst nicht verspürte. Ein gewisses Unbehagen vielleicht, doch keine Angst.

»Du machst das prima.«

»Ich bin fünffacher Weltmeister im Gemüseputzen.« Emma schob ihn beiseite. »Wirf schon mal den Grill an, ja?«

Etwas später brachte sie die Salatschüssel in den Garten, vergewisserte sich, daß er wenigstens mit den Steaks zurechtkam, und verschwand wieder im Haus. Womit sollte sie bloß den Tisch decken? Sie hatte lediglich eine Riesenpak-

316

kung Pappteller im Küchenschrank entdeckt. Eine genauere Inspektion förderte drei leere Bierdosen, einen Karton mit Ketchup- und Senftütchen sowie einen ungeheuren Vorrat an Fertiggerichten zutage, bloß keine Teller. Als sie die Spülmaschine öffnete, stellte sie fest, daß er dort seine schmutzige Wäsche hortete, und fragte sich, ob es wohl irgendwo im Haus eine mit Geschirr gefüllte Waschmaschine gab.

Schließlich entdeckte sie in der Mikrowelle zwei Teller und zwei Steakmesser samt Gabeln.

Als die Steaks gar waren, hatte sie den Tisch gedeckt, so gut sie konnte.

»Ich konnte kein Salatdressing finden.«

»Richtig. Hab' ich vergessen.« Michael legte die Steaks auf den Teller. Jetzt, wo sie hier war und sich offensichtlich wohl fühlte, wie sie so dasaß, ihn anlächelte und mit einer Hand Conroys Kopf kraulte, schalt er sich einen Idioten, weil er versucht hatte, den perfekten Hausmann zu spielen.

Falls sie sich diesmal wirklich näherkommen sollten, wäre es besser, diese Beziehung nicht unter Vorspielung falscher Tatsachen zu beginnen.

»Paß auf, daß Conroy nicht auf dumme Gedanken kommt«, rief er ihr zu, als er über das kleine Gartentor kletterte. Kurz darauf brachte er eine Flasche Salatsauce und eine dicke blaue Kerze mit. »Schönen Gruß von Mrs. Petrowski.«

Lachend blickte Emma zum Nachbarhaus, wo eine Frau gerade den Kopf zur Hintertür hinausstreckte. Es erschien ihr ganz natürlich, der Nachbarin kurz zuzuwinken.

»Sind das ihre Teller?«

»Ja.«

»Hübsch.«

»Diesmal wollte ich dir mehr bieten als Hamburger am Strand.«

Emma reichte ihm die Salatschüssel. »Ich bin wirklich froh, daß du mich eingeladen hast. Wir hatten damals in New York nicht viel Zeit füreinander. Ich hätte dir so gern die Stadt gezeigt.«

»Nächstes Mal«, meinte er und schnitt in sein Steak.

Die Mahlzeit zog sich bis zum Einbruch der Dämmerung

hin. Emma hatte beinahe vergessen, wie schön es sein konnte, sich über belanglose Dinge zu unterhalten, bei Kerzenschein und Musik im Garten zu sitzen und den Abend zu genießen. Conroy, der die Hälfte ihres Steaks verspeist hatte, lag zu ihren Füßen und schnarchte zufrieden. Zum erstenmal nach dem monatelangen Nervenkrieg vermochte sie sich ein wenig zu entspannen.

Michael bemerkte die Veränderung, die mit ihr vorging. Ganz langsam, quasi Stück für Stück schien ihre innere Verkrampfung nachzulassen. Kein Wort hatte sie bisher über ihre Ehe oder die Trennung von ihrem Mann verloren, ein Umstand, den Michael äußerst ungewöhnlich fand. Viele seiner Freunde hatten sich scheiden lassen und während der gesamten Zeit und auch noch danach von nichts anderem mehr geredet.

Als Rosemary Clooneys verführerisch Stimme aus dem Radio klang, stand er auf und zog Emma hoch. »Nach den Oldies kann man am besten tanzen«, erklärte er, obwohl Emma abwehrend die Hand hob.

»Aber ich möchte wirklich nicht...«

»Stell dir vor, was Mrs. Petrowski für Augen machen wird.« Sanft drückte er Emma an sich, bemüht, die Umarmung rein freundschaftlich zu halten.

Unwillkürlich paßte Emma sich seinen Bewegungen an, schloß die Augen und konzentrierte sich darauf, sich zu entspannen, die Gefühle, die in ihr aufstiegen, zu ignorieren. Sie wollte ihren inneren Frieden nicht aufs Spiel setzen.

Der Wind hatte sich beinahe gelegt. Langsam bewegten sie sich im Rhythmus der Musik und warfen in der aufsteigenden Dämmerung schwarze, tanzende Schatten auf das Gras. Seufzend öffnete Emma die Augen. Am Horizont ging die Sonne in einer rotschimmernden Farbenglut unter.

»Als ich heute abend auf dich gewartet habe, da ist mir klargeworden, daß wir uns schon achtzehn Jahre lang kennen.« Michael streichelte mit einem Finger über ihre Hand. Diesmal zuckte sie nicht zurück, sondern hielt ganz still. »Achtzehn Jahre«, wiederholte er. »Und die Tage, die ich mit dir verbracht habe, kann ich an zehn Fingern abzählen.«

318

»Als wir uns das erstemal getroffen haben, da hast du mich gar nicht bemerkt.« Ihre Nervosität war verflogen. »Du warst viel zu sehr von Devastation gefesselt.«

»Elfjährige Jungen können das andere Geschlecht noch nicht wahrnehmen. Diese speziellen Sehnerven entwickeln sich erst ab dem dreizehnten, in besonders frühreifen Fällen ab dem zwölften Geburtstag.«

Leise in sich hineinlachend, ließ sie zu, daß er sie enger an sich zog. »Ich hab' das mal irgendwo gelesen. Voll ausgebildet sind sie erst, wenn der heranwachsende junge Mann der neuen Ausgabe von *Sports Illustrated* wegen der Mädchen im Badeanzug entgegenfiebert und nicht wegen der Fußballergebnisse.« Als Michael grinste, hob Emma eine Augenbraue. »Dein Pech. Ich war regelrecht in dich verschossen.«

»Warst du das?« Seine Finger glitten ihren Rücken hinauf, um mit ihren Haaren zu spielen.

»Und wie. Dein Vater hat mir von deiner Rollschuhfahrt mit anschließendem Flug vom Dach erzählt. Ich wollte dich unbedingt fragen, was das für ein Gefühl war.«

»Wann? Nachdem ich wieder bei Bewußtsein war?«

»Während des Fluges.«

»Ich war schätzungsweise drei Sekunden in der Luft, und das waren die tollsten drei Sekunden meines Lebens.«

Genau das hatte sie hören wollen. »Wohnen deine Eltern immer noch in diesem Haus?«

»Keine zehn Pferde könnten sie dazu bringen, dort auszuziehen.«

»Ich finde es herrlich, so einen Zufluchtsort zu haben, einen Ort, wo man sich immer zu Hause fühlt. So ging es mir mit meiner und Mariannes Wohnung in New York.«

»Willst du da wieder einziehen, wenn du zurückgehst?«

»Ich weiß es nicht.« Der gequälte Ausdruck erschien wieder in ihren Augen. »Vielleicht gehe ich gar nicht wieder zurück.«

Sie mußte ihren Mann sehr geliebt haben, dachte Michael, wenn ihr die Trennung dermaßen zu schaffen machte. »Hier gibt's ein paar nette Häuschen am Strand. Du bist doch so gern am Wasser.«

319

»Ja.«

Irgendwie mußte er sie zum Lächeln bringen. »Möchtest du immer noch Wellenreiten lernen?«

In ihrem Lächeln lag Wehmut. »Ich habe seit Jahren nicht mehr daran gedacht.«

»Am Sonntag hab' ich frei. Dann kriegst du eine Privatstunde.«

Emma blickte hoch. Der Herausforderung in seinen Augen konnte sie nicht widerstehen. »In Ordnung.«

Michael drückte einen leichten Kuß auf ihre Schläfe, so zart, daß sie es kaum spürte. »Weißt du, Emma, als ich gesagt habe, daß es mir leid tut, daß du und dein Mann...« Er zog ihre Hand an die Lippen. »Das war gelogen.«

Die Worte waren kaum heraus, als er merkte, daß Emma sich zurückzog. Sie drehte sich um und begann, die Teller und Platten einzusammeln. »Ich helfe dir beim Abwasch.«

Er trat zu ihr hin und legte eine Hand über ihre. »Das hat dich aber nicht sehr überrascht.«

Emma zwang sich, ihn anzusehen. Seine Silhouette zeichnete sich dunkel gegen den mitternachtsblauen Himmel ab, und sogar in diesem Licht konnte sie erkennen, daß seine Augen mit einem unergründlichen, leicht ungeduldigen Ausdruck auf ihr ruhten.

»Nein«, gab sie zu, wandte sich ab und trug die Teller ins Haus.

Es kostete ihn beträchtliche Mühe, jetzt nicht nachzuhaken. Sie war im Augenblick extrem verletzlich, mahnte er sich. Was nach einer gescheiterten Ehe nur allzu verständlich war. Er würde ihr Zeit lassen, solange er konnte.

Emmas innere Ruhe war dahin. Was war sie nur für eine Frau? Gerade hatte sie den einen Mann verlassen, und schon fühlte sie sich so stark zum nächsten hingezogen. Nein, besser nicht darüber nachdenken. Ihr Entschluß stand fest. Nie wieder würde sie sich gefühlsmäßig verzetteln, nie wieder zulassen, daß man sie verletzte, nur weil sie einen anderen Menschen liebte. Sie wollte nur noch fort, in die Sicherheit ihres Hotelzimmers, und diesen Abend vergessen.

320

»Es ist schon spät. Ich muß wirklich los. Rufst du mir bitte ein Taxi?«

»Ich bringe dich zurück.«

»Das ist nicht nötig. Ich kann...«

»Emma, ich sagte, ich bringe dich zurück.«

Mach Schluß damit, befahl sie sich. Sofort. »Danke.«

»Entspann dich, Emma. Wenn du noch nicht für eine überwältigend romantische Affäre zwischen uns bereit bist, ich kann warten. Ich hab' schon achtzehn Jahre Übung.«

Sollte sie sich darüber amüsieren oder ärgern? »Zu einer Affäre gehören immer zwei«, entgegnete sie leichthin. »Und ich habe mich aus diesem Geschäft zurückgezogen.«

»Wie ich schon sagte, ich kann warten.« Michael griff nach den Autoschlüsseln. Conroy, der das wohlvertraute Klimpern hörte, sprang lauthals bellend auf.

»Er fährt gerne Auto«, erklärte Michael. »Aus, Conroy!«

Der Hund, der genau wußte, wo er seine Verbündeten zu suchen hatte, schlich mit gesenktem Kopf zu Emma. »Nimm ihn doch mit«, bat sie, als Conroy sich an ihre Beine lehnte.

»Ich hab' nur einen MG.«

»Es stört mich nicht, wenn's eng wird.«

»Du bist hinterher voller Haare.«

»Und wenn schon.«

Conroy verfolgte die Unterhaltung mit gespitzten Ohren. Michael hätte schwören können, daß der Hund in sich hineinkicherte. »Also gut, Conroy, du hast gewonnen.« Michael wies auf die Autotür. Siegesgewiß sprang Conroy auf und fegte mit seinem aufgeregt wedelndem Schwanz Emmas Täschchen vom Tisch.

Als Michael sich danach bückte, sprang der Verschluß auf, und der Inhalt ergoß sich über den Boden. Noch ehe er eine Entschuldigung stammeln konnte, fiel sein Blick auf die Achtunddreißiger Smith and Wesson. Emma sah schweigend zu, wie er die Waffe aufhob und nachdenklich in der Hand wog. Es handelte sich um die beste Automatik dieses Kalibers, die Smith and Wesson zu bieten hatte, und sie war offensichtlich für den Gebrauch bestimmt. Michael unter-

321

suchte die Waffe, stellte fest, daß sie geladen war, und legte sie dann zurück.

»Wozu brauchst du sie?«

»Ich habe einen Waffenschein.«

»Das habe ich nicht gefragt.«

Emma kniete nieder, um ihre Brieftasche, die Puderdose und den Kamm einzusammeln. »Ich lebe in New York, wie du wohl weißt«, erklärte sie gelassen, obwohl sich ihr Magen zusammenzog, wie immer, wenn sie log. »In Manhattan besitzen viele Frauen eine Waffe. Als Schutz.«

Er blickte auf ihren Scheitel hinab. »Du hast sie also schon länger.«

»Jahre.«

»Das ist ja interessant. Dieses Modell ist nämlich erst vor sechs Monaten herausgekommen, und so, wie diese Waffe aussieht, hast du sie sicher erst seit ein paar Tagen in der Tasche.«

Als sie aufstand, zitterten ihr die Knie. »Ist das ein Verhör? Solltest du mir dann nicht erst meine Rechte vorlesen?«

Emma bebte vor unterdrückter Panik, ihre Kehle war staubtrocken, ihr Magen verkrampft. Er war ernsthaft wütend, das konnte sie der Art entnehmen, wie sich seine Augen verdunkelten und wie er sich bewegte, als er bedrohlich auf sie zukam. »Das ist meine Sache. Bring mich ins Hotel, und dann...«

»Erst will ich wissen, warum du dieses Ding mit dir herumschleppst, warum du mich anlügst und warum du heute nachmittag am Flughafen so verdammt verängstigt ausgesehen hast!«

Sie gab keine Antwort, sondern sah ihn nur aus müden, resignierten Augen an. Einmal hatte ihn ein Hund auf genau die gleiche Art angeblickt, erinnerte sich Michael. Eines Nachmittags, er mußte damals ungefähr acht gewesen sein, war dieser Hund in ihren Garten gekrochen und dort liegengeblieben. Seine Mutter hatte zunächst an Tollwut gedacht, doch als sie das Tier zum Arzt schafften, stellte sich heraus, daß es geschlagen worden war, und zwar so oft und so grausam, daß der Tierarzt es einschläfern mußte.

Der Gedanke, Emma könne ähnliches widerfahren sein, verursachte ihm Übelkeit. Sie wich vor ihm zurück.

»Was hat er dir angetan?« Am liebsten hätte er die Frage herausgeschrien, aber er brachte nur ein wütendes Zischen hervor.

Sie schüttelte nur den Kopf. Conroy gab es auf, an der Tür zu kratzen, und blieb still sitzen.

»Emma, was zum Teufel hat er mit dir gemacht?«

»Ich – ich muß gehen.«

»Um Himmels willen, Emma.« Als er nach ihrem Arm greifen wollte, drückte sie sich entsetzt an die Mauer. Ihre Augen wirkten nicht länger müde, sondern es lag Furcht darin.

»Nicht. Bitte nicht.«

»Ich fasse dich nicht an, okay?« Jahrelanges Training befähigte ihn, seine Stimme sanft und beruhigend klingen zu lassen. Er sah ihr fest in die Augen. »Ich werde dir nicht weh tun.« Ohne den Blick von ihr zu wenden, schob er die Waffe wieder in ihr Täschchen und legte es beiseite. »Du brauchst vor mir keine Angst zu haben.«

»Habe ich auch nicht.« Trotz dieser Worte zitterte sie am ganzen Körper.

»Du hast Angst vor ihm, vor Latimer.«

»Ich möchte nicht über ihn sprechen.«

»Ich kann dir helfen, Emma.«

Hoffnungslos schüttelte sie wieder den Kopf. »Nein, das kannst du nicht.«

»O doch. Hat er dich bedroht?« Da sie keine Antwort gab, kam er behutsam noch einen Schritt näher. »Hat er dich geschlagen?«

»Ich lasse mich von ihm scheiden. Was macht das jetzt noch für einen Unterschied?«

»Einen gewaltigen. Wir können einen Haftbefehl beantragen.«

»Das will ich nicht. Ich muß die Sache hinter mich bringen. Michael, ich kann mit dir nicht darüber reden.«

Er schwieg einen Moment, da er spürte, daß ihre Angst nachließ und er sie nicht in neuerliche Schrecken versetzen wollte.

323

»Gut. Ich kenne einige Einrichtungen, an die du dich wenden kannst. Dort gibt es Leute, die deine Situation verstehen.«

Glaubte er wirklich, daß irgendwer ihre Situation verstehen konnte? »Ich will mit niemanden reden. Und ich will schon gar nicht, daß alle Welt davon in der Zeitung liest – am Frühstückstisch womöglich. Halt dich doch einfach da raus. Das geht dich überhaupt nichts an.«

»Wirklich nicht?« antwortete er ruhig. »Wirklich nicht, Emma?«

Auf einmal schämte sich Emma ihrer harten Worte. In seinen Augen las sie etwas, das sie dringend brauchte – wenn sie nur den Mut hätte, seine Hilfe anzunehmen. Er bat sie nur um ihr Vertrauen. Doch sie hatte schon einmal einen Menschen ihr Vertrauen geschenkt.

»Michael, das ist mein Problem, und damit werde ich alleine fertig.«

Jedes weitere Wort könnte alles zerstören. Michael gab nach. »Gut. Aber denk bitte darüber nach. Du mußt das nicht alleine durchstehen«

»Er hat mir all meine Selbstachtung genommen«, erwiderte sie langsam. »Wenn ich mich nicht selber wehre, dann werde ich sie nie zurückgewinnen. Und jetzt bring mich bitte ins Hotel, ich bin furchtbar müde.«

30

Dieses Luder glaubt wirklich, sie würde damit durchkommen, dachte Drew. Sie meint, sie könne einfach zur Tür hinausspazieren, und das wär's dann gewesen. Aber er würde es ihr schon zeigen, sobald er sie gefunden hatte. Und er würde sie finden. Er bedauerte zutiefst, sie vor ihrer Abreise nicht grün und blau geschlagen zu haben.

Er hätte sie nicht aus den Augen lassen sollen. Man konnte ihr nicht trauen. Die einzigen Frauen, denen ein Mann trauen konnte, waren die Nutten. Die machten die Beine breit, nahmen das Geld, und fertig.

Daß Emma die Frechheit besessen hatte, einfach abzu-
hauen! Diese Unverschämtheit, ihr Konto leerzuräumen und
seinen Kredit zu sperren! Noch nie war er sich so gedemütigt
vorgekommen wie an jenem Tag bei Bijan, wo der Verkäufer
den Kaschmirmantel, den Drew sich ausgesucht hatte, mit
dem kühlen Kommentar zurücknahm, seine Kreditkarte sei
ungültig.

Dafür würde sie bezahlen!

Und dann hatte ihm dieser hochnäsige Anwalt die Papiere
unter die Nase gehalten. Sie wollte also die Scheidung. Aber
nur der Tod würde sie scheiden!

Der New Yorker Anwalt war keine große Hilfe gewesen,
hatte nur herumgedruckst und ihn schließlich an eine andere
Kanzlei verwiesen. Mrs. Latimer wünschte nicht, daß ihr
Aufenthaltsort bekannt wurde. Nun, er würde ihren Aufenthaltsort bald herausfinden, und dann konnte sie was erleben.

Zuerst hatte er befürchtet, sie könne zu ihrem Vater
geflüchtet sein. Jetzt, wo das Benefizkonzert vor der Tür
stand und seine Pläne für eine Solokarriere Formen annah-
men, hätte es ihm gerade noch gefehlt, einen so einflußrei-
chen Mann wie Brian McAvoy gegen sich zu haben. Doch
dann rief Brian an, um Emma über den Tod ihrer Mutter zu
informieren. Gott sei Dank hatte er, Drew, sofort geschaltet
und Brian erzählt, Emma sei mit ein paar Freundinnen ausgegangen. Er war überzeugt, daß er genau das richtige Maß an
Bestürzung und Verständnis in seine Stimme gelegt hatte, als
er versprach, Emma von dem traurigen Ereignis zu berichten.

Wenn McAvoy nicht wußte, wo sein Miststück von Tochter war, dann wußten es die anderen Bandmitglieder auch
nicht. Die hielten zusammen wie Pech und Schwefel. Drew
dachte an Bev, aber er war eigentlich sicher: Wenn Emma in
London wäre, hätte ihr alter Herr davon Wind bekommen.

Oder vielleicht steckten sie alle unter einer Decke, lachten
hinter seinem Rücken über ihn. In diesem Fall würde Emma
die Quittung bekommen – mit Zinsen.

Seit über zwei Wochen war sie verschwunden. Er hoffte

fast, sie habe sich gut amüsiert, denn sie würde für jede Stunde teuer bezahlen.

Drew zog beim Gehen die Schultern hoch, da der eisige Wind an seiner Lederjacke, die die schlimmste Kälte abhalten sollte, zerrte. Aber die Wut, die sich in ihm aufgestaut hatte, wärmte ihn. Grinsend überquerte er die Straße und ging zu Emmas alter Wohnung.

Er war mit der U-Bahn gekommen, ein deprimierendes Erlebnis, doch unter diesen Umständen sicherer als ein Taxi. Es war höchste Zeit, etwas zu unternehmen... etwas für Marianne sehr Unangenehmes. Bei dem Gedanken lachte Drew laut auf. Es würde ihm ein besonderes Vergnügen sein.

Emma hatte ihn angelogen. Marianne war auf der Beerdigung gewesen. Er hatte Fotos von den beiden in der Zeitung gesehen. Und es war so sicher wie das Amen in der Kirche, daß Marianne in der ganzen Sache mit drin hing. Sie wußte, wo Emma sich versteckt hielt. Und wenn er erst mal mit ihr fertig war, würde sie darum betteln, es ihm verraten zu dürfen.

Der Schlüssel, den Emma ihm vor Monaten gegeben hatte, paßte noch. Drew drückte die Codenummer, um den Fahrstuhl zu öffnen. Hoffentlich lag sie noch im Bett.

In der Wohnung herrschte Stille. Leise schlich Drew durch das Zimmer und die Treppe hinauf. Vor lauter Vorfreude klopfte sein Herz wie wild. Um so größer war die Enttäuschung, als er das leere Bett sah. Die Laken waren zwar zerknittert, jedoch kalt. Vor lauter Frust begann er, die Wohnung kurz und klein zu schlagen. Es dauerte fast eine Stunde, bis er sich abreagiert hatte, indem er die Kleider zerfetzte, Glas und Porzellan zertrümmerte und sämtliche Polstermöbel mit einem großen Fleischermesser aus der Küche aufschlitzte.

Dann fielen ihm die Bilder ein, die oben im Studio gestapelt waren. Mit gezücktem Messer machte er sich auf den Weg, als das Telefon klingelte. Bei dem Geräusch schrak er zusammen. Blut tropfte von seiner Lippe, die er sich in seiner Zerstörungswut aufgebissen hatte.

326

Nach dem vierten Läuten schaltete sich der Anrufbeantworter ein.

Als Emmas Stimme erklang, hätte er beinahe den Hörer von der Gabel gerissen, aber er konnte sich gerade noch beherrschen. »Entweder bist du noch im Bett oder du steckst bis zu den Ellbogen in Farbe, also ruf mich zurück, möglichst noch heute vormittag. Ich will nämlich später zum Strand, Wellenreiten üben. Zehn Sekunden kann ich mich schon halten. Sei nicht neidisch, aber hier in L. A. hat es schon fast dreißig Grad. Ruf zurück, ja?«

L. A., dachte Drew. Er drehte sich um und starrte lange auf Emmas Bild an der Wand.

Emma war schon beinahe zur Tür hinaus, als Marianne anrief. Sorgfältig verschloß sie die Tür hinter sich, ehe sie ans Telefon ging.

»Hi.« Mariannes Stimme klang schläfrig und zufrieden.

»Selber Hi. Bist du gerade erst aufgestanden? In New York muß es doch schon Mittag sein.«

»Ich bin noch nicht auf.« Marianne kuschelte sich in die Kissen. »Ich liege noch im Bett, in dem des Zahnarztes, um genau zu sein.«

»Macht er dir eine Füllung?«

»Sagen wir, er hat Qualitäten, die über die Zahnmedizin hinausgehen. Ich habe per Fernabfrage meinen Anrufbeantworter abgehört. Wie geht's dir?«

»Prima. Ehrlich.«

»Freut mich zu hören. Ist Michael auch am Strand?«

»Nein, bei der Arbeit.«

Marianne rümpfte die Nase. Wenn sie schon nicht selbst auf Emma aufpassen konnte, dann verließ sie sich darauf, daß der Cop diese Aufgabe übernahm. Nebenan rauschte die Dusche. Warum kam ihr neuer Liebhaber denn nicht ins Bett zurück, anstatt Körperpflege zu betreiben? »Karies oder schwere Jungs, ein Mann muß seine Pflicht tun. Hör zu, ich denke daran, in ein paar Wochen runterzukommen.«

»Um zu sehen, ob ich okay bin?«

»Genau. Und um diesen Michael kennenzulernen, den du

mir all die Jahre vorenthalten hast. Mach's gut, Emma. Ich ruf' morgen wieder an.«

Michael mochte den Streifendienst. Papierkram und stundenlange Telefonate lagen ihm weniger. Er zog die Hektik der Straße vor.

Am Anfang hatte er viel Spott über sich ergehen lassen müssen. Der Sohn des Captains. Teils waren die Bemerkungen gutmütiger Natur, teils nicht. Er hatte sich seine Dienstmarke hart erkämpft.

Von einem verlassenen Schreibtisch klaute er einen Doughnut, den er im Stehen verzehrte und dabei die Zeitung durchblätterte, die ein Kollege neben der Kaffeemaschine liegengelassen hatte.

Zuerst widmete er sich dem Comicteil. Nach einer Nacht wie dieser brauchte er etwas Aufheiterndes. Dann wandte er sich dem Sportteil zu, blätterte mit einer Hand weiter und hielt die Kaffeetasse in der anderen.

JANE PALMER STIRBT AN ÜBERDOSIS

Jane Palmer (46), frühere Geliebte von Brian McAvoy und Mutter der gemeinsamen Tochter Emma, wurde in ihrer Londoner Wohnung tot aufgefunden. Als Todesursache nimmt die Polizei Drogenmißbrauch an. Die Leiche wurde am Sonntagnachmittag von einem gewissen Stanley Hitchinson entdeckt.

Der Artikel enthielt zwar nur die spärlichen Tatsachen, unterstellte zwischen den Zeilen aber Selbstmord. Fluchend warf Michael die Zeitung auf den Tisch zurück, griff nach seiner Jacke und machte McCarthy ein Zeichen.

»Ich bin in einer Stunde wieder da. Muß noch was erledigen.«

McCarthy legte eine Hand über den Hörer, den er ans Ohr geklemmt hatte. »Und was ist mit den drei Früchtchen hier?«

»Die sind dann auch noch da. Eine Stunde«, wiederholte er und rannte hinaus.

Er fand sie am Strand. Sie war zwar erst seit einigen Tagen wieder Teil seines Lebens, aber er kannte ihre Gewohnheiten. Jeden Tag kam sie hierher, immer an denselben Platz. Nicht zum Wellenreiten, das war nur eine Ausrede. Sie saß nur in der Sonne, schaute aufs Meer oder lag unter dem weißblauen Sonnenschirm und las. Und ihre Wunden heilten.

Sie sonderte sich immer von den anderen Menschen ab, die ein Sonnenbad nahmen oder am Strand spazierengingen. Auch wenn sie keinen Wert auf Gesellschaft legte, war sie doch froh, nicht alleine zu sein. In ihrem schlichten blauen Badeanzug hatte sie bereits die Aufmerksamkeit mehrerer Männer erregt, doch ein Blick genügte, um sie in ihre Schranken zu weisen.

Michael kam es so vor, als habe sie eine gläserne Mauer um sich herum errichtet, dünn, abweisend und undurchdringlich. Er fragte sich, ob sie die Menschen um sich herum überhaupt wahrnahm.

»Emma.«

Er haßte es, sie zusammenzucken zu sehen, diese rasche, unfreiwillige Bewegung, die Panik verriet. Das Buch fiel ihr aus der Hand, und hinter der Sonnenbrille füllten sich ihre Augen mit Angst, die aber so schnell verschwand, wie sie gekommen war. Ihre Lippen verzogen sich leicht, und ihr Körper entspannte sich wieder. Michael bemerkte diesen Wechsel von Panik zur Ruhe, und das innerhalb weniger Sekunden, sehr wohl. Es war offensichtlich, daß sie an ein Leben in ständiger Furcht gewöhnt war.

»Michael, ich habe heute gar nicht mit dir gerechnet. Hast du geschwänzt?«

»Nein, ich hab' nur ein paar Minuten Zeit.«

Er ließ sich neben ihr nieder. Eine leichte Brise blähte seine Jacke auf, so daß sie kurz das Schulterhalfter erkennen konnte. Es versetzte ihr jedesmal von neuem einen Schock, wenn sie an seinen Beruf erinnert wurde. Er entsprach so gar nicht ihrer Vorstellung von einem Polizisten. Sie konnte sich nicht vorstellen, daß er jemals Gebrauch von seiner Waffe machen würde.

»Du siehst erschöpft aus, Michael.«

»Harte Nacht.« Sie lächelte leicht, und er konnte ihr die Gedanken vom Gesicht ablesen. Sie dachte, er habe eine heiße Verabredung gehabt. Warum sollte er ihr erzählen, daß er sich den größten Teil der Nacht mit den Leichen von vier Jugendlichen befaßt hatte. »Emma, hast du heute schon die Zeitung gelesen?«

»Nein.« Sie hatte bewußt auf Zeitungen und Fernsehen verzichtet. Die Probleme der Welt und anderer Menschen lagen auf der anderen Seite der gläsernen Mauer. Doch sie fühlte instinktiv, daß er ihr etwas zu sagen hatte, was sie nicht hören wollte. »Was ist denn los?« Ihre Besorgnis wuchs, als er ihre Hand ergriff. »Ist etwas mit Papa?«

»Nein.« Michael verfluchte sich dafür, daß er nicht sofort zur Sache gekommen war. Emmas Hand in seiner war eiskalt geworden. »Es geht um Jane Palmer, Emma. Sie ist tot.«

Sie starrte ihn an, als würde er in einer ihr unbekannten Sprache reden. »Tot? Wie?«

»Sieht nach einer Überdosis aus.«

»Ich verstehe.« Emma entzog ihm ihre Hand und blickte auf das Meer hinaus. Das Wasser schillerte in einem überwältigenden Farbenspektrum, das von einem blassen Grün in Ufernähe bis hin zu einem tiefen, irisierenden Blau am Horizont reichte. Auf einmal wünschte sie sich, allein dort draußen zu treiben, weit weg von allem, in ewiger Ruhe.

»Erwartest du jetzt irgendwelche Gefühlsregungen von mir?« murmelte sie.

Er wußte, daß diese Frage weniger an ihn als an sie selbst gerichtet war. »Nein. Man kann nicht um jemanden trauern, der einem nichts bedeutet hat.«

»Weißt du, ich habe sie nie geliebt, schon als Kind nicht. Damals habe ich mich dafür geschämt. Es tut mir leid, daß sie tot ist, aber das ist ein unpersönliches Bedauern, das man auch empfindet, wenn man in der Zeitung liest, daß Menschen bei einem Autounfall oder einem Wohnungsbrand ums Leben gekommen sind.«

»Das ist genug.« Er spielte mit einer ihrer Haarsträhnen, eine Angewohnheit, die er in der letzten Zeit angenommen hatte. »Ich muß zurück, aber so gegen sieben müßte ich alles erledigt haben. Wie wär's, wenn wir ein bißchen an der Küste entlangfahren. Du, ich und Conroy.«

»Gern.« Als er aufstand, griff sie haltsuchend nach seiner Hand. Dann drehte sie sich um und schaute wieder auf das Meer.

Kurz nach drei betrat Drew das Beverly Wilshire, das erste Hotel, das er überprüfte. Er fand es zugleich erfreulich und abstoßend, daß Emma so berechenbar war. Immer das Connaught in London, das Ritz in Paris, das Little Six Bay auf den Jungferninseln und immer das Beverly Wilshire, wenn sie in L. A. war.

Er setzte sein charmantestes Lächeln auf und ging hinein. Glück gehabt, dachte er, als er die junge, attraktive Frau am Empfang anstrahlte und bemerkte, wie sich der höfliche, unbeteiligte Gesichtsausdruck in Begeisterung verwandelte, sowie sie ihn erkannte.

»Guten Tag, Mr. Latimer.«

Er legte einen Finger über die Lippen. »Das bleibt jetzt unter uns, ja? Ich möchte meine Frau überraschen und habe dummerweise ihre Zimmernummer vergessen.«

»Mrs. Latimer wohnt hier?« Das Mädchen hob eine Braue.

»Ja. Ich hatte noch geschäftliche Verpflichtungen und konnte daher erst später nachkommen. Finden Sie doch bitte heraus, welche Zimmernummer sie hat.«

»Natürlich.« Ihre Finger glitten über die Tastatur des Computers. »Bei uns ist niemand namens Latimer registriert.«

»Nein? Vielleicht hat sie sich unter McAvoy eingetragen.« Drew zügelte seine Ungeduld, während der Computer leise klickte.

»Es tut mir leid, Mr. Latimer, aber wir haben auch keine Mrs. McAvoy.«

Am liebsten hätte er dem Mädchen den schlanken Hals umgedreht. Mühsam beherrschte er sich und machte ein verwundertes Gesicht. »Das ist ja komisch. Ich bin ganz sicher,

331

daß ich die Hotels nicht verwechselt habe. Emma wohnt immer im Wilshire.« Rasch wog er die verschiedenen Möglichkeiten ab, dann lächelte er. »Ach, jetzt fällt's mir wieder ein. Wie konnte ich das nur vergessen? Sie war ein paar Tage mit einer Freundin hier und hat wahrscheinlich das Zimmer unter deren Namen behalten. Sie wissen ja, wie schwierig es ist, wenn man ein bißchen Ruhe haben will. Versuchen Sie's mal unter Marianne Carter, wahrscheinlich im dritten Stock. Emma hat Probleme mit der Höhe.«

»Ja, da haben wir sie. Suite 305.«

»Na Gott sei Dank. Es hätte mir gar nicht gefallen, meine Frau zu verlieren.« Ungeduldig wartete er auf den Schlüssel. »Sie haben mir sehr geholfen, Schätzchen.«

»Es war mir ein Vergnügen, Mr. Latimer.«

O nein, dachte er, als er zum Fahrstuhl ging. Es würde ihm ein Vergnügen sein. Und was für eines.

Er war nicht allzu enttäuscht, als er die Suite leer fand. Eigentlich war es so viel besser. Aus seiner Tasche holte er einen kleinen Kassettenrecorder und einen schweren, festen Ledergürtel, dann zog er die Vorhänge zu, zündete sich eine Zigarette an und wartete.

»Kesselring.« Ein junger Detective riß die Tür zum Verhörzimmer auf, wo Michael und McCarthy gerade gemeinsam einen Verdächtigen bearbeiteten. »Telefon.«

»Ich bin beschäftigt, Drummond. Soll eine Nachricht hinterlassen.«

»Hab' ich schon versucht. Sie sagt, es handelt sich um einen Notfall.«

Michael stieß einen bösen Fluch aus, dann dachte er an Emma. »Hoffentlich vermißt du mich nicht«, sagte er im Hinausgehen zu Swan, dann setzte er sich auf die Ecke seines Schreibtisches und griff zum Hörer. »Kesselring.«

»Michael? Hier spricht Marianne Carter, eine Freundin von Emma.«

»Ja und?« Verärgert suchte er in seiner Tasche nach Zigaretten. »Sind Sie in der Stadt?«

»Nein, ich rufe aus New York an. Ich bin gerade in die

Wohnung gekommen. Ich – jemand hat sie total verwüstet.«

Michael rieb sich die erschöpften Augen. »Vielleicht sollten Sie sich besser an die örtliche Polizei wenden. Aber ich komme natürlich gerne auch für ein paar Stunden runter.«

Sie war nicht in der Stimmung für sarkastische Bemerkungen. »Die Wohnung interessiert mich einen Dreck. Ich mache mir Sorgen um Emma.«

»Was hat sie denn damit zu tun?«

»Die Wohnung ist regelrecht auseinandergenommen worden. Alles zerfetzt, aufgeschlitzt oder zerbrochen. Das war Drew, davon bin ich überzeugt. Wahrscheinlich hat er noch Emmas Schlüssel. Ich weiß nicht, wieviel sie Ihnen erzählt hat, aber der Kerl ist gewalttätig. Der ist gemeingefährlich. Und ich...«

»Okay. Immer mit der Ruhe. Jetzt sehen Sie erst mal zu, daß Sie da rauskommen. Gehen Sie zu Nachbarn oder in ein Hotel und rufen Sie die Polizei.«

»Er ist nicht hier.« Verdammt, warum konnte sie sich bloß nicht klar und verständlich ausdrücken? »Michael, ich fürchte, er weiß, wo sie ist. Sie hat eine Nachricht auf dem Anrufbeantworter hinterlassen. Wenn er da gerade in der Wohnung war oder das Band abgehört hat, dann weiß er, wo sie sich aufhält. Dem ist alles zuzutrauen! Ich hab' versucht, Emma zu erreichen, aber sie war nicht in ihrem Zimmer.«

»Ich kümmere mich darum. Verschwinden Sie jetzt aus der Wohnung und rufen Sie die Cops.« Ehe Marianne antworten konnte, knallte er den Hörer auf.

»Kesselring, falls du jetzt lange genug mit deiner Liebsten geschäkert hast, dann...«

»Los, komm«, unterbrach Michael seinen Partner und lief zur Tür.

»Was zum...«

»Komm«, wiederholte Michael. Er ließ bereits den Motor an, als McCarthy ins Auto sprang.

333

31

Emma kam gegen vier Uhr ins Beverly Wilshire zurück. Während sie am Strand saß und nachdachte, hatte sie eine Entscheidung getroffen. Sie würde ihren Vater anrufen. Mit Sicherheit hatte er von Janes Tod erfahren und versucht, sich mit ihr in Verbindung zu setzen.

Das würde ein unangenehmes, aber ein notwendiges Gespräch werden. Es war an der Zeit, ihm mitzuteilen, daß sie Drew verlassen hatte. Vielleicht würde es sich sogar als Vorteil erweisen, daß die Presse jeder Sensation so hinterhergierte. Die öffentliche Bekanntgabe ihrer Trennung könnte sie aus ihrem fortwährenden Dämmerzustand reißen, und eventuell würde sie endlich ihre ständige Angst verlieren.

Sie ging durch den Korridor zu ihrem Zimmer und kramte dabei in der Tasche nach ihrem Schlüssel. Ihre Finger berührten das warme Metall der Pistole. Auch das mußte aufhören, schwor sie sich. Sie würde keine Waffe mehr mit sich herumtragen, und sie würde nicht mehr ständig über ihre Schulter blicken.

Als sie die Zimmertür öffnete, zuckte sie zusammen. Die Vorhänge ließen nicht den geringsten Lichtstrahl durch. Im stillen verfluchte sie das Zimmermädchen, ließ die Tür hinter sich zufallen und tastete nach dem Lichtschalter.

Dann hörte sie die Musik. Ihre Finger erstarrten, unfähig, den Lichtschalter zu betätigen. Diese unheimlichen, unverwechselbaren Töne, die sie in ihren Träumen verfolgten. Der ermordete Lennon begann zu singen.

Plötzlich flammte das Licht auf. Emma taumelte wimmernd zurück. Ein Gesicht tauchte vor ihrem geistigen Auge auf, verschwommen nur, doch beinahe zu erkennen. Dann sah sie Drew.

»Hallo, Emmaschatz. Hast du mich vermißt?«

Emma erwachte aus ihrer Trance und rannte zur Tür. Doch er war schneller. Immer schon war er schneller gewesen. Ein Schlag, und sie verlor das Gleichgewicht. Ihre Tasche flog in hohem Bogen durch das Zimmer. Immer noch lächelnd drehte Drew den Schlüssel herum und legte die Kette vor.

334

»Wir wollen doch nicht gestört werden, nicht wahr?«

Seine Stimme klang so freundlich, so liebevoll, daß es Emma eiskalt den Rücken herunterlief. »Wie hast du mich gefunden?«

»Ach, ich habe so meine Methoden, Emma. Sagen wir, zwischen dir und mir besteht ein bestimmtes Band. Habe ich dir nicht gesagt, ich würde dich überall finden?«

Hinter ihr spielte die Musik weiter. Alles war ein Alptraum. Könnte sie das doch nur glauben. Sie hatte sie häufig, diese Träume, hörte die Musik im Dunkeln. Sie würde bald schweißüberströmt erwachen, so wie ihr jetzt der Schweiß am Körper herunterlief. Und dann wäre alles vorbei.

»Rate mal, was ich bekommen habe, Emma. Eine Scheidungsklage. Das war nicht sehr nett von dir. Wo ich doch seit zwei Wochen krank vor Sorge um dich bin. Du hättest ja entführt werden könnten.« Er grinste teuflisch. »Oder ermordet, so wie dein armer kleiner Bruder.«

»Nicht!«

»Ah, es regt dich auf, von ihm zu sprechen, nicht wahr? Die Musik scheint dich auch aufzuregen. Soll ich sie abstellen?«

»Ja.« Wenn sie die Musik nicht mehr hörte, würde sie wieder klar denken können. Dann würde sie wissen, was zu tun war.

»Na gut.« Er trat einen Schritt auf den Rekorder zu, dann blieb er stehen. »Nein, ich denke, wir lassen sie an. Du mußt lernen, dich den Dingen zu stellen, Emma. Habe ich dir das nicht schon immer gesagt?«

Ihre Zähne klapperten. »Ich stelle mich ihnen.«

»Gut. Sehr gut. Nun, als erstes wirst du diesen Schnösel von Anwalt anrufen und ihm sagen, daß du deine Meinung geändert hast.«

»Nein.« Vor lauter Angst konnte sie nur flüstern. »Ich gehe nicht mehr zu dir zurück.«

»Natürlich tust du das. Du gehörst nämlich mir. Du hattest deinen Spaß, Emma, mach es dir nicht noch schwerer.« Als sie abwehrend den Kopf schüttelte, stieß er einen langen, genüßlichen Seufzer aus, zuckte seine Hand blitzschnell vor

335

und schlug ihr mitten ins Gesicht. Sie flog rücklings auf einen Tisch, wobei eine Lampe krachend zu Boden fiel. Ihr Mund füllte sich mit Blut.

Durch den Schmerzschleier hindurch sah sie ihn auf sich zukommen, und sie begann zu schreien. Ein Tritt in den Magen schnitt ihre Schreie ab und nahm ihr den Atem. Als sie sich schutzsuchend zusammenzurollen versuchte, begann er, langsam und methodisch auf sie einzuprügeln.

Dieses Mal setzte sie sich zur Wehr. Ein Schlag gegen sein Kinn verblüffte ihn so sehr, daß sie außer Reichweite kriechen konnte. Jemand hämmerte an die Tür und verlangte im Befehlston, hereingelassen zu werden. Als sie sich aufraffte und unsicher zur Tür wankte, packte er sie erneut.

»Du willst es auf die harte Tour, was, Emma?« Rasend vor Wut riß er ihr die Kleider vom Leib, seine Nägel krallten sich in ihr Fleisch. Ihre Gegenwehr stachelte ihn nur noch mehr an. Diesmal würde er ihr eine Lektion erteilen, die sie ihr Leben lang nicht vergessen sollte.

Emma hörte jemanden bitten, betteln, Versprechungen ausstoßen, ohne gewahr zu werden, daß es ihre eigene Stimme war, die diese jammernden Töne von sich gab. Sie fühlte die Schläge kaum noch. Drew drosch mit bloßen Fäusten auf sie ein, blind für alles außer dem Wunsch, es ihr heimzuzahlen.

»Hast du geglaubt, du könntest mich einfach so sitzenlassen, du mieses Luder? Hast du geglaubt, ich lasse zu, daß du alles ruinierst, wofür ich gearbeitet habe? Eher bringe ich dich um!«

Die Schmerzen waren überall. Bei jedem Atemzug schienen Dutzende kleiner, scharfer Messer in ihren Körper zu schneiden. Nie zuvor war es so schlimm gewesen. Schlimm genug zwar, aber doch nicht so. Benommen versuchte sie, sich an einem Stuhlbein in die Höhe zu ziehen, aber ihre Finger, naß von ihrem eigenen Blut, glitten daran ab.

Emma gab auf. Sie hatte nicht mehr genug Kraft, um gegen ihn anzukommen. Wie aus weiter Ferne spürte sie, daß er sie hochriß und mit aller Gewalt von sich stieß. In ihrem Brustkorb knackte etwas, so daß sie laut aufschrie. Die Schmerzen wurden unerträglich. Nur noch halb bei Bewußtsein, blieb sie liegen.

»Dreckstück! Du verdammte Hure!« Keuchend ging Drew wieder auf sie los. Blut rann aus seiner Nase, und seine Augen blickten irr. Wahnsinn loderte darin. Emma war klar, daß er nun die Schwelle überschritten hatte. Dieses Mal würde er sich nicht damit zufrieden geben, sie zu verprügeln. Diesmal würde er sie totschlagen wie einen tollwütigen Hund. Schluchzend kroch sie langsam von ihm fort.

Dann sah sie, daß er einen Gürtel in der Hand hielt. Ihr Schluchzen verwandelte sich in ein verzweifeltes Jammern, während sie sich über den Teppich zog. Er schwang den Gürtel im Takt der Musik und kam immer näher.

Jemand rief nach ihr, schrie immer wieder ihren Namen. Holz splitterte. Hörte sie wirklich Holz splittern, oder brach ihr Körper in zwei Teile? Beim ersten Schlag mit dem Gürtel griff sie haltsuchend ins Leere. Ihre Finger trafen auf Metall. Blindlings schloß sich ihre Hand um die Pistole. Mit einem würgenden Schluchzen rollte sie sich herum und blickte in Drews Gesicht, der gerade mit dem Gürtel ausholte.

Ihr Arm mit der Waffe fuhr hoch.

In dem Moment, in dem Drew mit erstauntem Gesicht zurückwich, brach Michael die Tür auf. Noch ehe er eingreifen konnte, drückte Emma ab, wieder, wieder und wieder. Sie betätigte den Abzug noch, lange nachdem die Waffe nur noch klickte, lange nachdem Drew leblos am Boden lag.

»Großer Gott«, entfuhr es McCarthy.

»Halt die Leute draußen!« Michael beugte sich zu Emma, schlüpfte aus seiner Jacke und hüllte sie darin ein. Ihre Kleider bestanden nur noch aus ein paar blutgetränkten Fetzen. Emma rührte sich nicht, sondern feuerte immer noch aus der leeren Waffe in die Luft. Michael versuchte, sie ihr abzunehmen, doch ihre Hand hatte sich um das Metall verkrampft.

»Emma. Baby. Jetzt ist alles in Ordnung. Es ist vorbei.« Sanft strich er ihr das Haar aus dem Gesicht und mußte erneut die in ihm aufsteigende rasende Wut unterdrücken. Ihr Gesicht war nur noch eine einzige blutige Masse, ein Auge bereits zugeschwollen, das andere glasig vor Schock.

»Gib mir die Pistole, Baby. Du brauchst sie nicht mehr. Es ist alles gut.« Er drehte ihr Gesicht zu sich hin. Mit dem, was von ihrer Bluse übriggeblieben war, wischte er ihr vorsichtig das Blut ab. »Ich bin es, Michael. Hörst du mich, Emma? Michael. Es ist alles gut.«

Ihr Atem ging stoßweise, und ihr Körper zitterte wie unter Schüttelfrost. Michael zog sie an sich und wiegte sie hin und her, bis die Verkrampfung nachließ und er ihr die Waffe aus der Hand winden konnte. Sie weinte nicht mehr, sondern stöhnte nur noch leise wie ein verwundetes Tier.

»Der Notarzt ist unterwegs.« Nach einem flüchtigen Blick auf Drews Leiche kniete sich McCarthy neben Michael. »Der hat sie ganz schön zugerichtet, was?«

Ohne Emma loszulassen, drehte Michael den Kopf und musterte Drew Latimers sterbliche Überreste lange. »Zu schade, daß man nur einmal sterben kann.«

»Ja.« McCarthy stand kopfschüttelnd auf. »Sieh dir das an. Dieser Hurensohn hält immer noch den Gürtel fest.«

Brian saß im hohen, süß duftenden Gras neben Darrens Grab und beobachtete die vorüberziehenden Wolken. Jedesmal kam er in der Hoffnung hierher, endlich Frieden zu finden. Jedesmal war diese Hoffnung vergeblich. Trotzdem kam er immer wieder.

Auf dem kleinen marmornen Grabstein waren nur ein Name und zwei Daten eingemeißelt. Die Jahreszahlen lagen erbärmlich nahe beieinander.

Seine Eltern lagen ganz in der Nähe begraben, doch obgleich Brian sie jahrzehntelang gekannt hatte, war ihm das Gesicht seines Sohnes deutlicher in Erinnerung geblieben.

Vom Friedhof aus konnte er die frischgepflügten Felder überblicken; braune Flecken, die sich von dem satten Grün der Wiesen abhoben. Buntgescheckte Kühe grasten friedlich vor sich hin. Es war noch früh am Morgen. Ein Morgen in Irland war ideal, um einfach nur dazusitzen, und zu träumen. Das Licht schien so weich, beinahe milchig, wie man es nur in Irland fand. Außer dem gelegentlichen Bellen

338

eines Hundes und dem entfernten Summen eines Traktors herrschte Stille.

Bei seinem Anblick blieb Bev stehen. Sie hatte nicht gewußt, daß er auch hier war. All die Jahre hatte sie es sorgfältig vermieden, zur gleichen Zeit wie Brian hierherzukommen. Er sollte sie hier nicht sehen, an dem Grab, an dem sie vor so vielen Jahren nebeneinander standen.

Beinahe hätte sie wieder kehrtgemacht. Doch in der Art, wie er dasaß, die Hände auf die Knie gestützt, und in die Ferne schaute, lag etwas Verlorenes. Er wirkte einsam.

Beide waren sie einsam.

Leise kam sie näher. Er hörte sie nicht; erst als ihr Schatten über ihn fiel, hob er den Kopf. Wortlos legte sie den Fliederstrauß, den sie mitgebracht hatte, neben den Grabstein und kniete seufzend nieder.

Still lauschten sie dem Wind, der in dem hohen Gras rauschte, und dem Schnurren des Traktors.

»Möchtest du, daß ich gehe?« fragte er schließlich.

»Nein.« Liebevoll strich Bev mit der Hand über das weiche Gras, unter dem ihr Sohn schlief. »Er war so schön!«

»Ja.« Brian kämpfte mit den Tränen. Es war lange her, daß er hier das letztemal geweint hatte. »Er sah dir so ähnlich.«

»In ihm hat sich das beste von uns beiden vereinigt.« Bevs Stimme klang ruhig. Wie Brian blickte sie zu den Bergen hinüber. In all den Jahren hatten sie sich kaum verändert. Doch das Leben ging weiter. Das war die härteste Lektion gewesen, die sie lernen mußte. »Er war so voller Lebensfreude. Und er hatte dein Lächeln, Bri. Deins und Emmas.«

»Er war immer glücklich. Wenn ich an ihn denke, dann sehe ich ihn nur glücklich.«

»Meine größte Angst war immer, daß ich vergessen würde. Daß sein Gesicht und die Erinnerung an ihn mit der Zeit verblassen würden. Aber das war nicht der Fall. Ich erinnere mich noch genau an sein Lachen, dieses Lachen, das einfach so aus ihm herausgesprudelt war. Ich habe ihn zu sehr geliebt, Bri.«

»Man kann nicht zu sehr lieben.«

»Doch.« Sie schwieg eine Weile. »Glaubst du, daß alles

umsonst ist? Daß alles, was er war und hätte sein können, mit seinem Tod dahin ist?«

»Nein.« Zum erstenmal sah er sie direkt an. »Nein, das glaube ich nicht.«

Seine Antwort machte den ganzen Unterschied deutlich. »Aber ich habe das zuerst gedacht. Wahrscheinlich habe ich deswegen so sehr gelitten. Der Gedanke, daß so viel Schönheit, so viel Freude nur so kurze Zeit existiert hat, war mir unerträglich. Aber mit der Zeit habe ich erkannt, daß ich einem Irrtum unterlegen bin. Er lebt in meinem Herzen weiter. Und in deinem.«

Brian sah an ihr vorbei zu den fernen Bergen. »Es gibt Zeiten, da möchte ich nur vergessen. Zeiten, in denen ich alles tue, nur um zu vergessen. Es ist so furchtbar, sein eigenes Kind zu überleben.«

»Wenn du diese Erfahrung gemacht hast, dann weißt du, daß dir auf dieser Welt nichts Schlimmeres mehr widerfahren kann. Wir hatten ihn zwei Jahr lang, Bri. Daran will ich mich erinnern.« Sie nahm seine Hand und spürte, wie sich seine Finger um sie schlossen. »Es tut mir leid, daß ich meinen Schmerz nicht mit dir teilen konnte, so wie ich die Freude mit dir geteilt habe. Ich war selbstsüchtig, ich dachte, wenn ich alles für mich behalte, dann gehören die Erinnerungen nur mir. Aber das ist nicht wahr. Der Kummer und die Erinnerungen gehören uns, so wie Darren uns gehört hat.«

Brian entgegnete nichts. Tränen würgten ihn im Hals. Voller Verständnis nahm Bev ihn in die Arme. So blieben sie engumschlungen und still sitzen, bis die Sonne höher stieg und den auf dem Gras glitzernden Tau trocknete.

»Ich hätte dich nie verlassen dürfen«, murmelte er.

»Wir haben uns gegenseitig im Stich gelassen.«

»Warum?« Er verstärkte seinen Griff. »Warum?«

»Ich habe lange darüber nachgedacht. Ich glaube, wir konnten es nicht ertragen, glücklich zu sein. Ich habe gedacht, daß es falsch wäre, nach seinem Tod glücklich zu sein. Daß es sein... sein Andenken beschmutzen würde.«

»Bev.« Brian vergrub sein Gesicht in ihrem Hals. »Geh nicht weg. Bitte, geh nicht.«

340

»Nein«, antwortete sie ruhig. »Ich werde nicht gehen.«

Hand in Hand gingen sie zum Haus zurück. Sonnenlicht durchflutete die Räume, als sie nach oben gingen, langsam begannen, sich gegenseitig auszuziehen und nur innehielten, um lange, zärtliche Küsse auszutauschen.

Er war nicht mehr der junge Mann, der sie einst geliebt hatte, genausowenig wie sie noch dieselbe Frau war wie früher. Heute nahmen sie sich mehr Zeit, fielen nicht mehr ungeduldig auf das Bett, sondern ließen sich langsam darauf niedersinken. Heute wußten sie, daß jeder Moment kostbar war. Sie hatten schon so viele vergeudet.

Doch obwohl sie eine geistige Wandlung durchgemacht hatten, fanden ihre Körper wie von selbst zueinander. Die langen Jahre der Trennung schienen ausgelöscht. Brian preßte seinen Mund an Bevs Hals und sog den vertrauten, so lange entbehrten Duft ihrer Haut ein.

Auch als sich ihre Leidenschaft steigerte, bemühten sie sich, jede Sekunde auszukosten, sich nicht mehr von ihrem Begehren beherrschen zu lassen. Bevs Hand krallte sich in Brians Haar, in dem schon die ersten Silberfäden schimmerten, und sie seufzte vor Lust und Glück. Dann begann sie, ihn zu streicheln, erkundete jeden Zentimeter seines Körpers von neuem, entdeckte Altvertrautes wieder.

Später lagen sie still nebeneinander. Bevs Kopf ruhte auf Brians Schulter. Zwanzig Jahre war es her, dachte sie. Ihr halbes Leben lang hatte sie von ihm getrennt gelebt, und doch erschien ihr ihre Vereinigung so selbstverständlich, als sei es erst gestern gewesen, daß sie, die Körper noch schweißnaß von der Liebe, so dagelegen hatten. Unter ihrer streichelnden Hand spürte sie das Pochen seines Herzens.

»Es ist so sehr wie früher.« Brian sprach ihre Gedanken laut aus. »Und doch so anders.«

»Ich wollte nicht, daß das geschieht. Nicht, nachdem es mich soviel Kraft gekostet hat, mich all die Jahre von dir fernzuhalten.« Bev hob den Kopf und sah ihn ernst an. »Ich wollte nie wieder jemanden so lieben.«

»Nur mit dir ist es jemals so gewesen. Denk nicht, daß ich dich wieder gehen lasse. Diesmal nicht.«

341

Sie strich ihm durch das Haar. »Ich hatte immer Angst, daß du mich nicht in demselben Maße brauchst wie ich dich.«

»Diese Angst war unbegründet.«

»Ja, ich weiß.« Sie beugte sich zu ihm hinunter und küßte ihn. »Wir haben so viel Zeit verloren, Bri. Bitte komm wieder nach Hause.«

Den ganzen Tag lang blieben sie in dem alten Bett, redeten, lachten, liebten sich. Es war bereits spät, als das Telefon klingelte. Da es keine andere Möglichkeit zu geben schien, diese Unterbrechung zu beenden, nahm Brian den Hörer ab.

»Hallo?«

»Brian McAvoy?«

»Am Apparat.«

»Hier spricht Michael Kesselring. Ich habe schon die ganze Zeit versucht, Sie zu erreichen.«

»Kesselring?« Sofort bedauerte er, den Namen ausgesprochen zu haben, da Bev neben ihm erstarrte. »Was gibt es denn?«

»Es geht um Emma.«

»Emma?« Mit plötzlich staubtrockenem Mund setzte Brian sich auf. Bev legte ihm besorgt die Hand auf die Schulter. »Ist ihr etwas zugestoßen?«

Aus Erfahrung wußte Michael, daß es das Beste war, direkt auf den Punkt zu kommen, doch es fiel ihm schwer, die richtigen Worte zu finden. »Sie ist im Krankenhaus, hier in L. A. Sie ist...«

»Ein Unfall? Hat sie einen Unfall gehabt?«

»Nein, sie ist böse zusammengeschlagen worden. Ich werde Ihnen alles erklären, sobald Sie hier sind.«

»Geschlagen? Emma ist geschlagen worden? Ich verstehe das alles nicht.«

»Sie ist in ärztlicher Behandlung. Man hat mir versichert, daß sie wieder gesund wird, aber sie wird Sie brauchen.«

»Wir kommen, so schnell wir können.«

Bev war bereits aus dem Bett gesprungen und in ihre Kleider geschlüpft. »Was ist denn passiert?«

»Ich weiß es nicht. Sie liegt in L. A. im Krankenhaus.« Fluchend kämpfte Brian mit seinen Hemdknöpfen.

»Laß mich mal.« Rasch knöpfte Bev ihm das Hemd zu.
»Es wird alles wieder gut. Bri. Emma ist zäher, als sie aussieht.«

Er konnte nur wortlos nicken und sie einen Augenblick
lang eng an sich drücken.

32

Es war dunkel. Eine fast unwirkliche, seltsam fern anmutende Welle des Schmerzes überschwemmte ihren ganzen
Körper, umgab sie wie ein warmes, rotes Meer, bedeckte sie
und zog sie in die Tiefe, weit weg von Luft und Licht. Emma
versuchte, sich freizustrampeln, unter den Wellen wegzutauchen, aber sie konnte dem dumpfen, allgegenwärtigen
Schmerz nicht entgehen. Doch der Schmerz war zu ertragen. Die Dunkelheit und die Stille stellten eine viel größere
Quelle des Schreckens dar.

Sie konnte kein Glied rühren. Voller Entsetzen stellte sie
fest, daß sie nicht genau sagen konnte, ob sie stand, saß
oder lag. Ihre Arme und Beine waren vollkommen gefühllos, nur dieser nagende Schmerz pochte unablässig in ihrem
Körper. Sie versuchte, zu sprechen, nach Hilfe zu rufen,
doch ihre lautlosen Schreie verhallten ungehört.

Sie war verletzt, wahrscheinlich schwer. Nur zu gut erinnerte sie sich an den haßerfüllten Blick, mit dem Drew sie
bedacht hatte. Er hatte auf sie gewartet. Vielleicht war er
immer noch da, beobachtete sie, lauerte im Dunkeln, und
dieses Mal würde er...

War sie schon tot?

Ein anderes, weitaus stärkeres Gefühl gesellte sich zu den
Schmerzen. Wut. Sie wollte nicht sterben. Unter Aufbietung
all ihrer Willenskraft versuchte Emma, die Augen zu öffnen,
doch es gelang ihr nicht.

Eine Hand streichelte sacht ihr Haar. Schon diese federleichte Berührung genügte, um den Schmerz in Panik zu
verwandeln.

343

»Schschtt, Emma. Jetzt ist alles gut. Du brauchst nur Ruhe.«

Es war nicht Drew. Weder die Stimme noch die Hand gehörte Drew.

»Du bist in Sicherheit, ich schwöre es dir.«

Michael. Emma versuchte, seinen Namen zu rufen; dankbar dafür, daß sie nicht alleine im Dunkeln war. Daß sie lebte. Dann rollte eine neue dunkelrote Welle über sie hinweg.

Die ganze Nacht schwebte Emma zwischen Bewußtlosigkeit und Wachen, obwohl die Ärzte Michael gesagt hatten, daß sie die Nacht durchschlafen würde. Die Angst war stärker als alle Beruhigungsmittel. Sowie der künstliche Dämmerzustand sich lichtete, hielt die Angst Emma in ihren Krallen.

Michael redete ihr die ganze Nacht lang gut zu, erklärte ihr immer wieder, daß sie in Sicherheit sei. Seine Stimme oder auch seine Worte schienen sie ein wenig zu beruhigen, also blieb er sitzen, hielt ihre Hand und sah sie an.

Sie würde nicht sterben. Zwar würde sie sowohl physische als auch psychische Schmerzen auszustehen haben, aber sie würde leben. Das volle Ausmaß des seelischen Traumas war zu dieser Stunde noch nicht abzusehen. Er konnte nur warten. Und sich immer wieder die gleichen Vorwürfe machen.

Er hätte ihr stärker zusetzen sollen. Während er ihren tiefen, rasselnden Atemzügen lauschte, verfluchte sich Michael für sein Zögern. Wenn er den Hebel an den richtigen Stellen angesetzt hätte, dann hätte er herausbekommen, wie schlimm die Dinge wirklich standen. Verdammt, schließlich war er ein Cop! Er sollte wissen, wie man die Leute zum Reden brachte.

Und was hatte er getan? Nachgegeben! Er wollte ihr Zeit lassen, ihre Privatsphäre respektieren. Privatsphäre, mein Gott! Er hatte ihre Privatsphäre respektiert, anstatt sie sofort in Schutzhaft zu nehmen. Er hatte ihr Zeit gelassen, anstatt die New Yorker Kollegen zu bitten, einen Haftbefehl auszustellen.

Es war seine Schuld. Weil er seinen Job nicht ordentlich erledigt hatte, weil er persönliche Gefühle über dienstliche

Verpflichtungen gestellt hatte, lag sie nun hier, im Krankenhaus.

Nur einmal ließ er sie kurz allein, als Marianne und Johnno aus New York eintrafen.

»Michael.« Johnno nickte ihm kurz zu. »Was ist passiert?«

Michael rieb sich die vom Neonlicht im Flur geblendeten Augen. »Latimer. Sieht so aus, als sei er in ihr Hotelzimmer eingedrungen.«

»O Gott.« Marianne hielt einen kleinen Stoffhund in der Hand. »Wie schlimm ist es?«

»Schlimm genug.« Das Bild der auf dem Teppich hingestreckten Emma stand ihm noch deutlich vor Augen. »Er hat ihr drei Rippen gebrochen und die Schulter ausgerenkt. Sie hat innere Verletzungen und ich weiß nicht wie viele Prellungen und Fleischwunden. Ihr Gesicht... die Ärzte meinen, sie kommt ohne plastische Chirurgie aus.«

Mit zusammengebissenen Zähnen starrte Johnno auf die geschlossene Tür. »Wo ist dieser Hundesohn?«

»Tot.«

»Gut. Wir möchten sie sehen.«

Michael wußte, daß die Ärzte über sein Verhalten schon mehr als verärgert waren, aber er hatte sie mit Hilfe seiner Dienstmarke dazu überredet, ihn an Emmas Bett sitzen zu lassen. »Geht ihr schon mal. Ich kläre das mit der Krankenschwester und warte in der Cafeteria auf euch.« Wie Johnno starrte er auf die geschlossene Tür. »Sie steht unter schweren Beruhigungsmitteln.«

Um ihnen etwas Zeit zu geben, hielt sich Michael in der Cafeteria an einem Kaffee fest und ließ noch einmal jeden Moment des Tages Revue passieren. Was hätte er anders, besser machen können? Alles eine Frage des Timings, dachte er bedrückt. Wenn er die Tür fünf Minuten eher aufgebrochen hätte, wäre alles vielleicht ganz anders gekommen.

Als die zwei wiederkamen, stand Michael auf. Mariannes Augen waren rot verschwollen, aber sie sah nicht so aus, als würde sie in Ohnmacht fallen. Sie ließ sich auf den Stuhl fallen, den Michael ihr freigemacht hatte. »Ich hätte sie nicht alleine lassen dürfen.«

345

»Es ist nicht deine Schuld«, tröstete Johnno sie.

»Nein, es ist nicht meine Schuld. Trotzdem hätte ich sie niemals alleine lassen dürfen.«

Johnno ignorierte die Nichtraucherzeichen, zündete eine Zigarette an und reichte sie an Marianne weiter. »Während des Fluges hatte Marianne mir berichtet, was da vor sich gegangen ist. Ich vermute, du weißt bereits, daß Latimer Emma über ein Jahr lang mißhandelt hat.«

Michael zerdrückte den leeren Styroporbecher zwischen den Fingern. »Die Einzelheiten kenne ich noch nicht. Sobald Emma dazu in der Lage ist, werde ich ihre Aussage aufnehmen.«

»Aussage?« Marianne blickte hoch. »Warum muß sie denn eine Aussage machen?«

»So läuft das nun mal ab.« Wieder schaute Michael zu Emmas Tür hin. »Reine Routine.«

»Aber du übernimmst das bitte selber«, warf Johnno ein. »Ich möchte nicht, daß sie einem Fremden alles erzählen muß.«

»Ja, ich werde ihre Aussage selbst zu Protokoll nehmen.«

Marianne musterte ihn, ohne auf die immer länger werdende Asche ihrer Zigarette zu achten. Er sah entschieden besser aus als auf dem Foto, das vor über zehn Jahren in der Zeitung erschienen war, auch wenn die Anspannung der letzten Stunden Spuren hinterlassen hatte. Tiefe Schatten lagen unter seinen Augen, und er wirkte erschöpft und ausgelaugt. Dennoch stufte sie ihn als einen Mann ein, auf den man sich verlassen konnte. Und trotz Emmas gegenteiliger Behauptung entsprach Michael Kesselring exakt Mariannes Vorstellungen von einem Cop.

»Hast du Drew getötet?«

Sein Blick wanderte zu ihr hinüber. Mehr als irgend etwas sonst auf der Welt wünschte er sich, diese Frage bejahen zu können. »Nein. Ich kam zu spät.«

»Wer denn?«

»Emma.«

»Um Himmels willen«, war alles, was Johnno dazu einfiel.

»Hört zu, ich lasse sie nicht gerne alleine«, sagte Michael.

»Ihr wollt euch doch bestimmt erst mal ein Zimmer nehmen und etwas ausruhen.«

»Wir bleiben hier.« Marianne griff nach Johnnos Hand. »Wir können uns an Emmas Bett abwechseln.«

Mit einem zustimmenden Nicken verschwand Michael wieder in Emmas Zimmer.

Beim Morgengrauen kam Emma wieder ganz zu sich. Das Licht, so dämmrig es auch sein mochte, bedeutete eine Erleichterung. Die Nacht war von so vielen Träumen, so vielen seltsamen Träumen erfüllt gewesen. Die meisten verschwanden wieder, Gespenster der Nacht, die das Sonnenlicht scheuten. Aber sie wußte, der Alptraum war wiedergekommen. Fast konnte sie noch die Musik und das Zischen der Schatten hören.

Schlaftrunken versuchte sie, sich aufzurichten, doch ihre Glieder schienen tonnenschwer. Außerdem konnte sie nur ein Auge öffnen. Mit einer Hand tastete sie umher, spürte den Verband – und erinnerte sich.

Panik. Sie füllte ihre Lungen, würgte sie in der Kehle. Als sie den Kopf zur Seite drehte, sah sie Michael. Er hing in einem Stuhl neben ihrem Bett, das Kinn war ihm auf die Brust gesunken, und mit einer Hand hielt er die ihre fest. Eine leichte Bewegung der Finger genügte, um ihn hochschrecken zu lassen.

»Hey.« Lächelnd zog er ihre Finger an seine Lippen. Vor lauter Erschöpfung klang seine Stimme rauh. »Guten Morgen.«

»Wie...« Sie schloß das Auge wieder, verärgert, daß sie nur ein fast unhörbares Flüstern herausbrachte. »Wie lange?«

»Du hast die ganze Nacht geschlafen. Schmerzen?«

Sie hatte Schmerzen. Trotzdem schüttelte sie den Kopf. Die Schmerzen waren der Beweis, daß sie am Leben war. »Es ist wirklich passiert, nicht wahr? Alles ist wirklich passiert.«

»Es ist vorbei.« Michael legte ihre Hand an seine Wange, beinahe genauso trostbedürftig wie sie. »Ich sage der Schwester Bescheid. Sie will wissen, wenn du aufwachst.«

347

»Habe ich ihn getötet, Michael?«

Er schwieg einen Augenblick. Ihr Gesicht war zerschlagen und bandagiert. Er hatte zwar schon Schlimmeres gesehen, aber nicht oft. Und dennoch lag ihre Hand ganz ruhig in der seinen. »Ja. Ich werde es für den Rest meines Lebens bedauern, daß du mir zuvorgekommen bist.«

Emma hielt seine Hand ganz fest. Tief in ihr, unter all den Schmerzen und der Erschöpfung, mußten doch noch andere Gefühle verborgen sein. »Ich fühle mich vollkommen leer und ausgebrannt. Ich empfinde keine Trauer, keine Erleichterung, keine Reue. So, als wäre ich innerlich ausgehöhlt.«

Michael wußte, wie es war, eine Waffe in der Hand zu halten, zu zielen und abzudrücken. Auf ein menschliches Wesen zu schießen. Im Dienst. In Notwehr. Und doch – egal wie einleuchtend die Gründe sein mochten, die Tat verfolgte einen.

»Du hast das einzige getan, was dir übriggeblieben ist. Daran mußt du denken. Mach dir jetzt keine Sorgen darüber.«

»Er hatte so eine wunderschöne Stimme. Ich glaube, ich habe mich zuerst in seine Stimme verliebt. Warum mußte das alles so enden?«

Darauf wußte er auch keine Antwort.

Michael überließ Emma der Obhut der Schwester und ging in die Cafeteria, wo Marianne an Johnnos Schulter döste.

»Sie ist wach.«

»Wach?« Marianne schoß hoch. »Wie geht es ihr?«

»Den Umständen entsprechend.« Michael holte sich einen Kaffee und rührte abwesend Milchpulver hinein. »Sie erinnert sich an alles, was vorgefallen ist, und sie fängt bereits an, es zu verarbeiten. Die Schwester ist bei ihr, und der Arzt muß jeden Moment kommen. Ihr dürft bestimmt bald zu ihr.«

Als Emmas Bild über den Fernsehschirm flimmerte, brach die Unterhaltung abrupt ab. Der Bericht war kurz und knapp gehalten und nur hier und da mit Schnappschüssen von Emma und Drew illustriert. Danach kam ein Interview mit der Rezeptionistin des Hotels und zwei Zeugen, die den Lärm gehört und die Polizei benachrichtigt hatten.

Ein Mann mittleren Alters, dessen Haar sich bereits lichtete, gab mit vor Aufregung geröteten Wangen seine Schilderung ab. Michael erinnerte sich, ihn beiseite geschoben zu haben, ehe er die Tür aufbrach.

»Ich habe nur lautes Krachen und Scheppern gehört. Die Frau hat geschrien und ihn angefleht, endlich aufzuhören. Das Ganze hat sich ziemlich böse angehört, also hab' ich selbst an die Tür gehämmert. Dann kamen die Cops. Einer hat die Tür aufgebrochen. Eine Sekunde lang konnte ich die Frau sehen, sie lag blutend auf dem Teppich. Eine Waffe hatte sie in der Hand, und sie hat geschossen, bis sie keine Munition mehr hatte.«

Fluchend griff Michael zum Telefon.

Auf dem Bildschirm erschien die Krankenhausfront, und ein Reporter gab mit ernstem Gesicht bekannt, daß Emma McAvoys Zustand noch immer kritisch sei.

»Jetzt hören Sie mir mal gut zu«, fauchte Michael in den Hörer. »Wie Sie das machen, ist mir egal, aber halten Sie mir diese Bluthunde vom Leib! Ich möchte vierundzwanzig Stunden am Tag einen Posten vor ihrer Tür haben, der die Reportermeute draußen hält. Keiner darf zu ihr, ist das klar? Ich werde heute nachmittag selber eine Erklärung abgeben.«

»Du kannst sie nicht aufhalten«, meinte Johnno, als Michael den Hörer auf die Gabel knallte.

»Wenigstens eine gewisse Zeit.«

Johnno erhob sich. Er hielt es für sinnlos, Michael darauf hinzuweisen, daß Emma den Preis des Ruhmes nur zu gut kannte. Ihr ganzes Leben lang hatte sie ihn bezahlen müssen. »Marianne, geh du zu Emma. Ich spendiere unserem Bullen ein Frühstück.«

»Ich möchte kein...«

»Klar möchtest du.« Johnno schnitt Michael das Wort ab. »Du hast nicht jeden Tag Gelegenheit, mit einer Legende zusammen Rühreier zu verdrücken. Nun geh schon, Marianne. Sag Emma, ich komme gleich nach.« Er wartete, bis Marianne sich in Bewegung gesetzt hatte. »Als ich Emma das erste Mal sah, war sie drei Jahre alt. Sie hatte sich unter der Küchenspüle in Janes schmieriger Wohnung verkrochen.

Damals hatte sie schon einiges mitgemacht, aber sie ist darüber hinweggekommen. Sie wird auch jetzt darüber hinwegkommen.«

»Ich hätte einen Haftbefehl beantragen müssen«, sagte Michael leise. »Ich hätte darauf bestehen müssen.«

»Wie lange liebst du Emma schon?«

Michael gab keine Antwort, sondern seufzte nur tief. »Fast mein ganzes Leben lang.« Er ging zum Fenster, riß es auf, stützte sich auf das Fensterbrett und ließ den warmen Wind um sein Gesicht wehen. »Fünf Minuten. Wenn ich fünf Minuten eher dagewesen wäre, dann hätte ich ihn erledigt. Ich hatte ja meine Dienstwaffe schon in der Hand. Ich hätte ihn für sie töten müssen, so wäre es richtig gewesen.«

»Aha, das männliche Ego meldet sich zu Wort.« Johnno lächelte sarkastisch. »Ich kann deine Gefühle nachempfinden, trotzdem denke ich in diesem Punkt anders. Ich bin froh, daß Emma diesen Hurensohn eigenhändig weggeputzt hat, darin liegt eine gewisse ausgleichende Gerechtigkeit. Ich wünschte nur, sie hätte die Chance dazu bekommen, ehe er ihr das antun konnte. Jetzt komm, mein Junge.« Freundschaftlich klopfte er Michael auf die Schulter. »Zeit, daß du was in den Magen kriegst.«

Michael war zu müde, um mit ihm zu streiten. Sie waren schon fast am Fahrstuhl, als die Türen aufglitten und Brian und Bev herausstürmten.

»Wo ist sie?« erkundigte sich Brian.

»Gleich den Gang runter. Marianne ist bei ihr. Bleib hier.« Johnno nahm Brian am Arm. »Beruhige dich erst mal, ehe du da reinplatzt. Emma hat für lange Zeit genug Aufregung gehabt.«

»Johnno hat recht, Bri.« Trotz ihrer eigenen nervlichen Anspannung bemühte sich Bev, Brian zu beschwichtigen. »Wir wollen die Sache nicht noch schlimmer machen. Aber wir müssen wissen, was – wie es dazu kam. Können Sie mir das sagen?« fragte sie Michael. »Nach Ihrem Anruf haben wir uns sofort auf den Weg gemacht.«

»Gestern hat Drew Latimer Emma hier ausfindig gemacht, in ihrem Hotel.«

»Ausfindig gemacht?« unterbrach Brian. »Was soll das hei-ßen? Waren sie denn nicht zusammen?«

»Seit sie die Scheidung eingereicht hat, hält sich Emma vor ihm versteckt.«

»Scheidung?« Brian versuchte, seine durch Schlafmangel und Sorge verwirrten Gedanken zu ordnen. »Ich habe noch vor einigen Wochen mit Emma telefoniert, und sie hat mit keinem Wort eine Scheidung erwähnt.«

»Das konnte sie auch nicht«, informierte ihn Michael. »Weil sie Angst hatte. Latimer hat sie fast während ihrer gan-zen Ehe schwer mißhandelt.«

»Das kann doch nicht wahr sein.« Brian fuhr sich mit der Hand durchs Haar. »Er vergötterte sie geradezu, ich habe es selbst gesehen.«

»Klar.« Michael konnte nicht anders, er mußte seiner ange-stauten Wut freien Lauf lassen. »Ein liebender Gatte, wie er im Buche steht! Ein gottverdammter Schläger, das ist er! Darum hatte sie solche Angst. Und darum liegt sie jetzt mit zerschlagenem Gesicht und gebrochenen Rippen hier drin. Weil seine Liebesbezeugungen sie fast umgebracht haben!«

Brians Lippen zitterten. Seine Hand schloß sich so fest um die seiner Frau, daß die Knöchel weiß hervortraten. »Er hat sie geschlagen? Wollen Sie damit sagen, daß er für Emmas Zustand verantwortlich ist?«

»Genau.«

Kochend vor Zorn packte Brian Michael am Hemd. »Wo ist er?«

»Tot.«

»Nimm dich zusammen, Bri.« Johnno drückte Brians Schulter, da er es für unklug hielt, sich zwischen die beiden aufgebrachten Männer zu stellen. »Du hilfst Emma nicht, wenn du in die Luft gehst.«

»Ich will sie sehen.« Brian zog Bev an sich. »Und zwar sofort.« In diesem Moment kam Marianne aus dem Zimmer und ließ die Tür offen. Sprachlos starrte Brian auf seine im Bett liegende Tochter.

»Baby.« Haltsuchend legte er einen Arm um Bev, als er auf sie zuging.

351

Emma blickte sie an. Mit einer Hand tastete sie nach ihrer Wange, dann bedeckte sie ihr zerstörtes Gesicht mit beiden Händen. Ihre Eltern sollten sie nicht so sehen. Doch Brian zog ihr liebevoll die Hände weg.

»Emma.« Sanft küßte er sie auf die Schläfe. »Es tut mir leid. Es tut mir so leid.«

Da verlor Emma die Beherrschung. Schluchzend stammelte sie immer wieder Entschuldigungen, Erklärungen, Beteuerungen, bis ihr vor Erschöpfung schwindelig wurde. »Ich weiß wirklich nicht, wie all das geschehen konnte. Oder warum. Ich wollte doch nur, daß mich jemand liebt, einfach nur mich. Ich wollte eine Familie, und ich dachte... ich dachte, er wäre wie du.«

Bei diesen Worten war Brian den Tränen nah. »Mach dir jetzt keine Gedanken mehr. Versuch zu vergessen. Niemand wird dir je wieder weh tun, das schwöre ich dir.«

»Du bist in Sicherheit, das ist alles, was zählt.« Sacht strich Bev Emma das Haar aus dem Gesicht. »Nur das zählt.«

»Ich habe ihn getötet«, murmelte Emma. »Hat man dir gesagt, daß ich es war?«

Über den Kopf seiner Tochter hinweg sah Brian Bev schockiert an. »Es – es ist alles vorbei.«

»Ich habe nicht auf dich gehört. Ich wollte dir ja nicht glauben.« Emma hielt die Hand ihres Vaters fest. »Ich war wütend und beleidigt, weil du glaubtest, er würde mich nur benutzen, um an dich heranzukommen.«

»Emma, nicht.«

»Du hattest recht.« Die Worte wurden von einem tiefen, traurigen Seufzen begleitet. »Er hat mich nie gewollt, nie geliebt. Und als ich ihm nicht das verschafft habe, was er sich wünschte, da fing er an, mich zu hassen.«

»Ich möchte nicht, daß du dich weiter mit diesen Gedanken herumschlägst«, beharrte Brian. »Du sollst dich ausruhen und wieder gesund werden.«

Er hatte recht, dachte Emma. Sie war viel zu erschöpft, um klar denken zu können. »Ich bin froh, daß du hier bist, Papa. Es tut mir leid, daß ich so unnachgiebig war, daß ich mich dir gegenüber so schäbig verhalten habe.«

»Wir waren beide im Unrecht, und damit hat es sich.«
Brian lächelte ihr zu. »Jetzt haben wir ja soviel Zeit.«

»Wir möchten, daß du nach Hause kommst, sobald es dir
besser geht.« Bev streichelte Brians Wange. »Mit uns.«

»Mit euch beiden?«

»Ja.« Brian hob eine Hand. »Wir haben viel Zeit, um die
Dinge wieder ins Lot zu bringen, wir alle.«

»Als ich heute morgen aufgewacht bin, da war mein erster
Gedanken, daß ich nie wieder glücklich sein könnte«, sagte
Emma langsam. »Aber ich freue mich für euch. Über alles
andere muß ich später nachdenken.«

»Keine Eile.« Bev gab ihr einen Kuß auf die Wange. »Und
jetzt lassen wir dich schlafen.«

»Kesselring.« Es war schon Mittag, als McCarthy Michael in
der Cafeteria des Krankenhauses fand. »Bist du hier eingezogen?«

»Kaffee?«

»Nicht, wenn ich danach so aussehe wie du.« Er warf
Michael eine Tasche zu. »Frische Klamotten und Rasierzeug.
Ich hab' deinen Hund gefüttert.«

»Danke.«

McCarthy änderte seine Meinung hinsichtlich des Kaffees
und meckerte leise über das abgepackte Milchpulver. Meistens machte es ihm Spaß, seinen Partner ein wenig zu hän-
seln, aber im Moment hatte der alte Mike wirklich genug am
Hals. »Wie geht's ihr?«

»Sie hat ziemliche Schmerzen.«

»Dwier braucht ihre Aussage.« In McCarthys Stimme
klang Verachtung mit, als er den diensthabenden Captain
erwähnte.

»Ich kümmere mich darum.«

»Er weiß, daß du eine... freundschaftliche Beziehung zu
dem Opfer unterhältst. Er will, daß ich das übernehme.«

»Ich kümmere mich darum«, wiederholte Michael und
schüttete Zucker in seinen Kaffee; zur Energiegewinnung,
nicht wegen des Geschmacks. Den Geschmack nahm er kaum
noch wahr. »Hast du einen Stenographen mitgebracht?«

353

»Ja. Er wartet schon.«

»Ich sehe mal nach, ob Emma bereit ist.« Michael schluckte den Kaffee wie eine bittere Medizin, dann warf er den Becher angeekelt weg. »Wie steht's in Sachen Presse?«

»So gegen zwei wollen sie eine Erklärung.«

Michael blickte kurz auf die Uhr, dann ging er sich umziehen. Eine Viertelstunde später betrat er Emmas Zimmer. P. M. saß an ihrem Bett. Wie alle anderen sah er ziemlich mitgenommen aus; schockiert, übermüdet und besorgt. Aber er hatte Emma zum Lächeln gebracht.

»P. M. wird Vater«, erklärte diese.

»Herzlichen Glückwunsch.«

»Danke.« Es verursachte P. M. Unbehagen, an Emmas Bett zu sitzen und nach den richtigen Worten zu suchen. Stevie war mit ihm aus London gekommen, und am Flughafen hatten sie dann die Schlagzeilen gesehen. Keiner von ihnen hatte gewußt, was er dazu sagen sollte, geschweige denn, was sie zu Emma sagen sollten. »Ich gehe jetzt. Wir kommen heute abend noch mal vorbei.«

»Danke für die Blumen.« Emma strich mit der Hand vorsichtig über die Veilchen auf ihrem Nachttisch. »Sie sind wirklich schön.«

»Ja, dann . . .« Hilflos blieb P. M. einen Moment in der Tür stehen, dann ließ er sie mit Michael alleine.

»Er fühlt sich nicht wohl in seiner Haut«, murmelte Emma. »Wie die anderen auch.« Ihre Finger zerrten unruhig an der Bettdecke, dann zupften sie an Charlies Fell. »Ich sehe es in ihren Augen, wenn sie hereinkommen. Vermutlich sehe ich ziemlich schrecklich aus.«

»Das ist das erstemal, seitdem ich dich kenne, daß du auf ein Kompliment aus bist.« Michael setzte sich neben sie. »Den ganzen Tag lang sind die Leute hier ein- und ausgegangen. Du bist gar nicht zur Ruhe gekommen.«

»Ich fühle mich auch wohler, wenn ich nicht alleine bin. Du bist ja auch die ganze Nacht bei mir geblieben.« Emma streckte ihm die Hand hin. »Ich habe gehört, wie du mit mir geredet hast, und da wußte ich, daß ich noch am Leben bin. Dafür wollte ich mich bedanken.«

354

»Ich liebe dich, Emma.« Michael ließ seine Stirn auf ihre Hände sinken; eine Geste, auf die sie nicht reagierte, während er Mühe hatte, seine Gefühle wieder unter Kontrolle zu bringen. »Falsche Zeit, falscher Ort.« Seufzend erhob er sich und ging im Zimmer auf und ab. »Da ich es nun einmal ausgesprochen habe, wirst du hoffentlich auch darüber nachdenken. Und wenn du jetzt dazu in der Lage bist, hätten wir gerne deine Aussage.«

Sie sah zu, wie er im Zimmer hin und her lief. Es gab nichts, was sie ihm sagen konnte, nicht jetzt, wo sie innerlich erkaltet war. Wenn alles anders gekommen wäre... Sie fragte sich, ob wirklich alles anders gekommen wäre, wenn sie seine Hilfe angenommen, ihm vertraut hätte. Aber nun ließ sich nichts mehr ändern.

»Wer nimmt meine Aussage zu Protokoll?«

»Ich.« Als Michael sich zu ihr umdrehte, hatte er sich wieder völlig in der Gewalt. »Ich kann aber auch eine Polizeibeamtin holen, wenn dir das lieber ist.«

»Nein.« Die nervösen Finger begannen, an den Veilchen zu rupfen. »Nein, mach du das bitte.«

»Der Stenograph wartet draußen.«

»Gut, laß uns anfangen. Ich möchte es hinter mich bringen.«

Der Bericht fiel ihr schwerer als erwartet, denn obwohl sie angenommen hatte, alle ihre Gefühle seien erstorben, waren anscheinend noch genug übrig, um wieder Scham aufkommen zu lassen. Emma konnte Michael nicht ins Gesicht sehen. Im Verlauf der Befragung erzählte sie ihm jede Einzelheit, hoffte, daß die Angst, die Scham und die Demütigung vergehen würden, wenn sie sich einmal jedes Detail von der Seele reden konnte. Doch als sie ihren Bericht beendet hatte, fühlte sie sich weder befreit noch erleichtert, sondern einfach nur ausgelaugt.

Mit einem Kopfnicken entließ Michael den Stenographen. Er wagte kaum zu sprechen.

»Ist das alles?« wollte Emma wissen.

Wieder nickte er. Er mußte hier raus. »Wir lassen das jetzt tippen, und wenn du meinst, daß du dazu in der Lage bist,

355

kannst du es durchlesen und unterschreiben. Ich komme später noch mal wieder.«

Er verließ das Zimmer und ging zum Fahrstuhl. McCarthy hielt ihn auf. »Dwier will, daß du endlich die Presseerklärung abgibst. Den Journalisten steht schon der Schaum vor dem Mund.«

»Scheiß auf die Presse. Ich muß an die Luft.«

In London las Robert Blackpool den Zeitungsbericht. Er bereitete ihm ein ungeheures Vergnügen. All dieser Mord-aus-Leidenschaft und Ende-eines-Traumes-Unsinn! Sie hatten es sogar geschafft, ein paar Fotos zu schießen, verschwommen und unscharf zwar, doch immens befriedigend. Emma auf der Tragbahre. Ihr Gesicht war bis zur Unkenntlichkeit zerschlagen, und das freute Blackpool ungemein.

Er hatte ihr die Zurückweisung niemals verziehen.

Zu schade, daß Latimer sie nicht zu Tode geprügelt hatte. Aber es gab auch noch andere Möglichkeiten der Rache.

Er griff zum Telefon und verlangte die Londoner *Times*.

Pete erblaßte, als er den Artikel am nächsten Morgen las. Robert Blackpool, der sein tiefes Bedauern über den Tod eines hoffnungsvollen jungen Künstlers wie Latimer ausdrückte, verwies auf einen Zwischenfall, der sich vor einigen Jahren zwischen ihm und Emma McAvoy abgespielt hatte. Seiner Ansicht nach war sie wegen seiner Beziehung zu ihrer Mitbewohnerin furchtbar eifersüchtig geworden und hatte ihn, als er auf ihre Annäherungsversuche nicht einging, mit einer Schere bedroht.

Die Schlagzeile lautete:

LIEBESHUNGRIGE EMMA GREIFT ZUR GEWALT

Nicht lange, und der Artikel war in aller Munde. Vermutungen über die Hintergründe von Emmas Handlungsweise wurden angestellt. Hatte sie ihren Mann in Notwehr oder aus Eifersucht erschossen?

Pete wählte eine Nummer.

356

»Du bist ein gemeingefährlicher Irrer!«

»Ich wünsche dir gleichfalls einen guten Morgen«, kicherte Blackpool. Er hatte mit dem Anruf gerechnet.

»Was fällt dir eigentlich ein, so eine Scheiße zu verbreiten? Ich hab' schon genug Ärger mit der Presse.«

»Ist das mein Problem? Wenn du mich fragst, hat die kleine Emma nur gekriegt, was sie verdient.«

»Ich frage dich aber nicht. Du wirst das zurücknehmen!«

»Warum sollte ich? Ich kann die Publicity brauchen. Du bist doch der erste, der behauptet, Klappern gehört zum Handwerk.«

»Du nimmst das zurück!«

»Oder?«

»Ich pflege keine leeren Drohungen auszustoßen, Robert. Glaub mir, es kann sehr ungesund sein, die Leichen im Keller anderer Leute auszugraben.«

Es gab eine lange Pause. Dann: »Das war ich ihr schuldig.«

»Mag sein. Das geht mich nichts an. In den letzten Jahren haben deine Platten nicht gerade die Hitparaden gestürmt, nicht wahr? Und die Plattenfirmen sind sehr wählerisch geworden. Du willst dir doch zu diesem Zeitpunkt keinen neuen Manager suchen, oder?«

»Laß gut sein, Pete. ich glaube, keiner von uns beiden möchte eine langjährige Freundschaft aufkündigen.«

»Da wäre ich mir nicht so sicher. Wärm weiter solche Geschichten auf, und ich lasse dich fallen wie eine heiße Kartoffel.«

»Du brauchst mich doch ebensosehr wie ich dich!«

»Das möchte ich bezweifeln.« Pete lächelte in den Hörer. »Das möchte ich doch sehr bezweifeln.«

33

Michael lief unruhig im Flur auf und ab, hielt kurz inne, um seine Zigarette auszutreten und nahm dann seine Wanderung wieder auf. »Die Sache gefällt mir nicht.«

»Es tut mir leid, daß du so darüber denkst.« Emma atmete vorsichtig durch. Auch nach drei Wochen schmerzten ihre Rippen noch bei jeder unvorsichtigen Bewegung. »Aber ich halte es für richtig, und ich bin fest dazu entschlossen.«

»Am selben Tag, an dem du aus dem Krankenhaus entlassen wirst, eine Pressekonferenz abzuhalten, das ist in meinen Augen einfach nur unvernünftig.«

»Es ist besser, eine offizielle Stellungnahme abzugeben, als um den heißen Brei herumzureden«, sagte Emma leichthin, doch unter der Leinenjacke fühlte sich ihre Haut eiskalt an. »Glaub mir, ich verstehe mehr von solchen Dingen als du.«

»Spielst du auf den Unsinn an, den Blackpool verbreitet hat? Das ist längst Schnee von gestern. Er hat sich selbst am meisten damit geschadet.«

»Blackpool interessiert mich nicht. Ich denke an meine Familie und daran, was sie in den letzten Wochen durchgemacht hat. Ich will diese Erklärung abgeben.« Sie ging entschlossen in den Konferenzsaal, blieb dann plötzlich stehen und drehte sich um. »Die polizeilichen Ermittlungen haben ergeben, daß ich in Notwehr gehandelt habe. In den vergangenen drei Wochen ist es mir fast gelungen, selbst daran zu glauben. Ich möchte meine Weste sauber halten, Michael.«

Jegliche Argumentation war sinnlos. Mittlerweile kannte er sie gut genug, um sie zu verstehen. Trotzdem gab er nicht auf. »Die Presse steht zu neunundneunzig Prozent hinter dir.«

»Und das eine Prozent hinterläßt einen dunklen Fleck auf einer ansonsten weißen Weste.«

Etwas milder gestimmt, streichelte er mit dem Daumen über ihre Wange. »Hast du dich mal gefragt, warum das Leben einem oft so merkwürdige Streiche spielt?«

»Ja.« Sie lächelte. »Ich fange an zu glauben, daß Gott ein Mann sein muß. Kommst du mit rein?«

»Na sicher.«

Die Pressevertreter warteten bereits mit schußbereiten Kameras und gezückten Mikrofonen. In dem Moment, wo Emma das Podium betrat, brach ein von schockiertem Geflüster begleitetes Blitzlichtgewitter los. Emma war noch sehr blaß, so daß die halb verheilten Prellungen und Quetschungen einen lebhaften Kontrast zu der bleichen Haut bildeten. Das linke Auge war zwar nicht mehr zugeschwollen, schillerte aber immer noch in allen Regenbogenfarben.

Als sie zu sprechen begann, verstummte das Gemurmel.

Emma hatte inzwischen gelernt, sich auf die Tatsachen zu beschränken und keinerlei emotionale Regung zu zeigen. Was sie wirklich dachte und fühlte, behielt sie für sich. Nach acht Minuten war alles vorüber. Sie hatte nur eine kurze Erklärung vorbereitet, und während sie diese verlas, war sie Pete erneut dafür dankbar, daß er sie überarbeitet hatte. Ohne auf die Kameras und die aufmerksamen Blicke der Anwesenden zu achten, spulte sie ihren Text ab und trat vom Mikrofon zurück. Vorher hatte sie bekanntgegeben, daß sie keine Fragen beantworten würde, aber die Fragen kamen trotzdem.

Sie hatte sich gerade, eine Hand auf Michaels Arm, zum Gehen gewandt, als ein besonders zudringlicher Fragesteller sie bedrängte.

»Warum sind Sie eigentlich bei ihm geblieben, wo er Sie doch all die Monate mißhandelt hat?«

Obwohl sie nicht beabsichtigte, darauf zu antworten, sah sie sich unwillkürlich um. Immer noch prasselten Fragen auf sie nieder, doch nur diese eine blieb haften.

»Warum ich bei ihm geblieben bin?« wiederholte sie. Augenblicklich herrschte wieder Stille. Die Erklärung zu verlesen, war Emma nicht weiter schwergefallen; dabei handelte es sich nur um offizielle Worte, die sie nicht persönlich berührten. Doch diese eine schlichte Frage traf sie mitten ins Herz.

»Warum bin ich bei ihm geblieben?« überlegte sie laut. Auf einmal erschien ihr die Beantwortung dieser Frage lebenswichtig. »Ich weiß es nicht. Wenn mir vor zwei Jahren jemand vorhergesagt hätte, daß ich eines Tages derartige Mißhandlungen widerstandslos hinnehmen würde, ich hätte ihn für verrückt erklärt. Aber ich weigere mich zu glauben, daß ich das geborene Opfer bin.« Sie warf Michael einen raschen, verzweifelten Blick zu. »Und dennoch bin ich geblieben. Drew hat mich geschlagen und gedemütigt, wo er nur konnte, aber ich habe ihn nicht verlassen. Oft genug habe ich mir vorgestellt, einfach fortzulaufen. Ich sah mich in den Fahrstuhl steigen, aus dem Haus gehen und loslaufen. Aber ich tat nichts dergleichen. Und als ich ihn dann verließ, geschah es aus demselben Grund, aus dem ich zuvor geblieben bin: weil ich Angst hatte. Also ergibt das Ganze keinen Sinn. Es ergibt keinen Sinn«, wiederholte sie, drehte sich um und verließ den Saal, ohne auf weitere Fragen einzugehen.

»Das hast du gut gemacht«, meinte Michael. »Komm, wir nehmen den Seitenausgang. McCarthy wartet schon mit dem Auto.«

Sie fuhren nach Malibu, zu dem Strandhaus, das ihr Vater gemietet hatte. Emma blieb während der Fahrt auffallend ruhig. Die eine Frage ging ihr nicht aus dem Kopf.

Warum sind Sie geblieben?

Morgens saß Emma am liebsten auf der Terrasse, schaute aufs Wasser oder lauschte dem Gezeter der Möwen, und später wanderte sie oft lange am Strand entlang. Die äußeren Spuren der Mißhandlungen waren verschwunden. Ab und zu hatte sie noch Schmerzen im Brustraum, und am Kinn war eine dünne Narbe zurückgeblieben, die leicht zu entfernen gewesen wäre, hätte Emma darauf Wert gelegt. Aber die Narbe war kaum zu sehen, und sie erinnerte Emma an das Geschehene.

Die Alpträume bildeten eine weitere Mahnung. Sie kamen mit erschreckender Regelmäßigkeit und vermischten Altes und Neues miteinander. Manchmal lief sie als Kind die dunkle Diele entlang, manchmal als Erwachsene. Auch die Musik spielte wieder, aber jetzt klang sie gedämpft, so, als käme sie von weit her. Oft hörte sie Darrens Stimme ganz klar und deutlich, doch dann übertönte plötzlich Drew ihren kleinen Bruder. Ob Frau oder Kind, immer stand sie wie erstarrt vor der Tür; zu verängstigt, um sie zu öffnen.

Und immer, wenn sich ihre Hand um die Türklinke schloß, sie herunterdrücken und die Tür öffnen wollte, dann erwachte sie schweißgebadet.

Die Tage verliefen ruhig. Emma beobachtete, wie ihr Vater und Bev sich um einen Neuanfang bemühten, und das trug viel dazu bei, ihre seelischen Verletzungen zu heilen. Das Haus klang oft von Gelächter wieder, Bev experimentierte in der Küche herum, und Brian saß im Schatten und zupfte an seiner Gitarre. Es kam Emma so vor, als seien die beiden niemals getrennt gewesen. Nun, da sie den entscheidenden Schritt gewagt hatten, fiel es so leicht, zwanzig Jahre zu überbrücken.

Nur sie selbst konnte die Fehler, die sie in der Vergangenheit gemacht hatte, nicht mehr berichtigen.

Sie blieben sechs Monate in dem Haus am Strand, obwohl Emma wußte, daß es ihre Eltern nach London zurückzog. Dort hatten sie ihr Heim; etwas, das sie, Emma, erst noch finden mußte.

Sie vermißte New York nicht besonders, obgleich ihr Marianne fehlte. Die Monate mit Drew hatten ihr die Stadt verleidet. Sie würde dorthin zurückkehren, schwor Emma sich. Aber sie würde nie wieder dort leben.

Lieber saß sie hier am Wasser und genoß die Sonne auf ihrer Haut. In New York hatte sie sich oft verloren gefühlt. Hier war sie nur selten allein.

Johnno war zweimal zu Besuch gekommen, jedesmal für zwei Wochen. Zu ihrem Geburtstag schenkte er ihr eine Brosche in Form eines aus einer rubinroten Flamme aufsteigenden goldenen Phoenix. Sie trug die Brosche oft, wobei sie jedesmal wünschte, selbst den Mut zu haben, ihre Schwingen wieder auszubreiten.

P. M. und Lady Annabelle heirateten. Auf dem Weg in die Flitterwochen, die sie in der Karibik verbringen wollten, machten sie einen kurzen Abstecher nach L. A. Die offensichtliche Liebe, die die frischgebackene Mrs. Ferguson ihrem Mann entgegenbrachte, gab Emma beinahe wieder das Vertrauen in die Ehe zurück. Obwohl sich ihre Schwangerschaft nicht mehr verbergen ließ, hatte Annabelle zur Hochzeit einen weißen Ledermini getragen. P. M. schien von ihr begeistert zu sein.

Auch jetzt hatten sie Gesellschaft. Letzte Nacht waren Ste-

361

vie und Katherine Hayes eingetroffen. Noch lange, nachdem sie zu Bett gegangen war, hatte Emma ihren Vater mit Stevie musizieren hören und wehmütig an die Tage ihrer Kindheit gedacht, als ihr Vater sie gleich Cinderella auf einen nie endenden Ball entführt hatte.

»Guten Morgen.«

Katherine stand hinter ihr, mit zwei Kaffeebechern in der Hand. »Hallo.«

»Ich sah dich hier sitzen und dachte, du hättest vielleicht gern einen Kaffee.«

»Danke. Ist es nicht ein wundervoller Morgen?«

»Mmmm. Viel zu schade, um ihn zu verschlafen.« Katherine ließ sich in den Stuhl neben Emma sinken. »Sind wir die einzigen, die schon auf sind?«

»Ja.« Emma nippte an ihrem Kaffee.

»Auf Reisen kann ich immer schlecht schlafen. Ich vermute, du findest hier Fotomotive in Hülle und Fülle.«

Emma hatte seit über einem Jahr keine Kamera mehr angerührt und war überzeugt, daß Katherine sich dessen bewußt war. »Ein schönes Fleckchen Erde ist das hier.«

»Ein gewaltiger Unterschied zu New York, nicht wahr?«

»Ja.«

»Wäre es dir lieber, wenn ich dich allein ließe?«

»Nein, entschuldige bitte.« Emma tappte ungeduldig mit den Fingern gegen ihren Becher. »Ich wollte nicht grob sein.«

»Aber du fühlst dich in meiner Gegenwart unbehaglich.«

»Das liegt an deinem Beruf.«

Katherine streckte die Beine aus. »Ich bin als Freund hier, nicht als Arzt.« Sie wartete einen Moment und beobachtete eine Möwe, die auf den Wellen schaukelte. »Aber ich wäre weder ein guter Freund noch ein guter Arzt, wenn ich nicht versuchen würde, dir zu helfen.«

»Mir geht es gut.«

»Du siehst gut aus. Aber wie steht es mit den unsichtbaren Wunden?«

Emma zwang sich, ihr ruhig und beherrscht ins Gesicht zu blicken. »Wie heißt es doch so schön? Die Zeit heilt alle Wunden.«

362

»Wenn dem so wäre, dann hätte ich keinen Patienten mehr. Deine Eltern machen sich Sorgen, Emma.«

»Das ist absolut nicht nötig. Ich will es nicht!«

»Sie lieben dich.«

»Drew ist tot«, rief Emma. »Er kann mir nichts mehr tun.«

»Er kann dich nicht mehr schlagen«, stimmte Katherine zu. »Aber er kann dich immer noch verletzen.« Schweigend nippte sie eine Weile an ihrem Kaffee und schaute auf die Wellen. Dann meinte sie: »Du bist nur zu höflich, um mir zu sagen, ich soll mich zum Teufel scheren.«

»Ich denke darüber nach.«

Lachend drehte Katherine sich um. »Irgendwann erzähle ich dir mal, mit welch ausgesuchten Schimpfworten Stevie mich belegt hat. Du würdest dich wundern.«

»Liebst du ihn?«

»Ja.«

»Willst du ihn heiraten?«

Die Frage brachte Katherine aus dem Konzept. Sie zuckte die Achseln. »Frag mich das in sechs Monaten noch mal. Bev erzählte mir, daß du dich mit einem gewissen Michael triffst.«

»Er ist ein Freund.«

Ich liebe dich, Emma.

»Nur ein Freund«, wiederholte sie, als sie den Kaffeebecher beiseite schob.

»Er ist Detective, nicht wahr? Der Sohn des Mannes, der den Mord an deinem Bruder untersucht hat.« Emmas ablehnendes Schweigen ignorierend, fuhr sie fort: »Ist es nicht seltsam, wie das Leben manchmal in Kreisen verläuft? Es erinnert mich an den Hund, der seinem eigenen Schwanz hinterherjagt. Als ich Stevie traf, hatte ich gerade eine sehr unerfreuliche Scheidung hinter mir. Ich war am Boden zerstört, meine Meinung von den Männern war unter den Nullpunkt gesunken und bewegte sich im negativen Bereich. Stevie habe ich vom ersten Augenblick an verabscheut, persönlich, meine ich. In beruflicher Hinsicht fühlte ich mich verpflichtet, ihm zu helfen – und ihn möglichst schnell wieder loszuwerden. Und wie sieht es jetzt aus?«

Obwohl sie eigentlich nicht mehr mochte, trank Emma noch einen Schluck Kaffee. »Hast du dich damals als Versager gefühlt?«

»Wegen meiner Ehe?« Katherine behielt ihren leichten Tonfall bei. Sie hatte auf eine derartige Frage gewartet. »Ja. In gewisser Hinsicht war ich das auch. Aber dann müßte man die Hälfte der Menschheit als Versager betrachten. Weißt du, das schwerste ist nicht, sich als Versager zu bezeichnen, sondern sein Versagen zu akzeptieren.«

»Ich habe bei Drew versagt, und ich akzeptiere das. Ist es das, was du von mir hören willst?«

»Ich will überhaupt nichts von dir hören, es sei denn, du selbst möchtest mit mir reden.«

»Ich habe bei mir selber versagt.« Emma sprang auf und knallte ihren Kaffeebecher auf den Tisch. »All die Monate war es meine Schuld. Ist das die richtige Antwort?«

»Das sollst du mir sagen.«

Mit einer bösen Verwünschung auf den Lippen drehte Emma sich um und lehnte sich über das Geländer. »Hör auf damit. Wenn ich einen Psychiater wollte, dann hätte ich schon längst einen aufgesucht.«

Katherine erhob sich. Sie war nicht so groß wie Emma, aber sie strahlte eine starke Autorität aus, als sie mit schneidender Stimme sagte: »Kennst du eigentlich die Statistiken? Weißt du, wie viele Frauen pro Jahr mißhandelt werden? Ich schätze, in diesem Land ist es eine alle achtzehn Sekunden. Überrascht?« fragte sie, als Emma sie verwundert ansah. »Glaubst du, du gehörst einem exklusiven Klub an? Du bist beileibe kein Einzelfall, Emma. Und weißt du, wie viele Frauen trotz allem bei ihren Peinigern bleiben? Mehr, als du dir vorstellen kannst. Und das liegt nicht immer daran, daß sie keine Freunde oder keine Familie haben, die ihnen helfen würden. Es liegt auch nicht immer daran, daß diese Frauen arm oder ungebildet sind. Nein, sie haben Angst, weil man ihnen alle Selbstachtung genommen hat. Sie schämen sich, und sie wissen nicht, was sie tun sollen. Auf eine, der geholfen wird, kommen zehn, die auf sich gestellt sind. Du hast es überlebt, Emma, aber du hast es noch nicht überstanden.«

»Nein, das habe ich noch nicht.« In Emmas tränenfeuchten Augen funkelte Wut. »Jeden Tag muß ich damit leben. Glaubst du, es hilft mir, darüber zu reden, nach Gründen zu suchen, Entschuldigungen zu finden? Wen interessiert schon, warum es geschehen ist? Es ist geschehen, und damit basta! Und jetzt gehe ich eine Stunde spazieren.« Abrupt drehte Emma sich um und rannte die Treppen hinunter zum Strand.

Katherine verfügte über einen beträchtlichen Vorrat an Geduld. Zwei Tage lang verlor sie kein Wort über die Unterhaltung zwischen ihr und Emma. Sie wartete ihre Zeit ab, während Emma eine höfliche Distanz wahrte.

Die Tage verflogen rasch. Da Katherine zum erstenmal in den Staaten war, bot sich Stevie als Reiseführer an. Stundenlange Besichtigungstouren führten sie zu allen Touristenattraktionen, von Disneyland bis hin zur Knoxberry Farm. Am Abend besuchten sie Nachtclubs, manchmal alleine, manchmal zusammen mit den anderen. Doch am liebsten verbrachte Katherine die Abende mit Stevie zu Hause und lauschte stundenlang seinem Gitarrenspiel.

Dennoch dachte sie unablässig über Emma nach. Stevie hatte Verständnis dafür – vielleicht war das einer der Gründe, warum sie sich in ihn verliebt hatte –, daß sie hier helfen mußte, auch wenn die Hilfe zurückgewiesen wurde.

Ihre Chance kam eines Morgens, als sie Emma in aller Herrgottsfrühe nach unten gehen hörte. Als Katherine ihr folgte, stellte sie fest, daß die Küche hell erleuchtet war. Emma saß am Küchentisch und starrte aus dem Fenster ins Dunkel.

»Ich brauche einen Tee«, meinte Katherine leichthin und machte sich am Herd zu schaffen. »Wenn ich so früh aufwache, habe ich immer Lust auf eine Tasse Tee.« Kommentarlos ging sie über die Tränenspuren auf Emmas Wangen hinweg und klapperte mit Tassen und Untertassen. »Ich bewundere deine Mutter, Emma. Sie hat ein Händchen dafür, mit ein paar Kleinigkeiten eine kahle Küche in den gemütlichsten Raum im Haus zu verwandeln. Meine eigene

Küche kommt mir dagegen so steril vor wie ein Operationssaal.«

Sie maß etwas Tee ab und gab ihn in eine bunte Kanne, die wie eine Kuh geformt war.

»Gestern hat Stevie mir die Universal-Studios gezeigt. Bist du schon mal da gewesen?« Ohne Emmas Antwort abzuwarten, fuhr sie fort: »Ich konnt' hinter die Kulissen des ›Weißen Hais‹ schauen, und da habe ich mich gefragt, warum mir der Film solche Angst eingejagt hat. Alles eine Frage der Illusionen und Spezialeffekte.« Sie goß den Tee mit sprudelndem Wasser auf, um ihn einige Minuten ziehen zu lassen. »Weißt du, sobald man die Dinge außerhalb ihres bestimmten Zusammenhanges sieht, verlieren sie ihren Schrecken. So wird aus einem furchterregenden Monster plötzlich nur ein mechanischer Fisch.«

»Der Film hat nichts mit dem wirklichen Leben zu tun.«

»Nein, aber ich fand schon immer, daß sich da interessante Parallelen zeigen. Nimmst du Sahne?«

»Nein, danke.« Emma schaute eine Weile wortlos zu, wie Katherine mit der Teekanne hantierte. Dann platzte sie, ohne zu überlegen, heraus: »Manchmal kommt mir die Zeit mit Drew auch wie ein Film vor, wie etwas, das ich als unbeteiligter Zuschauer betrachte. Und dann wieder, an Morgen wie diesem, wenn ich schon vor dem Morgengrauen aufwache, dann denke ich, ich bin wieder in New York, in unserem Apartment, und er schläft neben mir. Ich kann ihn förmlich atmen hören, da im Dunkeln. Diese letzten Monate kommen mir vor wie ein Film, den ich irgendwann einmal gesehen habe. Bin ich deswegen verrückt?«

»Nein, du bist nur eine Frau, die eine furchtbare Zeit durchgemacht hat.«

»Aber er ist tot. Ich weiß, daß er tot ist. Warum sollte ich mich immer noch vor ihm fürchten?«

»Tust du das denn?«

Emma konnte die Hände nicht ruhig halten. Nervös machte sie sich an den Gegenständen auf dem Tisch zu schaffen. Ein Weinglas stand noch von gestern da, eine Schüssel mit Obst und die zur Teekanne passende Zuckerdose.

»Er hat mit sämtlichen Tricks gearbeitet. Der reinste Psychoterror. Ich habe ihm alles über Darren erzählt; alles, woran ich mich erinnert habe, natürlich. All meine Gefühle und Ängste habe ich vor ihm ausgebreitet. Und... er ist nachts, nachdem ich eingeschlafen bin, heimlich aus dem Bett gestiegen.« Mit einem Mal brach eine nicht mehr aufzuhaltende Wortflut aus ihr heraus. »Er hat diese Platte aufgelegt, das Lied, das in der Nacht von Darrens Tod gespielt wurde. Dann hat er nach mir gerufen, immer wieder meinen Namen geflüstert, bis ich im Dunkeln aufgewacht bin. Ich wollte immer als erstes das Licht einschalten, aber er hat den Stecker rausgezogen, so daß ich im Dunkeln im Bett gesessen habe und nur beten konnte, daß es endlich aufhört. Wenn ich dann angefangen habe zu schreien, kam er zurück und erzählte mir, ich hätte nur geträumt. Wenn ich jetzt Alpträume habe, dann liege ich nur wie erstarrt im Bett und habe Angst, gleich geht die Tür auf und er kommt herein.«

»Hattest du heute nacht einen Alptraum?«

»Ja.«

»Kannst du ihn mir beschreiben?«

»Diese Träume sind vom Grundmuster her alle gleich. Sie spielen in der Nacht, in der Darren ermordet wurde. Ich wache auf, so wie damals. Die Diele ist dunkel, die Musik läuft, und ich habe Angst. Dann höre ich Darren weinen. Manchmal komme ich bis zu seiner Tür, und Drew steht da. Manchmal ist es jemand anders, aber ich weiß nicht, wer.«

»Willst du denn wissen, wer es ist?«

»Wenn ich wach und in Sicherheit bin, dann ja. Aber während des Traumes nicht. Mir kommt es so vor, als würde etwas Schreckliches passieren, wenn ich ihn erkenne oder wenn er mich berührt.«

»Fühlst du dich von diesem Mann bedroht?«

»Ja.«

»Woher weißt du, daß es sich um einen Mann handelt?«

»Ich...« Emma zögerte. Das nächtliche Schwarz hellte sich langsam auf, und durch das geöffnete Fenster drang das Gekreische der Möwen, das an das Weinen kleiner Kin-

367

der erinnerte. »Woher ich das weiß? Keine Ahnung, aber ich bin ganz sicher, daß es ein Mann ist.«

»Empfindest du die Männer im allgemeinen als Bedrohung – nach dem, was Drew dir angetan hat?«

»Ich habe keine Angst vor Papa oder Stevie. Und vor Johnno oder P. M. habe ich mich noch nie gefürchtet.«

»Vor Michael?«

Emma trank einen Schluck des inzwischen kaltgewordenen Tees. »Ich habe keine Angst, daß Michael mich verletzen könnte.«

»Aber Angst hast du. Wovor?«

»Daß ich nicht fähig bin...« Kopfschüttelnd brach sie ab. »Das Problem liegt nicht bei Michael, sondern bei mir.«

»Emma, deine Abneigung gegen eine körperliche Beziehung ist im Moment nur allzu verständlich, da dein letztes Erlebnis ausschließlich mit Schmerzen und Demütigungen verbunden war. Dein Verstand sagt dir zwar, daß dies weder der Zweck noch das übliche Ergebnis einer sexuellen Begegnung ist, doch zwischen dem Verstand und dem Gefühl liegen Welten.«

Bei diesen Worten mußte Emma beinahe lächeln. »Willst du mir weismachen, daß meine Alpträume eine Folge sexueller Frustration sind?«

»Freud würde das sicher so formulieren«, erwiderte Katherine. »Allerdings stehe ich seinen Theorien eher skeptisch gegenüber. Im Augenblick erwäge ich nur die verschiedenen Möglichkeiten.«

»Ich denke, wir können Michael streichen. Er hat mich nie gebeten, mit ihm ins Bett zu gehen.«

Nicht, ›ihn zu lieben‹, hielt Katherine fest, sondern ›mit ihm ins Bett zu gehen‹. Diese Bemerkung könnte noch einmal von Bedeutung sein. »Möchtest du das denn gerne?«

Mit dem Morgenlicht war auch das Gefühl der Sicherheit zurückgekehrt. »Ich habe mich schon oft gefragt, ob Psychiater nicht einfach nur Klatschbasen sind.«

»Gut, lassen wir das. Darf ich mal einen Vorschlag machen?«

»Sicher.«

»Nimm dir deine Kamera, geh los und mach ein paar Bilder. Drew hat dir so viel weggenommen. Warum beweist du dir nicht selber, daß er dir nicht alles nehmen konnte?«

Emma wußte selber nicht genau, warum sie Katherines Rat befolgte. Es gab nichts, was sie zum Fotografieren reizte. Ihr Lieblingssujet waren immer die Menschen gewesen, aber von denen hatte sie sich schon zu lange ferngehalten. Dennoch vermittelte es ihr ein gutes Gefühl, wieder eine Kamera in der Hand zu halten, verschiedene Objektive auszuprobieren, eine bestimmte Aufnahme zu entwerfen.

Den ganzen Morgen verbrachte sie damit, Palmen und Gebäude durch den Sucher zu betrachten. Die so entstandenen Aufnahmen waren zwar nicht preisverdächtig, das wußte sie, doch mit der Zeit klappten die altvertrauten Handgriffe wieder wie von selbst. Gegen Mittag hatte sie bereits zwei Filme verknipst und fragte sich ernsthaft, warum sie ihre geliebte Arbeit so lange vernachlässigt hatte.

Fast unbewußt lenkte sie ihren Wagen in Richtung von Michaels Haus. Der Sonntagnachmittag war einfach zu schön, um ihn alleine zu verbringen. Sie hatte seit Jahren keine Aufnahme mehr von ihm gemacht. Und Conroy würde ein besonders reizvolles Motiv abgeben. All das waren einleuchtende Erklärungen, an denen sie sich festhielt, bis sie vor seinem Haus anlangte.

Obwohl sein Auto in der Einfahrt stand, reagierte er so lange nicht auf ihr Klopfen, daß sie schon dachte, sie hätte ihn verpaßt. Schon beim ersten Klopfen hatte der Hund angefangen, aus vollem Hals zu kläffen, und nun jaulte und kratzte er hinter der Tür. Emma hörte Michael fluchen und grinste.

Als sie ihn in der Tür stehen sah, wußte sie, daß sie ihn aus dem Bett geholt hatte. Obwohl es schon Mittag war, blickte er sie verschlafen an. Er trug nur Jeans, die er offensichtlich rasch übergestreift und nicht richtig geschlossen hatte. Benommen rieb er sich mit einer Hand das Gesicht.

»Emma?«

369

»Ja. Entschuldige, Michael. Ich hätte vorher anrufen sollen.«

Er blinzelte in die Sonne. »Ist etwas nicht in Ordnung?«

»Alles bestens. Hör zu, ich muß weiter. Ich bin nur zufällig in der Gegend.«

»Nein, komm rein.« Michael schielte vorsichtig über seine Schulter. »O Scheiße.«

»Michael, ich glaube, ich komme ungelegen. Ich kann doch...« Sie trat über die Schwelle und versuchte, in dem Dämmerlicht etwas zu erkennen. » Ach herrje!« Mehr fiel ihr dazu nicht ein. Das Wohnzimmer sah aus, als ob die Vandalen darin gehaust hätten. »Ist bei dir eingebrochen worden?«

»Nein.« Zu betäubt, um auf solche Äußerlichkeiten zu achten, zog Michael Emma in die Küche. Der Hund umkreiste sie bellend.

»Das muß ja eine wüste Party gewesen sein«, stellte Emma fest; leicht verstimmt, daß er sie nicht eingeladen hatte.

»Von wegen. Lieber Gott, gib, daß Kaffee im Haus ist«, murmelte er, während er in den Schränken herumkramte.

»Hier.« In der Spüle entdeckte sie eine Dose Kaffee neben einer Tüte Kartoffelchips. »Soll ich vielleicht...?«

»Nein.« Er schob sie zur Seite. »Ich kann doch wohl noch einen verdammten Kaffee machen. Conroy, wenn du nicht sofort die Schnauze hältst, dann erwürge ich dich mit deiner eigenen Leine.« Um den Hund zu beschwichtigen, schüttete Michael die Chips auf den Boden. »Wie spät ist es eigentlich?«

Emma räusperte sich und entschied, daß es zum jetzigen Zeitpunkt sehr ungeschickt wäre, ihn darauf hinzuweisen, daß die Kaffeemaschine mit einer Digitaluhr ausgestattet war. »Ungefähr halb eins.«

Michael schnitt dem Kaffeelot in seiner Hand eine Grimasse. Offenbar hatte er nicht richtig mitgezählt. Als er eine weitere Ladung Kaffee in den Filter gab, hob Emma ihre Kamera und drückte auf den Auslöser. »Tut mir leid«, entschuldigte sie sich, als er sie aus glasigen Augen ansah. »Reine Reflexbewegung.«

Er gab keine Antwort, sondern durchsuchte einen weiteren Schrank. Was für ein Morgen! Er hatte einen fauligen Geschmack im Mund, hinter seiner Stirn schien eine ganze Jazzkapelle zu hämmern, und anscheinend waren seine Augen auf Golfballgröße angeschwollen. Zu allem Überfluß waren ihm auch noch die Getreideflocken ausgegangen.

»Michael...« Emma näherte sich ihm vorsichtig, nicht weil er sie einschüchterte, sondern weil sie fürchtete, jeden Augenblick schallend loszulachen. »Wie wäre es, wenn ich dir dein Frühstück mache?«

»Womit denn?«

»Setz dich.« Energisch drückte Emma ihn auf einen Stuhl. »Fangen wir mit dem Kaffee an. Wo sind deine Tassen?«

»In der Küche.«

»Okay, okay.« Eine kurze Suche förderte eine Packung übergroßer Styroporbecher zutage. Der Kaffee erinnerte sie an zähen Schlamm und sah ungefähr genauso appetitlich aus. Trotzdem stürzte Michael das Gebräu in einem Zug hinunter. Als das Koffein ihn soweit wiederbelebt hatte, daß er seine Umgebung wahrnehmen konnte, sah er, wie Emma ihren Kopf in den Kühlschrank steckte.

Sie sah absolut wundervoll aus in ihrer dünnen Bluse und den hellblauen leichten Sommerhosen. Ihr Haar floß ihr offen über den Rücken, so, wie er es am liebsten hatte. Aber was suchte sie in seinem Kühlschrank?

»Was machst du denn da?«

»Dein Frühstück. Ein Ei ist noch da. Wie hättest du es denn gerne?«

»Gekocht.« Er schenkte sich den Becher erneut randvoll.

»Die Würstchen sind schon zartgrün, und irgendwas hier drin scheint zum Leben zu erwachen.« Sie nahm das Ei, ein Stück Käse und einen Rest Brot aus dem Kühlschrank. »Ich habe noch nie gesehen, daß sich der Inhalt eines Kühlschrankes aus eigener Kraft fortbewegt. Hast du eine Bratpfanne?«

»Ich glaube schon. Warum?«

»Schon gut.« Emma hatte sie bereits entdeckt und ging daran, ihm ein improvisiertes Sandwich zuzubereiten. Dann nahm sie sich eine Flasche Ginger Ale und setzte sich

371

ihm gegenüber. »Michael, ich möchte ja nicht aufdringlich erscheinen, aber wie lange haust du schon so?«

»Ich hab' das Haus vor vier Jahren gekauft.«

»Und du lebst immer noch! Du mußt ausgesprochen zäh sein, Michael.«

»Ich denke daran, hier gründlich sauberzumachen.«

»Ich schlage vor, du mietest einen Bulldozer.«

»Jetzt muß ich mich beim Essen auch noch beleidigen lassen.« Michael sah zu, wie sie ein Foto von dem schlafenden Conroy, der die Pfoten vorsichtshalber über der Chiptüte gekreuzt hatte, schoß.

Sie lächelte ihn an. »Geht's dir besser?«

»Langsam komme ich mir wieder vor wie ein Mensch.«

»Ich bin ein bißchen rumgelaufen – Zeit, daß ich wieder anfange zu arbeiten. Ich dachte, du hättest vielleicht Lust, für ein paar Stunden mitzukommen.« Auf einmal fühlte sie sich in seiner Gegenwart befangen. Jetzt, wo er wieder hellwach war und sie über die Reste seines Frühstücks hinweg beobachtete, schien sich die Situation verändert zu haben. »Ich weiß, daß du in der letzten Zeit viel zu tun hattest.«

»Allein gegen die Mafia. Conroy, du Faulpelz, hol mir meine Zigaretten.« Der Hund öffnete unwillig grunzend ein Auge. »Na los!« Mit einem fast menschlich klingenden Seufzer raffte Conroy sich hoch und trottete hinaus. »Du bist mir aus dem Weg gegangen, Emma.«

Erst wollte sie diese Tatsache schlichtweg leugnen. »Stimmt. Tut mir leid. Du warst ein wirklich guter Freund, und ich . . .«

»Wenn du jetzt wieder mit dieser Scheiße von wegen alte Freunde und so anfängst, dann werde ich ernsthaft sauer.« Michael nahm die Zigarettenpackung, die Conroy in seinen Schoß fallen ließ, dann stand er auf, um den Hund hinauszulassen.

»Ich werde es nicht wieder erwähnen.«

»Gut.« Er drehte sich um. Sechs lange Monate hatte er darauf gewartet, daß sie vor seiner Tür stehen würde, und nun, da sie gekommen war, konnte er seinen Zorn nicht unterdrücken. »Warum bist du hergekommen?«

»Das hab' ich dir doch schon gesagt.«

»Du wolltest beim Fotografieren Gesellschaft haben, und da hast du dich vertrauensvoll an den guten alten Michael gewandt.«

Emma setzte die Flasche Ginger Ale ab und erhob sich. »Das hätte ich wohl besser unterlassen. Es tut mir leid, daß ich dich gestört habe.«

»Rein und raus«, murmelte er. »Das ist eine schlechte Angewohnheit von dir, Emma.«

»Ich bin nicht hergekommen, um mit dir zu streiten.«

»Wirklich zu schade. Es ist höchste Zeit, ein paar Dinge zu klären.«

Er trat einen Schritt auf sie zu, woraufhin sie zurückwich. Etwas Schlimmeres hätte sie kaum tun können.

»Ich bin nicht Latimer, zum Teufel. Es steht mir bis hier, daß du jedesmal an ihn denkst, wenn ich dir auch nur einen Schritt zu nahe komme. Wenn wir einen Streit haben, dann wird er zwischen dir und mir und niemanden sonst ausgetragen.«

»Ich habe nicht die Absicht, mich mit dir zu zanken.« Ohne zu überlegen griff Emma nach der Flasche und warf sie gegen die Wand. Ein Strom von Ginger Ale und Glassplittern ergoß sich in die Spüle. Über ihre eigene Handlungsweise verblüfft, blieb Emma stocksteif stehen und blickte zur Spüle.

»Willst du noch eine?«

»Ich muß gehen.« Sie löste sich aus ihrer Erstarrung und langte nach ihrer Kamera, doch er war schneller und hielt ihre Hand fest.

»Diesmal nicht. Du verschwindest nicht einfach wieder aus meinem Leben, Emma, nicht, ehe ich nicht gesagt habe, was ich schon längst hätte sagen sollen.«

»Michael...«

»Sag jetzt nichts. Seit ich denken kann, habe ich dich schon begehrt. Erinnerst du dich noch an jenen Tag am Strand vor all den Jahren, an dem ich dich nach Hause gebracht habe? Damals war ich so verrückt nach dir, daß ich kaum denken konnte. Ich war gerade siebzehn, und noch Wochen später bist du mir nicht mehr aus dem Kopf gegangen. Wieder und

373

wieder habe ich den ganzen Strand nach dir abgesucht, aber du bist nicht mehr gekommen.«

»Ich konnte nicht.« Sie drehte sich um, ohne jedoch den Versuch zu machen, das Haus zu verlassen.

»Ich bin darüber hinweggekommen.« Michael schüttelte eine Zigarette aus der Packung und durchsuchte eine Schublade, in der er Streichhölzer vermutete. »Ich dachte, ich hätte es überwunden, doch dann bist du zurückgekommen. Da mähe ich meinen Rasen und denke an nichts Böses, und plötzlich stehst du vor mir. Es hat mir fast den Atem verschlagen. Verdammt, da war ich kein Junge mehr, und ich war auch nicht mehr nur verknallt.«

Emmas Stimme wollte ihr nicht recht gehorchen. Eine andere, unbekannte Angst breitete sich in ihr aus. »Du kanntest mich doch kaum.«

Michael sah ihr ernst in die Augen. »Du weißt, daß das nicht stimmt, Emma. Zwischen uns war von Anfang an etwas Besonderes. Denk an den Tag am Strand, wo ich dich das erste Mal geküßt habe. Das erste und einzige Mal. Doch ich habe es nie vergessen. Und dann warst du fort.«

»Ich mußte gehen.«

»Mag sein.« Er schnippte seine Zigarettenkippe zur Tür hinaus. »Damals habe ich mir eingeredet, daß es einfach nur der falsche Zeitpunkt war. Jahrelang habe ich mir das gesagt, immer wieder, bis ich schließlich selber dran glaubte.« Michael ging auf sie zu und hielt sie an den Oberarmen fest. Obwohl er spürte, daß sie zitterte, gab er sie nicht frei. Diesmal nicht. »Wann wird denn endlich der richtige Moment kommen, Emma?«

»Ich weiß wirklich nicht, was du jetzt von mir hören willst.«

»Blödsinn. Du weißt ganz genau, was ich von dir hören will.«

»Ich kann nicht.«

»Du willst nicht«, berichtigte er. »Wegen ihm. Deine Heirat hat mir fast das Herz gebrochen, und ich war derjenige, der damit leben mußte. Manchmal kommt es mir so vor, als hätte ich mein halbes Leben damit verbracht, dir nachzutrau-

374

ern. Vielleicht wäre es mir gelungen, dich aus meinem Leben zu verbannen, doch dann bist du wieder zurückgekommen.«

»Ich...« Emma fuhr mit der Zunge über ihre trockenen Lippen. »Ich konnte nicht anders.«

In seine Augen trat ein Ausdruck, den sie noch nie zuvor gesehen hatte. »Ich dachte, diesmal würde alles anders kommen. Ich habe es jedenfalls gehofft. Und dann – als ich herausfand, was er dir angetan hat, da bin ich fast verrückt geworden. All diese Monate hatte ich Angst, dich zu berühren, Angst, dich zu verschrecken. Gib ihr Zeit, habe ich gedacht. Laß ihr Zeit, darüber hinwegzukommen. Zum Teufel damit!«

Er riß sie an sich und preßte seine Lippen hungrig auf die ihren.

34

Das hatte sie nicht erwartet. Sie saß in der Falle. Es war nicht zu leugnen, daß er sie mit seinem Körper, seinem wie Feuer brennenden Mund gefangenhielt. Sie hatte angenommen, die Berührung eines Mannes würde in ihr nur Widerwillen und Furcht hervorrufen, doch diesmal war alles anders. Sie wurde von so vielen unterschiedlichen Gefühlen überwältigt, daß die Welt sich um sie zu drehen begann. Wärme, Sicherheit und plötzlich aufflammende Begierde.

Auf keinen Fall wollte sie sich ihrem Verlangen ausliefern, ihm ausliefern. Nie wieder würde sie zulassen, daß ein anderer Mensch eine solche Macht über sie gewann. Doch bevor sie sich zur Wehr setzen konnte, löste er sich von ihr.

Wortlos blickte er sie an. Unfähig, sich zu bewegen, stand Emma da, ihre Augen leuchteten riesig in dem blassen Gesicht, und ihr Atem ging rasch. Ja, er hielt sie in der Tat gefangen, doch diesmal war das bedeutungslos. Für sie zählten nur die Gefühle, die in ihr tobten, wirkliche, lebendige Gefühle, die sie schon längst erloschen geglaubt hatte.

Sein Ärger war verflogen, nur noch das nackte Verlangen

stand in seinen Augen. »Du sollst keine Angst vor mir haben, Emma.«

Die Entscheidung lag allein bei ihr. Es waren ihre Wünsche, ihre Träume, die sie gefangenhielten. »Das habe ich auch nicht.«

Seine Hände wanderten von ihrer Schulter zu ihrem Gesicht und umfaßten es zärtlich, ohne daß sie Widerstand leistete. Sie versuchte auch nicht mehr, ihn von sich zu schieben, als sich ihre Lippen erneut trafen. Obwohl ihr Puls raste, schien ihr Körper sich wie von selbst zu entspannen. Es war ihre Entscheidung, und sie hatte sie viel zu lange hinausgezögert, dachte sie noch, ehe sie außer Michael nichts mehr wahrnahm.

Er spürte die Veränderung, die in ihr vorging, die zögernde, unsichere Hingabe, als ihre Lippen sich öffneten und ihr Körper wie kraftlos gegen ihn sank. Selbst am ganzen Leibe zitternd, bedeckte er ihr Gesicht mit Küssen, bis sie die Arme um ihn schlang und seinen Mund suchte.

Ohne seine Lippen von ihr zu lösen, hob er sie hoch und trug sie ins Schlafzimmer.

Die Vorhänge ließen nur vereinzelte gelbliche Sonnenstrahlen durch, die den Raum in ein fahles Licht tauchten.

Als er sie auf das Bett sinken ließ, stöhnte Emma leise auf. Sie wußte, jetzt würde alles schnell gehen, viel zu schnell. Dabei wünschte sie sich so sehr, er würde seine Zärtlichkeiten fortsetzen, doch sie wußte es besser. Dachte sie.

Er legte sich neben sie, doch anstatt sich über sie zu rollen und ungeduldig an ihrer Kleidung zu zerren, vergrub er sein Gesicht an ihrem Hals, atmete ihren Duft ein, saugte liebevoll an ihrer Haut. Ihre Finger, die mit dem dichten Haar auf seiner Brust spielten, raubten ihm fast den Verstand.

Schwer atmend begann er, sie mit seiner Zunge zu reizen, bewegte sich langsam, verführte sie mit seinen Händen, bis feurige Sterne hinter Emmas Augen tanzten. Sie wartete darauf, daß er sie nahm, doch er fuhr fort zu geben.

Seine fordernden Hände ließen sie erschauern, doch in diesem Zittern lag keine Furcht. Hier, bei ihm, hatte sie endlich die Liebe, die Leidenschaft gefunden, nach der sie sich ihr ganzes Leben lang gesehnt hatte. Zum erstenmal im Leben begehrte sie einen Mann. Voller Verlangen klammerte sie sich an ihn, fuhr mit den Händen in sein Haar und zog seinen Kopf zu sich herunter, um in seinen Küssen zu ertrinken.

Als er sie ein Stück von sich fortschob, gab sie ein protestierendes Stöhnen von sich und griff erneut nach ihm.

»Laß mich dich anschauen«, stieß er hervor. »Ich habe so lange darauf gewartet.«

Emma hielt ganz still, als er mit der Hand durch ihr lose herabfallendes Haar fuhr und dann begann, ganz langsam ihre Bluse aufzuknöpfen. Sein Mund senkte sich auf ihre Brust, und er fuhr fort, mit seiner Zunge über ihre Haut zu spielen, bis ihre Augen sich vor Leidenschaft verdunkelten.

Seine Hände waren überall zugleich, streiften ihr behutsam die Kleider vom Leib, während sein Mund diesem Weg folgte.

»Bitte.« Emmas Atem kam stoßweise, ihr Körper fieberte vor Verlangen, und dennoch war es nicht genug, nicht annähernd genug. »Ich will...« Ihre Hände krallten sich in sein Haar, als sie sich unter ihm aufbäumte.

»Sag es mir«, verlangte er heiser. Seine Erregung hatte einen Punkt erreicht, an dem er sich kaum noch beherrschen konnte. Mühsam hielt er sich zurück. »Sieh mich an, Emma. Sag es mir!«

Sie blickte ihn an. In seinen Augen konnte sie sich selbst erkennen. »Ich will dich«, brachte sie schließlich hervor, zog ihn zu sich herunter und drückte ihn an sich, bis er sie ganz erfüllte.

Danach schlief sie erschöpft ein. Er saß lange neben ihr, streichelte ihr Haar und überlegte, wie er sie zu einem Teil seines Lebens machen konnte. Obwohl er sie liebte, solange er denken konnte, hatte er keine Vorstellung davon gehabt, wie es sein würde, ihr Liebhaber zu werden. Unzählige Male hatte er davon geträumt, mit ihr zu schlafen, doch die Realität übertraf alles.

Es gab niemanden wie Emma.

377

Was auch kommen mochte, er durfte sie nicht wieder verlieren.

Als sie erwachte, war er fort. Sie blieb einen Augenblick still liegen und versuchte zu begreifen, was mit ihr geschehen war. Es erschien ihr unglaublich, daß sie all diese Dinge getan hatte, ohne auch nur einen Moment zu zögern und ohne es zu bereuen. Noch vor wenigen Stunden war sie der festen Überzeugung gewesen, nie wieder die Berührung eines Mannes ertragen zu können. Aber heute war es zum erstenmal so gewesen, wie sie es sich vorgestellt hatte. Lächelnd rollte sie sich auf den Bauch und überlegte, ob sie sich anziehen und ihn suchen gehen sollte.

Dann fiel ihr Blick auf die Pistole, die, noch in ihrem Halfter, am Stuhl neben dem Bett hing. Sie selbst hatte schon einmal zur Waffe gegriffen, erinnerte Emma sich. Obwohl nur Bruchstücke des Schreckens, den sie mit Drew erlebt hatte, in ihrem Gedächtnis haften geblieben waren, liefen diese letzten Minuten wie ein Film vor ihr ab. Sie sah ganz genau vor sich, wie ihre Hände sich um die Waffe geschlossen und abgedrückt hatten. Sie hatte getötet.

Die Erkenntnis dessen, wozu sie fähig war, schnürte ihr den Magen zu. In weniger als zwei Jahren hatte sie geliebt, geheiratet und getötet. Für den Rest ihres Lebens würde sie sich fragen, wie es dazu gekommen war.

Als sich die Schlafzimmertür öffnete, griff sie automatisch nach der Bettdecke.

»Prima. Du bist wach.« Michael, mit einer Hähnchentüte und einem Sechserpack Cola beladen, kam ins Zimmer. »Du hast doch sicher Hunger.«

Er hatte ein T-Shirt und Jeans übergestreift, war aber immer noch barfuß. Auf Emma wirkte er eher wie ein Strandläufer als wie ein Mann, der von der Waffe Gebrauch machen würde. Ehe sie antworten konnte, beugte er sich zu ihr hinunter und küßte sie so innig, daß sie keinen klaren Gedanken mehr fassen konnte.

»Wir veranstalten ein Picknick.«

»Ein Picknick?« wiederholte sie ungläubig. »Wo?«

»Hier.« Er ließ die Hähnchentüte auf das Bett fallen. »Dann

kriegen die Nachbarn wenigstens keinen Herzinfarkt, weil du nackt bist.«

Sie lachte. »Ich könnte mich ja anziehen.«

Er setzte sich zu ihr auf das Bett und sah sie lange an. »Ich wünschte wirklich, du würdest so bleiben.« Grinsend öffnete er eine Flasche Cola und langte in die Hähnchentüte. »Na, hast du Hunger?«

Die Hähnchen rochen köstlich. Emma schaute zu, wie er in eine Keule biß, und fuhr sich mit der Hand durch das zerzauste Haar. »Ich kann doch nicht so essen!«

»Na klar kannst du das.« Er hielt ihr die Keule hin. Emma nahm einen Bissen, dann lächelte sie verlegen.

»Nein, ehrlich nicht.«

Michael ließ die Hähnchenkeule in die Tüte fallen, zog sein T-Shirt über den Kopf und streifte es ihr über.

Sie kämpfte mit den Ärmeln. »Viel besser.« Dem T-Shirt haftete noch sein Geruch an, und zu ihrer Verblüffung stellte Emma fest, daß dieser Duft sie erregte. »Ich hab' noch nie ein Picknick im Bett veranstaltet.«

»Verläuft nach denselben Regeln wie ein Picknick am Strand. Wir essen, hören Musik und dann lieben wir uns. Auf diese Weise vermeiden wir den Sand.«

Sie nahm die Flasche, die er ihr anbot, und trank einen Schluck. Ihre Kehle war strohtrocken. »Ich weiß gar nicht, wie all das passieren konnte.«

»Macht nichts. Ich zeige es dir gerne noch einmal.«

»War es...?« Verärgert über sich selbst, brach sie ab.

»Du wolltest mich doch wohl nicht fragen, ob es schön für mich war?«

»Nein.« Er grinste sie an. »So was ähnliches. Vergiß es.«

Zufrieden mit sich und der Welt kitzelte Michael sie am Arm. »Setzen wir mal eine Bewertungsskala von eins bis zehn fest, okay?«

»Michael, hör auf.«

»Wieso? Du rangierst schließlich ganz oben.«

Er brachte sie durcheinander. »Für mich ist es nie so gewesen«, murmelte sie. »Ich habe nie... Ich hätte nie gedacht, daß ich...« Erneut schwieg sie einen Moment, doch dann

379

nahm sie all ihre Kraft zusammen. »Ich dachte, ich wäre frigide.«

Beinahe hätte er laut gelacht, doch etwas in ihrem Gesicht hielt ihn davon ab. Schon wieder Latimer, dachte Michael. Es dauerte einige Sekunden, bis er seine Stimme wieder in der Gewalt hatte. »Da hast du falsch gedacht.«

Diese lässige Antwort entkrampfte die Situation. Emma blickte hoch und lächelte. »Wenn ich an jenem Tag am Strand, als ich dich geküßt habe, meinem Instinkt gefolgt wäre, dann wüßte ich das schon längst.«

»Warum folgst du ihm nicht jetzt?«

Sie zögerte, dann schlang sie die Arme um seinen Hals und küßte ihn. Michael warf seine halb abgenagte Hähnchenkeule achtlos hinter sich. Lachend rollten sie zusammen über das Bett.

»Bleib heute nacht hier.«

Die Sonne ging schon unter, als Emma sich anzog. »Nicht heute nacht. Ich muß nachdenken.«

»Das habe ich befürchtet.« Er griff nach ihr und zog sie an sich. »Ich liebe dich, Emma. Warum denkst du nicht darüber mal nach?«

Zur Antwort schloß sie nur die Augen.

»Bitte glaub mir doch.«

»Ich möchte dir ja glauben«, entgegnete sie. »Aber im Moment traue ich meiner Urteilskraft nicht so recht. Es ist noch gar nicht so lange her, da dachte ich, Drew liebt mich und ich ihn. Beides war falsch.«

»Verdammt noch mal, Emma!« Michael biß sich auf die Lippen und ging zum Fenster, um die Vorhänge zu öffnen. Dämmerlicht fiel in das Zimmer.

»Ich stelle keine Vergleiche an.«

»Ach nein.«

»Nein.« Er kann die Tragweite meiner Gefühle nicht verstehen, dachte sie. »Weißt du, meine Probleme haben nicht erst mit Drew begonnen, was schon schlimm genug gewesen wäre. Ich muß mir erst darüber klarwerden, was ich wirklich will, ehe ich mich entscheide.«

»Ich hatte nicht vor, ein Datum festzusetzen.«

Seufzend küßte sie ihn auf die Schulter. »Papa und Bev kehren bald nach England zurück.«

Er fuhr herum, und sogar in dem dämmrigen Licht konnte sie die Wut in seinen Augen sehen. »Wenn du daran denkst mitzugehen, dann überleg es dir noch mal.«

»Du kannst mich nicht einschüchtern, Michael. Die Zeiten sind vorbei.« Erst als sie die Worte laut ausgesprochen hatte, erkannte sie, daß sie der Wahrheit entsprachen. »Ich denke daran, in dem Strandhaus zu bleiben. Papa und Bev müssen ihr Leben leben, und ich muß entscheiden, was ich mit meinem anfange.«

»Willst du, daß ich dich in Ruhe lasse?«

»Nicht zu sehr.« Wieder schlang sie die Arme um seinen Hals. »Ich möchte dich nicht verlieren, da bin ich mir ganz sicher. Ich weiß nur noch nicht, wie es weitergehen soll. Können wir nicht einfach eine Zeitlang so weitermachen?«

»Na gut. Aber eins möchte ich klarstellen, Emma. Ich werde nicht ewig warten.«

»Ich auch nicht.«

35

Michael faßte sich in Geduld. Die Füße auf den Schreibtisch gelegt, studierte er angelegentlich die Decke. Aus dem Hörer drang eine schrille, aufgeregt plappernde Stimme, die ihm in den Ohren weh tat. Früher oder später würde man die kleine Ratte schon noch drankriegen, schätzte er. Hoffentlich früher.

»Hör zu, Kumpel«, unterbrach er das Geschnatter. »Ich komme immer mehr zu der Überzeugung, daß Springer dein Freund war. Ja, ja, Worte kosten nichts. Er mag zwar nur ein kleiner Halunke sein, aber du weißt ja, wenn die Bullen erst mal eine Witterung aufgenommen haben, dann . . .« Wieder lauschte er dem unzusammenhängenden Gerede. Es gab doch wirklich nichts Unzuverlässigeres als einen Zeugen, dem die Angst im Nacken saß.

»Schön, schön. Du willst nicht hierherkommen, also werden wir dich finden.« Michael blickte hoch, als der Sergeant ihm einen Stapel Akten und Briefe auf den Tisch knallte. »Versuch du dein Glück nur auf der Straße. Im Leichenschauhaus sind noch Plätze frei.« Während er die Akten durchblätterte, hörte er mit einem Ohr zu. »Eine weise Entscheidung. Frag nach Detective Kesselring.«

Michael hängte ein und schnitt dem Papierberg eine Grimasse. Eigentlich hatte er ja fünf Minuten erübrigen wollen, um Emma anzurufen, aber das konnte er jetzt wohl vergessen. Resigniert wandte er sich der Post zu.

»Hey, Kesselring, wo bleiben deine zehn Piepen Beitrag zur Weihnachtsfeier?«

Wenn er noch einmal das Wort ›Weihnachten‹ hörte, dann würde er einen Mord begehen, entschied Michael. Vorzugsweise an Santa Claus persönlich. »McCarthy schuldet mir zwanzig. Haltet euch an ihn.«

»Hey.« McCarthy, der seinen Namen gehört hatte, kam zu ihm herüber. »Wo bleibt deine Weihnachtsstimmung?«

»In deinem Portemonnaie.«

»Immer noch sauer, weil dein Herzblatt Weihnachten in London verbringt? Laß sie sausen, Kesselring. Die Welt wimmelt von Blondinen.«

»Verpiß dich.«

McCarthy drückte dramatisch eine Hand auf die Herzgegend. »Muß Liebe schön sein!«

Ohne ihn weiter zu beachten, musterte Michael den Umschlag. Seltsam, genau dann, wenn er schwarze Gedanken hinsichtlich dieser Stadt hegte, traf ein Brief aus London ein. Als Absender war eine Anwaltspraxis angegeben. Was konnte eine Londoner Anwaltspraxis von ihm wollen? Als er den Umschlag aufschlitzte, fielen ihm ein Begleitschreiben und ein weiterer rosafarbener Briefumschlag entgegen. Auf dem Umschlag prangte eine bekannte Adresse. Jane Palmer.

Obwohl er alles andere als abergläubisch war, starrte Michael den Umschlag lange an und dachte über Botschaften aus dem Jenseits nach. Dann öffnete er den Brief und betrachtete die ungelenke Handschrift. Innerhalb von fünf

Minuten stand er samt Brief im Büro seines Vaters und sah Lou beim Lesen zu.

> Sehr geehrter Detective Kesselring.
>
> Sie haben damals den Mord an Brian McAvoys Sohn untersucht. Ich bin sicher, Sie erinnern sich noch an den Fall, ich jedenfalls tue es. Wenn Sie Interesse haben, dann kommen Sie nach London. Es war meine Idee, aber die anderen haben alles vermasselt. Wenn Ihnen die Information was wert ist, dann können wir ins Geschäft kommen.
>
> Mit freundlichen Grüßen
> Jane Palmer

»Was hältst du davon?« wollte Michael wissen.

»Vielleicht wußte sie etwas.« Lou rückte seine Brille zurecht und überflog den Brief noch einmal. »Als das Verbrechen verübt wurde, war sie sechstausend Meilen weit weg. Wir konnten sie nie damit in Verbindung bringen. Aber...« Er hatte sich schon immer gefragt, ob Jane daran beteiligt gewesen war.

»Die Briefmarke ist ein paar Tage, bevor ihre Leiche gefunden wurde, abgestempelt worden. Wegen der unvollständigen Anschrift ist der Brief hin- und hergeschickt worden, bis er schließlich bei dem Rest ihrer Papiere landete. Über acht Monate lang«, meinte Michael unzufrieden.

»Und wenn es nur acht Tage gewesen wären, was hätte das geändert. Sie war schon tot.«

»Wenn sie die Wahrheit gesagt hat, und wenn sie wußte, wer den Jungen auf dem Gewissen hat, dann hätte jemand sie aus dem Weg räumen können. Jemand, der von dem Brief nichts wußte. Ich will den Bericht einsehen, und ich will mit dem Beamten sprechen, der damals dafür zuständig war.«

Lou drehte den Brief hin und her. Es hatte keinen Sinn, Michael darauf hinzuweisen, daß der Brief an den Beamten gerichtet war, der mit diesem Fall betraut wurde. »Es ist immerhin eine Möglichkeit. Der Brief ist der erste konkrete Hinweis, den wir seit zwanzig Jahren haben.« Er erinnerte sich an das Polizeifoto eines kleinen Jungen, dann sah er seinen eigenen Sohn an. »Ich vermute, du fährst nach London.«

Emma rollte Plätzchenteig aus, aber sie war nicht ganz bei der Sache. Das Weihnachtsfest hatte sie schon immer geliebt, und zum erstenmal seit ihrer Kindheit würde sie dieses Fest wieder im Kreis ihrer Familie feiern. Die Küche duftete nach Zimt und Gewürzen, Weihnachtslieder klangen aus den Boxen, und Bev suchte gerade die Zutaten für einen Plumpudding zusammen. Draußen schneite es in dicken, weißen Flocken.

Doch Emmas Herz befand sich nicht hier, sondern sechstausend Meilen entfernt bei Michael.

Als sie die Ausstechförmchen in den Teig drückte, legte Bev ihr den Arm um die Schultern. »Ich bin so froh, daß du hier bist, Emma. Es bedeutet deinem Vater und mir sehr viel.«

»Mir auch.« Emma stach ein Plätzchen in Form einer Schneeflocke aus und legte es auf das Backblech. »Als ich noch klein war, da durfte ich das schon machen. Wenn Johnno hier wäre, dann hätte er schon ein paar geklaut und roh gefuttert.«

»Was meinst du, warum ich ihn mit Bri weggeschickt habe?« Bev sah Emma zu, wie sie Zuckerstreusel über den Plätzchen verteilte. »Du vermißt Michael, nicht wahr?«

»Ich hätte nie gedacht, daß ich ihn so sehr vermissen würde. Dabei ist es doch nur für zwei Wochen.« Emma schob das Backblech in den Ofen. Nachdem sie die Uhr eingestellt hatte, knetete sie den restlichen Teig durch, um ihn erneut auszurollen. »Wahrscheinlich ist es ganz gut, wenn ich ein bißchen Abstand gewinne. Es geht alles zu schnell.«

»Katherine sagt, du machst große Fortschritte.«

»Ich denke schon. Ich bin ihr sehr dankbar, daß sie die letzten Monate in L. A. geblieben ist. Dabei war ich anfangs so dagegen«, fügte sie lächelnd hinzu. »Aber es hilft mir wirklich, über alles zu reden.«

»Hast du immer noch Alpträume?«

»Nicht mehr so häufig wie früher. Aber ich arbeite wieder. Das Buch nimmt langsam Formen an.« Emma hielt inne, das Ausstechförmchen noch in der Hand. »Vor einem Jahr noch war Weihnachten ein Alptraum für mich. Dieses Jahr ist alles wunderbar.« Die Küchentür flog auf, und Emma fiel das Förmchen aus der Hand. »Michael?«

»In Person.«

Ohne zu überlegen, warf Emma sich in seine Arme. Noch ehe sie zu Wort kommen konnte, legte sich sein Mund auf ihren.

»Ich kann noch gar nicht glauben, daß du wirklich hier bist.« Emma machte sich los und begann lachend, ihn abzuklopfen. »Jetzt bist du voller Mehl.«

»Ich hab' noch was zu erledigen.« Bev wischte sich die Hände an einem Handtuch ab und verließ die Küche.

»Du hast doch gesagt, du könntest nicht kommen«, begann Emma.

»Mein Dienstplan hat sich geändert.« Michael drückte sie an sich. Ihr warmer Mund weckte sein Verlangen. »Frohe Weihnachten.«

»Wie lange kannst du bleiben?«

»Ein paar Tage.« Er blickte zum Herd. »Was ist denn das für ein Krach?«

»Ach, meine Plätzchen.« Emma schaltete die Zeituhr aus und rettete ihr Werk. »Ich habe beim Backen an dich gedacht. Und ich habe mir gewünscht, du wärst nicht so weit fort.« Mit dem Backblech in der Hand schaute sie ihn an. »Wenn du willst, dann komme ich mit dir zurück.«

»Du weißt, was ich will.« Michael spielte mit ihrem Haar. »Aber ich weiß auch, daß du die Zeit mit deiner Familie brauchst. Ich werde warten, bis du zurückkommst.«

»Ich liebe dich.« Die Worte kamen ihr so leicht über die Lippen, daß es sie selber wunderte.

»Sag das noch mal.«

Seine Augen ruhten mit einem derart intensiven Ausdruck auf ihr, daß sie ihm beschwichtigend über die

Wange streichelte. »Ich liebe dich, Michael. Es tut mir leid, daß ich so lange gebraucht habe, um es dir zu sagen.«

Wortlos zog er sie an sich und hielt sie fest. Für einen Moment befand sich alles, was er sich je gewünscht hatte, in seinen Armen.

»Ich wußte es schon, als ich dich in New York bei meiner Ausstellung sah. In diesem Augenblick ist es mir klargeworden.« Erleichtert, daß die Worte endlich heraus waren, schmiegte sie ihr Gesicht an seinen Hals. »Aber dieses Gefühl hat mir Angst eingejagt. Ich glaube, all die Jahre hatte ich einfach nur Angst. Und als du eben zur Tür hereingekommen bist, hat sich alles wie von selbst geregelt.«

»So leicht wirst du mich nicht wieder los.«

»Gut.« Sie ließ ihren Kopf gegen seinen sinken. »Wie wär's mit einem Plätzchen.«

Michael suchte nach Ausreden. Zwar haßte er es, Emma anzulügen, aber er hielt es für besser, die Gründe, die ihn nach London geführt hatten, für sich zu behalten.

All seine freie Zeit verbrachte er mit Emma. Sie war von der Möglichkeit, ihm London zeigen zu können, begeistert und schleifte ihn vom Tower zum Piccadilly Circus und weiter zur Wachablösung und zur Westminister Abbey. Obwohl es ihr nicht schwergefallen war, ihn zu überreden, im Haus der McAvoys zu wohnen, hatte er sein Hotelzimmer behalten. Nach der anstrengenden Besichtigungstour lagen sie stundenlang im Bett.

Die Akten halfen ihm auch nicht weiter. Die Untersuchungen waren schließlich mit dem Ergebnis ›Tod durch Unfall‹ abgeschlossen worden. Am Tatort waren nur Fingerabdrücke von Jane, ihrer früheren Putzfrau und des Dealers, der die Leiche entdeckt hatte, gefunden worden. Die Alibis der beiden letztgenannten Personen waren wasserdicht. Die Nachbarn hatten zwar kein gutes Haar an der verstorbenen Jane Palmer gelassen, aber in der Nacht ihres Todes weder etwas gesehen noch gehört.

Michael arbeitete sich methodisch durch die Polizeifotos. Und da bezeichneten die Leute ihn als unordentlich, dachte

386

er, als er den Dreck betrachtete, in dem Jane Palmer gehaust hatte und gestorben war. Wieder und wieder untersuchte er die Fotos unter dem Vergrößerungsglas.

Inspektor Carlson, der für den Fall Palmer zuständig gewesen war, sah ihm geduldig dabei zu.

»Das war vielleicht ein Schweinestall«, meinte er. »Ehrlich gesagt, hatte ich so was vorher noch nie gesehen. Oder gerochen. Das alte Mädchen hat schon ein paar Tage da geschmort.«

»Waren nur ihre Fingerabdrücke auf der Spritze?«

»Ja. Sie hat sich selbst erledigt.« Carlson nahm seine Hornbrille ab, um die Gläser zu putzen. »Wir haben zuerst an Selbstmord gedacht, aber das paßte nicht zu ihr. Wir vermuten, daß das Heroin zu rein war und sie nicht daran gedacht hat, die Dosis zu verringern.«

»Wo hat sie das Zeug hergehabt? Von diesem Typen, diesem Hitch?«

Der Inspektor verzog verächtlich die Lippen. »Der ist doch nur ein kleines Rädchen im Getriebe. Der hat gar nicht die Verbindungen, um an so reinen Stoff ranzukommen.«

»Wenn er es nicht war, wer dann?«

»Das haben wir nie herausgefunden. Wir nehmen an, daß sie sich den Stoff selbst beschafft hat. Sie war ja mal 'ne Art Berühmtheit und hatte dementsprechende Beziehungen.«

»Haben Sie den Brief gesehen, den sie an unsere Abteilung geschickt hat?«

»Deswegen rollen wir den Fall ja wieder auf, Detective. Wenn der Mord hier mit einem Mord in Ihrem Land in Verbindung steht, dann können Sie auf unsere Unterstützung zählen.« Carlson schob die Brille wieder auf seine Nase. »Es ist zwar schon zwanzig Jahre her, aber keiner von uns hat den Fall Darren McAvoy vergessen.«

Nein, niemand hatte ihn vergessen, dachte Michael, als er sich in Brians eichengetäfeltem Büro niederließ und den Mann beobachtete, der den Brief seiner früheren Geliebten las.

Ein lustig flackerndes Feuer wärmte den Raum. Gemütliche Sessel vor dem Kamin luden zum Sitzen ein. Die Wände und Regale waren voll von Preisen, Auszeichnungen und Fotos. Eine Bar in der Ecke des Raumes enthielt nur Mineralwasser und alkoholfreie Getränke. Michael wartete, bis Brian ihn ansah.

»Ich habe alles mit meinem Vater besprochen. Wir sind der Meinung, Sie sollten davon erfahren.«

Verstört griff Brian zu einer Zigarette. »Du hältst den Brief für echt?«

»Ja.«

Brian hantierte mit seinem Feuerzeug herum. In der untersten Schublade seines Schreibtisches lag eine noch nicht angebrochene Flasche irischen Whiskys, eine Prüfung, die er sich selbst auferlegt hatte, seit er vor sechs Wochen den letzten Tropfen getrunken hatte.

»Und ich habe geglaubt, ich wüßte, wozu sie fähig ist. Ich kann das einfach nicht verstehen.« Er sog den Rauch so gierig ein wie ein Ertrinkender die rettende Luft. »Warum hätte sie Darren etwas zuleide tun sollen?« Er vergrub sein Gesicht in den Händen. »Das galt mir. Mich wollte sie treffen.«

»Wir glauben immer noch, daß Darrens Tod ein Unfall war.« Die Worte waren wohl kaum ein großer Trost, dachte Michael. »Natürlich wollte man ein Lösegeld erpressen.«

»Ich habe Jane doch schon für Emma bezahlt. Sie hätte das Kind umgebracht, direkt vor meinen Augen. In ihrem Jähzorn hätte sie das fertiggebracht. Aber einen solchen Plan auszuhecken...« Brian schüttelte den Kopf. »Ich kann nicht glauben, daß der von ihr stammt.«

»Sie hatte Hilfe.«

Brian erhob sich und wanderte durch den Raum. Greifbare Beweise seines Erfolges schmückten die Wände; goldene Schallplatten, Grammys, American Music Awards. Alles Zeichen dafür, daß er mit seiner Musik etwas Unvergängliches geschaffen hatte.

Dutzende von Fotos hingen daneben. Devastation gestern und heute, Brian zusammen mit anderen Sängern, Musikern, Politikern, die er unterstützt hatte, Berühmtheiten des Showgeschäfts. Dazwischen hing ein gerahmter Schnappschuß von Emma und seinem toten Sohn, die am Ufer eines

Baches saßen und in die Kamera lächelten. Auch diese beiden hatte er geschaffen.

Zwanzig Jahre waren vergessen, und er saß wieder im Gras in der Sonne und hörte das Lachen seiner Kinder. »Ich glaubte, ich hätte all das hinter mir.« Brian rieb sich die Augen und wandte sich von dem Bild ab. »Ich möchte nicht, daß Bev davon erfährt, jetzt noch nicht. Ich werde es ihr selbst sagen, wenn ich es für richtig halte.«

»Das liegt bei Ihnen. Ich wollte Ihnen nur mitteilen, daß ich den Fall wieder aufnehmen werde.«

»Bist du so engagiert wie dein Vater?«

»Ich denke schon.«

Brian nahm diese Aussage wortlos zur Kenntnis. Doch er mußte an sein anderes Kind denken. »Was ist mit Emma? Soll sie das alles noch einmal durchmachen?«

»Ich werde alles tun, was in meiner Macht steht, um Emma unnötige Aufregung zu ersparen.«

Brian öffnete eine Flasche Ginger Ale, ein armseliger Ersatz für Whisky. »Bev ist der Meinung, daß du in sie verliebt bist.«

»Das ist richtig.« Michael lehnte den ihm angebotenen Drink ab. »Ich möchte sie heiraten, sobald sie dazu bereit ist.«

Brian trank die Flasche in einem Zug leer. Sein Durst schien unstillbar. »Ich habe ihre Beziehung zu Drew entschieden abgelehnt, allerdings aus den falschen Motiven. Wenn ich sie nicht so bedrängt hätte, wenn ich nicht so dagegen gewesen wäre, ob sie dann gewartet hätte?«

»Latimer war auf Sie aus und auf das, was Sie für ihn tun konnten. Ich will nur Emma und nichts anderes.«

Seufzend ließ Brian sich wieder in seinen Stuhl sinken. »Emma war schon immer der schönste und beständigste Teil meines Lebens. Etwas, was ungewollt und ungeplant entstanden ist und sich als das größte Glück überhaupt erwiesen hat.« Der Anflug eines Lächelns erschien auf seinem Gesicht und machte ihn plötzlich seiner Tochter sehr ähnlich. »An jenem Tag in P. M. s furchtbarem Haus, als Emma dich vom Strand mitgebracht hat, da hast du mich schon verunsichert. Ich habe dich angesehen und gedacht, dieser Junge wird mir Emma fortnehmen. Muß mein irisches Erbe sein«, sagte er.

»Wir Iren sind alle entweder Säufer, Dichter oder Seher. Anscheinend bin ich alles auf einmal.«

»Ich kann sie glücklich machen.«

»Ich nehme dich beim Wort.« Brian betrachtete den Brief ein letztes Mal. »Genau so wichtig wie die Suche nach dem Mörder meines Sohnes ist mir das Glück meiner Tochter.«

»Papa, P. M. und Annabelle sind mit dem Baby da. Ach, entschuldige bitte.« Emma blieb stehen, die Hand noch immer an der Türklinke. »Ich wußte nicht, daß du hier bist, Michael.«

»Du warst gerade einkaufen, als ich zurückkam.« Möglichst unauffällig entfernte Michael den Umschlag und ließ ihn in seine Tasche gleiten.

»Ist etwas nicht in Ordnung?«

»Nein, nein.« Brian kam um den Schreibtisch herum und gab ihr einen Kuß. »Ich habe nur Michael ins Gebet genommen. Er scheint ernsthafte Absichten auf meine Tochter zu haben.«

Fast hätte sie ihm das abgenommen, doch dann sah sie in seine Augen. »Was ist los?«

»Das habe ich dir eben gesagt.« Brian legte ihr einen Arm um die Schulter und wollte sie aus dem Zimmer schieben, doch sie drehte sich zu Michael um.

»Lügt mich nicht an!«

»Ich habe Absichten auf seine Tochter«, konterte Michael.

Emma schüttelte den Arm, der um ihre Schulter lag, energisch ab. »Zeigst du mir bitte mal den Brief da in deiner Tasche?«

»Ja, aber nicht jetzt.«

»Papa, würdest du uns bitte einen Moment alleine lassen?«

»Emma...«

»Bitte.«

Widerstrebend schloß Brian die Tür hinter sich.

»Ich habe Vertrauen zu dir, Michael«, begann sie dann. »Wenn du mir sagst, daß Papa und du wirklich nur über unsere Beziehung gesprochen habt, dann glaube ich dir.«

Michael setzte schon zu einer Lüge an, dann besann er

390

sich. »Nein, das ist nicht alles, worüber wir gesprochen haben. Setz dich doch bitte.«

Das würde unangenehm werden. Unwillkürlich faltete Emma die Hände im Schoß, wie sie es zuletzt als Schulmädchen getan hatte, wenn sie das, was sie erwartete, fürchtete. Statt zu sprechen, nahm Michael den Brief aus der Tasche und reichte ihn ihr.

Als sie den Absender sah, rann ihr ein kalter Schauer über den Rücken. Die Botschaft einer Toten, dachte sie und wünschte, sie könnte über diesen pathetischen Satz lachen. Dann öffnete sie den Umschlag und las den Brief schweigend durch.

Sie war ihrem Vater so ähnlich, stellte Michael fest. Ihr Gesichtsausdruck, die Trauer in ihren Augen, die Art, wie sie dasaß. Ehe sie sich äußerte, faltete sie den Brief wieder zusammen und gab ihn Michael zurück.

»Bist du deswegen hier?«

»Ja.«

Ihre dunklen, bekümmerten Augen trafen die seinen. »Es wäre mir lieber gewesen, wenn du gekommen wärst, weil du die Trennung von mir nicht länger ertragen kannst.«

»Kann ich auch nicht.«

Emma ließ den Kopf sinken. Es fiel ihr schwer, einen klaren Gedanken zu fassen. »Glaubst du das, was in dem Brief steht?«

»Es geht nicht darum, was ich glaube«, erwiderte er diplomatisch. »Ich verfolge nur eine Spur.«

»Ich glaube daran.« Emma stand das letzte Bild von Jane, die mit verbittertem Gesicht in der Tür des schmutzigen Hauses lehnte, noch deutlich vor Augen. »Sie wollte Papa verletzen. Sie wollte ihn leiden sehen. Ich erinnere mich noch ganz genau, wie sie ihn angeschaut hat, als er mich mitnahm. Ich war fast noch ein Baby, aber ich erinnere mich.«

Sie holte tief Atem. Tränen waren hier fehl am Platze. »Wie ist es möglich, einen Menschen gleichzeitig so zu lieben und zu hassen, wie sie es tat? Wie ist es möglich, daß Liebe in solchen Haß umschlägt? Sie hat sich an der Ermor-

391

dung eines kleinen Jungen beteiligt, nur weil sie Papa Leid
zufügen wollte.«

Er beugte sich zu ihr herunter und nahm den Brief, der
noch immer in ihrem Schoß lag, wieder an sich. »Vielleicht.
Aber mit diesem Brief hat sie etwas in Bewegung gesetzt,
was uns auf die Spur des Mörders führen könnte.«

»Ich weiß, wer es ist.« Emma schloß die Augen. »Es ist
irgendwo tief in meinem Inneren begraben, aber ich weiß
es. Und diesmal werde ich es herausfinden.«

Als die Musik ertönte, stand sie, nur mit ihrem Lieblings-
nachthemd bekleidet, in der dunklen Diele und hielt Charlie
umklammert. Darren weinte. Sie wollte zurück ins Bett, in
die Sicherheit ihres eigenen Zimmers, wo die Nachttischlampe beruhigendes Licht verbreitete. Doch sie hatte versprochen, immer auf Darren achtzugeben, und er weinte.

Sie trat einen Schritt vor, aber ihr Fuß berührte den Boden
nicht. Sie schien auf einer dunklen Wolke zu schweben. Im
Hintergrund vernahm sie das Zischen und Scharren der
Ungeheuer, die das Dunkel liebten. Der Ungeheuer, die
böse kleine Mädchen fraßen, wie ihre Mama zu sagen
pflegte.

Es war so dunkel, daß sie den Weg nicht fand. Durch die
Musik klangen immer wieder andere, unheimlichere Geräusche durch. Sie ging dem Geschrei ihres kleinen Bruders
nach, wobei sie versuchte, sich ganz klein zu machen, so
klein, daß niemand sie sehen konnte. Schweiß rann ihren
Rücken hinunter.

Ihre Hand schloß sich um die Türklinke, drückte sie langsam herunter, schob die Tür auf.

Grobe Hände packten sie beim Arm.

»Ich habe dir doch gesagt, du entkommst mir nicht,
Emma.« Drew legte ihr eine Hand um den Hals und drückte
zu. »Ich habe dir gesagt, ich finde dich überall.«

»Emma!« Michael hielt ihre wild umherschlagenden
Arme fest und zog sie an sich. »Wach auf, Emma, wach auf!
Es war nur ein Traum.«

Emma rang nach Atem. Obwohl ihr langsam bewußt

wurde, wo sie war und wer sie festhielt, schien es ihr, als liege Drews Hand noch immer um ihren Hals.

»Das Licht«, stieß sie hervor. »Bitte mach das Licht an.«

»Sofort. Bleib ganz ruhig.« Ohne sie loszulassen, schaltete Michael die Lampe an. »So. Jetzt sieh mich an, Emma.« Er umfaßte ihr Kinn und hob ihr Gesicht etwas an. Sie bebte am ganzen Körper, ihr Gesicht wirkte im Lichtschein totenbleich. Feine Schweißtröpfchen glänzten auf ihrer Haut. »Es war nur ein Traum«, beruhigte er sie. »Du bist hier, bei mir.«

»Ich bin okay.«

Michael legte ihr die Bettdecke um die zuckenden Schultern. »Ich hole dir ein Glas Wasser.« Als sie nickte, stand er auf und ging in das Badezimmer nebenan. Emma zog die Knie an die Brust und lauschte dem Geräusch des fließenden Wassers. Sie wußte wieder, wo sie sich befand. Im Hotelzimmer, mit Michael. Sie hatte ihn eine Nacht lang für sich haben wollen, ehe er in die Staaten zurückkehrte. Obwohl sie sich jetzt ganz sicher war, daß sie nur geträumt hatte, betastete sie ihren Hals. Fast glaubte sie, man müsse Drews Fingerabdrücke darauf sehen.

»Trink einen Schluck.«

Gehorsam nippte Emma an dem Glas. Es brannte weniger stark als erwartet. »Es tut mir leid, Michael.«

Er war weder an Entschuldigungen interessiert, noch wollte er zugeben, daß er genauso entsetzt war wie sie. Es hatte sich angehört, als würde sie im Schlaf ersticken und verzweifelt versuchen, nach Luft zu schnappen.

»Wie oft kommt das vor?«

»Zu oft.«

»Wolltest du deswegen nie eine ganze Nacht mit mir verbringen?«

Emma hob die Schultern und schaute unglücklich in ihr Glas.

Michael klopfte die Kissen auf. »Erzähl mir davon.«

Als sie geendet hatte, starrte er blicklos ins Leere. Sie war jetzt ganz ruhig, das konnte er ihren gleichmäßigen Atemzügen entnehmen. Er war derjenige, der unter Hochspannung stand.

»Wahrscheinlich hat der Brief diesen Traum ausgelöst«, murmelte sie. »Früher habe ich nur gebetet, diese Alpträume möchten endlich aufhören. Jetzt will ich sie zu Ende bringen. Ich will endlich sehen, was sich hinter dieser Tür befindet.«

Michael preßte seine Lippen in ihr Haar. »Hast du Vertrauen zu mir?«

Sein Arm verlieh ihr ein Gefühl der Sicherheit. »Ja.«

»Ich werde alles tun, was in meiner Macht steht, um den Mörder deines Bruders zu finden.«

»Das ist so lange her.«

»Ich habe da so einige Ideen. Mal sehen, ob ich das Puzzle zusammensetzen kann.«

Sie ließ sich gegen ihn sinken und wünschte, sie könnte einfach so liegenbleiben, den Kopf an seine Schulter gelehnt. »Ich weiß, daß ich dir versprochen habe, mit dir zurückzukommen, wenn du das willst. Aber ich muß bleiben. Ich muß mit Katherine sprechen. Nur ein paar Wochen.«

Er gab keine Antwort, sondern versuchte, sich mit dem Gedanken anzufreunden. »Während du hier bist, überleg dir doch mal, ob du es wohl ertragen könntest, mit einem Cop verheiratet zu sein. Aber denk gründlich darüber nach.«

»Ja.« Emma legte die Arme um ihn. »Liebe mich, Michael.«

Der verräucherte kleine Club war gerammelt voll, die Musik dröhnte, und der Alkohol war offenbar mit Wasser versetzt. Auf der Tanzfläche drängelten sich die Menschen, die zukkenden Leiber glänzten unnatürlich unter den bunten Lichtern. Drogen und Geldscheine wurden so beiläufig ausgetauscht wie Telefonnummern.

Er war derartige Etablissements nicht gewohnt und hegte ganz sicher keine Vorliebe dafür. Leise fluchend quetschte er sich an einen kleinen Ecktisch und bestellte einen Scotch.

»Für ein Gespräch unter vier Augen hättest du dir einen geeigneteren Ort aussuchen können.«

Sein Gesprächspartner grinste und kippte seinen Whisky hinunter. »Vertrauliches bespricht man am besten in der Öffentlichkeit.« Mit einem goldenen Feuerzeug zündete er sich eine Zigarette an. »Das Gerücht will wissen, daß Jane geplaudert hat.«

»Ich weiß von dem Brief.«

»So, und du hast es nicht für nötig gehalten, das zu erwähnen?«

»Richtig.«

»Muß ich dich daran erinnern, daß das, was dich betrifft, auch mich angeht?«

»Der Brief hat nur mit Jane zu tun, nicht mit uns.« Er wartete, bis die Kellnerin seinen Drink vor ihn hingestellt hatte, dann nahm er den Faden wieder auf. »Aber es gibt etwas, das viel ernstere Auswirkungen haben könnte. Emma hat beunruhigende Träume.«

Der andere Mann lachte bloß und stieß eine Rauchwolke aus. »Was gehen mich Emmas Träume an?«

»Eine Menge. Denn die betreffen uns beide. Sie ist in therapeutischer Behandlung, und zwar bei der Psychologin, die auch Stevie Nimmons konsultiert hatte.« Nach einem Schluck von seinem Scotch entschied er, daß man mit dem Gebräu die halbe Menschheit vergiften könnte. »Es sieht so aus, als ob sie ihr Erinnerungsvermögen wiedergewinnt.«

In dem Gesicht des zweiten Mannes zeigte sich ein Anflug von Angst, der aber rasch bloßer Wut Platz machte. »Ich wollte sie schon vor Jahren aus dem Weg räumen.«

»Damals war das nicht nötig.« Sein Gesprächspartner zuckte die Achseln. »Aber jetzt sieht die Sache anders aus.«

»Ich habe nicht die Absicht, mir zum jetzigen Zeitpunkt noch die Hände schmutzig zu machen, alter Freund. Kümmere du dich mal schön selbst darum.«

»Ich habe schon Jane zum Schweigen gebracht.« Seine Stimme klang immer noch ruhig. »Wir müssen Emma im Auge behalten. Wenn sie uns gefährlich werden kann, bist du an der Reihe.«

»Gut. Aber ich tue es nicht, weil du es so willst, sondern weil ich mit Emma noch eine Rechnung offen habe.«

395

»Mr. Blackpool, würden sie mir wohl ein Autogramm geben?«

Er legte sein Feuerzeug auf den Tisch und lächelte die gutgebaute, rothaarige junge Frau an. »Natürlich, Süße. Ist mir ein Vergnügen.«

36

»Michael möchte mich heiraten.«

Katherine hob kaum merklich eine Augenbraue. »Und wie denkst du darüber?«

Ob dieser Standardbemerkung eines Therapeuten mußte Emma beinahe lachen. »Ich bin nicht allzu überrascht. Seit einiger Zeit weiß ich schon, daß er nur auf eine passende Gelegenheit gewartet hat, um mich zu fragen. Und wenn ich mit ihm zusammen bin, dann kann ich fast glauben, daß es gutgeht. Ein eigenes Heim und eine Familie, das habe ich mir schon immer gewünscht.«

»Liebst du ihn?«

»Ja.« In diesem Punkt gab es keinen Zweifel. »Ja, ich liebe ihn.«

Die Antwort kam ohne Zögern, registrierte Katherine. »Aber du hast hinsichtlich einer Heirat deine Bedenken?«

»Man kann nun wirklich nicht behaupten, daß ich gute Erfahrungen mit der Ehe gemacht habe.«

»Läßt sich denn Michael mit Drew vergleichen?«

»In welcher Hinsicht?«

Katherine sah sie nur schweigend an.

»Beide sind attraktive, willensstarke Männer.«

»Nichts weiter?«

Emma ging ruhelos im Zimmer auf und ab. Das Haus war still und leer. Es galt als ungeschriebenes Gesetz, daß sie jeden Nachmittag gegen drei mit Katherine alleine gelassen wurde. Eigentlich hatte sie gar nicht über Michael, sondern über ihre Alpträume sprechen wollen, doch ihre Gedanken kreisten ständig um ihn.

»Nein, nichts weiter. Sogar ehe ich herausfand, daß Drew gewalttätig war, hätte ich keine Gemeinsamkeiten feststellen können. Drew war achtlos im Umgang mit anderen Menschen, er war unfähig, jemandem echte Zuneigung entgegenzubringen. Wenn er wollte, konnte er ausgesprochen aufmerksam und charmant sein, aber das geschah nur aus Berechnung. Er erwartete immer eine Gegenleistung.«

»Und Michael?«

»Er zeigt echtes Interesse an anderen Menschen, zum Beispiel liebt er seine Familie... und mich. Er engagiert sich für andere, deshalb ist er auch in seinem Job so gut. Treue ist für ihn kein Fremdwort, verstehst du? Ich hätte nie geglaubt, daß ich noch einmal mit einem Mann zusammensein wollte. Mit ihm ins Bett gehen wollte. Doch als Michael und ich uns das erstemal geliebt haben, da habe ich Gefühle verspürt, die ich nie für möglich gehalten hätte.«

»Wenn du von Drew sprichst, heißt es ›ins Bett gehen‹, bei Michael sagst du ›sich lieben‹.«

»Tatsächlich?« Emma schenkte Katherine eines ihrer seltenen Lächeln. Eine Erinnerung kam in ihr auf – Johnno, der auf dem Bett ihres Hotelzimmers auf Martinique saß. *Wenn echte Gefühle ins Spiel kommen, dann ist es fast eine heilige Handlung.* »Man braucht keinen akademischen Grad, um das herauszubekommen.«

»Nein.« Zufrieden sank Katherine in die Kissen zurück. »Fühlst du dich in physischer Hinsicht wohl bei Michael?«

»Nein. Aber es ist eine wundervolle Art von Unbehagen.«

»Erregend?«

»Das auch. Aber ich kann nicht... ich kann nie die Initiative ergreifen.«

»Möchtest du das denn?«

»Ich weiß es nicht. Ich glaube – ich würde ihm gern zeigen, was ich für ihn empfinde. Aber ich habe Angst, etwas falsch zu machen.«

»Was denn genau?«

Verwirrt hob Emma die Hände und ließ sie wieder fallen. »Ich bin mir nicht sicher. Vielleicht könnte ich etwas tun, das ihn ärgert, oder...« Ungeduldig drehte sie sich zum Fenster.

397

»Ich kann Drew einfach nicht vergessen. Ich werde nicht los, was er einmal zu mir gesagt hat. Wie ungeschickt ich mich im Bett anstellen würde. Ich wäre lächerlich, hat er behauptet.« Wütend darüber, daß sie Drew noch immer gestattete, ihr Leben zu beeinflussen, wandte Emma sich wieder zu Katherine.

»Hast du schon mal darüber nachgedacht, daß dein angebliches Versagen im Bett zum großen Teil an deinem Partner und den Umständen liegen könnte?«

»Ja. Hier drin.« Emma tippte kurz mit dem Finger an ihre Schläfe. »Ich weiß, daß ich weder gefühlskalt noch leidenschaftslos bin. Trotzdem habe ich Angst davor, auf Michael zuzugehen; Angst, ich könnte etwas verderben.« Nachdenklich spielte sie mit einer kleinen Kristallpyramide, in der sich das Licht in allen Regenbogenfarben brach. »Und dann diese Alpträume. Ich habe vor Drew jetzt fast soviel Angst wie zu seinen Lebzeiten. Wenn ich ihn nur aus meinen Träumen verbannen könnte, wenn ich sein Gesicht und seine Stimme aus meinem Unterbewußtsein löschen könnte, dann wäre es mir vielleicht möglich, den nächsten Schritt mit Michael zu wagen.«

»Willst du das wirklich?«

»Natürlich. Glaubst du denn, ich will auch weiterhin bestraft werden?«

»Wofür?«

»Dafür, daß ich etwas, was er wünschte, nicht schnell genug ausgeführt habe. Oder daß ich dieses oder jenes falsch gemacht habe.« Erregt stellte sie die Kristallpyramide ab und kreuzte die Arme vor der Brust. »Oder dafür, daß ich ein unpassendes Kleid getragen habe. Daß ich Michael liebte. Er wußte es, er wußte, was ich für Michael empfand.« Emma nahm ihre nervöse Wanderung durch den Raum wieder auf. »Als er uns zusammen sah, auf meiner Ausstellung, da wußte er es. Deshalb hat er mich geschlagen. Ich mußte ihm versprechen, Michael nie wiederzusehen, und trotz dieses Versprechens hat er mich weiterhin geschlagen. Er wußte, daß ich mein Versprechen nicht halten würde.«

398

»Ein Versprechen, daß man unter Zwang abgegeben hat, ist nichts wert.«

Diese Logik wollte Emma nicht einleuchten. »Der springende Punkt ist, daß ich versucht habe, mein Versprechen zu halten, aber ich war dazu nicht in der Lage. Ich konnte einfach nicht. Also hat er mich bestraft.«

Emma ließ sich auf einen Stuhl fallen. »Ich habe gelogen«, fuhr sie eher zu sich als zu Katherine gewandt fort. »Ich habe Drew und mich selbst belogen.«

Katherine lehnte sich vor und fragte sanft: »Warum taucht Drew wohl in deinem Traum auf, dem Traum von der Nacht, in der Darren starb?«

»Damals habe ich auch gelogen«, murmelte Emma tonlos. »Ich habe mein Versprechen nicht gehalten und auf Darren achtgegeben. Deswegen haben wir ihn verloren. Papa und Bev haben sich verloren. Ich hatte geschworen, immer auf Darren aufzupassen, nie zuzulassen, daß ihm etwas geschieht. Aber ich habe mein Versprechen gebrochen, und niemand hat mich je dafür bestraft. Niemand hat mir die Schuld gegeben.«

»Doch. Du selber. Hast du dir nicht selbst die Schuld gegeben? Dich selbst bestraft?«

»Wenn ich doch nur nicht weggerannt wäre – er hat nach mir gerufen.« Für Bruchteile von Sekunden erinnerte sie sich an die Stimme, die sie verfolgt hatte, als sie die dunkle Diele entlanggeflohen war. »Er hatte solche Angst, und trotzdem bin ich nicht zu ihm zurückgegangen. Ich wußte, daß sie ihm weh tun würden, aber ich bin fortgelaufen. Und so ist er gestorben. Ich hätte bleiben müssen. Es wäre meine Pflicht gewesen, bei ihm zu bleiben.«

»Hättest du ihm denn helfen können?«

»Ich bin weggerannt, weil ich Angst um mich hatte.«

»Du warst ein Kind, Emma.«

»Wo liegt da der Unterschied? Ich habe ein Versprechen abgegeben. Man hält seine Versprechen, egal wie schwer es auch sein mag. Ich habe Drew eines gegeben, und ich bin bei ihm geblieben, weil...«

»Weil?«

399

»Weil ich eine Strafe verdient hatte.« Entsetzt schloß Emma die Augen. »O Gott. Bin ich etwa die ganzen Monate bei ihm geblieben, weil ich für Darrens Tod bestraft werden wollte?«

Katherine fühlte einen kurzen Augenblick lang eine tiefe Befriedigung. Genau darauf hatte sie hinausgewollt. »Zum Teil bestimmt. Du hast einmal gesagt, daß Drew dich an Brian erinnert. Du hast dir selber die Schuld an Darrens Tod gegeben, und in der kindlichen Vorstellungswelt folgt auf Schuld unweigerlich die Strafe.«

»Als ich Drew heiratete, wußte ich nichts von seiner Gewalttätigkeit.«

»Nein, du hast nur die schöne Fassade gesehen. Ein hübscher junger Mann mit einer wunderschönen Stimme. Romantisch. Bezaubernd. Du hast jemanden ausgewählt, den du für sanft und liebevoll gehalten hast.«

»Ich habe mich geirrt.«

»Ja, in bezug auf Drew hast du dich geirrt. Er hat dich und viele andere getäuscht. Er war ein Blender, nach außen hin so anziehend und so lieb, daß du die Überzeugung gewonnen hast, das zu verdienen, was er dir antat. Er hat deine Verwundbarkeit erkannt, benutzt und ausgebeutet. Du hast nicht um Prügel gebettelt, Emma. Genausowenig wie du für den Tod deines Bruders verantwortlich bist.« Katherine nahm Emma bei der Hand. »Ich glaube, wenn du diese Tatsache akzeptierst, voll und ganz, dann wirst du dich an den Rest erinnern. Und sobald du dich erinnerst, werden die Alpträume vergehen.«

»Ich werde mich erinnern«, flüsterte Emma. »Und diesmal werde ich nicht davonlaufen.«

Die Wohnung hatte sich kaum verändert. Marianne hatte ihr nur teilweise ihre eigene bizarre Note verliehen. Ein lebensgroßer aufblasbarer Plastik-Godzilla, eine riesige Plastikpalme, die immer noch im vollen Weihnachtsschmuck prangte, obwohl der Winterschlußverkauf schon im vollen Gang war, und ein ausgestopfter Beo, der vor dem Fenster in einem Reifen schaukelte, waren hinzugekommen. Die

400

Wände waren mit Mariannes Gemälden vollgestellt, und das Studio roch nach Farbe, Terpentin und Calvin Kleins Obsession.

Emma, die nur ein weites Sweatshirt, das über eine Schulter fiel, und mit Diamanten und Saphiren besetzte Ohrringe – ein Weihnachtsgeschenk ihres Vaters – trug, saß auf einem Stuhl in der Mitte des Raumes.

»Du bist total verkrampft«, beklagte sich Marianne, deren Bleistift flink über das Papier glitt.

»Das sagst du jedesmal, wenn du mich zeichnest.«

»Nein, du bist wirklich nicht entspannt.« Marianne schob den Bleistift in ihr Haar, das ihr jetzt in wilden Locken bis auf die Schultern fiel. »Liegt das daran, daß du wieder in New York bist?«

»Ich weiß es nicht. Vielleicht.« Doch in den letzten Tagen in London hatte sie gleichfalls unter ständiger Spannung gestanden. Sie konnte das Gefühl nicht loswerden, bespitzelt und verfolgt zu werden.

Blödsinn. Emma holte tief Atem. Aller Wahrscheinlichkeit nach rührte ihre innere Anspannung daher, daß sie endlich offen über ihre Probleme gesprochen hatte. Doch seit sie sich ihre ganze Qual von der Seele geredet hatte, fühlte sie sich im Grunde erleichtert.

»Sollen wir aufhören?« Trotz dieser Frage zog Marianne den Bleistift aus dem Haar und zeichnete eifrig weiter. Seit jeher wollte sie diesen stillen, wehmütigen Ausdruck in Emmas Augen festhalten. »Wir könnten einen Stadtbummel machen und mal bei Elizabeth Arden reinschauen. Ich hab' seit Wochen keine Kosmetikerin mehr gesehen.«

»Mir ist schon aufgefallen, wie furchtbar elend du aussiehst.« Emma lächelte, so daß das Grübchen in ihrem Mundwinkel zu tanzen begann. »Wie kommt's? Vitamine? Makrobiotik? Sex? Du siehst großartig aus.«

»Vielleicht Liebe.«

»Der Zahnarzt?«

»Wer? Ach was. Das ständige Gerede über Wurzelbehandlungen hat unserer Beziehung den Rest gegeben. Nein, er heißt Ross. Ich kenne ihn seit sechs Monaten.«

»Sechs Monate. Und du hast ihn nie zuvor erwähnt?«

»Ich wollte kein Unheil heraufbeschwören.« Achselzukkend riß Marianne das Blatt ab und begann, eine neue Zeichnung vorzubereiten. »Dreh dich mal ein bißchen, ja? Den Kopf mehr zur Seite. So ist's gut.«

»Was Ernstes?« Emma schaute aus dem Fenster. Auf der Straße hasteten die Menschen vorbei, offenbar trieb sie der scharfe Wind, der Regen oder Schneeschauer verhieß, nach Hause. Ein Mann stand rauchend im Eingang des Feinkostgeschäftes gegenüber. Emma hätte schwören können, daß er direkt zu ihr hochschaute. »Wie bitte?« fragte sie, als ihr bewußt wurde, daß Marianne mit ihr sprach.

»Ich sagte, es könnte ernst werden. Ich wünsche es mir. Unglücklicherweise handelt es sich um einen Senator.«

»Welchen?«

»Virginia. Kannst du dir das vorstellen? Ich mitten unter diesen aufgeputzten Washingtoner Ehefrauen?«

»Ja«, erwiderte Emma lächelnd. »Kann ich mir gut vorstellen.«

»Nachmittagstee und Protokolle.« Marianne rümpfte die Nase. »Wenn ich daran denke, daß ich womöglich eine ganze Rede über das Thema Verteidigungshaushalt durchstehen muß. Was gibt es denn da so Interessantes?«

»Nichts.« Kopfschüttelnd wandte sich Emma vom Fenster ab. »Da steht bloß ein Mann unten auf der Straße.«

»Na so was. Mitten in New York. Nicht schon wieder verkrampfen, Emma.«

»Entschuldige.« Bewußt blickte Emma in eine andere Richtung und versuchte, sich zu entspannen. »Verfolgungswahn«, meinte sie leichthin. »Und wann lerne ich den Herrn Politiker kennen?«

»Er ist in D. C.« Mit zwei Bleistiftstrichen warf Marianne Emmas Augenbraue auf das Papier. »Wenn du es nicht so eilig hättest, nach L. A. zurückzukommen, könntest du nächstes Wochenende mitkommen.«

»Also ist es doch was Ernstes.«

»Ziemlich. Emma, was ist denn da draußen bloß so faszinierend?«

»Es ist dieser Mann. Es kommt mir so vor, als ob er mich die ganze Zeit anschaut.«

»Klingt eher nach übertriebener Eitelkeit als nach Verfolgungswahn.« Marianne trat selber ans Fenster. »Wahrscheinlich wartet er auf Kunden. Verkappter Drogenhändler«, entschied sie. »Da wir gerade beim Thema sind: Was ist mit Michael? Willst du diesem Mann samt seinem Hund den Abschied geben?«

»Ich brauche Zeit.«

»Du hast dir mit Michael Zeit gelassen, seitdem du dreizehn bist«, stellte Marianne fest. »Wie fühlt man sich denn, wenn ein Mann seit über zehn Jahren hinter einem herrennt?«

»Ganz so ist das nicht.«

»Doch, genau so. Ich bin sowieso überrascht, daß er es fertiggebracht hat, in L. A. zu bleiben, obwohl du ein paar Tage hier verbringst.«

»Er möchte mich heiraten.«

»Welch eine Neuigkeit! Wer hätte das gedacht!«

»Ich schätze, ich will einfach noch nicht so weit vorausplanen.«

»Ja, weil du das Wort ›Heirat‹ aus deinem Vokabular gestrichen hast. Also, was wirst du tun?«

»Bitte?«

»Wirst du Michael heiraten?«

»Ich weiß es nicht.« Wieder schaute Emma aus dem Fenster. Der Mann stand immer noch da. »Ich werde abwarten, bis ich ihn wiedersehe. Vielleicht denken wir beide jetzt anders, wo sich die Dinge beruhigt haben und das Leben seinen normalen Gang geht. Verdammt!«

»Was ist?«

»Ich weiß gar nicht, warum ich nicht schon längst darauf gekommen bin. Papa hat wieder einen Leibwächter angeheuert.« Sie drehte sich um und sah Marianne mißtrauisch an. »Du weißt nicht zufällig etwas davon?«

»Nein.« Auch Marianne blickte wieder aus dem Fenster. »Brian hat keinen Ton davon gesagt. Mensch, Emma, der Kerl steht einfach nur da. Wie kommst du darauf, daß er deinetwegen hier ist?«

»Wenn du dein ganzes Leben lang unter Beobachtung gestanden hast, dann merkst du so was.« Ärgerlich trat sie vom Fenster zurück, wirbelte dann herum und riß es mit einem wütenden Fluch weit auf. »Hey!« Ihr unvermuteter Schrei verblüffte sie mindestens genauso wie den Mann auf der Straße. »Sagen Sie Ihrem Boß, ich kann auf mich selber aufpassen. Wenn ich Sie in fünf Minuten noch hier sehe, dann rufe ich die Polizei!«

»Geht's dir jetzt besser?« fragte Marianne hinter ihr.

»Viel besser.«

»Ich bin mir nicht sicher, ob er dich von hier aus hören konnte.«

»Der hat mich gehört«, sagte Emma zufrieden. »Da, siehst du? Er verschwindet.« Ein bißchen benommen zog sie den Kopf zurück. »Komm, laß uns gehen.«

Michael befaßte sich eingehend mit einigen Computerausdrucken. Es hatte ihn mehrere Tage Arbeit gekostet, diese Listen zu erstellen und zu vergleichen. In den letzten Wochen hatte er sich in den Fall Darren McAvoy genauso verbissen wie sein Vater vor zwanzig Jahren. Wort für Wort war er die Akten durchgegangen, hatte jedes Foto Zentimeter für Zentimeter betrachtet und wieder und wieder die Vernehmungsprotokolle gelesen. Soweit es ihm möglich war, versuchte er sich an seinen Besuch in dem Haus, damals mit Emma, zu erinnern, und hielt sämtliche Einzelheiten gleichfalls schriftlich fest.

Aufgrund der peinlich genauen Ermittlungen seines Vaters und Emmas Erinnerungsvermögens konnte er die Nacht von Darrens Tod im Geiste ziemlich genau nachvollziehen.

Musik. Er dachte an die Beatles, die Stones, Janis Joplin, die Doors.

Drogen. Alles von Gras bis hin zu LSD, großzügig geteilt.

Unterhaltungen, Diskussionen, Klatsch. Gelächter. Politische Debatten. Über Vietnam, Nixon und die Frauenbewegung.

Leute, die kamen und gingen. Einige waren eingeladen,

andere tauchten einfach auf. Keiner achtete auf ein unbekanntes Gesicht. Förmliche Einladungen galten als spießbürgerlich. Das Leben stand im Zeichen von Frieden, Liebe und Gemeinschaftlichkeit. So schön sich das anhörte, für einen Cop Anfang der Neunziger war es frustrierend.

Michael war im Besitz der Gästeliste, die sein Vater zusammengestellt hatte. Natürlich war diese beklagenswert unvollständig, aber dennoch ein Anfang. Tage hatte er damit verbracht herauszufinden, wo sich die auf der Liste erwähnten Leute in der Nacht von Jane Palmers Tod aufgehalten hatten. Sechzehn von ihnen, darunter alle vier Mitglieder von Devastation, ihr Manager und Bev McAvoy waren in London gewesen. Obwohl er sie am liebsten von der Liste der Verdächtigen gestrichen hätte, überprüfte Michael die Alibis sehr sorgfältig.

Zwölf Namen hatte der Computer ausgespuckt. Sollte es tatsächlich eine Verbindung zwischen zwei Morden, die im Abstand von zwanzig Jahren begangen worden waren, geben, dann mußte sie auf dieser Liste zu finden sein.

»Damit kann man schon mal arbeiten.« Michael beugte sich über die Schulter seines Vaters, so daß sie beide den Ausdruck betrachten konnten. »Ich möchte da gerne ins Detail gehen und alle möglichen Verbindungen zwischen diesen zwölf Personen und Jane Palmer ausleuchten.«

»Die McAvoys stehen auch auf deiner Liste. Du glaubst doch nicht etwa, daß sie ihren eigenen Sohn getötet haben?«
»Nein. Es geht mir um den Zusammenhang.« Michael öffnete einen Ordner. Er hatte verschiedene Namen mit gestrichelten Linien verbunden, so daß das Ganze einem von Brian, Bev und Jane angeführtem Familienstammbaum glich. Darunter standen die Namen von Emma und Darren. »Ich habe das mit Hilfe der Verhör-Protokolle zusammengestellt. Nehmen wir mal Johnno.« Michael fuhr mit dem Finger eine Linie entlang. »Er ist Brians ältester Freund, sie haben die Band zusammen gegründet. Während ihrer gesamten langen Trennung von Brian ist er auch mit Bev in Kontakt geblieben. Und er kennt Jane am längsten.«

»Was ist mit dem Motiv?«

405

»Entweder Geld oder Rache«, erläuterte Michael. »Beides trifft zweifellos auf Jane Palmer zu, aber bei allen anderen auf der Liste können wir nur Vermutungen anstellen. Blackpool.« Michaels Finger bewegte sich weiter nach unten. »Zum Zeitpunkt von Darrens Tod war er nur ein Mitläufer. Sein großer Durchbruch kam erst Monate später, als er einen Song aufnahm, den Brian und Johnno geschrieben haben. Dann wurde Pete Page sein Manager.« Er zog die Linien nach, die Blackpool mit Brian, Johnno, Pete und Emma verbanden.

»Kennt er die Palmer?« wollte Lou wissen.

»Konnte ich noch nicht herausfinden.«

Lou lehnte sich zurück und nickte beifällig. »Da stehen Namen auf deiner Liste, die sogar mir bekannt sind.«

»Alle Größen des Rock 'n' Roll.« Michael, der auf der Kante seines Schreibtisches Platz genommen hatte, zündete sich eine Zigarette an. »Wenn man als Hauptmotiv für diese Entführung Geldgier unterstellt, dann sind die meisten Personen auf dieser Liste aus dem Schneider. Und hier kommt Jane ins Spiel. Wenn die Idee von ihr stammt, könnte sie Erpressung, Drogen, Sex oder irgend etwas sonst benutzt haben, um jemand anders unter Druck zu setzen und so über diesen Jemand an Brian heranzukommen, mit Umweg über Darren. Sie hat Emma einmal dazu benutzt, ihn zurückzugewinnen, und hat nur Geld bekommen. Aber sie wollte mehr. Und die beste Möglichkeit, es zu bekommen, führte über Brians Sohn.«

Michael erhob sich und ging im Büro hin und her, während er den Faden fortspann. »Wenn sie ins Haus gelangt wäre, hätte sie das Ding vermutlich selbst gedreht. Doch sie war die letzte Person, die man dort willkommen geheißen hätte. Also hat sie jemand gefunden und irgendeinen Hebel angesetzt, um ihn gefügig zu machen.«

»Das klingt so, als ob du sie gut verstehst.«

»Ich glaube, das tue ich auch. Wenn wir davon ausgehen, daß die Entführung ihre Idee war, dann müssen wir einen Zusammenhang finden. Irgendwer auf dieser Liste war daran beteiligt.«

»Im Kinderzimmer hielten sich in dieser Nacht zwei Leute auf.«

»Und einer davon muß sich im Haus ausgekannt haben. Er mußte wissen, wie die Räume genutzt wurden, wer in welchem Zimmer gewohnt hat, wo die Kinder geschlafen haben und wie der Tag gewöhnlich verlief. Also muß derjenige sowohl mit Brian als auch mit Jane in Verbindung stehen.«

»Du vergißt eines, Michael.« Lou lehnte sich zurück, um seinen Sohn aufmerksam zu mustern. »Wenn dein Name auf diesem Blatt stünde, wie viele Linien würden zu dir führen? Nichts behindert eine Ermittlung so sehr wie persönliches Engagement.«

»Und nichts motiviert stärker.« Michael drückte seine Zigarette aus. »Ich bin mir nicht sicher, ob ich ohne Emma auch ein Cop geworden wäre. Sie ist damals zu uns gekommen, weißt du noch? So um Weihnachten rum. Sie wollte dich sehen.«

»Ja, ich erinnere mich.«

»Sie brauchte Hilfe, und so kam sie zu dir. Das hat mich stutzig gemacht. Vielleicht, habe ich mir gedacht, besteht die Polizeiarbeit ja doch nicht nur aus Protokollen, Formularen und Akten. Vielleicht konnte man ja wirklich Menschen helfen, die sonst keinen Ausweg mehr wußten. Irgend jemand muß schließlich wissen, was zu tun ist.«

Bewegt blickte Lou auf die Papiere auf seinem Schreibtisch. »Ich habe vor zwanzig Jahren nicht gewußt, was zu tun ist.«

»Welche Farbe hatten Darren McAvoys Augen?«

»Grün«, antwortete Lou. »Wie die seiner Mutter.«

»Siehst du? Du hast nie vergessen, nie aufgegeben. So, jetzt muß ich Emma vom Flughafen abholen. Kann ich den Kram hierlassen? Ich will nicht, daß sie das zu Gesicht bekommt.«

»Ja.« Lou hatte die feste Absicht, die Berichte seines Sohnes noch einmal Wort für Wort durchzugehen. »Weißt du was, Michael? Du hast dich zu einem guten Cop gemausert.«

»Eben ganz der Vater.«

407

37

Emma hatte sich selbst Zurückhaltung auferlegt. Ihre Beziehung zu Michael machte allzu rasante Fortschritte. Sie würde das Tempo ganz vorsichtig ein wenig drosseln. Ihr Buch stand kurz vor der Veröffentlichung; es war an der Zeit, ein eigenes Studio zu eröffnen und eventuell über eine weitere Ausstellung nachzudenken.

Wie konnte sie ihre eigenen Gefühle beurteilen? Ihr Leben war viel zu turbulent verlaufen. Es war so leicht, Liebe mit Dankbarkeit und Freundschaft zu verwechseln. Und dankbar war sie ihm, daran würde sich auch nie etwas ändern. Fast während ihres gesamten Lebens war Michael ihr Freund gewesen, immer gegenwärtig, auch wenn er sich weit von ihr entfernt aufhielt. Ihre Entscheidung war für sie beide das beste.

Sie hielt sich an dem Riemen ihres Fotokoffers fest, als sie durch die Zollkontrolle ging.

Da war er. Er bemerkte sie in demselben Augenblick wie sie ihn. Und all die vernünftigen, logischen Entscheidungen, die sie getroffen hatte, als sie dreitausend Meilen von ihm entfernt war, fielen in sich zusammen. Noch ehe sie ihn beim Namen rufen konnte, war er bei ihr, hob sie auf die Arme und küßte sie lange und ausdauernd, was zur Belustigung und auch zur Verärgerung der anderen Passagiere beitrug, denen er den Weg versperrte.

Als sie wieder zu Atem kam, streichelte sie kurz seine Wange. »Hi.«

»Hi.« Wieder küßte er sie. »Schön, dich zu sehen.«

»Ich hoffe, du hast nicht allzulang gewartet.«

»Es müssen jetzt über elf Jahre sein.« Michael, der Emma noch immer auf dem Arm hielt, wandte sich in Richtung Ausgang.

»Willst du mich nicht runterlassen?«

»Ich denke gar nicht daran. Wie war dein Flug?«

»Ruhig.« Lachend küßte sie ihn auf die Nase. »Michael, du kannst mich doch nicht durch den ganzen Flughafen tragen.«

»Es gibt kein Gesetz, das es mir verbietet. Ich hab's überprüft. Du hast doch sicher Gepäck dabei?«

»Ja, natürlich.«

»Willst du das jetzt sofort abholen?«

Emma erwiderte sein Grinsen, dann schlang sie die Arme um seinen Hals und ließ sich von ihm zum Ausgang tragen.

Zwei Stunden später lagen sie, eine Schüssel Eiskrem zwischen sich, in ihrem Bett.

»Seit ich dich kenne, habe ich lauter schlechte Angewohnheiten angenommen. Früher habe ich nie im Bett gegessen.« Emma tauchte ihren Löffel in das Eis und bot ihn Michael an. »Marianne und ich haben zu Schulzeiten immer Schokoriegel in unserem Zimmer gehortet und die nachts heimlich ins Bett geschmuggelt. Furchtbar dekadent kamen wir uns dabei vor.«

»Ich dachte immer, Mädchen pflegen nachts Jungs ins Zimmer zu schmuggeln.«

»Nein, bloß Schokolade. Von Jungs haben wir nur geträumt. Sex war unser Hauptthema, und was haben wir die Mädchen beneidet, die angeblich schon Erfahrungen hatten.« Sie lächelte ihn an. »Aber die Realität hat alle Erwartungen übertroffen.«

Michael spielte mit dem Spaghettiträger ihres Tops, der ihr von der Schulter gerutscht war. »Wenn ich hier einziehen würde, könnten wir unseren Horizont in dieser Hinsicht noch gewaltig erweitern.«

Er sah sie antwortheischend an. Emma wußte nicht, was sie dazu sagen sollte. »Michael, ich habe mich noch nicht entschieden, ob ich dieses Haus behalten oder mich nach einem anderen umsehen soll.« Zwar entsprach diese Behauptung durchaus der Wahrheit, doch beiden war klar, daß es eigentlich eher eine Ausrede als eine Antwort war. »Ich brauche genug Platz für ein Studio und eine Dunkelkammer. Es muß doch einen Ort geben, wo das alles möglich ist.«

»Hier in L. A.?«

»Ja.« New York würde nie wieder ihre Heimat werden. »Ich möchte hier von vorne anfangen.«

»Gut.«

Offenbar hatte er keine Ahnung, was sie unter einem Neuanfang verstand. »Ich muß mich darauf konzentrieren, Material für eine neue Ausstellung zusammenzutragen. Ich habe hier bereits einige Kontakte geknüpft, und wenn das mit dem Buch klappt...«

»Welchem Buch?«

Emma glättete die Laken und atmete einmal tief durch. »Meinem Buch. Vor ungefähr achtzehn Monaten habe ich die Rechte verkauft. Es handelt von Devastation und enthält Fotos aus meiner Kinderzeit bis hin zu der letzten Tournee, auf der ich Papa begleitet habe. Das Datum des Erscheinens ist schon mehrfach verschoben worden, weil... wegen allem, was geschehen ist. Aber jetzt soll es in sechs Monaten rauskommen.« Emma blickte aus dem Fenster. Der Wind hatte aufgefrischt und trieb graue Regenschwaden gegen die Scheibe. »Ich habe auch schon ein Konzept für ein zweites Buch entworfen. Der Verleger scheint interessiert zu sein.«

»Warum hast du mir nichts davon gesagt?« Ehe sie eine Entschuldigung stammeln konnte, nahm er ihr Gesicht in beide Hände und küßte sie. »Und wir haben nur Mineralwasser, um das Ereignis zu begießen.«

Emmas Anspannung ließ merklich nach. »Na und?«

»Meine Mutter bringt mich um, wenn du ihr nicht ein paar Erstausgaben signierst.«

Das war alles? dachte sie verwundert. Keine Forderungen, keine Fragen, keine boshafte Kritik? »Ich... der Verleger möchte, daß ich damit auf Werbetour gehe. Das bedeutet, daß ich öfter mal verreisen muß.«

»Und wann kann ich dich im Fernsehen bewundern?«

»Ich – ich weiß noch nicht. Ich habe dem Verleger gesagt, daß ich voll und ganz zur Verfügung stehe, wenn das Buch erscheint.«

Ihr Tonfall ließ ihn aufhorchen. »Soll das ein Test sein, Emma? Wartest du darauf, daß mir Reißzähne wachsen, wenn du mir erzählst, daß du ein eigenes Leben führst?«

»Vielleicht.«

»Tut mir leid, dich enttäuschen zu müssen.« Michael war im Begriff aufzustehen, doch sie hielt ihn zurück.

»Nicht. Falls ich mich nicht fair verhalte, entschuldige bitte, aber für mich ist es nicht immer leicht. Ich weiß, daß es unfair ist, Vergleiche anzustellen, aber unbewußt geschieht das schon mal.«

»Dann gib dir mehr Mühe«, schlug er lakonisch vor und langte nach seinen Zigaretten.

»Verdammt, Michael, er ist meine einzige Vergleichsbasis. Ich habe nie mit einem anderen Mann zusammengelebt, nie mit einem anderen geschlafen. Du verlangst von mir, daß ich so tue, als ob nichts geschehen sei, als ob ich niemals benutzt oder verletzt wurde. Ich soll das alles vergessen und einfach so weiterleben, damit du dich um mich kümmern kannst. Jeder Mann, der in meinem Leben bislang eine Rolle gespielt hat, wollte über mich bestimmen, weil er mich für zu schwach, zu dumm oder zu hilflos hielt, um meine eigenen Entscheidungen zu treffen.«

»Ist ja gut.«

Doch Emma war nicht mehr zu bremsen. »Mein Leben lang haben andere mir vorgeschrieben, was ich zu tun und zu lassen habe. Alles nur zu meinem Besten, versteht sich. Papa hat von mir verlangt, die Geschichte mit Darren zu vergessen, nicht darüber nachzugrübeln. Was er mit seinem eigenen Leben machte, ging mich natürlich auch nichts an. Dann hat Drew alles für mich geregelt. Ich war zu naiv, um mich um meine finanziellen Angelegenheiten, um meine Freunde oder meine Arbeit zu kümmern. Und ich war so daran gewöhnt, meine Wege vorgeschrieben zu bekommen, daß ich, ohne aufzumucken, alles mitgemacht habe. Jetzt soll ich wieder alles vergessen und mich an dich halten, damit du den großen Beschützer spielen kannst.«

»Glaubst du, daß ich deswegen hier bin?«

Sie drehte sich um. »Stimmt das denn nicht?«

»Teilweise vielleicht.« Michael stieß genüßlich den Rauch aus, ehe er seine Zigarette ausdrückte. »Wenn man jemanden liebt, hat man automatisch den Wunsch, ihn zu beschützen. Trotzdem will ich nicht, daß du vergißt, was zwischen dir und Latimer vorgefallen ist. Ich will, daß du lernst, damit zu leben, aber du sollst es beileibe nicht vergessen.«

»Das werde ich auch nicht.«

»Ich auch nicht.« Michael stieg aus dem Bett und ging zu ihr hinüber. Der Regen klatschte immer noch gegen die Fenster, untermalt vom Heulen des Windes. »Ich werde nie vergessen, was er dir angetan hat. Und von Zeit zu Zeit werde ich mir wünschen, er wäre noch am Leben, so daß ich ihn eigenhändig ins Jenseits befördern könnte. Aber ich werde auch nie vergessen, daß du nicht aufgegeben hast. Du hast den Kampf aufgenommen, und du hast überlebt. Du und schwach?« Vorsichtig zeichnete er die feine Narbe an Emmas Kinn nach. »Glaubst du wirklich, ich halte dich für schwach? Ich habe gesehen, was er an diesem Tag mit dir gemacht hat. Das Bild werde ich für den Rest meines Lebens vor Augen haben. Du hast dich nicht unterkriegen lassen, Emma.«

»Nein, und ich werde nie wieder zulassen, daß irgend jemand mein Leben kontrolliert.«

»Ich bin nicht dein Vater!« Er spie die Worte förmlich aus. »Und ich bin nicht Latimer. Ich will dein Leben nicht kontrollieren, sondern daran teilhaben.«

»Ich weiß selber nicht, was ich eigentlich will. Ich komme immer wieder zu dir zurück, und das erschreckt mich, weil ich nichts dagegen tun kann. Ich will nicht von dir abhängig sein, auch nicht gefühlsmäßig.«

»Verdammt, Emma!« Als das Telefon klingelte, fluchte er.

»Es ist für dich.« Emma hielt ihm den Hörer hin.

»Ja?« Er griff nach seinen Zigaretten, hielt dann inne. »Wo? In zwanzig Minuten. Ja, gut.« Er legte auf und sah Emma an, wobei er bereits in seine Jeans stieg. »Ich muß weg.«

Sie nickte nur. Es hatte Tote gegeben, das konnte sie ihm vom Gesicht ablesen.

»Wir sind hier noch nicht fertig, Emma.«

»Nein.«

Er legte sein Halfter um. »Ich bin zurück, so schnell ich kann.«

»Michael.« Instinktiv schlang sie die Arme um ihn. »Bis bald.«

412

Als er fort war, hatte sie keine Lust mehr, ins Bett zu kriechen. Der Regen war jetzt so dicht geworden, daß sie das Meer kaum noch erkennen konnte, sondern nur noch das Donnern der Wellen hörte. Das graue Licht, verbunden mit dem monotonen Geräusch des Wassers, hatte etwas Beruhigendes. Es war kühl genug, um das Feuer im Kamin zu entzünden, und sowie es hell brannte, rief sie beim Flughafen an, um ihr Gepäck liefern zu lassen.

Dann erst fiel ihr auf, daß sie zum erstenmal ganz allein im Haus war, in einem Haus, das ihr vielleicht bald gehören würde. Nachdem sie sich einen Tee aufgebrüht hatte, schlenderte sie langsam durch die Räume. Wenn sie das Haus kaufte, wäre eine Umgestaltung vonnöten. Der Raum über der Küche zum Beispiel konnte zu einem Studio ausgebaut werden. Das Licht dort war ideal – wenn die Sonne schien, natürlich.

Im oberen Stockwerk lagen drei große, luftige Schlafzimmer, viel zuviel Platz eigentlich, doch ihr gefiel die Geräumigkeit des Hauses. Nachdenklich schaute sie auf die Uhr. Ein Anruf beim Makler könnte sich lohnen. Doch ehe sie den Hörer aufnehmen konnte, klingelte das Telefon.

»Emma?«

»Papa.« Sie ließ sich auf der Sofalehne nieder.

»Ich wollte nur wissen, ob du gut angekommen bist.«

»Alles in bester Ordnung. Wie geht's dir?«

»Im Moment ist alles ein bißchen hektisch. Wir nehmen gerade die letzten Songs auf, aber es wird noch genug Zeit bleiben, um zu dir runterzukommen.«

»Papa, ich habe gesagt, mir geht es gut. Es gibt wirklich keinen Grund, warum du die lange Reise machen solltest.«

»Erstens möchte ich dich sehen, zweitens sind wir für drei Grammys nominiert.«

Emma erhob keine weiteren Einwände. »Natürlich. Herzlichen Glückwunsch.«

»Wir dachten daran, gemeinsam aufzukreuzen. Du kommst doch zur Verleihung?«

»Liebend gerne.«

»Vielleicht möchtest du Michael mitbringen. Pete besorgt euch die Eintrittskarten.«

»Ich frage ihn. Aber er steckt im Augenblick bis zum Hals in Arbeit.«

»Regel du das. Ende der Woche kommen wir, um mit den Proben zu beginnen. Pete läßt fragen, ob du bei der Verleihung einen Teil der Präsentation übernehmen möchtest.«

»Ich weiß nicht so recht.«

»Es würde mir viel bedeuten, wenn du die Ankündigung übernimmst, falls Johnno und ich den Grammy für den Song des Jahres erhalten.«

Sie lächelte. »Und falls nicht, kann ich immer noch eure Namen vorlesen.«

»Genau. Du paßt doch gut auf dich auf, nicht wahr?«

»Ja, darüber wollte ich mit dir sprechen.« Emma klemmte den Hörer an das andere Ohr. »Papa, ich will keinen Leibwächter mehr. Ich bin durchaus in der Lage, auf mich selbst achtzugeben, also zieh ihn wieder ab.«

»Welchen Leibwächter?«

»Den, den du angeheuert hast, ehe ich London verließ.«

»Ich habe niemanden eingestellt, Emma.«

»Hör zu, ich...« Sie brach ab. Er hielt zwar oft Dinge vor ihr verborgen, aber er log sie niemals an. »Du hast also niemand beauftragt, mir zu folgen?«

»Nein. Ich bin gar nicht auf den Gedanken gekommen, das könnte notwendig sein. Hat dich jemand belästigt? Ich kann auch schon früher dasein...«

»Nein.« Seufzend rieb sie sich die Augen. »Niemand hat mich belästigt. Marianne hat recht, ich leide unter Verfolgungswahn. Ich schätze, ich habe mich einfach noch nicht daran gewöhnt, zu kommen und zu gehen, wie es mir beliebt, aber ich gedenke, das zu tun.« Wie um ihre Worte zu bestätigen, traf sie rasch eine Entscheidung. »Sag Pete, daß ich mich freuen würde, die Grammys zu überreichen. Ich gehe gleich morgen auf die Suche nach einem passenden Kleid.«

»Wegen der Proben wird sich jemand mit dir in Verbindung setzen. Halt dir einen Abend frei, Bev und ich möchten dich und Michael gerne zum Essen ausführen.«

»Ich frage ihn. Er ist . . . Papa«, fragte sie aus einem Impuls heraus, »weswegen hast du eigentlich gegen Michael nichts einzuwenden?«

»Er ist dein Fels in der Brandung, und er liebt dich genauso sehr wie ich. Er wird dich glücklich machen, und mehr will ich nicht.«

»Das weiß ich. Ich hab' dich lieb, Papa. Bis bald.«

Vielleicht war alles wirklich ganz einfach, dachte sie, als sie den Hörer einhängte. Sie hatte einen Mann gefunden, der sie liebte und glücklich machen konnte. Emma zweifelte weder an Michaels Gefühlen noch an ihren eigenen. Nur wußte sie nicht, ob sie fähig war, ihm all seine Liebe zurückzugeben.

In einen Regenmantel gewickelt, lief sie aus dem Haus. Zumindest konnte sie Michael mit einer warmen Mahlzeit überraschen, wenn er zurückkam.

Es bereitete ihr großes Vergnügen, den Einkaufswagen durch die Gänge zu schieben, hier etwas aus dem Regal zu nehmen, dort etwas auszuwählen. Schließlich schleppte sie drei bis zum Platzen gefüllte Einkaufstüten zum Auto zurück. Obwohl es erst drei Uhr nachmittags war, mußte sie schon das Licht einschalten, da der Regen die Straße in ein schummriges Licht tauchte.

Kaum jemand sonst war unterwegs. Vermutlich warteten die meisten Leute den Sturm ab, ehe sie einkaufen gingen. Vielleicht fiel ihr deshalb der Wagen hinter ihr sofort auf. Er bog ab, wo sie abbog, und hielt immer den gleichen Abstand zu ihr. Emma schaltete das Radio ein und bemühte sich, den anderen Wagen zu ignorieren.

Verfolgungswahn, schimpfte sie im stillen.

Dennoch blickte sie unwillkürlich immer wieder in den Rückspiegel und mußte feststellen, daß die Doppelscheinwerfer unverändert hinter ihr leuchteten. Emma gab Gas, ein bißchen mehr, als auf der nassen, glatten Straße angebracht war. Die Scheinwerfer blieben auf gleicher Höhe hinter ihr. Auch als sie das Gas wegnahm, fiel ihr Verfolger gleichfalls zurück. Nervös auf ihre Unterlippe beißend schwenkte sie scharf nach links, wobei ihr Wagen ausbrach und leicht ins Schleudern geriet. Der Fahrer hinter ihr riß

415

ebenfalls das Steuer nach links und schlingerte gefährlich über die Straße.

Emma bemühte sich verzweifelt, ihren Wagen wieder unter Kontrolle zu bekommen, gab dann Vollgas und raste nach Hause, darum betend, daß der kleine Vorsprung genügen würde.

Sie hatte die Finger schon am Türgriff, ehe sie die Handbremse anzog. Nur ins Haus, in Sicherheit! Auf keinen Fall wollte sie sich schutzlos im Freien aufhalten, wenn das andere Fahrzeug hier auftauchte. Ohne an ihre Einkäufe zu denken, sprang sie aus dem Wagen und schrie vor Schreck auf, als sich eine Hand auf ihren Arm legte.

»Lady!« Der junge Mann fuhr zurück und verlor beinahe das Gleichgewicht. »Was ist denn los?«

»Was wollen Sie?«

Regen tropfte von einer blauen Kappe auf eine platte, sommersprossige Nase. Die Augen waren nicht zu erkennen. »Ist das Ihr Haus?«

Emma hielt die Schlüssel fest in der Hand. Besser als gar keine Waffe, dachte sie. »Warum?«

»Ich habe hier drei Gepäckstücke, American Airlines Flug Nummer 457 aus New York, für Emma McAvoy.«

Ihr Gepäck! Fast hätte sie laut gelacht. »Entschuldigung. Sie haben mich irritiert. Sie sind hinter mir hergefahren, seit ich den Supermarkt verlassen habe, und ich dachte schon, jemand verfolgt mich.«

»Ich warte seit zehn Minuten hier«, korrigierte er und hielt ihr ein Klemmbrett unter die Nase. »Bitte hier unterschreiben.«

»Aber...« Sie sah gerade noch ein Fahrzeug langsam auf das Haus zukommen. Die Person hinter dem Steuer war in dem dichten Regen nicht zu erkennen. »Es tut mir leid«, wiederholte sie. »Würden Sie bitte hier warten, bis ich meine Einkäufe ins Haus gebracht habe?«

»Hören Sie mal, Lady, ich hab' noch mehr zu tun.«

Emma zog einen Zwanziger hervor. »Bitte.« Ohne sein Einverständnis abzuwarten, ging sie zum Auto, um es auszuräumen.

Im Haus angelangt überprüfte sie als erstes, ob alle Türen verschlossen waren. Das Kaminfeuer verbreitete ein beruhigendes Licht und gemütliche Wärme, so daß Emma bald davon überzeugt war, einen Fehler gemacht zu haben. Und als das andere Fahrzeug innerhalb der nächsten zwanzig Minuten nicht mehr auftauchte, war sie sich dessen ganz sicher.

Das Kochen trug zu ihrer Entspannung bei, die Düfte, die aus dem Topf aufstiegen, die leise Musik. Draußen wurde es langsam dunkel, während der Regen immer noch unaufhörlich leise zur Erde fiel. Wieder vollkommen beruhigt, beschloß Emma, nach oben zu gehen und auszupacken.

Das Geräusch eines Wagens, der draußen vorbeifuhr, schürte ihre Panik von neuem. Wie erstarrt blieb sie am Fuß der Treppe stehen und blickte aus dem dunklen Fenster. Bis dato war ihr noch gar nicht aufgefallen, welch leichtes Ziel sie in dem hell erleuchteten Haus bot. Bremsen quietschten, und eine Autotür fiel zu.

Sie war gerade auf dem Weg zum Telefon, als sie Schritte vor der Tür hörte. Ohne zu zögern, lief sie zum Kamin und packte den Feuerhaken, der daneben lag. Besser als nichts.

Sie war allein, und er wußte das, dachte Emma entsetzt, und nur, weil sie dumm genug gewesen war, bei voller Festbeleuchtung, ohne die Vorhänge zu schließen, im Haus herumgelaufen war. Da stand das Telefon. Sie würde Hilfe herbeirufen, und wenn die Hilfe nicht schnell genug eintraf, dann würde sie sich selbst helfen.

Ihr Herz klopfte wie wild, als sie den Hörer abnahm.

»Emma! Ich ertrinke hier draußen!«

»Michael?« Der Hörer entglitt ihrer Hand und fiel zu Boden. Achtlos warf sie auch den Feuerhaken beiseite und stürzte zur Tür, um mit unsicheren Fingern aufzuschließen. Als sie die Tür geöffnet und sich in seine Arme geworfen hatte, lachte sie bereits wieder.

38

Es trieb Emma zum Wahnsinn, daß sie immer noch ständig über ihre Schulter schaute, ohne sich dessen bewußt zu sein. Fast eine Woche war vergangen, seit sie in das Haus am Strand zurückgekehrt war – und seit Michael und Conroy inoffiziell bei ihr eingezogen waren. Ein Test, dachte sie manchmal, ein Test für die Zukunft, an die sie langsam wieder zu glauben begann. Mit Michael zu leben, ihr Bett und ihre Zeit mit ihm zu teilen, gab ihr kein Gefühl von Gefangenschaft, sondern von Normalität, ja fast von Glück.

Doch trotz ihrer inneren Zufriedenheit meinte Emma immer noch, sie würde beobachtet. Meistens achtete sie nicht auf dieses Gefühl oder verdrängte es einfach, indem sie sich einredete, ihr seien wahrscheinlich wieder Reporter oder Fotografen auf den Fersen, die Material für einen Exklusivbericht benötigten.

Diese Leute konnten sie und das, was sie mit Michael zusammen aufbaute, nicht berühren.

Dennoch hielt sie die Türen verschlossen und Conroy immer dicht bei sich, wenn sie alleine war.

Wie oft sie sich auch sagen mochte, daß sie Gespenster sah, sie fuhr fort, auf der Hut zu sein. Sogar wenn sie mitten im hellen Sonnenlicht den Rodeo Drive entlangging, kam es ihr so vor, als bohrten sich Augen in ihren Rücken.

Eigentlich war sie mehr verlegen als ängstlich, und trotzdem wünschte sie, sie hätte die Limousine genommen, anstatt selber zu fahren.

Auch in einem anderen Punkt hatte sie sich getäuscht. Sie hatte angenommen, es würde ihr Freude bereiten, nach einem schicken Outfit für den Abend der Grammy-Verleihung zu suchen, sich von den Verkäuferinnen verwöhnen und verhätscheln zu lassen, aber sie war nur erleichtert, als alles vorüber war und sie die Kleiderschachtel auf dem Rücksitz des Wagens verstauen konnte.

Dieser leidige Verfolgungswahn, dachte sie bei sich. Wenn sie Katherine davon erzählte, würde diese nur auf übliche Psychiatermanier die Augenbraue heben und interessierte kleine Geräusche von sich geben. Die arme Emma! Ihr Geisteszustand war doch immer noch bedenklich labil! Jetzt glaubt sie schon, sie wird verfolgt, hat Angst, daß jemand ins Haus eindringt, sobald sie es verläßt. Und dann dieses seltsame Knacken im Telefon. Ob sie wohl abgehört wird?

O je! Emma rieb sich die Schläfen und lachte gequält. Demnächst würde sie sich noch vor dem Schlafengehen vergewissern, daß niemand unter ihrem Bett lag. Dann wäre sie wirklich reif für die Klapsmühle.

Sie parkte vor dem Auditorium und griff nach ihrer Kamera. Fast wie in alten Tagen, dachte sie belustigt. Devastation probte, und sie machte Aufnahmen davon.

Das Bewußtsein, die Vergangenheit bewältigt zu haben und für die Zukunft gerüstet zu sein, empfand sie als äußerst befriedigend.

Als sie aus ihrem Auto stieg, stellte sich Blackpool ihr in den Weg.

»So sieht man sich wieder, Emmylein.«

Es erboste sie ungemein, daß sie unwillkürlich zusammenzuckte, sowie sie ihn erkannte. Ohne ihn einer Antwort zu würdigen, wollte sie sich an ihm vorbeischlängeln, doch er versperrte ihr den Weg und drückte sie mit ebensolcher Leichtigkeit gegen ihr Auto, wie er sie einst gegen die Wand ihrer Dunkelkammer gedrückt hatte.

Lächelnd strich er mit dem Zeigefinger über ihren Nacken. »Begrüßt man so alte Freunde?«

»Geh mir aus dem Weg!«

»Deine Manieren lassen aber sehr zu wünschen übrig.« Blackpool riß sie so hart am Haar, daß sie nach Luft schnappte. »Kleine Mädchen, die im Überfluß aufwachsen, werden immer zu verwöhnten, zickigen Biestern. Ich dachte, dein Mann hätte dir Benehmen beigebracht – ehe du ihn umgebracht hast.«

Emma begann am ganzen Körper zu zittern, doch nicht vor Angst, wie sie schnell erkannte, sondern vor Wut, heißer, kaum zu unterdrückender Wut. »Du Dreckskerl! Laß mich in Ruhe!«

»Wir zwei werden uns jetzt ein bißchen unterhalten, wir

beide ganz alleine. Los, steig ein!« Er zog sie an den Haaren mit sich.

Emma riß sich mit einem Ruck los und rammte ihren Fotokoffer mit aller Gewalt in seinen Unterleib. Als er sich vor Schmerz zusammenkrümmte, wich sie zurück und prallte gegen einen anderen Körper. Ohne nachzudenken wirbelte sie herum und hätte beinahe Stevie eine schallende Ohrfeige versetzt.

»Halt, halt.« Er fing ihre Hand ab, ehe sie mit seiner Nase kollidieren konnte. »Du wirst dich doch nicht an einem armen ehemaligen Junkie vergreifen, der hier nur in Ruhe Gitarre spielen möchte.« Sacht legte er ihr die Hand auf die Schulter. »Gibt es irgendwelche Probleme?«

Verächtlich drehte sich Emma nach Blackpool um, der sich wieder etwas erholt hatte und mit geballten Fäusten an ihrem Auto stand. Freude, gepaart mit tiefer Zufriedenheit, überkam sie. Sie hatte sich erfolgreich zur Wehr gesetzt! »Nein, es gibt keine Probleme.« Arm in Arm mit Stevie ging sie zum Theater.

»Was sollte das denn bedeuten?«

Das zufriedene Lächeln lag immer noch auf Emmas Gesicht. »Ach, nichts. Der Kerl ist einfach nur ein unverschämter Aufreißer.«

»Und du bist ja eine echte Amazone! Ich bin herbeigeeilt, um dir in der Not beizustehen, aber die Dienste des weißen Ritters wurden verschmäht.«

Emma küßte ihn lachend auf die Wange. »Du hättest ihn unangespitzt in den Boden geschlagen.«

»Ich weiß nicht. Immerhin ist er größer als ich. Besser, daß du selbst ihn erledigt hast. Ein blaues Auge macht sich im Fernsehen nicht so gut.«

»Ein Veilchen hätte dir glänzend gestanden; es zeugt von Mut und Tapferkeit.« Sie legte ihm den Arm um die Taille. »Erzähl Papa bitte nichts davon.«

»Brian ist ziemlich flott mit den Fäusten. Ich hätte Blackpool nur zu gerne ein paar Zähne ausspucken sehen.«

»Ich auch«, murmelte sie. »Dann warte wenigstens, bis die Verleihung vorbei ist.«

»Einem hübschen Gesicht konnte ich noch nie widerspre-
chen.«

»Apropos: Hast du Katherine inzwischen überreden können, dich zu heiraten?«

»Nein, aber so langsam wird sie schwach. Sie ist in London
geblieben, sagt, sie hätte zu viele Patienten und könnte nicht
weg, aber im Grunde genommen will sie nur testen, ob ich
alleine klarkomme.«

»Und? Tust du das?«

»Ich denke schon. Komm, da drüben steht Bri.«

Emma verschwendete keinen weiteren Gedanken an
Blackpool, und sie schaute auch nicht mehr ständig über ihre
Schulter, sondern war viel zu sehr von ihren Fotos in
Anspruch genommen, wenn sie nicht gerade über Musik dis-
kutierte oder Geschichten aus alten Zeiten lauschte.

P. M. verschwand als erster. Ihn zog es zu Frau und Kind
zurück.

»Er wird alt«, behauptete Johnno, der sich auf den Stuhl
neben ihr plumpsen ließ. »Aber Himmel, wir werden alle alt.
Nicht mehr lange, und du fügst uns die letzte Schmach zu
und machst uns alle zu Großvätern.«

»Johnno, irgendwie schaffen wir es immer, deinen Schaukelstuhl zum Mikrofon zu schieben.«

»Du bist ein Biest, Emma.«

»Ich hatte einen guten Lehrer!«

Die Dämmerung brach bereits herein, als Emma zu ihrem
Auto ging. Irgendwann im Laufe des Nachmittags hatte
Regen eingesetzt. Die Straßen glänzten vor Nässe, die Luft
war kühl und neblig. Emma graute es vor ihrem leeren Haus.
Michael arbeitete noch, wie es in der letzten Zeit häufig vor-
kam.

Sie ließ den Motor an und drehte das Radio auf, wie immer,
wenn sie ziellos umherfuhr. Sie würde sich ein paar Stunden
lang mit sich selbst beschäftigen, einfach nur die Straßen entlangfahren, zum Strand vielleicht, oder auch in die Berge.

Mit sich und der Welt im Einklang, gab sie Gas und ließ
sich von der Musik überfluten. Da sie nicht in den Rückspie-

gel sah, bemerkte sie auch den Wagen nicht, der sich unauffällig hinter ihr einordnete.

Michael überprüfte zum x-ten Mal seine Listen. Er hatte eine
weitere Verbindung herstellen können. Die Arbeit ging quä-
lend langsam voran, doch jedes neue Glied in der Kette
brachte ihn seinem Ziel näher.

Jane Palmer hatte viele Männer verschlissen. Jeden einzelnen ausfindig zu machen, würde sein Lebenswerk werden,
dachte Michael grimmig. Doch jetzt hatte er einen aufge-
spürt, dessen Name auf der Liste stand.

Die Palmer war mit Hilfe von Brians Geld aus ihrer schäbigen kleinen Behausung in eine große, komfortable Wohnung
in Chelsea gezogen, wo sie von 1968 bis 1971 lebte, ehe sie
das Haus in der King's Road kaufte. Und die meiste Zeit des
Jahres 1970 hatte ein Mann die Wohnung mit ihr geteilt, ein
aufstrebender junger Nachtclubsänger namens Blackpool.

Michael rieb sich die übermüdeten Augen, bis sie brannten. Höchst interessant, dachte er: Während die McAvoys in
den Bergen von Hollywood lebten, hatte Jane Palmer mit
Blackpool zusammengewohnt. Blackpool, der in dieser
Dezembernacht die bewußte Party der McAvoys besucht
hatte.

Und war es nicht mehr als merkwürdig, daß Jane in ihrem
Buch diese Beziehung unterschlagen hatte? Sie, die jeden
erwähnte, der auch nur den geringsten Grad an Berühmtheit
in Anspruch nehmen durfte, hatte Blackpool, dessen Name
Mitte der Siebziger in aller Munde war, keiner Bemerkung
gewürdigt. Das konnte nur einen Grund haben. Keiner der
beiden wünschte, daß man sich an diese Beziehung erinnerte.

McCarthy lugte ins Zimmer. »Kesselring, wirst du heute
noch mal fertig? Ich habe Hunger.«

»Robert Blackpool hat von Juni '70 bis Februar '71 mit der
Palmer Wohnung und Bett geteilt.«

»Jeder kriegt, was er verdient!«

Michael drückte McCarthy eine Mappe in die Hand. »Ich
brauche alles Wissenswerte über Blackpool.«

»Und ich brauche ein Steak!«

»Ich spendier' dir ein halbes Rind«, versprach Michael, als sie in den Gemeinschaftsraum zurückgingen.

»Weißt du, Partner, die ganze Geschichte hat deinen Sinn für Humor ruiniert. Und meinen Appetit. Blackpool ist ein großer Star, verdammt. Dem kannst du nicht so einfach einen zwanzig Jahre zurückliegenden Fall anhängen.«

»Mag sein, aber alles reduziert sich jetzt auf acht Namen, und seiner ist einer davon.« Michael setzte sich an seinen Schreibtisch und zündete sich eine Zigarette an. »Irgendwer hat sich an meiner Pepsi vergriffen!«

»O Gott! Ich ruf' sofort die Bullen!« McCarthy beugte sich vor. »Mike, jetzt mal im Ernst, du bist von dieser Sache regelrecht besessen.«

»Willst du mir Vorschriften machen, Mac?«

»Ich bin dein gottverdammter Partner, Mann. Wenn du darauf bestehst, ja, dann will ich dir Vorschriften machen. Wir müssen deine Arbeit mit erledigen, während du dich in diesen Fall verrennst, also mach mal halblang.«

Durch den Rauchschleier hindurch maß Michael seinen Partner mit einem langen Blick. Seine Stimme klang gefährlich sanft, als er meinte: »Ich weiß sehr gut, wie ich meinen Job zu machen habe.«

Er befand sich auf schlüpfrigem Boden. McCarthy wußte nur zu gut, wieviel Spott und Hänselei Michael in den ersten Jahren hatte einstecken müssen. »Aber ich bin außerdem noch dein Freund, und als solcher sage ich dir, daß du niemandem nützt, wenn du so weitermachst, deiner Herzensdame am allerwenigsten.«

Langsam beruhigte sich Michael wieder. »Ich bin ganz nah dran, das spüre ich. Es kommt mir nicht mehr so vor, als läge das alles zwanzig Jahre zurück, sondern so, als wäre es erst gestern geschehen und ich wäre unmittelbar dabeigewesen.«

»Du hörst dich an wie dein alter Herr.«

»Genau.« Michael stützte die Ellbogen auf den Tisch und rieb sich das Gesicht. »Ich glaube, ich werde verrückt.«

»Typischer Fall von Überarbeitung. Gönn dir ein paar freie Stunden. Sieh das Ganze lockerer.«

Michael starrte auf die Papiere, die sich auf seinem Schreibtisch häuften. »Ich geb' dir ein Steak aus, wenn du mir die Informationen über Blackpool besorgst.«

Emma hielt an und betrachtete durch die Nebelschwaden hindurch das Haus. Sie hatte sich gar nicht bewußt dazu entschlossen, hierherzufahren. Vor Jahren hatte sie schon einmal im Auto gesessen, mit Michael, und auf das Haus gestarrt, erinnerte sich Emma. Nur war damals ein sonniger Tag gewesen.

Die Fenster waren erleuchtet, doch Emma konnte keine Umrisse von den Bewohnern wahrnehmen. Sie fragte sich, wer nun dort leben mochte. Schlief ein Kind in ihrem ehemaligen Zimmer, oder dort, wo Darrens Bettchen einmal stand? Sie hoffte es jedenfalls. Die Tragödie sollte nicht ewig ihre Schatten werfen. Einst war dies ein fröhliches Haus gewesen, voller Leben und Gelächter. Emma hoffte, es würde heute wieder so sein.

Alles hatte sich verändert, sie selbst vielleicht am stärksten. Sie fühlte sich nicht länger als bloßer Schatten jener Männer, die ihr Leben so stark bestimmt hatten. Schließlich und endlich konnte sie sich als Ganzes akzeptieren und nicht nur als Teil derer, die sie liebte.

Hoffentlich würde sie heute nacht von dem Haus träumen. Und wenn das geschähe, dann würde sie die Tür öffnen. Sie würde stehenbleiben, in das Zimmer treten und ihr Weg würde sie endlich zum Licht führen.

Emma löste die Handbremse und fuhr langsam die enge Straße zurück. Vor sechs Monaten wäre sie noch nicht in der Lage gewesen, alleine hierherzukommen, sich all ihren Gefühlen zu stellen. Es tat so gut, keine Angst mehr zu haben.

Die Scheinwerfer tauchten so plötzlich in ihrem Rückspiegel auf und kamen so nahe, daß Emma geblendet wurde. Instinktiv legte sie eine Hand vor die Augen, um das grelle Licht zu dämpfen.

Vermutlich betrunken, dachte sie, während sie nach einer Möglichkeit suchte, den Wagen vorbeizulassen.

Als das Auto sie von hinten rammte, umklammerte sie automatisch das Steuerrad. Der kurze Moment des Schocks kostete sie wertvolle Sekunden, so daß sie gefährlich nah an die Leitplanke geriet. Die Reifen quietschten auf, als sie das Lenkrad herumriß, und das Herz schlug ihr bis zum Hals.

»Arschloch!« Mit zitternden Händen wischte sie sich einen Tropfen Blut von der Lippe, die sie vor Schreck aufgebissen hatte. Dann wurde sie erneut von den Lichtern geblendet, und der Sicherheitsgurt schnitt scharf in ihren Brustkorb, als ihr Verfolger sie zum zweitenmal erwischte.

Zum Nachdenken oder gar zur Panik war keine Zeit. Ihr hinterer Kotflügel schabte knirschend an der Leitplanke entlang. Der Wagen hinter ihr fiel etwas zurück, während sie haarscharf an einer riesigen Eiche vorbeischoß und mit überhöhter Geschwindigkeit eine S-Kurve nahm.

Da war er wieder! Ehe die Lichter ihr die Sicht raubten, konnte sie einen Blick auf den Wagen erhaschen; und dieses Bild brannte sich fest in ihr Gedächtnis ein.

Das war kein Betrunkener. In einem Winkel ihres Gehirns breitete sich nackte Panik aus. Jemand versuchte, sie zu töten, und das war eine Tatsache, keine Ausgeburt ihrer Fantasie und keine Wahnvorstellung. Sie konnte die Scheinwerfer ganz klar erkennen, hörte das Knirschen, wenn Metall auf Metall traf, spürte das Vibrieren der Lenkung.

Jetzt tauchte ihr Gegner links von ihr auf, versuchte, sie von der Straße abzudrängen. Emma konnte sich selbst schreien hören, während sie verzweifelt das Gaspedal durchtrat und um die nächste Kurve raste.

Sie würde ihn nicht abhängen können. Emma blinzelte gegen das Licht und bemühte sich, einen klaren Kopf zu behalten. Sein Wagen war größer und schneller, außerdem befand sich der Jäger dem Gejagten gegenüber immer im Vorteil. Die Straße ließ ihr keinen Raum, ihn auszumanövrieren, und sie führte ohne Abzweigung steil nach unten.

Er ging wieder auf Kollisionskurs. Sie konnte den dunklen Umriß des Wagens, der näher und näher kam – so wie eine Spinne im Netz auf ihr Opfer zukroch –, genau erkennen. Jeden Moment würde er sie über die Klippen schieben.

Mit dem Mut der Verzweiflung lenkte sie scharf nach links und nutzte den Überraschungsmoment, um einen kleinen Vorsprung herauszuschinden. Doch dann sah sie die Lichter, die auf sie zukamen.

Mit einem stillen Gebet auf den Lippen nutzte sie ihre letzte Chance und beschleunigte. Das entgegenkommende Fahrzeug wich auf die Gegenfahrbahn aus, Bremsen kreischten, ein wütendes Hupen ertönte. Sie bekam gerade noch mit, daß der Wagen hinter ihr nach rechts ausbrach.

In der Kurve hatte sie einen Augenblick lang das Gefühl, ganz allein auf der Straße zu sein. Dann hörte sie das Krachen, das sich mit ihren eigenen Schreien vermischte, während sie die kurvenreiche Straße hinunterschoß, auf die rettenden Lichter von L. A. zu.

McCarthy hatte recht behalten. Nach einer Mahlzeit und einer einstündigen Pause fühlte Michael sich nicht nur besser, sondern er konnte auch wieder klar denken. Als Sohn eines Cops konnte er sich nur seiner eigenen Kontaktpersonen, sondern auch der seines Vaters bedienen. Er rief Lous Pokerfreund an, der bei der Einwanderungsbehörde tätig war, dann seinen Kontaktmann beim Straßenverkehrsamt und schließlich Inspektor Carlson in London.

Keiner war sehr erfreut, zu dieser Stunde behelligt zu werden, doch nach einer warmen Mahlzeit fiel es Michael leicht, seinen Charme zu versprühen.

»Ich weiß, es ist nicht zulässig, Inspektor, und es tut mir wirklich leid, Sie zu stören – o je, ich habe die Zeitverschiebung total vergessen. Es tut mir *sehr* leid. Ja, ich bräuchte ein paar Hintergrundinformationen. Robert Blackpool. Ja, der Blackpool. Ich möchte wissen, wer er ist, woher er kommt und was vor 1970 geschehen ist, dann kann ich die Fäden entwirren.« Rasch machte er sich eine Notiz, Pete Page anzurufen. »Alles, was Sie herausfinden können. Sobald ich was weiß, sind Sie der erste, der...«

Er brach ab, als Emma hereinstürmte, die Augen glasig vor Entsetzen. Ein Blutstropfen schimmerte auf ihrer Schläfe.

Sie fiel auf den Stuhl vor seinem Schreibtisch. »Bitte hilf

426

mir«, stieß sie hervor. »Jemand versucht, mich umzubringen.«

Michael schnitt Inspektor Carlson einfach das Wort ab. »Was ist passiert?« Besorgt nahm er ihr Gesicht in seine Hände.

»Auf der Straße in den Bergen... ein Auto... wollte mich abdrängen.«

»Bist du verletzt?« Michael untersuchte sie rasch. Es schien nichts gebrochen.

Andere Stimmen riefen durcheinander, von allen Seiten. Ein Telefon klingelte und klingelte. Plötzlich kamen die Lichter auf sie zu, der Raum drehte sich vor ihren Augen, dann rutschte sie vom Stuhl.

Etwas Kühles, Feuchtes bedeckte ihre Stirn. Stöhnend öffnete sie die Augen.

»Alles okay«, beruhigte sie Michael. »Du warst eine Minute weggetreten. Hier, trink das. Es ist nur Wasser.«

Den Kopf an seinen Arm gebettet, nippte sie vorsichtig. Sie war in Sicherheit. Auf unerklärliche Weise war sie wieder in Sicherheit. »Ich will mich aufsetzen.«

»Vorsichtig.«

Emma blickte sich verwirrt um. Sie befand sich in einem Büro, vermutlich in dem von Michaels Vater. Einmal war sie schon hier gewesen, als sie sehen wollte, in welcher Umgebung Michael arbeitete. Sehr schlicht und einfach. Ein ordentlich aufgeräumter Schreibtisch, mit dem Bild einer Frau in der Ecke. Michaels Mutter. Hinter dem Schreibtisch stand ein weiterer Mann, dünn, mit zurückweichendem Haar.

»Entschuldigung. Sie sind Michaels Partner?«

»McCarthy.«

»Ich habe Sie vor ein paar Tagen kennengelernt.«

Er nickte. Sie mochte erschüttert sein, aber ihr Verstand funktionierte.

»Emma.« Michael berührte sacht ihre Wange, damit sie ihn ansah. »Erzähl uns, was passiert ist.«

»Ich dachte, ich hätte mir das eingebildet.«

»Was?«

»Daß jemand hinter mir her ist. Kann ich bitte noch etwas Wasser haben?«

»Natürlich.« Ihre Hände zitterten so stark, daß Michael ihr den Becher an die Lippen hielt. »Wer war hinter dir her?«

»Das weiß ich nicht. Seit ich London verlassen habe, dachte ich... vielleicht habe ich Halluzinationen.«

»Erzähl mir alles.«

»Ich glaubte, jemand verfolgt mich.« Emma schielte mißtrauisch zu McCarthy, suchte in seinen Augen nach Zweifel oder Belustigung. Doch er saß nur ruhig auf dem Schreibtisch und hörte ihr zu. »Ich war mir ganz sicher. Nach so vielen Jahren mit Leibwächtern weiß man, wenn man beobachtet wird. Warum das so ist, kann ich allerdings nicht erklären.«

»Das mußt du auch nicht«, beschwichtigte Michael. »Weiter.«

Als sie ihn ansah, kamen ihr beinahe die Tränen. Er meinte es so, wie er es sagte. Sie würde ihm nie etwas erklären müssen. »Schon während meines Aufenthaltes in New York ist mir jemand aufgefallen, der Mariannes und meine Wohnung bespitzelt hat. Zuerst war ich überzeugt, Papa hätte wieder einen Leibwächter angeheuert. Aber als ich ihn fragte, verneinte er das, und so dachte ich, ich hätte mich geirrt. Und dann, in der ersten Nacht in L. A., ist mir ein Auto vom Supermarkt nach Hause gefolgt.«

»Du hast mir nie davon erzählt.«

»Ich wollte, aber...« Emma überlegte eine Weile. »Ich kam mir so dumm vor. Ich dachte, jemand wäre im Haus gewesen, während ich unterwegs war, und dann fand ich, daß das Telefon irgendwie komisch klang, so, als ob ich abgehört würde. Typisch für Leute, die unter Verfolgungswahn leiden.«

»Laß den Unsinn, Emma.«

Beinahe lächelte sie. Michael ließ einfach kein Selbstmitleid bei ihr aufkommen. »Ich kann zwar nicht beweisen, daß all diese Vorfälle mit dem Unfall von heute nacht zusammenhängen, aber ich fühle es.«

»Kannst du jetzt darüber reden?« Er hatte ihr bewußt etwas Zeit gelassen; nun waren ihre Hände merklich ruhiger, und der glasige Ausdruck war aus ihren Augen verschwunden.

»Ja.« Tief durchatmend bemühte sie sich, alles, was ihr von dem Ereignis draußen auf der Straße im Gedächtnis geblieben war, möglichst zusammenhängend zu berichten. »Ich bin einfach weitergefahren«, endete sie. »Ich weiß nicht, ob jemand verletzt worden ist oder was aus dem anderen Wagen wurde. Ich habe gar nicht darüber nachgedacht, bis ich heil hier angekommen war. Ich bin nur weitergefahren.«

»Du hast genau richtig gehandelt. Sieh dir mal ihren Wagen an«, instruierte Michael seinen Kollegen. »Emma, konntest du den Fahrer erkennen?«

»Nein.«

»Das Auto? Typ? Farbe?«

»Ja.« Wieder ganz ruhig nickte sie. »Ich habe mir so viele Details gemerkt, wie ich nur konnte. Der Wagen war dunkelblau oder schwarz – ich bin mir nicht sicher. Ich verstehe nichts von Automarken, aber es war ein großer Wagen, nicht so ein kleiner wie meiner. Könnte ein Cadillac oder Lincoln gewesen sein. Nummernschild von L. A.-MBE, glaube ich, aber im Nebel konnte ich die letzten Nummern nicht erkennen.«

»Das hast du prima gemacht.« Er küßte sie liebevoll. »So, und jetzt bringen wir dich ins Krankenhaus.«

»Ich will nicht ins Krankenhaus!«

Er fuhr mit dem Finger über ihre Schläfe. »Du hast hier eine Beule so groß wie ein Hühnerei.«

»Ich merke gar nichts davon. Ich will nicht, Michael. Ich habe für den Rest meines Lebens genug von Krankenhäusern.«

»Na schön. Dann wird dich jetzt jemand nach Hause fahren und bei dir bleiben.«

»Kannst du das nicht machen?«

»Ich muß erst die Sache hier klären«, begann er und schaute dann auf, als McCarthy eintrat.

»Sie müssen ja gefahren sein wie der Teufel, Miß McAvoy.«

»Emma«, sagte sie. »Ich hatte viel zu große Angst, um darüber nachzudenken.«

»Mike, kommst du mal für 'ne Minute mit?«

»Bleib sitzen. Ich bin gleich wieder da«, meinte Michael, als er aufstand. Dann bemerkte er den Gesichtsausdruck seines Partners und schloß die Tür hinter sich. »Nun?«

»Keine Ahnung, wie sie es geschafft hat, mit heilen Knochen da rauszukommen. Der Wagen sieht aus, als ob er zwischen zwei Dampfwalzen geraten ist.« Beiläufig legte er Michael die Hand auf den Arm. »Ich habe veranlaßt, daß einer der Jungs die Krankenhäuser überprüft, ehe ich mir den Wagen angesehen habe. Gerade kam die Meldung. Schwerer Unfall in den Bergen. Sie mußten den Typen aus einem funkelnagelneuen Cadillac befreien. Blackpool«, sagte er und bemerkte, daß Michaels Augen sich verengten. »Er liegt im Koma.«

39

Michael stand am Fuß des Krankenhausbettes und musterte den Mann, der versucht hatte, Emma zu töten. Es hatte ihn schlimm erwischt. Sein Gesicht war nur noch eine Fratze, und sollte er mit dem Leben davonkommen, würde er den Gesichtschirurgen eine Menge Arbeit bescheren. Doch sein Leben hing an einem seidenen Faden. Er hatte zu viele innere Verletzungen davongetragen.

Michael interessierte es herzlich wenig, ob Blackpool überlebte oder starb. Er benötigte nur fünf Minuten.

Mittlerweile hatte er den Hintergrundbericht über dessen Leben erhalten, unvollständig zwar, doch sehr aufschlußreich. Der Mann, der hier mit dem Tode rang, hieß eigentlich Terrance Peters und war bei der Polizei kein Unbekannter. Sein Vorstrafenregister reichte von Ladendiebstahl über Vandalismus bis hin zu verschiedenen Eigentumsdelikten. Später hatte er dann vornehmlich Frauen überfallen, gedealt und sich mit Einbrüchen über Wasser gehalten, ehe er einen anderen Namen annahm und als Nachtclubsänger sein Glück versuchte. Er war in London untergetaucht, und obwohl man ihn mehrerer Unfälle verdächtigte, hatte man ihm nie etwas nachweisen können.

Das Blatt wendete sich, als er sich mit Jane Palmer zusammentat.

Und zwar zum Schlechteren, dachte Michael. Zwanzig Jahre haben wir gebraucht, du Scheißkerl, aber jetzt haben wir dich.

»Mr. Blackpool ist nicht vernehmungsfähig«, gab der Arzt zu bedenken. »Er braucht Ruhe.«

»Ich fasse mich kurz.«

»Ich kann Sie nicht mit ihm allein lassen.«

»Wunderbar. Zeugen sind mir immer willkommen.« Michael trat zu dem Bett. »Blackpool!« Die Lider des Verletzten flackerten, beruhigten sich, dann flackerten sie wieder. »Blackpool, ich muß mit Ihnen über Darren McAvoy reden.«

Blackpool öffnete mühsam die Augen. Sein Blick war vor Schmerz getrübt. »Sind Sie'n Cop?«

»Richtig.«

»Verpissen Sie sich. Ich hab' Schmerzen.«

»Wenn ich Zeit habe, bedaure ich Sie. Freund, du gehst auf deine letzte Reise. Also...«

»Wo ist der Arzt?«

»Ich bin Dr. West, Mr. Blackpool. Sie sind...«

»Schaffen Sie mir diesen Hurensohn vom Hals!«

Ohne auf ihn zu achten, beugte Michael sich vor. »Es ist ein guter Zeitpunkt, um Ihr Gewissen zu erleichtern.«

»Ich habe keins.« Blackpools hämisches Lachen endete in einem röchelnden Keuchen.

»Man kann nie wissen. Wir wissen alles über Sie, auch von der verpatzten Entführung von Brian McAvoys kleinem Jungen.«

»Sie hat sich also erinnert.« Da Michael keine Antwort gab, schloß Blackpool die Augen. Haß und Wut waren stärker als die Schmerzen. »Typisch, daß dieses Luder sich an mich erinnert und nicht ihn. Ein ganz leichter Job, hat er gesagt. Ohne Risiko. Schnapp dir den Kleinen und kassier ein ordentliches Lösegeld. Dabei war er an Geld gar nicht interessiert. Und dann, als alles danebenging, hat der feine Herr sich rausgehalten. Überließ es mir, die Spuren zu beseitigen. Vertrau mir, hat er gesagt, behalt die Nerven, und du kriegst alles, was du willst.«

»Wer?« fragte Michael eindringlich. »Wer war mit dabei?«

»Zehntausend Pfund hat er abgedrückt. Reichte zwar nicht an die Million ran, die wir verlangen wollten, aber immerhin – ein nettes Sümmchen. Mußte nur die Ruhe bewahren und alles ihm überlassen. Der Kleine war tot, und das Mädchen litt unter Amnesie. Ein Trauma, hat er gesagt. Klein-Emma stand unter Schock, konnte sich nicht erinnern. Keiner würde davon erfahren, und er würde dafür sorgen, daß ich ganz nach oben komme. In McAvoys Fahrwasser.«

Wieder lachte er und rang dabei nach Atem.

»Sie müssen jetzt gehen, Detective.«

Michael schüttelte den Arzt ab. »Einen Namen, verdammt. Nennen Sie einen Namen!«

Blackpool öffnete mühsam die rotgeränderten, wässrigen und immer noch tückisch blickenden Augen. »Fahr zur Hölle!«

»Die Sache bricht dir den Hals«, knirschte Michael. »Entweder krepierst du hier in diesem Bett oder du atmest eine Ration Giftgas ein. Schön legal. Aber du bleibst auf der Strecke. Nur – du kannst alleine gehen oder ihn mitnehmen, das liegt bei dir.«

»Sie kriegen ihn dran?«

»Ich kümmere mich persönlich darum.«

Lächelnd schloß Blackpool wieder die Augen. »Page war's. Pete Page. Sagen Sie ihm, wir sehen uns in der Hölle wieder.«

Emma beobachtete einige Arbeiter, die die großen Schiebetüren am Ende der Bühne instand setzten. In wenigen Stunden würde sie durch eine dieser Türen schreiten und zum Mikrofon gehen. »Ich hab' Lampenfieber«, gestand sie Bev. »Lächerlich, nicht wahr? Ich brauche einfach nur dazustehen, die Namen zu verlesen und die Auszeichnungen zu überreichen.«

»Möglichst an deinen Vater und Johnno. Komm, gehen wir in die Garderobe. Die dürfte jetzt leer sein, alle anderen sind beschäftigt.«

»Willst du denn nicht in den Saal gehen?« Emma schaute auf ihre Uhr. »In zehn Minuten fangen sie an.«

»Noch nicht. Hoppla, entschuldige, Annabelle.«

Emma hätte sich ohrfeigen können, weil sie ihre Kamera zu Hause gelassen hatte. Die in einen knallrosa, mit Goldmünzen verzierten Seidenanzug gehüllte Annabelle, die gerade dabei war, eine Windel zu wechseln, bot wirklich ein Bild für Götter.

»Keine Sorge. Er ist schon fast trocken.« Annabelle nahm den kleinen Samuel Ferguson auf den Arm und knuddelte ihn. »Ich wollte ihn nur noch schnell füttern und trockenlegen. Heute abend konnte ich ihn ja schlecht bei seinem Kindermädchen lassen, dann hätte er ja Papas großen Auftritt versäumt.«

Emma sah dem Baby in die schläfrigen Augen. »Ich glaube nicht, daß er durchhält.«

»Er muß nur ein kleines Schläfchen machen.« Annabelle bettete ihren Sohn auf das Sofa. »Würdet ihr wohl für ein paar Minuten auf ihn aufpassen? Ich muß P. M. suchen.«

»Aber sicher«, murmelte Bev, beugte sich über das Baby und streichelte den kleinen Kopf.

»Es dauert höchstens zehn Minuten.« Zögernd blieb Annabelle an der Tür stehen. »Bist du sicher? Wenn er aufwacht...«

»Dann werden wir ihn schon beruhigen«, versprach Bev.

Mit einem letzten besorgten Blick auf ihren Sohn schloß Annabelle leise die Tür hinter sich.

»Wer hätte gedacht, daß die flippige Lady Annabelle mal eine so hingebungsvolle Mutter wird?« meinte Emma belustigt.

»Ein Baby verändert dich.« Bev setzte sich auf die Sofalehne, um den schlafenden Samuel nicht zu wecken. »Ich wollte mit dir unter vier Augen sprechen.«

433

Unwillkürlich tastete Emma nach der Beule an ihrer Schläfe. »Halb so schlimm. Kein Grund zur Sorge.«

Bev nickte. »Dazu komme ich später. Erst habe ich dir etwas zu sagen, obwohl ich mir nicht sicher bin, wie du das aufnehmen wirst.« Sie holte tief Atem. »Brian und ich bekommen ein Kind.«

Vor Verblüffung blieb Emma der Mund offenstehen. »Ein Baby?«

»Ja, ich weiß. Wir waren selber überrascht, obwohl wir es uns gewünscht haben. Nach all den Jahren – eigentlich sind wir nicht ganz bei Trost. Ich bin fast zweiundvierzig.«

»Ein Baby«, wiederholte Emma.

»Kein Ersatz für Darren«, betonte Bev. »Nichts und niemand kann Darren je ersetzen. Und es ist auch nicht so, daß wir dich nicht lieben, wie man eine Tochter nur lieben kann, aber...«

»Ein Baby!« Lachend schloß Emma ihre Stiefmutter in die Arme. »Ach, ich freue mich ja so für dich. Und für mich. Für uns alle. Wann ist es denn soweit?«

»Ende des Sommers.« Bev hielt Emma ein Stückchen von sich entfernt und sah ihr ernst ins Gesicht. Doch was sie dort las, trieb ihr die Tränen in die Augen. »Wir haben befürchtet, du würdest dich aufregen.«

»Aufregen? Ich?« Emma fuhr sich mit dem Handrücken über die Wange. »Warum sollte ich mich aufregen?«

»Es bringt Erinnerungen zurück. Brian und ich müssen uns mit unserer eigenen Vergangenheit auseinandersetzen. Ich hätte nie gedacht, daß ich mir einmal ein anderes Kind wünschen würde, aber, Emma, ich freue mich wahnsinnig. Ich will dieses Kind haben, für mich, für Bri, aber – ich weiß, wie sehr du Darren geliebt hast.«

»Wir alle haben ihn geliebt.« Genau wie vor über zwanzig Jahren legte Emma eine Hand auf Bevs Bauch. »Ich kann es kaum noch erwarten. Ich werde dieses Kind genauso lieben wie Darren, und diesmal wird alles gutgehen.«

Kaum hatte sie zu Ende gesprochen, da gingen plötzlich die Lichter aus, und schlagartig stieg die alte Angst in Emma hoch, so daß sie automatisch nach Bevs Hand tastete.

»Alles in Ordnung«, beruhigte Bev. »Nur ein Kurzschluß. In einer Minute haben sie das repariert. Ich bin ja hier.«

»Ich bin okay.« Diese unkontrollierte, lächerliche Angst vor dem Dunkel war eine weitere Schwäche, die es ein für allemal zu überwinden galt, befahl Emma sich. »Vielleicht ist es nur die Garderobenbeleuchtung. Ich gehe mal nachsehen.«

»Ich komme mit.«

»Nein.« Emma tastete sich zur Tür, deren Umrisse sie in der Finsternis kaum erkennen konnte. Ein raschelndes Geräusch hinter ihr ließ sie herumfahren. Das Baby bewegt sich, redete sie sich ein, obwohl ihr Mund wie ausgetrocknet schien. Es gab keine Monster, und sie hatte auch keine Angst im Dunkeln.

Ihre suchende Hand fand die Türklinke, aber statt Erleichterung durchströmte sie eine wilde, unbegründete Angst. Sie sah sich die Tür öffnen. Öffnen und ins Zimmer schauen. Das Baby weinte. Welches Baby? Benommen versuchte sie, die zwei Babys auseinanderzuhalten, das, welches hinter ihr auf dem Sofa schlief, und das, welches in ihrer Erinnerung weiterlebte.

Instinktiv zog Emma die Hand zurück. Sie würde die Tür nicht öffnen. Sie wollte nichts sehen. Ihr Herzschlag schien in ihrem Kopf widerzuhallen – im Rhythmus einer Musik, die sie nie vergessen hatte.

Diesmal war es kein Traum, mahnte Emma sich. Sie war hellwach. Fast ihr ganzes Leben lang hatte sie darauf gewartet, endlich zu erfahren, was jenseits dieser Tür lag.

Mit klammen Fingern schob sie die Tür auf; die wirkliche und die, vor der sie in ihren Träumen so oft gestanden hatte. Und da wußte sie es.

»O Gott!«

»Emma.« Bev, die das Baby tröstend auf den Arm genommen hatte, streckte die Hand nach ihr aus. »Was ist?«

»Es war Pete.«

»Bitte? Ist Pete schon da?«

435

»Er war damals in Darrens Zimmer.«

Bevs Finger schlossen sich um Emmas Arm. »Was sagst du da?«

»Er war in jener Nacht bei Darren. Als ich die Tür öffnete, hat er sich zu mir umgedreht und mich angesehen. Jemand anders hat Darren festgehalten, so fest, daß er weinte. Ich kannte ihn nicht. Pete hat mich angelächelt, aber er war böse auf mich. Ich rannte fort, obwohl das Baby weinte.«

»Es ist Samuel«, murmelte Bev. »Nicht Darren. Emma, komm, setz dich.«

»Es war Pete.« Stöhnend barg Emma ihr Gesicht in den Händen. »Ich habe ihn genau gesehen.«

»Und ich habe gehofft, du würdest dich nicht erinnern.«

Als Emma die Hände sinken ließ, sah sie ihn auf der Schwelle stehen. In der einen Hand hielt er eine Taschenlampe. In der anderen eine Pistole.

Bev, die das Baby fest an sich drückte, starrte auf den Schatten in der Tür. »Ich verstehe nicht ganz. Was geht hier vor?«

»Emma ist überreizt.« Pete sprach ganz ruhig, wobei sein Blick eindringlich auf Emma ruhte. »Du kommst besser mit mir.«

Nicht noch einmal, dachte Emma verzweifelt. Es durfte nicht noch einmal geschehen. Ohne nachzudenken warf sie sich auf Pete. Die Taschenlampe fiel ihm aus der Hand, so daß der geisterhafte Lichtstrahl seltsame Figuren an die Wand und an die Decke malte.

»Lauf!« schrie sie Bev zu, während sie versuchte, wieder auf die Füße und aus Petes Nähe zu kommen. »Nimm das Baby und lauf! Hol Hilfe! Er wird ihn umbringen.« Wütend trat sie nach Pete, der sie zu packen versuchte. »Er darf nicht noch ein Baby umbringen. Hol Papa!«

Mit dem greinenden Baby im Arm floh Bev in Richtung Bühne.

»Es ist zu spät«, sagte Emma, als Pete sie auf die Füße zog. »Das Spiel ist aus. Sie werden jeden Moment hier sein.«

Auf der Bühne gingen bereits die Scheinwerfer an. Rufe und das Trappeln herbeieilender Füße kamen immer näher.

436

Pete, mittlerweile zu allem entschlossen, stieß Emma vor sich her. Als das kalte Metall der Waffe ihr Kinn berührte, gab sie ihren Widerstand auf. »Sie wissen, daß du es warst.«

»Sie hat mich nicht gesehen«, knurrte er. »Es war zu dunkel, sie kann mich nicht erkannt haben.« So mußte es einfach sein. Er weigerte sich, eine andere Möglichkeit in Betracht zu ziehen, sonst war alles vorbei.

»Bev weiß es.« Emma zuckte zusammen, als er sie die Treppe hinaufzerrte. »Jeder weiß jetzt Bescheid. Sie kommen und holen dich, Pete. Du hast verloren.«

Das durfte nicht sein. Er hatte zu hart gearbeitet, alles zu sorgfältig geplant. »O nein. Ich weiß, was ich zu tun habe. Ich bringe das in Ordnung.«

Die Bühne wimmelte inzwischen von Menschen. Pete packte ihr Haar fest mit der Linken. »Wenn du schreist, erschieße ich dich.«

Er brauchte Zeit zum Nachdenken. Hastig schleifte er die sich sträubende Emma zum Lastenfahrstuhl. Seine Aufmerksamkeit war einen Augenblick von ihr abgelenkt, während er seine Chancen abwog. Diesen Augenblick nutzte Emma, um die Phoenixbrosche von ihrer Jacke zu lösen und zu Boden fallen zu lassen.

Dabei hatte er sich alles so leicht vorgestellt. In der Dunkelheit, in der allgemeinen Verwirrung wollte er sie sich schnappen. In seiner Tasche steckten die Tabletten, die zu nehmen er sie zwingen wollte. Er hatte ihr ein schnelles, schmerzloses Ende zugedacht.

Aber nun war alles anders gekommen.

Wie beim ersten Mal.

»Warum?« Von ihrer Höhenangst überwältigt, sank Emma in dem Aufzug zu Boden. »Warum hast du Darren das angetan?«

Kalter Schweiß lief ihm in Strömen am Körper hinunter und durchtränkte sein leichtes Leinenhemd. »Ihm sollte nichts geschehen. Es sollte ein... ein Werbegag sein.«

Emma erfaßte den Sinn dieser Worte nicht gleich. »Was?«

»Deine Mutter kam auf diese Idee.« Er blickte auf sie hinunter. Nein, sie würde ihm keine allzugroßen Schwierigkei-

437

ten bereiten. Sie war jetzt schon so weiß wie ein Laken. Immer schon war ihr in Flugzeugen oder Fahrstühlen übel geworden. Höhenangst. Nachdenklich betrachtete er die Knopfleiste des Fahrstuhls. Warum war er nicht schon eher darauf gekommen?

Die Grammy-Verleihung würde gleich eröffnet werden. So lief das Showbusineß nun mal ab. Lebte nur von Illusionen. Und während Millionen Fernsehzuschauer wie gebannt auf den Bildschirm starrten, suchten ein paar vereinzelte Leute hinter der Bühne nach Emma. Hier oben hatte er genug Zeit zum Nachdenken, dazu, den nächsten Schritt zu planen.

Der Fahrstuhl erzitterte und blieb stehen. »Wovon sprichst du eigentlich?«

»Von Jane. Sie hat ständig mehr Geld verlangt, drohte, die Presse zu informieren. Zuerst hat mir dieser Gedanke schlaflose Nächte beschert, bis ich erkannt habe, daß der Rummel um deine Person den Plattenumsatz gewaltig gesteigert hat.« Pete riß sie hoch. Ihre Haut fühlte sich klamm an, und die Beine wollten sie nicht recht tragen. Um so besser. Er legte ihr einen Arm um den Hals und stieß sie die nächste Treppe hoch.

Sie mußte ihn zum Sprechen bringen. Emma kämpfte Angst und Übelkeit entschlossen nieder. Bev war mit dem Baby entkommen, und bald würde man sie hier finden.

Jetzt konnte sie ruhig schreien, was die Lungen hergaben, dachte Pete. Hier oben würde niemand sie hören. Er schob eine Tür auf und schubste Emma aufs Dach. Der eisige Wind pfiff ihr ins Gesicht, brachte sie wieder ganz zu sich.

»Wir sind bei Darren stehengeblieben.« Die Augen fest auf ihn gerichtet, wich sie langsam zurück. Das Dach war in helles Sonnenlicht getaucht, und in einem Winkel ihres Bewußtseins fragte sie sich, wie es möglich war, daß sie sich nach so langer Zeit endlich aus dem Dunkel befreit hatte. »Ich will wissen, warum...« Ihr Rücken stieß an eine niedrige Mauer. Leicht schwankend, blickte sie in die Tiefe, biß dann die Zähne zusammen und konzentrierte sich auf ihr Gegenüber. »Erklär mir, was du in Darrens Zimmer zu suchen hattest.«

Er konnte es sich leisten, Nachsicht zu üben. Beinahe

438

wären ihm die Dinge aus der Hand geglitten, aber nun schöpfte er wieder Hoffnung. Er würde einen Ausweg finden. »Anfangs ging alles gut. Dann kamen die Probleme. Innerhalb der Band gab es Zwistigkeiten. Irgendwie mußten sie aufgerüttelt werden. Jane schleppte Blackpool an, verlangte, daß ich einen Star aus ihm machen sollte, einen größeren Star als Brian. Und sie forderte mehr Geld. Dann betrank sie sich.« Pete winkte unwillig ab. »Auf jeden Fall bot sie mir eine Lösung an. Wir wollten Darren entführen. Die Presse würde sich auf die Story stürzen, uns würde das die Sympathie des Publikums einbringen, die Platten würden sich besser verkaufen, die Band sich wieder zusammenfinden und Blackpool und Jane könnten das Geld behalten. Jedem wäre damit gedient gewesen.«

Weder die Höhe noch die auf sie gerichtete Pistole jagten ihr länger Angst ein. Die Sonne ging langsam unter, während sie Pete fassungslos ansah. »Willst du damit sagen, daß mein Bruder sterben mußte, nur damit euer Plattenumsatz steigt?«

»Es war ein Unfall. Blackpool hat die Nerven verloren. Dann kamst du noch dazu. Es war einfach eine unglückliche Verkettung von Umständen.«

»Eine unglückliche...« Da begann sie zu schreien, laut und anhaltend, als sie auf ihn losging.

40

Als Michael hereinstürmte, befand sich alles im Garderobenbereich in Aufruhr. Im Saal dröhnte Applaus auf, als ein weiterer Gewinner bekanntgegeben wurde.

»Wo ist sie?«

»Er hat sie mitgenommen.« Bev, von ihrer überstürzten Flucht mit dem Baby noch immer außer Atem, klammerte sich in Brians Arm. »Er ist bewaffnet. Sie hat ihn abgelenkt, so daß ich mit dem Kleinen davonkommen konnte, um Hilfe zu holen. Pete«, sagte sie wie betäubt. »Es war Pete.«

»Es ist erst ein paar Minuten her«, erklärte Brian. »Die Sicherheitsbeamten sind bereits hinter ihm her.«

»Ausgänge sichern und das Gebäude abriegeln«, rief Michael McCarthy zu. »Fordere Verstärkung an. Wir müssen jedes Stockwerk absuchen. Wohin sind sie verschwunden?«

Mit gezogener Waffe jagte er den Flur entlang und präsentierte einem uniformierten Wächter seine Dienstmarke.

»Dieses Stockwerk ist hermetisch abgeriegelt. Er ist auch nicht Richtung Bühne geflüchtet. Wir nehmen an, daß er sie nach oben gebracht hat.«

»Ich brauche zwei Männer.« Michael rannte die Stufen hoch. Hinter ihm dröhnte die Musik, die zu einem hohlen Echo verklang, je höher er kam. Mit schweißfeuchten Händen entsicherte er seine Waffe und suchte das Terrain ab. Ein Geräusch auf den Stufen ließ ihn herumwirbeln und einen wütenden Fluch ausstoßen, als er die vier Männer erkannte. »Machen Sie, daß Sie hier wegkommen.«

»Das geht uns alle an«, beharrte Brian.

»Ich habe keine Zeit, um mich mit Ihnen zu streiten.« Michael bückte sich und hob eine kleine, glitzernde Brosche auf. »Gehört die Emma?«

»Sie hat sie heute nacht getragen«, bestätigte Johnno. »Ich habe sie ihr vor einiger Zeit geschenkt.«

Michael blickte zum Fahrstuhl, dann ließ er die Brosche in seine Tasche gleiten. »Sie gebraucht ihren Verstand«, murmelte er anerkennend, drückte auf den Fahrstuhlknopf und beobachtete die Nummern, die auf der Lichtleiste aufleuchteten. »Sagt McCarthy, er hat sie ganz nach oben gebracht.« Der Fahrstuhl begann zu rumpeln, was Michael veranlaßte, ein stilles Gebet gen Himmel zu senden.

»Wir kommen mit.« Brian ließ nicht locker.

»Das ist Sache der Polizei.«

»Privatsache«, korrigierte Brian. »Hier handelt es sich um eine persönliche Angelegenheit. Wenn er ihr etwas antut, bringe ich ihn um.«

Michael musterte die vier Männer hinter ihm grimmig. »Da müßt ihr euch leider hinten anstellen.«

Heftig nach Atem ringend, stieß Pete Emma so hart zurück, daß diese der Länge nach zu Boden stürzte. »Gib es auf, Emma. Ich möchte dich nicht unnötig quälen.«

»Er war doch noch ein Baby.« Emma raffte sich hoch. »Als er geboren wurde, hast du ihm einen silbernen Becher geschenkt, mit seinem Namen darauf. Und an seinem ersten Geburtstag hast du für seine Party ein Pony gemietet. Wie konntest du das nur tun?«

»Ich hatte ihn gern.«

»Du hast ihn umgebracht.«

»Ich habe ihm kein Haar gekrümmt. Blackpool ist zu grob mit ihm umgegangen, er ist in Panik geraten. Ich wollte dem Jungen nichts tun.«

»Nein, du wolltest ihn nur benutzen, ihn und die Angst und den Kummer meines Vaters, und alles wegen der Publicity. O ja, ich sehe die Schlagzeilen regelrecht vor mir«, fügte sie hinzu. »Brian McAvoys kleiner Sohn entführt! Rockstar zahlt fürstliches Lösegeld für sein geliebtes Kind! Das war deine eigentliche Absicht, stimmt's? Fotos in allen Zeitungen, Berichte im Fernsehen. Haufenweise Reporter, die nach einer Stellungnahme der verzweifelten Eltern lechzen. Und das Ganze noch mal von vorne, wenn das Baby sicher und wohlbehalten in die liebenden Arme seiner Eltern zurückkehrt. Nur daß Darren nie zurückgekehrt ist.«

»Das war ein tragischer...«

»Erzähl du mir nichts von Tragik!« Der Kummer über das sinnlose Ende ihres kleinen Bruders war stärker als ihre Angst. Obwohl ihr bewußt war, daß seine Pistole auf sie zielte, berührte sie das wenig. Die Erinnerung, die nach all diesen Jahren endlich zurückgekehrt war, hinterließ in ihrem Inneren eine dumpfe, hohle Leere. Schmerzlicher noch traf sie die Erkenntnis, daß alles umsonst gewesen war.

»Du warst auf seiner Beerdigung, du Heuchler! Mit gesenktem Blick und mitfühlendem Gesichtsausdruck standest du da, und während der gesamten Zeit wußtest du genau, daß du dein Ziel trotzdem erreicht hast. Ein kleiner Junge mußte sterben, unglücklicherweise, aber du hattest

441

die ungeteilte Aufmerksamkeit der Presse. Du konntest deine verdammten Platten verkaufen!«

»Ich habe der Band mein halbes Leben gewidmet«, sagte Pete langsam. »Ich habe sie geformt, sie aufgebaut, Verträge ausgehandelt, mir ihre Probleme angehört, Lösungen gefunden. Wer war denn wohl für ihren Erfolg verantwortlich, heh? Wer hat dafür gesorgt, daß die Plattenfirmen sich an die Spielregeln hielten? Wer hat sie ganz nach oben gebracht?«

Emma trat einen Schritt auf ihn zu, doch ihr Überlebenswille erwies sich stärker als ihre Wut. Sowie er die Waffe bewegte, blieb sie stehen. »Glaubst du wirklich, sie hätten dich gebraucht?« fragte sie mit vor Verachtung heiserer Stimme. »Glaubst du wirklich, auf dich wäre es irgendwie angekommen?«

»Ich habe sie zu dem gemacht, was sie heute sind.«

»Nein. Sie haben dich zu dem gemacht, was du heute bist.«

Ohne etwas zu erwidern griff Pete in seine Tasche. »Wie dem auch sei, der heutige Abend wird das Bild der Legende noch verstärken. Brian und Johnno sind die Favoriten für den Song des Jahres, und mit etwas Glück sahnt die Band auch noch weitere Preise ab. Ich hielt es für eine werbewirksame Geste, dich den Preis überreichen zu lassen. Brians Tochter, die tragische Witwe Drew Latimers. Tragödien verkaufen sich gut«, fügte er achselzuckend hinzu. »Nun, heute abend wird es eine weitere geben.« Er hielt ihr zwei kleine weiße Tabletten hin. »Nimm die. Sie sind sehr stark. Es wird dir die Sache erleichtern.«

Emma blickte auf die Tabletten, dann wieder in sein Gesicht. »Ich habe nicht die Absicht, mir irgend etwas leichter zu machen.«

»Auch gut.« Er steckte die Tabletten wieder in die Tasche. »Es ist ein langer, langer Sturz, Emma.« Er packte sie mit festem Griff am Oberarm und schob sie auf den Abgrund zu. »Bis du unten aufschlägst, bin ich schon wieder auf dem Weg nach unten.« Sein Plan stand jetzt fest. »Ich wollte nach dir sehen, als das Licht ausging, aber du hast durchgedreht. Ich war so besorgt, daß ich dir bis hierher gefolgt bin, aber du warst vollkommen hysterisch, und ich kam zu spät; ich konnte dich nicht retten. Das werde ich mir nie verzeihen. Ich wußte ja, daß du dich all die Jahre für den Tod deines Bruders verantwortlich gefühlt hast, und schließlich konntest du mit dieser Schuld nicht länger leben. Furchtbar!« Er drehte sie herum, so daß sie in die gähnende Tiefe schauen mußte. Einer der Kämme, die ihr Haar hielten, löste sich und trudelte ins Leere. »Niemand außer dir weiß etwas, und niemand sonst wird es je erfahren.«

Emma krallte sich an ihm fest und schob sich Stück für Stück von der Mauer fort. Einen Moment verlor er das Gleichgewicht, und er ließ sie kurz los. Dann legte sich sein Arm wie eine Eisenklammer um ihre Taille, und er versuchte, sie hochzuheben.

Der Boden rutschte unter ihr weg, sie wankte und warf sich dann mit ihrem ganzen Gewicht gegen ihn. Himmel und Erde drehten sich vor ihren Augen. Sie stieß einen angsterfüllten Schrei aus, während sie darum kämpfte, die Balance wiederzuerlangen.

In diesem Augenblick brach Michael die Tür auf und rief etwas, doch keine der zwei in einen tödlichen Kampf verstrickten Gestalten achtete auf ihn. Michael sah, daß Pete seine Waffe hob, und feuerte, ohne zu zögern.

Eine Hand zerrte an Emma, zog sie vorwärts, bis ihr Körper halb über die Kante hing. Petes Gesicht erschien vor ihr, die Augen riesengroß und dunkel vor Angst. Seine Finger glitten von ihrem Handgelenk ab und lösten sich. Dann fiel er, fiel in die endlose Tiefe, und sein Schwung riß sie mit.

Hände packten sie, zogen sie vom Abgrund fort. Wieder verlor sie den Boden unter den Füßen, doch diesmal hielt sie jemand sicher in den Armen. Durch das Brausen in ihren Ohren hindurch hörte sie ihren Namen, wieder und wieder.

»Michael.« Ohne ihn anzusehen, ließ sie den Kopf auf seine Schulter sinken. »Michael, laß mich nicht los.«

»Nie.«

»Ich habe mich erinnert.« Jetzt endlich begann sie zu schluchzen, und durch den Tränenschleier hindurch konnte sie ihren Vater erkennen, der neben ihr stand. »Papa, ich habe mich erinnert.« Tränenblind streckte sie die Hand nach ihm aus.

Emma schaute in das Feuer, das Stevie im Kamin entfacht hatte. Er stand wortlos neben ihr, die Hände in den Hosentaschen vergraben. Alle waren sie mitgekommen; ihr Vater, P. M. und seine Familie, Johnno. Bev bereitete unzählige Kannen Tee zu.

Obgleich niemand das Wort ergriff, spürte Emma, daß sich der Schock langsam in Bestürzung verwandelte. Auf so viele Fragen würde niemals eine Antwort gefunden werden, so viele Fehler konnten nie wieder berichtigt werden, und jeder von ihnen empfand eine Art Reue, die niemals ganz vergehen würde.

Doch sie hatten überlebt, dachte Emma. Trotz allem, was ihnen widerfahren war, dem einzelnen und der Gruppe, hatten sie überlebt. Und in dieser Tatsache lag ein gewisser Triumph.

Langsam erhob sie sich und ging auf die Terrasse hinaus, wo Brian saß und auf das Meer schaute. Er litt still vor sich hin, stellte Emma fest, da es in seiner Natur lag, Probleme in sich hineinzufressen und in seinem Inneren zu verarbeiten, bis er seinen Gefühlen in einem Lied, einer Melodie oder einer Tonfolge Luft machte. Sie setzte sich neben ihn und lehnte ihren Kopf an seine Schulter.

»Er war einer von uns«, sagte Brian nach einer kurzen Pause. »Er war von Anfang an bei uns.«

»Ich weiß.«

»Als ich sah, wie er seine Hände auf dich legte, da hätte ich ihn am liebsten eigenhändig umgebracht. Und jetzt... Ich kann kaum glauben, daß all das wirklich geschehen ist. Warum?« Er drehte sich um und nahm seine Tochter in die Arme. »Warum um alles in der Welt hat er das getan?«

Emma hielt ihn an sich gedrückt und lauschte dem Geräusch der Wellen. Keinesfalls durfte sie ihm die Gründe für Petes Taten erklären. Wenn er die wahren Beweggründe für dessen Handlungsweise erfahren würde, könnte er nie wieder mit Leib und Seele Musik machen. »Ich weiß es nicht.

Und wenn wir ein Leben lang darüber nachgrübelten, es würde doch nichts bringen. Wir müssen damit leben, Papa. Nicht vergessen, sondern verarbeiten.«

»Ein neuer Anfang?«

»Um Gottes willen, nein.« Sie lächelte leicht. »Um nichts in der Welt möchte ich noch einmal von vorne anfangen, nicht jetzt, wo ich endlich weiß, wohin ich gehöre. Ich muß nie wieder vor etwas Angst haben, und ich werde mir nie wieder die Schuld an Darrens Tod geben, denn diesmal bin ich nicht weggelaufen.«

»Es war nie deine Schuld, Emma.«

»Keinen von uns trifft Schuld. Komm herein.« Sie schob ihn ins Zimmer, in die Wärme, dann ging sie schweigend zum Fernseher und schaltete ihn ein. »Ich möchte hören, wie dein Name genannt wird.«

»Jetzt wird's ernst, Leute.« Als die Kandidaten für den Song des Jahres angekündigt wurden, legte Johnno Brian die Hand auf die Schulter.

Emma hielt den Atem an, dann lachte sie befreit auf, als die Namen Brian McAvoy und Johnno Donovan fielen. »Ich gratuliere! Ach, ich wünschte, ich hätte euch den Preis überreichen können!«

»Nächstes Jahr«, grinste Johnno.

»Das ist ein Versprechen«, bestätigte Emma ernst. »Es bedeutet, wir dürfen nicht zulassen, daß diese Ereignisse unser Leben ruinieren. Ich...« Ein Klopfen an der Tür unterbrach sie.

»Aha, der liebestrunkene grauäugige Bulle naht«, spottete Johnno.

»Du halt dich geschlossen.« Emma war schon an der Tür, den aufgeregt hechelnden Conroy dicht auf den Fersen. »Michael?«

»Tut mir leid, daß es so lange gedauert hat.« Michael hielt den Hund am Halsband fest. »Alles okay?«

»Alles okay. Wir verteilen gerade Glückwünsche. Papa und Johnno haben den Preis für den Song des Jahres gewonnen.«

»Eigentlich wollten wir gerade gehen.« Bev griff schon

445

nach ihrem Mantel. Wenn sie je einen Mann gesehen hatte, der mit einer Frau allein sein wollte, so war es Michael. »In der Küche ist noch Tee«, fügte sie hinzu. Ehe Emma Einwände erheben konnte, umarmte Bev sie. »Die Zeit ist zu kostbar, um sie zu vergeuden«, murmelte sie dann. »Michael, ich danke dir.«

Nacheinander verließ die kleine Gruppe das Haus, während ein gelangweilter Conroy sie beschnüffelte und sich dann gähnend in eine Ecke verzog.

»Du hast doch nichts dagegen, wenn wir morgen abend alle zusammen essen?« wollte Emma wissen.

»Nein.« An den morgigen Tag wollte er gar nicht denken. Nur das Heute zählte. »Komm her.« Er streckte die Arme nach ihr aus, und als sie sich an ihn schmiegte, hielt er sie nur wortlos fest. In den vergangenen Stunden hatte er gedacht, er habe seine innere Ruhe wiedergefunden, doch jetzt brach alles wieder über ihn herein.

Beinahe hätte er sie für immer verloren.

Emma spürte, wie seine Muskeln sich spannten. »Bitte nicht«, flüsterte sie. »Es ist vorbei. Diesmal ist es wirklich vorbei.«

»Schscht.« Michael preßte seinen Mund hart auf den ihren, wie um sich davon zu überzeugen, daß sie wirklich da war. Lebte. Ihm gehörte. »Wenn er...«

»Er hat nicht.« Sanft nahm Emma sein Gesicht zwischen ihre Hände. »Du hast mir das Leben gerettet.«

»Ja.« Er löste sich von ihr und schob die Hände in die Hosentaschen. »Wenn du eine Dankesrede halten willst, bring es hinter dich.«

Emma legte den Kopf schief. »Wir hatten noch keine Gelegenheit, miteinander zu reden.«

»Es tut mir leid, daß ich nicht mit dir zurückkommen konnte.«

»Das verstehe ich. Vielleicht war das ganz gut so, so sind wir beide ein wenig zur Ruhe gekommen.«

»Ich werde damit einfach nicht fertig.« Ihr Bild stand ihm noch allzu lebhaft vor Augen, wie sie halb über dem Abgrund geschwebt hatte. Wie um sich davon zu befreien begann er, im Zimmer auf und ab zu gehen. »Und wie war dein Tag?«

Sie grinste. Die Dinge könnten sich wirklich nicht besser entwickeln. »Bestens. Und bei dir?«

Michael zuckte die Achseln. Rastlos spielte er mit einigen Glastieren, die auf dem Tisch standen, dann überwand er sich. »Emma, ich weiß, daß du müde sein mußt.«

»Bin ich nicht.«

»Und daß es der falsche Zeitpunkt ist.«

»Nein.« Wieder lächelte sie. »Wer sagt das?«

Erstaunt drehte Michael sich um. Er fand, daß sie überwältigend aussah in ihrem fließenden Kleid. Der warme Schein des Feuers ließ ihre Haare wie Gold glänzen und verlieh ihrer Haut einen seidigen Schimmer. »Ich liebe dich. Ich glaube, ich habe dich schon immer geliebt, aber bislang hatten wir noch nicht viel Zeit füreinander. Ich würde dir ja gern sagen, daß ich bereit bin, noch zu warten.« Er nahm einen Kristallschmetterling in die Hand, drehte ihn hin und her und stellte ihn dann wieder hin. »Aber dazu bin ich nicht bereit.«

»Michael, wenn ich noch Zeit bräuchte, dann würde ich sie mir nehmen.« Sie trat einen Schritt auf ihn zu. »Was ich brauche, das bist du.«

Aufatmend zog er ein kleines Kästchen aus der Tasche. »Das habe ich schon vor einigen Monaten gekauft. Ich wollte es dir zu Weihnachten schenken, aber damals hättest du es wohl noch nicht angenommen. Weißt du, eigentlich hatte ich mir ja eine romantische Szene ausgemalt; Dinner bei Kerzenlicht, leise Musik und so weiter.« Leise lachend drehte er das Kästchen in der Hand. »Aber für eine romantische Untermalung ist es jetzt wohl zu spät.«

»Willst du es mir jetzt geben?«

Wortlos hielt er ihr das Kästchen hin.

»Ehe ich es aufmache, möchte ich dir etwas sagen.« Aufmerksam sah sie ihm ins Gesicht, registrierte jede Regung, jedes Zucken. »Vor fünf oder sechs Jahren hätte ich weder das hier noch dich zu schätzen gewußt, nicht so, wie ich das heute kann.«

Ihre Hände zitterten leicht, als sie den Verschluß auf-

447

schnappen ließ. »O Michael, ist der schön! Entzückt betrachtete sie den Ring. »Wunderschön.«

»Kann man wohl sagen«, entgegnete er. »Nimm ihn, und damit hat es sich.«

»Das ist ja wohl der romantischste Heiratsantrag, den eine Frau sich nur wünschen kann.«

»Ich hab' dich schon viel zu oft gefragt. Aber wie wäre es denn damit?« Er küßte sie sanft. »Kein Mensch kann dich je mehr lieben als ich. Ich brauche nur ein ganzes Leben, um es dir zu beweisen.«

»Das ist besser.« Emmas Augen wurden feucht. »Viel besser.« Sie nahm den Ring heraus und untersuchte ihn von allen Seiten. »Was haben die drei Kreise zu bedeuten?« fragte sie, während sie mit der Fingerspitze die drei ineinander verschlungenen Linien nachzog.

»Einer steht für mein Leben, einer für deines.« Michael nahm ihr den Ring aus der Hand und steckte ihn ihr an den Finger. »Und der dritte steht für unser gemeinsames Leben. Wir gehören schon so lange zusammen, Emma.«

Sie nickte, dann blickte sie ernst zu ihm hoch. »Wenn das so ist, dann möchte ich mit dem dritten Kreis beginnen, Michael. Und zwar sofort.«